少年绘

风波吞天同征路

肉包不吃肉 ㊔著

长江出版社
CHANGJIANG PRESS

图书在版编目（CIP）数据

风波吞天同征路 / 肉包不吃肉著.— 武汉 : 长江出版社，2021.3
ISBN 978-7-5492-7587-8

Ⅰ.①风… Ⅱ.①肉… Ⅲ.①长篇小说－中国－当代 Ⅳ. ①I247.5
中国版本图书馆 CIP 数据核字（2021）第 048077 号

风波吞天同征路／肉包不吃肉著.

出　　版	长江出版社 （武汉市解放大道1863号 邮政编码：430010）
市场发行	长江出版社发行部
网　　址	http://www.cjpress.com.cn
责任编辑	陈辉
印　　刷	北京盛通印刷股份有限公司
版　　次	2021年3月第1版
印　　次	2021年6月第1次印刷
开　　本	710×1000mm 1/16
印　　张	23.5
字　　数	500千字
书　　号	ISBN 978-7-5492-7587-8
定　　价	42.80元

电话：027-82926557（总编室）027-82926806（市场营销部）

目录

楔子

重华出过两位年轻有为的将领，两人泾渭分明，如同水火。

如水的那个叫墨熄，他冷漠，寡欲，至今独身，军中关于墨帅何时献出真心的赌注已经累积到足够让任何穷鬼一夜暴富腰缠万贯；如火的那个叫顾茫，他热情，爱笑，怜香惜玉，如果他每亲吻一个姑娘就得付出一兜钱饷，那他恐怕早已底裤不剩败光了全部家产。

在顾茫没有叛国之前，曾有一日，他突发奇想，拿了一本自己编撰的书册，跑去找墨熄写个评注。

彼时墨帅正执卷批书，忙于军务，遂只是问了顾帅一句："你写的什么？"

"什么都写。"顾茫兴致勃勃道，"美食，见闻，山川游记，兵戈图录，浮生琐事。"

墨熄接过书册，提笔悬腕，蘸墨欲批。顾茫笑着把话说完："我也写了你。"墨熄忽然警觉，停下手上的动作，抬眼看着他："……你写我什么？"顾茫诚恳道："据实描述了你我往事。"

"哪些往事？"

顾茫挠了挠头，颇有些涎皮赖脸地嘿嘿笑了两声，飞快地说："全部。"

墨熄没再接话，盯着他看了一会儿，垂了长睫毛，面无表情地在卷首提下两行字：

此为禁书，违阅者罚。

第 1 章

傍晚，重华边境飘起了细雪，地上逐渐积起一层无垢洁白，车轮碾过，行人走过，留几行深浅不一的印子。

集市上卖烧饼的王二麻子在铆着劲儿吆喝，口中呼出氤氲白气，大声吆喝："来啊，刚出炉的烧饼！"锵锵敲两下悬在炉边的破锣，继续叫卖道："这世上没什么东西能比我烙的饼子更厚实——除了顾茫的脸皮！快来买快来买！"

路人听了，暗自发笑。这个饼摊子摆了十多年了，早些年，王二麻子是另有一套唱词的，那时候他的公鸭嗓子喊的是："瞧一瞧看一看啊，顾帅最爱吃的烧饼，保客官您吃了之后，和顾帅一样所向披靡，步步高升！"

风雪中，一行军容极盛的骑兵缓缓而来，为首的是个约莫十八岁的少年，锦帽貂裘，一张俊秀小脸裹在丰厚的绒领之中，显得十分慵懒。这少年名叫岳辰晴，是戍卫军的副将。此人有两种能力令人望尘莫及，一是看得开。俗话说得好，别人生气我不气，气出病来无人替。我若生气他如意，况且伤神又费力。岳辰晴深谙此道，几乎从来不会真的生气，是公子哥儿里脾气最好的人。 第二个能耐呢，是让自己舒服，尽可能地舒服。

所以他能坐着绝不站着，能躺着绝不坐着。岳辰晴最爱说的一句话就是"今朝有酒直须饮，明日无粮蹭兄弟"。

所以这人有好东西绝不留着过夜，酒要当天喝完。至于巡防么……当然是先玩再巡啦！北关边塞多草市，卖的大都是些兽皮、草药、灵石、奴隶之类的，虽算不上有趣，但军中苦寒，打发时间倒也不错。

"喂喂！那只七尾灵猫我要了。"

"啊，还有那根姑获鸟的尾羽！也去给我买过来！"

"那家卖的风滚草品相不错，拿来炼药肯定很好，给我拿个十筐！"

他一路走，一路指使着身后的随扈帮他在草市上买进大大小小的商货，如此玩忽职守，随扈们虽有不安，但碍着副帅面子，也实在不好多说什么。逛着逛着，岳辰晴觉得肚子饿了，左右寻摸着吃的，忽地听到远处王二麻子的吆喝，破锣嗓子自风雪里递来：

"卖烧饼啦！和顾茫脸皮一样厚的烧饼哟！走一走看一看啦！"

岳辰晴一听这叫卖法，嘴角一抽，心道：哎呀，这个人居然拿顾茫做文章啊！这还了得？这是要闯祸的！他这样想着，立刻纵马上前，刚想开口训斥，入鼻却是一阵浓烈的烤饼焦香。于是岳辰晴的呵斥才到嘴边，就连着差点流出来的口水又咽了回去，呵斥也变成了，"……来一块饼呗。"

"好嘞！"王二麻子利落地从炉膛里钳出一块烤得焦黄的烧饼，装在油纸袋子里递给面前的客官，"来，您拿着，小心烫。这饼子呀，一定要趁热吃！"

岳辰晴接过热乎乎的烧饼，一口咬下去，发出"咔嚓"脆响，金黄酥脆的饼子流出些许热油，麦麸、肉末、花椒碎的滋味在舌尖层层绽放，刹那间焦香四溢。岳辰晴馋吞口水，不由赞叹道："唔，味道真好。"

"可不是嘛。我二麻烧饼，那叫天下一绝。"王二麻子扬扬得意地吹嘘道，"就算顾茫当年那么风光，他打完仗回了城，也一定会跑来我摊子上吃上个五六张！"他吹嘘完，还不忘气哼哼地补上一句："不过，要早知道那姓顾的最后会变成叛徒走狗，老子当年就该在卖他的饼里掺点毒，趁早为民除害！"

岳辰晴一边咬着饼，一边哼道："这种话以后别随意乱说。还有你那吆喝，也得赶紧的改一改。"

王二麻子瞪大眼睛："军爷，这是为啥呀？"

"反正军爷说话，你乖乖听着就对了。"岳辰晴又咬了一大口肉饼，腮帮鼓鼓的，"马上就要和燎国打仗了，咱们军队恐怕要在这里驻个三年五载，你要是再这样成天把顾茫挂在嘴上吆喝。"他笑了两声，"嘿嘿，当心触了某位大人的霉头。"

岳辰晴说的某位大人，自然就是他们的主帅墨熄了。

墨熄，先王敕封的羲和君，他出身地位尊贵的墨家，墨家一门四将，分别是墨熄的外祖父、祖父和墨熄的生父。如此血统传承之下，墨熄自然也毫不意外地拥有着极其可怖的灵力天赋，再加上后来师从修真学宫最严酷的长老，时至今日，已是重华的第一将领。而他不过二十八岁。

由于家门缘故，墨熄性情寒冷如兵刃，说一不二。他爹曾经几次三番地告诫他"温柔乡埋葬英雄志，少惹女人多做事"，所以墨熄向来清心寡欲，品行极正，可以说他二十八年里没有做错过一件事，除了顾茫。

顾茫对墨熄而言，就像纸上墨、雪中泥，白壁上的一点蚊子血——他是他一生的污点。

是夜，边塞营地里，一声清啼破风沙，唱戏的嗓音悠悠，幽魂似的飘散在寒霜里。

"……玉茗新池雨，金柅小阁晴。有情歌酒莫教停，看取无情虫蚁也关情……"

守在副帅大营外的亲兵左顾右盼，状如鹌鹑，遥遥见一个黑色的高大身影行来，不由脸色大变，慌忙撩开大帐，说道："不好啦！不好啦！"

“不好什么呀？”帐内帅座上，岳辰晴打了哈欠抬起眼，支着侧脸问道。

“哎呀！这都啥时候了，副帅您还是快些起来去固防吧，别听戏啦。”

“急什么。”岳辰晴懒洋洋道，“听完再去也不迟。”

说罢对帐中戏子道：“都别愣着呀，你们接着唱。”

于是纤音入云，戏腔像是一根丝线吊得老长：“国土阴中起，风花眼角成。契玄还有讲残经，为问东风吹梦几时醒？”

“哎哟我的岳副帅，副帅大人啊，您可让他们快别唱了吧。”亲兵急道，“这都什么事儿啊。”

“人生苦短，及时行乐。”岳辰晴乐滋滋地啃着指甲，“不然这日子可太没滋味儿了。”

“可您这场面，给羲和君瞧见了，他又要生气……”

“羲和君又不在，你紧张什么。”岳辰晴笑嘻嘻，“再说了，羲和君这人成天一副不高兴的样子，既不寻欢，也不作乐，这么大岁数的人了，听到我说个荤段子都要发脾气，我要哄他高兴，我累不累啊。”

“副帅，”亲兵瞧上去都快哭出来了，“您小点声吧……”

“嗯？为什么？”

“因为，因为……”亲兵眼光瞟着营帐帘缝，磕巴道，“因为……”

岳辰晴在帅座上打了个滚，还把羲和君的银裘外衣盖在自己脑袋上，笑着说：“你们是不是被羲和君给整怕了？怎么提到他都磕磕巴巴的？”

“唉，不过羲和君这人也是。”岳辰晴道，“他自己无情，连累全军一起跟他无聊。你看看咱们整个军队，居然连只母狗都见不到。”

这倒是真的，重华全军上下，就属羲和君的这支军队最苦。虽然羲和君治下，吃穿用度从不苛待，但就像岳辰晴说的，这个人又无聊又严肃，自己非人哉也就算了，还严禁下面的人寻欢。

岳辰晴明明觉得很好笑，还忍着笑故作一本正经地叹息道：“他这个人哪里都好，就是掌控欲太强。你看，强迫焦虑洁癖，全让他一人给占了，而且还毫无情趣，真是白瞎了他那张俊脸。”

亲兵一脸大祸临头的表情，急道：“岳少，快别说了……”

岳辰晴非但不停，反而愈发兴致勃勃：“瞧你们一个个憋的，嘿嘿，趁着他不在，我赶紧给你们松松绑，今晚宵禁废止，咱们来办个选美篝火会，我要给咱这几个村上最美的姑娘授勋——”

“你要给谁授勋。”忽然一个低沉冷酷的男性嗓音响起，营帐帘子哗地一撩，一个银铠如霜的高个子男人走了进来。他军姿挺拔，肩宽腰细，还有一双被黑皮军靴裹着的长腿。眼一抬，端的是五官冷硬俊朗，目光寒戾锋锐。

这个人不是别人，正是岳辰晴方才调侃得欢的羲和君，墨熄。

墨熄怎么突然回来了？！岳辰晴先是傻眼，回神之后立刻打了个哆嗦，把自己用皮裘裹紧。

“墨帅。”岳副帅做楚楚可怜状，“您提前回来了怎么也不和人家说一声呢——哎哟！”

“哎哟”是因为墨熄觉得他太恶心，直接聚了一把灵力剑，贴着岳辰晴的脸颊就掷了过去。岳辰晴忙一骨碌从帅座上爬起来，撩了把脸颊的乱发：“羲和君，你怎么打人！”

“你问我，我还没问你。你说，我军中怎么会有戏子？”

墨熄瞥了一眼那些噤若寒蝉的歌女，转过头盯住岳辰晴：“是你带进来的？”

岳辰晴原本还想嘀咕几句，结果一对上墨熄的眼神，立刻㞞了：“别这样嘛。我听个曲儿而已。梨春国的名曲，羲和君要不要也来听一段……”

墨熄面色冷峻，烦躁道：“靡靡之音，拖出去。”

幸好没说斩了。岳辰晴又呜呜呜地抱着膝盖缩在帅座上凄凄惨惨戚戚：“你这人简直冷血无情，我要告诉我爹，说你没有善待我。”

墨熄看了他一眼：“你也出去。”

岳辰晴：“……”

待岳辰晴委委屈屈地走了，墨熄独自在营帐中坐下来，摘下黑龙皮护手，修长苍白的手指覆压在眉宇之侧，然后缓缓阖上眼眸。灯烛中，他的脸色似乎有点差，微带些病倦的青白，配上他眼里那种常年覆压着的狠戾，显得愈发憔悴。他看上去心事很重。

就在不久前，他接到了重华帝都传来的一封密函，是由当今重华君上亲自写就的。收到信后，墨熄反反复复读了三遍，才终于确认自己没有看错。

顾茫要回重华了。

信此刻已收在衣襟里，和着墨熄沉重而有力的心跳，被男人在怀里焐着——顾茫要回重华了——这个消息像是荆棘卡在胸口，一扎一扎疼。

墨熄皱起眉头，竭力压抑着自己的郁躁，可最终邪火还是四散而出，他蓦地睁开眼睛，黑皮军靴包裹的长腿“砰”的一声踹翻了面前的案几。

“哗啦。”

“哎哟墨帅！”守在帐外的亲兵忙探身进来，诚惶诚恐地，“您息怒，岳少他年纪小，爱玩爱闹也是人之常情，是属下办事不力，没有拦着岳少听戏，您要怪要罚尽管开口，可千万别气坏了身子……”

墨熄倏地回头，一片昏暗里，他目如焰电。

“滚出去。没有我的话，谁也不准进来。”

“是……”

帐帘又落下了，内外岑寂得可怕，只听到帐外呼呼的北风朔雪声，再远处有兵士的动静，军靴踩在雪地上咯吱咯吱地响，还有灵兽营的战马嘶鸣。

墨熄侧脸，垂眸，盯着地上骨碌碌滚落的桑葚浆果，那些果实像是几年来被顾茫亲手摘下的人头。他想，为什么一个人做了那么多狠事、歹事、错事，背叛了国家、同袍，挚友，如今背负着恶名、血债、深仇，居然还能有勇气回来？

顾茫怎么还有脸回来？

墨熄缓了一会儿，勉强平复了心境，这才重新掏出了那封被他反复看烂了的密函。君上的字俊秀，端端正正地写着：

燎国有意与我邦休战，为表诚意，已着人将本邦叛将顾茫押解回城。

顾茫为我重华之人，曾深得孤信，然其不思尽忠报国，反因一己之私，投敌叛国。五年来，掠母国之城邦，毁故土之安泰，屠昔日之同袍，弃旧时之亲友。罪实难赦。

十日后顾茫即将负荆回城，其仇怨广结，非孤一人可以决断，故急书各勋爵共议，羲和君虽远在关山，却为孤之股肱，故诚请卿见，万勿推脱。

望卿珍重。

墨熄盯着那封信看了好久，忽而冷笑，笑着笑着，脸上逐渐浮现了几分惨痛，几分仇恨。此人铸下叛国重罪，又有什么理由容他继续活着？

车裂腰斩汤镬凌迟而死——该杀！

他恨恨地想，该杀。可是悬腕提笔，一个“杀”字写到一半，手却颤了，笔墨洇湿了缃绢。

大帐外忽然传来幽幽的陶埙声，不知是哪个角落里的小鬼思乡心切，离愁吹得满营萧索，一地白霜。

墨熄怔忡须臾，黑眼睛里闪动着说不清道不明的光——最后他暗骂一声，掷笔于前，一把拿起那封密函，掌中忽地火焰暴起，顷刻将之焚为灰烬。点点残灰飞舞而起，羲和君吹了口气，将灰烬凝为一只千里传音的蝴蝶。

“顾茫曾由属下力保举荐，他叛国，属下难辞其咎。至于审判，自当避嫌，不应参涉。”顿了顿，又低缓地补上了一句，“北境墨熄，问君上安。”

说罢手一抬，灵蝶翩跹而去。

他望着蝴蝶消失的地方，心想，好了，他和顾茫长达十余载的纠葛终于尘埃落定了。顾茫杀害了那么多重华军士，更害百姓伤透了心，如今兔死狗烹，被敌国利用完了又送回来，帝都的文武百官不急着报仇雪恨才怪。

只不过自己还要戍边两年，看来是瞧不见顾茫的死刑了。

他慢慢合了眼睛，脸上虽无情绪，指甲却已深陷掌心。

都结束了。

故友殊途，无力回天。

今又重逢，物是人非。

这是一种怎样的心情呢？或许旁人永远也不会明白。墨熄枯坐营内，无人的军帐里那张脸显得如此疲惫。他终究也没能把顾茫从歧路拉回。

宿敌、冤家、仇人，这将会是日后史书对他们俩关系的盖棺定论。百年之后，恐怕谁也不会再相信，史书上这两个斗至你死我活的对手——也曾那样亲密无间过。在他们还未易道殊途的时候——那两个年轻人也曾如此真心相伴。

在墨熄收到帝都密函后不久，顾茫即将回城的消息终于被重华国君公之于众，同时公布的还有对顾茫的处置方式——交由望舒君全权处置。

消息迅速传遍了整个重华国，墨熄的大军虽远在北境，却也在第三日知道了这件事。

北境军炸开了锅。他们明面上依旧沉稳肃静，然而一到轮岗休息的时候，所有人对这件事议论纷纷。墨熄看在眼里，难得没有管束。

他觉得他们会意难平，再正常不过了——因为这支北境军的前身，正是所向披靡的顾家军。军中一大部分士卒都曾和顾茫一起出生入死。他们尽忠职守，但是很早之前，他们也真心拥戴过他们的主帅顾茫——尽管顾茫当时给他们拟定的军号是“王八军”，后来因太不成体统，勒令改为“王霸军”。但大家还是习惯原来的称呼。

照理说，名字这么难听的军队，应该是没有谁想进的。可事实并非如此，顾茫当时是重华战功最为显赫的将领，大多数名士主帅都有掣肘，有牵绊，有架子，但是顾茫不一样。他是奴隶出身，无父无母，无牵无挂，无脸无皮，也不怕死。如果让重华的将领们脱了衣服战成一排，顾茫未必是身材最强壮的汉子，但他一定是伤疤最多的英雄。

他是重华帝国当之无愧的“神坛猛兽”。那时候顾茫的副手总看着他的伤责备他：“你这个当主帅的怎么每次都跑在最前面？都不知道躲一躲。”

顾茫就会笑，他有一张不属于战场的脸，很温柔，带着些天真稚气的英俊。人们看着那张脸的时候，只会想到原野初雨后的清露，想不到血与生死。然后，这个甜蜜而俊俏的男人会眨巴着他的黑眼睛，柔软的嘴唇微微一抿，嗓音更是有着绸缎般的质感，好脾气地哄着自己生气的朋友：“腿长跑得快呀，我被迫的，被迫的。”

战场上只要有他，似乎就不全是冰冷与鲜血，还有笑声与花蜜。他会记得每一个同袍的悬弧之日，熄战时常领着连营的修士们去小村镇里头欢闹饮酒。有时候遇到驻地的乡民奸刁，漫天要价，顾帅也不生气，笑着把所有的钱帛全部拍在案上给他的士兵们换酒和肉。末了他还大声吆喝：“吃好了喝好了！都给老子敞开肚皮吃！各位都是我的宝贝心肝儿，军饷不够了老子拿别的东西给你们换！”

顾茫言出必行，有一回他把自己的军袍战甲都脱下来扔在酒柜上换梨花白了，兵痞们却笑着起哄说：“顾帅，我们还要牛肉，您还有别的可以脱吗？”

他彼时已只剩一件雪白单衣了，却笑着朝他们点了点道：“给我等着。”

“不会吧！顾帅你不会真的要把裤衩也当了吧！”

“那可值不了太多钱……”

顾茫没有打算当裤衩，不过他确实已经身无长物，他就在众人惊讶的目光中，凑过去在哈哈大笑的沽酒俏寡妇脸上亲了一下。兵卒们鸦雀无声，俏寡妇也呆住了，酒勺子滴滴答答地往下漏酒，过了一会儿突然反应过来，开始举着酒勺撵着顾茫打——

“不要脸！轻薄老娘！”

哄笑一片。

顾茫在笑声和嘘声中被寡妇追得满屋跑，一边跑一边求饶：“真心的！真心的！你貌美！你貌美！”

“老娘知道老娘美！你小子生得也俊俏！但你也太没羞没臊了，不会晚上一个人偷摸着来香我啊？非得当着那么多人的面！登徒子！”

登徒子闹得鸡飞狗跳，仍不忘没脸没皮地大喊道：“对对对，我明晚就来找你，今晚留下也行，只要再赏咱们两斤牛肉，求求你了好姑娘。”

“呸！自从扎营到这儿，你已经问老娘赊了三回牛肉了，这是第四回！每回都说明晚约我，骗鬼呢你！”

寡妇嚷着，小拳拳砸到木板上，木板裂开一条缝。

兵痞子们笑得打跌。不过说归说，顾茫最后还是用他那副好看的皮囊和“明天就约你”的许诺，从寡妇那里给他的弟兄们多讨了两斤酱牛肉。

“顾帅，你可真能哄人……”

“那是必须的。”顾茫得意扬扬，飘得摇曳摆晃，“我万花丛中过，风流天下闻。”

有这样的主帅，难怪当时有少年放出豪言道：“别说叫王八军了，不管他们叫什么，冲着顾帅我也从戎去！”

旁边的友人就嫌弃道：“哎呀，你枉读圣贤书，竟如此粗鄙。”

少年笑道：“天下之大无奇不有，现在没有不代表以后没有，咱们的王师都可以叫王八了，说不定以后哪个小公主小皇子就叫鳖和鼍……你明白吧？”

这番言论幸好没有给顾茫听见，不然谁知道他会不会拍案叫绝。

战争太残酷了，只有顾茫这种小疯子会别出心裁，热衷于和战火开玩笑。他不但一手拟就了“王八军”的军号，甚至还自己着手去绘制旌旗，碧色的旗帜别出心裁地剪成乌龟模样，还留一根活灵活现的小尾巴。他在旌旗上施了法咒，让这只乌龟每隔一炷香就大吼一通：“王八王八，雄姿英发，气贯长虹，威震天下！！”

他第一次插着这根旗去征战时，被敌方将军耻笑到死，结果没出半天，对方十万修士大军被顾茫的王八军追得哭爹喊娘。这战之后，顾茫又大大小小打过不少战役，每回都能得胜而归。

这直接导致他领军的那几年，那些与重华对立的国家闻龟色变，而那些敌对修士最不想看见的场景，恐怕就是——硝烟战场上竖起小乌龟旌旗，顾帅纵马出来，清清嗓子，一本正经地自报家门：“咳，兄台好。在下王八军统帅顾茫，特来领教兄台高招。”

打不赢这个年轻修士就已经很可耻了，更可耻的是回去还要涕泗横流地禀报自己君上：“呜呜呜，属下实在无能，竟无力与王八军一战！”简直是噩梦。

对于重华将士而言，顾茫虽然顽劣胡来，却颇具魅力。那段时间，崇敬他的人很多，甚至有些人还将顾茫那套“贱名好养活”的歪理奉为圭臬，当时出生的娃儿，许多都不幸被爹娘取了贱名。

所以墨熄接手之后，第一件事情就是给这见了鬼的军队改名。于是王霸军改名北境军，归入墨熄麾下，那个鲜血硝烟战场上的黑色玩笑就和顾茫的英名一样，颓然落幕。而那胡嚷乱叫，嘶吼着“王八王八，雄姿英发”的小乌龟，就像一场镜花水月的荒诞笑话，从此再也不会现于茫茫沙场。

一切又都变得很肃穆，不会有花，不会有蜜，不会有人努力去记哪怕一个微不足道的名字，不会有人领着将士们去打打闹闹，除却重衫换浊酒。

战争恢复了绝对的冷血与残酷。

凛冬长临。

大概正是出于这样的原因，虽然如今北境军的大多数人都恨极了顾茫，但他们提到顾茫的时候，情绪却和普通百姓不太一样。尤其是那些和顾帅一同出入战火的“王八军”老兵，每当他们念到顾茫这个名字，眼睛里多少都会有一点恍惚。

“唉，真想不到啊，他最后竟然会是这样一个下场。”

“望舒君是出了名的酷吏，君上把顾茫交给他处置，恐怕是凶多吉少了。”

“肯定是死无全尸……”

枭雄并不一定遭人嫌，但叛徒一定是人人得而诛之的。也只有昔日的老兵们凑在一起时，会絮絮叨叨一些与“恨”无关的东西。讲到最后，有些上了年纪的人忽然就意兴阑珊了：“唉，多好的人啊……要是当年，没有发生那件事情，他也不会——”

“嘘！你小点声！居然敢提此旧事，不要命啦！”

那老兵“哎哟”恍过神来，想到自己刚刚差点说了什么，眼里的星星点点醉意立刻就散了，他情不自禁地打了个寒战。旁边的士兵还在提醒他：“如今咱们是在墨帅下头当兵，墨帅最恨的人就是顾茫，你又不是不知道他的脾气，真要让他听见了，你我今晚都吃不了兜着走！”

“唉，唉，你说得对，你看我，这一喝酒就糊涂……”

围坐火塘的士卒们都不吭声了，呆呆看着那团火焰，胸中各有心事。过了很久，才有谁喃喃地吐出一口气，说道：“不过，人都会变的吧。也只能说，这是顾帅的命了。”

“都多少年了，你怎么还叫他顾帅。”

“哦哦，是，顾茫，顾茫。”

边塞的夜岑寂，篝火噼啪，爆出一串比星光更炫目的金芒。

那微醺的老兵躺倒在地，胳膊枕在脑袋下，他望着漫天星斗，紫微星闪耀，喉结滚了滚，发出一串只有自己能听到的咕哝：“唉，说句实话，当年我从戎，就是冲着顾茫才来的。我还和他围着一个篝火喝过酒呢，他一点架子都没有的。我那时候……我那时候看着他笑，我就想啊，要是有一天能够为他战死，那也算是死得其所了。谁知道最后他居然会是……”居然会是这般命运。

飞鸟尽，良弓藏。利用完顾茫之后，敌国又将他当作议和的献礼之一给送回了重华国。此人终是历经浮沉，一朝棋错成了叛徒，却已是落子无改，无有回路。

所以什么叫作茧自缚呢？什么又叫多行不义必自毙。不过话说回来，他的命运虽惨，却也是咎由自取，落到这两面不讨好的境地，那也是痛快人心。一时间，重华境内几乎所有人都在等着看顾茫的结局。

被枭首，被凌迟，赴汤镬，千刀万剐、五马分尸，就连刚刚会讲话的黄毛小丫头都知道卷着她柔软的小舌头，含混地跟着大人们学说。

于是乎，顾茫顾帅，重华国昔日的英雄统领，墨熄的命中宿敌。这个曾被誉为“神坛猛兽”的传奇男人。这个曾经代表着温暖与希望、英气勃发的少年郎，终于“不负众望”地成了一个——“不要脸的魔头”。

一转眼，北境军戍边已经满两年。

凫水边，十万大军安营扎寨，过了今晚，明日再赶一天路，就可衣锦还乡。修士们埋锅造饭，秣马浣衣，大河泛着粼粼霞光，照着河畔边伏卧的灵兽，还有浅滩里正在掬着清水洗澡的男人们。

“哎，给我搓个背呗，明儿就回家啦，我这弄得跟泥猴似的，我娘得骂死我。”

“哥，一会儿帮我刮个脸呗，我自个儿刮不好。”

一群人在浅湾处嘻嘻哈哈的，互相嘲笑，互相捯饬，眉眼里俱是憋不住甜蜜。

慈母手中线，春闺梦里人，游子归来，该尽孝的尽孝，该娶妻的娶妻，各有各的盼头。

全军上下，大概只有墨熄没盼头。

他父母已亡，也没有妻妾。整个重华帝都都在盼着他回去，可是万家灯火，却没有一盏灯烛是独独为他留的。

所以他眼睛里没有什么温情，只有过去数年沉寂的战火余烬。

“羲和君，明日回城了，你又可以见到梦泽公主啦。”岳辰晴正好洗完澡，从河滩走上来，瞧见墨熄，他笑眯眯地说道，“我祝你们小别胜——”

“你如果想让我把你踹回河里，就接着说。”

岳辰晴闭嘴了，虔诚地朝墨熄鞠了个躬：“……墨帅，我觉得你这辈子大概能成佛。”

墨熄不理他，站在河边，看着远山寒黛。两年戍军，算来他已经有千个日夜没有回过家乡了，确实不知梦泽公主近况如何。

还有顾茫……墨熄的眼神微微一暗。

两年前，顾茫被燎国当作议和礼送回了都城，结果进城的那一刻就引起了骚乱——

“哈哈哈，城门一打开，押解的队伍进来，咱们看到那大名鼎鼎的顾帅是什么模样，可都是目瞪口呆哇。”

“真是绝了！那场面，毕生难忘！”

究竟是何种场面，墨熄还不清楚，只知道顾茫的身子骨似乎是出了点问题。可“有点问题”究竟指的是什么？是缺了胳膊还是少了腿？瞎了眼睛还是哑了嘴？

他并不知情。他的身份立场，并不该打听这种事情。再者说，他平素太过高冷，士卒们都敬畏他，只要他一出现，本来还在饶舌的修士们就都闭嘴噤声了，很规矩地和他行礼：“墨帅。”

墨熄不好说什么，只得点了下头，站了一会儿，又清清冷冷地走了。岳辰晴倒是在他耳边嘀咕过几次，不过岳辰晴这人讲话不着调，十次讲的内容十次不一样，墨熄又闷，从不主动询问，所以居然到了现在，他还不知道顾茫究竟是个什么状况。

他只知道顾茫没死。而这就够了。

晚上，墨熄一个人在帐中，听着外面呼呼的风声，水鸟唼喋，竟是辗转不能眠。以前出征，他大都是和顾茫一起的。他们当年亲如手足，哪怕不一起，只要他回朝，顾茫也会先来城外等他。

他无法不想起那些过往。事情是怎么走到今天这一步的？其实现在想想，一切都早有预兆。

他最初见到顾茫的时候，顾茫还是个奴隶，但是这个奴隶胸中颇有甲兵，也有野心。

顾茫一直想做一番大事。可惜九州天下血统为上，虽然老国君怜惜他的才华，破例给了他帅位，但等旧主宾天后，新君并不把“贱种”出身的顾茫放在眼里。他猜忌他，怀疑他，削他的权。

甚至做出了一件顾茫再也不愿忍让的事情。

墨熄是亲眼看着他堕入深渊的。

他曾经以挚友的身份劝过顾茫，也曾经以同僚的身份和顾茫吵过架。那时候他们同在军机署，顾茫意气低迷，终日旷职。墨熄找到他的时候，他正在花楼里听曲喝酒，枕在舞伎丰软的大腿上，见墨熄来了，他一双星辰微动的眼，似笑非笑地望过去，说：“羲和君，来啦。”

墨熄几乎气疯了，“砰”地将门抵到一边，大步进了厢房，在众人的惊呼中扇了顾茫一个巴掌，说：“你这辈子是不是要一直这样烂下去？”

顾茫喝醉了，笑嘻嘻地问道：“是啊，墨大公子，要不要跟我烂在一起？”

“滚吧你！”

顾茫哈哈大笑。他说，没关系，说到底，你是士族，我是奴隶。我知道你嫌我脏。

我也知道无论我手下的这支军队有多努力，洒多少血死多少人，在当今君上眼里都不值一提。谁让我们本不配修真习法呢，是我们自己出身虽贱，却偏要勉强。再后来，顾茫被君上派离了都城，却再也没有回来复命。

人们曾以为他出了什么意外身故了，当时还有不少爱慕他的姑娘为他流泪伤心。

可是有一天，前线却忽然传来军报说，在燎国军阵中看到了顾茫的身影。

顾茫投了敌。

丑闻像野火烧遍重华，所有人的愤怒都被点燃了，只有墨熄的心像结了冰。他不信，他一直没有相信，直到亲眼看见。

那是在迷雾苍茫的洞庭湖上，樯橹水兽纵横厮杀。燎国的战术熟悉到令他心境破碎——这种妖孽般诡谲而不要命的打法，他曾经见过无数次。在昔日顾茫推演的沙盘上，在王霸军的一次次辉煌战役中。

墨熄和当时的主将说，必须全部后撤，不能再打。否则今天这一支前锋整个都会葬身湖底。

"你不是顾茫的对手。"

主帅却不听："顾茫算什么东西。黄毛小儿，贱奴之血，我一个纯血神裔还能斗不过他?！"

那个花白胡须一大把的老贵族一脸傲慢，他不把顾茫放在眼里。

于是战火灼烧。

从前在顾茫率领下百战不殆的王师，第一次在燎国战船前溃不成军。灵舟一个个轰然爆炸，水魔兽从湖底扑杀出来将修士们咬死。火烧红了天，血映遍了水。

一片惨败哀哭中，墨熄只身御剑，来到了燎国的主楼船中。

烈火烧灼着，黑烟不断上蹿。燎国是魔修国家，修士们的法咒毒辣而凶狠，数百道欲向墨熄击杀——

"都住手。"

一个熟悉的声音响起。楼船的舱内，有个身影晃悠着从船舱阴暗处走出来。

他再次看到了顾茫。

顾茫五官依旧清秀漂亮，带着些与生俱来的稚气与甜蜜。只是他的皮肤色泽比从前晒得更深，体魄也更强健，那双眼睛倒也还没变，黑亮黑亮的，好像能看透世上所有的伎俩。他赤裸上身，劲瘦的细腰裹了好几圈绷带，肩头披着件黑色罩衫，额前随意束着一道染血的一字巾——是从牺牲的重华王师士卒头上扯落的。

他吊儿郎当地往船舷上一靠，眯眼瞅着前方，然后笑了笑："羲和君，咱俩好久没见了。"

战旗猎猎鼓动着。

墨熄终于亲眼见到了这个叛徒。这个乱臣贼子。

怎会如此？他曾觉得燎国是个只崇尚武力残暴至极的国度。顾茫本性纯善，所以他就算会离开重华，也不该投往燎国。可是现在……他阖上眼睛，喉结滚动着，半晌才吐出两个字："顾茫……"

"嗯？"

墨熄的声音低沉，却有些压抑着的颤抖，"你就把自己混到这个地步？"

顾茫在火焰烈光中笑了，垂到脸侧的黑发微微拂动着，他几乎是姿态风流地摊开手掌："有什么不好吗？"

"……"

"我觉得挺好的，燎国尚才。即使所修黑魔不义，但却很公平。"顾茫说着，指了指自己额前的蓝底金边的一字巾，"这种纯血贵族的巾带，无论我在贵国怎样出生入死，建立多少奇功声名。因为我的出身，我都永远别想得到……你知道那种疲惫吗？"

顾茫笑了笑。"我不甘心。"

墨熄怒道："那是祖辈牺牲的英烈之子才有的勋带，你摘下来！"

顾茫摸了摸那血迹斑驳的帛带，饶有兴趣："是吗？这是一个挺年轻的小修士戴的。我的手下一刀割了他的头，我看这带子做工精致挺好看，戴在死人头上可惜了，所以拿来玩玩。怎么着，你也想要？"他露出邪气的笑，"你自个儿应该也有一道啊，你跟我抢啥。"

墨熄几乎震怒，厉声道："摘了！"

顾茫甜丝丝地笑着，语气却很危险："羲和君，你孤身入重围，怎么一点也不客气。你是真以为我会顾念旧情，不敢杀你？"他手上举起黑雾缭绕的黑魔刺刀道，"今日的洞庭湖已沉葬了贵国几乎所有的前锋士兵。墨熄，你虽厉害，但终究是个副将，拗不过你们那位蠢到吐血的老贵族。如今死了那么多人，他不来求饶，你倒来犯险了。"顾茫笑眯眯地，"你是想给战死的重华将士陪葬吗？"

墨熄没有答话，沉默片刻，朝他走过去。战靴在血迹未干的甲板上踩出斑驳的印子。墨熄终于开口，"顾茫，我知道重华欠你，我也欠你。你为我做过太多，所以今天，我不会跟你动手。"

顾茫冷笑："你倒动手试试。"

"你问我是不是想给今日战死的将士陪葬……如果我死，可以换你离开燎国。" 墨熄一步步走近，"那好，我的命给你。"

顾茫不笑了，黑眼睛盯着他："我真会杀你的。"

墨熄对此未置一词，只瞥了一眼顾茫额前蓝金帛带上的血迹，然后视线慢慢下移，落到顾茫脸上，"那就杀吧。在那之后，记得回头。"

这是墨熄最后一次试图捞他。

白鹰从桅杆上掠过，刺刀光闪——嗤地闷响，血从伤处汩汩淌出，寒刃穿心，蓦地狠狠撕搅！

“我说过我会杀你的。”刺刀还在墨熄血肉里，顾茫停顿一会儿，忽然抿着嘴唇嗤笑起来，“你算什么东西，凭什么跟我讲条件？你以为你死了我就会愧疚就会回头？别傻了！”他仰着脖颈，目光睥睨而下，叹道，“当将当士，生而为人，那都不能太念旧情。”说着，慢慢俯身，一只手肘闲适地搁在膝头，另一只手握着滴血的刺刀，用力抽出。

鲜血四溅，顾茫用血淋淋的刀尖，抬起墨熄的脸道：“别以为我不清楚你打的是什么主意。羲和君，你不是真的不愿跟我动手。你是明知自己没有胜算，才愿用命赌我良心。”

血在衣襟缓缓洇开了，那一刻墨熄竟不觉得疼，只觉得冷……他阖上眼睛。

不是的，如果可以，我从来就没有想过要和你动手。曾经，光是你给的，热是你给的，所有心脏里奔流的热血，都是因为你。没有你，我也不会有今天。

顾茫淡漠道：“对不起，让你失望了。墨熄，如果我是你，今天我落入绝境，我宁愿赌自己能够鱼死网破同归于尽，也不会跟你一样，天真烂漫地劝对手回头。你我兄弟一场，这是我最后能教你的东西。”

墨熄失去意识前最后记得的景象就是有燎国的修士从水面御剑而来，急吼吼道：“顾帅，东北方向有增援，是梦泽的药修大军，您看……”话未听完，墨熄已支持不住，蓦地前倾，倒在了血迹斑斑的甲板上。

这一次血战，重华确认了叛将顾茫转投燎国，在替九州大陆最黑暗的国度卖命。老主帅督军失策，大军损失惨重，一万前锋生还者不足百计，墨熄也是在病榻上昏迷了数日才醒转过来。

顾茫在他胸口刺了一刀，却并没有就此收手回头是岸。按顾茫很早前还没离开王城时讲过的一句话——墨熄，上行之路已经给我堵死了，我没有地方去，只能往地狱里摸。他说完，问小二要了一坛酒。拍开封泥，顾茫笑吟吟地斟满了，一盏给自己，一盏给墨熄。“当”的一声碗盏碰在一起，酒花四溅，顾茫的眼睛亮晶晶的，道：“再请你喝一杯，你顾茫哥哥从今往后就要去当坏人了。”

墨熄那时候还摇头觉得他太不正经，说话跟闹着玩似的。这个兄弟他认识了那么多年，心太软了，连只蚂蚁都不愿意踩死，如此丹心赤子怎么可能会成为坏人。结果呢？赤子的手下杀了他的同袍。而赤子本人差点杀死了他。

“幸好梦泽公主及时赶到救了你，那柄刺刀是燎国神武，淬了魔毒的，再晚一点怕就要不行了。你胸口会留疤，这几个月都需要安心歇养……”

后面那个药修说了什么，墨熄并没有再听进去，他低头望着自己胸口缠绕的绷带，腐肉被挖走了，然而还有什么东西也和腐肉一起，从血肉胸腔里被剜了出来，让他觉得空，觉得疼，觉得不甘，觉得仇恨。

直到后来，顾茫恶有恶报，被遣回旧都。墨熄觉得自己胸口的伤疤才终于止了血，却仍痛。

时隔多年，在北境军班师回朝的前夜，无法入眠的墨熄独自坐在营帐内，手指撑在眉骨上，指腹无意识地擦过有些湿润的眼。他把脸转过去，微微烛光从绢纱灯台内而出，照着他那张棱角冷硬的侧脸，他阖上了眼帘。

顾茫……毋庸置疑的，他是良臣，他是反贼，他恨极了他，也知他有罪。

可是睫毛颤抖间，他却好像看见了学宫时的顾茫，笑嘻嘻的，亦正亦邪的一张脸，开心起来的时候会露一颗虎牙，眼睛比他见过的任何星辰都亮。那时的阳光灿烂，长老话语冗长。而顾茫伏在桌上，偷偷摸摸地写着的小人书，自编自演，并为书里所有的女孩儿都爱他而扬扬得意。

那时他们都不知道自己会有怎样的明天。

第2章

第二日，大军班师。

满城热腾，妇孺老少夹道欢迎，一时间万人空巷。

“恭迎北境军回朝！”

队伍进城，官道却气氛古怪，像是热油锅里倒了一汪水，却又迅速盖上了个木盖子，把那些滋啦滋啦的狂热都硬生生压在了锅盖下头。

人们低着头，余光却不住地往前头瞟，去偷看那支王师精锐骑马而过。

墨熄一身铠甲，嵌有铁皮的长靴踩着马镫，除了腰带和护手闪着冷冷银光之外，全身都是玄黑打扮。

“羲和君真是太帅了啊啊啊！”

“我要死了我要死了。”

“他刚刚好像看了我一眼！”

“哇，别开玩笑了，他眼里除了梦泽公主就不会有别的人好吗？”

“可他又没和公主成婚……他今年都三十了，没妻子没未婚妻也没小妾，我想想还不成嘛，真是的！”

至于其他将领和兵卒，那表现就比墨熄活跃多了。他们一个个开开心心地和夹道欢迎的百姓们招手，尤其是岳辰晴，居然还兴高采烈地接过少女们递来的花，打算往自己鬓边插。被墨熄警告地看了一眼，才悻悻作罢，改为委屈巴巴地捧在手里闻。

官道很长，岳辰晴老实了没一会儿就又开始花枝招展，笑眯眯和别人乱抛媚眼：“姑娘你好！”

“小姐你真好看！”

“鄙人诚招小妾，管吃管住。”

墨熄厉声道：“岳辰晴！”

岳辰晴捂住嘴巴。

北境军甲光映日，刀枪晃目，一路行来，军容极盛，和当年顾茫回城的气势完全不同。毕竟当年顾茫凯旋的时候，自己就一马当先在前面招猫逗狗，后头跟的士卒也乐得轻松，嬉笑着去接百姓递来的点心与美酒。而此刻领军的是羲和君，羲和君连笑都不笑一下，其他人自然也不敢太过放肆。

从城门到王宫缓缓行马要走上半个多时辰，到了宫中，还有冗长的授勋礼，又跪又拜又谢，烦人得要死，一来二去总算熬到了夜宴开始，

墨熄却仍是不得安生。用岳辰晴的话来说，他得“贞烈而不失高冷，疏远而不失礼貌”地应付着那些千金小姐。

顺带一提，岳辰晴第一次开玩笑说墨熄“贞烈”的时候，被羲和君罚抄了整一百遍的《女德》。羲和君冷冷地表示，岳辰晴你是不是不知道贞烈是什么意思？来，你过来，我让你抄个够。但不管岳辰晴哭着抄了多少遍“女德无极，妇怨无终”，羲和君“贞烈而不失高冷，疏远而不失礼貌”这句玩笑话还是暗暗在军中传开了。

大家心想，没错呀，羲和君为了等待梦泽公主，拖到三十不肯成家，看看晚宴上的情形就知道了，一群千金小姐围着他叽叽喳喳，可他连正眼都不带看的。

“羲和君，好久不见你了。”

“羲和君，你好像瘦了些。”

“羲和君，你看我今天的步摇好看吗？”

这群金枝玉叶中，最为惹火的是宴平公主。她是梦泽公主的亲妹妹，今年刚刚及笄，身段却已然生长得极为窈窕，顾盼间都是茂盛的盎然春意。她笑吟吟地走到墨熄面前，嘴唇鲜嫩犹如多汁的浆果。

岳辰晴在远处见状，连嘴里的糕点都没来得及咽下去，忙拉住自己一个许久未见的兄弟：“哎哎哎。”

兄弟：“干什么？”

岳辰晴兴奋道：“来，你往那边看！”

“那不是宴平公主和羲和君么……有什么好看的，宴平公主肯定没戏的。”

“不不不。我让你见识一下什么叫作传说中的贞烈又不失高冷，疏远又不失礼貌！”

兄弟：“你《女德》没抄够？”

岳辰晴好了伤疤忘了疼，笑嘻嘻地拽过朋友转到附近去偷听。“姐夫。”宴平公主笑着在墨熄跟前站定，一开口便十分调侃。

墨熄低下眼睫，因为这个称呼停顿须臾，而后转身。

宴平忙拉住他：“姐夫，你一直不去和别的姑娘玩，就站在这里板着张脸，是不是在生气我姐没来呀？”

顿了顿，墨熄“高冷”地答道：“公主认错人了，我尚未婚娶。”

“我随便叫着玩玩嘛。”

墨熄按住火气，“疏远”地答道：“此事岂能儿戏。”

“好啦好啦，你别生气，我姐上个月身体不舒服，去扬州的汤泉宫安养了，压根就不在帝都，不然她肯定会来见你。”

墨熄知道梦泽公主的体质变差，其实与自己有着脱不开的干系。于是“礼貌”地问：“她还好吗？”

岳辰晴：“哈哈哈哈哈！我说什么！我没说错吧！”

兄弟觉得他笑得太大声，哪怕筵席上众人热闹往来，也有可能会被羲和君留意到。就算岳辰晴无所谓抄《女德》，自个儿也丢不起这人，遂一把捂住岳辰晴的嘴，拖着他走远。

他俩走了，宴平公主和墨熄的对话却还没完。宴平继续抿嘴笑道：“吹了两年塞外的风，还只想着我姐姐呢？放心吧，老毛病了，你又不是不知道，静养一阵就没事了。”

墨熄没说话。

“不过讲真的，我姐身子那个样子，没调养好之前又哪里消受得了羲和君你呢？”

宴平说着，目光崇慕又渴望地往墨熄一瞥，又在他高挺的鼻梁上看了好几眼。而后叹道：“唉，姐夫啊，若我姐姐一辈子都病着，一辈子不能嫁人。那你真要为了她一辈子清守？那岂不是太可惜了……”

她靠得墨熄很近，身上是甜腻的脂粉香味，满头珠翠映着乌发，额间落着胭脂色的牡丹额面。

“不如考虑一下我？我也长大了，不比姐姐差。”

说着想伸出酥手：“不要太认真嘛。”

“不要太认真。”这句话简直可以位列墨熄生平最痛恨的话的前三位，宴平公主居然还精准无比地戳中了他的痛处。

墨熄看了她一眼，顿了顿，冷然道，“你让开。”

“哎，你、你……”

但墨熄已经剑眉低压地从她身边走了过去。

飞瑶台华帷流苏飘飞，墨熄从仆侍那里重新拿了一只盛着琥珀光的琉璃盏，走到华台边缘，黑皮军靴包裹的长腿放松了些，靠在朱栏边看着万家灯火。离开了那满殿烦闷，他透了口气，喝了点杯里的浆果酒，喉结微微而动。

他已经连续好多年“饱受”姑娘们的“青睐”了。但他仍是不喜欢，也不习惯。

要知道从前，墨熄是没有那么多人爱慕的，走在路上，也并没有那么多人敢偷看。当时他的脾气非常不好，不好到什么程度呢？相比之下，如今的羲和君简直能算是温柔和善的小可爱。

后来他家中出了大乱，人人都觉得这个墨公子是要末路穷途了，贵族修士们不愿意搭理他，庶奴出身的修士也不敢靠近他。

只有顾茫这个疯子不怕死，愿意与他一块。只有他主动选择了陪伴那个落魄公子，安慰他说，没关系，就算你不再是贵公子了，你也是一样是你啊，你自己心里是有火种的，迟早会闪闪发光。我看得见，以后也会有人看见。

后来，墨熄挨过了难关，也确实摆脱了“墨家”的阴影，他南征北战，军功甚至胜过了祖辈当年，再没有人会觉得他是墨家的独子，而是只把他当作羲和君本尊。

越来越多的姑娘开始对他有好感。

而到了顾茫叛国之后，姑娘们的口味就干脆完全变了。她们纷纷去仰慕墨熄，甚至还有人感慨道：“男人呢，还是闷一点好，闷一点老实呀，不会像顾茫那样叫人失望。”

“羲和君性子虽然差，但是他坦荡啊，他有什么话都是直接骂出来的，一点都不装。”

更有青楼姑娘叉着小蛮腰拍着桌子“豪迈”放言道：“羲和君是老娘见过最纯情的男人！老娘把话撂在这儿了！要是羲和君来寻我，老娘不但不收他的花酒钱，还倒贴！”

结果第二天，羲和君还真的来了，不是来寻她，而是黑着脸把青楼给封了。

“不知廉耻。都给我回去当良家妇女。”墨熄恶狠狠地封完楼，凶巴巴地训完话，怒冲冲地走了。留下一堆青楼姑娘啊啊乱叫，只说羲和君劝她们从良那她们一辈子就绝不为娼啊啊啊羲和君真是绝世好男人呜呜呜呜。

简直是莫名其妙！

人们总爱找个看起来不错的人供在心尖上，然后把自己美好的幻想加诸于那个人，就此来为自己提供光芒。可墨熄一点都不想成为那一尊无聊的坐化金身——他没有她们想象中的那么完美。

他也有一些狼狈不堪的过去，是不能跟人明说的。只是根本就没有人了解。所以顾茫说得也对，也不对。

他确实是摆脱了墨家的阴影，靠着自己在众人眼里变得熠熠闪光。但是他清楚，那些光芒只是属于人们幻象中完美无缺的羲和君的，与很久以前那个既孤单又困窘的青年其实并没有太多的关系。

自始至终，到底只有顾茫一个人走向了那个落魄的小公子，走向了那个前途未卜的少年。只有他，在那时候真心实意地为了学宫师兄弟的阔别重逢而开心，并且高高兴兴地把手伸给他，灿然露出一颗小虎牙。

篝火温暖。他笑着说，好久不见了墨师弟，我能坐你旁边吗？

“好久不见了，我能坐你旁边吗？”忽然身后有人说话，墨熄的指尖微颤，琉璃盏里的酒差点没洒出。

他如在梦里般转头，看到一个熟悉的身影。在飞瑶台的桐花下，月色中，正静静看着他。那个人却不是顾茫——自然不会是顾茫，回过神来的墨熄几乎是在心底嗤笑，自己这是在想什么呢。说话的人是个眉目温柔的男子，他坐着木头轮椅，披着素色寒衣，残废的腿脚上盖一条藕色薄毯。

墨熄微微惊讶：“清旭长老？”

清旭长老，江夜雪，他是岳辰晴的兄长。

和无忧无虑的傻小子岳辰晴不一样。江夜雪的命很苦。他母亲去得早，后来自己又因为执意要与罪臣之女完婚，被驱出了岳家。当时他和那个姑娘都没有什么钱帛，两人的婚事很清简，而且碍于岳家的威压，只有几个人坚持去了——其中就包括了墨熄和顾茫。

墨熄送了他们一座小院。顾茫看着地契瞠目结舌，然后跟江夜雪说，兄弟，我很穷的，我可送不起这个。一众人都笑了，顾茫在笑声中鼓着腮帮，用唢呐给他们吹了一曲《凤求凰》。

但是好景不长，江夜雪与妻子一同从了军，战火无情，先是带走了他的发妻，后来又夺去了他的双腿。

墨熄不知道这个男人是怎么熬过来的。好在江夜雪外柔内刚，最终还是打起了精神，在修真学宫谋了个长老之位，教授炼器之道。可这一举动居然触怒了他的生父，岳家是重华第一的炼器大家，岳钧天勒令修真学宫革除江夜雪的教职——

“这个被逐出岳家的逆子，姓都不跟着我们姓了，还有什么脸面再靠岳家的本事吃饭！”

宫主拗不过岳钧天，只得把江夜雪婉辞。

墨熄当时看在眼里，决定给他在自己的军机署谋个位子。岂料还没等开口，第二天修真学宫的宫主居然又求爷爷告奶奶地请了江夜雪回去，这回岳家再嚷什么都没用，宫主只说是“受一位故人耳提面命”。

至于那位不出头的故人究竟是谁，至今在重华仍是个谜。

江夜雪自知与岳家相看两厌，以往这种大宴是从来不会出现的，所以墨熄见到他才这般意外。

“你怎么来了？”

“我……”江夜雪道，“我来看看辰晴。”

江夜雪走的时候，岳辰晴还小，很多事情记得不是那么清楚，但是当兄长的却总也放不下这个弟弟。岳辰晴虽然不认他，但说实话，也没有像岳家其他人那样难为他。

“也想来见见你。”江夜雪顿了顿，笑了，“左右瞧不见你的人影，我想是不是因为里头太吵了你受不了，所以就来台上找你。果然被我猜对了，你真在这里吹风。”

“你要找我，传人带个话就好了，何必自己亲自出来。你腿上的伤见不得风寒，我带你回去。”

“没事，已经很久不疼了。”江夜雪道，“我来是想谢谢你。辰晴不懂事，这两年多亏你照顾他。”

墨熄沉默一会儿，说道："令弟年轻，贪玩一些也不是什么坏事。何况在外两年，其实他长进不少。"

江夜雪温柔笑道："是吗？他没给你添乱吗？"

"一点而已，还是帮的忙多。"

江夜雪叹着点了点头："好，那就好。"

静了片刻，微风吹着飞瑶台的流苏缓缓飘荡。

江夜雪忽然道："羲和君，你离境已久，想必帝都发生的很多事，都还不太清楚。"

他一贯聪慧、通透，又很善解人意。

"殿内太吵，我也一时半会儿不愿回去。若是羲和君有什么想知道的，尽管问我就是了。"

"……也没什么特别想知道的。"墨熄转头看向帝都一片月，万户落星辰，"我在城里并无亲人。"

江夜雪知道他这人别扭，看着他，也不急，只是点了点头。

过了一会儿，墨熄轻咳一声，果然开始问了："你这些年，都还好？"

江夜雪笑道："挺好。"

"君上呢？"

"他一切都很顺遂。"

"梦泽公主？"

"万安。"

墨熄："那就好。"

江夜雪眼睛里流转着深浅不定的色泽："还有别的想知道吗？"

"没了。"

可是过了一会儿，墨熄把杯盏里的最后一点残酒喝掉，望着璀璨夜色，终于还是忍不住问了句，"顾茫呢……他怎么样？"

江夜雪看他的眼神仿佛是在叹息："唉，你拐了那么多弯，终于提到他了啊。自然过得不好。"

墨熄沉默一会儿，略微点了一下头，喉咙有些发干，"我想也是。"

"你若愿意，还是去看看他吧，在那种欺负人的地方住了那么久，他……他早已变了很多。"

墨熄怔了一下，一时没反应过来，皱着眉问："什么地方？"

江夜雪没想到他居然会是这个反应，微微睁大眼睛，也愣住了："你不知道？"

"我知道什么？"

江夜雪："……"

两人都没再说话。大殿内忽地爆发出一阵热闹欢笑，窗棚之间人影晃动。

墨熄蓦地反应过来，一下子睁大了眼睛："他不会是被送去了……"

"他在落梅别苑已经两年了……"江夜雪没想到这么重要的事情岳辰晴居然没透露过。结果竟是自己告诉墨熄的，不由得有些不安。

而墨熄则瞬间脸色发青。落梅别苑……那是什么地方？权贵们的极乐沃土，囚奴们的人间地狱，一朝一夕就能把困囿其中的人骨血掏尽肚肠吃空。性温的人进去面目全非，性烈的人进去玉石俱焚。碾碎所有囚奴自尊的地方，一夕落难，人尽可欺，活在那里比死难受百倍。

他们居然把他送到那个地方？墨熄喉结轻动，第一次，没有说出话来，第二次才艰难道："望舒君安排的？"

江夜雪顿了顿，叹息着点了点头："你也知道，望舒君恨他。"

墨熄沉默了，倏忽把头转开去，看着眼前苍茫夜色，再没有吭声。自从两年前顾茫被押回重华后，他就设想过很多顾茫会得到的下场。

他那个时候还不知道等待顾茫的刑罚究竟是什么，他想，如果顾茫被关在天牢里，他可能会过去看两眼，然后冷嘲热讽地说上几句话。如果顾茫成了个废人，他也不会去同情他，或许还会给他使点绊子。

他们之间就算曾经有过什么柔软的东西，这么多年过去，恨意也已积得太深，再也无法和解了。

墨熄唯一想过自己能和他心平气和地喝上一壶酒的情形，便是在墓地，顾茫躺在里面，他站在外面，他或许还会像从前那样对他说说话，在青石墓碑前搁上一束灵力化成的红芍花。

那好歹算是成全了他们最后不曾争吵的离别。

可是从很久以前，顾茫这个人就擅长给墨熄带来各种各样的意外。墨熄没有想到就连这一次也是一样的——落梅别苑。墨熄心中煎熬着这四个字，他把这四个字翻来覆去地想，试图从里头熬出一星半点的快慰来。

可是到最后他却发现自己不过是在做徒劳之举，他并没有能够从中汲取到任何的痛快，相反，他觉得很恶心，很愤怒。他不知道自己究竟是哪里来的恶心和愤怒，恶有恶报这难道不应该大快人心？

墨熄手肘撑在雕栏上，他想屈一屈手指，可却麻僵得厉害。他转头看向江夜雪的五官，却觉得说不出的模糊。眼前阵阵晕眩，胃里阵阵痉挛。

顾茫，被送到了落梅别苑，已经两年。

墨熄觉得自己此刻应该肆意大笑，这样才是对的，才符合人们眼里他俩入骨入血的仇恨，所以他确实动了唇齿试图撬出一点快慰。可是最后只有一声冷嘲，薄溜溜地从森森齿间飘落。

眼前好像又闪过初见时阳光下那张清秀的脸，笑望着他："你好啊，墨师弟。"好像又闪过从军后顾茫灿烂的笑模样，热热闹闹地在一群狐朋狗友当中，回头冲墨熄眨了眨眼，眼尾很长，微微地往上，然后漾开温柔的弧度，真切地笑了。

他还想起了顾茫当上统帅后的那些言语——有笑嘻嘻的油腔滑调：“来啦，今朝从戎投王八，来年升官把财发。”有尸山血海里的怒喊：“来啊，走啊，没死透的都给我振作点爬起来！我带你们回家！”

以及执着跪在金銮殿前请君上不要将他的士兵仓促合埋：“我想请药师们辨一辨那些尸体……求您了，这不是无用之功，每一个战士的墓碑上都应该有名有姓。君上，我不想有兄弟最后回不了家。”

“他们认我做主帅，是人是鬼，我都要带他们回来。我答应过的。”“他们要的不是哀荣，只是想求一个本来就该有的名字。”还有最后忍无可忍在殿前含泪怒吼：“奴隶就活该死吗？奴隶就不该被安葬吗？！”“他们一样流了血，一样没了命！已经没爹没娘了，最后还没个名分，凭什么岳家墨家慕容家的人死了是英雄，我的弟兄们死了就只有一个窟窿填埋啊？！为什么啊！！”

那是顾茫第一次在殿前哭了。

他不是跪着哭的，他是缩着，佝偻着，蹲着哭的。刚打完仗，他身上的血污都还没洗，脸上又全是烟熏火燎的印记，泪水擦出斑驳的痕迹。这个沙场上永远代表着希望的战神，就这样在金殿里被打回卑贱的原形，像一具无名的尸体。

满殿文武衣着端肃，许多人嫌弃地看着这个男人，他衣衫褴褛，污臭不堪。他哽咽哀号着，像濒死的兽。

“我说过要带他们回来的……”“你们行行好，让我守约吧……”

但大抵是知道没有用了。最后他也不求了，也不哭了。只重复着，目光几近涣散，似在跟游魂喃喃低语：“对不起，是我不好，我不配做你们的主帅。”“我也只是个奴隶而已……”

当这些句子点点滴滴落回记忆里时，墨熄只觉得头疼欲裂。不由得以手加额，将脸庞覆在手的阴影之下，一片冰凉。

江夜雪道：“羲和君……你还好吗？”

没人回答，过了很久，才有一缕听不出情绪的嗓音，不冷不热地，从阴影中游弋出来：“好。怎么不好。”

江夜雪看着他，叹了口气：“你我认识多少年了，又何必在我面前强撑。”

墨熄无言。

檐角的铜铃叮叮当当，细长的明黄色流苏在风中飞舞。

“你和顾茫两个人的名字，从前一直都是一块儿被人提起的，一起在修真学宫修行法术，一起上过战场，后来一起被敕封。”江夜雪说，“如今，你仍高高在上，他却已入尘埃，那么多年的比肩齐名，人们口中的邦国双璧，现在却只剩下了你一个，我想你并不会开心。”

他顿了顿，转头看向墨熄：“何况，他曾是你交情最深的朋友。”墨熄垂着浓深的长睫毛，片刻之后答道："……我年轻的时候眼瞎。"

"可他叛国之后，你仍然信他是有苦衷的，你信了很久。"

"我瞎得比较厉害。"墨熄说道，看着手中的杯盏，那里还残着一抹余酒，泛着霞光之色，他已不想再继续这对话。

"起风了。清旭长老，我们回大殿去吧。"

得知顾茫下落的几天后，墨熄一直都很烦躁。他原本想克制住这种不该有的情绪，可是随着时日的推移，他的烦躁有增无减。墨熄知道自己是患了心病，只有落梅别苑有那一剂心药。

终于在某一个晚上，暮色深沉时，一辆垂着沉夜纱的马车缓缓地往帝都北面驶去。

墨熄坐在车辇内，闭目阖实，就算四周落着帘幕，里头只有他一个人，他依旧把背脊挺得很直，英俊的脸上没有任何表情，冷峻得令人畏惧。

"主上，地方到了。"

墨熄没有直接下马车，而是撩开幕帘，自阴影中往外看了一眼。此时正是夜市最热闹的时候，对街的门庭外用灵力燃出的两排浮夸至极的九九寒梅灯烛，映着高悬的彤红匾额——落梅别苑。

"晓风含霜清胜雪，一朝零落尘泥中。"

这里头有很大一部分是重华国得到的战俘，被废去灵核，从此成为阶下囚，在里头或习弹曲，或学丹青，但这些都不重要，没人在乎他们弹什么画什么。

"主上，您要进去吗？"

墨熄一眼瞥过，瞧见好几个熟人，于是皱了皱眉道："走后门。"

车马就停到了落梅别苑的后门。

"你回去，不用在这里守着。"吩咐完府上的车夫，他原地站着看了几遍地形，而后足尖一点，掠上檐角，悄无声息地潜入夜色里。

来之前他看过落梅别苑的备案图纸，所以很快地就来到了偏院花阁。他披上斗篷，像寻常客人一样从正门进去，走过那一排排阖着朱红漆门的房间——

万枯侍火圣女沙雪柔，

万枯侍火女婢秦枫，

燎国左军副将唐真，

血雨左军女官林花容。

每一扇门边都悬着这样一枚小木牌，上头详细地写着这些人从前的邦国、所任的官职，以及名字，一切来路都清清楚楚，方便那些与敌国有冤有仇的客人找到。

墨熄目光瞥过，衣摆翻飞，他走过一排排回廊，剑眉蹙得越来越深，心跳得也越来越快——

顾茫在哪里？走过了几十间房，仍是没有看到那块牌。

上了二楼，又找。终于，在一个偏僻的拐角，墨熄停了下来。

暗色的木牌，细瘦的字迹——重华叛臣顾茫。

整个别院里，唯一一张署着重华二字的牌。

墨熄的目光像是有千钧重，沉甸甸地，落在了那一小块牌子上，那一瞬间，他的黑眼睛里像是有什么东西被点燃了，幽暗地烧起来。但是那种光很快就熄灭了。他抬起手，指节离门还有一寸时，却又止住了。

墨熄瞬间胸中一口怒血翻涌着，竟是痛苦到手抖。可他为何要痛苦？是顾茫自作自受，落到今天这个地步。

墨熄盯着那牌子上鲜红的字，那种红色像是某种顽疾，轻而易举地染到了他的眸底。他忽然觉得这一切是多么的熟悉，就像一场噩梦的重演。多少年前，同样也是顾茫在屋子里面，而他万般痛苦地站在外面。

那时，他刚刚完成任务从外归来，却听说了顾茫被新君削权后浑噩不起，竟终日泡在花馆里饮酒浇愁——他不信。

可是当他像个傻子似的站在昏暗的光影中，穿过燕语莺声，打开厢房沉重的檀门，还是看到厢厅深处的那个身影。脸还是那张脸，人却仿佛不再是那个人。

顾茫躺在软帐深处，听到动静，他睁开迷离的眸子，黑眼睛扫了墨熄一眼——却仿佛看不见故友脸上的愤怒与伤心似的，只是吃吃地笑。

墨熄觉得有什么随着顾茫放浪形骸的笑容，在自己心里碎掉了。

“男人嘛，那么认真做什么。”当时顾茫是这样和他说的，“名声有什么了不起的呢？”

见弃于新君之后，顾茫选择的路不是振作起来。或许君上做的事情、一些人的死亡已经把他的魂魄打碎了，他要把自己活到泥潭里去。什么能释放出最多的梦幻，他就把自己溺死在那里头，只有在那些镜花水月里他还是他的顾少帅，他的手足同袍和热血岁月都从未与他远离。

此时此刻，落梅别苑的厢间里隐隐传来说话的声音，墨熄只觉得透不过气来。他蓦地转身，走到游廊尽头，朝着外面喘着气。细长的手指捏在窗棂上，竟生生地将那棂木捏出一道痕。

墨熄眼眶通红，一声不吭地瞪着前面。他曾以为自己很了解顾茫，他曾以为自己比任何一个人都懂顾茫，他曾经那么傻，把顾茫当作一生最珍视的人。

所以他曾经那么坚定地信任顾茫，哪怕后来顾茫千夫所指，他也站在重华王宫的大殿里，对所有人说——我墨熄拿性命发誓，顾茫不会叛国。

可是顾茫骗他，负了他一次又一次的信任，负了他一天又一天的期待，最后甚至亲手刺穿了他的胸膛，跟他说一切都无可回头。他曾以为一切都不会更糟了。谁知到了如今，顾茫居然还能碾压他已经破碎的心。

在进落梅别苑前，墨熄心里其实是存着那么一点点微弱的希望的。他希望顾茫还是那个硬气的顾茫，安能摧眉折腰事权贵，使我不得开心颜。如果这样，他那颗早已被顾茫刺得伤痕累累的心，或许多少还能有点慰藉。

可顾茫连这点慰藉都不给他。墨熄觉得自己血肉里包藏的骨头都在恨得发抖，恨得发颤。

顾茫竟真的在这囚奴日子不如猪狗的落梅别苑，挨了这些岁月……他甚至不知道自己是该作为羲和君为叛臣终于得惩而快慰，还是该作为墨熄为故人的凋零而感到痛苦。

“砰”的一声，门开了。

墨熄背脊蓦地绷紧，犹如伺猎的鹰。他没有回头，但他清楚那个声音就是从顾茫那边传来的。

有人骂骂咧咧地从顾茫屋里走出，往地上啐了口浓痰，一边诅咒着，一边步履沉重地下了楼梯。游廊内飘着一股刺鼻的酒味，是个喝醉了的酒鬼。

墨熄僵硬地站着，过了好一会儿，直到酒味已经散得再也闻不见了，他才仰了仰头，闭上眼睛。接着缓缓睁开眸子，以一种近乎怪异的平静，一言不发地回到顾茫房前。

停顿，抬起黑皮军靴，抵开那扇不久前才被人合上的雕花漆门。

屋里很昏暗，只亮了一盏油灯，四下里仍旧弥漫着那种令人肠胃翻腾的酒气，还有醉鬼呕吐后的秽物，被清扫了扔在角落的木桶里。墨熄绷着脸走进去，一眼扫过，没有人。

再扫一遍，屏风后面传来细细的水声。顾茫大概是被那浑身恶臭又吐又呕的醉鬼弄脏了衣衫，所以对方一走，他就在洗澡了。墨熄咬着嘴唇，把头转到一边，指甲早已陷入了掌心。

顾茫从前是最讨厌这些酗酒又粗鲁的贵族的，如今却不得不由着这些人欺辱打骂。谁让他叛国，谁让他是囚奴。

为了不让自己失态，墨熄在小圆桌前坐了下来，沉默地闭上眼睛，他一面等着顾茫出来，一面在想，一会儿顾茫见到了自己，会是什么神情？一会儿自己见到了顾茫，又该说什么话语？

就这样咬牙切齿地静了良久，连水声什么时候停止了，他都没有觉察到。

直到屋子的灯烛又亮了一盏，他才蓦地回神，侧头睁眼，看见灯台边，一个穿着白色单衣的青年正安静地看着他，也不知道已经在那里看了多久。

那张脸还是和记忆中的一样，只是瘦了一点，一时间谁都没有说话。

青年默默站着，脖子上戴着法咒锁铐，赤着脚，漆黑的头发没有梳起，乖乖地垂在肩头，衬得那张脸苍白又瘦削，因此一双眼睛也就显得格外清亮……屋里静得可怕。

墨熄眼眶仍是微红的，捏紧的指节也在颤抖。他瞪着那个男人，喉结微动，想说什么，却什么都没有说出来。终于又见到了，终于再一次见到。

之前心中的那么多问题，却没有一个再能想得起来。他模糊的眼前唯一闪过的情形，竟是多年前战船上的那一幕，顾茫额前歪戴着夺来的蓝金色一字巾，滴血的刺刀抬起他的脸颊，目光复杂地看着他说，我真的会杀了你的。

那时候墨熄觉得，或许这就是他们俩的终结了。可是现在，顾茫又立在他面前，眼神很沉和，不出声地望着他。

说起来也很可笑，仇怨明明那么深，但这一瞬间，墨熄居然在怅惘自己没有及时注意到顾茫的出现，以至于错过了顾茫看到自己的第一眼。

而现在顾茫已坦然且毫无波动，就像看着这两年来每一个走进他房中寻仇泄愤的人一样，不带一点墨熄所熟知的情绪。

竟是这样宁静的重逢，简直有点异常。

两人又对视了一会儿，然后顾茫走过来，在墨熄旁边坐下。

大概是这样平静的举动实在超出了墨熄的预料，虽然他脸上仍是八风不动，但人却下意识地往后了一点。

"你……"顾茫忽然从桌上拿起一捆小小的竹简，默默递给他。

墨熄不知所以，但仍是接过了，借着微弱的烛光，将竹简打开。他一目十行，扫过上面的内容，但觉得一阵血热，一阵血凉。

到最后，阖了眼，狠狠把竹简甩在了桌上！

啪的一声，宁静被震碎了。

"……顾茫。"墨熄盯着他，仍忍着，但眼里的怒意越来越盛，指节亦是格格作响，"你疯了！"

"你得选。"顾茫开口了。

那么久之后，他们再见面，他的第一句话居然是这三个字，居然还能够说得这样寡淡。他重新拿起竹简，再一次把它递到墨熄手里："选一个。"

"你以为我是来做什么的？！"

顾茫好像只会说这么一个字了："选。"

墨熄气得几乎要升天，胸口起伏着，一双黑亮的瞳眸里满是戾气，他眼里的红愈发盛了，愤怒、失望、恨意、悲伤，全成了映在他眼里的血色。他拿着那捆小小的竹简，半晌之后，再次掷在桌上。竹简摊开，那上面端端正正地列着落梅别苑的价码，写着一个重华贵族若是想在这里羞辱一个落难的敌国俘虏，可以做怎样歹毒的事情，又需要付出怎样的价码。

墨熄蓦地把视线移开。

"你不选，便不合规矩。"

墨熄简直快被他逼疯了，偏偏还在忍耐。他是真的很暴躁，但也是真的很能忍，字从牙关铿出："什么规矩？"

顾茫平静地看着他，目光如无波古井："你不是来打我的吗？"

“……”

“还是骂我？还是别的什么？”

“顾茫，你……”

“每一个人都是来做这些事情的。”顾茫说，“如果你不做，你来干什么？”他第三次把竹简扯过来，举起，展开在墨熄面前。

“选，或者走。”

第3章

如果时间倒回十年前，有人跟墨熄说，羲和君，我悄悄告诉你哟，以后你最好的兄弟会沦为你的俎上肉、阶下囚，一身骄傲不复，唯剩卑骨贱躯。那么羲和君一定会将那人的满口牙都打掉脸都捶碎。

但如今他看着顾茫的脸，像一场噩梦，却不醒。他最终还是把那竹简合上了，他整张脸都是青的，眉眼里尽是压抑的黑暗。他说："我……不做什么，只来见你一面。"

顾茫听了，没吭声，朝他伸出手。

"干什么？"

"给钱。"

"你！"

"只见一面也要给钱的，不然我又不好交代。"

墨熄气极，眼眶都红了，却是堵得说不出一句完整的话来："我……"

顾茫浑然不见他的怒，只默默摊着手等着钱，他现在的话很少，能不说就不说。

而羲和君记忆里的顾帅，话是很多的——当他站在骄阳底下晒着，面对校场的士兵时，他总是迈着步子，骄傲又威风地来回走着，冲下头嚷着话，皮肤流着汗水，像是猎豹皮毛上落了水晶珠；总是咧嘴灿笑，黑亮的眼睛湿润亮泽，还有一颗小虎牙。

墨熄给了他重华国最昂贵的金色贝币。顾茫也不道谢，站起来走到架子边上，取下一个小罐子，小心翼翼地把贝币放进去，然后又把罐子摆到高处。

墨熄就这样冷眼看着，心中百味陈杂，怒恨嗔怨，什么都有。他看着顾茫的背影，忽然阴冷冷地问了句："你那罐子里存了多少钱？"你任由多少人辱骂过、欺辱过、践踏过？你……再也不记得自己当年是何等骄傲模样了吗？

顾茫还是不吭声，他放好了罐子，就重新坐回了墨熄面前，幽昏的灯光下，顾茫的脸并不是那么清楚。

墨熄不知道他脸上是否有些细微的情绪是自己所没有捕捉到的。

顾茫太安静了，安静到甚至有些反常。两年的屈辱，已经把他最后的傲骨都磨没了吗？可墨熄还没向他讨债，还没听他认错呢……他怎么能就此解下血肉，只留给墨熄一副空落落的躯壳？

“你给我的是金贝币，给多了。”

顾茫诚实道：“我找不起。”他说着，重新把竹筒打开，居然又一次地递给了墨熄，“所以你还是选一些吧。”

“不用你找。”

他盯着顾茫的脸看，那张脸上一点受辱的痛楚都没有，只是安静地、平和地、顺理成章地，请墨熄钱货两讫。

墨熄转过头，银牙都快咬碎。

“我不要选。”他越来越烦躁，心里的那口气似乎快要压不下去。压到最后，再也忍受不住倏地起身，面带霜寒。

“算了，我走了。”

顾茫似乎从没遇到过这样的状况，他眼睛里终于有了一丝无措，他想说些什么，但却又不知道该说些什么。

墨熄已经转身，顾茫拉住了他的衣袖。

墨熄真的已近失控，怒焰发出危险的火花，随时都要喷薄：“你到底想怎么样？”

顾茫又不答话了。他回到架子前，重新取下那个存钱的小陶罐，把那一枚金色的贝币捧出来，默默地递回到墨熄手里。

“那这个还你。”

“……”

“再见。”

几乎死寂，突然间“哗”的一声响，墨熄咬牙切齿地把竹筒扯过来，扔在顾茫眼皮子前：“你这两年就在这里苟且偷生，行尸走肉，觉得怎么样？可曾痛快舒心？别人扇你一个巴掌给你一点钱，这样的日子你也能凑合是吗？！”

熔液终于冲破禁锢，压抑着的狂怒就此喷涌而出。墨熄喘息着，眸中闪着猩红，眼眶却是湿润的，道：“你还是从前的顾茫吗？你看看你现在的样子，我居然曾经和你这种人是朋友，曾经为了你和别人吵架，我居然曾经把你当我的……我的……”他说不下去了，一脸怒火攻心的样子，气得连嘴唇都在颤抖。受到了他激烈的情绪影响，屋内用灵力点燃的灯烛瑟瑟抖动，光线一明一暗，投射着他们两人目光相对的侧影。

墨熄攥起顾茫的衣领，顾茫躲避无门，两人眼睛对着眼睛。墨熄胸膛激烈地起伏着，就这样盯着顾茫一会儿，忽然目光落下，扫到顾茫的肩膀。那上面青青紫紫全是鞭子抽过的痕迹……

墨熄只觉得脑中“嗡”的一声，似有什么熔断了，他眼中除了愈发炽盛的怒，还陡然多了些他自己都说不上的情绪。那情绪驱使他蓦地抬手，狠狠扼住顾茫的脸颊。烛火垂死挣扎，终究不敌墨熄身上暴发出的狠戾灵流，蓦地熄灭了。

“为了活着，为了一点钱，别人怎么对你都可以，怎么侮辱你都可以，对不对？”

顾茫似乎是被他掐得太难受了，脸颊渐渐涨红，终于不再那么沉默，而是在墨熄手下挣扎起来。

“放……开……”

墨熄盯着从前被他奉为心中救赎的这个人，顾茫有多面目全非，他的心便痛得有多厉害。他真的要打他吗？真的要欺辱他吗？他真的……真的下得去手吗？

墨熄的眼睛慢慢地暗下去，里头有翻沸的铁水，烫得惊人，因为怒，或者因为其他，终剩一声暗骂，墨熄忽然抬起另一只手，重重砸在架子上，顾茫存钱的那只小瓦罐晃了几下，啪地砸在地上摔了个粉碎。

他下意识地一转头，目光刮过，并没怎么在意。又过了一会儿，他才猛然意识到什么，倏地松开掐着顾茫的手，直起身子，转头看向地面。

一点月色从窗外照进。那小小的储钱瓦罐里，原来什么也没有……顾茫竟然没有得到过哪怕一枚最小最小的白贝币。那罐子是空的。

怎么回事……怎么会是空的？好像翻腾的沸水里哗地倒了一勺冰水，翻腾顿止，而水汽氤氲。墨熄在这昏昏沉沉的迷瘴中模糊地想：为什么明明有人来寻他，但瓦罐中却没有留下哪怕一枚贝币？是、是不是那些人打他骂他，却连钱都不付给他？

羲和君这个人，严肃，冷峻，自律，像一座固若金汤的城池，没有什么能够让这座城池点起烽火狼烟，除了顾茫。从很早以前开始，只要遇到跟顾茫有关的事情，墨熄就会克制不住，会变得易怒，冲动，烦躁，乃至于阵线皆乱，理智全无。

后来当了主帅，几年铁血生死，磨炼得越来越锋锐凌厉，却依旧无法束缚自己的这一点私心。在顾茫面前，他并不是什么重华第一统领，而是一个再普通不过的青年，越来越控制不住自己，越来越渴望知道顾茫这两年都是怎么过的。

为什么他会变得这样淡定，甚至可以说是漠然。一个人面对浮沉宠辱，真的可以从容至此吗？

“赔钱货！”忽然一声怒叱从外头传来，打断了墨熄的思绪，紧接着是脚步声，一个女人骂骂咧咧地走近，“什么都做不好，就只会惹客人不高兴，这个叛徒早点吊死好啦，真不知道望舒君为什么还偏要饶他一条狗命！”

墨熄微蹙眉头。这是落梅别苑的管事，秦娘子。

“不会哭不会笑，不会哄人不会求饶，木头一样。”女人愤愤地，影子已映在了窗户纸上，又骂，“十足的赔钱货！”

“……”

墨熄没料到自己点子竟会这么背，如果说羲和君来光顾望舒君开的场子已经是足够令整个重华悚然的消息了， 那羲和君翻墙偷偷来望舒君的场子，居然是为了死对头，恐怕重华都城能爆炸。墨熄把顾茫的脸掰过来，压低声音问道：“从哪里可以出去？”

顾茫咳嗽几声，喘上一口气：“有客人在这里，门外的字会变颜色。她不进来。”

墨熄怒道：“我又不是客人！”

顾茫微微睁大眼睛：“那你……”

两人一言一语间，秦娘子的影子已经歪歪斜斜地映在了门口，眼见着她就要推门而入，电光火石间，墨熄余光一瞥，忽对顾茫道：“别和她说我在这里。”

“……”

门开了，乎是在同一瞬间，墨熄松开抵着顾茫的手，闪身隐匿到了屏风后面。秦娘子走进屋内，手里擎着一管水烟枪，她朱唇一吐，霎时满屋浓郁刺鼻的青烟味。顾茫没有忍住，低低地打了个喷嚏。

“十次到你屋里来，十次都是又咳又呛的，本来还指望着你一命呼呜呢。”秦娘子翻了个白眼，“结果养你这么些年，倒也不见你死。”

“顾大将军。”她在圆桌前坐下，又用力抽了几口水烟，阴阳怪气地说，“这个月只剩下最后三天了，别的屋里头别说上千枚贝币了，就算再不讨喜的，也好歹赚足了自个儿吃饭的钱。”她眼一瞥，“你怎么说啊？”

“……没钱。”

“老娘就知道你没钱！”秦娘子嘬着烟枪，“成事不足败事有余，你端着个什么劲！整个重华最遭人恨的就是你！”

顾茫又低低地打了个喷嚏。

“装什么体弱可怜？”秦娘子愈发来了气，拔高嗓门训斥道：“你看看你自己，你那破罐子里存下了些什么？老娘养着你，一年到头不赚反亏！”

“……”

“要再这么下去，老娘就算依望舒君的吩咐不动你，也非得把你院子里养着的那只狗给宰了！”

顾茫原本不吭气，一听要宰狗，吭气了：“我都是按你说的做的。”

“你按个头啊，真当老娘傻了？”

“是他们不给我钱。说别人是俘虏，而我是……”顾茫顿了顿，把那两个字说出来，“叛徒。”

墨熄在屏风后面听着，他虽然看不到顾茫的表情，可是顾茫的嗓音却依旧沉静，像是在叙述一个没什么了不起的事实，竟连一点愧疚和羞耻也没有。“叛徒”两个字对他而言，轻得像是羽毛。

“叛徒不应该要钱。”顾茫说，“他们说，怎么对我，都是应该的。”

屏风的缝隙里，顾茫的背影孑然伶仃。

“我欠他们的。”

秦娘子噎了一下，没好气道：“对，是啊，你是叛徒，可这跟老娘有什么关系？你欠他们的，这个没错，但老娘开的又不是慈善堂，哪有次次亏空的道理！亏了还不算，还每次都被那些贵客骂！”

“我都跟你说了多少遍了，这些贵族老爷矜贵，老娘不能伸手要钱，全靠你们这些人自取侮辱，由着老爷们解恨，甭管钱多钱少，多少总能哄来点儿吧。但你呢？顾大将军，您哄了吗？”

顾茫不吭声，过了一会儿，传来了秦娘子更尖利的嗓音，简直穿云裂石：“你瞪我干什么？还有理了？！”

“你给我跪下！”

墨熄原本觉得顾茫是并不会跪的，至少不会立刻跪。可事情再一次超出了他的预料，顾茫像是无所谓，像是并不觉得有多屈辱，竟就真的在这个女人面前跪落下来。

“……”墨熄抬手撑向旁边冰冷的墙面，耳中嗡嗡的是血流涌动的声音。

顾茫他居然真的……未及他想完，忽然一声鞭子抽落的响声，明明是万马千军里闯过的战神，却被这一声惊得栗然，瞳仁收缩，背心沁出冷汗。

透过屏风的窄缝，他看到顾茫跪在秦娘子跟前，那泼妇站起来，掌心凝起灵力，一条猩红色的鞭子照着顾茫的背脊就是一通狠抽。

女人好像要把自己生意亏本却无从发泄的恼恨，一股脑儿地全都泼洒到顾茫身上去似的，铆足了力气抽了二三十道，这才喘着气停下。而这过程中，顾茫竟连一声都没吭，甚至连闷哼都没有，像是无所谓屈辱，也无所谓疼痛。

秦娘子打够了，把灵鞭一收，复又拿起烟枪，吸了几口，按下自己起伏的胸膛：“你也知道叛徒比对头更令人恶心吧？那你就把你的架子放更低点，别再惹得他们不顺意！要是下个月再没进账。不但客人打你，便连我也不会轻饶了你！你自己好好想想吧！”

秦娘子说完，怒气冲冲地走了。

墨熄出来的时候，顾茫依旧背对着他，跪在地上。他的背影显得很单薄，领口很宽，苍白的皮肤从缘口探出来，一路向上，是烟霭般弯下去的脖颈；一路往下，是劫灰般烧上来的鲜红。

顾茫身上的疑点太多了，他太陌生，太沉静，太无所谓生死宠辱。墨熄觉得自己有很多话想问问他，可是盯着那还在慢慢往外渗的血，最后溜出唇边的，却只是一句：

“她一直这样待你？”

“习惯了。”顾茫从地上站起来，“来这里的人，几乎每个都这样对我，她也不是最不好的。”

顾茫说着，也不去看墨熄一眼，自己走到水盆边。

墨熄刚想再说些什么，就看到顾茫脱下了自己的中衣，把那件血迹斑驳的衣服丢到一边，而后端起水盆，“哗”地朝自己身上猛浇下去。

那后背像是有某种法咒，将战无不胜的墨帅给魇住了。在羲和君记忆里，顾茫的背脊挺拔、宽阔，线条凌厉，像绷紧的弓弦。背上很少有伤疤，他的疤大都是正面的，比如胸膛、腰腹。但此刻昏黄的灯光中，那个羲和君所熟知的人已经面目全非，鞭痕、刀伤、焦灼模糊的法咒烧伤布满背脊，竟已难见一块好肉，更别提刚才被打之后那些血淋淋的伤口……该有多疼。可是顾茫却跟没事人似的，用冷水随随便便地就把自己的血给冲掉，然后胡乱拿毛巾擦着。

墨熄心中五味杂陈，原不想多言，可目光却始终移不开。他想起学宫里的顾茫无奈地叹息道：“师弟你也太刻苦了，脚还能不能动？来，我扶你回去。”

他想起沙场上的顾茫，立马横枪，与他背靠在一起，笑道：“这波敌军和疯狗一样，今天咱俩要是死了，也没个漂亮姑娘做伴，只有我陪你，你可千万别嫌弃。”

当这些往事都涌上来的时候，墨熄喉咙干涩地咽了咽，终究还是问了句：“你金疮药呢？”

顾茫的眼神有些茫然，仿佛听不懂墨熄在说什么似的：“金疮药？”

“那绷带？”

“绷带？”

墨熄此刻也不知是怒还是恨，是怨怼还是莫名其妙地疼痛了。

“至少该有一瓶止血散。”

顾茫停下手上的动作，回头看着他，过了一会儿，终于明白了，但是他摇了摇头：“不要，会好。”然后他就跟没事人似的，接着用冷水随随便便地就把自己的血给冲掉，然后胡乱拿毛巾擦着，最后走到樟木矮柜前，从里面翻出一件皱巴巴的中衣，就这样穿回了身上。

墨熄见他这般随意，心中的躁郁愈发蓬勃旺盛——他见过很多的战俘，刚烈的、柔顺的、一心求死的、卖主求荣的，但顾茫和他从前接手过的囚犯没有任何相同之处。墨熄不知道此刻的顾茫究竟像什么，顾茫身上甚至没有一丝他所熟悉的味道，没有一丝人情味。

不哭、不卑、不恐、不怨，甚至好像不疼。

半晌后，墨熄问道：“顾茫，你到底是怎么想的？”

他原没指望顾茫答，只是心中闷得慌。可谁承想，顾茫居然答了，还答得很陈恳：“想要钱。”

“……”

“其他人有，我没有。没人给。”

墨熄望着他，望着顾茫说话时的神态，望着他一个字一个字往外吐的样子，心中的异样感越来越强烈。

“所有人都说，我不该要。”顾茫说着，目光望向地上的瓦罐碎片。然后他走过去，把那些碎片拾掇起来，堆到桌子上，他看上去依然平静，可是墨熄逐渐发现，他眉宇间的却好像愣愣的，困惑不解的模样。

顾茫转头看着他：“你是第一个给我贝币的。”

墨熄沉默片刻，硬邦邦道：“我为何给你，你心里清楚。”

顾茫没有马上接话，他来回打量了墨熄好几遍。这是墨熄进屋以来，顾茫第一次认认真真地打量他，而不是那种打发客人的寡淡目光，然后顾茫朝他伸出了手。

“你还想要？”墨熄俯视着他，“刚才不是还打算还我吗？”

“要。”

墨熄一阵烦躁，为了不再和他啰唆，免得更生气，于是重新拿了一枚金贝币给他。顾茫不道谢，接过了，双手捧着低头看了好一阵子，又回头看看桌上摔碎了的瓦罐。他想了一会儿，走到床前，从软褥子底下翻翻找找，找到了一只香囊。他正想打开香囊把贝币放进去，墨熄却突然意识到了什么，心中一冷，蓦地起身。

“等等。”

“……”

“你手里那是什么？”墨熄的嗓音低沉危险，仿佛稍加用力说的每一个字就会在他的齿间碰得粉碎，“拿出来。”

是一只绣工精致的小香囊。金丝绣千里云霞，银线绣万里河山，底下缀着红石玛瑙，一看就知道是个价值不菲的物件。墨熄盯着那个香囊看了良久，心中思潮翻涌，慢慢地，吐出几个字来：“谁给你的？”

顾茫似是不愿与人谈及此事，把香囊复又收到怀里，贴着心的位置，然后吐出两个答非所问的字来：“我的。”

他的？又骗人。都落到这个地步了，瓦罐里一枚贝壳都没有，他还能买得起这种锦囊？墨熄都快气笑了：“你哪里来的钱？”

“换的。”

“……和谁？”

可顾茫只重复着：“我换的。”

顾茫明显的欺骗令他的心像被砂纸磨过一样，既疼又痒。墨熄闭了闭眼睛，想缓下这口气，可白皙的面庞却连咬牙切齿都藏不住。

他最终放弃似的睁开眼眸：“你要这种东西有什么用？”

顾茫好像也并不知道这样一个香囊有什么用，他只是紧紧攥着它，然后默默瞪着墨熄，一声也不吭。

“好看？你喜欢？”

大概是真的受不了羲和君审犯人似的审他，顾茫终于又慢慢地说：“有个人给我的……”

“你不是说是你换来的吗？”

“有个人……”有一瞬间顾茫像是想要接着说些下去，可不知是什么让他顿住了，他咬了咬下唇，最后还是选择了沉默。

在这沉默中，墨熄目光似尖刀剖开蚌壳，他盯着顾茫的脸。

“说下去。”

大概是太过于心绪起伏，又或者屋内的光线太过于昏沉，墨熄竟没有发觉顾茫眼瞳里那一点不同寻常的异变。

“怎么不说了？”墨熄喉结上下滚动着，一字一句都是咬着后槽牙碾出来的，“你说啊，再荒唐的东西我都听过了。你——”

顾茫忽然直愣愣地道：“有个人对我好。”

这回轮到墨熄说不出话来了，只觉得可笑得厉害。有一个人待他好？……谁会待一个叛徒好？随即又想到，是了，顾茫从前需要他，便就油嘴滑舌地招惹他，现在在落梅别苑日子不好过了，再骗人骗鬼招惹一个雪中送炭的人也没什么好奇怪的。只是……只是……只是了好半天，却什么也想不下去。

“好……很好……”墨熄停顿了一下，好久之后，他才沙哑道，“顾茫，顾茫……你真叫我刮目相看。”

顾茫没再作声，靠在墙上，望着墨熄的脸。

墨熄抬起头来，似乎想把什么忍回眼眶里，他就那么仰头忍了一会儿，忽地扶额嗤笑：“你当真是始终不变的长袖善舞。我真不知道我这么多年是在执着什么，我不知道我这晚上来见你是为了什么……”

他越想越悲伤，越想越愤怒，到了最后嗓音竟微微颤抖，手蓦地捶在顾茫身侧的墙上，指头磨破，沁出狰狞血痕。灯烛晃动光芒在他们之间来回摇曳，墨熄脸上带着下一刻就要把人撕裂般的恨。

他咬着牙：“顾将军。”

“……”

“你真是福好命好，烂到这个地步，还一直有人待你不薄。”

“我……”

“顾茫！”突然一声响，秦娘子的喊声像是惊雷一样，从外头远处响起，“周大小姐来了，你收拾杯盏，好好陪她品品茶，说说话！”

这一声猛地把墨熄拽回现实来，他立刻回神，虽然胸膛仍旧剧烈起伏着，但眼里那种失了控的狂怒却被勒住了。他闭了闭眼睛。再睁开时，在柙内蠢蠢欲动的恶兽已经消失了，那双黑眼睛里有一点点残存的湿润，昏暗中亮得像夜空里的启明星。

“周小姐？”

“……”

“是她给你的香囊？”

顾茫浑然理解不了墨熄的恨似的，依旧过于宁静地看着墨熄的脸，摇了摇头。

周小姐……周小姐。墨熄在心里念着，忽然想起来——是周家的那位小女儿吧，和他一样在军机署任职，还是他的手下。她年纪轻轻却已很油滑，墨熄与她鲜少接触，但仔细想一下仍能回想起这个人。知道她虽是个姑娘家，却算是帝都太子一派里头最心狠手辣的角色，本事没多少，恶毒主意却一个接一个地“绵延不绝”，简直就是个蛮不讲理的女流氓。

他看向顾茫，顾茫的神情虽无变化，但却下意识地在抚摸着自己胳膊上的一个伤疤。片刻沉默，墨熄道：“……她打的？”

“……”顾茫默默地把香囊收好，没吭声。

墨熄沉默一会儿，咬了咬牙，忽然道：“其实你这样——”顾茫却道：“我要开门迎她了，你走吧。”

“……”

“迟了又要挨打，我今天很痛，不想再被打了。”

墨熄盯着他，那张英俊深刻的五官似乎笼着某些变幻莫测的情绪。片刻后，他闭了闭眼睛，再睁开时眼底的夜色更浓，像是往事沉沉欲坠。

“你非得这样吗？”

顾茫不答，只直直看着他，唯恐自己做出什么不可挽回的鲁莽之事。墨熄蓦地转头：“算了。你自己珍重吧。”他说完，从靠着的圆桌上直起身，披上斗篷，朝门口走去。

“等等……”

墨熄侧过半张脸，冷淡道：“怎么？”

“我收了你的贝币……”

墨熄顿了顿：“就当我还你的旧情。”

顾茫怔忡：“旧情……”

尽管觉得顾茫的表现很奇怪，但时间不多，等周小姐上了楼，自己就算是想走也走不掉了。于是墨熄最后瞥了他一眼，转身准备推门。可就在这时，顾茫忽然默默地说了句：“你有钱，我想知道你是谁？”

已触上门缘的手，蓦地顿住。墨熄的背影僵直，过了一会儿，蓦地回过头来：“什么？”

“你有钱。”

“后面那句！”

顾茫被他的反应吓到，犹豫着重复：“我想……知道……你是谁？”

耳中似有飞湍争喧豗，眼前似有巨石落悬崖。墨熄屏息凝神，死死盯着顾茫的脸，黑褐的瞳眸紧紧收缩，眸底有光晕在颤动。

“顾茫。”肺腑都凉了，却仍咬牙狠戾道，“你要我？”

顾茫茫然。

墨熄的五官都有些扭曲了，脑中却闪过方才对话间顾茫的种种异样表现，心中掀起惊涛骇浪，竟是震得半天回不过神来。

然而就在这时，他们身后的门突然“吱呀”一声动了。门缝后头传来一个女人懒洋洋的声音：“顾茫，老娘来照顾你生意，你也不知道滚出门来跪着迎客？”

墨熄蓦地回首，但已晚了。那个姓周的门阀贵族已经一边说着话，一边晃晃悠悠地走了进来。并且眼皮翻动，抬起了惺忪的眼——真是苦了墨帅，那么一本正经的人，居然得在短短一个时辰内应对两次这种糟心的情况。上一回秦娘子还好，这一回却是退无可退，躲无可躲，竟被同在军机署任职的下属撞了个正着。

墨熄本来被顾茫的“你有钱，我想知道你是谁”弄得头都炸了，可他现在也没工夫细究，只暗骂一声，径直将顾茫推靠于墙，一手撑在墙边，正好挡住两人的脸。

顾茫睁大眼睛：“你……”

“嘘！” 他自然不会真的对顾茫怎么样。之前躲嬷娘的时候，墨熄曾觉得自己今天倒霉已至极限，绝不会有更糟心的事了。他太天真。墨熄用低沉的声音对顾茫说：

“别出声。”

顾茫本能地点点头。

周小姐依旧往屋里走着，然后笑道：“哎哟，可真是不好意思，门口那悬牌的法术好像不灵了，我可真不知道屋里头还有别人。”

墨熄恨不能抬腿一脚踹死她。但碍于不能让她瞧见自己的脸，只得压沉了声音，阴冷道：“滚出去。”

“哎，你怎么说话的？”周小姐笑脸碰了个钉子，一愣之下，凶狠起来，“知道我是谁吗？”

墨熄只道：“滚！”

顾茫似乎对他演恶霸有些兴趣，一眨也不眨地盯着墨熄的眼睛看，顾茫这样直勾勾地瞧着他，反倒把他看得不自在了。

墨熄压低嗓音：“你别总盯着我眼睛。”

顾茫很听话，于是低落睫毛，开始盯着墨熄的下巴。

墨熄："……"

周小姐看他们浑不把她放在眼里，拔高嗓门尖声怒道："让老娘滚？也不看看自己的斤两！你知道老娘是哪儿的人吗？军政署的！"

"羲和君墨帅，那是我表亲！你信不信我跟他状告一句，他便能打断你的腿！"

墨熄："……"

周小姐酒劲上头，越说越狂，双手抱胸哼哼了两声道："怕了吧！这姓顾的小畜生，魂魄有损心智不全，你若为了他得罪了羲和君，那可犯不着了！"

墨熄心中咯噔一声。魂魄有损……心智不全？他看着顾茫近在咫尺的脸，先前一幕幕的异样尽数浮现。脑中嗡嗡作响，竟一时透不过气来。

顾茫皱着眉头刚想说话。

"别动。"墨熄虽然耳中血涌，却仍是及时反应过来。他立刻止住顾茫的意图，闭了闭眼睛，勉强让自己镇定。顾茫觉得不舒服，本能地就想挣开他。可墨熄的力道大得惊人，单手一把制住他，低声咬牙道："你给我听话！"

顾茫不想听话，但顾茫动不了，于是瞪着他。墨熄目眩一阵，慢慢从"顾茫魂魄有损"这个消息中抽身。勉强平稳住心境后，他睁眼重新看着顾茫，怕他乱来，沉默一会儿，忽然沙哑道："我打过你吗？"

顾茫怔了怔，摇头。

"她打过你吗？"

顾芒点头。

"那就听我的别理她。"

"只要你听话，我就让她走。"

顾芒默默点头。

那周小姐见自己都已搬出羲和君来撑台面了，他们竟还是自顾自地不睬她，不由愈发气恼，带着七分醉，冷笑两声："倒是稀罕，老娘跟你把话说得这般清楚了，你竟还不识好歹？老娘倒有些好奇了，城中如此胆大的贵族是谁？你倒是转个头让老娘看看呗。"她嘴上说着，手上也未闲着，竟醉醺醺地来拉墨熄的袖摆。

墨熄真被恶心得受不了，忽然反手一掌，径直制住那饶舌不停的周小姐，低声怒道一声滚！便将她推出丈远。

周小姐哪里受过这般委屈，立刻尖声怒叫起来，反身要与墨熄算账。喝了半醉的女人，下手没轻没重，口中又秽语不断，墨熄终是被惹到怒极，出手将周小姐制在地上，让她背朝着天，脸朝着地，怎么也转不过来。

"说了让你滚。"墨熄目光溅着火星，银牙咬碎，"还听不懂了吗？"

“你敢打我！你竟然敢打老娘？！”周小姐大叫道，“你，你造反啊！你你你到底是谁！”

“……”

“我要禀奏君上！不！我要禀奏墨帅！我要告诉我爹，我表哥——”

“当”的一沉重闷声。墨熄把什么东西掷在周小姐身旁，周小姐迷迷糊糊一看，登时惊出一身冷汗，酒醒了大半，轻轻“啊”了一声，再也没话了。

墨熄森然问：“还禀奏吗？”

“不禀奏了不禀奏了。”

“还来找他吗？”

“不找了不找了。”

墨熄松开她：“滚！别让我再看到你。”

周小姐忙应了，踉跄着就跑，但她太过急，绣鞋都跑掉了，又骨碌着滚回来去拾，揣着鞋子踉跄跑远，连头都不敢回一下。

墨熄冷着原地站了会儿，让自己消气，而后俯身拾起地上那枚“重华军政署金令”，扣回袖下的千机匣边，转头扫了顾茫一眼。顾茫倒是安安静静地站在墙边，手背在腰后，乖巧地看着，一声也不吭。

最初的骇然已经在这一番闹腾里消退，墨熄原本还想再追问顾茫些什么，看到顾茫那张宁静的脸，却只感到心若刀割，烦乱难抑。问也无用，继续留着又不知道还有什么事情会再发生。

而就在这沉默的当口，顾茫突然说话了：“她怕你。”

“……”

“你也怕她。”

墨熄仿佛受了侮辱，蓦地回头狠戾瞪他：“我怕她什么？”

“你怕她认出你。”

“……”墨熄微顿，戾气止歇了，但眼神依旧不爽，“跟你有什么关系？”

“那她认出你了吗？”

“……没有。”墨熄的声音冷冰冰、硬邦邦的，好像之前贴着顾茫的灼热呼吸，从来就没有出现过。

“但她看了你的牌子……”

“那是军机署一品重臣人人都会有的令牌，没名字。”墨熄一边扣着袖匣，一边看了他一眼，沉默一会儿，“……你也有过。”

顾茫有些惊讶：“我也有过？”

他的茫然反应把墨熄触痛了，墨熄再也不愿意和他多说话，他不知道自己若继续留着又会做出什么来。于是推门而出，头也不回地离开了这里。

走到外面街上，冰凉的夜风不住吹拂着他的脸，他试图让自己冷静，却最终以失败告终。

魂魄有损，心智不全……

哈哈哈哈哈哈，心智不全？夜风呼呼刮过他的脸，眼角刀割一般地疼。他盼了那么久的清算，竟就盼了这样一个不得清算的结局。

谁干的！谁干的？！是燎国？是慕容怜？还是……还是顾茫不堪屈辱，所以自己选择——越想越纷乱，到最后竟是悲从中来。

为什么心会那么痛……是啊，顾茫是给了他情谊，给了他救赎，可他能报的都报了，甚至曾经为了把他从歧路上挽回，差点把自己的命都搭上！他还有什么亏欠他的，还有什么对不起他的？他魂魄损不损，脑子坏不坏，跟他有什么关系？

深夜空荡荡的街上，墨熄停下脚步，缓了口气。可那么多年的执念，居然只等到一纸空白……手克制不住地颤抖，倏然掌心中光焰大炽，燃起的火球泄愤般砰地砸向远处河面，轰然炸响！冒起一片青烟。

顾茫负他，天知道他多想从顾茫嘴里听到一句“当初背弃你，丢下你，欺骗你，我有过后悔”。可连这都不能如愿，最后竟只换得一个心智有损把他忘得一干二净的疯子傻子？！为什么？！

墨熄痛苦地阖上眼睛。这么多年了，他以为自己早已放下了执念，可却是自欺欺人。顾茫对他而言太重要了。这个人陪他走过了他的太多第一次，第一次伏魔降妖，第一次围炉长谈，第一次比肩而战……以及二十岁那年，他弱冠那天——他第一次与顾茫倾杯相醉。

他本是严以律己、几乎滴酒不沾的人，那一天却难得放纵，他还记得顾茫当时的表情，顾茫在这方面好面子。尽管眼睛也湿润了，眸光也涣散了，但还是硬着头皮，说自己千杯不倒万杯不醉，你这个根本不算什么，哥哥我今夜一定陪你喝到尽兴。

墨熄望着他，当时他的一颗心都是热的，一腔情谊都不知能烧到什么时候去。

到了后来，顾茫越来越撑不住，他开始咕咕哝哝地拉着墨熄诉衷肠，把那些清醒时打死他也不会说的话都抖出去，向墨熄展示他的软弱、失败、野心，甚至开始坦白虽然传闻中他风流倜傥但是其实那是他好面子骗他们的，说想不到吧嘿嘿嘿我这么穷哪个姑娘会喜欢我嘛。

烈酒入喉，最后顾茫哭了，哭得说不出太多话来，眼尾红红的看着他。他问，墨熄，你会看不起我吗？

墨熄摸着顾茫的头，说，傻瓜，怎么可能。顾茫眼睫上挂着泪珠，他醉醺醺地想挤出一个笑，可却笑得比哭还难看。

顾茫活得太难了，一身无形镣铐、无形枷锁。但他从前都没在人前示弱过。墨熄很珍视他，怎么可能因为他的出身和贫困，就看不起他？

一直以来，他都把自己生命中最重要的那些初始，小心翼翼地递到对方手里。他不肯说这些对他而言有多重要，他太要强，但内心仍忐忑地希望顾茫能够珍视这些过往。

可到最后，竟是顾茫把他的心踩在脚底。

他们曾如此真诚相待，但墨熄确实没有阻止重华审判顾茫，甚至是诛杀他。墨熄也曾想过，如果哪天顾茫非死不可的话，他想做那个最后审判他的人，最后一个折磨他的人，然后把他亲手捏在掌心里。

揉成血泥，扬灰锉骨，这是为了国仇。可撇去国仇之外，他其实从来没有想过真的要顾茫死，他其实只是想从顾茫口中讨一句真话。

这么久了……其实……其实他就只是想问一句，顾茫，你当初离开重华，到底有没有过哪怕一星半点的后悔。

那么这些年的恩怨，才总算有个勉强让他可以喘息的结局。但一句“魂魄有损，心智不全”，顾茫忘了，不会痛苦，而他万劫不复。

墨熄去落梅别苑与顾茫私下会面这件事无人知情，不过接下来几天，军政署的人却明显感觉到了墨帅的烦躁。

虽然平时他就总板着一张臭脸，跟人说话总是不怎么耐烦的模样，但最近他的这种情绪变得越来越明显，军会的时候虽然不至于走神，但他的措辞变得愈发不客气，会上别人多说几句闲话，他虽不直接打断，但会立刻脸色阴沉地盯着对方，直到对方自觉得把那些无关痛痒的废话都吞回去为止。

这些也就算了，某天也不知道周家的小姐做错了什么，莫名其妙地就被墨帅传过来训了大半时辰，说她“疏于军务，不知检点”。

“抄军政署训规百遍，明天给我。”墨熄道，“若下次再犯，直接让你爹领你回家去。”

周小姐茫然地应了，无措地走了。岳辰晴凑过去一脸八卦地问她：“哎，你犯什么错了？”酒醒之后的周小姐很是委屈：“不，不知道啊……”

岳辰晴摸着下巴，望向远处正抱臂细看沙盘的墨熄：“那真是奇哉怪哉，那他怎么跟吃了炝药似的……”

吃了炝药的墨熄到底没忍住，装了两天不在意，终于还是开口和府上的管家打听了顾茫这两年的遭遇。

这年头管家可真不好做，既要上得了厅堂，也要能下得了厨房，当得起主人的智囊，抚得平夫人的悲伤，哄得住小妾的眼泪，镇得住公子的吵嚷。羲和府的管家姓李名微，其他官爷府上的管家都羡慕他，只道墨帅府里人员简单，没老婆没孩子没小妾，少去许多烦恼。只有李微自己知道在墨帅手底下做事有多难——

因为墨帅的问话永远是毫无征兆的。有的事情可能要在心里发酵很久，实在承受不住了才会问出来。而这时候墨帅的耐性其实往往已经被自己逼到了临界点，最直接的后果就是他会想立刻知道答案，多等一会儿都不开心。

李管家在这位大人手下做事，总要前走三后走四，时间一久，简直修炼成了人精。在墨熄闷声不响的时候，他就已经能察言观色看出墨帅可能正在忍耐什么，过多久大概会忍不住发作，以及思考好墨帅发作之后自己该如何应答。

这次也是一样。

墨熄咬了下嘴唇，只淡淡地说了“顾茫……”两个字，还没说顾茫什么呢，李管家就迅速抢答。

“是的主上，顾茫他整个人都坏掉了！”

墨熄说：“我问你这个了吗？”

有时候太聪明了也不是好事，李微管家乖乖闭嘴。

墨熄一脸冷淡地转过头，看着小炉上热着的茶，半晌后，面无表情地问：“怎么坏的？”

第 4 章

李微觉得给墨帅这种口是心非的人当管家实在太累了。如果时光能够倒流，他宁可去给那个有十八房小妾的刘大人打下手。大概那十八房姬妾的心思拢在一起，还没这位冷酷的墨帅来得曲折。但是时光显然不能倒流，李微只得清了清喉咙，先小心翼翼地问了句："主上，您去见过顾茫了吗？"

"没有……"

"哦。"李微松了口气，"那最好不要去见他。"

"为何？"

"这……主上，是这样的，顾茫他如今的状况，别说是你，他大概连他自己是谁都不太清楚。照医官们的诊断，他内心深处约莫觉得自己已非人，而是……茹毛饮血的狼……"

墨熄睁大眼睛："他觉得自己是……什么？"

见主上震惊，李微决定删繁就简，就留一个字，好像这样能减少些对主上的刺激似的：

"狼。"

墨熄："……"

这真是他今年听过的最荒谬的事情。他扶着额角缓了好一会儿，才咬牙开口："这是哪个医官诊的结果，你们确定他自己脑子没问题？"

李微难得见他这样惊愕的反应，忍不住噗地笑出声，但瞧见墨熄的脸色，又赶紧乖乖地严肃起来。

"主上，当初我们听到这个消息，也都是不信的。所以顾茫刚回城的那阵子，许多贵人就都去牢里找他寻仇算账，可他一句正常的话都道不出，反而惹得人家更为生气。"李微顿了顿，接着说，"后来君上把他交给望舒君处置，望舒君一开始也想从他嘴里撬出些东西来，但是什么法子都用了，顾茫就是一问三不知。"

李微叹息着摇了摇头："他是真的没有一点身而为人的意识。"

墨熄兀自消化了好一会儿，目光才抬起来，停落在烹着热茶的小泥壶上，水雾蒸腾，丝丝缕缕的雾霭飘起来，彼此缠绕在一起。

“我还听说……他魂魄有损。”墨熄顿了顿，“是怎么回事？”

李微愣了一下，心道自己家主上也不是个会打听消息的人啊，怎么会知道这个？但仍很快答道：“是有损，不过具体是怎么损坏的还不清楚。只知道顾茫回来之前，就已经这样了。”

墨熄皱起眉头重复：“送回来的时候就这样了……”

“嗯。顾茫当年一进城，我们的药宗修士就替他诊了脉。那些修士说，他的魂魄、心脉，还有他的灵核，都有刚刚被损坏过的痕迹，肯定是燎国的人干的。他们不知用什么邪门秘术，竟抽掉了他三魂七魄里的两魄，还让他觉得自己与兽类无异。”

墨熄沉默一会儿，佯作不在意地问，“少了两魄……对人有什么影响吗？”

“那要看少了哪两魄，神农台说顾茫少的那两魄，一魄和记忆有关，一魄和心智有关，也就是说他在这两方面会出现一定的问题，其他倒不至于影响太多。”

墨熄垂下睫帘，低声道：“这样……”

“是呀。因为他失去了影响心智的一魄，所以最早的那会儿，他连言语之能都完全丧失了。后来望舒君留他在落梅苑，管事的训了他整整两年，他才能听得懂我们在说些什么，也勉强能讲一些。”

李微说着说着就由衷地叹了口气：“唉，以前总说他是神坛猛兽，如今啊，倒是真的和野兽没什么不同了。”

这其实也就是两年前，顾茫被押解回来时众人目瞪口呆的原因。当时城门大开，囚车封禁着叛臣顾茫缓缓驶入重华境内，官道两旁的百姓们瞧见的是一个和几头狼关在一起的顾帅。囚车中还有一头雄鹿，那几头狼撕碎了鹿肉，血溅出来，顾茫连躲都不躲，只是静静地蹲在狼群中间，神情平和，而恶狼们似乎也把他当作了狼群中的一员，有头母狼甚至还拖了条鹿腿来到顾茫跟前献殷勤。顾茫伸出手，蘸了点血，在唇齿间漠然舔过，觉得不好吃，便又垂下了手……

墨熄沉默地听着。李微说到这里，挠了挠头：“不过主上，有件事我想不明白。”

墨熄转动黑褐色的眼珠，没什么表情地看着他：“嗯？”

“您说燎国送都把他送回来了，为什么还要费力把他的两魄破坏掉？”

“许是他知道了太多秘密。”墨熄道，“抽去两魄，一劳永逸。”

李微咋舌：“哇，这么狠，那有恢复他正常意识的可能吗？”

墨熄摇了摇头，心事重重地，没有再回答。两魄抽离，除非找回两魄，施法归体，可是茫茫九州，谁知道顾茫的那两魄还在不在，在哪里？

“据说当年望舒君留下他一命，是想让他尝尝生不如死的滋味。”李微道，“不过听说他现在淡定得很，其实也没什么意思。望舒君算是失了策。”

“对了。”李微忽然想起什么，转头问墨熄，“主上回城之后，见过望舒君了吗？”

墨熄摇头："没有。"

望舒君虽是军政署的要员，不过却占着个混吃等死的闲职，他出身高贵，恃位而骄，一年三百六十五天，他能来个十五天就很不错了。

墨熄抬起眼帘："怎么忽然问起他？"

李微道："他这几年，品性烂得愈发厉害。主上若是见到了他，可别与他一般见识。您也知道的，他一直想方设法地要和您为难呢。"

墨熄对此毫不意外。

重华有三大君子，品格印证着佛家"戒定慧"。君子慧且不论。江夜雪内心平静，宠辱不惊，被人称为"定"。梦泽公主因为仁德高洁，被尊为"戒"。而与之相反的，也有三个恶名远扬的人渣，刚好印证了佛家三垢"贪嗔痴"。

三垢中与墨熄关系最大的，就是"贪"这一位。贪，指的是对顺的境界起贪爱，非得到不可，否则心不甘，情不愿。此人便是李微提到的望舒君。

望舒君名叫慕容怜，他是顾茫的旧主，最早的时候顾茫就是由他选作侍读，带进修真学宫的。当时慕容怜没想到这小奴隶天赋惊人，没出几年，便在修为上远远胜过了他。于是心生嫉恨，平日里没少与顾茫为难，稍不如意就打骂责罚。

众人皆知他生性残暴，名字与本人品格严重不符。曾有一次，顾茫降妖伏魔来到一个村子，怜悯村中百姓常得疫病，所以冒用了慕容怜的身份去帝都的御药堂私配了解药。这事儿虽然做得不合规矩，但也毕竟是一片善意，换作其他主子，训斥两句也就算了。可慕容怜不一样，慕容怜得知顾茫竟敢冒用他的名字买御药，气得破口大骂，先照着顾茫劈头盖脸就抽了七八十鞭，完了又让人在学宫步道上连跪二十日。

墨熄当时和顾茫不算太熟，没有过多往来，再加上平时不走那条步道，所以也并不知情。直到有一天下了大雨，他凑巧从那儿经过，才瞧见一个人影，走过去一看，原来是顾茫。

顾茫浑身上下全都湿透了，黑发粘在冰冰凉的脸颊边，水珠顺着下颌不断往下淌。他老实巴交地跪在人流往来处，两手还抱着块木牌子，上头刺红丹砂写着八个大字：

"贱奴犯主，无耻之尤。"

墨熄在他面前停下来。

晶莹的水珠飞溅在伞面又弹开，有的则汇聚成流顺着伞骨湍急而落。

周围的人投来好奇的目光，然而一瞥间墨熄衣袍上的腾蛇贵族家徽，纷纷骇得低头竞走，不敢再多瞧一眼。

"你……"

顾茫似乎早已淋得昏昏沉沉，连什么时候有把大伞撑到了自己头顶也不知道，也没注意到有人在自己面前停了下来。所以忽然听到这么近有人在说话，他吓了一跳，从昏沉中醒来，蓦地仰头——墨熄视野里撞进一张迷茫又湿冷的脸，嘴角有淤血，脸侧有鞭痕，冷得瑟瑟发抖，仿佛落泥里的弃犬，只有那双黑眼睛还很亮，水洗过般望着他。那狼狈样子配着“贱奴犯主，无耻之尤”的八字木牌，却是说不出的可笑又可怜。

墨熄当时和顾茫的交情虽不十分深厚，但也知顾茫冒名盗药，乃是不忍一村人遭受疫病苦楚，于是寻上慕容怜的居处，请他宽赦。

慕容怜没答应，反而和墨熄吵了起来，最后他干脆命人把顾茫传回座前，当着墨熄的面问：“顾茫，你可知道这位地位尊崇的墨公子，今日是为了什么来我门前吗？”

顾茫脸上淌着水珠，茫然地摇了摇头。慕容怜朝他勾了勾手指，让他走过来，伸出白得有些可怕的手指抚摸着顾茫湿漉漉的脸庞，而后翻起桃花三白眼，似笑非笑道：

“他是为了你来的。”

顾茫明显愣了一下，转头看了一眼沉着脸的墨熄，又转头望着慕容怜，最后他胡乱抹了抹脸上的雨水，咧嘴：“开玩笑？”

慕容怜还是笑吟吟地：“你说呢？你能耐越来越大。”

墨熄咬牙道：“慕容怜，我只是替他说句公道话。”

顾茫怔怔地转头望向墨熄，海水般清冽的眼中似乎露出了一抹感激，但他随即就趁着慕容怜不注意，微微和墨熄摇了摇头。

慕容怜乜了墨熄一眼，仿佛示威似的轻哼了一声，而后转头对顾茫和颜悦色道：

“你跪下吧。”

顾茫照做了，在慕容怜跟前一节节矮下高挺的身段，垂了头。

“把上衣都脱了。”

“慕容怜！！”

“这是我的住处，墨公子再是尊贵，也不该在我的地方训斥于我，对不对？”慕容怜重新睨向顾茫。

顾茫还是照做了，他除落外袍，低下了睫毛一声不吭。慕容怜慢吞吞地打量着他，左右在这时给慕容怜奉了热姜茶来，慕容怜一边喝了，一边叹道：“顾茫，拥有灵核的滋味不错吧？能在修真学宫搅动乾坤的感觉很好吧？能结交墨公子这种显贵，你很高兴是吧？”

“我真不知道是谁给你的胆子，为了配个药，救一些个贱民，便敢谎称自己是‘慕容公子’，呵呵。”细瘦的手指搁下茶盏，蓦地抬眼，“你是不是都要忘记自己是什么出身了！”

顾茫把头埋得更低：“不敢忘。”

“你的神武、你的衣服、你的灵核，你今天的一切全都是拜我慕容家所赐。没有望舒府你什么也没有！”

“少主教训得是。”

慕容怜没再吭声，过了好一会儿，忽然嗤笑一声：“不过，既然你那么能耐，我自然也不会亏待你，免得你翅膀硬了，叫别人拉拢去。”

慕容怜冷冷地吩咐左右：“去，把我给公，子，爷……”他一字一顿，极尽讥讽，嘲讽着顾茫之前冒充慕容家公子的妄举，“早就备好的那件礼物，拿来。”

当时慕容家的其他陪读也在，其中有一个叫陆展星的，是顾茫最好的兄弟，他一听到慕容怜要给顾茫上那个“礼物”，脸色就变得很是难看，竟用几乎可以称为“瞪”的动作望向慕容怜。

慕容怜抬了抬手，命左右把盒盖在大家的注视下揭开。

众人色变，有几位甚至没忍住惊呼出声：

“是锁奴环！”

顾茫一听，也蓦地抬起头来，睁大眼睛，有些茫然地看着举在自己头顶的檀木托盘。

墨熄的脸色也变了。

锁奴环是给最不听话、最惹主人生厌的奴隶佩戴在颈上，用来约束和惩戒奴仆的。佩上之后除非主人允准，否则永远别想摘下来，效力大概和狗圈差不多。如果说身为奴隶已经是莫大的耻辱，那么被勒上锁奴环则是辱上加辱，甚至会令其他奴隶都看不起他。

“自个儿戴上吧。”慕容怜挥了挥手，“难道还要我请你吗，‘慕容公子爷’？”

墨熄怒道：“慕容怜，你不要太过分了，锁奴环是要经过君上允准才能——”话到一半，却被顾茫打断了：“如此贵重的贺礼。”顾茫平和道，不容置疑地压过了墨熄的声音，双手抬高，接过托盘，“多谢少主赏赐了！”

众人侧目，顾茫却从容不迫地解开那通体漆黑的颈环，抬起乌亮的眼睛，看向高坐着的慕容怜，那双漂亮的眼睛里并没有什么怨恨的意思，反而显得很平静。

慕容怜冷冰冰地：“戴啊。”

于是顾茫凝视着他，抬手，眼也不眨地“咔嗒”一声，扣上了锁奴环。

“唔。”仿佛发现了什么新鲜好玩的事情，顾茫饶有兴趣地摸了摸脖颈，“不大不小，正正好。”

墨熄不可置信地睁眼睛看着他，而旁边几个和顾茫关系好的侍读看上去都快哭了。可顾茫就是这样，天大的事情在他这里好像都不是事情，天塌下来他恐怕都会笑嘻嘻地扯来当被子盖——

“好看吗？”

陆展星：“……”

慕容怜细瘦的苍白手指摩挲着唇角，阴阳怪气地说道：“好看极了。”

顾茫诚恳道：“多谢少主赏。”

“不谢。”慕容怜眼神冷淡，沉寂片刻，忽然一抬手，随着他掌心中冒出一团蓝光，顾茫蓦地倒在地上。侍读里那个叫陆展星的忍不住道："顾茫！！"

锁奴环忽然伸出数道漆黑的雷霆缚带，将顾茫上身连带双臂牢牢捆住，电流刺得顾茫浑身痉挛，缩在地上不住颤抖着。

慕容怜似乎觉得不够，又换了另一种咒印，掌中的光变成了红色，锁奴环刺出荆棘，攀绕着，根根尖刺扎入，顾茫霎时鲜血横流……"够了！"墨熄再也忍受不住，咬牙道，"慕容怜，你何至于此！"

"我管教自己家的奴隶，又关墨公子什么事？"慕容怜悠闲道，"不过一个贱奴而已，打死了都无妨，也劳得墨公子这样费心？"

"这里是修真学宫，你给学宫弟子私戴锁奴环，已是目无规矩。停手！"

慕容怜转头朝墨熄笑道："你要我停手我就停手，那我岂不是很没面子？墨公子，虽然平日里你眼高于顶，但今日你有求于我，我也不是那么不通人情。"顿了顿，"不过，你总该给我点好处吧。"

言谈间又呵呵笑着变了几种惩戒之法，锁奴环已将顾茫折磨得血流如注。墨熄止住他结印的手，黑眼睛盯着他："你要什么好处？"

"也没什么特别了不起的。"慕容怜瞧着墨熄扼着自己的手腕，嗤笑道，"就是母亲总埋怨我术法稀疏，技不如人。"

桃花三白眼眯起来，幽幽望向墨熄："只要你在学宫除夕的竞师大赛上败给我，我就卖你一个面子。"

墨熄回头去看顾茫，却见顾茫也看着他，咬着下唇微微摇了摇头。

"听说我手下这个奴隶，之前在你伏魔的时候可没少帮衬你。"

墨熄没作声。

"怎么样，愿意吗？"

墨熄道："好，我答应你。"

慕容怜笑着挥了挥手，散了锁奴环的惩戒咒诀，顾茫顿时栽倒在血泊里，那总是噙着笑的嘴唇再也发不出什么像样的声音。而慕容怜对此表示了适当的满意——

"还凑合。"

锁奴环的光焰熄灭了。

慕容怜对顾茫讥嘲道："就这样躺着吧，等血不流了，再把衣裳穿起来，免得还要洗。我希望这份礼能够提醒你时时刻刻记得自己是谁。"眼神如蜂毒，"记得你自己身上，流着多脏的血。"

"记得你是谁的人，往后又该效忠于谁。"

慕容怜太卑鄙太变态了，墨熄实在恶心了他好久。可是，让墨熄无法理解的是，为什么慕容怜都已经这么残暴了，顾茫竟还会这样死心塌地地跟着他，跟了二十年，一点忤逆之心都没有。

顾茫不是受虐狂，顾茫很聪明，天不怕地不怕，很有自己的主见，所以这种愚忠让墨熄觉得匪夷所思。他无法猜到顾茫心里在想什么，也不知道慕容怜和顾茫之间曾经发生过什么，这至今仍是一个谜。

而此时，李微重新提及他们二人之间的旧账，墨熄忍不住在心里想，这个提醒未免多此一举，望舒君之前就已经恶劣到了极处，还能怎么烂下去？

可没承想，当他真的见到那个人的时候，居然还是出乎了意料——

这天朝中事毕，几位公子提议，想去东市一家新落成的投壶馆放松一番，军政署新来的女修士也掺进来凑热闹。

"羲和君，今天和我们一起去怎么样？"

"抱歉。"

"又拒绝人呀。"女修士撇撇嘴，小声嘀咕，"知道你有梦泽公主啦，但是你就真的这么死脑筋，一点机会都不给别人？"

墨熄还未说话，岳辰晴就从那女修身后冒出头来。

"哎哎哎哎，羲和君你这是干吗呢？"

他嚷着，拍了拍那女修士的肩，帮着道，"一起玩玩嘛，喝喝茶，投投壶什么的，有啥不好？"

其他人也笑劝。

"就是，一起来吧。"

"投壶可好玩啦。"

岂料就在这时，外头忽然响起一个男人的声音，和鬼魂似的，喑哑，飘忽，不冒半丝热气，唯一沾带的情绪只有嘲讽。

"蠢货才喜欢投壶，如此蠢笨之举，恐是呆子挚爱。"

随着这话音，昏暗的殿门口传来脚步声。

墨熄回头，正瞧见一个撑着罗伞的男人拾级而上，身影幽幽冷冷的，像是雪夜里的孤魂野鬼在游荡。男人侧身收了伞，抖落伞上积雪，抬起一双眼睛，扫过殿内众人，勾起一抹怎么看怎么讽刺的薄笑。

"诸位，都在呢？"

军政殿的晚辈们一惊，纷纷行礼："望舒君。"

"晚辈见过望舒神君。"

慕容怜，这个万年旷职的人居然来了。

时隔多年，顾茫的旧主再次立在墨熄面前，仍是当年一般阴柔。他那双吊梢三白眼狭长，容貌媚中带狠，柔中带凉，脸庞比墨熄记忆中更加消瘦、尖细，而神情里的那股子嚣张跋扈的气焰，也比当年更炽上几分。

慕容怜蛇一般的视线游过墨熄的脸庞，仿佛才在众人堆里发现了他似的，舔舔嘴唇，展颜一笑：“哟，羲和君也在呀，失礼失礼，好久不见。”

岳辰晴是个跟谁都能说得上话的愣头青，笑眯眯地和他打招呼：“慕容大哥，我也好久不见你呀。”慕容怜视他如屁，连眼珠都没转一下。

岳辰晴：“……”

慕容怜等了一会儿，未见墨熄答话，于是又凉飕飕地笑道：“羲和君，你我二人也算睽违多年。怎么你见到我，却好像一点都不高兴？你这拒人千里外的性子，还真是一点也没变啊。”

墨熄漠然睨着他：“望舒君倒是变了。想必帝都烦忧扰人，令望舒君清减不少。”

慕容怜笑道：“是啊，我毕竟是内臣，不比你们这些外戚，我要为君上分忧的呀。”

墨熄冷冷道：“令人动容。”

羲和君对上望舒君，便如那雷电相交刀石相碰，气氛霎时剑拔弩张，而这满殿的人里，也只有岳辰晴这个好脾气粗神经的还愿意说话，他左右看了看，又锲而不舍道：“望舒君，天色都这么晚了，你今天怎么会想到来宫里转转？”

“路过。”慕容怜这次终于搭理人了，“正巧左右无事，想请诸位去望舒府一聚。”说罢，目光流转，带着些凉意：“饮些薄酒。”

他的提议，众人不敢轻拂，更别提在场本就有好些人想要巴结慕容怜，立刻道：“原来是这样！”

“既然望舒君邀约，当然是却之不恭啦。”

慕容怜瞥过墨熄的脸：“羲和君，你来吗？”

墨熄看了一眼岳辰晴，念及他年纪还小，近朱赤近墨黑，最好少与慕容怜接触。于是道：“我和岳辰晴有点事，今天就不去了。”

“哇，不是吧，这么晚了还能有什么事！”岳辰晴瞪大眼睛，“我才不要跟你谈军务！我要去望舒君府上喝酒啊……”他说着，连忙跑到慕容怜身后，一副打死也不接着看军政奏本的模样。

他都已经这样表态了，墨熄也不能硬劝，只得微微蹙起眉头。慕容怜转身负手，看着殿门外飘着的雪忽然道：“说起来，羲和君，你和顾茫，已经很久没见了吧。”

“……”

“我知道你恨他。之前顾茫叛变，是你一力保他，说他绝不会背叛重华。”倏尔又笑，“后来，你亲自到战场会他，想从他嘴里讨一句印证。他却出手重伤于你，令你险些丧命。”

墨熄冷淡道：“旧事何必再提。”

“呵呵，我不提，你就不想了吗？羲和君，我虽然与你不睦，但偏偏我们俩都曾被顾茫蒙骗，被他辜负，被他背叛。”慕容怜慢慢说，“所以虽然不愿承认，但世上能知我愤恨失望的人，恐怕非你莫属了。”

话到这里，慕容怜侧过半张病态苍白的脸，眼中闪着莫测的光影。

“他当年是我的家奴，如今人也在我掌管的落梅别苑里。”他侧过头，目光轻飘飘的，“怎么样，要不要一同去看看？”

岳辰晴在旁边天真无邪地探出脑袋：“哎，去落梅别苑？望舒君，这你可说笑啦。我们军政署还有几个性情温和不爱打打杀杀见不得血见不得人受苦的好姑娘，去落梅别苑不太方便吧。”

那几个女修闻言忙摆手：“是，不去了，我们不去了，望舒君玩得开心。”

岳辰晴挠挠头：“那就算姐姐们不去，羲和君应当也最讨厌欺负那手无缚鸡之力的人了，他怎么会愿意进那种地方？”

“哦。也是。”慕容怜冷笑道，“墨帅是重华的第一统帅，向来光明磊落，端正稳重，是绝不可能乘人之危的，多跌份啊。”

墨熄：“……”

“那不如这样。”慕容怜稍顿，转动自己的脖颈，活动了一下经脉，继续道，“反正别苑离我府上也不远，我这就命人把顾茫领过来，今天晚上让他在府上给咱们助助兴，也算是我给墨帅你……接风洗尘了。”

“哎？只叫顾茫吗？望舒君，您还是再多弄些人来吧。”

羲和望舒两大神君都跟顾茫有深仇，有人便毫不客气地出言讥讽道，“顾茫现在那个样子，不败兴就算不错啦。”

慕容怜没去理会他，依旧盯着墨熄，但听了这句话，嘴角却弯起来笑了笑。他一笑，几个忙着捧他的人便也跟着笑。

“哈哈，是是是，只叫顾茫真的不行。他算是落梅别苑里最没意思的，什么都不会，尽会惹人生气。”

“你去落梅别苑寻过他？”

“是啊，我好奇，想看看他如今是不是真的打不还手骂不还口，而且你也知道，他……”那公子话未说完，忽觉得脖颈刺寒，左右一看，发现墨熄正冷冷盯着自己。那眼神就和寒夜里的刺刀一样，吓得他瞬间就忘了后头的话，顿时喉头吞咽，冷汗涔涔。

哪里说错了吗？那公子哥后脖颈凉飕飕地思忖着，但还没等他细想，墨熄就把目光转开了，那张凌厉的脸已经沉静冷漠，没有半点异样，仿佛刚才他目光里的狠戾，都只是自己的错觉而已。

慕容怜一副纨绔模样，懒洋洋道：“你们也真是有趣，顾茫是什么人？那是从前重华的第一将领，我的旧奴，墨帅的师兄。”

墨熄：“……”

“就算他什么都不会，今天晚上的宴会能缺的了他吗？”慕容怜说着，目光流转，不怀好意地落在墨熄身上，“如今墨帅回来，又来我府上小聚，我岂能不尽地主之谊，与之共享吗？”

他每多说一句，墨熄眼里的阴郁就越深。其实他并不想亲眼见到顾茫在这些人面前过于狼狈的样子，可是慕容怜偏字字掐他七寸，句句刺他心窝。

说完这番话，慕容怜咧开嘴角，露出一个令人不寒而栗的笑容。

“墨帅，你的大仇人、你的顾师兄，他如今什么模样，你就不好奇？不想亲眼见见吗？”

终于一行人还是去了。

望舒府位于重华东面，恢宏大气，宅邸上方常年流转着蝙蝠纹图腾咒印，那是望舒一脉的徽纹，府内人员大都穿着深蓝底滚金边的袍服——这是重华的规矩，亲贵家族的衣饰一般都镶有金边，但是按照君上钦指，底色却有不同。比如羲和府，是黑底滚金边，岳府，那就是白底滚金边。

此时，八千盏玲珑仙灯照彻长空，华宴奢靡。宴至一半，众人胸胆舒张，之前那些束手束脚的晚辈们也活跃热闹起来，彼此喝酒划拳，好不热闹。

慕容怜斜靠在湘妃竹榻上，细长冷白的手执着一根银箸，正拨弄着熏炉里的香料。

墨熄眼看向慕容怜醉生梦死的模样，那张苍白细瘦的脸在烟雾中模糊得像一场镜花水月，只觉一阵厌烦。

岳辰晴坐在墨熄旁边，瞄见慕容怜细嗅着炉烟，不由得好奇，想要凑过去看，却被墨熄制止了。

“坐下。”

“那是……什么呀？”

墨熄沉着脸：“浮生若梦。”

岳辰晴吃了一惊：“啊！燎国的浮生若梦？”他心下惴惴地望过去，“难怪这次见他，感觉他精神这么差。”

“你要是碰这种香薰一次，你爹一定会把你锁在屋子里三年五载都不放你出来。”

岳辰晴道：“我爹？我爹才没有那么暴躁，他最多扬言要将我吊起来打，把人锁屋子里三年五载这种主意，一听就是墨帅你想出来的。”

不等墨熄生气，岳辰晴又笑着说：“不过你别担心，我才没这么想不开呢。”

却不料他最后这几句话，不偏不倚地，正好落入了慕容怜耳中。

慕容怜拨弄着金兽篮式熏炉里的残香，发出一声软绵绵的冷笑，声音便和那烟雾一样疏懒：“想不开？哼，浮生若梦千金难求，就凭你们岳家的财力，你就算想要，那也是断要不起的。”

墨熄实在是不想与他多话。记忆里的慕容怜已是人渣极限，没想到多年过去，居然还能跌破下限。这个人自傲于纯血亲贵的地位，却从不努力，反而在泥潭里越陷越深，如今甚至可以称之为行尸走肉，醉生梦死。

李微说得没错，他果真是烂到了骨髓里。

“主上。”正在这时，望舒府的管家走进来，禀报慕容怜道，“照您的吩咐，落梅别苑的那几个人已经带来了。”

“哦，那很好。那就让他们进来吧。”

宴已至酣处，宾客们都有了些醉意，管家得了命令，自然从善如流，拍手让人把苑里最好的囚奴送上来助兴。墨熄转过头，一双黑沉沉的眼，猎鹰般盯住了厢间的入口。

珠帘璁珑，形色各异的囚奴被管家领了进来。那些人或是艳丽，或是清纯，或是卑微或是矜傲，有人不愿，有人甘心。

却独不见顾茫。

“这里全是落梅别苑送来的囚奴，诸君有看中的，就尽管领了去吧。”慕容怜慵懒地挥了挥手，“今日本王请客，尔等还不感激涕零感恩戴德大声夸赞拊掌称颂？”

众人立刻开捧：“望舒君好爽快！”

“果然是君上的堂兄，说什么做什么都是一句话的事儿，真叫人羡慕啊。”

一群人拍着慕容怜的马屁，热热闹闹地开始拉扯着那些可怜的沦落之人来陪他们喝酒取乐。

“你叫什么名字？”

“来，给哥哥把酒先斟满。”

墨熄脸色变得愈发难看，兀自隐忍良久，正欲起身离去，忽听得慕容怜笑吟吟道：“羲和君，你没有看上眼的吗？”

“你喝高了。”

慕容怜嗤笑出声：“我没有喝高，羲和君也别急着走人。你想见的那个人已经来了，只是他如今性子古怪，离开了落梅别苑，反倒会惴惴不安。所以一个人站在门外，不肯进来。”他说着，给自己又斟满一杯酒，一饮而尽。

“不信的话，你自己看看。”

墨熄转头看向门外，果然瞧见珠帘晃动，透出后头那个影影绰绰的身形，好像一只警惕的兽躲在暗处，正试探着往里张望。

“瞧见了吧？”慕容怜道，“让他进来陪你玩玩？”

见墨熄不答，慕容怜笑了笑，脸颊酡红伸了个懒腰，喊了一句：“嗳，诸位等一等！”

“望舒君，怎么了？”

慕容怜眯缝着眼，脸上的鄙薄和恶意几乎是在瞬间到了最高点。

他说道：“你们可真是没规矩，一个个都只顾着自己高兴，谁注意到了咱们尊贵的羲和君并不开心？”

墨熄：“……”

若是平时，谁敢轻易和墨熄搭讪？但几个公子哥都是尸位素餐的主，轻伤不上战场重伤不下卧床，真正和墨熄共事的人并不多，何况他们又喝醉了，于是出口都有些没规没矩。

有人大着舌头笑道：“羲和君，这些不过都是些敌国囚奴，今日不打不骂便是仁慈，他们若能讨得您欢心，恐怕暗喜还来不及呢，你又何必推辞呢？”

“羲和君一直忙于军务，偶尔也该放松放松。”

“是啊，人生苦短，及时行乐啊，哈哈。”

这些人里，岳辰晴算是清醒的，一瞧墨熄的脸色，心道大事不好，忙说：“呸呸呸，你们还不都闭嘴？”

墨熄看了他一眼，心道这孩子今天倒是难得，居然也正经起来了。结果就听他接着说：“不然你们再胡说下去，墨帅狂暴杀起人来，我可先跑了！”

众人面面相觑，半醉半醒，糊里糊涂，脸上都带着点痴傻的笑。在这煎熬中，慕容怜斜乜过桃花眼，眼波迷醉，却又泛着些寒凉：“羲和君，我这挑拣来的人啊，这些你都不要——”

说罢，冲着门帘外大喊一声：“来！把叛将顾茫，给我们墨帅带上来！”

顾茫是被管家押上来的。他脖颈扣着铁锁，一路叮叮当当，赤着双脚，从阴暗处现身。和墨熄上回见他不一样，上次的顾茫显得很平静，仿佛是因为待在属于自己的领地，所以未见丝毫的不安。而此刻的顾茫虽然依旧平静，但是肌肉是绷紧的，长睫毛后藏匿的锐利目光依次扫过众人的脸，满是危险之意。

两人的目光猝不及防地碰上，墨熄心中微动。他知道自己现在的处境也很尴尬，如果顾茫忽然提起之前落梅别苑相见的事情，虽然对自己并不会有什么太大的影响，却也终究不是什么好事。但理智如此，内心某处隐秘的地方却在暗暗叫嚣，希望顾茫能对自己有那么一星半点与众不同的反应。

可惜顾茫叫他失望了。

顾茫对他一点兴趣都没，看来只是把他当作那些稀奇古怪的客人中的某一位，甚至没有在他脸上多做停留，就那么无遮无拦地看了看他，又无牵无挂地移开了。

墨熄一脸阴沉地抄起案几上的玲珑玉杯，开始垂下眼帘沉默地把玩。

“唔，昔日赫赫有名的神坛猛兽。”慕容怜皮笑肉不笑地说，“顾茫，你这么紧张做什么。从小你就是在我这个宅子里伺候的，故地重游，又有什么可怕。”

“来。”他说着，向顾茫招了招手，“你过来。”

顾茫慢慢往前走了两步，目光落到了慕容怜面前的香炉上。紧接着，他似乎被香炉里浮生若梦的味道给熏着了，打了个喷嚏，忽然转头就跑。慕容怜没料到他会突然发难，回了下神，才厉声道："给我把他抓住！"

顾茫的灵核已经被废，但是身法依然凌厉，一双长腿扫过，猛地踹倒了三四个人，紧接着单手一撑，猎豹般腾空跃起，闪过企图抓住他胳膊的家丁，稳落在地上。

这一套动作行云流水，虽无任何法术，却也十分悍厉。顾茫踹飞了人，回头看了他们一眼，挠挠脸颊，转身继续逃。

"到底是瘦死的骆驼比马大，废掉的顾帅也比这群乌合之众能耐。"他说着，瞥了墨熄一眼，"你说呢，羲和君？"

墨熄双手抱臂，沉默地靠立在椅边，没有搭理慕容怜，而是看着顾茫在厅堂内来回奔逃避闪。顾茫的功夫底子实在太过扎实，望舒府的家奴费了一番工夫才将他制服，一个个已浑身是汗，鼻青脸肿。

"主上，捆好了。"

"瞧这一个个气喘如牛的样子，不知道的还以为灵核被废的不是他，而是你们呢，蠢材！"

仆奴立刻把头埋得更低，紧张地咽了咽口水。所幸慕容怜没有继续责怪下去，而是一拂宽袖，不耐道："押回来。"

顾茫被再一次带到了大厅中央，由于他一直不肯听话，他们只得用法咒把他的身子牢牢捆住，押至座前。

"跪下！"

顾茫不肯跪，于是被那群人粗暴地踹了一脚膝窝，跌倒在了地上。

他被黑色的捆仙索紧紧勒缚着，眼神混乱而狂怒，原本就很松散的衣袍也敞开了。

慕容怜下了湘妃榻，手里仍执着拨弄香粉的银勺，俯身盯着顾茫细看："重华之大，皆是我慕容江山……顾将军，你要跑到哪里去？你能跑到哪里去？"

言毕，忽然扬手就给了顾茫一个巴掌。

"啪"的一声脆响，用了十成十的力道，脸颊霎时浮起五道红痕。顾茫被打得头偏到一边，没吭声，反倒是墨熄的睫毛微微动了一下。

"训了你两年规矩，还是一点都没学会。"

慕容怜直起身子，又闻了闻勺尖残存的香味，忽然转眸看着墨熄。

"羲和君啊，我听闻你治军有方，当初你接手顾茫留下的王霸军，有不少老兵曾要造反，但都被你军前誓词给劝服住了。你既然有如此本事，那要不也来替我教教这位昔日的统帅？让他也学学乖。"

说着挥了挥手，示意家仆把人拖到墨熄面前去。

"说起来，当初他在墨帅胸口刺了一刀，这迟来的赎罪道歉，总该给墨帅补上。"

慕容怜慢吞吞地："如今你为刀俎，他为鱼肉，要怎么折磨他都随你。请吧。"

顾茫能听懂的复杂句子不多，什么刀俎鱼肉他是不会明白的，但"折磨"二字对他而言，就像被打怕了的狗听到棍子挪动的声音，浑身一个激灵，蓦地睁大眼睛。他伏在地上，视野有限，看不到侧后方站着的墨熄。当左右两个家仆挪动他的时候，他努力地想要回头，却被固定着他脑袋的仙索勒得更紧。

一时间厅堂内的目光几乎全部集中在了墨熄和顾茫的身上。

岳辰晴捂住眼睛，从指缝里往外看："墨帅，你们俩仇归仇，怨归怨，可千万不要当着我的面杀人啊，我还是个孩子呢。"

墨熄没说话，他慢慢俯身，单膝跪下，一只手肘搁在膝头，另一只戴着黑皮手套的手则捏住顾茫的下巴，抬起。顾茫的嘴被铁锁链勒住了，什么话都骂不出来，只能一边挣得铁链叮当，一边狠瞪着他。

一瞬间，墨熄心里升起一种莫名其妙的战栗，他自己也不知道为什么，是终于把猎物踏在足下，看其引颈就戮因而生出的刺激？还是怒其不争的愤忿？抑或是什么别的情绪。他不知道，也并不那么想知道。

黑冷的眸子往下睥睨，灯火摇曳中，他的视野里尽是顾茫凶狠又可怜的惨模样。半晌后，墨熄闭了闭眼睛，起身，"带下去。"

"嗯？羲和君这是什么意思？"

墨熄将脸转开："我对他没兴趣。"

慕容怜笑了笑："原来是这样。我还道是哪里戳中了羲和君的痛处，惹得羲和君不高兴了。"他说着，往手中的水烟枪里添了点微末，眯起眼睛狠抽一口，而后眼波流淌着，斜睨过来。

"不过羲和君可真是令我佩服。戎马倥偬这么多年，仍是清高得和当初一模一样。这罪恶滔天的叛徒到了手里，你见他无甚力气反抗，竟也不趁机泄愤报仇，真君子。"

墨熄不吭声，脸色沉下来。

岳辰晴见两人之间的气氛越来越紧张，挠挠头，忍不住探过来想插个嘴。

墨熄头也没回："你站远点。"

"哦……"

慕容怜抽多了，嗤嗤地笑："羲和君以为岳小公子闻这么点儿烟气会伤身？你宽心，这是绝无可能的。"

"最好如此。"墨熄的目光像寒夜吴钩，透过烟熏缭绕的雾气盯住慕容怜的脸。

大抵因为世家争权，慕容怜对墨家横竖看不惯眼，从小就没少找墨熄麻烦，总想摸清墨熄的喜怒，抓到墨熄的把柄。像这样旁敲侧击试探他的心事，早已不是一次两次。慕容怜一时没有作声，眯着眼，摆了摆手，招呼其他宾客。

“来来来，各自尽欢，想玩儿就玩儿，不必客气。”

家奴凑过来，有些不知所措地问道：“主上，那……这个顾茫是押回去，还是放这儿呢？”

“放着啊，押回去做什么。”慕容怜笑吟吟地，“羲和君，你是真的不稀罕收拾他对吧？”见墨熄不与理会，慕容怜笑笑，眸中闪过的幽光像是蛇的鳞片：“行。”他颔首，抬手点了点顾茫，“你们把他拉下去，随诸位公子处置吧。”

其他人自然是乐在其中，欺辱顾茫是人人都拍手称快，称道叫好的。谁让顾茫是重华的叛徒呢？

一时间那些醉醺醺的修士们都在围着他取笑，寻思着刻薄法子去羞辱他。

有人瞧他饿着，丢了块酱骨头在他面前：“想吃就吃啊。”

顾茫兽性为上，绕了几圈，挨不住饿，真的把那酱骨头捧起，凑在鼻尖处，先是小心翼翼地闻了闻，觉得无异，又张口咬了一点点下来，在口中咀嚼着，一双眼睛谨慎而专注地盯着面前的那些公子看。

墨熄余光瞥见这样的景象，心中一闷，只得把脸偏得更开。可是脸转开了，声音却怎么也回避不了，尖锐刺耳地扎了进来。

“哈哈哈哈，顾帅，说你是猛兽，你还真的捡骨头吃呀？”公子哥们哄堂大笑，“从前你不是挺爱干净的吗？怎么掉在地上的东西你也要。”“顾将军，你的脸皮呢？”满室的鄙夷之声能掀翻屋瓦。

但顾茫不理会，只是默默地啃着那块难得的酱肉骨，不一会儿就把骨头啃了个精光。他舔了舔嘴唇，重新抬起头来，扫过那些狰狞嘲讽的脸，落在案席的盘盏中。那里堆着小塔般的红烧酱骨，方正大块，肥瘦均匀，每一块红烧肉都裹着浓郁酱汁，油红料香。顾茫沉默地盯着看了一会儿，忽然道：“给我。”

这是他进屋后第一次正常地说话，那些人就和瞧见一只一直沉默着的猫忽然叫了声似的，一个个都有些兴奋。

“给你什么？”

顾茫毫不客气，一副野兽求食的模样：“肉。”

众人哄笑：“哈哈哈，你们看，他会讨肉吃！”

“别的不认识，肉倒是知道。这个神坛猛兽，呵呵。”

座上的一位公子哥儿问道：“你想吃？”

顾茫点头。

那公子哥儿竟真的夹了一块，玉箸戳着，递给他。顾茫接过了，正想要吃，那公子忽地大笑道：“你这个叛国叛君的狗，还想吃肉？做你的青天白日梦去吧！”说着，指尖灵力微动，顾茫捧着的那块红烧肉瞬间就变成了一团青烟。

顾茫看上去好像吓了一跳，他愣愣地盯着自己的手看了一阵子，然后又翻来覆去看了一会儿，最后又低头在地上找了一阵子，最后终于确定了，他有些困惑地歪过头："……不见了？"

厢房内，一群人争先恐后地寻他开心。

"想吃东西还不容易？"

有人把醋、酒、酱汁、肥油混在一只酒樽里端给他："来，尝尝这个，琼浆玉露，哈哈哈哈。"

顾茫大概是渴了很久饿了很久，尽管并不那么相信他们，但还是把酒樽接过了，闻了闻，觉得味道有些奇怪，于是谨慎地舔了一口。静了片刻，直接"噗"的一声喷在了那人脸上。

有人乐得直拍腿，有人则在兴奋地想着其他法子羞辱他，被喷着的公子则羞恼至极，接过帕子将脸一抹，而后一把揪住顾茫的衣襟，凶狠毒辣地甩去巴掌，骂道："给你喝你还挑。"

顾茫挨了打，立刻就想要回击，可是燎国在毁了他神智的时候，把他强悍的灵力也化掉了，他根本不是那个修士的对手，两下就被锁链勒住脖子，叮叮当当挣脱不得，只能狠狠地盯着对方。那眼神真的就和狼一模一样。

"给他好看！揍他！"

"对！揍他！"

谁不憎恨顾茫？尤其今日还有墨熄和慕容怜在场，所以那些公子多少怀着些讨好两位神君的念头，一个个法术施得毫不容情，攻击咒术雨点般落在顾茫身上。

顾茫很快就被围攻得毫无喘息之力，但他并不知道这些人为什么如此厌憎他，他想说话，嘴里却全是血。有几个人尚觉不尽兴，干脆拿起刚刚那盏未尽的酒樽，居然又往里面呸了几口唾沫，而后掰起顾茫的下巴，呵斥道："张嘴！给我咽下去！""喝下去！今天你不喝光就别想出这道门！"

这群门阀贵胄正围作一团将他凌辱，怀着讨好羲和君的心思加倍卖力地折磨他，忽听得角落里"砰"的一声闷响。

众人一下子转头，只见一直沉默着把玩酒盏的墨熄霍然起身，玉杯往案上一扔，抬起眼来，脸色极其阴郁。

"羲，羲和君，您这是？"

墨熄咬牙切齿的动作鲜明，那张脸俊美是俊美，但却瘆得慌。他身材高大，居高临下地扫过众人，那刺刀般的视线刚想落到顾茫身上，却又不知为什么，迅速移开了。

"羲和君？"

慕容怜也斜眼看过来："哟，羲和君，您这好端端的，突然发什么火呢？"

墨熄沉着脸，他见顾茫被围着欺负，心中恨极，可这种恨意实在是莫名其妙，若他刚才忍不住喊了"住手"，那恐怕现在他自己都不知该做何解释，幸好他控制住了自己，当时并没有吭声。这时候才能隐忍片刻，咬着牙慢慢道："厅堂之上，醉生梦死。诸位都是军政署的要员，却只会这种下三烂的伎俩，成何体统！”

“羲和君，你这是什么话呀？”众人寂寂间，慕容怜开口了。

他原本是侧卧着的，此时却坐了起来，说道：“顾茫是叛徒，在座是权贵，权贵惩罚叛徒而已，怎么就没体统，怎么就下三烂了？羲和君自己有洁癖，难道还要管下属寻开心？更何况，这里是望舒府，顾茫是我的人，今日来的又都是我的客。你就算居功甚伟，也该知道什么叫作打狗也要看主人吧？”

这番话倒好，损了顾茫不算，简直连其他人也跟着被贬成了他慕容怜的狗。

偏偏这群人都醉得不轻，就算清醒着，慕容怜是当今君上的堂哥，借他们十个胆子，他们也不敢对慕容家的势力说个不字。

可墨熄并不吃他这套，墨熄双手抱臂而立，冷淡道：

“慕容怜，军政署诸位效忠的不是你，是重华君上。把军政要员们比作自己的狗这种话，不要让我听到第二次。”

“你！”

墨熄这番话虽然简短，但里头却是千钧重压，犹如一柄剑点在了慕容怜心口。

第一点，如今在重华军伍里最顶用的人姓墨，算起来他慕容怜自己也是军部里的官，而且军衔还没有墨熄高。重华军法如山，就算是贵族，如果真的惹火了墨熄，那也是可以直接处置的。第二点，则是说慕容怜言行越矩。这可更要命了，听说慕容怜的父亲当年就参与了夺嫡之争，得亏先王大度，没有动自己兄弟的脑袋，可慕容家的这一支分族还是因此而人人自危，“王权”这两个字，他们连碰都不敢碰。

慕容怜果然变了脸色，过了好一阵子才勉强镇定下来。“好，好。”他嘴角牵动，挤出一丝冷笑，“墨熄，你有种。”他盯着墨熄的眼睛，过了一会儿，忽地手掌一抬，掌心中嘶嘶窜出数道流光，一条血红色的鞭子应声而出，唰地抖开，卷起迷蒙尘埃。

“方才的话算我失言。”慕容怜手持软鞭，绕着墨熄慢慢走了一圈，眼中闪着嫉恨的光，“羲和君治下甚严，管束极苛，今日我算是学到了。”

“那么……”他顿了顿，眼里盛着一抹鞭子闪烁的幽光，“我也便来学着教教这些蠢奴隶吧！”

话音落，血红灵鞭蛇一般忽地游出，照着那几个站在角落惴惴不安的仆奴们狠抽下去！

“啊——”

“主上，主上息怒啊！呜呜……”呼痛求饶声入耳，墨熄眼底之色微变。

他这个人地位虽然尊贵，但手下的北境军却是一群曾经由顾茫耗费心血带出来的下等人组成，那些修士清苦贫寒，大都是奴隶出身。

墨熄早年和顾茫做朋友，后来又和这群人共生死，深知他们的不容易，这也是他身为显贵，却从来不嫖不掳，不去欺凌那些卑贱者的原因。

当年，他被顾茫刺伤后，君上为了杜绝再有顾茫这样的逆贼出世，欲下令去除王霸军近三万残部，并从此严禁重华奴隶修炼法术。是他拖着未愈的病体，在大雪中日夜连跪，只为换得君上开恩，不将顾茫残部赶尽杀绝，不剥夺重华奴隶修炼的权利。

“军中其余奴隶并未有叛国之举，君上何必要让三万人头落地？”

君上怒道：“他们现在没叛，难道以后就不会叛吗？！他们都是顾茫带出来的！一群反贼坯子！羲和君，你这是好了伤疤忘了痛吗？！”

伤疤还没好，在缠绕胸口的纱布下渗着血。可他却还记得顾茫年轻的时候，曾坐在麦垛上，嘎吱嘎吱咬着苹果，冲着他笑。

“九州二十八国，只有以重华为首的五个国家愿意让我们这些奴隶出身的人修行。以后要是更多些就好了。”

“虽然还没有一个奴隶能在重华当个官，不过只要君上还肯让我们修炼，就总有机会的。”

“我想出头啊，我们都想出头。”

“只求王座上的人愿意看我们一眼……”

墨熄闭了闭眼睛，说道：“请君上将三万奴隶残部与我接手。”

君上嗤地笑了：“让你一个纯血贵族去接顾茫的那群兵痞？你怎么带他们？他们能服你吗？何况你怎么跟孤保证，这群虎狼日后不会和他们的旧主一样，把矛头指向重华大殿！”

墨熄直视着君上的眼睛，说：“我愿立下天劫之誓。”

君上一惊：“……你说什么？！”

“我愿立天劫之誓。”

天劫之誓是不可磨灭、一生只能定一次的重誓，要耗去发誓者的十年寿命作为代价。如果背弃诺言，必定天降大劫，发誓者就此灰飞烟灭。而就算一生恪守承诺，十年的寿命也再回不来。

正因为这般苛严的条件，世上很少有人会赌咒立下天劫之誓。但墨熄立了，他立了这个誓，用十年之寿，发誓绝不会让这群奴隶残部反叛，发誓自己一生效忠陛下，效忠重华。

只为不让顾茫之叛引起更多无辜人流血，只为重华能留下奴隶修行的权利。

他这番献祭，几乎没有什么人知道，人们只道是君上突发奇想，把顾茫留下的军队交给了一个纯血贵族率领。他接任初时，王霸军的人还在他身后偷偷管他叫“后爹”，骂他严苛，骂他冷漠，骂他高位出身根本不懂寒门苦楚。

可是他们谁都不清楚，为了让他们活着，为了让与顾茫相同出身的人不至于一出生就被打上永无出头之日的烙印，这位“不懂寒门苦楚”的贵公子究竟都在背后付出了些什么。

十年寿命，一生承诺。——这个心被刺伤的“后爹”，活在夹缝里，两头不是人。

其实能做的，他都已经做了，只是无人知晓而已。

不过这件事，慕容怜却是清楚的。因为他当时就陪在君上身边。他亲眼看到了墨熄是怎么替那些奴隶求情的，他亲耳听到了墨熄立下重誓，在雪地中长跪不起。

他知道墨熄同情这些奴隶。因此墨熄惹了他不高兴，他不能拿帝国统帅发泄，便无耻地冲着那些手无缚鸡之力的奴隶们一通狠抽，直抽得他们血花四溅，哀鸣不已。

慕容怜大笑起来，苍白秀丽的脸庞显得格外扭曲。他一边笑，一边抽，一边对墨熄意有所指道："贱奴永远就是贱奴，从生下来就注定一身脏血，又有什么出头之日？"

岳辰晴在旁边小声咋舌："浮生若梦是可怕，我回头要跟我那些哥们去说，让他们千万不能碰，这也就是一句话不对盘而已，望舒君怎么能疯成这样。"

慕容怜抽了那些奴仆还不解气，余光瞥见站在一旁的顾茫。作为他的旧主，这些年他和墨熄的种种往来慕容怜都看在眼里，知他二人关系匪浅。

思及此处，慕容怜心中一动，忽然生出一个歹毒念头，他立刻调转灵鞭，径直朝着愣愣的顾茫卷去！

可怜顾茫还没反应过来，就被慕容怜的鞭子卷住了腰，猝不及防地一勾，轻而易举便带到了他面前。

慕容怜一把捏住他的下巴，而后迫使他转身，面对着墨熄。狭长的凤眼里尽是歹意："来来来，顾茫，你看看眼前这个人，你还认得他吗？"

顾茫眨了眨眼睛，掺杂着几分兽的警觉。

"忘了也没关系，我告诉你，其实当年你虽然没说，我却看得出来——你嘴上虽然叫我主人，但内心却很想背弃慕容家，转去给这位墨大公子趴下来当狗。"

墨熄的脸色沉下来："慕容怜你疯什么！"

"我哪里疯了？今日我与羲和君久别重逢，也没备下什么礼物。不如这样，我再试探试探他的心意，如果他仍想跟着你，那我就考虑投其所好，割爱让人，好不好？"慕容怜一把勾住顾茫的肩膀，靠在顾茫身边。

"我连怎么个试探法都想好了呢。且说与你听——"

"慕容怜！"

慕容怜已被浮生若梦迷得熏熏然，他将手指竖起，贴在唇上，继而摇了摇："嘘，别生气，听我说完。其实也有趣得紧。"

他说着，低下头甜腻地问顾茫："顾帅，下面我给你两个选择，你听好了。说句实话，我一贯很恶心你的脸，非常想将之划烂。不过如果你能帮我把这个人。"他指了指墨熄，凑到顾茫耳边，用众人都可以听见的声音笑道，"如果你能帮我把这个人的胳膊卸一条下来，我就饶过你。"

此言一出，旁边喝得烂醉的人都惊得半醒，震惊地睁开惺忪睡眼，盯着他们三人。

"望舒君刚刚说什么……""他要墨帅的胳膊？"

岳辰晴直拍额头，嘟哝着“还不如不来呢”，然后喊道：“望舒君，慕容大哥！！你浮生如梦抽多了！脑子不清楚啦！哪有能给你清醒的药啊，我去拿来！”

慕容怜却根本不理睬他们，他挂在不知所以的顾茫身上，咧嘴笑道：“怎么样啊顾茫，来不来啊。”

言罢“噌”的一声，他掌中的灵鞭已化作一把闪着寒光的匕首，悬在顾茫脸颊边。

“或者卸他的胳膊，或者由着我一刀划了你的脸——你不是脑子坏掉了吗？我倒想看看，你会做出什么选择？”

墨熄心中一凛。

慕容怜根本没醉！很明显以顾茫如今的本事，就算夺了匕首也是伤不到自己一分一毫，根本毫无威胁。慕容怜此举只是想试探顾茫到底是不是真的失忆，也想看看顾茫在自己心里的分量如何。

“我数到三。”匕首逼上顾茫的脸，只消一寸，就能见血。

顾茫没吭声，几乎是有些淡漠地侧头看着慕容怜的匕首。

“一。”

墨熄的血气不由自主地上涌。他确实想立刻喝止慕容怜的举动，但另一个方面，他又忍不住想知道，顾茫究竟会怎么做？

其实墨熄也曾有过那么一些怀疑，他也想过顾茫的头脑受损或许只是假象。

如果顾茫的脑子真的损坏了，出于兽的本性，他不可能会有任何犹豫。如果他真的像李微所说，潜意识觉得自己是一匹狼，那么自卫和伤人之间，狼毋庸置疑会选择后者。

那么，为什么顾茫还没有任何攻击的举动？

慕容怜在笑，岳辰晴在喊嚷，众人在相劝，屋内烟熏缭绕，浮生若梦。墨熄眼前急速掠过的是顾茫从前的面庞，沉静的，灿笑的，关切的，冰冷的。

陆离光怪地游过去，犹如大鱼身上的鳞片在闪耀着，每一片里都是顾茫过去的身影。

清梦一般浮起：

“好久不见了，墨师弟。我能坐你旁边吗？” “再请你喝一杯，你顾茫哥哥从今往后就要去当坏人了。”“我真的会杀了你……”这些回忆飞湍瀑流般喧嚣着一一在眼前冲刷过，最后被慕容怜的声音猛地刺破，拽回现实中来，只剩下此时此刻，顾茫那张依旧还算宁静的、微微皱起眉头的脸。

“二……”

顾茫竟仍是没有动。他为什么不选择自救？！他不是只剩狼性什么都不记得了吗？何况从前他对自己那么狠毒，刺刀也捅过了，他本应该、本应该……

“三！”

“住手！”墨熄猛地反应过来，手中疾光电起，一道咒印倏地破掌而出，朝慕容怜扬起的匕首而去！

太迟了……匕首照着顾茫的脸颊刺下，鲜血嗤地喷溅！墨熄蓦然睁大眼睛。

血一滴一滴落下来。慕容怜捂着肩膀，他丝质的衣料很快就被浸透了，猩红从他指缝中渗出。左右见之色变，磕磕巴巴道：“主，主上……”

谁都没料想到最后受伤的居然会是慕容怜。望舒府众人霎时乱作一团：“快拿药啊！快把疗合灵散拿来！”

“快快快！止血带！止血带！”

慕容怜脸色铁青，不知怎么回事，就在刚刚匕首刺下去的那一瞬间，顾茫的脖颈侧忽然浮出一个红色的莲花图腾，随即身周忽地暴起一阵灵流，数十柄无形的光剑瞬间升出，不但将他的匕首震脱，甚至还将他推出数丈之外！

慕容怜一时说不出话来，紧咬着下嘴唇，脸色时白时红。他缓了一会儿，掌心泛起蓝光，凑合着先止住血，而后又是尴尬又是恼怒地喝道：“顾茫！！”

顾茫已经趁乱跑到桌子后面去了，这时正搓着光裸的脚丫，十分警觉也十分无辜地龇牙咧嘴，眼睛紧盯着慕容怜，而那些光剑仍在不断浮沉，将他团团包围，护在阵心。

人群中，忽有个之前去落梅别苑寻过顾茫的公子猛地反应过来，喊道：“哎呀！原来是这个阵！”

“什么阵？”慕容怜怒道，“你知道还不快说？！”

“这个阵……这个阵属下也是无意得知，说起来颇有些复杂……”

“说！！”

“回望舒君，是这样的！”那公子见慕容怜动怒，忙回答道，“这个阵法若是用法术攻击他，或者用高阶武器打他，那都不会触发。可若是用一般品级的召唤武器，或者拳脚伤害他，并让他觉得很害怕，就会有很多道光剑就会从他身体里爆发出来……”

慕容怜怒气难消，恨恨地盯着桌子对面的顾茫，“这是什么愚蠢可笑的阵法？！”

那公子摇了摇头：“顾茫以前是术法鬼才，当初他不知自创了多少咒诀，很多都极其无聊，除了能讨姑娘傻笑，其他一点意义都没有。这个，或许也是他早些年创着玩的。”

他这么一说，其他人也都想起来了。

修真学宫的藏书阁中至今还存有一些顾茫少年时涂改过的卷轴，上面写着些乱七八糟的小法咒，什么冷菜迅速变热的，可以在一炷香的时间内把自己变成一只猫的，还有能变出一团在冬天揣进怀里暖身的火，诸如此类。其中流传最广的是一个名为“将军说得都对”的法咒，传说顾茫早年在军中总爱逃那些冗长又无聊的会，为了不让统帅发现，特意琢磨出了这种术法，能够将一块木头点化成自己的模样坐在原处听将军废话，自己则逃之夭夭，不知去哪里快活逍遥……

“这么一想，还真有可能。”

“也是哦，防拳脚不防法术，简直是荒谬嘛，一看就不是什么正儿八经的护阵。”

“顾茫这家伙就是喜欢乱七八糟瞎折腾。”

岳辰晴在旁边听了，笑道：“顾帅年轻时这么调皮？简直是浪费心力嘛哈哈哈——”

“笑什么！”蓦地被慕容怜打断了，慕容怜恼羞成怒道，“什么顾帅？那是个叛徒！说话口无遮拦，当心我给你爹小鞋穿！”

“我没有！我哪敢啊。”岳辰晴忙道，“顺便提一句，只要望舒君能开心，别说给我爹小鞋穿了，就算给我爹女鞋穿都没关系！”

慕容怜瞪了他一眼，想到今日夜宴威风不得，反而还落了一道伤疤，拂了一张尊面，心中难堪，于是转头恨恨道：“还不快来人？！”

“听凭主上吩咐！”

慕容怜一拂衣袖，点了点顾茫：“把这头蠢猪带下去，我不想再见他。另外给我从落梅别苑再调几个懂事聪明伶俐的来。至于惩罚——”

他磨着牙根，余光瞥见墨熄的脸。

不知为什么，墨熄在看到那阵法之后神情就有些古怪，还往顾茫的颈侧看了好几眼。

“墨帅……你就没话要说？”

“……”墨熄回过神，把目光从顾茫身上收回来，双手抱臂，冷淡道，“望舒君不是打算成人之美，把顾茫割爱给我吗。”

慕容怜一怔，随即颇不要脸地说：“说说而已，君上谕令由我来处置他，哪儿能随意易主？”

墨熄原本也知道他这人不会讲话作数，什么君子一诺驷马难追，对慕容怜而言简直是放屁。更何况这件事本来就是荒唐儿戏，君上的旨意，如果没有君上自己收回，任何人都不能擅自改动。

于是抬眸迎上慕容怜咄咄逼人的目光，说道：“既是这样，望舒君的人，望舒君自己处置就好，又何必问我。”

“既然你这么讲了。”慕容怜嗤笑，转头吩咐道，“带下去，赏他八十鞭，克扣他饮食一个月。”顿了顿，阴鸷地补上一句。“饿死也是自找的。”

顾茫被押下去了，望舒府上的奴仆过来把狼藉一片的案儿收拾干净，重新布置几道新菜，夜宴重开。

一片唏嘘中，唯有墨熄没有说话，在周围觥筹又起的时候，他重新抬眼，目光复杂地看着顾茫被带下去的地方，手在没有人瞧见的暗处缓缓捏紧。

墨熄不太爱饮酒，更讨厌宿醉。但那天从望舒府回来之后，他坐在自家空幽的庭院中，拍开了一坛陈年佳酿，一觞一盏，独酌直至见底。他看着吴钩当空，云开雪霁，他忽然问侍立在身边的管家：“李微，你跟了我几年了？”

“回主上，七年。”

墨熄喃喃：“七年……”

七年前，他追击投敌的顾茫，深入敌营，被顾茫刺了胸膛，命悬一线。他躺在床上昏迷不醒，李微就是在那个时候奉了君上的命令来羲和府照看他的。

原来已经过去这么久了。墨熄不甘心地想，所以，自己究竟是因为什么而放不开，又是因为什么，而忘不掉呢？

酒喝多了，未免有些醉意。他不愿意失去理智，所以李微欲再给他斟上的时候，他摇了摇头，表示不必了。李微应了——美色当前而不乱，美酒当前而不醉，在欲望面前能真正做到收放自如的人并不多，墨熄是其中一个。

“你觉得，我和顾茫怎么样？”墨熄忽然问。

李微愣了一下，犹豫道：“……不……太配？”

“……两个男人你说什么配不配，我看你也喝多了。”墨熄瞪了他一眼，“重新说。”李微这才反应过来，笑道：“哦，您二位的关系吗？人人都知道不好呀。”

“那以前又如何？”

“以前……”李微琢磨了一会儿，“以前我也没有福分侍奉在主上身边，但我听说主上和顾帅是学宫师兄弟，也是军中同袍，帝国双璧，还有就是……唉，不知道，其他我也想不到了。有人说您和顾帅那时候挺熟的，也有人说顾帅是阳光普照，跟谁都暖，所以可能与您也并没有那么熟，差不多就这样。”

墨熄点了点头，不予置评。

师兄弟，军中同袍，帝国的两位将军，这是大部分人对于墨熄和顾茫关系的印象，好像没什么毛病。

李微好奇地问了句：“那实际上是怎么样的呢？”

“我和他？”墨熄居然很浅地笑了一下，垂着长睫毛，那笑痕里藏着点什么苦涩的东西，“不好说，说不好。”

顿了顿，慢慢道：“也不该说。”

重华没有人会相信，顾茫对于曾经的墨熄而言，就像清泉之于一个行将渴死的旅人。在遇到顾茫之前，墨熄有抱负，有担当，意志坚定，困苦不畏，但他心中更多的其实是恨。

少年时，他曾经那么真诚地对待每一个人，可他得到了什么呢？父亲战死，母亲背叛，伯父祸乱，仆从一个比一个会看眼色，嘴上称他为少主，却都在替伯父做事。他周遭四顾，竟连一个可以信任的人都没有。当时他并不明白自己是哪里做得不好，才会受到命运这样的苛待。

他就是在那时候遇到顾茫的。

那时候的顾茫那么善良，那么正直，哪怕只是个奴隶，有着卑微到尘土里的身份，他也从来不去怨恨什么，从来不去指责什么。墨熄一开始跟他伏魔除妖的时候，脾气不好，没少怼他，但顾茫都笑嘻嘻地包容了——他总是在体谅着别人的不容易，尽管他自己已经过得那么辛苦。

他总是在努力地呼吸着生命中的每一丝善意，然后拼命开出一朵小小的花来。

冒充慕容怜买药一事，他明明知道会被责罚，甚至会失去在学宫修行的权利，却还是执意做了。而事发后，跪在学宫的忏罪台上，顾茫什么都不辩解，只涎皮赖脸地说自己是觉得好玩。

可哪有奴隶会为了好玩葬送自己来之不易的出头机会？分明是因为他亲眼看到那些村民常年为瘴疫所扰，病痛缠身，他觉得不忍。

但是他太卑微了，卑微到连用最低的姿态、最轻的声音，低低说一句“我就是想救人”都会被无情耻笑。哪怕他把滚烫的胸腔生生挖开来，让他们看到他快要难受到死去的心，他们也只会讥笑他的热血，怀疑他的善良，讽刺他的不自量力，嘲笑他颤抖的真心。

他都知道，所以他不辩。

人都说达则兼济天下，穷则独善其身，一个望舒府的小奴隶，不去忧心自己下一顿该吃什么，该怎么讨主上欢心，却去挑这救死扶伤的担子——好一个不自量力的丑角。可也就是他当年的那一份不自量力，那一颗流着热血的炙烫的真心，将本已对人性失望透顶的墨熄拉回了正道。

“主上。”恍神间，李微在身边劝道，“夜深露重，您该去歇着了。”

墨熄没有马上应答，他的手仍撑在眉前，遮住眼，听到管家的声音，他稍侧过脸，手指微微颤了一下，似乎在擦拭着什么。过了一会儿，他声音低缓，很轻地道了句：“李微。”

“在。”

“你说……”他沉吟道，“顾茫……有没有可能根本不曾失忆？他是装的？”

李微愣了一下：“什么？”

墨熄依旧没有抬眸，深邃的眉眼都埋在手的阴影里，低沉的声色带着鼻音：“或许他还记得一些事情，他的心智根本就没有完全损坏，他装的。”

“这怎么可能？”李微大睁着眼睛，“顾茫的病症是神农台确诊的，重华最好的姜大夫也来替他诊断过，他的灵核碎了，魂魄丢了两个，头脑坏了，他觉得自己是狼兽孽畜——”

“你见过宁愿自己受伤也不肯伤人的孽畜吗？！”

李微惊呆了。是他的错觉吗？羲和君的眼眶竟然有些红。

“主，主上何出此言啊……”

墨熄合了合眼，他的怒火并不是针对李微的，他只是真的不愿再听到类似“顾茫什么都不记得”这样的话了。

“在望舒府。慕容怜给了他两个选择，是断我一条臂膀，还是划他自己的脸。”墨熄转过头，望着树影婆娑，半晌，喃喃道，“他选了后者。”

李微：“……”

“你告诉我，什么狼会做出这样的选择？”

李微心道，告诉你？我告诉你啥啊！你看你那暴脾气，我要说顾茫或许是压根就没听懂望舒君的问题，你不得跳起来踹死我啊？

打那天开始，墨熄就有点魔怔。

虽然李微后来趁他心情还行的时候，委婉地跟他表达过类似“顾茫现在脑子是真的不好，很多词他都听不懂，跟他沟通就和三岁小孩一样，有时候一句话得重复好几遍”，但墨熄心里就是放不下这一点微弱的希望。

最后李微没办法，说：“那主上您要不去和神农台求证一下吧。”

神农台有很多慕容怜的人，墨熄并不想去。

李微又献计献策：“那您去御药馆，问问姜药师吧。”

第 5 章

姜药师是个高冷且刻薄的人物，墨熄对他并没什么好印象。但最终还是挨不过心中煎熬，前去拜会。富丽奢靡檐牙高啄的药王府外，小童诚惶诚恐地说："羲和君，我家姜掌柜出门采药去了。"

"那他什么时候回来？"

"掌柜去期不定，或三五天，或三五月。"

"他说自己去哪里了没有？"

"掌柜采药，会跑五湖四海。"

墨熄甚是无言，看着那小童摇头晃脑作答的样子，只得点了点头，回府了。或许是因为执念太深了，成天在琢磨顾茫的事情，这天晚上，墨熄睡下后，做了一个梦。

梦里，他竟又模模糊糊地回到了多年前，他第一次认清了自己的决心，发誓要一辈子与顾茫交好生死不断的时候。

正值寂夜，是塞外边关。

他很年轻，只二十不到。那时他还并不是威震四海的羲和君，顾茫也还压在慕容怜名下没有声名。

他们与燎国激战，死了好多人，墨熄收拾同袍遗物的时候看到了一封血迹斑驳的家书，他捏着那封还未来得及寄出的书信，怔怔看了很久。

墨熄家门不幸，自幼见到的都是尔虞我诈，背叛利用。

这是他第一次见到炙热的、真切的情谊。

战死的修士是个糙汉子，平时连书都不爱看的人，却在烽火硝烟里认认真真逐字逐句地写了那么长的一封信，信中不聊战争苦楚，不谈功勋立业，只讲家中丫头眉梢的一颗痣，庭中母亲手植的一丛新苗。

爹娘、大哥、媳妇儿，再等一等，明年繁花烂漫时，我就解甲归乡——拙笨的字迹，却温柔得像是能滴出水来。

他写的时候，眼前是真的浮现了来年凯旋后，一家人团圆，院中小桌摆满了酒菜，鸡鸭，还有小黄狗在旁边奔跑的样子了吧？

最后却只剩了这一张血迹已干的信。

墨熄无法表达自己当时内心究竟是一种什么感受，他在榻沿坐了很久，手里攥着这封信。

爹娘、大哥、媳妇儿，再等一等，明年繁花烂漫时，我就解甲归乡……如果今天死去的人是他，他有没有什么放不下的人呢？

他与家人情意淡薄，关系不可谓不恶劣，唯一疼爱他的父亲也故去了。但是，他很快就想到了一个熟悉的身影。想到那人后，胸腔里像忽然点起了一簇火，照得一切豁然通透。但又好像那一簇火其实一直都在他内心深处默默地照亮着他，温暖着他。

他从前并没有发现，顾茫对他而言竟已是那么重要了。

他呆呆地坐在那里，心里的野火却越烧越热。

营帐外有死了兄弟的修士在哀哭，有隐隐的埙声和寂寂的风声。

他攥着手里的那封薄纸。明天谁又会死呢？

明天谁的心事又终成血污。

他忽然再也无法克制心里那种寻求温暖的冲动，猛地一撩帘子，正撞上进来给他疗伤的药修，那药修吓了一跳："墨公子？"

墨熄不回答，他大步走出帐外，步子越来越快，把那封染血的信收在袍襟里，他会把它带回去给那个同袍的家人，然而他现在急着要去找他自己的"家人"，他忽然变得那么急，好像如果不说，明天就再也没有机会开口，死亡就迫在眉睫似的。

"墨公子！墨公子！"白袍广袖的疗愈修士追出营寨，朝他喊道，"你胳膊上的疮口——"

但他没有理会，不想管那一点点微不足道的小伤，他只身奔出营外，召来灵马，一骑纵马向前。

胡风朔雪迎面拂来，身后是守备营的鸽群唼喋，那细碎的声音被他越抛越远。他的心中攒着一团热血，想要找到正在值夜的顾茫。他能感受到自己怦怦的心跳，焦灼如火燎烟熏的内心，明明朔风寒雪，却连掌心都是微微湿润的。

"顾茫呢？"

来到北军营中，他还没下马就着急地喘着气问戍军的修士，"我找他人，他在哪里？"

那修士见他风风火火，吓了一跳："墨，墨公子可是有急报？"

"有什么急报，我见个人就非要有急报吗？"口中呼出炽热的白雾，语气愈发焦躁。

"那您……"

修士目光刮了一下墨熄受伤的胳膊，犹豫片刻，没有再问下去，但墨熄已然明白他的意思——那您无事不好好休息养伤，迎风冒雪地，从南军跑到北军来找一个无名小卒做什么？

墨熄太焦急了,也太冲动。他刚刚弄明白了一件事情,他刚刚意识到顾茫对他而言已是世上最重要的兄弟,是比血亲更难分离的人。他必须要找到顾茫,告诉他心中所想,如果不立刻找到顾茫的话,仿佛满腔热血就会在这一夕之间被熬干烧尽。

他什么都不懂,就这样冒冒失失,冲动地来到顾茫的营帐外。站在那军帐前,手指微微颤抖着,他的血越来越热,心跳越来越快。最后喉结滚动,深吸了口气,“哗”地掀开了帘门。

“顾茫——”

一个长相周正的攻伐修士回过头来,是顾茫当时的好友陆展星。

陆展星也是慕容怜的侍读,从小与顾茫一起长大,性子很乖张。他这会儿正在营帐内边啃水果边看剑谱,见了墨熄,愣了一下:“墨公子?你怎么来了?”

“顾茫呢?”

“你找他啊。”陆展星啃着汁水饱满的梨子,忽然眉飞色舞地就笑开了,“今晚怎么一个两个都找他?”

“谁还找他?”

“哦,没谁,就几个我们的朋友,找他出去附近村里玩儿,墨公子你不认识。我本来也要去的,结果腿还没好透,就懒得跑……”

陆展星絮絮叨叨的,墨熄心中的那种焦躁又更甚了,他微一咬下唇,问道:“他去哪里了?”陆展星笑着开口,准备回答他的这个问题……

可是就在墨熄即将梦到当年的那一句答案的时候,却感到一阵心疼——似乎是心脏本能地想保护自己,不让自己再痛下去,所以沉重的黑暗忽然铺天盖地地压下来,梦境像最脆弱的尘埃般被吹散了。

黑色越来越深,梦越来越沉,再也没有了任何声响。

最终天地虚无,一切都归于静。

第二日,墨熄在庭院鸟雀的啁啾声中醒来,他慢慢眨着眼睛,逐渐恢复清醒,仿佛从一场破碎镜花水月中泅渡上岸。

“顾茫……”他困囿于梦境的余韵中,抬起手,只觉掌心微热,竟还有细细的汗珠,年轻时那种烧灼的心情似乎依然能清晰地回想起,可梦的内容却已逐渐模糊了。

“主上。”见他醒了,李微前趋,躬身道,“长丰君一大早就差人送来了一些礼物,正暂搁在花厅中呢,主上您看是否要收?”

“长丰君?”

刚睡醒,又梦到那样令他怅惘的往事,饶是英明神武的羲和君一时也有些缓不过神。过了一会儿才揉着额骨微蹙着眉想起——那是一个落魄的老贵族,如今地位虽在,却已是名存实亡。长丰君已经很多很多年不曾与其他人家往来了。

墨熄有些起床气，按着突突直跳的额角，问："他忽然给我送礼干什么？"

"没详说。"

墨熄是清正惯了的人，顿了顿说道："那你给他退回去吧，就说心意我领了，非节非庆，东西不要。"

"是。"

待墨熄洗漱着装毕，走到花厅一看：真是夸张，珍珠翠玉、绫罗丝锦、法器灵药等大大小小八抬礼箱，看得他眉头直皱，把正在忙碌的李微叫过来。

"长丰君是不是犯事了？"

"啊？"李微愣了一下，"没有呀。"

"那他这是什么意思？"

"这个……"李微心道，长丰君最近好像是因为女儿的事情开罪了修真学宫的不少贵胄，有几位还是势头正旺的大家族。这个时候给羲和君送礼，显然也是想探探情势，看能不能巴住这位刚刚归城还一无所知的大统领。

不过李管家还是很聪明的，他知道几个家族内的事情还是不要卷入为妙，于是道："这个连主上都不知道，那我就更不知道了。"

墨熄暗暗将那些东西又扫了几遍，仍是琢磨不透对方的意图，干脆也懒得再管。只整了整袖角，说道："我出门了，中午不回来，你让厨房不必备膳。"

"哦……"李微应了，却不禁抬眼偷偷瞅了墨熄一眼。

主上这些日子不太对，好像打从望舒府回来之后，哪怕没有朝会军务，也每天雷打不动地往外面跑，有时候跑半天，有时候跑一天，有时候干脆深夜才回来，还不让侍从跟着。

看这端倪，怎么瞅怎么像在跟人私会啊……此念一出，李微差点把自己惊出一身冷汗——不不不！怎么可能怎么可能？

前有梦泽，后有宴平，更别说其他名门淑媛统统都试过要融化羲和君这一尊清高冰冷的男神，但至今仍无人能够做到。

李微暗忖，要是羲和君真能干出那种瞒着所有人去约会的事情，那对方该是怎样一个手段卓绝的祸水红颜啊。

墨熄沉着脸在街角的茶摊落座，要了一壶阳羡茶。茶很快就端上来了，配着的还有些干果蜜饯，墨熄慢慢喝着，秀长的眼尾时而目光流转，看向对街。

对街就是落梅别苑的后院莲池，而那个人已经很久没有出现了。

前些日子，顾茫几乎每天都会在这里发呆，什么也不做，就孤零零一个人站在浮桥上，不出声地立着，盯着莲池里的鱼看。

那张脸茫茫然的，像下过一场铺天满地的大雪。一开始墨熄不知道这些鱼有什么好看的，直到有一次，他发现顾茫试图伸手去捉一条鱼——鱼当然没捉到，于是这人蹲在岸边，呆呆看着锦鲤摇曳远去，喉结滚动，咽了咽口水，眼神逐渐有些发直。

墨熄才明白，他这是饿了。慕容怜那天说要克扣他一个月的饭菜，如今算来已有十余天。于是委屈极了的顾茫居然想自己捉鱼吃……

也不知是怎么回事，打那天起，顾茫一直就没出现过，墨熄每日都来，却再没瞧见过他蹲鱼的身影，今天也不例外。

慢慢地，茶已喝至见底，又请摊主添了壶新的，再坐了许久，却也不见顾茫。这人已经连续五天没出来了，莫不是落梅别苑里又发生了什么？墨熄这样想着，脸上虽仍淡淡的，但心里却开始有些焦灼。他隐忍着，将盏中最后一点阳羡茶喝完，却淬不灭那心火。最终还是起身，向对街走去……

哗哗，落梅别苑外的低阶修士扫着白玉石上的桐木落叶。

忽然一双黑皮军靴出现在视野里，修士手上的动作停住，眯着笑抬起头来婉拒："客官，天色还没暗呢，咱们别院是戌时开门，您看要不要稍微再晚——"话还没说完，就在看清来人的脸时蓦地睁大了眼睛，骇得连扫帚都掉在了地上。

那修士瞠目结舌："羲，羲和君？！"

墨熄军服挺拔，衣襟重重交叠，缘领一丝不苟，再正经不过的君子模样。说道："我找人。"

那低阶修士的下巴都要惊掉了。这里是落梅别苑，望舒君的地盘，羲和君居然会主动要来望舒君的场子找人？太阳是要从西边出来了吗？！

墨熄面若寒霜，眼神愈发瘆人："不能进去？"

"不不不。"小修士慌忙引着他进去，"您请，您请。"接着又磕磕巴巴问，"羲和君要找谁？"

墨熄沉默一会儿，把脸侧过去，面无表情道："顾茫。"

"哦哦！原来是找他啊……"小修士反应过来，陡然松了口气。

羲和君来光顾望舒君的场子虽然匪夷所思，但是羲和君找顾茫却是情理之中。毕竟他俩这么深的冤仇，羲和君心情不佳了，实在忍不住过来找人出出气，那也是十分正常的。

墨熄跟着小修士顺利进了落梅别苑，小修士一边走，一边和墨熄说道："羲和君，顾茫在后院那个很脏的废屋里，你一会儿进去了可留心些衣裳，莫要碰脏啦。"

墨熄皱起眉头："他怎么会在那里？"

"呃，这个说来话长。之前望舒君不是给他降罚了吗？于是我们就让顾茫在院子里做苦力，劈柴什么的。不过前几天他大概是饿惨了，居然半夜跑去伙房偷肉包吃。"

"然后如何？"

“本来偷一两个也没事，不会被人发现，可他偏偏跟饿死鬼投胎似的，一口气吃了整四笼，等厨子去看的时候，他还在里面抱着包子啃。那厨子当然不乐意，冲上去就要跟他算账。结果……”

墨熄扫了一眼他忽然畏惧的样子，说道：“是不是厨子朝他动了拳脚，触发了他身上的剑阵？”

“哎！是呀，羲和君您也见过那个阵吗？”

墨熄没有答话，眼底反倒是有些模糊不清的光影流淌了过去，他睫毛动了动，垂遮而落。

“那个厨子打骂太过啦，顾茫反抗得厉害，剑阵触发后，他因为没有回避及时，被割得浑身是血。”小修士搓了搓手背上的鸡皮疙瘩，“哎哟，好几百道口子啊，也是怪吓人的。”

墨熄沉默片刻，问：“人没事？”

“没事没事，那剑阵不霸道，虽然口子多，但都是皮肉伤。”顿了顿，又道，“其实羲和君不用担心，那厨子也是个燎国抓来的狗贼。他和顾茫打起来，那也算是狗咬狗。”

“……”

“出了这事儿之后，嬷娘就很生气，把顾茫关去了柴房。原本咱们每天给他一只窝头，但是嬷娘说，接下来要更狠，每日只给碗粥，让他好好吃些苦头。”小修士顿了顿，“羲和君，要不我干脆让人把他给您绑来吧？他那个阵太危险啦。受伤的厨子现在还躺在房里，浑身裹得像粽子，估计一两个月都下不来床呢。”

“不用。”墨熄脸上看不出神色，停顿一会儿，说道，“我自己去找他。”

由于无须应付客人，顾茫就在落梅别苑最寒碜的小屋里待着。都说“孤狼难活”，顾茫的身体很大程度上被淬炼得和野狼很像。他怕孤独，常常自言自语，落梅别苑里的人瘆得慌，于是干脆给他弄了只黑狗当伴。

那黑狗此刻就坐在那小破屋的门口，一见到生人靠近，立刻发了疯似的狺狺狂吠，墨熄目如刺刀，看了它一眼，那狗愣了愣，立刻就蔫了。

“羲和君，这狗怕你哎。”

废话。他杀过那么多人，一只狗而已，又怎会对付不了。墨熄黑军靴踏过几级石阶，然后一把撩开厚重的门帘，目光扫过那狭小的暗室。

和别苑其他地方的奢靡布置不同，这间小屋四壁清简，除了一堆柴草几个破罐再无其他。

顾茫犹如野兽，在昏暗的角落里蜷作一团。听见有人来了，他动了动耳朵，抬起头无声地望过去。

陪同过来的小修士忙道：“羲和君，您小心些，他现在对谁都有敌意，反抗劲儿大得很。”

墨熄却好像并不在意，只很浅地点了下头，说：“你下去吧。”

小修士有些犹豫，虽然望舒君总说弄死顾茫没关系，不过谁都知道望舒君也只是嘴上说说而已，如果顾茫真的死了，他们所有人大概都要吃不了兜着走。

看墨帅那么恨顾茫，该不会等到月黑风高把人大卸八块吧……

墨熄道："我想和他单独待一会儿。"

小修士见他眼神郁沉，不敢再说什么，只得低头道："是。"

等那修士退下之后，墨熄松开了撩着帘幕的手，厚重而肮脏的布帘子在他身后落下，屋里霎时陷入一片黑暗，这里甚至连一盏烛灯都没有。

黑暗中，唯独顾茫一双清亮亮的眼睛在闪着光。墨熄皱起眉头，忽然觉得有哪里不太对——他这双眼睛是怎么回事？一抬手，一团火焰刹那在掌心中亮起。墨熄燃着那团火，然后向那两点荧荧光亮走过去。

顾茫被关了五天，神智已有些混乱，加上太久没有见过这般刺眼的光，他喉咙里先是发出低沉的威胁声，发现对方没打算停下脚步，便像受伤的动物般试图逃离，可是他实在太虚弱了，还没爬起来走两步，就又踉跄跌倒在地。

墨熄在他面前站定。火光终于流泻在了顾茫狼狈不堪的身形上。顾茫见逃跑无望，干脆又转过头来瞪着他——果然不对。之前两次见面，因为灯烛昏暗，情绪波动又大，所以墨熄其实并没有太仔细地看清楚顾茫的脸。直到这一刻他才发现，顾茫的眼睛，竟然和以前不一样了。

记忆中那双总是带笑的黑眼睛不见了。取而代之的，是一双湛蓝的瞳眸，幽暗中散落着些荧光晶点，那是一双不折不扣的雪狼的眼。

虽然知道燎国对顾茫进行了兽类的结合重淬，但亲眼看到狼的眼睛取代了自己曾经熟悉的东西，墨熄的手还是颤抖了。

他猛地捏住顾茫的下巴，死死盯着那双海水般的蓝眼睛。是谁？这是谁？！他另一只手的火焰因为主人的暴躁而闪得愈发厉害，光芒几乎发白，照耀着顾茫的面容。而他的目光便像刺刀一般狠戾地刮过顾茫全身。

或许是他的视线太过灼痛砭骨，顾茫也不知哪里来的力气，竟猛地甩开了他的手，又挣扎着踉跄往前行了几步。

墨熄厉声喝住他："站住！"

火球悬空，一只手已紧攥住了顾茫的臂腕。他的势头太凶猛，顾茫这回是真受了刺激，只见得几道炫目蓝光闪过，剑阵再次触发，数十柄无形光剑从顾茫体内嘣地爆裂而出，所有剑刃齐刷刷掉转刃尖，迅速刺向墨熄，眼看就要血花四溅！！

可就在这电光火石间，奇怪的事发生了。

那些剑光一碰到墨熄，竟都化成了晶莹羽翼，缓缓飘于地面……

顾茫呆愣当场。而墨熄却像早就知道剑阵对自己无效似的，臂上用力，一把将还在发蒙的人重新拉了回来。

顾茫又呆愣片刻，猛地意识到自己被制住，连忙开始手脚并用踢踹挣扎。

墨熄怒道："别动！"

听见他近在咫尺的声音，顾茫倏地抬起头来，竟是加倍的惊慌失措，显然他知道剑阵对自己而言是最后一重防御，剑阵失效，就等于孤狼失去了仅剩的爪牙，只能任人宰割——他在这个压抑着怒气的男人面前根本毫无抵抗之力。

"别……"他终于开口了，微微发着抖。

墨熄胸膛起伏，低头看着他，恨得咬牙道："别什么？"

"别……"他先前就丧失过言语能力，此时受了惊，吐字竟又开始生涩缓慢，"杀我……"

墨熄："……"

那双湛蓝的眼睛闪着兽类哀哀的色泽，他那么费力地、那么笨拙地恳求着："我……"嘴唇慢慢开合着，"我……想活……"

心猛地一颤，墨熄对上他那种被逼到绝处的眼神，胸腔的伤疤仿佛又剧烈地抽痛起来——我想活啊！只要能心安理得地活着又有什么不好！墨熄你懂我吗？啊？！如今这样我根本活不下去！我不安啊！我梦里睡里都是那些死人的脸！清醒着我根本活不下去！你知道那种每天每夜都想要去死的痛苦吗！你根本不知道！

在顾茫真正堕落前，曾那么一次，他朝他那么疯狂又失态地怒吼，目眦欲裂，碰碎杯盏，鲜血横流。

墨熄明白他的痛，但是有什么办法……他那时候只能由顾茫这样喝醉了大吼大叫大声嚷嚷，陪着他，等着他慢慢恢复，疮疤慢慢变好。

顾茫确实酒醒之后就没有再嚷过了，但不知为什么，墨熄总觉得那之后的他虽然还是笑着，笑容里却隔着什么东西，让他看不清。

后来，墨熄被君上派出帝都，临别时顾茫又请他喝酒，笑嘻嘻地说自己要去做个坏人。他那时候不信。

可等他回来的时候，顾茫已然堕落，醉死在青楼幻梦里，变得面目全非。再不久之后，顾茫就叛国了。他的伤疤其实一直就没好过，在心里，一道添一道，新伤叠着旧伤。想活，又每日每夜都想要去死。就这样一天又一天，万劫不复。

蓝眼睛的顾茫小声地、哀哀地恳求，像动物本能的求生欲："我想活……"

墨熄闭了闭眼睛，"我不会对你动手。"

顾芒仍在微微发抖。饿得惨了，饿得颧骨都突出了，黑色的微长的额发垂落在脸侧。他一直盯着墨熄的脸看，墨熄也就这样一直让他看着，看了很久。顾茫的颤抖才微微止歇了。

可是墨熄胳膊一动，他又立刻睁大眼睛，眼珠不安地左右动着，似乎想逃，又似乎知道逃也没用。

"是我。"

明明之前那么失望，那么憎恨，那么纠葛，那么心绪难平。可是真的看到他惶然无措时，内心的风波竟又像暴雨暂歇般停止了。他并没有如预想中的，去揪住他狠狠地责问他折腾他欺辱他。

“你还记得我吗？”顿了顿，墨熄不知在坚持什么似的又补上一句，“不记得就算了。”

顾茫一直没吭声，就在墨熄因为他的沉默而又渐渐浮躁起来时，顾茫忽然道：“你是客人。”

“你听着。”蓦地心头火起，墨熄几乎是咬牙切齿地，“我不是你的客人。我那天来找你只是为了谈事情。”

“谈事……”顾茫喃喃着，终于些微地放松下来。只是眼睛仍捕捉着墨熄脸上所有的细微表情。最后，他慢慢问，“可是，为什么？”

“什么为什么。”

“为什么我的……”顾茫心绪未平，还是不像重逢那晚一样能够平静而通顺地说话，他是真的饿怕了，打怕了，所以一时间只会一个字一个字地往外蹦词，“我的剑……不见了。我打你，打不到？”

墨熄没有立刻回答，只是脸色慢慢变得阴沉。

“为什么？”

“……”

为什么？

那天在慕容怜的筵席上，有人感叹，顾茫的剑阵奇妙，世上再没有人能知道其中的秘密了。其实他没说对。

那天，就在筵间，其实就有一个人，他不但深谙此剑阵的秘密，还清楚这种阵法当初是为什么而创的。

那个人，就是当时一言不发的墨熄。

墨熄盯着顾茫的脸，仍是一手禁锢着顾茫，不让他乱动；另一只手却松开顾茫的下巴，沿着颈侧慢慢往下滑，最后，粗粝的指腹停在那个莲花剑阵咒印上。墨熄不出声地俯视着他，抚摸着他的脖颈，眼瞳竟有些发红，好像下一刻就会恨得俯身一口咬住那个莲花咒印上，咬破顾茫的皮肉血管，让人死在他这里，似乎只要这样做了，这个人就再不会骗他，再不会叛他，再不会教他失望，才就乖了。

大概是他的眼神太偏执，底下压抑的情绪也太疯狂，顾茫觉得不对，目光游离，嘴唇也微微颤抖着，似乎在低声喃喃着什么。

墨熄终于缓慢而低沉地开口了：“你不要再念了。”

“你再怎么召唤，它也不会奏效。”

顾茫愕然：“你……知道？”

“我知道。”墨熄的视线从莲花上移开，慢慢地、深深地，埋入顾茫幽蓝的眼睛里，“这个剑阵除了自行触发，若你真的想要它出现，只要诚心请求，也可以暂时召它出来。”

顾茫的脸庞霎时更苍白了，他睁大了眼睛。

墨熄神情很复杂，像是极深的恨陷入了极深的纠葛，天罗地网，他不知自己该如何是好。

“但是，如果我不允许，它是不会出现的。”墨熄顿了顿，眼底的颜色愈发深了，他唇色淡薄的嘴唇一开一合，缓慢地叙述着。

“因为它不但听你的话，它也听我的，它的主人不止有你。”

墨熄每说一句，顾茫的脸色就白上一分，到最后几乎已变得和一张单薄的纸一样，呆呆地看着墨熄近在咫尺的脸。

“为……什么……”

墨熄低头看着他，呼吸低沉，虽不愿过多流露情绪，但此刻眼里的疼痛却再也无法遮盖，他睫毛颤了颤，喉结微动。

“顾茫。”他微顿，闭上了眼睛，“你是真的都忘光了吗？”

顾茫睁大着眼睛，海水一般透蓝的瞳眸里映着墨熄清俊的脸。

“你……它挡不住，你。”他喃喃着，脸上是兽类的警觉，“它……为什么听的你？”

墨熄的神情说不出是冰冷还是痛楚，他嘴唇启合，字句寒凉：“它当然听我。”

墨熄合了眼眸，而后像压抑着的熔流终于裂地，倏尔睁开，眸子已是烧得一片猩红！他忽然遏制不住般地怒道：“它当然会听我——因为你的印，用的是我的血，因为你的印记是我打下的，因为……因为创造这个阵法的人根本不是你，是我！”

顾茫显然是没听懂，但他看得懂眼前这张脸上的愤怒与伤心。他睁大着眼睛，呆呆地看着这个并不熟悉的男人。

男人的神情太复杂了，好像沉积着十余年的情感，压抑着十余年的苦楚，最后又爆发出十余年的绝望。他忽然抬手，几乎是粗暴地扯开自己交叠得规整的衣领，露出修长赤裸的侧颈。墨熄眼神里淬着寒光，浸着冰火，他咬牙切齿地说。

“你看到了吗？”眸中寒光虽锐，却是湿润的，“这个跟你一模一样的咒印。……你的血！为你打下的……”

他说着，蓦地把顾茫一推，好像忽然不愿意再碰到他，不愿意再理睬他似的。

墨熄以手遮额，他的尾音颤抖了。

顾茫怔怔看着这个人，犹豫与警觉、茫然与困惑在他的眼眸里交替而过。最后他上前去，试探着，抬手碰了碰墨熄的脖颈。

墨熄一下子抬起头来，眼眶微红地瞪住他。他的呼吸因心绪激动而急促，衣襟微敞，脖子上的莲花咒痕一起一伏，在动脉处鲜活地跃动着。明明是没有经过任何邪魔淬炼的人，此时的神情竟也和兽类无差。

“做什么。”

“我……”顾茫怔忡地，“可我，不认识你，为什么你也会有……”

墨熄被猛地刺痛，自尊与愤恨让他变得那么狠戾，他一把打开他的手，厉声道：“我从来就不需要这种东西，是你骗我。”

顾茫仰头看着这个理智倾覆的男人。在这个无人窥探到的昏暗柴房里，在顾茫面前，已当而立的羲和君失控像是昨日少年。

“一直以来不都是你吗？”墨熄胸腔震鸣，眼尾都有些红了，“是你来惹我，是你来找到我……”失意时、得意处，或穷或达，或前途未卜时，都是你灿笑着主动走到我的身边。

“是你让我相信……”相信这世上还有无所谓其他的情谊，还有一个人会不计回报地对另一人好。相信这浮世还有纯善，还有真诚，还有九死不悔的赤子丹心。

墨熄真的失去理智了。他压抑了那么久，等了那么久，等到了这一天，不就是为了问顾茫一句真话吗？他不就是想看看顾茫的心里到底都装载着些什么吗？为什么连这一点解脱都得不到。

被欺骗、被抛弃、被背叛，说愿意是假的，说不会离开是假的。什么都没了，最后只有脖颈上这两道莲纹，印证过去他们发生过的那些事情，印证自己年少时那么蠢那么无所保留无所畏惧也无所犹豫的心，蠢到以为终于找到了自己的知己，蠢到今天都仍会觉得痛。太过激动的心绪让他头脑嗡鸣，一阵阵眩晕。

墨熄看着面前的顾茫，这片眩晕中，视野开始逐渐扭曲，变得并不那么清晰。他仿佛又看到了当年站在甲板上的那个青年。那么远又那么近，那么熟悉又那么陌生，逆着海风，披着黑色的衣袍，腰上缠绕绷带，头上帛带歪斜，冷笑着说：

“我真会杀了你的。”

墨熄一把抓住他，将他抵到墙上，竟是不分今夕何夕：“是……我知道你会杀了我。你不是已经刺过一刀了吗？为什么在望舒府你不肯再刺第二刀下去？！”

他知道自己失态了，知道自己这么做很可笑。可是一个一直在死死压抑着自己的人，一旦失控爆发，又怎么收得住呢？更何况墨熄一直以来更想要的，终究都只是这一个回头、一个答案而已。

“是你让我信，最后你又让我不信。你说我没有什么在乎的，没有什么可以失去的，所以我无所谓……”声音轻下来，竟终是哽咽，“但你知道你走上那条路之后，我失去了什么吗？！”

墨熄蓦地侧过脸，低下头，缓了一会儿，唇齿间淬出两个字来，被恨意碾得破碎支离。

“什么都不在乎的人根本不是我，是你自己。我恨不能把你……”

忽地失语。因为顾茫忽然伸出手碰他肩膀，小心翼翼地、犹犹豫豫地说：“你……不要这么难过。”

墨熄倏然转头，对上那双海水洗过般透蓝纯澈的眼。

“我不知道你在说什么。”

"但你能不能……不要这么难过。"顾茫缓慢地、费力地，一字一句，那么笨拙地，"……别……难过。"

像烧滚的剑刃猝然浸入水里，嘶嘶滚烟腾起，那疯狂的热度却在须臾间灭了下去。血一点一点冷下去，理智一点一点浮上来。

顾茫望着他，慢慢地："你不是坏人……"他谨慎地说着，睫毛颤了颤，又道，"我不认识你，但你，不坏所以……不要难过……"

墨熄心里极度不是滋味，恨、躁、怒，还有别的什么，他辨不清楚。他看着顾茫那张熟悉面容，看着那双陌生的蓝眼睛。

曾经也是这个人，用又黑又深的眸子望着他，带着笑，一声一声地唤着他，说："墨熄。"

"没事，你别难过。"

"不管怎么样，咱俩一直都会在一起，再难熬我也会挺过来的。"

"走吧，一块儿回家吧。"

一阵疲惫感忽然涌上心头，墨熄阖着眼帘，近乎是厌倦的，仿佛濒死的鹰耗尽最后的气力在维持倔强："……我不难过。"

明明那么恨，恨不能把他掐死在自己手里，看他还能不能再逃，还能不能再骗。

恨不能亲眼看着他头骨碎裂，血肉横流，把一切希望和绝望都结束。

但是当顾茫小心翼翼地劝着他，请求他不要难过的时候。他却忽然想到——

很多很多年以前，顾茫坐在血迹斑驳的战壕边，召出他那柄可笑的——叛国后再也不曾使用过的神武小唢呐，天怒人怨地滴滴滴吹着。

那么烂的曲子，所有人堵着耳朵都骂他吹个鬼啊，哭丧啊。他只笑，笑得前仰后合，然后继续鼓着腮帮子，为战死者吹一曲《百鸟朝凤》，吹得那么情深义重，那么认认真真。斜睨过来看他的时候，眸底却是湿润的。

顾茫是有心的。

骗人骗鬼那么多年，可墨熄知道他是有心的。他还是想相信他——那些年的事情，不会全是假的。为了这一个结果，他可以等。

"算了。你想不起来，就算了。"墨熄的嗓音湿润，终是这样说，"不管你是真的全都忘了，还是假的全都忘了。"片刻沉默，墨熄站直身子，慢慢地，把衣襟整好，一丝多余的褶皱都没有，并遮住了他脖颈处的那一朵莲纹，"我都等。"他的眼眶仍有点红，鼻尖也是，"我等一个结果，等你一句实话。"

顾茫怔怔地："你……等我？"

"对，我等你。无论如何我都等你。无论多久我都等下去。但你要记住，如果你再骗我，如果让我发现你还在骗我——我胸口的同一个位置不能再被捅第二次。我会让你生不如死。"

周围很安静。

顾茫低头想了一会儿，忽然不解道，“什么叫作……生不如死？”

那困惑又无辜的语调让墨熄冷冷垂眸望向他，却因为眼尾未消退的红线，而显得不似往常那么锐利。顾茫觉察到他的目光，也抬头瞧着他，他知道这个男人明明破掉了自己的剑阵，卸下了自己的“利爪”，却没有咬断他的脖子，也没有像其他人一样欺辱他。

于是顾茫试探着问道：“生不如死……是……要放掉我的意思吗？”

墨熄：“不是。”

“可你没有杀我，也没有打我。”

“我不打蠢货。”

顾茫没说话，依旧瞧着他，只是忽然之间，他凑到他身边，闻了闻。

墨熄抬手定住他的鼻尖：“做什么？”

顾茫舔了舔干燥的嘴唇，轻声地说：“记你。”

记他？记他什么，脸？味道？还是记住他是个不打蠢货的人？

但顾茫没有解释，他这个时候稍许放下了一点点的戒心，又或许不是他想放下，而是十余天的饥饿已经让他恹恹无力。他也不管墨熄了，反正他最后的尖牙在对方面前也是白搭。

顾茫慢慢地低下头，蜷回自己的角落里，那双和狼一样在幽暗中荧荧有光的眼睛倦怠地眨了眨。

“谢谢你。”他说，“只有你愿意让我‘生不如死’。”

一句话猝不及防坠入心湖，墨熄的心竟陡然一酸。他原地站了一会儿，看着这间破破烂烂的小屋，看着露出棉絮的小垫褥，还有蜷团在角落里那个人影。

墨熄闭目，长睫毛轻微颤动。最终还是出去，拿了一些饼和热汤回来，喂给了这个快要被饿死的人。

“吃了。”

顾茫连忙凑过去闻，闻了之后喉头吞咽，却又踟蹰了，“但是你是客人，我不能随便拿客人的东……”西还未说出，墨熄已眉头怒竖，不发一言把饼直接拍在了他脸上。

回到府邸时，已是深夜。

“主上，您回来……啊！您怎么了？”

“我没事。”

“可您的眼睛怎么……”怎么红了？

“进了风沙。”说完抛下李微，头也不回地往寝屋走去。

在落梅别苑折腾这么久，他却一点睡意也没有，在床上辗转难眠。他干脆披着一件黑色裘衣立在回廊下，看着明堂里的月色。而顾茫那张憔悴不堪的脸始终都在他眼前晃动，挥之不去。

他到底是真的傻了吗……燎国送他回来，究竟是真的只为议和，还是另有居心？他试图捋个清楚，可是无论他捋了多少次，到最后，他的思绪都停在那双狼一般的蓝眸子里。

“谢谢你，只有你愿意让我生不如死。”

墨熄蓦地闭上眼睛。

这之后的好一段日子，他都没有再去落梅别苑看过顾茫，一者是因为事情多了起来；二者，落梅别苑终究是慕容怜的地盘，去多了总是不好的。他只在一次率领禁军在城内巡查的时候瞥了一眼落梅别苑的后院，顾茫又蹲在那边看鱼了，身边还跟着那只脏兮兮的大黑狗，一切如旧。

转眼到了月末，军机署外飘起了今年冬天的第一场鹅毛大雪。

这个黄昏寒气重得异常，军机署的人大都早早回家了，几个年轻修士也趁着天色还未完全沉下来，三五成群地回主城去喝酒吃肉。

墨熄正准备回府去，忽听得一怯怯的声音在他案牍前响起：“羲和君，我能……我能请求您帮个忙吗？”

第 6 章

站在面前的是署里职分很低的一个女修，约莫四十来岁，平日里总不太吭声的。墨熄有些意外，问道："怎么了？"

"我……方才学宫来书，说我家丫头被长丰君的千金打了，受了点伤，我放心不下，想去看看。但是我还有许多卷宗没有整理……"她说着，脸上不由得露出尴尬又担忧的神色，"我，我求了好几个同僚了，他们都有事，就连岳公子也和朋友在东市约了酒……所以我想，能不能劳烦您……"

墨熄微微皱起眉头。

他倒是无所谓帮她的忙，只是长丰君这个沉寂了好几年的名字，最近好像出现得也太频繁了点。

"伤得重吗？"

"听说扭了胳膊。"女修说，"虽然没有大碍，但一直哭闹不止，长老也没办法。"

"那你去吧，路上小心。"

女修本来对这位冷冰冰的统领没有抱太多希望，没想到求了那么多人，最后居然是他答应了，不由得睁大眼睛，颊上终于浮出些喜悦的血色。

"多谢羲和君了。卷宗的筐子都，都在那边……"她一激动，话都有些磕巴，"我、我已经整理好了大半，真是不好意思，居然麻烦您来做这种小事……"

"无妨，令爱要紧。"

女修又道了三四遍谢，匆忙忙地走了，墨熄一个人留在军机署里整理过往卷宗。

他位高权重，以前从来不去打理这种鸡毛蒜皮的小事，此时做起来才发觉并不容易。卷宗很多，要按年份和阶位进行分类，重要的得打上封印咒，无用的则需要销毁。他是生手，做得很慢，当所有案卷都理得差不多了，夜也已经很深了。

还剩最后一筐，这尘封的筐篋里是署中历代修士的卷宗，墨熄一眼扫过去，在最边上看到了一个熟悉的名字。他垂眸立了一会儿，还是忍不住伸手取了那卷与顾茫有关的案轴，拭去轴上积灰，慢慢摊了开来。

里面有很多东西——顾茫的出身、奴籍所属、神武、惯用招式等。墨熄一页一页翻看着，厚厚的一沓，他就这样站着，从头慢慢往后看。忽然，那些军录案中掉出了一张缣绢。

缣绢业已枯黄，卷首标着“修真学宫丙申年道义考”几个端正大字。墨熄怔了一下，这是顾茫当时修真学宫的结业答卷？往下一看，果然是熟悉的字迹，龙飞凤舞乱七八糟，内容更是让墨熄一阵无言——

修真学宫丙申年道义考 应答修士：顾茫

问：“吾日三省吾身。请弟子自省缺陷，如实作答。”

答：“本人缺钱。”

问：“重华修士在外除魔降妖，最需避免的三件事为何？如何规避？”

答：“一，谨防委托人没钱。二，谨防委托人逃跑。三，谨防委托人卷钱逃跑。规避方法：除魔前先落袋为安，概不赊账。”

问：“请书重华国自立国以来至仁至善的三大先辈。”

答：“不知道。但最不要脸的三个是——”

后面被当年愤怒的阅卷长老用法术烧出了三个洞，因而墨熄无法得知顾茫当时究竟写了哪三个人的名字。

墨熄看着这张答卷，那熟悉的字迹还尚且青涩，心中又是好笑又是沉闷，就这样出神地看了良久，忽听到外面传来一阵喧哗。

“不好！！”

“快来人啊！落梅别苑那边出事了！”

落梅别苑？！

墨熄一惊——顾茫？！

事出突然，他赶过去的时候，值夜的护卫队只抵达了二十余人，正摆成狩魔阵，满脸戒备地盯着落梅别苑摇摇欲坠的大门。他们每人身上都挂了彩，脚下的青石板路更是因为先前的打斗而四分五裂，周围的街巷也好不到哪儿去，好几户商铺都坍了，砖瓦零落，断木冒着烟。

领首的修士一见墨熄，立刻喊道：“墨帅！”

“怎么回事？”

“是顾茫！顾茫不知怎么回事，身上忽然爆发出很强的邪气，整个人很狂暴。”

“他人呢？”

“刚刚被我们打伤，这会儿正藏在落梅苑的重门后面，不敢贸然再战，我们也是，在等增援！”

墨熄朝那吱吱呀呀的大门看去，果见那门后的阴影里隐约杵着个人，黑暗中一双眼睛发出幽幽光泽。

顾茫显然也在紧盯着外面的一举一动。

墨熄盯着那双狼眼，问道：“他的灵核不是已经被废了？为何忽然又能打能战？”

“我们也不知道啊！”领首的修士都快哭出来了，“这人的身法真是邪得要命，当初要是一刀砍了那多干净，何苦关在这落梅苑里养虎为患，唉！”

旁边的小修士气愤道：“我看他就是装傻！什么灵核被废脑子被毁，看他方才那样，是个手无缚鸡之力的人吗？”

“就是！他要是真没灵力了，我脸上这条疤又是谁打的？”

“君上干吗还留他一条狗命啊！”

正七嘴八舌地控诉着，忽听得不远处传来一阵马蹄纷乱，墨熄回头，只见十二骑高阶修士簇拥着一辆镂金马车，从薄雪里驰来。

“望舒君到！”

镂金车舆的暖帘被撩开，随侍将踏脚、罗伞、熏炉纷纷备好，又过了一会儿，里面才慢吞吞地露出那张病态清瘦的脸来。

“哟，好热闹。”慕容怜一眼瞧见墨熄，“羲和君也在呢。”

墨熄不打算和他啰唆，只道：“顾茫出事了。”

慕容怜冷笑一声：“这个我自然清楚，我也正是为此而来。”

他说着，慢慢往前走了几步，在距离红漆大门不远的正前方站定，紧接着他默念法咒，左手掌心散发出灼灼蓝光。

“去，缉拿孽畜。”

随着他一声令下，那蓝光化作一道锁链，疾速游向大门。只听得“砰”的一声，足有五寸厚的门板被整个击穿，轰然倒落。门板后头躲着的顾茫猝不及防，立刻就被这蓝光灵链死死锁住。

慕容怜又叱道：“回来。”

锁链猛地一勒，只听得哗啦啦的碎响，顾茫踉跄跪于地面，很快就被链子拖到了慕容怜跟前。

“不过是条疯狗作祟。”

一只绣着月隐暗纹的缎面宽口鞋踩上了顾茫的脸。

慕容怜淡淡道，“又何必劳烦墨帅亲临？”

顾茫被他缚着，眼神混乱，周身灵流暴冲，口中咯咯作响。

“放开……我……”

“放开你？”慕容怜冷笑，“什么时候轮到你跟我发号施令了。”说着掌上一紧，锁链哗啦一声往他手心中收拢，连带着把顾茫也拽起来。慕容怜就势一把抓住他的头发，强迫他看向自己。

两张同样苍白异于常人的脸对上，几乎鼻尖贴着鼻尖。慕容怜说：“我是主，你是奴。顾帅，怎么饿了你一个月，你还是不长记性？”

顾茫：“放开……”

慕容怜那张清秀的脸庞上闪动着某种近乎变态的光泽，他刚想开口，忽见得顾茫眯起眼睛，慕容怜心里咯噔一声，身为修士本能的警惕让他蓦地松开顾茫，迅速往后疾掠！

几乎是在同时，顾茫周身再次爆出华光璀璨的剑阵，这一次的阵仗比先前要震撼得多，那一柄柄光剑每一把都有数丈高。离慕容怜最近的那一把在瞬间脱离剑阵，径直朝着慕容怜心脏直刺而下！

“主上小心！”

“望舒君当心！”

周围的侍从纷纷惊呼，慕容怜身法虽差，但好歹有所提防。他立刻抬手，面前哗地凝起一道冰墙，剑撞墙上，刹那冰晶碎裂，变作齑粉。慕容怜得以借此缓冲，往旁边闪了闪，光剑最终没有刺中他，只是在他衣袍上擦出一道口子……

慕容怜落下地面，瞪着顾茫。

顾茫喘息着，一把扯掉了慕容怜勒在自己脖颈上的锁链，“砰”的一声掷落在地。接着他仰头咽了咽，双手紧捏成拳，强悍的灵力从他足下源源不断地狂涌而出，竟逼得周围几个灵力不高的小修士当场不支跪落，口吐鲜血！

“不好！他又要发狂了！”领首的修士大惊失色，“快阻止他！”

“结阵！应战，应战！”

可是顾茫身边的灵流已太过强大，非但肉身不能靠近，就连法咒都击不破那些光剑围就的领域。

眼看着顾茫要再次暴走，慕容怜手中凝出一枚蓝光熠熠的符咒，掷出去喝道：“水鬼，起！”

阴风乍起，十余个水蓝色的鬼影从地上爬出来，尖叫着朝顾茫的剑阵涌去。一个水鬼被光剑削成碎片，很快就有另一个水鬼接上去，前仆后继，源源不绝，如此虽然困难，但倒也逐步逼近了顾茫。

慕容怜厉声道：“给我把他拿下！”

水鬼们呼啸而起，裹挟着风雪尖叫着扑向顾茫，谁知顾茫只是一抬手，指尖刹那爆出一团剑光，竟在眨眼间就将这十来个鬼影尽数削成碎片！

而后他蓦地抬头，蓝眼睛狠狠盯着慕容怜，自漫天细雪里大步行来。

慕容怜吃了一惊，下意识往后退去半步，低喝道：“你做什么？！”

顾茫不答，但他背后忽有一团孤狼的幻影腾起，幽蓝如电火，将他的气势衬得极为骇然。

墨熄见状，厉声喝道："慕容怜，后退！"

慕容怜也想后退，可某种从未感知过的邪气将他钉在原地，令他动弹不得。而顾茫已经一步一步地从雪地里缓慢走来，慕容怜看着他，忽然感觉此刻的顾茫就像行将扑杀的狼王，悍厉得令人毛骨悚然。

"顾茫！你敢！你想做什么？你好大的胆子！"

顾茫当然"敢"，他蓦地抬手，掌心中轰地燃起几团火球，径直朝着慕容怜砸去！

只听得轰轰轰一连几声爆裂，每一个火球都在地上砸出尺许深坑，刹那间满地残砖飞溅，人们不得不御风而起，避至空中才能躲开他的攻击。

慕容怜的面色愈发阴毒，一张因吸食幻剂而极度病态白皙的脸上居然泛起一丝愤怒的红，他立在半空中，朝顾茫咬牙道："你这个不知悔改的奴才……"

任他说什么，顾茫根本面无表情，他一挥手，这次五个指尖跃起了五簇火焰。

"刚刚打你，是因为你踩我头。现在打你，是因为我饿了。"

慕容怜不可置信道："因为什么？"

"你不让我吃饭。"顾茫一字一顿铿锵地说，"我，饿，了！"

火光骤起，顾茫挥手落下咒诀——慕容怜的瞳孔猝然收拢！

说时迟那时快，就在这千钧一发间，忽有一道沙土结界拔地而出，掀起的气浪猛地将慕容怜撞翻，并挡下顾茫击来的重重火焰。

"咳咳咳！"慕容怜呛咳着从地上狼狈爬起，狠狠抹了一把脸上的灰，立即回头，看到墨熄立在不远处掌控着防护结界。

慕容怜拂去身上的泥土，阴森道："你故意摔我？"

墨熄道："后面去，你不是他的对手。"

慕容怜动了动薄薄的嘴唇，正要说话，忽听得一阵不祥的崩裂声，那厚沉的护墙竟在瞬间四分五裂！泥沙四落间，一柄黑气缭绕的刺刀破出，冲破最后一重半透明的结界，直直朝着慕容怜疾掠而来！

这刺刀——墨熄心中一冷，这是顾茫当年在洞庭湖战舰上召唤出来，刺了他心口一刀的那把燎国魔武！

可魔武和神武一样，都需要顾茫念咒才能召唤！照理而言，在顾茫失去记忆后，他就应该再无能力去召唤这一柄凶刃，更别提他还被打碎了灵核。此刻却为何……

没来得及细想，刺刀已经击溃他的防护，闪电般劈杀而至。

墨熄熟悉顾茫的手段，他猛地转过头，朝慕容怜喊道："左边躲！！"

慕容怜怔了一下，这柄刺刀原本就是往左边掷的，正常应该往右边躲才是，为什么墨熄让自己往左躲?

也就是这须臾的犹豫，要再避闪已来不及，那刺刀直突突刺向左面，却忽地在最后关头像一条狡猾的蛇，竟猛地转向了右边！眼见着慕容怜就要被它所伤，墨熄瞬影而来，一把将慕容怜推开。

刺刀入腹，热血飞溅！

众人纷纷色变："羲和君！"

"羲和君，你怎么样？！"

墨熄耳中却根本听不进其他人的声音。他喘了口气，手落在刀柄上，猛一用力，将刺刀生生拔了出来，鲜血立刻淌了一地。

他抬起黑沉沉的眼，看向远处。飞沙走石中，顾茫依旧爆散着强烈的灵流，而多年前战场上的风似乎又在此时刮回耳边，伴随着顾茫暴虐的眼神，还有手中滴血的尖刀。

那时顾茫对他说：

"当将当士，生而为人，那都不能太念旧情。"

"你我兄弟一场，这是我最后能教你的东西。"

墨熄忽然忍不住想笑，笑到最后却是仇深恨浓，哈哈哈，从前他在顾茫手底下死过一次，如今腹上的这一点伤口又算得了什么？！墨熄臼齿紧咬，他站直了高大的身形，掌心凝出汹涌的烈红色狂澜，一步一步朝顾茫走去。

顾茫显然感受到了他身上的戾气，在墨熄靠近的时候，他周围的灵流再次爆裂。可是墨熄只是一掌便破开了他的光阵，砰地炸作碎片。

旁边与战的修士们纷纷愕然："哎！太，太可怕了……"

"墨家的血统是真的厉害……"

还有人泛起了嘀咕："可羲和君这么能打，当年又是怎么被顾茫刺中心脏的？"

听到最后这句话，慕容怜不由得微微眯起了眼睛，若有所思地看着这两个针锋相对的男人。

这边，顾茫还要再出杀招，却连咒印都未结成，就听得墨熄怒喝一声："率然！召来！！"

一条猩红色的蛇鞭啸叫着应声破空。墨熄眉头皱起，面目豹变，怒喝道："顾茫！你真以为我这辈子都不会跟你动手了吗？！"

话音落，率然犹如闪电疾风般，朝着顾茫直刺而去——蛇鞭花火四溅地撕开风雪，狠抽而下！顾茫避闪不及，肩膀被鞭子击伤，霎时鲜血迸溅。顾茫看着自己的伤处，暴烈混沌的头脑似乎稍稍清醒了一些，摇了摇头，下意识地往后退了一步。

"你给我站住！"

顾茫："……"

"你还有哪里可以去？"沙哑的嗓音响起，率然将顾茫整个锁缚！墨熄松开捂着自己伤口的那只手，手上已全是血迹，而后猛地——掐住了顾茫的脖颈！

墨熄愤怒道：“你根本就没傻！”

“你还是能召唤出这柄魔武！你记得咒诀，你还是习惯从前的打法，你分明什么都记得！”

顾茫被他掐得说不出话来，苍白的脸慢慢涨得通红，手指艰难地动着。

墨熄咬牙道：“说！你回到重华来，到底想要做什么？！”

顾茫抬起胳膊，颤抖着覆上墨熄扼着自己脖子的手指。蓝眼睛对上黑眼睛，黑眼睛里是无尽的火，而蓝眼睛却湿润了——顾茫呼吸不过来，怕是就要这样被他硬生生掐死。

“我……”

墨熄怒道：“说！”

周围人神色皆变，惶惶然不敢多言，可就在这时，一阵急促的马蹄声忽地从远处而来，有人高声喊道：

“羲和君！手下留情！”

这位赶来的宫中女官勒住灵马，纵身跃下，跪在雪地，口中呼出阵阵白气：“羲和君，请手下留情！”

而后向墨熄与慕容怜各行一礼。

“望舒君，羲和君，君上已知此事，特派属下前来缉拿重犯顾茫！”

墨熄眼里此时根本就进不了其他人，什么话也听不进去。

最后还是慕容怜回头问道：“怎么？你们要把他带到哪里？”

“回禀望舒君，君上命我将他直接带入重华宫。君上听闻此事后，已召集境内最卓绝的医官，目下正在殿内，等待给顾茫二次会诊。”

她说着，看了墨熄扼着顾茫的手一眼，立刻补上一句：“兹事体大，万不可自行杀伐！”

墨熄连看都没看她，依旧狠狠地盯着顾茫的脸。

女官知他性情狠戾，谁知冲动之下会做出什么事来，忍不住出声提醒：“羲和君！”

墨熄仍是没吭声，似乎在竭力隐忍着什么，过了好一会儿，他才蓦地松了手指，由着顾茫跌跪在雪地里，自己则转过身，看着面前逐渐凄迷的风雪。

女官总算松了口气，又行一礼：“多谢羲和君体恤。”

大雪里，墨熄背对着众人，负手而立，不置一言。

可就在女官去提跪跌在雪地里的顾茫时，他却微侧过脸，嗓音微喑低沉：“站住。”

“羲和君有什么吩咐？”

墨熄道：“我同去。”

女官怔了一下，说道：“神农台诊切时，一贯不能有太多高阶修士在场，以免灵流波动。就算您去了，也只能先在殿外……”

"可以。"墨熄依旧没有回头，语气硬得骇人，一字一字咬碎，"那我就等在外面！"

既然他都这么讲了，女官也无法再说什么，顾茫被女官先一步带回了重华王宫内，墨熄也跟了过去。

约莫过了一个时辰，宫中忽然放出传信雪鸮，急召诸位重臣前来听议。

这会儿正值深夜，几乎所有要员都是被这一道诏令从被窝里挖出来的。最倒霉的是承天台的虞长老，这货正在城北一家青楼里，忽然窗子就被一只胖鸟砸出窟窿，胖鸟大嚷道："哇哇哇！君上有命！君上有命！请诸位一品要员速去金銮殿听议顾茫一案！"

虞长老立刻骂骂咧咧地起身穿衣："他那个案子不早就结了？！怎么突然又有事！"

"哎哟，大人莫要生气。"女人从榻上起来，替他穿戴衣裳，"君上既然急召，那一定有他的缘由呀。"

"有个屁的缘由！大晚上的就是不想让人歇息！"

女人伸出豆蔻酥手，点住他的嘴唇，慵倦地笑道："大人这话可不能乱说，当心隔墙有耳。"

"怕什么？我也只是在你面前说说而已。"虞长老翻了个白眼，"如今这个君上，他是想到什么就做什么，大半夜的把我们叫过去早就不是一次两次了。他是年轻气血旺，但也不想想我们这一把老骨头的，经得起这么闹腾？"

女人柔声嗔道："大人说的是哪里话。"

这话假得不能再假，不过虞长老颇为受用，嘿嘿笑着捏了捏她的粉腮，又在她颈上香了一口，然后道："走了走了，小心肝儿，明儿我再来找你。"

女人咯咯娇笑着将他送出门外，自然是做足了不舍的姿态。可等门一关，她的脸立马就拉下来了，啐了一口。

然后立时去屏风后面把自己洗浴清爽，换了一身干净衣裳，然后坐到梳妆台前重新开始打扮自己。

她在这家青楼里待了很多年了，早已不复青春靓丽，不过愿意忍耐，多腌臜的客人也尽力地服侍，从来不会露给恩客们半点不自在，所以很多上了年纪的老客还是爱点她的花名。

"那些年轻姑娘心思都太活络了，嘴上不说，眼神里却看得出来，还是玉娘你好啊，真心实意的。"

每次听到虞长老之流这样和她说的时候，她都在心中暗笑。

她不是真心实意，只是在这种地方混了十多年，脸上早已戴着了卸不下来的浓妆，修炼出了十足十的技巧。一眉一眼，一瞥一笑，哪怕心中厌弃得要死，也绝不会叫人看出半点情绪。不然她拿什么和那些鲜嫩的争呢？

她对着铜镜，将那张被虞长老亲掉了色泽的嘴唇细细重描，拿一张唇纸，抿上稠艳的红色，坐等今晚第二位客人推门。

她没有等太久，黄檀雕门吱呀一声开了。

玉娘忙换上最热络的笑颜，媚笑着抬头迎客："公子，您……"话音在看清来者面目时戛然而止，须臾后，鲜红的嘴唇张开，蓦地发出凄厉惨叫，"啊！"

她门前杵着的，竟是一个血淋淋的男人！

这男人浑身裹满绷带，双眼爬满血丝，两只手上沾满猩红。他看了她一眼，沙哑道："别叫。"

说完，男人慢慢走进来，看向面无人色的玉娘，说道："来壶茶。"

见玉娘没反应，他语气愈发不耐："给我来壶茶！"

还来什么茶啊！玉娘都吓疯了，砰地从绣凳上栽倒，浑身抖如筛糠，她想往后退，却手脚冰凉全然不听使唤，哆嗦着。

哆嗦一阵，她失心疯似的发出一声凄厉的尖叫，踉跄着想要爬起来跑到房间外："救命啊！救救我——有鬼……有鬼！！"

她想起了刚刚离开的虞长老，这会儿是打从心眼里觉得虞长老高大威猛又厉害，连忙歇斯底里地喊："长老！！虞长老！！！"

她哐地撞开门，跌跌撞撞地往外跑去。

说来也奇，那个男人居然一动也不动，仿佛无所谓似的由着她狂奔而出，沾着血液的嘴唇咧开，露出一口森森白牙，冷笑。

"长老——啊啊啊！"

玉娘跑到台阶边，看到下面的情形，腿一软，扑通一声栽倒，却是再也爬不起来了。

从一楼到木阶，居然不知什么时候已经全是尸体。只有青楼的大厅中央还圈困了三四个歌女，也全部吓破了胆，缩在一起，漂亮的脸上满是泪水。

而一品要员——承天台的虞长老居然就横尸在楼下的一张桌子上，双眼只剩下两个血窟窿。

玉娘连连摇头："不，不……"

为什么出了这么大的动静禁军没有觉察？为什么她明明就在房内，一墙之隔，却没有听到外面人的惨叫呼喊？

仿佛猜透了她心中所想，一个声音在她身后慢条斯理地说道："这世上又不止重华一国有自己的秘术。我想不让别人听到动静，多的是办法。"

脚步声传来。

那个裹着绷带的男人从阴影里走出来，手里拎着花鸟牡丹纹茶壶，仰起头，咕嘟咕嘟倒了大半进去，而后咂了咂嘴，随手将壶一丢。

砰的一声砸得粉碎！

"你不用怕，我暂时不会杀你。"男人慢吞吞地走过来，一把抓住她的头发，扯着她，慢慢踱下木阶，把她和那四五名幸存的女子丢在一起。然后他拉了一把椅子，在她们面前好整以暇地坐下，血溜溜的眼珠子将她们挨个看过去。

沉默半晌，他忽然开口：“你们，互相打量彼此的脸，我给一炷香的时间。”

说完，一抬手，砰地将青楼的大门隔空合上。

然后又一挥手，满地死尸里竟然起来了三个，其中就包括了虞长老。他们扭扭歪歪，步履蹒跚地朝大厅中央走近。

玉娘是这些姑娘里唯一还能说得出话的，其他几位的魂看上去都已经骇没了。

“你，你到底……”

“你是想问，我到底想做什么？”

男人替她说了下去，而后嗤地冷笑一声，“我不是说了吗？给你们一炷香的时间，我要你们互相打量彼此的脸。”

“然，然后呢？”

“然后？”男人漫不经心地摸着下巴，思忖着，一时没有作声。

好像她这个再简单不过的问题，居然把他问住了似的。

这时候那三具被他召起的尸首已经挨近了，没有眼珠的虞长老伸出手，去拉玉娘的胳膊，玉娘崩溃尖叫：“不！别碰我！！别碰我！！！”

“吓到姑娘了？”男人慢悠悠道，转眼看向虞长老，“老东西，你怎么死了还不忘动手动脚。”

虞长老抬起头来，发出咯咯的声音，仿佛在跟男人哀哀解释着什么似的。可男人只是哼了两声，一抬手，蓦地一股黑气疾掠而出，击中虞长老的额头，虞长老瞬间瘫软在地，痉挛着，抽搐着，最后竟化作血浆。

“啰里啰唆，令人生厌。”

另外两具尸体似乎是有所感知，脚步更僵硬，动作也更谨慎了，它们慢慢地踱过去，最后搬了六把椅子，小心翼翼地摆在那几位青楼姑娘身边，然后做了个鞠躬的动作。

男人开口道：“请坐吧。”

若不是他满身血腥，刚刚做下那么多歹事，他这种语气简直可以算得上是有礼。

“怎么，还要人扶？”

姑娘们虽然吓得神智涣散，但其实他的话还是每一句都听进去了，只是整个人都像是被冻住了似的，缓了半天才缓过劲儿来，连忙屁滚尿流地自己爬起，一个个往椅子上坐，说什么也不愿意让这个绷带男或者那两具尸体碰到自己。

玉娘哽咽道：“你，你到底是……是什么……什么人？”

“不急。”男人说，“等你们照我说的做了，再回答我几个问题，我自会让你们知道的。”

顿了顿，又道：“哦。对了。顺便提醒姑娘们一句，不用指望有任何人能来救你们。我在门上施了个结界咒，一时半会儿谁也觉察不了。”

他说完，慢慢扭过头，望着青楼紧闭的大门，然后舔了舔嘴唇，眼中的赤红愈发幽深，最后一笑："那么，我们开始吧。"

诚如这个绷带男所说，或许是因为今夜落梅别苑已经带走了禁军的注意力，又或许是因为他的秘术实在了得，城北出了这样的事，一时却无人知晓。

重华王城，目前仍是宁静的。

司掌各个要职的一品修士陆续来到了御阶前，墨熄早就在外面等了很久了，慕容怜来了之后，别的地方不站，偏选了个和他并肩的位置，立在金銮殿外。

风雪中，墨熄的侧脸显得愈发冷峻。慕容怜瞥了他两眼，转而目视前方，轻声冷嘲道：

"羲和君，你还真在这大雪里一直等着呢？"

墨熄没作声，缄默着由薄雪覆上他的肩头。慕容怜停了一会儿，得不到他的答复，又道，"说起来，我问一句，之前你在落梅别苑外那么生气，是不是因为你觉得顾茫其实没傻。"

墨熄闭了闭眼睛，脸上隐隐有黑气爬上。偏生慕容怜毫不识趣，继续嚣张道："不过依我对你的了解，我很怀疑，如果没有人阻止你，你真的就会掐死他吗？你对他——"

墨熄霍然转头，怒道："慕容怜你烦够没有？！"

雪夜寂静，殿前庄肃，羲和君忽然暴怒，把在场修士全都吓了一大跳，齐齐抻长脖子往他们俩那边看去。

慕容怜被拂了面子，脸上一阵青一阵白，正想说什么，就在这时，朱漆雕门开了，传禀的官吏出来，朝这些重臣行了礼。

"诸位神君，君上有请。"

慕容怜咬牙低声道："姓墨的你给我等着瞧！"

墨熄拂然往前，腰间配着的刺刀闪动，把慕容怜丢在了后面。

大殿内灯烛通明，硕大的炭盆内正烧着旺火。盆身两侧立着两只鎏金瑞兽，都被施过法咒，一只张口往炭盆内吐气，大叫一声："君上威震九州！"将火焰燎得更炽。另一只也张着口，跟着喊一声："君上洪福齐天！"却是把腾起的烟尽数吸入腹内。

这两只爱拍马屁的金兽是慕容怜进献的，深得君上欢心。但墨熄觉得只有智障才会喜欢这种破玩意儿。此时两只马屁精正好完成了一呼一吸的动作，各自打了个金属声的嗝，蜷在了炭盆边不再动弹。

墨熄扫了一眼殿内，几乎整个神农台的药修都在，而顾茫就被扣押在正殿中央，周围是宫内最拔尖儿的修士在镇守，有人给他做了催眠，他已经睡了过去。

当今君上则靠坐在铺着细色软靠的王座上，皂服冠冕，面如冠玉，眉目气韵甚是不羁，这会儿正闭目养神。

听到衣衫窸缨和步履匆匆声，他睁开眸，往下扫了一眼。

“都来齐了？”

侍官答道：“回禀君上，承天台的虞长老还没来。”

君上冷笑一声：“老东西年纪也是大了，传音雪鸮也叫他不醒。我看他这个承天台一品掌事可以退而让贤了。”

“君上息怒……”

“孤有什么好怒的。”君上翻了个白眼，坐直了身子，一挥缃色广袖，“诸君入座。”

满殿应道：“谢君上。”

“夜半传你们入殿，孤知道你们心中不爽，或许正在暗自将孤骂得狗血淋头。”

一名老贵族屁股才刚刚挨在凳子上，一听这话，忙扑通跪地道：“君上这是哪儿的话？”

“好了好了别跪了，啰里啰唆一堆君威臣纲，烦不烦。骂了就骂了吧，只要别让孤听到，随便骂。”

几位老贵族面面相觑。

他们这位年轻的君上，脾性非常古怪桀骜，令人琢磨不透。

他虽然明确站在贵族守旧派的阵营，甚至继位没多久就摘掉了重华最大一位奴隶出身的将军，但自己行事风格却一点儿也不规矩，时时刻刻都是一副“孤要另辟新天地”的架势。

“知道你们想回去睡觉，想回去哄女人。”君上恹恹地，“那就长话短说。”

众人：“……”

太荒唐了，九州二十八国，不知哪个国的君上会是这般做派。

“神农台长老。”

“臣在！”

“你把顾茫今晚的情况，还有判完的症状，全都给孤报来。”

“是！”

神农台的领首修士上前一步，行了一礼，将今晚顾茫忽然灵力暴走的事情说了，又道：“顾茫体内的灵核确实已经损毁，周身没有什么灵力，但是……”

君上问：“但是什么？”

那名药修低头道：“胸腔内却有股很强的邪气。”

君上思忖道：“邪气……”

“是的，下官判断顾茫暴走正是因为这股邪气，可惜重华国一向善养正道，从不去触碰那些歪魔邪道，所以神农台对此也知之甚少。唯一只知道燎国定然对他的心脏动过手脚，但如果想要细辨，恐怕还得……”他面露为难之色，声音逐渐轻了下去。

君上道：“你不用怕，但说无妨。”

药修又作一礼，说道：“恐怕得等顾茫死后，剖胸以查其心。”

“你的意思是，如果我们想立刻知道他身上出了什么毛病，就得马上宰了他？”

“……是的。”

君上忽然骂道：“废物！”

神农台长老吓得立马跪地：“君上，下官无能……”

“你是无能！孤要个死人做什么？他身上那么多燎国法术的痕迹，活着还能拿来细究，死了能派什么用场？埋着玩吗？”

“君，君上……”

“再想别的办法！”

神农台长老道：“可，可顾茫已经痴傻，那些法术痕迹微乎其微，恐怕——”

就在这时，慕容怜忽然懒洋洋地吭声了：

“长老，顾茫他究竟傻了没有，其实还未可知。”说罢三白眼一斜，似有深意地瞥向墨熄。

“羲和君，你说是不是？”

墨熄：“……”

神农台长老喉结滚动，被君上骂“废物”已经够恐怖了，接着又被望舒君打断，现在更可怕，居然连铁血杀伐的羲和君都卷了进来。

他只觉得自己要昏迷了，磕绊半天，才勉强道：“可方，方才下官已多次诊判，顾茫确……确实是什么也不记得了，整个人兽性大过人性，羲和君……是为，为何觉得他没傻？”

墨熄道：“顾茫方才召出了魔武。”

神农台长老一听这话，骤松一口气，忙道：“羲和君误会了，虽说召唤神武魔武，都需暗念咒诀。但是这也并非绝对，在宿主心意波动极大，或者非常危急的情况，就算不用念咒，武器也是能被唤出来的。所以这……这并不能说明什么。”

墨熄不作声地听着，脸上霜寒，眼睛却一直一眨不眨地盯着昏迷中的顾茫。

他看上去很镇定，却没人发现他搭着的紫檀座扶手，已经被生生捏裂了……

这时候亲贵中另有人开口了，他说道：“君上，不管怎么样，顾茫实在是太危险了，今日要不是护卫队去得及时，恐怕又有人要丧命他手！”

“就是，想想他造的那些罪孽，君上又何必心软！不如杀了他算了！”

像慕容怜一样，认为“活着折磨才有意思”的人毕竟只是少数，大多数人还是信奉着“以牙还牙，以血还血”的信条，亲贵中有许多人都和顾茫有血债，今日得了机会，自是不愿放过。

一时间“立即处决顾茫”的呼声大起。

君上转着自己手上的玉珠宝串，忽然把宝串往紫檀案几上一砸，凶狠道：“吵什么？”

众人立刻无声了。

“叽叽喳喳的，后宫吵完前朝吵，孤的头都大了！”

君上指着神农台长老说："你就是个废物！要不是姜拂黎不愿意坐你这个位置，孤早不知撤你多少回了！"

神农台长老欲哭无泪，心道，这个位置本来就是吃力不讨好，要不是姜拂黎不愿意坐他这个位置，他自己都不知该请辞多少回了。

君上消了会儿气，忽然扭头问侍官："姜拂黎什么时候回来？"

侍官也扑通给跪了："……回禀君上，下官也是废物，下官不知姜药师行踪……"

"行了你起来吧。"君上不耐烦地挥挥手，"你倒不是废物，姜拂黎本来就很难跟，你不知道就算了。"

侍官差点哭出来："多谢君上。"

君上抬眼对众臣说："顾茫这个叛臣，若是要杀，两年前孤就可以杀了他，留到今日，自是有孤的原因。"

看到几位贵族欲谏的样子，君上不耐烦道："你们不用啰唆，先听孤把话说完。"

"孤清楚，你们有不少亲人友人都不幸命丧于顾茫之手，恨不能除之后快。这样做，仇虽然得报，但除了报仇之外，重华得不到一星半点的好处。所以，孤要留着活的顾茫。他如今身上印记虽浅，神农台无法取得任何有用的法咒信息。但神农台做不到的，姜拂黎未必做不到。姜拂黎现在做不到的，以后未必就做不到。孤可以等。"

顿了顿，又威严道："顾茫失去的记忆，有用。顾茫身上的法咒，有用。顾茫这个人，活着比死了有用得多！"

"重华虽从不修炼魔道，百年来只以正术为修行之根基，但若连了解都不敢了解，如此故步自封，不知燎国敌情如何。"他冷笑一声，"那么孤看，重华迟早不是燎国的对手！"

君上居然想研究燎国魔道？！人人脸上都露出惊异的神色。

"这……"

"重华怎么可以涉猎暗黑法力？就算是为知己知彼，也还是太危险了啊。"

有个在场的亲贵，是君上宠妃的哥哥，笨得很，此时忍不住问道："君上，想要弄清燎国的黑魔力量，以后再抓俘虏不就是了？为什么非得是这个？"

君上翻了白眼："因为他身上倾注了燎国的大量心血，他和别人都不一样。你怎么还没蠢死？"

一时众人寂寂。

过了好一阵子，慕容怜忽然起身，朝王座施了一礼，说道："既然君上与臣等都明说了，臣等自然不会再有异议。只不过……"

"你讲。"

慕容怜道："今日落梅别苑出了这样的事情，说明顾茫体内邪气霸道，居然能冲破别苑外的防护结界，继续把他留在那里，已经不再周全。”

他顿了顿：“如果君上信得过，不如允臣将他直接带回府上羁押，臣定当严加管束，也算是为今日之灾赎罪。”

君上神情恹恹地思索了一会儿，道：“嗯……这也是个办法……”

慕容怜道：“多谢君上，那么——”

他话未说完，却被另一个低沉的声音打断。

“不行。”

一直在旁边闭目不语的墨熄此时终于在他的紫檀椅上发话了。

他抬起头，看向望舒君，再一次重复了方才的话：“不行，你不能带走他。”

君上先是怔了一下，随即颇为意外也颇有兴趣地摸摸下巴，在望舒君与羲和君两人中间来回看着。

慕容怜僵了僵，嘴角一丝冷笑：“羲和君有何高见？刚才觉得顾茫可能保有记忆的人不就是你自己吗？”

“我是这么说过。”墨熄起身，他的身高和他此时脸上的神情一样令人感到压迫，“所以我带他走。”

慕容怜眯起眼睛：“凭什么？”

墨熄言简意赅：“凭你打不过他。”

“你！”

墨熄转头看向王座，说道：“君上，顾茫虽平日武力尽失，但若再次暴走，实力不会逊于今日。”

“说得也是……”

“他的战力您是知道的，论单打独斗，整个重华难有人出其右。”墨熄道，“请君上将顾茫遣于羲和府，我一定严加管束，不会让他再伤及君上以及重华国任何一个人。”

慕容怜沉默片刻，忽然冷笑道：“羲和君嘴上说得好听，但要我看，你哪里是想保护重华保护君上……”

墨熄道：“你什么意思？”

“我什么意思？”慕容怜苍白的面庞仰了仰，眯缝起眼，“我什么意思，羲和君难道不清楚？”他下巴一偏，示意了一下顾茫的方向，“你把他带回去，难道不是私心想护着他？”

“你在胡说八道些什么。”墨熄的脸色一下子就沉了下来，“顾茫方才差点就死在我手上，我护他？”

“那可不是差点儿？”慕容怜眼波转冷，“可不是没死？何况我在大殿外问羲和君是否真的想要亲手掐死顾茫，羲和君不也没有回答？”

墨熄压抑着怒火，说道："我想要不想要，又何必说与你知道！"

"是啊，你想要不想要，愿意不愿意，又何必说与我知道？你与他是什么关系，你们之间的事又怎会需要说给外人听？呵呵，在座其他同僚忘性倒是大了，那不如我来提醒诸位一句吧。"

慕容怜顿了顿，瞳眸精光乍现，"羲和君从前，不是顾帅的车笠之交吗？"

他这句话一出，其他人非但没有惊讶，反而倒颇有些无语。

墨熄和顾茫从前亲密无间，大家都清楚。但顾茫叛国后差点把墨熄给捅死，这事儿更是无人不知无人不晓。他们俩的关系，早在那一刀刺下之后，就再也不可能回头了。

众人都讪讪地，有几位不尴不尬地笑了笑，也没应和。还有人则说："望舒君，这都过去的事儿了，还有什么好提的……"

慕容怜倒像是对他们的反应早有预料，他只是疏懒地哼了一声，嘴角咧开的弧度愈发危险："好，我不提这个。"他重新对上墨熄的目光，冷笑道，"那我就问问羲和君，你一向寡欲端正，从不做背后暗事……那敢问你一个人偷偷跑到我的场子里，私下里寻顾茫做什么？"

墨熄心中咯噔一声，心道自己去落梅别院探望顾茫的事情果然还是被那小厮说出去了。但他也没打算否认，睨过黑眸，说："寻仇，还能做什么？"

"既是寻仇，你又为何巴巴地亲自喂他水喝，喂他饭吃？"字句在慕容怜唇齿间吐出，毒蛇一般，"难不成是看到你的好哥们受苦——心疼了？"

如果不是在重华宫，君上还在旁边看着，墨熄一定已经燃了十七八个火球砸过去，保不齐慕容怜的脑袋都已经被砸下来了。

"你是什么毛病？"墨熄怒道，"你跟踪我？"

慕容怜冷笑道："落梅别苑原本就是我的地盘，有什么跟踪不跟踪的。再说你自己做过的事，还怕别人知道不成？"

有亲贵见他们吵得激烈，忍不住劝道："算了吧，羲和君一向面冷心善，他也就只是给了快渴死的人一口水而已，望舒君您又何必咄咄逼人呢……"

"一口水？"慕容怜目露寒光，"可笑。对于死仇，寻常人不落井下石已是难得，羲和君却还会雪中送炭，这番高风亮节，可真是令我大开眼界啊。"

说罢对着王座欠了欠身："君上，今日顾茫不由我带走可以，但却绝不能由羲和君领回府上。"

君上难得看到慕容怜和墨熄当庭吵成这样，居然也不嫌头疼了，看得津津有味。此时忽然被慕容怜这样请求，一时心中还无决断，沉吟道："这个么……"

见君上犹豫，慕容怜继续道："顾茫在落梅别苑，羲和君都能管他一口水喝，若是真被领进了门，谁知道羲和君还会管他管到什么地方去？"

这话过于刻薄，在场一些贵族们觉得过了头，都在朝慕容怜使眼色让他别再说了。

在重华，墨熄这般尊贵的血统与奴籍私交甚密，从前就不合规矩，何况如今顾茫是叛名加身的罪臣，墨熄是重华的砥柱，他不可能把顾茫这等反贼再揣在心里，再视为昔日密友，再把顾茫看得那么重。

众人都觉得慕容怜作为墨熄的竞争对手，他是想给墨熄泼脏水想疯了。也只有“被泼脏水”的墨熄本人知道自己是真的被戳中了痛处。

慕容怜懒洋洋道：“羲和君，避避嫌吧，这件事，你就别再管了。”

片刻沉默，墨熄侧过身来，眼神狠戾，盯着慕容怜，说道：“若我偏不袖手，你待如何？”

慕容怜没有立刻接话，先是慢悠悠地翻了个白眼，然后头也不转，瞧着面前的空地笑道，“那羲和君就等着和本王翻脸吧。”

言语间自称已变，这显然是抬了王族血统的架子来压墨熄。

墨熄心里门清，面上愈寒，周身气场令人畏怯。大殿内静了一会儿，谁都没有讲话，而后墨熄开口了。

“你记着，顾茫身负无数秘密与血债，却已因你一己私欲，在你手里出事。”

墨熄顿了顿，目光一沉，如寒冰碎裂，“这个人，我不会让与你。望舒君若仍有指教，我拭目以待。”

“你！”

这两人一个是世袭之王，一个是统军之帅，此时眼光相汇，竟如电光火石。

慕容怜脸皮苍白薄透，咬牙切齿的动作显得格外触目惊心，他恨恨磨了半天的牙，忽地大笑起来：“好！”

“你还敢说你不是护着他？你还敢说你恨他？”慕容怜瞳中光泽如鸩酒闪动，笑容蓦地消失，“墨熄，你自己有没有意识到？你今日跟本王说的话，简直和当年你落魄，顾茫拦在你面前护着你时说的一模一样！”

墨熄冷静俯视着他，脸上是一些微妙的情绪。

“你根本就不可能痛恨顾茫，今日把他交给你，他日重华定会出大事！”

忽地，墨熄也笑了。他的面容英俊到近乎奢靡，神情却很冷：“顾茫护过我什么了？我只知道他在我胸口留下了一道永远也消失不了的疤，我只记得他要过我的命。”

“我恨他。”墨熄最后平静道，眼里像下过一场清冷冷的雪，“你说他曾经护我，抱歉，望舒君，那都是早已过去的事了，本帅记不清了。”

他转身，朝王座半跪下来，微微低垂了睫帘。

“君上，在重华，没有人比我更了解顾茫的法术，加之望舒君监管有失，方有今日之灾。恳请君上，允我拘他回府，严加管教。”

慕容怜蓦地回头，厉声道：“墨熄，你为何一回来就费尽心思要保他！你到底有何居心！”

墨熄没有再理会慕容怜。

君上稍作思忖，正准备开口，忽有一位禁军队长奔至门外，急匆匆地和传令侍官说了几句话，侍官瞬间颜色大变，急趋到殿前：“君上，城内急报！”

君上差点把案几踹了：“今晚上第二起了，又什么事？”

侍官白着脸道：“城北红颜楼出了命案，楼中人几乎全部死亡，就连，就连承天台的虞大人也……”

“什么？！”

众臣闻言皆惊。

就连君上也蓦地从王座起身，瞪大了眼睛，“何人所为？！”

“不，不知……禁军发现红颜楼情况不对的时候，犯案的人已经逃走了，还在墙上留，留下了一句话——”

“什么话？！”

侍官磕磕巴巴地答道：“鄙，鄙人孤寂，诚纳妻妾。”

“鄙人孤寂，诚纳妻妾？”君上念了两遍，恼火道，“什么乱七八糟的，哪个丧心病狂的老光棍写了这种话，又杀了一群人，他到底是要杀人还是要女人？”顿了顿，更暴躁，“还有别的线索吗？！”

“暂，暂时没有。”

君上又上他的口头禅：“废物！！”

靠在王座上缓了一会儿，睫毛抖动，瞥到墨熄和慕容怜两个人，君上心中忽地一动，计上心头。

“顾茫的事情暂且搁置。”君上慢慢坐直身子说道。

红颜楼一案来得虽然不是时候，但也确实可以拿来利用。毕竟殿前针锋相对讨要顾茫的这两个人，一个是血亲，一个是重臣，回绝哪个都不好，而眼下出了这种事，正好让他把担子往外撂。

“王城帝都居然能出如此血案，简直忍无可忍。孤命你们俩即刻前往查案，谁先捉住真凶，谁来问孤讨人。”

慕容怜道：“听君上的意思，是想拿顾茫当个彩头？”

君上看了他一眼：“你们为了报个仇都争成这个样子了，怎么，难道他还不够格？”

慕容怜笑了笑：“够格。不过我是为了报仇，羲和君可不知道是为了什么。”

墨熄：“……”

“行了慕容怜，羲和君一向君子之风，你别再为了点私仇胡乱掰扯。”君上不耐烦地挥手打断他，然后指了指沉睡在神农台护阵中间的顾茫，说道：“羲和君，孤也想看看你和慕容怜谁更能耐。你没意见的话，就这样定了。”

墨熄道：“是。”

“那就着手去办吧。”君上转着手里的珠串，说道，“谁赢了，谁带他走。”

于是顾茫迷迷糊糊中就成了两位神君破案的彩头。只不过慕容怜欲其痛苦，墨熄欲其……算了，他也不知道真把顾茫要回府上了，后面该怎么样。这也不是他此刻该思考的事情。

红颜楼内，墨熄一身禁军统领黑衣，负手而立，沉默地望着墙上那用鲜血写就的一行字。

依照君上的命令，神农台的药修们正在楼内处理着那些死状凄惨的尸首。而他和慕容怜两人被安排着查明真相，缉拿凶手。

“歌女死了四十一位，宿客死了三十七位，以及七名楼内的杂役。”一名药修在和墨熄报备道，“另外经过名录核对，还有五名歌女失踪。”

慕容怜也在旁边听着，闻言皱了皱眉头：“失踪？”

“是的。”

“杀了满楼的人，连虞大人都未能幸免……那五名歌女定然不会是自己逃走的，那多半就是被凶手给带走了。”慕容怜思忖道，“凶手独独带走这五个女人做什么？真的抓来当妻妾？”

墨熄则来到血迹斑驳的楼梯旁，有几个药修正在处理虞长老尸首。见了他，纷纷行礼道：“羲和君。”

“嗯。虞长老身中法术痕迹如何？”

“回禀羲和君，好像是燎国的黑魔诀，但又不完全相似，您来看这里。”

一名药修说着，掀开遮尸布的一角给墨熄瞧：“虞大人的双眼被扣去，心脏也被挖走了，伤口的血肉腐烂非常快，不像是寻常武器所伤的，倒像是……”

墨熄皱眉接道：“厉鬼吃人。”

“是的，确实像是厉鬼吃人的痕迹。”

可厉鬼杀人往往神志不清，在墙上题什么“鄙人孤寂，诚纳妻妾”，并不像是厉鬼的做派。

他思忖着，目光慢慢往下移，停在虞长老血肉模糊的胸口：“其他人的尸身也这样？”

药修翻了翻卷案，摇头道：“不，只有十七个人被挖了眼睛和心。”

“名册我看。”

如此死状的第一个人就是虞长老，后面的名字墨熄并不全部熟悉，不过眼熟的那四五个，确实都是些世家小公子的名字。

“被挖心的全是修士吗？”

“还不能确定，但就目前的状况来看，应该是的。”

修士的心脏是灵核所在，眼珠则是仅次于心脏之外灵气最盛的东西，对于厉鬼精魅而言，吞服这两样东西确实对它们的修为大有裨益。

墨熄低头沉吟着。就在这时，外头忽有一位禁军推门进来，他跑得急，大冬天额头还冒着汗："羲和君！望，望，望——"

慕容怜桃花眼一瞥，颇觉有趣地笑道："汪什么汪，你是在讽刺我们羲和君是狗吗？"

那禁军吞了口唾沫："望舒君！"

慕容怜笑容骤失，怒道："你给我喘匀了再说话！"

那名禁军忙应道："是！有新的消息，顾茫暴走后，落梅别苑的啸叫结界被损毁。方才管事清点苑中人数，发现，发现少了一个人！"

慕容怜一惊，上前一把揪住那名禁军的衣领："怎么回事？不是之前就已经核点过三遍，说一个人也没有趁乱逃离吗？怎么现在又说少了？！"

这个禁军还未回答，雪夜里一骑马队匆匆，原来是落梅别苑的管事秦嬷娘被人带来了。她一下马就扑通跪在地上，伏地瑟瑟道："望舒君，奴婢该死！奴婢该死！！"

慕容怜都快气晕了："要死等会儿再死，先把话给我说清楚，你是瞎了还是傻了，之前点了三遍都说没少人，怎么现在忽然又说少了一个！快说！"

"望舒君恕罪——呜呜，奴婢先前只留心着苑内的小倌歌女，仔仔细细合了好几遍，确实是全都老老实实还在，可，可奴婢竟忘了……"

"你竟忘了什么！？！"

嬷娘号啕道："奴婢竟忘了伙计房里还有一个卧床不起的厨子！"

"厨子？"慕容怜一愣。

秦嬷娘哭道："是啊，一个多月前，您罚顾茫禁闭思过，伙食克扣。他饿得受不了，就摸去了小厨房里偷东西吃。那个厨子就是当时撞见了他，对他出手打骂，结果触发了剑阵，浑身都被砍伤。大夫说，这伤口最起码要躺在床上养个三两月，所以，所以我一开始并没有想到他会有什么异动，可谁知道，他居然趁着顾茫打碎了结界，偷偷地，偷偷地……"

"废物！！"

慕容怜勃然大怒，一脚踹在她胸口，将她踹进茫茫雪地里，指着她怒道，"你知道你闯了多大的祸事？！"

落梅别苑的所有仆佣和小倌娼女，那全都是和重华有深仇大恨的俘虏，虽然进苑之前他们就会被毁掉灵核，但各国法术自有精妙，听说燎国从前就有一位黑术士，能够把粉碎的灵核重聚。所以落梅别苑外，重重叠叠地布下了好几道结界。

可谁知顾茫这次暴走，居然把那些结界都打破了，打破也就算了，居然还有一个"卧床不起"的厨子忽然能跑能动，趁机溜走了，而管事竟到此刻才发觉！更要命的是，这厨子逃走后不久，帝都就出了近百人死亡的大血案——

这事儿君上要是盘算下来，是谁的失职？还不是他慕容怜！思及此，慕容怜那张苍白脸上禁不住泛起一阵红，眼前几乎有些发晕。

“顾茫……顾茫……”他怒喝道，“又是你干的好事！！”

倏忽回头：“还不快去把那厨子的宗籍档案给我调过来查！！什么来路！今年年庚，生平往事，连他这辈子上过多少女人我都要知道得一清二楚，快去！！”

“是！是！”嬷娘忙踉跄着爬起，仓皇上马奔走了。

慕容怜哗地一甩衣袖，又急又气地回到红颜楼里，仰头对着墙壁上那一句“鄙人孤寂，诚纳妻妾”呼哧喘气。

左右亲随忽然忍不住上前提了句：“主上……”

慕容怜没好气道：“干什么？！”

“这事儿不对啊。”

慕容怜也是乱了神了，一怔：“哪里不对？”

“顾茫一个月前打伤了这个厨子，一个月后顾茫暴走，厨子趁乱逃跑……”那随侍的声音放轻，小心翼翼地看了慕容怜一眼，“您不觉得，实在是太巧了吗？”

慕容怜沉默一会儿，眯起眼睛：“你说是那个厨子早就算计好了要利用顾茫？”

“又或许……顾茫不是被利用的呢？眼下出了这样的事情，主上不如做最坏的打算。您想，会不会是顾茫早就和那厨子商量好的？”

慕容怜心中一紧。

“那个受伤的厨子是哪国的俘虏？”

随侍正是因此而忧心，他低头答道：“燎国。”

什么？竟也是个燎国的狗贼？！慕容怜背后都在透冷汗了，他想，顾茫……顾茫此刻还在王宫里！不怕一万就怕万一，如果他真的和那个厨子有个什么不为人知的密谋，两人相互呼应，调虎离山，那么……慕容怜脸色骤变，顿了一会儿，他大步走向外头风雪中：“召我的金翅飘雪马来！我要立刻回宫见君上！！”

第 7 章

慕容怜匆忙忙地赶过去，君上倒是哼哼唧唧并不紧张。

他一边逗弄着炭盆旁的两只金兽，听它们你一言我一语地给他歌功颂德，什么“君上英俊潇洒”“君上气华神流”，一边随口宽慰了慕容怜几句，让他专心去把案子结了，莫要担心别的。

“王城守备森严，就算顾茫真的和那名厨子串通好，他能怎么样，能翻了天吗？”

慕容怜焦急道：“君上切不可大意，此事到底是臣失职，若君上有所闪失……”

君上把拨弄熏香的金香箸搁了：“行了，孤还不知道你？人是从你的别苑逃出来的，你急成这样，也就是怕孤生气追责。”他说罢，似笑非笑地瞥了慕容怜一眼，“阿怜啊，你可是孤的血亲兄弟，尽管放宽心，孤怎会因为这种事情就降罪于你呢。”

君上登基之后，照例都要叫自己兄弟姐妹们的官职封号，不过私底下，他还是偶尔会管慕容怜叫阿怜。

尤其是在这种需要抚慰人心的时候，自然就更要体现血亲之间的亲昵了。

“至于顾茫嘛，你要实在不放心，孤就将他关到阴牢里，料想他插翅也难飞。”

慕容怜勉强定了心神，应了，继而又问道：“君上，若之后案情需要，可否容臣前去提审？”

“你审啊，有什么不能审的。”

“那臣用刑……”

君上看了他一眼，笑了笑，又哼了一声：“人都说，铁血羲和，酷吏望舒，此言当真不虚。不用刑罚你就从别人嘴里撬不出真话了，是吧？”

慕容怜轻咳一声：“那顾茫，毕竟不是一般人。”

“行了，你要怎么审就怎么审吧，注意点分寸。孤看羲和君对他还是有些执念，你们俩殿上斗嘴，斗一次孤瞧得有趣，斗第二次孤就嫌烦了。”

君上把玩着手里的玉珠，淡淡道，“自己拿捏稳当，别让孤看到他因为这件事参你的折子。”

说罢翻了个白眼：“一个是军机重臣，一个是世袭王亲，为了报个私仇，弄得三岁小孩儿抢玩具似的。真当孤看不出来。”

慕容怜：“……”

旭日东升，晓光突现，随着城民陆续起床出门，谈天唠嗑，昨夜红颜楼出的这桩血案很快就泄了出去，并且迅速传遍了王城，成了帝都百姓们茶余饭后最热火的谈资。

一时间，上至耄耋老人，下至垂髫小儿，聚在一起，竟都能说出些门道来。

“就一晚上，整个楼里的人几乎都死了，好惨呐！”

“哎呀哎呀！天啊！那凶手抓住了吗？”

“早跑了！跑之前还在墙上题诗一笔，写的是‘易得千金无价宝，难寻一夜有情郎’！”

“我听说的版本怎么是‘鄙人孤寂，诚纳妻妾’？”

“呃……谁知道呢，反正现在红颜楼已被重重封锁了，除了调查此案的人员谁也进不去。不过要我说，不管是‘易得千金无价宝，难寻一夜有情郎’，还是‘鄙人孤寂，诚纳妻妾’，这听上去都像是一起劫色不劫财的案子。”

“莫不是一个有杀人怪癖的采花贼？”

越传越玄乎，到最后居然有位说书先生掰扯出了这样一种说法——“红颜楼浊气太重，惹上了一个好色厉鬼，趁着月黑风高杀人夜，跑进楼内，先奸后杀！那厉鬼勇猛异常，一晚上杀害红颜楼七十余众！”

一众茶客目瞪口呆。

“太丧心病狂了吧。”

茶客中有个人忍不住噗地笑出声：“哈哈哈哈！”

“岳小公子？你，你这是怎么了嘛。”

“哈哈哈哈哈！”笑得前仰后合的人就是闲得慌的岳辰晴，他乐道，“听了那么多版本，还是你的最好笑，一晚七十余众，大兄弟，那采花贼怕不是勇猛，而是有什么秘密？！”

本来挺骇然的气氛被他这么一搅，霎时全都破坏了，人们都笑着摇头，就连姑娘们也掩着嘴窃窃发笑。说书先生被弄得好生尴尬，偏对方又是岳家小少爷，不能逐客动怒，只得赔着笑说：“是，是，岳小公子说得是。”

城里没心情听这番议论的，大概也就是那些遇害客人的亲朋，忙到焦头烂额的禁卫、神农台一众，以及羲和望舒两位神君。

望舒府内，一名随扈低头道：

“主上，您要提的落梅别苑的用人来了。”

慕容怜刚抽完两筒浮生若梦，精神正沛，说道：“好，你让他进来。”

用人匆匆入堂，跪在慕容怜汇报：“小奴见过望舒神君，神君万安——”

“行了行了少废话，我问你，你和那个落跑的厨子是住一个屋的吧？”

“是的。”

“来，你跟我说说，那个厨子平日里都是个什么样子啊。”

用人道：“呃……那个厨子是五年前就被送到别苑内的，平日里不爱说话，有些猥琐，总是独来独往。”

慕容怜问：“此人有没有和青楼女子结怨的过往？”

“结怨倒是没有。”用人答道，“但是听说他在燎国的时候挺好色，看到漂亮姑娘就想着要占为己有。据说还睡过他结义兄弟的老婆。”

慕容怜感叹道，“是个色坯啊。”

一面这么叹着，一面想，或许民间的说法没错，那个厨子没准就是有某种癖好的采花贼。不然他留那五个女人在自己身边是为什么呢？

慕容怜又问：“他和顾茫呢？可有往来？”

“看上去是完全没有私交的。”

慕容怜沉吟一会儿，说道，“我知道了，你下去吧。”

这奴仆退了之后，慕容怜又和随扈道：

“你给我把最暖和的那件银狐裘袍取来，我要去趟阴牢，提审顾茫。”

如果说慕容怜这边侧重于“审”，墨熄那边则是完全侧重于“查”，他在查案发的各种细节。红颜楼之案实在太过蹊跷——若是厉鬼，如何题字？若是活人，何必挖心？于是墨熄令神农台继续仔细查验死者伤口，应当能再查出些端倪。果不其然，一一验过后，药修们发现了一些被掩盖过的剑伤痕迹。但那些痕迹着实令人意外，甚至让整个案情变得愈发扑朔迷离。

“伤口有何异样？”

那药修犹豫一下，说了三个字：“断水剑。”

墨熄蓦地抬头：“断水剑李清浅？”

“正是。”

墨熄喃喃道：“怎么可能……”

剑术宗师李清浅，是梨春国出身的一位修士。他家境清贫，心地仁善，走南闯北十余载，斩尽妖邪无数，但为人太过单纯，很多时候明明是他冒着性命之危在替大家消灾辟邪，最后却总被别有居心的修士占去功劳，所以出道十余年来，一直籍籍无名，日子过得很艰难。

直到那一年的“女哭山”之战。

女哭山位于燎国境内，原名叫作凤羽山，但后来燎国军队不知从哪儿拉来了一批女人，足足上百个，全部都穿着鲜红的嫁衣，在一片哀哭中被活埋于此。

燎国国师的解释是“夜观天象，此地山神需祭”。

那些女人饮恨下葬后，怨戾冲天不散，多少散修前往镇压，纷纷命丧女鬼之手，所以凤羽山就被周围乡人畏惧地称为“女哭山”。

“女嫁山，夜哀哭，一恨浮萍身，二恨红颜薄，三恨与郎永世错。

红褙子，金冠缅，一笑芳容惨，二笑血泪流，三笑过客不能走。”

说的就是这座山头活埋了无数红颜白骨，如果要取道此山，必须在一天内阳气最盛的时候，且队伍中不能有小儿女子病人老人，不然就会勾动山中几百个女鬼冤灵——只要背后听到三声笑，女鬼就会出现，过客全部都得死在山中。

李清浅听闻此事后，便来女哭山镇鬼，当时他虽然诛过无数妖邪，然而因为从不擅经营名声，所以知道他的人并不多。

当地官府见他一年轻小道，衣衫上还打着补丁，一看就不是什么了不起的人物，心中不忍，跟他说：“赏金虽然高，但山头数百女鬼，煞得厉害，仙长还是惜命为上，别涉险啦。”

但李清浅只说自己并不是为了求财，而后就一人一剑，独上了山去。

这一去就是三日，就在众人感叹又一个修士丧命山中了时，女哭山忽然传来数百女人的凄声哀哭，射出一束方圆百里皆可见的碧色华光——

“断水剑法，可通天彻地，恸破九霄。”

这是后来人们谈及那一剑时长叹而出的话语，说话的人神情恍惚，一脸的心向往之。

是金子总会发光，李清浅被埋没了那么久后，终于一战成名。直至如今，无数说书先生还很热衷于讲他当年的清癯风骨——碧色布衣招展，一手擎剑，一手提着聚魂灯，自山道飘然而下。

更为难得是，这一战，李清浅困锁了百名厉鬼的魂魄，这些魂魄拿来炼器再好不过，卖给炼器师的话，后半生都不愁吃穿了。

但李清浅却心有不忍：“她们都是可怜人家的姑娘，那么小的年岁，就被活埋祭山，化作厉鬼伤人，实非本意所为。若是将她们炼作法器，那就永世不得超生了，实在太过残酷。”

于是他决心去东海灵气充沛的仙岛上，超度这百名姑娘的亡魂。他知道她们怨戾太深，人又太多，或许要花上十余年的时间才能功成圆满。所以临走前，他把自己的《断水剑谱》给了还年幼的弟弟，叮嘱弟弟勤加修炼，往后再靠这剑法，行力所能及之事。

自己则就此销声匿迹于浩渺天地间。

神农台的药修小心翼翼道：“李宗师虽有高义之名，但这些尸身上确实是断水剑的痕迹，所以会不会是传闻失实了呢？”

“不可能。”墨熄阖了阖眸，说道，“李清浅还未成名之前，我曾有幸见过他一次。确实是个端正之人，绝不会行此卑劣之事。”

“那会不会是他弟弟？”

墨熄摇了摇头：“断水剑甚为难修，没有十年二十年的苦寒功夫是无法使出来的，而李厚德接过他兄长的剑谱才不过短短数载，时间对不上。”

神农台的药修汇禀完毕后，墨熄坐在院中阖着眼，蹙着眉，仔细想着这几件事情之间的关联。

李微在旁边好奇地问道："主上，如今坊间都在说，这个贼是个采花贼，由于某种古怪癖好，他杀了楼中大多数人，却留下五个貌美女子带走。您不这么看吗？"

"他不是。"

李微没想到墨熄居然就这么直接否认了时下最流行的猜测，愣了愣："为，为什么？"

墨熄把桌上的一只灵力玉卷展开，上面立时浮现了这次事件中死去的人，以及失踪的那五个人的姓名与相貌。

"你来看这个。"

李微凑过去认真看了老半天，没看出什么毛病，遂答道："属下愚钝，窥不透天机。"

墨熄道："所有人里，你挑出五个容貌最好的来。"

这种给别人打小分、排名次的事情，李微最喜欢干了，于是很快地点了几个青楼的美人："这个，这个……哎，不对，这个没有旁边那个好看……"

美滋滋地选来选去，忽听得羲和君在旁边问了句："你注意到你选的人里，没有一个是那个'采花贼'带走的姑娘吗？"

"啊……"李微一愣，随即睁大眼睛去看，"果然是……"

"放着青楼里的花魁不要，那么多容貌上乘的歌女都被残害，却独独留了这五个。"墨熄看着玉卷上的小像，双手抱臂，似是在和李微解释，又似乎是说着说着自己再次陷入了沉思。

"他不是为了劫色。"

"……"

"鄙人孤寂，诚纳妻妾，恐也并非他的真心。"

正当这时，羲和府的一个小厮忽然跑过来，急匆匆地："主上，主上——"

"怎么了。"墨熄回头皱眉道，"又出什么事了？"

"您之前让阴牢里的小李子盯着顾茫的动向，刚刚小李子传讯过来说，望舒君因为怀疑顾茫和红颜楼杀人案的凶手有瓜葛，所以，所以……"

墨熄脸色立时变了："所以什么？"

"所以他单独提审了顾茫，在寒室里，那屋子没，没有窗，小李子什么状况都不知道，又不敢贸然惊动您，就一直等到望舒君从里面出来……结果就看到……顾茫已经……他已经……"

狠咽一口唾沫，鼓足勇气正要说下去。

墨熄却等不了他把话说完，已经甩下玉卷，头也不回地朝王城阴牢方向奔去。

阴牢寒室是一间密闭无光的暗室。内里不如牛棚大，墙体却有尺厚，上三重门禁，重华出了什么大案要案，需得看审十恶不赦的要犯，都在这里进行。

"举头无神明，俯仰无出路，一幽凄清室，夜半万鬼哭。"

寒室那张砭骨的石床上不知曾有多少犯人横尸惨死，那厚重冰凉的砖石缝里更不知渗进了多少陈年血膏。

“你们都快着些处理，把血给止了，君上吩咐过，这个人不能死。”

昏黑的牢房里，狱卒正没好气地指挥着。他手下的药修在牢狱中来回奔走，忙着拿灵药和法器，更有小徒匆忙忙地端着擦拭下来的血水往外倒。

狱卒直拍额头叹道：“天啊，望舒君下手也太狠了吧，这叫什么事儿啊……”

正忙到焦头烂额，忽听得外头有人喊：“羲和君到——”

狱卒差点儿没把自己的舌头咬下来。

望舒到，望舒到，望舒走了羲和到，他们俩是太阳月亮东升西落轮着班地不弄死顾茫不罢休？

本来一个叛徒弄死了就弄死了吧，进了寒室审讯的人又有几个是能活着出来的？可君上偏偏说了，这个人就是要留个有气儿的，所以两位贵族老爷是玩爽了，倒霉收拾的全是他！

一边腹诽着，脸上却已露出笑容迎过去，嘴里道：“哎哟，羲和君您来了，您看属下这忙得不可开交的，有失远迎，还请羲和君恕罪，不要和属下一般……”

见识还没说出口。墨熄就抬手打断了他，一双眼睛根本不往他身上看，只往寒室里走。

狱卒忙惶惶然地劝阻道：“羲和君，去不得啊。他现在浑身上下都是伤，人也不清醒，您就算要审他……”

“我要见他。”

“可是羲和君……”

“我说我要见他。”墨熄怒道，“听不懂吗？！让开！”

狱卒哪儿敢再挡，忙侧转身子给墨熄腾出路来，自己则在后面亦步亦趋地跟过去。

寒室内冷极了，幽蓝色的火苗在骷髅灯台内舔舐着黑夜，它是这里唯一的光源。顾茫躺在石床上，白色的囚衣已经染得鲜红，还有血水滴滴答答地顺着引血槽往下淌，他的脸色苍白得可怕，眼睛也涣散地大睁着。

墨熄沉默着走到他身边，他却一点反应也没有。

狱卒在旁边小心翼翼地解释：“望舒君怀疑他和红颜楼命案有关，所以给他用了诉罪水，还试着用摄魂之术从他脑袋里挖出些记忆，但都没有用。”

墨熄不吭声，只看着石床上那具躯体。周围有几个药修在忙着给他处理身上的法咒创口，可顾茫的伤处实在太多，也太深了，竟是一时无法全都止住……

狱卒苦着脸道：“羲和君，你看我没骗您吧？他是真的快不行了，就算您想要现在提审他，他肯定是半句话也回答不了您，而且望舒君之前用尽了法子，最后还是怒气冲冲地走了，想来也是无功而返。您看要不还是改日再……”

“你出去。”

“……”

“出去！”

狱卒苦着脸滚了，他瞧那一个个药修被墨熄从寒室里赶出来，鼓足勇气朝着墨熄的背影喊了一声：“羲和君，君上要活的，您手下可留点情啊。”

羲和君已经反手把三重门都降下了。

狱卒欲哭无泪，吩咐自己徒弟：“……那啥，你去把师父我压箱底的玄女续命露给拿出来吧，我看等羲和君出来之后，也只有续命露才能救那小叛徒的狗命了……”

屋子里再没有别人了，狭小密闭的一方天地，就像民谣中说的“举头无神明，俯仰无出路”，尺厚的墙体，把尘世中的一切都隔开了。只剩下顾茫和墨熄。

墨熄走到石床边，垂睫看向顾茫的脸，片刻沉寂，忽然伸手把人提起。

“顾茫。”

他唇齿微微启合着，脸上静得像死水，可手却是抖的。

“你给我醒来。”

回应他的只是那双没有焦距的眼睛。

诉罪水和摄魂之术，无论哪一种对于神智的损害都非常大，如果乖乖地招供也就算了，但若是要抵抗，便会觉得五内俱焚，肝肠痛断。多少硬骨头能扛过严刑毒打，最终却都被这两种逼供术给逼疯了。

而且墨熄知道，燎国为了不让军务机密外泄，往往会在将士身上施加一种守秘禁术。

燎国的守秘禁术对上了慕容怜的摄魂术，两相抗衡，便是加倍的痛苦。

墨熄喉头滚动，这是他第一次亲眼看到顾茫被提审后的模样。

疼，真疼。

顾茫叛过他，杀过他，满手鲜血，罪无可赦。可是……也是这个人，曾经在金銮殿前，不要命不要军衔前途埋没什么都抛弃了，那样血性地朝君上怒喝，只为手下的士兵讨一块墓碑。

也是这个人，曾经在篝火边陪他说话烤肉，笑着想要逗弄沉默不语的他；

也是这个人，曾经是他世上唯一的温暖。

那具鲜活的、强悍的、仿佛永远不会冷却的战神之躯；

那个年轻的、灿烂的、仿佛此生都将燃烧的炽烈少年。

竟已只剩下眼前这具伤痕累累的残躯……

墨熄忽然那么清晰地意识到，他不在帝都整两年，两年里，这样的审讯曾有多少次？两年里，那么多人都想过要从顾茫嘴里撬出话，得到燎国的秘密，这样生不如死的酷刑，上不见天下不见地的恸号，究竟有过多少回？

理智在疾速地消散，而痛楚愈来愈深刻。

“咱俩会一直在一起的，无论都困难，我都会熬过来。”

“师弟……”

墨熄闭目，忽地再也无法忍受，他咬着牙，手上聚起明光，贴向顾茫的后背，将至纯又至为霸道的灵力输到这具血迹斑驳的身体里。

他知道这么做不应该，这么做会被人发现，他根本无法解释为什么自己要眼巴巴地跑过来亲自替顾茫疗伤。

他更清楚自己应该把顾茫交给牢狱内的药修处理，有君上的谕令，这些人不会让顾茫有所闪失，慕容怜下的也并非死手。

可是……可是他克制不住这种冲动，他的心都像是要被撕裂了，十余载的情义与恨意，求而不得，放而不下，如此煎熬着他。

好像不亲手把灵力输给他，自己就会死在这间寒室里。

顾茫身上的那些疤大多是慕容怜的神武抽出来的，愈合得很慢，在替他止血疗伤的过程中，墨熄的禁军衣袍也几乎全被浸透了。到了后来，顾茫的肢体开始慢慢恢复，他在无意识地痉挛抽搐，血淋淋的手一直在抖。

又过了很久，顾茫开始喃喃地说话。

“我……不知道……”

“什么都……不知道……”

墨熄一直很沉默，一句话也不说，只这样轻揽着他。他闭着眼睛，慢慢地把雄浑的灵力往顾茫身体里送。

寒室里除了顾茫无意识的低声喃语，什么动静都没有。到最后，在这一片安静中，墨熄忽听得他在嗫嚅：

“我……想……我想，有，有个……”

墨熄怔了一下：“什么？”

顾茫的声音愈发轻了下去，简直恍若蚊吟，带着哽咽，颤抖着，哆嗦着。

“家……”最后一声轻若飘絮地落下，却像是雷霆般在墨熄耳中炸开。

墨熄蓦地低头去看顾茫的脸，见顾茫紧紧阖着眼睛，黑长的睫毛遮着眼底的青黑，睫羽是湿润的，刚刚那句话，顾茫是在梦里哽咽着说出口的。

多年前，他曾恳切地说：“我已经被君上敕封了羲和君，以后再也不需要看伯父的脸色了。谁都不能再左右我，谁都不能再阻拦我。”

“我跟你许诺的，以后都会做到。”

“你再等等我。”

"我是认真的。"

他之前从来都不敢跟顾茫说"认真",从来不敢跟顾茫说"未来"。因为顾茫总是一副无所谓,也不相信的样子。

可是那一天,他成了羲和君,他不再只是被伯父架空的墨小公子了。他终于有了那么一点可以在他的顾茫哥哥面前许诺未来的勇气,好像攒了很久的积蓄,总算能买一件拿得出手的珍宝,于是便小心翼翼地捧给他,满心欢喜地希望他能收下。

他恨不能把一腔热忱都掏出来,只为讨得顾茫的一句认可。

所以,那天他跟顾茫喝了许多酒,又说了很多很多。顾茫笑着摸着他的头发,好像都听进去了,又好像只是觉得小师弟很可爱,像个傻瓜。无论他如今有多厉害,是不是羲和君,他的顾茫哥哥都会一辈子包容他。

"你喜欢什么?你想要什么?"

顾茫什么话都没有说,什么都没问他索要。但是最后,顾茫在醉意恍惚之时,仰头喃喃地说了一句:"我……我想,有个家……"

墨熄怔了一下,他想他这辈子都不会忘记掉顾茫说那句话时候的表情。从来都那么笑嘻嘻无所谓的人,说那句话的时候,竟不敢看着他的眼睛,那么自信的人,却在那一刻只剩下瑟缩与惶然。好像在渴求什么太过昂贵的东西,渴求什么永远也得不到的幻梦。

他说完这句后就阖上了眼睛,眼泪顺着微红的眼尾滑下去。

在那一刻,墨熄忽然无比清晰地意识到,战无不胜的顾帅,原来只是一个无父无母的奴隶,他被打被骂二十余载,从来没有一个真正属于自己的家,从来没有过哪怕一个真正的亲人。

他和他一样渴望一个归处。

墨熄只觉得心闷得难受,疼得厉害,他低声地说:"好。我会给你的。"

我会给你的,会给你一个家。这是你第一次开口问我要东西。玩笑也好,胡说八道也罢,我都当真了。我知道你曾经过得太不容易,很多人都欺负过你,捉弄过你……所以别人给你的东西,你都不敢要,别人许下的誓言,你也不敢信。但是我不会骗你,你等等我。

你等等我,我会很努力,沙场浴血,功成名就,拿所有的战功,换你的身份,换你不再不安于卑处,换你可与我名正言顺地同去同归。你等等我。

我会给你一个家的。

那时候的他,曾这样热忱而天真地在心中许诺着。不用太多年,不会太久。

顾茫,你再等等我,好不好……

墨熄从寒室里出来的时候,狱卒的魂儿都快散了。

之前酷吏望舒君来提审顾茫,出来之后一袭丝绸宝蓝蓝衣,干干净净,连胸前配的月华石坠子都没有半点歪斜，结果进去一看，好家伙，顾茫彻底成了个血人。

望舒君自个儿没溅着血，都已经把人折磨成这样了，而羲和君现在，一身禁军戎装几乎要被鲜血染透了，那顾茫还不得——

这样一想，差点腿软栽倒在地上。幸得身边小徒弟及时扶住，才能勉强哆嗦着站直，朝墨熄行礼："羲和君慢走。"

墨熄青白着脸，抿着唇，沉默地头也不回，走出森森冷冷的阴牢甬道。嵌着铁皮的军靴踩在寒砖上，发出脆硬的声响。

"玄女续命露玄女续命露！！快点快点快点！！"

狱卒手抖揣着生肌去腐的灵药，领着一群药修乌压压地跑到寒室内，还没来记得站稳呢，就愣住了。

只见顾茫躺在石床上，裹着黑金色的御寒裘袍，绒边深处露出半张清瘦的脸，却是干干净净的。

小徒弟一愣："师父，这，这是怎么回事……"

狱卒眼睛一扫，落到衣袖边繁复错杂的金色蛇形图腾，心中咯噔一声——这不是北境军的军徽吗?

再转念一想，刚刚墨熄进来时身上分明是披着一件御寒大衣的，出去时却是一身干练收腰的黑衣劲装，这衣服……难道是……

他咽了咽口水，往前走了几步，轻手轻脚地揭开裘衣的一角，果然见到顾茫呼吸平稳地缩在里面睡着了，身上的伤口也全都止了血。狱卒不禁呆住，他隐约觉得有哪里不对劲，可是想到墨熄平日里那清冷自傲的样子，又想到墨熄曾经被顾茫毫不留情地捅了个透心凉，这种大胆的灵光又很快熄灭了。

小徒弟也探头过来看，看了好一会儿，反应过来："哎呀！这不是羲和君的外袍吗?"

"……"

"师父师父，不是都说羲和君有洁癖，东西从来不给人碰的?"

狱卒颇为无语地回头："你觉得这件衣服他还会再要回去?"

"哦……"小徒弟不好意思地挠挠头，"说的也是。"

顿了顿，又好奇地问："可是羲和君不是来提审的吗? 为什么对犯人那么好?"

"他又不是酷吏。"狱卒虽然心里仍有些犯嘀咕，但是什么该猜，什么不该猜，他还是很清楚的。于是拍拍小徒弟的肩膀，语重心长地说道，"不是每个人都像望舒君那么喜欢见血的。"

"哦……"

"今天这件事情，你们都注意点，不要说出去了。"狱卒回头吩咐其他人，余光又瞥了一眼裘袍上熠熠生辉的金色腾蛇，低声道，"记住了，话多生事。"

墨熄走在雨雪霏霏的官道上，西风刮面，缺了寒衣，他却也不觉得冷。他眼神暗沉，心如鼓擂，耳边不断地回响着顾茫的那一句喃喃低语：我想……有个家……

心中像是一蓬乱草落了星火，一路从胸口焚燃，烧得他连眼眶都微微发红。他越来越觉得顾茫或许并没有心智受损，不然为什么在昏迷之际，他无意识的喃喃低语竟会是这一句？

胸腔内跳跃的火既是一种折磨，又是一种希望。这样翻来覆去地想着，连自己满襟是血引得路人侧目都没有注意。

雪越下越大，而墨熄眸中的光也越来越亮，他想，不管怎么样，等眼下这桩案子告结之后，他一定要把顾茫从慕容怜那里要过来。

只有这样，他才能与顾茫朝夕相处，才有机会探得顾茫究竟是假傻还是真疯。

他正出着神，远处却忽然传来一声凄厉的尖叫："啊！！"

墨熄脚步一顿，循音抬眸。

如今帝都正处于高度警戒的状态，他立刻朝叫声传来的方向掠去。那是一家酒铺子，桌椅板凳全砸了，墙角边堆着的酒坛也碎了好几个，陈年的梨花白流了满地，屋里一股浓郁的酒香。

客人们争先恐后地往外跑着，只有几个恰巧在饮酒的修士此刻聚在二楼的包间里外，其中就包括了岳辰晴。

岳辰晴捂着胳膊上不住往外淌血的伤口，正气得破口大骂，这真是稀奇，他那么好的脾气，轻易不会动怒，此刻却一副七窍生烟的模样，口中喊着："胆小鬼！小乌龟！一点都不够朋友！"

他心思单纯，平日里很少骂人，于是颠来倒去骂的也就是那么几个词而已。

"痛死我了！"

墨熄很快到了楼上，正撞见岳辰晴嚷嚷："大坏狗！"

一抬头，正巧对着墨熄骂了过去。

墨熄："……"

岳辰晴一愣，睁大了圆滚滚的眼睛："羲和君？你怎么来了？那啥，我不是说你啊……"

"出什么事了？"墨熄扫了岳辰晴一眼，"你受伤了？"

"是啊是啊！刚才有个身手了得的黑衣人，突然从窗内翻进来，要带走酒肆里的小翠姐姐。"岳辰晴又气又急，"小翠姐姐平日里可爱得紧，每次沽酒也都给我们几个兄弟多一些，有时还送花生米和芸豆糕，虽然芸豆糕不怎么好吃，但是——"

"你说重点。"

"哦，重点，重点。"岳辰晴酝酿一会儿，气愤道，"重点就是，我一看情况不对，就和几个朋友冲上去拦那黑衣人，可那家伙使的不知是什么诡异妖法，我连他的袖角都没碰到，就被他砍了一剑。可我那些朋友倒好，一看我受伤了，居然吓得全跑了！他们都是小乌龟！"

他越说越气，简直要吐血的样子。

“咱们重华百草会居然是这么一群玩意儿，也太不够意思了！”

重华百草会，这是岳辰晴和一群年轻小辈组的小团体，一群爱好攀附风雅的公子哥儿们成天一块儿招摇过市，还暗中给自己封个江湖尊号，什么“傲天龙”“锦衣虎”，墨熄本来就觉得很智障，此时听岳辰晴这么说，自然只严厉教训道：“让你少跟那些人混在一起，你就是不听。伤得重吗？”

“没事没事。”岳辰晴一脸生无可恋，“我就是被兄弟背叛，心中悲冷。我此刻总算可以体会到羲和君你的心情了，你当年……”

话说一半，忽然觉得这么说不对，连忙住了嘴，滚圆的眼睛瞅着墨熄。

墨熄沉默一会儿，问：“黑衣人往那边去了？”

“不知道，他动作太快了，简直不像是个活人。‘嗖’一下，连影子都瞧不见了。我可怜的小翠姐姐啊……羲和君，你说他会不会就是那个青楼客……”

墨熄皱眉：“是什么？”

岳辰晴这才想到墨熄最近忙成这样，肯定没有去听说书先生那番天花乱坠的青楼杀人案，于是道：“就是红颜楼的凶手嘛。”

“你伤口让我看看。”

岳辰晴委屈巴巴地展示给他。

墨熄端详着岳辰晴的伤处，剑眉越蹙越深：“是断水剑……”

岳辰晴吓了一跳，惊问道：“断水剑宗师李清浅？”

墨熄摇了摇头，未置可否，只说：“你先回家，最近帝都很乱，没事别再到处跑。”

“我爹去临安闭关啦，我四舅又高冷得很，理都不理我，我一个在府上也待不住啊。”

“那就去你哥那边。”

岳辰晴犹豫一下，嘟哝道：“他又不是我哥……”由于从小在岳家耳濡目染，岳辰晴对江夜雪的印象其实也好不到哪里去，只觉得他是个废物脓包，给岳家丢脸的。不过在墨熄面前，他也不好多说什么，于是岔开话题，“对了，羲和君你从哪里来的，怎么衣服上都是血？”

墨熄低头一看，半晌道：“我收拾了一个人。”

“收，收拾了一个人？”看着满襟的血，那人别是被羲和君打死了吧。

“别问了。”墨熄道，“被掳走的小翠姑娘，你可否画出她的肖像？”

“我试试看！”

岳辰晴说着，问酒肆老板娘讨来纸笔，很快一个妙龄女子的相貌就跃然纸上。墨熄在旁边看，可直到岳辰晴画完最后一笔，也不曾瞧出这个姑娘有什么特别之处。正打算去和老板娘询问关于她的身世来历，岳辰晴却忽然又拿起了他搁下的笔。

“等等！还少了一点东西！”

说完忙不迭地在小翠的眼尾旁点了一颗痣。这才满意道：“对啦，这样才对。”

墨熄微微睁大眼睛：“她也有颗泪痣？”

“啊？什么叫也有？谁还有？”

墨熄道：“红颜楼被带走的五个歌女中，有一个眼角也有这样一颗痣。”

他一边与岳辰晴解释，一边心道，难不成这颗泪痣在那个“采花贼”面前，是一个很重要的特征，甚至是那个歌女的“免死金牌”？

正沉思着，又听得岳辰晴在旁边有些犹豫地开口：“羲和君，其实还有一件事，我想跟你说。”

“你说。”

“那个，不知道是不是我的错觉，我刚刚和那个黑衣人交手的时候，虽然没有瞧见他的脸，但总觉得他身上有种味道，是我非常熟悉的。”

墨熄问：“是什么味道，你在哪里闻到过？”

“也不是闻到，只一种……我说不上来，一种感觉，我好像在哪里感受过。可是当时打得急，他走得又快，我来不及仔细甄别，他就已经消失不见了。”岳辰晴叹了口气，“羲和君，你觉得他就是红颜楼的那个凶手吗？”

“我不能确定。”墨熄说完，略微思考而后道，“岳辰晴你先去神农台疗伤，顺道往平安署过一下，和他们说件事。”

“什么事？”

墨熄看着小翠的画像道：“如果我没有想错，那个采花贼是在寻找拥有某种特质的女性。泪痣应当就是特征之一。你让平安署布告全城，请符合条件的姑娘都先到平安署去暂避。”

“哦，好，好。”岳辰晴应了，正准备出去，忽然又想起了什么，忙回头道，“对了，羲和君，听说慕容大哥得了君上谕令，可以随时提审顾茫，这事你知道吗？”

“嗯。”

“顾茫对羲和君你而言好像也还有用，如果慕容大哥去提审他，怕是会把他弄得半死不活，你看要不要先……”

“无妨。”墨熄摇了摇头，下意识地摩挲着自己拇指上的一枚玄银扳指，眼神慢慢幽暗下来。

刚刚替顾茫疗伤时，他已经往顾茫体内打了一个墨家独有的追踪符。效力持续期间，只要顾茫有异样，他手上的那枚戒指就会发烫，并且替他感知顾茫所在的位置，状态如何。

他实在是不想再看到顾茫被别人折磨之后的模样了。

墨熄说：“我已有准备，无论慕容怜再做什么，我都会知道。你不必担心。”

与岳辰晴别后，墨熄回到府上，重新调出了那五个歌女的玉卷。他把小翠的画像和其中那个有泪痣的歌女放在一起，然后盯着另外四张脸看。另外四个女子都没有太过显著的特征，单靠着这样一张画，实在无法发觉出更多细节。

不过这种情况没有持续太久，随着城中失踪女人渐多，羲和府也得到了越来越多的肖像，归类之后发觉她们或是嘴唇形状非常相似，或是鼻子很像。

于是墨熄照着这些特征，让禁军去把符合条件的姑娘都请到平安署先行保护起来。

果然之后，女子失踪的事情便不再发生，只偶尔有几个没及时被平安署接管的姑娘会被“采花贼”掳走，如今反倒是修士们担心得厉害——

“承天台的虞长老都不是那个家伙的对手，他要是挖咱们的心，那可怎么办？”

“唉，我最近都不敢一个人去野外修炼啊。”

第 8 章

眼见着年关将近，原本热热闹闹的重华城却反而寂静下来，人们总是三五成群地出门，天色未暗就赶紧回家，岳家的结界符卖得空前好。很多人没买着的，晚上睡觉连武器都不敢离身。

至于买不起的，则哭着喊着求岳府发发慈悲，能不能赊个账，日后再还。

这事儿岳辰晴不能做主，他爹不在，于是他伯父出门，愤怒地把穷酸的小修士全赶跑，骂道："闹什么闹！一品修士府前也轮得到你们撒野？岳府的符咒金刚不破，就值这个价！买不起？问你们兄弟朋友借钱啊！"

说书人也不敢说书了，情势越来越糟，谁还敢来嘻嘻哈哈地听故事？

悦来茶馆前的"青楼客怒杀七十众"小红纸在风雪里慢慢地残破，雨水浸湿了墨，再也难辨上面的字迹……

这一天晚上，雪止了，一片月光皎洁。

墨熄坐在羲和府院中，一边翻阅着这些天累积的卷宗情报，一边下意识地摩挲着拇指上的腾蛇银指环。

这段日子他常常有如此举动，这枚追踪指环就好像他避人耳目，私心连在他与顾茫之间的纽带，它无恙，他才能安心。

然而就在这个沉寂的夜晚，当他要掩卷歇息的时候，这枚指环忽然一阵滚烫！

墨熄蓦地转过视线，只见环扣上的蛇纹开始盘绕扭曲，慢慢地变成了一个指针的形状，指向帝都的西南面，而银色的蛇身也开始逐渐变色，荧荧流光后，鳞甲尽数闪着碧辉。

蛇鳞碧绿，意味着被追踪者被下了某种药物。这并不奇怪，慕容怜审讯犯人的时候常常会给他们灌各种迷幻药。

问题出在方位，帝都西南面，那并不是阴牢所在，而是重华的英雄埋骨之地，战魂山。

顾茫怎么忽然离开阴牢，被移送到了战魂山方向？

墨熄几乎是刚一动念，就听到城中所有的守备结界发出阵阵金光，王城内的戒严钟咚咚敲响。一声一声，统共十三声——有重犯越狱逃跑！！

顾茫越狱了?!

事出紧急，墨熄来不及专程去告知君上，只命传音蝶去了宫中，自己则一马当先，赶往战魂山脚下。

一到入口，他就看见守山的两位修士已殒命——他们的眼珠被抠挖，心脏也被攫走。

和虞长老一模一样的死法。

手上的指环越来越烫，直指血迹斑斑的山道。墨熄盯着指环须臾，咬牙道："顾茫……当真是你吗?"

心中愈冷，径直掠上山去。

战魂山地势极其复杂，在它缥缈入云的峰顶安葬着重华历朝历代的英烈。听说夜深人静时，山峦间时不时会出现战马嘶鸣、铜铃叮咚的声响，似乎印证着"九州战火不熄止，重华英魂不往生"的传闻。

在这里，很多指引法器都会受到灵流干扰，无法正确指路，就连墨熄的银环戒指也略受影响，调整了好几次才重新转动。

墨熄来到战魂山麓。

他停下脚步，看着密林间弥散着淡淡的雾气，喃喃道："梦里人……"

不错，这雾气并非是寻常山雾，而是只有燎国某些高阶术士才会使用的"梦里人"。

这是一种幻术，可以改变周遭的真实情景，重新造出一片天地。若是被它勾起欲望，沉溺其中，心智就极易被摧毁。不过墨熄曾多次在战场上和使用"梦里人"的燎国术士交手，抵御此术对他而言并非难事。

指环的针尖指向的就是这里，也就是说顾茫此刻就身处"梦里人"迷雾之中。

他必须进去。

墨熄思忖片刻，抬手沉声道："幻蝶。"

一只传音蝶应声而出。

墨熄道："把位置和情况都告诉君上，我先去查探，让他派人来援。"

蝴蝶扇动翅膀，不一会儿消失在了山林深处。墨熄则一脚踏入了这片化不开的浓雾里。

周围白茫茫的一片，伸手难辨五指。

"顾茫!"他提声道，"顾茫，你出来!"

声音在雾气中回荡着，过了一会儿，空蒙寒雾中传来一个人轻轻的笑声："羲和君?"

说话的人并不是顾茫。

那人叹息道："唉，真是大意了，我总觉得捉来的这个神坛猛兽身上似乎带着些陌生的灵流。

原来是你在他体内打了追踪符。”

“阁下何人？”

“我是何人，羲和君查了那么久的青楼案，心中就没个猜测吗？”

那个隐约的身影在雾气中显得那么淡薄，显现一瞬，很快便又消失了。可也只不过就是这惊鸿一掠，墨熄却已迅疾出手，一个炽烈火球砰地砸了过去。

“哎哟。”浓雾里传来哼声，静默片刻，那个声音叹了口气，“铁血战神羲和君，果然名不虚传。”他忽然又危险地笑了，“你性子可真差。”

墨熄咬牙道：“顾茫在哪里？你与他是什么关系？！”

“我与他没有关系。至于我是谁，重华城里不是有很多种说法了吗？”那人声音甜丝丝的，仿佛在讲述什么让他觉得极有趣儿的东西，“什么青楼采花贼，什么落梅别苑跑走的厨子……”他嗤地笑出声来，笑声缭绕在越来越浓的雾里，“真是有趣儿极了。我听了好多段，自己还讲了一出呢。”

他自己还讲了一出？！

似乎是能看到墨熄微微睁大的眼睛，那人笑吟吟地说：“是啊，我闲来无聊，也曾扮作个说书先生跑到茶楼里讲故事。”

“你竟……那真正的说书先生……”

“自然是杀了。”那人无所谓地说，“杀了之后好像丢到了枯井里？好像扔到了乱葬岗？对不起，我杀的人太多，自己也记不清了。”

他最后笑道：“不过说起来，你可比那位望舒君靠谱。他只是自己胡思乱想，猜了一个答案，就急着从犯人嘴里撬出证词。你却知道勘察那些尸体身上为数不多的剑痕。”

那人顿了顿，几乎算是愉悦地问，“那么，查出什么来了吗？”

墨熄嗓音低沉：“你真的是李清浅？”

对方在大雾中沉默了片刻，而后忽然咯咯咯地笑了起来，那笑声越来越响，越来越森然，不停地萦绕在四周，辨不清方位。

“李清浅……李清浅，哈哈，哈哈哈哈……”这个名字好像触及那人心中的某种痛处似的，他喉咙里钻出的长笑便如秃鹰盘桓，久久不散。

“我不是！”他蓦地收紧声线，在余音回荡时，厉声道，“《断水剑谱》第一章，仁剑断水，义剑斩愁，清贫也济世，万苦仍不辞……简直可笑、可悲、可怜！什么李宗师啊，不过就是个穷光蛋，一个废物脓包，迂腐至极！”

他兀自骂了一会儿，怒了一会儿，过了好一阵子才逐渐安静下来。寒雾寂寂里，他忽然说：“我就是看不起你们这些伪君子，明明心里贪嗔痴三毒俱全，还偏偏为了名利清白，拿不起也放不下。”

言语间已满是危险之意。

墨熄对杀气自是再敏感不过，立时目光一凛，沉声喝道："率然！召来！"

一道红光起，蛇鞭神武嘶嘶作响，持在他手中。

"哦，率然。"那人哼道，"是了不起得很，有石破天惊之威，只可惜，我想在这里你大概是用不到的。"

"……"

"我打不过你，不和你硬碰。不过我有幸偷听过一些你的秘密，想要困住你，多的是别的法子。比如……"顿了顿，忽然饶有兴趣地问道，"当初顾茫在落梅别苑被幽闭的时候，你是不是跟他说过……他脖子上的莲花纹，是你烙下的？"

墨熄心中一冷，咬牙道："你到底是什么东西？！"

"你先别急着问我是什么东西。不如我来问问你吧。"那人的声音忽近忽远。

"那个顾茫，对你而言，是不是世上最重要的人呢？"

刷地率然鞭抽下，怒火让鞭身爆溅出阵阵火花。那个鬼影却像早有意料似的，这次没有再被抽到，他又不知散到哪里去了。

"啊呀，你好凶，那看来我猜的是一点儿也不错咯？"

墨熄不答，厉声道："把顾茫交出来！"

"交出来？我又不傻。他是燎国从前的第一猛将，虽然灵核被废，但是我自有法子可以操控他，重新唤回他的战力。"鬼影依旧笑着，"如此得力猛将，我为什么要交出来？"

顿了顿，笑得更明显："在你们重华，能和他单打独斗的也就只有羲和君你了。只要有他替我镇守，其他人来了，打不过他。至于羲和君你来了呢……"言语中的森然冷意更鲜明，"我也有别的办法。"

他说着，尾音慢慢变小，似乎打算就此消失似的："今夜你既有孤勇，为了他踏入这片幻境，那我自然要尽尽地主之谊，让他好好招待你。"那人轻笑道，"羲和君，就此梦一场吧。"

"你——"

仿佛是应着他的话，前方忽然亮起一簇红光，伴随着咿咿呀呀的吊嗓声。有人在清唱着："玉茗新池雨。金柅小阁晴。有情歌酒莫教停。看取无情虫蚁也关情……"

墨熄知道"梦里人"幻境一旦踏入，不能从里破解，只能等君上的援军抵达。在此之前，眼前这些幻境场景是躲也躲不掉的。不过只要自己保持清醒，支撑下来倒也不是难事。

然而就在这时候，那个鬼影的声音却又在幻境深处响起："羲和君，我知道你在打什么主意。你想硬撑，是不是？"

他嘻嘻笑了起来："可惜啦，虽然你能撑得住，但顾茫却不一定撑得住。"

墨熄一凛："你什么意思？"

“顾茫如今缺了魂魄，只是一个心智不全的可怜虫。——无论是下咒还是下药，我自然都是拿他开刀更容易。”他幽幽道，“你的那个扳指在给你指路的同时，有没有告诉你他中了火毒呢？”

墨熄的血一下冷了，怒道：“你！”

“我什么？我卑鄙吗？”鬼影笑道，“你说得没错，我确实不要脸。我认了。”

“……”

“被我丢在这个幻境里的，可不止是你，还有他。”鬼影嗓音滑腻，“你若真的无情，不如就看着他毒发身亡，化作血水……呵呵呵，不说了，不说了。”

墨熄气得想破口大骂。可这个采花贼的真身究竟是谁，李清浅？燎国的厨子？还是哪个丧心病狂的野鬼？

“往前去吧。你的顾茫哥哥他就在前面等你，你若见他毒发不忍自断了经脉，试试看来求我替他要一味解药，嗯？”

他的声音彻底消失了，而丝竹管乐声却越来越响，戏子的花腔几可入云，毒蛇一般蜿蜒过来：“国土阴中起。风花眼角成。契玄还有讲残经。为问东风吹梦——几时醒！”

随着最后这一声“醒”，周围的迷雾倏尔散尽。

墨熄发现自己站在一片灯火中，是一个夜晚，人群来来往往，穿梭如织，正是星河灿烂不夜天。

眼前粉墙黛瓦的大门口站着两个侍卫，穿着蓝色滚金边云雷纹的术士袍，入府步道八盏明灯正热烈地燃烧着，门楣之上一个蓝色蝙蝠纹图腾流转着灵力光辉。——慕容怜家族的徽记，怎么是……望舒府？

梦里人营造出的幻境，往往与某些难以割舍的记忆有所关联。

此时陷在同一个幻境里的并不止他一个人，还有顾茫，那么这个场景应当不是由他的心魔而生的，而是来自同样身在其中、受火毒折磨的……顾茫。

虽然顾茫记忆不全，但心中执念却可以摄取，顾茫年少时一直都是在望舒府为奴的，毒发混沌时不分晨昏日月，不知所在何处，大概是下意识想到了望舒府，所以生出了这片幻境。

墨熄不由得暗骂一声，身影一潜掠上鸱吻高啄的瓦檐，朝望舒府顾茫从前住的地方掠去。

没错，是这个方向。指环银针随着墨熄的脚步而变得越来越明亮。墨熄停在一间狭小的用人房前，平缓略有些急促的呼吸。他抬起苍白修长的手指，指针已经重新恢复成了腾蛇的纹路——顾茫就在里面。

当年顾茫其实早就可以离开慕容家，不必住在这逼仄处受欺辱，但慕容怜卑鄙无耻，在第一次大战后，把顾茫在战场上的功劳全部夺走，君上于是对他大加封赏，而顾茫依旧只是个望舒府籍籍无名的小奴隶。

从沙场归来后，王府深深，君不得见。于是墨熄孤独一人，对他最亲密的同伴十分思念，但因为阶层隔阂与家族矛盾，他又不能表现出来，只能克制着、隐忍着，一个月，两个月……

终于再也按捺不住，看样子顾茫也不能够来找他，于是墨公子只得纡尊降贵地，板着脸来到望舒府拜会——他原本只是想借着和慕容怜谈军务的由头，去看顾茫一眼的。

可是管家说慕容怜在演武场闭门修炼，一时半会儿也出不来，如果墨公子不介意，不如去后院走走，让用人跟着侍候。墨熄很平静地说道，那就请顾茫来吧，算是旧识。

这也不是多无礼的要求，正巧顾茫也闲着，于是管家就命人把他找了过来。顾茫走进大厅，骤然看到墨熄的时候，多少有些错愕。

墨公子和慕容公子水火不容，墨熄驾临望舒府，那简直比君上他老人家亲自来还要让人意外。管家吩咐他："少主要一个时辰后才能出来，你好好陪墨公子在府里转转。"

顾茫道："好……"

墨熄看了他一眼，淡淡地把目光转开去。

望舒府七进宅邸，前五进人多，后两进则主要用作庭院摆置，栽种灵药芳草，平日里也没有什么用人前来。

墨熄走在前面，顾茫跟在他后面，从前院往后走，一路上和墨熄介绍望舒府的景致，房院布局。他们俩表现得太过疏远客气，以至于走过他们旁边的侍卫家仆根本看不出两人有任何逾越了尊卑礼数之外的交情。

"左边那里是琴房，少主闲暇时也会去那里抚琴，房中有一尾五弦焦尾桐木琴，是老王爷的遗物……"

院落越走越深，周遭的人也愈来愈少，心便越来越烫，血仿佛都是在烧灼的。终于在走进一方药圃时，四下什么人也没有了。顾茫说："药院中七百六十五品名药，其中——"

其中什么并没有说下去，因为前面的墨少爷忽然停下了脚步。顾茫没注意，还在往前走，于是猝不及防地撞着他宽阔的后背。

墨熄回头沉默地望着他。

"干什么？"

"你……"墨熄的脸板着，明明那么渴望，那么思念，真站在了顾茫面前，瞧着顾茫无所谓的样子，却又觉得自己简直贱兮兮，拉不下面子来，于是硬邦邦道，"就没什么想对我说的？"

顾茫沉吟一会儿，揉揉鼻子笑道："公子好久不见？"

"……"

"哟，别瞪我，你也知道我比较忙，要擦桌子，还要劈柴，还要给菜花捉虫，这些都很重要……"

墨熄的脸色越来越差，一脸毒气攻心的样子。

偏偏顾茫还在东一榔头西一棒槌地讲自己在望舒府的"要事"——好像他最好的哥们儿还没慕容公子家的一张破桌子重要似的。令墨熄恨不得立刻扔个火球把慕容怜的书桌给砸了，看顾茫还能擦什么！

顾茫还在滔滔不绝地讲述慕容公子对于书桌的要求有多高，什么紫檀桌面要能当镜子照，正说了一半。

"你……"

你什么？他没有说完，那男人清冷的脸侧了过来，怒道："就真没想说的？"

顾茫想了想，笑道："有点想念和你过招的日子，请教一番？"

墨熄气得厉害，没打算如他所愿和他动手，而顾茫又下手太重，竟是一不小心把对方掰到了胳膊脱臼。顾茫没想到他不设防，自己居然真的得手，顿时颇为尴尬，喉结上下滚动，而后道："行行行，你疯，我服你，我错了行了吧，我帮你接好。"

他伸手想要替墨熄接骨头，结果人家少爷居然一侧避开了，不让他碰。只恨恨盯着他。

"大哥，我给你跪了，你让我接好吧，不然等少主出来，看到客人伤着了，问我怎么伤的，那我怎么说？"

顾茫哼哼唧唧的，这个硝烟中所向披靡的家伙，其实离开战场到哪儿都让人看着生气。

"总不能说是我打的吧？"

墨熄没吭声，那张脸居然还是清冷的。可仔细在看，眼底却涌动着某些极其危险的情绪。只是此刻还被他克制着。僵了半天，忽然又硬邦邦地重复问了一遍："你就没什么想跟我说的吗？"

"有……"

"说。"

"你是不是中了重复咒？"

一看墨熄脸色，又忙笑道："哎哎哎！我错了我错了！"

墨熄怒道："不要你碰我！我自己会接！"

"你不会！你疗愈的法术和手法都太差了！"

墨熄脸色更差了，却被顾茫拦住，顾茫笑着，笑得有些恶作剧得逞似的快活。然后他忽然抬起手在墨熄额前戳了一下。

"……"

"不生气啦，是我不好还不行吗？"

哄了半晌，墨公子总算才不情不愿地让他给自己接骨。"咔嗒"一声正回来的时候，明明并不是很疼，墨熄瞪着他的眼睛却有些湿红了。

"咦，你……"顾茫想看仔细，却遭了墨公子一巴掌盖脸上，把他那张城墙厚的脸皮推开。转过了目光，没有让他瞧清楚。

沉默半晌，墨熄偏过脸道：“我两个月没见你了。”

“不，还差十二天呢。”

墨熄倏地回头狠狠剜了他一眼。

顾茫双手抱臂，好整以暇地靠在粉墙上，笑着看他，微微扬起了下巴，用神情示意他靠近自己。

后来，一直到他们重新再受命出征之前，墨熄常常会来找他。望舒府虽有禁咒，可是对于墨熄而言并不是什么事。

那段日子，现在想起来，墨熄甚至会因自己年少时的不管不顾而怔忡。

明明是什么承诺都没有，什么未来都瞧不见。他们什么都没有，只能把情义都承载在那短暂的相会里。

那是他们的年少韶华。

此时在幻境中，墨熄咬牙，盯着那扇从前看过无数次的门。

沉默片刻，抬手，终于将门抵开——几乎是在一瞬间，他就对上了那双无助又郁躁的蓝眼睛，被火毒所困，在黑暗中，痛苦而不安地流淌着破碎光芒。

一片漆黑里，顾茫几乎是崩溃而颤抖地，含混地喃喃：“痛，好痛……”

曾经顾茫打仗的时候，人们都说他身上有股头狼的兽性，凶狠，机敏，勇猛，而且很有统帅力，是重华帝国高不可及如在神坛的战将，所以他得了那么一个名字，叫作“神坛猛兽”。

但旁人不知他其实是很怕疼的。只有墨熄清楚顾茫并不那么能够承受痛苦，很多时候他是因为知道倾诉无用，只得强忍。

掌心倏然亮起火球，将这一方寝卧照亮——还是墨熄记忆中的样子，没有窗的奴居小屋，东西摆放得乱七八糟，床边倒着放了一只小坛子，算是床柜，上头摆着一只插着野花的小胖肚瓶。

唯独从前那个微笑的康健的顾茫不在了。

那魔头给他下的火毒已经入骨很深，顾茫的眼瞳都是红的，嘴唇被他自己忍痛时咬破了，血斑驳地染在唇齿间。他的神智似乎已经完全溃散了，他茫然又昏沉地望了墨熄一会儿，好像墨熄说的话他一个字也没听懂，只是低低地喘着气，毒入骨血，蚕食他的元气。

他几乎连呼吸都是痛的。

他无意识地向墨熄哀道：“救救我……救……救救我……”

墨熄赶忙过去将他扶起，顾茫浑身都烫得可怕，好像随时都会被燃尽，化作一抔灰。

顾茫喉头滚动着，湿润的眼眸看了他一会儿，沙哑道：“难受……”

“……”

“很……疼……”

墨熄从他湛蓝的眼睛里看到了自己的倒影，哪怕明知顾茫如今身为重犯，却依旧因他而焦心。

“我很……疼……”

顾茫说着，承受不了一般，竟抬手扼住自己的喉咙，似是要生生了结自己。墨熄忙制住他，将他的五指松开，胳膊强硬地压制着顾茫，可顾茫一直在挣扎，一来二去，两人均已是大汗淋漓。墨熄低声怒喝道：“别再乱动了！”

可顾茫怎么能听呢？毒发的剧痛实在太难熬了……他目光空洞，胸口一起一伏地喘着。

他的神情很难过，好像在责备墨熄为什么不让他死，又好像在问墨熄为什么不救他活。

“我难受……”

黑眸中暗水深流。

顾茫大睁着眼睛，蓝眸子里的水汽越来越多，哀号道：“我难受啊……”

瞳孔在药劲的刺激下收缩着，顾茫煎熬不得，如万蚁噬心，哽咽道：“不要……不要这样……”

墨熄制着他，却抖得越来越剧烈，到了最后，几近痉挛。忍到后来，顾茫几乎崩溃了，像是濒死的鱼，大口大口喘着气，脸上浮着异样的潮红，不住地挣扎哽咽着，一片混乱，“你……不如……杀了我……”

墨熄心中一顿：“顾茫……”

“你杀了我吧，干脆点……杀了我……”

墨熄知道再这样下去绝对不行，可他也知道那个采花贼的话也绝不能听——什么他若自行断了经脉，便能换来解药……他若自断经脉只会愈发由着那人摆布！他紧咬臼齿，一面压制着顾茫的挣动，一面焦躁地想着办法——忽然灵光一现——如果……如果暂时让顾茫失去意识，应当能再拖一会儿，他便能尽快地破出“梦里人”，召神农台的修士过来解除顾茫的火毒。

他这样想着，喘了口气，蓦地起身，一击手刀劈在顾茫颈后侧，正中昏迷穴位。顾茫昏了过去。之后，墨熄低喝道：“率然！召来！”

软鞭应召而出，墨熄命神武将顾茫捆缚住，放回床上，以防他万一清醒会做出任何自己意料外的举动。可就在这时，他忽然听到门外传来脚步声。

嗒嗒嗒。

谁？幻境中的人统共只有三个。他自己、顾茫，还有就是……那个鬼影采花贼。

墨熄的眸色蓦地狠戾一沉，将顾茫挡在身后，指端凝出梅花灵镖，他心中怒得厉害，只待那人进来，将之碎尸万段。

门开了，月光之下，有一个手持刺刀的人立在门口，皎洁的月华照亮了他的脸——

纤长的眼尾，幽蓝的眸子。他束着利落的发辫，囚衣微敞，露出小片肌肉匀称的胸膛，肩上还披着墨熄之前留给他的黑金色外氅，脸上没有任何表情。

墨熄神色一变：“顾茫？！”

那，床上这个是……他回过头，便像是在回应他的愕然，忽地一阵黑烟卷起，床上的那个人竟蓦地散成了灰烬！

一阵尖锐疯狂的笑声骤然从四面涌出，无处不在："哈哈……哈哈哈哈……"

是那个鬼影又在说话！

鬼影狞笑够了，说道："羲和君，方才床上那个，是'梦里人'生出的幻觉啊。"

"……"

鬼影得意道："你知道他是怎么生出来的吗？是你听了我的话，从一开始就被我引着往顾茫中了火毒那一处想！你以为你没有和幻境相呼应，但当你推断时，就已经不知不觉地把你的想法传给了它！"

鬼影越说越是嚣张，气焰猖狂道：

"你以为维持心念不动就算完了？你以为不去相信就毫无破绽了？从前你们接触的不过是燎国普通术士造就的'梦里人'，与我所创的怎能相比！在我这幻境中，除非你根本不思不想，摒弃所有念头。否则就算是你的心念一动，一个猜测，我也一样能利用得到，哈哈哈哈！"

笑声回荡，寒气阴森。

"来啊，你再来看看眼前的这一个顾茫，他马上要来杀你了。他到底是虚幻还是真实？你分得清吗？"笑声里充满了捉弄人的痛快滋味儿，"你是要相信他是幻觉，击碎他？还是不信他是幻觉，手下留情呢？"

墨熄朝门口立着的顾茫看去。那个顾茫逆光而立，黑衣上的北境军军徽在月色中流淌着荧荧金光。

"真正的'梦里人'术士会让你难辨虚实，必须得猜，猜对则生，猜错则死……你敢动手吗？"

言语间，顾茫已将披在肩头的黑袍哗地脱下一抛，持刃飘忽而来。刀刃锋鸣，刺刀与率然相击，瞬间激起好几簇金红火花！

鬼影的话萦于耳侧，墨熄已与顾茫迅捷地拆过十余招——顾茫的脸上没有任何表情，神情冷冰冰的，就像叛国后，他以燎国将军的身份纵马出现在重华大军面前时那样，不带任何的旧情。

率然缠上刺刀黑刃，却被刃尖一挑，刺断灵流，反手向墨熄袭来。刃光映着顾茫的脸庞，正好从他眼前擦过。

墨熄暗骂一声，反手向后掠去，喝道："化刃！"

率然鞭倏地游回他掌中，红光闪烁中，化作一把血色长剑，"铮"地再次和刺刀碰在一起。

墨熄咬牙，隔着一刀一剑，望着咫尺间那张冷冰冰的脸。

是'梦里人'的虚像？还是真实来的顾茫……

鬼影肆意放纵地大笑着："来吧，以你的能耐，真要想置他于死地，也不是不可能，照着他的胸口，你刺啊……哈哈哈哈哈，你刺啊！万一他是真的，他也就死了——他死了，不是正合你们心意吗？”

“一个叛徒，一个国贼……来吧，羲和君，你还在犹豫什么呢？”

“杀了他啊！哈哈哈！！！”

杀了他啊，他是叛徒。害死那么多百姓，害死那么多兵士，让曾经深信过他的那些人都跌入谷底。叛出母邦，归降燎国——

可是如今重华的第一王师，不也是他一手带出来的吗？用自己的血和泪，甚至是性命……带那些人从硝烟地狱中爬出来。

是顾茫带着兄弟们爬出来，带着战死的尸首们回来，他看到生机与未来，于是他吼着，坚持着说，来啊，没事了，你们叫我一声顾帅，我一定带你们回家。

一群脏兮兮的修士、一些无父无母的奴隶，用铁血和忠心，想为死去的袍泽兄弟换一块有名有姓的墓碑，一场体体面面的安葬。

可是重华不给，老士族不给。

战士们为了重华入地狱，苟延残喘地拖着残躯爬出来。然后王座上那个人的态度仿佛在说，咦，你们不该全死在地狱里吗？怎么回来了？这让我怎么办好？我总不能把一支由奴隶组建，受奴隶统帅的军队，死了的葬入战魂山，活着的封赏与贵族齐名吧？地狱才该是贱种的家，荒冢一片，何须坟碑。

所以顾茫叛了，顾茫走了，墨熄并非是不能理解，不能原谅。

但为什么是燎国？燎国的人几乎个个都是疯子，每征服一个国家就大肆屠杀……他们醉心于霸业，不惜毁尽大好山河。为什么偏偏选择燎国？那个杀了他父亲的燎国！那个靠着血腥之术杀伐天下为祸四方的燎国！为什么？！

为了报复？因为恨？还是因为只有燎国是少数几个能与重华匹敌的大国，只有以身入魔窟，损尽善念，献祭丹心，才能有朝一日兵临城下，生生攫出君上的心，把这些曾经作践他们的亲贵们踩在脚下踏一地脑浆血水？

心念闪动间，手中的率然剑铮然被顾茫打落。刷地，刺刀已点在墨熄胸前。

顾茫没吭声，也没下一步动作，只这样淡淡看着他，说道：

“你输了。”

墨熄不说话，倒是鬼影笑了，近乎叹息：“羲和君，我提醒过你的，你却还是没有忍心和他认真打。看在你的分上，我告诉你吧。”他顿了顿，饶有兴致地说道，“你眼前的顾茫，是真的。多亏你不肯伤他，不然他也不是你的对手。不过……”他笑了笑，“顾茫此时被邪气催动，只听我的话。我要他杀你，他是不会犹豫的。”

声音悠悠绕绕：“虚虚实实，难做选择，这才是‘梦里人’的真正用法，你学到了吗？可惜就算学到了，也已经太迟了。”

鬼影笑嘻嘻地下了最后一道令：

“去吧，杀了他。”

顾茫湛蓝的眼睛一暗，随即举手挥刃，可就在这电光火石间，墨熄脖颈处的莲花红痕忽然浮现光芒，竟有数十把红色飞剑气破体而出！

顾茫微惊，立刻回身避闪，抬手叮叮当当击散了好几把向他袭来的飞剑！而在他全神贯注抵御剑阵的时候，脚下却被率然鞭化作的绳索给捆缚住了，他下盘不稳，踉跄着跪下，单手撑住地面，抬眼，目光狠戾地望着墨熄。

“你装输。”他开口了。

墨熄挥散了剑阵，面色极为复杂。他走到顾茫面前，掌中灵流涌动，让率然将顾茫缠绕得更紧，而后两指抬着他的下巴，从他颤抖的手中除掉了魔武。

墨熄盯着他那双蓝眼睛，冷声道：“……是啊，我若那么容易便束手就擒，岂不辜负师兄从前的辛勤教诲？”

顾茫没有任何表情，完全听不懂他的话一般。

墨熄抬眸道：“阁下还有什么招数，不如再使？”

那鬼影冷笑道：“我自然——”可话还没说完，周遭的幻境却是忽然一震！

鬼影显是吃了一惊，听到那低低的咒骂声萦绕在幻境四周，森然道：“墨熄，胜负还未可知，你根本抓不住我，莫要得意太早！”

墨熄面有不虞之色，看样子君上派来的援手总算是到了。但见这里的一砖一瓦开始簌簌下落，却砸不到他们身上。

有人从外面开始攻击，梦里人便也再无法维持，眼前的场景在扭曲盘绕。忽然，“砰”的一声，望舒府散作千万点齑粉，一切情景都消失殆尽。

“羲和君！羲和君！”从外面击碎结界的增援是两个人，一个是岳辰晴，他匆忙忙地跑过来，看到墨熄，松了口气，看到顾茫，又吓了一跳。

“你……呃，你们没事吧？”

墨熄又回到了战魂山麓，手里还拽着顾茫的发髻，制着这个此刻并不安分的人。而他脖颈上的红莲印消下去，慢慢地，化为虚无。

还没等墨熄说话，另一个援手开口了——君上居然派了慕容怜。

慕容怜则靠在树边，一副懒洋洋你们是死是活跟我没关系，你活着我复命，你死了我放鞭炮收尸的架势，手里还擎着水烟枪，漫不经心地抽一口浮生若梦，呼出薄烟。

“他们能有什么事？不是好好杵在这里吗？”

岳辰晴还想说什么，慕容怜又打断了，他瞥了顾茫两眼，冷笑道：“这个叛徒还真有能耐，之前被我折磨得只剩一口气，忽然便又生龙活虎，还能越狱了。”

“……”

“羲和君啊，本王都禁不住要怀疑了，他恢复得如此之快，是不是你暗中在照拂于他？”慕容怜阴阳怪气道。

墨熄不想理这变态，转头看向岳辰晴：“怎么你也来了？”

“君上说我好歹当了你两年副帅，对燎国法术有经验，逼我来的。”岳辰晴睁大眼睛，“羲和君，你已经找到那个采花贼了吗？”

墨熄看了一眼前面，前方就是一个洞窟，‘梦里人’的布设需要消耗很强的灵气，且离施术人不能太远。

他道：“就在里面。”

事不宜迟，于是三人一同往洞窟里去，岳辰晴来来回回好奇地看了顾茫好几眼，忽然说：“羲和君，你拿率然捆着他，一会儿遇到采花贼，你用什么打？”

“我不只率然一把武器。”

“但你最喜欢用率然啊，这样吧，我给你找找别的东西压制他……”岳辰晴挠挠头，从乾坤囊里翻翻找找，翻出了一枚金光灿灿的定身符。

“用这个！这个我家做的，可以——”

“你爹的东西收回去。”墨熄道，“灵力暴虐，不好用。”

“不是我爹，我四舅做的……”

见墨熄不再作声，岳辰晴献宝似的捧着定身符，兴冲冲来到顾茫面前。

顾茫盯着他。

“哎哟，有点发毛，这眼珠子蓝得跟狼似的。”岳辰晴挠了挠自己的脖子，不敢看顾茫的眼睛，作了两揖，“狼大哥，得罪啦。”

顾茫狠狠瞪着他，眼珠不安地动着，好像在说：你敢？！

岳辰晴技低人胆大，“啪”一声，直接把他四舅的符贴在了顾茫脑门上。

顾茫不动了。

“哈哈哈！”岳辰晴笑起来，“四舅就是厉害，真的有用！”

慕容怜不耐烦道：“有什么破用，他现在不会动了，难道把他留在这里？还是你打算背他进去？”

“没关系的，我们把他留在这里就好了。”岳辰晴道，“这个定身符上有天雷破劫咒，就算再厉害的人，一时半会儿也破不了，动不得他的。”

墨熄却道：“不能把他单独留在这里。”

“可是天雷破戒咒很厉害，别人无法——”

“难防万一。”墨熄道，“你有没有别的法器，可以带着他走？”

岳辰晴想了一会儿，“啊”了一声，说道：“有的有的！你们等等！”他说着就开始在自己的乾坤囊里翻翻找找，找了一会儿，掏出一只小竹人。

慕容怜道：“这不是街头巷尾的毛孩儿互相砍着玩儿的小玩意儿？”

“道理一样，只不过这个是施了法的。”岳辰晴说着，把巴掌大的小竹人放在地上，口中嘟噜嘟噜地念了一串咒诀……毫无反应。

“呃，好像是记错了，我再试试，慕容大哥，羲和君，你们别急啊。”岳辰晴抓耳挠腮地，又换着念了好多次，就在慕容怜极度不悦地准备打断他时，忽然一道金光起，竹人拔地而起，从巴掌大的小玩偶，变成了等人高的竹武士。

岳辰晴笑道：“就是这样！”说着把动弹不得的顾茫架起来，圆眼睛望着墨熄和慕容怜，“来搭把手？”

慕容怜皮笑肉不笑道：“我不碰他。嫌脏。”

墨熄原本双手抱臂立在一边，这时走上前，面无表情地问：“做什么？”

“把他的四肢和竹武士的四肢固定在一起，竹武士身上有括机扣，瞧见了吗？”

墨熄照做了。顾茫虽然被定身符定着，不能自己动，也不能言语，但却很清楚地知道周围发生了什么，于是一双眼睛瞪着这两个搬弄他手脚的人，一会儿瞪墨熄，一会儿又瞪岳辰晴。

两人将顾茫绑在了竹武士上，岳辰晴最后用竹武士腰间的绳索在顾茫腰上缠了四五道。然后吹了声清哨，说道：“好啦，走两步看看？”

竹武士就开始嗒嗒嗒同手同脚地走路，顾茫因为和它绑在一起，所以也被带着嗒嗒嗒同手同脚地走路。

这本是非常精妙有趣儿的法器，换作其他人都会赞叹不已，可岳辰晴身边，一个是闷得要死的羲和君，一个是挑得要死的望舒君。

羲和君抱臂不说话，只看着。望舒君则哼了一声：“不过是岳府的雕虫小技而已。”抽了两口浮生若梦，呼出来，烟枪虚指着顾茫，“它除了走路还能做什么？”

“打架啊，一般的避闪啊，都能做到。”岳辰晴并不生气，依旧很得意的，“还能跳舞呢。”

慕容怜咬着烟嘴，眯着眼睛酝酿一会儿，说道：“那你让他跳一个看看？”

岳辰晴便又吹了一声哨子，竹武士果然开始一左一右地僵直摆动起来，而顾茫也逼不得已得跟着竹武士开始左晃晃，右晃晃，虽然憨态可掬，可是那双雪狼般的蓝眼睛却瞪得极为凶狠，看上去他如果能动的话，一定会把他们全都给咬死活撕了。

“它还能跳胡旋舞呢，只要——”

“行了。”墨熄打断他，“走吧。”

顿了顿，补上一句：“你给竹武士下个命令，让它跟在最后面。”

鬼影潜身的洞窟幽暗且极深，一个大山洞里还有诸多分岔，隔出好几方小洞天。三个人还有一个竹武士架着的顾茫，四个人慢慢往里头走着。幽静的洞穴中响起墨熄军靴嵌的铁片击地声，岳辰晴的脚步声，竹武士关节活动的嘎吱声。

只有慕容怜走路没声儿，他步履一贯轻盈，穿的又是最上乘的天蚕丝履，什么响动都没有。

慕容怜为此十分得意："你们走路的这动静，莫说是采花贼了，三岁的睡孩儿都能被吵醒。"

岳辰晴很是老实："那我走轻点儿。"

墨熄则冷冷道："你以为他不知道我们进了洞府内？这条道没有其他退路，这个洞窟又是他的据地，他只是藏在某处恢复耗损的灵力，等着我们过去罢了。"

岳辰晴墙头草："那我走响点儿。"

竹武士："嘎吱！嘎吱！"

墨熄说得不错，施展'梦里人'需要耗费大量的灵力，那个鬼影此刻就躲在某个洞窟内汇聚着元气。而随着他们越来越往山洞的腹地走，就能越多地发现此人在这里盘踞的痕迹。

主步道上有干涸的血块，一些刺出来的石笋上挂着衣物残片，这显然是之前那些被害死的修士，或者是那些被绑来的姑娘在被拖拽时挣扎着留下的，岳辰晴甚至还在某个石缝旮旯里瞧见了一只绣鞋。

那个采花贼为了拖延时间，在洞内设了好一些法咒，不过君上派的这三个人——墨熄战力强盛，有统率力。岳辰晴出身炼器世家，身上有许多出人意料的神奇玩意儿。慕容怜则长于幻术，并且略通疗愈。因此采花贼在洞里布下的玄机对他们而言都不是问题，他们很快就来到一座长长的溶洞石桥前。

"应当就在前面了。"墨熄往石桥尽头看了一眼。石桥那头似乎是一方较为空阔的大洞天，隐约有法术的幽幽碧光闪烁着。

不过因为这座"石桥"是天然溶洞寒石生出，虽然连接两头，但其实就是些从洞内深湖扎出的灵石，大小与距离都不同，并且十分湿滑。

墨熄看了一眼"桥"下，耸立的石柱约有百米，底部是潺潺的暗河。这种断桥对于他们而言过去都不是什么难事，只是……

他回头问岳辰晴："竹武士是否擅用轻功？"

岳辰晴摇头。

墨熄遂皱眉看着绑在竹武士上面一脸煞气的顾茫。

"不过好像可以下令让它僵尸跳，这些石桥的断裂处，应该都是能跳过去的。"

"……"

这是岳辰晴和墨熄驻军两年前就有的一个很大的矛盾点，副帅岳辰晴讲话很喜欢用"或许""好像""应该"，可是主帅墨熄一般只接受"肯定""必然""绝对"。

因此墨熄看了他一眼，没答应他的“僵尸跳”，只丢了一句：“你们自己跟过来。”便忽然单手拎住顾茫的衣襟，衣摆翻飞腾身而起。他力气极大，轻功底子又好，话音未落，人已如一只黑色纸鸢般飘飘摆摆地掠出丈外。

岳辰晴目瞪口呆：“哇……好身手……”

慕容怜冷笑道：“这有什么了不起的。”

四个人过了这数百步的溶洞石桥，墨熄把竹武士放在地上，也不去看顾茫一眼，对其他人道：“走吧。”

这里果然是这座偌大岩穴最后的洞天，石林石笋渐次交错，法术的碧色光辉正是从腹心的一簇石林里透出来的。

一行人正打算往里走，喜欢左顾右盼的岳辰晴忽然惊道：“你们看！那里有字！”

墨熄掌心中燃起一团火球，抬手挥去，让火球悬停在岳辰晴指的那个高耸的溶洞石坡上头。火光映照下，果见石壁题有好几行歪歪扭扭黑红的字迹，看上去竟似用鲜血写就——

“嫁山娘，夜哀哭，一根浮萍身，二根红颜薄，三根与郎永世错。

红褙子，金冠缅，一笑芳容惨，二笑血泪流，三笑过客不能走。”

岳辰晴喃喃地逐字念着，念完之后，还没来得及说话，忽听得身后传来一声轻柔的笑。

他猛地回头，毫无预兆蓦地撞上一张惨白无人色的脸！

“啊啊啊啊！”岳辰晴立刻惨叫起来，一蹦三尺高，打着滚往后闪。

他看清了，不知什么时候，有十余个披着红褙、戴着金冠的女尸从石笋石林的阴影里幽幽步出，而他刚刚就站在一根石笋柱子前，因此一回头就对上了其中一个的脸。

“墨墨墨墨帅！救，救命啊啊啊啊！”

岳辰晴虽然是个修士，却因为听多了志怪评书，异常地怕鬼，吓得鬼哭狼嚎老半天，想迈动自己两腿跑路，却因怕得厉害，扑通一声栽倒在了地上，眼睛瞪得滚圆滚圆，腮帮子一瘪，活像一只尖叫的土拨鼠。

女尸望着他，也不动，绣着金色凤蝶的衣袍随着洞内阴风飘飘摆摆。

岳辰晴喉头滚了好几下，脑袋里忽然灵光一现，失声道：“你，你不是……茶馆里的翠，翠姊姊吗？”

翠姑娘没有表情，死人的脸庞带着一种麻木的安宁。

过了一会儿，她忽然“嘻嘻”又笑了两声，紧接着直愣愣睁着的眼睛里便淌落了两行血泪。

一笑芳容惨，二笑血泪流，三笑……

岳辰晴想到绝壁上的那几行字，脑中嗡的一声，忙朝旁边已经和其他女尸打起来的墨熄惨叫道：“啊啊啊！羲和君！！快别让她笑第三下啊！不然她就不让我走啦！！！”

回应他的是慕容怜的一击烟枪敲头。原来慕容怜就在他身边不远处，因差点被岳辰晴的叫声刺穿耳膜，十分愤怒，举着烟嘴又狠狠敲了好几下，敲了一管子烟灰在岳辰晴头上。

他怒道："你个废物，自己不会打？不就是个僵尸？！"

"可是我，我……我怕鬼！！！"岳辰晴一边嚷着，居然一边毫无形象地抱住了慕容怜的大腿。

慕容怜："……"

而就在此时，翠姑娘咧开猩红的嘴角，开始发出第三次笑声："嘻……嘻……"

"嘻你个头！"

女鬼最后一声还没嘻完，慕容怜一杆烟枪毫不客气地捅进了她嘴里，然后低头对拽着他裤腿不放的岳辰晴怒道："抱我干什么，还不给我松手？！"

岳辰晴的魂都快散了，被慕容怜踹了好几脚才可怜巴巴地松开。

和李清浅女哭山伏鬼的传闻中一样，一群身着殷红衣裳、足踩金丝绣鞋的女人，惨笑着流着血泪，从暗处不断地冒出来。洞府里的女尸越聚越多，从昏暗处、石柱后，甚至是水潭里浮现。

墨熄和慕容怜各自对付一边，岳辰晴看他们越打越远，不禁有些想哭。

他颤声道："羲和君，慕容大哥，我该怎么办啊？"

他站着的这个地方此时虽然没有新尸冒出来，但周围地形复杂，谁知道有没有一双不怀好意的诡异血眼在暗处幽幽盯着他看。

然而事情往往就是这样，最不想发生的，反而最容易发生。"谁知道"一般都会变成现实。

就在岳辰晴刚刚冒出这个可怕念头之后，他忽然觉得后脖颈有些发毛，慢慢转头一看，只见得高处一个隐蔽的石柱后，露出半张惨白惨白、流着两行血泪的脸——

一个女人正趴在岩石后面盯着他看！

岳辰晴只觉得脑袋"嗡"的一声炸开了，人在最恐惧的时候叫的一般都是最信赖的人，所以他颤抖的两片嘴唇里滚出的词儿是："四……四四四舅！！"

他四舅不在，当然不会救他。

岳辰晴哆嗦完才想起这一节，哪怕他连喊"四舅救我"，洞穴里有的也只是没人性的慕容怜和墨熄，二者选其一。

他遂左右看了看，刚巧看见左边的墨熄长腿一踹，扫了一排女尸，顿觉天神降世，赶忙要颠颠地往他那里跑。

可就在这时，猫在岩洞后的女人夸张地弯起嘴角，露出森白牙齿。一笑芳容惨，二笑血泪流，她一边慢慢从岩石深处爬出来，一边惨然笑出第三声："嘻——"

三笑过客不能走！！

女尸的怨戾在这第三声笑后瞬间暴增，她眼珠翻动，霎时布满血丝，变得猩红，紧接着十指指甲噌地增长数倍。

她仰天唳啸，猛地朝岳辰晴袭去！！

“啊——”岳辰晴居然连反抗都不会了，他最怕穿红衣服绣花鞋的僵尸，看她扑近，不由惨叫起来，简直声泪俱下：“四舅啊！！”

就在这千钧一发之际，只听得“轰”的一声雷霆惊响，一道疾电落在岳辰晴面前，地上倏地爆开一串金红流光，燃起熊熊烈火！紧接着有个身影一跃，从天而降，在嘶嘶流光映照中，稳落于岳辰晴跟前。

这人侧过头，火光映现，那半张脸英气夺目，瞳仁潋着幽蓝的寒光。

顾茫？！

岳辰晴愣了一下，半晌后反应过来，不，不是的，是竹武士，是舅舅的竹武士来救他，顾茫只是被困在竹武士上不能动弹而已。还未等他想更多，竹武士抬手，武器格中突地伸出一柄玄铁刀，而后迅猛如电地朝那个龇牙咧嘴的女尸冲过去。

两方龙虎争斗，激战一团。

岳辰晴总算觉得自己不那么害怕，能动了，忙鼓劲儿喊道：“四舅加油！”

想想又觉得不对，又喊：“竹武士加油！”

可是没过一会儿，他又看到女尸的污血喷到顾茫的脸上，顾茫一脸杀气腾腾，似乎就算此刻不缚着他，他也能跟这女尸玩命，又喊：“顾……呃……顾茫加油！”

竹武士骁勇异常，在与女尸一次交锋结束后，蓦地后掠，继而横刀亮刃，腾空而起——只见唰的一道疾风闪过，它已朝女尸扑杀过去，污血一喷数尺！

女尸僵了僵，扑通一声，颓然倒地。

岳辰晴：“……哇，太恶心……”

竹武士削完了女尸，似犹不尽兴，举着滴血的长刀，噔噔朝岳辰晴迈近。唰地指向了岳辰晴的喉咙。

岳辰晴：“……大兄弟……哦不对，四舅……呃，或者顾茫？”换了几种称呼都觉得不妥，只得干脆不称呼，他小心翼翼地摆摆手，“这个刀子指错啦，我不是女鬼，别打我……”

顾茫那双蓝幽幽的眼睛垂下来，俯视着他。

过了片刻，刀刃一转，还滴着尸血的刀身，教训小辈似的，不轻不重地拍了拍岳辰晴的脸。

就在这时，一道劲风忽从高处掠下，红衣摆过眼前，岳辰晴一惊，还没来得及说什么，就被竹武士一巴掌推开！

“噗”的一声，岳辰晴躲过了，但绑在竹武士身上的顾茫，却被女鬼抓破了脸。

顾茫不能动，也不能说话，但是看他的眼神就知道他已明显被触怒了。雪狼眼睛闪着狠光，猩红顺着他颊侧的创口流下。

而那个偷袭成功的女尸，她还在原处龇牙咧嘴着，似乎为自己的得手而感到万分喜悦。可她得意了没多久，像是感觉到了什么，忽然低头盯着自己沾着鲜血的右手看，呆住了。

不出片刻，她的五官开始扭曲，变得极度惊恐，极度惶然，然后她便开始叫，捧着自己的手，朝着顾茫发出“啊啊啊”的含糊不清的低嗥。

看样子，她竟是在哀求顾茫什么？！

岳辰晴还没来得及为这一幕而感到惊异，更令人吃惊的下一幕便出现了。那女尸见顾茫没有反应，忽然扑通一声跪在地上，伸出另一只手的利爪，居然将自己的右手生生折断！

“我……的……天……”岳辰晴都不知自己该恶心还是该震惊了。

可那女尸更绝，居然哆嗦着用独手抓起地上那一只断臂向顾茫递上去，完全是在自罚请求宽赦的样子，口中还不停地发出“啊啊”的呜咽声。

顾茫的蓝眼睛转动，盯着那只血淋淋的断臂看了一会儿。不知是不是岳辰晴的错觉，他眼瞳的色泽忽然变得愈发浅淡。

“咦？怎么有风……”岳辰晴愣了一下，“起风了？”

风从竹武士脚底而起，也就是从顾茫足下而起，像涟漪一样泛开去。顾茫的眼神虽然狠戾，但杀气并非十分深重，那风便也不强，只是所过之处，那些女尸纷纷呆住，待她们反应过来后，便尖叫发抖，摇晃着渐次跪落于地，俯首不动。

只是一转瞬，尸首们竟已朝着顾茫跪作一片。

如此转折，岳辰晴完全没有反应过来，慕容怜更是瞪大了眼睛。墨熄脸色也不好，却不是在看女尸们，而是看着顾茫的脸——

能让尸群害怕的，往往只有比它们更高阶的僵尸、厉鬼，或者怨灵。可现在这些惨死的女人却纷纷朝顾茫拜伏，甚至还一齐发出低叫，向他发出再明显不过的求饶的声音……这是因为什么？

难道只是单纯地因为顾茫体内有大量邪气吗？

顾茫似乎很烦躁，蓝眼珠转动着，虽然没吭声，但是风的方向却变了，女尸们发出起伏不定的尖叫声，一个个体内冒出黑气，竟全都朝着顾茫的心脏位置聚拢。

他竟在吸她们的邪气？！

随着越来越多的邪气被顾茫掠夺，女尸们像濒死的鱼一般抽搐着，继而接二连三颓然倒下，怨邪离体，便成了一些再普通不过的尸首。她们之中，有的已死了许多时日，没了怨邪之后就迅速腐烂凋零，变成一具具发黑发臭的腐尸，有的则刚被杀害没多久，还能看出生前的娇美。

岳辰晴忍着恶心看了一眼离得最近的那一具，好像就是青楼里失踪的那个玉娘……

慕容怜见此情形，忽然大步上前，一把掐住顾茫的脖颈，咬牙切齿道：“我就知道……你就是个骗子！你跟那个逃走的燎国人果然是串通好的！你捣什么鬼？！”

可顾茫吞噬了那么多女尸的邪气，此时似是野兽餍足，直接脑袋一歪，居然在竹武士上闭着眼睛就这么昏睡了过去，完全没有意识到他在怒些什么。

“你！”慕容怜更怒，手上力道正欲加重，却被制住。他蓦地扭过头，看到昏幽溶洞中墨熄的脸。

墨熄握着慕容怜的手，没吭声，将慕容怜的手慢慢地放下来。他看上去很客气，没有讲任何不该讲的话，但只有慕容怜知道他用的力气有多大，几乎快隔着血肉，把自己的骨头捏碎。

慕容怜阴鸷道：“你干什么？”

“放开他。”

慕容怜，低喝：“他是同谋！”

墨熄道：“他不是。”

“不是？！怎么不是？你没看到他流一滴血就能让女尸自断手臂，你没看到他一个眼神就能让她们全都下跪？！你没看到他动一动筋骨就可以将她们的尸气全部据为己有吗？！”

墨熄怒道：“如果他真的明白该怎么操控她们，还和那个燎人是一伙儿的，你现在还能这么好端端地站在这里？！”

慕容怜被他一堵，瞬间说不出话来，可他又想说，于是憋得一张苍白怨怒的脸慢慢涨得通红。

半晌道：“好……呵呵，你有理，你替他辩白。我看你根本就不记得他从前都做过些什么事情，不记得他有多狡诈，多会……多会……”最后两个字狠狠地啐出来，“骗人！”

“他是怎么样的人。”墨熄道，“用不着你来提醒我。”

“不用我提醒你？”慕容怜哈哈笑出声来，笑到最后，脸上的神情几乎可以算作是扭曲，“就算是我提醒你，你都已经听不进去了！你还敢说你自己没有私心——好一个羲和君，你就护着他吧……我看你怕是已经忘了你爹是怎么死的！”

墨熄白皙的脸上瞬间没了血色，他几乎是狠狠地将目光刺向慕容怜。

慕容怜却觉得痛快极了——没人敢触墨熄的这块痛处，没人敢再跟墨熄深提他父亲当年的具体死因。可他偏偏就敢提，他偏偏就能提，他吃准了墨熄是个平日里脾气暴躁的人，可在大事面前却比谁都清醒。

于是他呵呵地笑着，雪狐一般桃花三白眼瞥过顾茫，又落回到墨熄英俊的脸庞上。他抬起下巴尖，轻声道：“羲和君高义，兄弟情深。我祝愿你，早日步上令尊大人的后尘。”

墨熄的怒焰似乎已在一瞬到了顶峰，但确实如慕容怜所料，他并不是那种轻易脑袋发热拎不清轻重的人。他盯着慕容怜的眼睛看了一会儿，抬手一掌将他推开，军靴和军刀铿然，已头也不回地朝溶洞深处走去。

“慕容大哥，你……你……唉。”岳辰晴在旁边看到这一幕，简直是无语，他也不想和慕容怜多说话了，带着竹武士，嗒嗒嗒地去追墨熄的背影，“羲和君，等等我，你一个人危险啊……”

脚步声在洞穴中回荡着。

慕容怜在原处，仰起头，望着洞内无尽的黑暗，闭了闭眼睛，嘴角露出残酷而嘲讽的冷笑。然后也慢慢地跟了过去。

他们来到绿光浮现的地方，在那里停下。

这是山洞里最后一个大窟，隐在一片石林的后面。那绿光一明一暗，原来是一道布在洞窟入口前的防护结界。

墨熄只看了一眼，便说：“拒神阵。”

九州大陆大部分国家，修的都是正道仙法，起的名字一般都是“拒魔”“拒鬼”“拒邪”，能管守御阵叫“拒神”的，那么不用说，八成是燎国。

“难破吗？”

“不难。”墨熄道，“但要时间。”

拒神阵的解咒确实非常长，而且复杂，墨熄抬起束着护腕的左手，阖了眼睛，默念于心。绿光在他的手掌之下一点一点地减弱，光阵慢慢地消失……

随着仅剩的一点光芒消失，洞窟内传来一声轻笑，那个鬼影的声音从最深处传来：“既然破了最后一重关……”

顿了顿，森然道：“那么三位神君，就请进吧。”

第 9 章

洞内寒气深重，弥漫着一股脂粉的异香，还有尸水的臭味，混织在一起。可与这般阴森情形相对的，却是洞府深处的一堆大红软垫，彩蝶金帐。

帐帘深处，一个衣不蔽体的女人正蜷缩着哀哀恸哭。她的神智已经很不清醒了，连洞里进了其他人也没有半点反应。

岳辰晴吓了一跳："这采花贼怎么是个女的？"

就在岳辰晴说完这句话后，那堆松软的红枕软褥里猛然伸出一只手，狠勒住那姑娘！她还没来得及尖叫，就被那只手拽入其中，紧接着，一个肤色苍白的男人狠狠咬住那姑娘的嘴唇。

只在眨眼间，那姑娘的魂魄就像被吸走似的，手绵软地垂下来，茫然大睁着眼睛，死了……

男人吸了魂魄，而后抬起了头——这个人长着一张清癯的脸，眼睛秀长，颊骨处微有凹陷，乌黑的长发垂了几缕在脸庞边，显得瘦削非常。

他才是那个真正的"采花贼"。

片刻沉默，墨熄道："……是你。"

男人舔着湿润的嘴唇，笑道："羲和君见过我？"

"见过。"

他们见过的。

很多年前，在北境的战场上，墨熄孤身入危境，被燎国驯养的魔狼围堵，一时无法脱身。而那时一名年轻的青衣修士仗剑而至，一段剑法空灵绝妙，与素昧平生的墨熄合力将那数千头魔狼击退。

青衣修士临走时，墨熄曾想挽留答谢于他，可是那名修士只是回头莞尔，眉眼温柔，束发的青带在风里猎猎飘飞。

"路过相助，举手之劳。"

他脸上笑痕淡浅，"军爷又何必挂怀呢。"

皓然初雪，清正剑师。——那是墨熄曾经亲眼见过的李清浅。

因此虽然红颜楼血案后，尸体身上发现了不少断水剑法的痕迹，但在没有见到他本尊前，墨熄仍是不能确定。

慕容怜则是在英雄志上看到过李清浅的画像，此时显然也将他认了出来，惊了一下，厉声道："怎么是你？"

"不然你以为是谁。"李清浅起身，把兰姑娘那具软绵绵的尸首随意踢到一边，颇为嘲讽地，"难道还是那个落跑的厨子吗。"

他冷笑道："那废物不过是我手中的一粒棋子。他要是有我一半本事，还会被你关上那么多年？"

要论阴阳怪气，慕容怜绝不服输。慕容怜惊异过后，唇角嘲讽勾起，说道："呵呵，那就怪了，断水剑李清浅可是名动天下的云野高人，素有清名在身。今日一见，原来不过是个喜欢吸人精血的采花贼。真是令本王大开眼界，厉害，厉害。"

可谁知这句话说出来，李清浅还没接口，旁边的岳辰晴忽然愣了一下，道："不对啊！"

"什么不对？"

岳辰晴道："他不是李清浅啊。他，他明明是个……"

他犹豫了一下，似乎也并不那么确定自己的判断，但最后还是说："他不是活人，他只是一个剑灵啊！"

此言一出，李清浅脸上的浅笑忽然凝住了。他慢慢地转动眼珠，目光落到了岳辰晴身上。此时面上的笑意尚未全褪，眼底的凶狠却已剑拔弩张。

岳辰晴不由得有些发怵，挪着脚步往墨熄身后躲。李清浅却咧开嘴唇，森然笑了："这位小兄弟真人不露相，请教尊姓大名？"

"我我我叫岳……"

"你回答他干什么！"墨熄抬起长腿猛踹了他一脚，怒道，"你以为你还是学宫弟子，有问必答？！"

岳辰晴拨浪鼓般摇头，忙开口："我不叫岳——"

李清浅仰头，敞着鲜红的衣襟，哈哈笑出声来，打断了他："行了。我只知道你姓岳就够了。重华岳家乃是九州二十八国中数一数二的炼器世家，难怪望舒羲和两位神君都没看出来的端倪，倒被你一个小鬼给瞧真切了。"

岳辰晴在战场上喜欢躲后面，这时候山洞里就三个人加一只竹武士，他忽然被聚焦，不免十分忐忑，状如鹌鹑地瑟缩着。

"我我我……"

墨熄踹归踹，踹完之后还是把岳辰晴拉回来，护在身后，侧脸问道："在酒肆和你交手的就是他？"

“是，是的……”

“当时怎么没有辨出是剑灵？”

“当时我也只是觉得他身上有股熟悉的味道……”岳辰晴喃喃，“羲和君你还记得吗？我和你说过的。现在想起来那就是剑灵之气，只不过……”

“只不过那时我刻意压制。”李清浅接过他的话头，冷笑道，“加上这位岳小公子与我只拆了几招而已。他又年轻，想来岳家的炼器鉴器的手段都不曾掌握齐全。所以才一时想不出个答案。”

他顿了顿，舔了舔唇，说：“不过岳小公子啊，我觉得你家长辈最需要教你的并不是炼器。而是另一件事。”

岳辰晴呆呆地：“啊？”

“那就是有的事情哪怕知道，最好也要装作……”话未完，人已腾空而起，召来一柄铁剑，朝着岳辰晴直刺而去，口中咬出最后三个字来，“不知道！”

眼见着剑锋袭近，岳辰晴惨叫道：“羲和君救命啊！”

墨熄一把将岳辰晴推给慕容怜，自己迎身而上，红光一闪，率然已幻作长刃，与李清浅铮地撞到一起。

剑灵、剑灵……原来如此！

难怪那些尸身上的创口会是邪气所致，也会有寻常兵刃所致。厉鬼一般是不会用兵刃伤人的，也不会保有太清醒的意识，不可能在墙壁上题字。而如果是剑灵，那么一切就说得通了。

九州大陆有些炼器师为了使得武器愈发强悍机变，除了一般的附灵之外，还会以活人祭剑。然而这种方法太过残暴，以重华为首的二十个国度都在很早前就废止了这种淬剑法，如今此法用得最多的，主要还是燎国。

魂魄入兵刃，或于岁月长河中陷入永眠，再也不醒；或执念难散，慢慢能重新聚化人形。而重新化人的剑灵几乎可以说是与活人容貌举止无异，只是身上邪气浓郁。由于维持化形需要大量的灵力，如果自身修为不够，就会像李清浅一样，只能靠吸取弱者的魂灵来达到自己的目的。

这种化形的剑灵往往十分强悍，一招一式更胜从前。但他们也有一个非常致命的弱点——这也正是李清浅被岳辰晴点破之后如此恼怒，并且亟欲将岳辰晴杀死的原因——

他们的本体不能落入敌人手里。

也就是说，只要得到剑灵本身的载体武器，或封印，或销毁，那么就算剑灵再强大，也只能束手就擒！

慕容怜显然也想到了这一节，他趁着墨熄和剑灵正在缠斗，把岳辰晴拽到一边，问他：“你说这个李清浅是剑灵，那你有没有法子将他的本体找出来？”

“我试试！”岳辰晴说着便闭上眼睛，双手结出一个阵印，过了一会儿，他睁开眸子，有些呆滞地转头看向慕容怜。

慕容怜奇道："你这么看我干吗？"

岳辰晴有些无法相信地说："慕容大哥……他的本体……他的本体就在你身上！"

"你胡说什么！"一杆烟枪砰地就敲在了岳辰晴脑门，慕容怜怒道，"你敢说我和燎国走狗是一伙儿的？"

"我没有我没有！我只是说他的本体在，在——"

"不在我身上！"

"好的……"

慕容怜没好气地摁着他的头："再试！"

岳辰晴只得再试，可试了三四次，最终都睁开眼睛，连话都不敢说，委屈巴巴地盯着慕容怜看。慕容怜的脸都有些青了，嘴唇嗫嚅着，想抽口浮生若梦平和心气，却想到自己大战女尸时曾拿烟枪捅过女尸的嘴，顿觉恶心，于是把烟枪在岳辰晴衣服上来回擦了好多遍。

擦着擦着，忽然想到了什么，他神情一僵，手上的动作逐渐缓了下来。

"慢着。"他沉吟道，"确实是……有可能在我身上。"

他说完，看了剑气破云的李清浅和墨熄一眼，见李清浅一时半会儿根本无法越过墨熄来到他们这里，便忙拉了岳辰晴，想拐到山石后面的隐蔽处去。李清浅并不傻，余光瞥见他们的动作，哼了一声就躲过剑锋，试图追击。

可掠出不过数丈，就听得身后墨熄沉冷的声音："率然，化灵！"

李清浅心中一惊，听得身后爆裂之声，红光映得整个石洞犹如火海，一条足有三人高的灵蛇从烈红中疾掠而出，猛地冲向李清浅，拦住他的去路。李清浅回头怒道："墨熄你别太过分了！你与姓顾的那些未断私交，别人不清楚，我却清楚得很！你回来之后做了什么我也都知道！你要再拦着我，我定把你的清名毁灭殆尽！"

却不料墨熄只是冷冷看了他一眼，手中持着与率然之灵相互呼应的皮鞭，空抽一下，吐出一个字来："上。"

率然朝李清浅猛扑过去。

竹武士嗒嗒嗒跑来跑去也想帮忙，墨熄看了一眼还绑在上面沉睡的顾茫，抬手一挥，落下一道防护结界，将他笼在其中。

竹武士："嗒嗒嗒！阿嗒！！"

墨熄道："待在里面别动。"

竹武士似乎在为自己不能出一份力而感到沮丧，脑袋耷拉下去，连带着顾茫的脑袋也耷拉下去。过了一会儿，它张开双手，无精打采地站直了腰杆，开始做稻草人状。

石林之后，岳辰晴蹲在地上，正目瞪口呆地看着眼前的一堆微缩的武器，指甲盖儿大的刀剑棍鞭，什么都有，哗啦啦全都从慕容怜的乾坤囊里抖出来。

“这些是从落梅别苑的俘虏那里收缴来的。”慕容怜道，“它们的主人虽然被废去了灵核，但是兵刃却未必肯甘心易主，怨气很大。”

岳辰晴惊道：“慕容大哥，你把这么多无主的神兵利器带在身边是很危险的，万一它们化灵，那就大事不好了！”

慕容怜白了他一眼，把他的好心全当驴肝肺：“我又不是傻子。这个乾坤囊是你太祖父生前做的，上有他的封印，别说几百把武器了，就算上千把也一样承受得住。何况，我早已让你爹把所有这些武器的灵体抽出来，镇压在落梅别苑的清泉池里，还在池水中养了七七四十九条镇灵金鲤。更别说落梅别苑本身设有防止恶灵逃窜的结界，一般……”

他说到这里，忽然顿住了。

而后像是想到了什么，脸色慢慢地差下去，喃喃道：“我明白了……”

“慕容大哥你明白了什么？”

慕容怜道：“我明白剑灵李清浅是怎么从落梅别苑逃出去的了。”慕容怜咬牙，“你还记得当初我罚顾茫关了一月禁闭吗？”

“记得，可这有什么关系？”

“如果一个人在气虚体弱时，接近清泉池是有可能被邪灵夺舍的。”慕容怜道，“顾茫饿了，所以蹲在池边，还用手去捞那些鱼。”

“哎？这种事情慕容大哥怎么会知道？”

“落梅别苑就没有我不知道的事。”慕容怜咳了一声，继续道，“顾茫捞鱼的举动，引起了池中镇压着的李清浅剑灵的注意，于是李清浅暂附在了他的身上……”

岳辰晴啊了一声：“然后李清浅催动顾茫心里的邪气，让他暴走了？”

“不。”慕容怜道，“他那时候还没有这个能耐。他也非常虚弱，无法夺舍顾茫太久，他能长期侵占的，必须是最羸弱的奄奄一息的身体，而顾茫只是饿而已。”

他顿了顿，眯起眼睛：“所以李清浅用这唯一的一点时间，去做了一件事。”

“什么事？”

慕容怜道：“他重伤了一个人。”

“啊，那个厨子！”

“正是。”慕容怜阴恻恻道，“李清浅驱使顾茫，用剑阵打伤了那个燎国厨子，伤而不死，这样他就有了可以长期附体的对象。然后他再找准时机，催动顾茫心中的邪气，促成他暴走击碎结界。自己则以厨子的身体，在一片混乱中跑了出去。”

岳辰晴道：“那他那么了解顾茫，还能催动顾茫的邪气，一定是燎国人！”

“李清浅本人并不是燎国人，不过，他如今已不知因何缘故变成了一个剑灵，那么想来确实就是燎国修士的武器。”慕容怜停顿片刻，补上一句，“而且还应该是个高阶修士的武器。”

他说完，低下头来，用烟枪随意拨了两下那些缩小的兵刃，问岳辰晴：“你看看，能不能判出他的真身是哪一把？”

这倒不难，算是岳家传人的基本功，岳辰晴只闭着眼睛感知了一会儿，就倏地睁开眼睛，伸手拿起了其中一柄缩得小小的剑：“是这把！”

“好。”慕容怜于是将这柄蚕豆大小的剑拿过来，放在掌心里，口中默念咒诀，只见得掌心中一道光华起，蚕豆大小的剑瞬间变成了一把纹有饕餮纹、通体如碧水流光的薄透轻剑。剑身上以小篆刻着“红芍”二字。

“咦？明明是柄碧色的剑，怎么取个名字叫红芍？”岳辰晴奇怪道，“何况这两个字一看就是有人殉剑之后，由剑灵自己化出的烙印，李清浅殉剑，不叫清浅剑，不叫断水剑，为什么叫红芍剑？”

慕容怜道：“你别管为什么，先把这柄剑给我彻底毁掉。”

“毁毁毁剑？”岳辰晴被骇住了，慌忙摇头道：“不行，这个太难了，瓦解附灵武器是岳家的高阶法术，我用不好的！”

慕容怜暗骂一声，问：“那你回岳府一趟，找个能毁剑的人来，要多久？”

“没有这个人啊！”岳辰晴道，“这个法术太危险，我爹轻易不传人的，他自己现在又不在帝都……”

“那你伯父呢？”

“他不会啊！”

“你四舅呢？！”

岳辰晴委屈了：“你又不是不知道他，他从来不搭理我，哪怕他在帝都，我也不清楚他人会去哪里……”

慕容怜怒道：“啰里啰唆，推三阻四，说了半天，还不就只剩你这个废物！那就你来！”

书到用时方恨少，眼下这局面，李清浅已经被识破了剑灵身份，此刻会不会让他们走都是个问题，就算真的让他们逃了，若无法马上销毁这柄红芍剑，逃也白逃。

岳辰晴只得苦着脸道：“……好，那我就试试。可我万一失败了，你能不能……”

慕容怜阴冷地说：“你放心，你要是失败了，我一定把你的肠子都掏出来。”

岳辰晴：“……”

诚如岳辰晴所说，毁掉一柄普通武器并不是什么难事，找个能胸口碎大石的汉子用力一拗也就完事儿了，难的是毁掉一柄附灵的武器。岳辰晴咬破自己的手指，把红芍剑放在地上，然后在剑身周围开始画符。那符咒实在太过复杂，他记得又不太清楚，反复修了好几次，弄得慕容怜极不耐烦。

“好了没有啊？”

“你别催我啊，你越催，我越错。”

“你快点，我要回去抽烟！”

烟瘾上来了，慕容怜低头看了自己的烟枪一眼，瞥见没有擦干净的僵尸污血，不禁愈发恶心，闭了眼靠在一边。

“好了好了！我画好了！这回总没错了！”岳辰晴大叫起来，忙盘坐了双腿，在血阵前阖目结印。

慕容怜忍着胸口翻涌的烦腻，眯眼看着这少年有模有样地开始吟唱施咒，随着他口中的经文诵出，地上的光阵发出柔和的白光，似乎有丝丝缕缕的仙气将红芍剑包裹。

“君血入鼎炉，君骸铸剑身。”

光芒逐渐变亮，红芍剑开始在阵法内发出鸣叫，微微颤抖。

“匣中三尺水，曾为梦里人。”

山洞内，李清浅显然也感觉到了这边的异状，他蓦地回头，剑眉怒竖，咬牙道：“那个岳家的小鬼坏我大事！！”

欲向那边飞袭，却被墨熄横剑阻挡。李清浅愈发狂怒：“你给我让开！”

手中的断水剑法已舞成残影，却总也脱不了身。只听得铮铮金属鸣响，花火在这幽暗的洞中四下飞溅。

李清浅情急之下，蓦地仰头啸叫，胸口爆出大团黑色瘴气。黑气在他掌中凝成一道嘶嘶作响的灵符，迅速朝顾茫打去！

那灵符是燎国最高阶的唤魔符，整个燎国上下会使用的人不出十位，但见符咒在半空便散作数百支魔气缭绕的飞箭，齐刷刷射向顾茫！眼见着即将刺穿结界，墨熄飞身掠至顾茫身前，率然剑竖立，剑锋一侧，光照眉目。

墨熄厉声喝道：“莲华蛇阵，开！”

霎时间率然剑在他手中裂变出数千道红色光影，像千叶莲花般倏然绽放，每一道率然剑的残影落地后都化作鳞甲流光的蛇形，扑杀入空，霎时便将李清浅射出的符咒撕咬毁尽！

可谁知就在这时，李清浅本人竟疾掠到顾茫身后，凝浑身之剑气，猛地将防护结界劈开一道口子！墨熄立时回身抬腿侧踢，李清浅被当胸踢中，口吐污血，却竭力在最后一刻将手中捏着的一张唤魔符狠狠打入顾茫胸腔——

被唤的人倏地睁开了透蓝的眼睛！体内的邪气骤然暴增。

墨熄一惊：“顾茫……”

“君血入鼎炉，君骸铸剑身。匣中三尺水，曾为梦里人……”另一边，岳辰晴的咒诀犹如一道魔咒，在李清浅周围环绕着。

李清浅喘息着，面色变得愈发透白，却还是捂着胸口，歪歪斜斜地站起来，仰头大笑。

“哈哈哈，就算你们用了再厉害的手段压制他。”李清浅喘道，“都敌不过燎国唤魔咒对他的掌控！”他咽了口血沫，双眼血红地喝道，“顾茫，出来！！”

砰的一声爆响，顾茫臂腕上青筋暴起，竹武士的捆仙索被根根挣脱！紧接着他的额心蹿起一团黑气，竟将岳辰晴贴的镇压符咒生生焚为灰烬……顾茫抬起幽蓝的狼眼，抬手，猛地将缠在自己腰间的最后一道、也是最粗的一道绳索一扯而断！大步向李清浅走近，跪在李清浅面前。

“听凭吩咐。”

李清浅咬牙，指着墨熄：“你给我杀了他！”

“是。”

唤魔符对施咒人的损耗极为可怖，所以李清浅之前操纵顾茫用的都是普通的邪气唤醒术，可此时千钧一发，哪怕代价再大，李清浅也只能把这最后一搏放在顾茫身上。顾茫果然浑身都为邪气叠覆，眼中的蓝色几乎亮得有些发白，一道足有十人高的狼头图腾火焰在他身后蓦地升起。

竹武士：“阿嗒！”

顾茫只是手一抬，甚至都没有动一下指尖，试图袭击他的竹武士就被击出丈外，猛地撞在石壁上。

顾茫蓝色眼瞳里映着墨熄的身影，顿了顿，干巴巴地重复指令：“杀了你。”

猛地朝他袭去！

李清浅趁着墨熄被顾茫缠住，趁机向石林后面疾行。因为急怒攻心，他的脸庞变得极度扭曲，看样子似乎是打算咔嚓拧断岳辰晴的脖子血溅三尺。这番动静，慕容怜自然也觉察了，他虽然不是李清浅的对手，可李清浅毕竟损耗过大，已是强弩之末，因此倒也并非不可一战。

慕容怜对岳辰晴道：“你快点，我来拖住他！”

说罢从石林后面闪身，一道水鬼符猛地拍出去，化作一只只水鬼从地面蹿出，与李清浅厮打在一起。

“君魂葬寒铁，我欲为冥灯。”

岳辰晴口中的咒诀已近尾声，红芍剑的剑体内开始流出大量的黑水，散落在血阵周围。相对的，李清浅一剑荡开汹涌的小鬼，径直向慕容怜挑去，剑势本来凌厉惊人，却在这时蓦地颤抖，反被率然尖击中手腕，佩剑跌落在地。

一个剑灵无论再强，若是本体被毁，便会立刻湮灭。李清浅自然知道其中利害关系，他先前靠着修士的血肉增强修为，几次回到重华，无非也就是想找机会把自己的本体从慕容怜身上夺回来。可是慕容怜周围的戒备太严了，他根本无法近身，加上红芍剑被封印，就算他吸再多的魂，也无法人剑同心，施展出真正的法力。

所以他才用魔咒把顾茫从牢狱里诱出来，为的就是让顾茫能为己用，夺回红芍剑。

可谁知……千算万算，竟没算到羲和君在顾茫身上烙了追踪印，能那么快就追过来……

李清浅的双目赤红，胸口不住地剧烈起伏，口中发出怒吼："我不能死，谁也不能阻我！谁也休想！"

如此颠来倒去吼了三五遍，灵体却是再也支持不住，颓然跪倒在地上，以手撑地。为什么来的这三个人中，偏偏有一个是炼器世家的传人？这当真是，当真是……

李清浅想着想着，忽然癫狂地笑出声来，说不出的扭曲与愤恨。

想来无论为善为恶，坚守正道或堕入魔窟，苍天竟都不曾厚待他过——什么我命由我不由天？他如此挣扎，又做成了何事？可笑！可笑！心中一戾，眼看着远处的红芍剑在岳辰晴手掌下痛苦震颤，这些年的挣扎沉沦，血水浴身……不禁一一浮上心头。

他陡地升起一股强烈的不甘，喝道："顾茫！！过来夺剑！！"

外边与墨熄激斗的顾茫听到了这几乎响彻整个山洞的呼喝，蓝眼珠一动，欲向李清浅掠去。可是墨熄一把擒住他的肩膀，把他按住。

"我夺剑。"顾茫蓦地回头，冷冷道，"不要你。"

意思是他现在的任务变了，变成了夺剑，而不是要杀掉墨熄。

见墨熄仍不放开，他眼神愈发凶悍，语气愈硬："我不要你。"

墨熄简直不想看他这张脸，一巴掌盖过去怒道："要不要由你说吗？！"

"松手。"

"不要我要夺剑是吧？"

顾茫道："是。"

他那铿锵顿挫的样子更让墨熄怒火中烧，墨熄气道："命令不是杀了我？杀完了我才能去夺剑！"

蓝眼睛一蒙，好像是的？

被唤魔咒控制的人虽然听从吩咐，但却难有任何分辨之力。因此燎国那几个善用此道的人往往都很清楚该怎么表述命令，一般都会有明确的命令开始与命令结束。但是李清浅显然是偷学的，他并不知道最正确的操控方式。

所以顾茫虽然强，但是顾茫晕了。他那双雪狼眼盯着墨熄来回扫了好几遍，似乎在评判墨熄说得对不对，掂量眼前这个人够不够自己啃的。

然后他下了个结论："行。先要你，再要剑。"

魔刃出鞘，凶狠迅猛地朝墨熄袭来，那双长腿又狠又准，高抬而起，猛地向墨熄踹去。

可顾茫的邪气再是恢复，灵核也终究是破碎的，更何况他的体术，一招一式，墨熄都是那么熟悉……

因此顾茫侧身抬腿踹人，人没踹到，墨熄却侧了身子，抬手握住了他的脚踝，黑眼睛睨过去，又毫不意外地接住了顾茫掷来的飞刀，手上灵力一炽，薄刃瞬间化作点点残片。

顾茫还没来得及有任何反应，就觉得眼前一阵旋转，整个人已被墨熄撂翻在地。

墨熄是重华最了解燎国的人，恐怕也是除了姜药师外唯一会解“唤魔咒”的人，他压制着狠命扭动负隅顽抗的顾茫，俯身看着他不安乱转的蓝眼睛。

“要你。”

顾茫脸都被他掐红了，还是咬牙切齿地挤出他的坚持。

墨熄看着顾茫一边挣扎，一边凶狠却又无助地盯着自己的样子，没来由地气闷，于是一把捂住了他的嘴，咬牙切齿道：“老实点，我给你解咒。”

顾茫在他身下狂怒又暴躁，甚至试图去咬墨熄的手指，挣扎道：“会痛。”

墨熄盯着他的眼睛。吐出两个字来：“忍着。”

正如墨熄所说，“唤魔咒”的解咒异常痛苦，似要把几千根带刺的荆棘从对方的血肉中生生拔出。

顾茫一开始还头很硬地不吭声，可墨熄念咒念到了中期，他就渐渐有些受不住了，紧绷的身子开始发抖，到最后，眼泪大颗大颗地从眼尾滚下来，哆哆嗦嗦地流到鬓发里。

他的眼睛哭红了，嘴却仍被墨熄的手捂着，发不出声，很快汗水就湿透了他的衣衫，他眼神涣散混乱，映着墨熄的脸庞。一眨，倒影碎了，成了湿红眼角的泪。

墨熄几乎要用全力才能按住他不让他暴起疯狂。

真痛，入骨入髓……

他眼睫颤抖的样子映入眼帘，墨熄竟忽有些令自己心惊的不忍，手上的力道不由得微微松了些。就这一瞬，顾茫猛地挣开他捂着自己的手，把头偏开去，喘息着，狂乱地发出“啊啊”的哭叫，声音嘶哑又可怜。

与那硬朗的体魄不一样，这个男人哭喊的时候，嗓音细弱。

其实以前，顾茫也这样哭过。只是别人都不知道，只有墨熄见过。从前顾茫在战场受了伤中了毒，发了高烧，墨熄在他迷迷糊糊间给他拔毒的时候，就见过他羸弱的一面。

墨熄低声道：“咬着我。”

顾茫听不进了，他根本听不见墨熄在说什么，墨熄深吸一口气，勉强压下自己胸腔中的意难平，俯身过去。

这个角度，以顾茫的习惯，是会咬住他的肩膀的，他知道。顾茫的虎牙太尖了，留下的疤痕，那么多年都没消失，或许一辈子都不会再淡去。

墨熄在心中道，老位置，你咬吧。又狠心把解咒念下去。

短暂的缓解后又是更深的痛苦，顾茫身子猛地一跳一绷，沙哑地“啊”了一声……崩溃与狂躁间，本能地就张开嘴，狠狠咬住了墨熄的肩膀……

解咒越到最后，痛感愈强。

念至终结处，顾茫连咬他肩膀都无法承受了。他猛地松开嘴，仰头大口大口喘息着，一张脸上全是汗珠淌落，眼睛湿润得像是风雨中的深海。

“痛……”

他终于出声了。

这是墨熄回国，他们重逢以来，顾茫第一次这样不可自制情绪满盈地表达着自己。

“我……痛……”

墨熄的心都抽紧了，那颗曾经被刺伤过的，再也不复从前的心脏，在胸腔之中剧烈地跳动着，刺痛着。他看着顾茫的眼睛，顾茫整个人都已经崩溃了。

他忽然有种不可遏制的冲动，想要像以前，像什么不可挽回的事情都还没发生的时候那样，跟他说，没事的，我陪着你……却又猛地想起昨日种种早已不可回头，再想起慕容怜他们就在一石壁之隔的地方，不尽快解掉顾茫的唤魔咒，一切只会愈发难以收拾。他猛地警醒，侧开脸去，闭了闭眼睛，继续将解咒念下去。

最后一点……只有最后一点……墨熄闭上眼，心道，就一次，就这一次，不去想顾茫曾经如何背弃自己，不去管别人看见了会怎么想。他由着顾茫咬着他，摸着顾茫的头发，轻声哄道：“好了，好了，都过去了……都过去了……”

痛过去了，如果这几年的恩仇也能一笔勾销，横在他们之间的鸿沟也能和痛一样过去，那该多好。

要是世间一切苦楚都能过去，该多好。

解了咒的顾茫昏沉睡去，墨熄起身，把竹武士唤过来，让它好生看着他，然后把率然化成灵蛇，也留下来镇守。自己则走到石壁后面，去帮着慕容怜与岳辰晴结束这场恶战。

不过看上去，他们这里也差不多了，并不需要他再插手帮忙。

岳辰晴的法力不深，毁剑咒诀每一句都要念上三十遍，每念一遍，李清浅的灵力便削弱一轮。这时候岳辰晴已经快念到最后的一条咒诀了，而李清浅也越来越不是慕容怜的对手。

“君血入鼎炉，君骸铸剑身。”

所有念出的灵咒都幻作缭绕的白色烟云，缠在李清浅周围。

“匣中三尺水，曾为梦里人。”

李清浅倒也是个人物，都已经被破散成这样了，却还是白着脸，摇摇晃晃地在与慕容怜交手。慕容怜越打越自在，将他一次次地击倒在地上，然后看着他一次次地爬起来，口角淌血，衣冠散乱。

慕容怜冷笑道：“你这样挣扎为了什么？败局已定的事情，偏就这么贱，喜欢我踹你？”

李清浅不答，只是哈哈狂笑，嘴唇咧开，鲜红的血水啐出来，眼中闪着一种莫名的坚持和疯狂。好像他一定要为了什么而活下来。他没有达到那个目的，就不能消散，也不能眼睁睁地看着红芍剑被岳辰晴毁灭。

他眼神中的那种光，不是在说"我命由我不由天"，而是在说"我斗不过天，但我一定要去做我要做的那件事情，哪怕我败了，我死了，我灰飞烟灭，我都不会认命的"。他疯狂地大笑着，又一次被慕容怜的丝履碾过脸颊，又一次挣扎着爬起来，试图挨近岳辰晴。

"哈哈哈，哈哈哈哈——"

"李宗师。"

墨熄的一声称呼，却让狂笑癫狂的李清浅陡然一颤，发红的眼睛转过来，狠狠瞪着墨熄，脸上是一种古怪又恍惚的神情。

"女哭山一役后你归隐红尘，那之后到底发生了什么？"

墨熄原是一赌，但这句话问出后，他便确信自己切中了李清浅的要害，因为李清浅的眼睛微微眯了起来，那种癫狂的笑容也在逐渐消失。

红芍剑，壁上题字，那些被掳掠来的姑娘相似的相貌，石洞中的一个个凤冠霞帔的鬼娘子……一恨浮萍身，二恨红颜薄，三恨与郎永世错。这所有的一切，都好像和某个他们并不知道的姑娘有关。——是因为什么？女哭山发生了什么？竟让当年青衣拂袖、仗剑诛邪的剑术宗师，变成剑中怨戾、面目全非的恶鬼。

墨熄看着他："是谁把你炼入剑中，你来重华……是想找谁？"

李清浅想笑，可是喉结滚动一下，却发出了一声沙哑滑稽的余音："谁是李宗师？我不是！我不是！！李清浅那个傻子早就死了！！他早该死了！！他就是活得太久，活得太不明白，太过沽名钓誉，才害人害己，落到后来那个地步！他咎由自取！"

狠狠地啐出来。

"他活该！"

"……"

他颠三倒四地喝吼着，狰狞着。

"我找谁？！我找那些女人！哈哈哈！我是来复仇的！我是来杀人的！我来杀人！！"

他越吼越狠，可身上却开始浮现出细碎光华，只消岳辰晴念好最后一句，便是他带着秘密，灰飞烟灭。

岳辰晴念道："神兵如逆旅，何不归红尘。"

红芍忽然猛颤了一下，剑身发出微弱的碧光。

岳辰晴蓦地睁开眼睛。

慕容怜靠在石柱上，这时候也觉得有些不对了："怎么回事？这破剑怎么了？"

岳辰晴从来没有遇到过这种情况，急乱之下，忙又重复一遍："神兵如逆旅，何不归红……啊！！"

红芍忽然停止了颤动，紧接着它流出的那些黑水以惊人的速度重回剑身之中，岳辰晴忙道："不好！它要挣脱了！！"

话音未落，就听得砰的一声爆响，他眼前一黑，身子已被爆炸掀起的气浪甩出数丈开外，撞在石壁上，哇地吐出一口血来。

岳辰晴慌忙抬头去看，只见血阵中央，红芍剑飞立而起，在滚滚黑烟中发出夺目的碧色光华，照着岳辰晴和慕容怜惨白的脸。

慕容怜扶着石柱站起来，咬牙道："这是……"

岳辰晴失声道："毁剑咒法出了反效果，它的封印结界破了！！慕容大哥，你快，快收它！！"

还用岳辰晴说？慕容怜已飞身掠去，试图用锁剑乾坤囊重新将它收入，可因为岳辰晴最后一句咒诀失误，红芍已冲破了禁锢，此时威力与怨气都锋锐难当，竟猛地爆出一阵凛冽剑气，将慕容怜重击于地，而后向李清浅飞去。

慕容怜破口大骂道："岳辰晴！你就是个废物！！"

岳辰晴委屈道："我不是早就说了我是废物我不会吗？！是你逼我做的啊！"

"你最后一句到底出了什么错？！"慕容怜鼻子都快气歪了。

"没有错啊！"岳辰晴道，"神兵如逆旅，何不归红尘。我怎么可能记错！一定是，一定是还有我不了解的地方！要不就是血阵从一开始就画错了，我……"

再说什么也没用了，李清浅手中握住了那柄流光潋滟的红芍剑，剑灵和剑身已然归于一处！

但见得一道强光暴起，墨熄厉喝道："吞天结界！"

一束金色流光从他掌心中腾出，蓦地化作一条吞天巨鲸，呼啸着将乱石全部卷开，把自己这边的所有人统统笼罩在巨鲸的金色光辉之下。

而巨鲸隔开的结界外面，得到了解封之剑的人浑身暴发惊人的邪力，他浮在空中，周围环绕着碧色的邪魔剑气，砰砰砸落在吞天结界上，迸溅出惊人的灵流。

李清浅低头看着自己的掌心，手臂上的伤疤正在以肉眼可见的速度在愈合。他拂下衣袖，苍白的脸上露出一抹几乎有些狰狞的笑意。

半晌，回过脸来，一双眼睛微微眯起，睨着下面的岳辰晴。

"岳小公子学艺不精。"他的脸色仍然十分难看，方才濒临魂散的痛并不能那么轻易就消减。但舒不舒服是一回事，他的力量却已然暴增。

"多谢你的无心相助了。"

慕容怜眼看事情越闹越大，又与自己的落梅息息相关，不由气急败坏，他转头对墨熄道："你倒是打啊，这么一个剑灵你斗不过吗？"

墨熄怒道："我打他，你来开防护结界？"

"我——"慕容怜一噎，随即又道，"你不是还有率然吗？让率然化蛇去拿下他！"

“率然在守顾茫！”

慕容怜仿佛抓住了天大的把柄，阵前不忘内乱：“好啊，你果然……”

墨熄几乎是震怒地打断他：“他再暴走你去拦？”

“你！”

“慕容大哥，没用的。”这个时候，岳辰晴说话了，他小脸苍白，解释道，“这种品级的剑体和剑灵归一之后，百招之内都是无敌，只有炼器宗师才能降得住他。”

他几乎快哭出来：“是我闯祸了……”

李清浅经此险境后，也没打算和他们再继续纠缠。他似乎认定了自己此刻必须要尽快摆脱他们，去完成自己想要做的那件事情。于是一抬手，落下一道威力惊人的剑灵结界，将墨熄一行人与自己阻开，而后携着红芍剑就欲往洞外飞去。

慕容怜道：“快追！”

岳辰晴哭丧道：“追也没有用啊，我刚刚说啦，他是现在几乎可以算是无敌的，只有最了不起的炼器师才能……”

才能怎样还没说完，忽有一道耀目白光袭向李清浅的后背！竟是竹武士腾空而起，视李清浅的结界为无物，一个空翻落在李清浅面前，刷地长刀出鞘，横在李清浅面前！

这下吃惊的可不止李清浅，就连岳辰晴也呆住了。

方才他刚刚说过的，剑灵合体后百招都无敌，唯一能破这种无敌状态的，只可能是实力与他父亲相匹敌的炼器宗师。

谁是炼器宗师？竹武士？这也太可笑了吧！

就在脑中乱作一团时，忽听得身后传来嗡嗡剑鸣声，岳辰晴回头，见到一个白衣飘飞的男人自山洞口御风而来——

那男人一身白袍质地轻盈，衣袖间镶着的银边隐约闪着华光，冲天玉冠束着长发，冠钗缀着的雪绡丝带，正与袍袖一起随风飘摆着。

他广袖飞带，仙气惊人，原本是个姿容极其清秀的男人，只是眉目间难掩威严，眸中甚至还隐约可见一种麻木不仁的冷淡。这使得他的素雅绝非是温柔的素雅，而是一种砭骨的寒意与漠然。

白衣仙君驭着佩剑落到地面，面无表情地抬起那张秀丽的脸来。

但见一双剑眉凌厉，凤目威仪，他冷漠地扫过眼前战况，目光落在狼狈不堪的岳辰晴身上，冷哼了一声。继而袍袖轻挥，拂尘挽臂。来人是重华“贪嗔痴”里的“痴”。

竹武士的主人，慕容楚衣！

不分善恶，不辨是非，是谓“痴”也。再者说，这个人还是出了名的“炼器之痴”，听闻他眼里没有任何亲人朋友，终年沉寂于炼器之道，为了锻造不世神兵，他什么都敢尝试，也什么都愿付出。

他给人的感觉实在是太不食人间烟火了，无论是性格，长相，还是衣帛飘飞的装束，都透着一股再鲜明不过的疏离感。整个重华帝都，几乎没有一个人愿意与他多说话，当然他也不想和别人废话。唯一锲而不舍黏着他的，也只有——

“四舅！！”

岳辰晴惊喜交加，忙向他跑去，想要抱住他。

“痴仙”慕容楚衣不动声色地往后退了一步，避开了向他冲过来的小外甥。臂弯中挽着的拂尘抽出，只一扫，罡风四起，李清浅周围刮起一圈白色的风烟，轻易便将他困于其中。

“四舅四舅！你终于来了！原来你在帝都！太好了！太好了！”

墨熄和慕容怜觉得岳辰晴真可怜，他像撒欢的小狗崽一样朝慕容楚衣表达着自己的激动喜悦与依赖。可慕容楚衣就跟什么也听不见、什么也瞧不见一样，把目光转向剑灵。

那双琉璃色的眼眸淡淡扫了李清浅一遍，说道：

“是把好剑。”

合着在他眼里根本没有李清浅这个人，只有红芍这柄剑。

“可惜了。”

拂尘一挥，方才岳辰晴花了九牛二虎之力才画出的血咒居然就这样凭空浮现在了李清浅脚下。

慕容楚衣字句清晰，淡漠念道：“君血入鼎炉，君骸铸剑身。匣中三尺水，曾为梦里人。君魂葬寒铁，我欲为冥灯……”

岳辰晴早就习惯了四舅对他的爱理不理，这时候又凑过去说：“我刚刚就是这么念的，没有用……”

慕容楚衣眼睫毛都没动一下，往下念：“魔刃如逆旅，何不归红尘。”

岳辰晴一惊，“不是神兵吗？”

可李清苏已经露出痛苦难当的神情，怀中的红芍剑更是黑气四溢，片刻凝顿后，剑身骤然裂散！碎作万点残片！

岳辰晴每句要念三十遍的毁剑咒诀，慕容楚衣居然只需一遍……

岳辰晴这会儿才反应过来：“啊，是了，这柄，这柄是燎国的武器，不是神武，而是魔武。所以，所以最后一句才应该……”

慕容楚衣浅褐眼珠微微下睨，看着李清苏的剑灵残躯，过了一会儿，忽然剑眉低蹙。

好奇怪，武器损毁之后，剑灵应当立刻散去才是，可是李清苏的剑灵却并没有散，只是由实体变作了虚幻，而后……未及想通，一团黑气忽地冲天而起，猝不及防地掠开众人，穿洞而出！

岳辰晴惊道：“四舅！他逃了！”

“我不瞎，看到了。”

“追啊！”

慕容楚衣瞥了一眼那团跑没影了的黑气，说：“追不上。”

岳辰晴为他四舅的简单粗暴耿直诚实而震惊。

慕容楚衣则抬手施咒，让红芍剑残存的剑柄浮起来，然后双指捻起，垂眸细看。

岳辰晴叨叨：“这是怎么回事？为什么还有一点剑柄能剩下？不应该完全消失的吗？那个剑灵为什么没有立刻散尽？”

慕容楚衣端详着残剑，说道：“他执念太深，已成剑魔。如若不解，便不会散。”

岳辰晴叫起来：“糟了！四舅！他说他想出去杀人！那他岂不是不弄死他想杀的人，就永远不会消失？”

墨熄也问：“可还有别的解法？”

“有。”慕容楚衣把那一小块红芍残片丢回自己的白丝缎乾坤囊里，然后答道，“设法让他觉得这不再是自己的执念。”

他说完，转身往洞府外走去，走了几步，停下脚步道：“要阻止他的话，请诸位跟我先回岳府一叙。”

岳辰晴忙跟上：“四舅跟我就不用说请了吧，我跟四舅一起回家。”

慕容楚衣白袍飘飘，冠上帛带拂动，端的是凌波之仙，罗袜无尘，可就是跟选择性耳聋一样，连瞥都不瞥岳辰晴一眼。

墨熄看着眼前的情形，心中叹道世间情谊果然是最无道理的东西。

江夜雪待岳辰晴这个同父异母的弟弟那么好，温柔宽和，什么都替岳辰晴着想，替岳辰晴考量，可是岳辰晴从来就看不起他，更不喜欢他。

而慕容楚衣呢，对岳辰晴的态度永远是那么差，他对别人或许只能称之为“疏冷”，而对岳辰晴简直可以算是“恶劣”，可岳辰晴就是崇拜他，爱围着他打转，追着他说话。

这么多年了，竟从来也没变过。

忍不住又想，自己对顾茫百般失望，已言放弃。可内心深处究竟还有没有藏着从前的那些感情，却是他自己也说不清的。

第10章

岳府是重华最神秘的府邸之一，而在如此神秘的岳府中，最神秘的几个地方则全是慕容楚衣的地盘。若把这些地盘依照难进的档次划分，约莫会是如下排行——慕容楚衣的院子、慕容楚衣的书房、慕容楚衣的寝卧、慕容楚衣的炼器室。最后一个简直是固若金汤牢不可破，除了痴仙本人，谁都不曾踏进去一步。

坊间还因此流传过一种说法，大致意思是这样的：重华国境内有两个地方，当今君上也难以进去，一个是姜药师的丹房，还有一个就是慕容楚衣的器室。

丹房有毒，而器室机关哪怕给君上几百年也解不开。

慕容楚衣在炼器方面造诣极高，甚至连岳钧天本人都没试出过他的真正实力。

岳钧天倒是想试呢，但慕容楚衣次次给他吃闭门羹，一来二去的，岳钧天面上也就挂不住了，在外人面前说“楚衣毕竟还年轻，不敢和老一级的宗师切磋，那也是情有可原的，呵呵呵。”

慕容楚衣随他说，反正他无所谓别人怎么看怎么想，他这个痴仙的名号又不是白叫的。慕容楚衣只爱他的兵甲图谱，到了一种近乎疯魔的地步，至于名声、朋友、亲戚，有多远滚多远去。

他们到了府上，刚巧撞见岳辰晴的伯父要出门，他眼神有些不好使，远远地，第一眼只认出了岳辰晴，不由拔高嗓门训斥道：“小兔崽子！太不像话！你跑哪儿去了？老子正打算去寻你呢！”

岳辰晴忙道：“伯父，我是接了君上的委派……”

“你个小破孩儿毛还没长齐，接什么——”话未说完，瞧见慕容楚衣在霜月映照下行来，不由得瞪大眼睛，“你？”

无怪乎他吃惊，慕容楚衣虽然住在岳府，可却几乎不和众人照面，如果不是有事蓄意蹲他，恐怕三两月都见不着他人影。而此刻他不但出现了，身后还跟着岳辰晴和其他好几个人，这就更加令人匪夷所思。

所以岳伯父舌头大了半天，才愕然道：“你，你怎么到外面去了？”

慕容楚衣倒是理他，不过也不是什么好话，只冷冷反问：“我难道被禁足了吗？”

岳伯父是个风风火火的直肠子，登时脸有些拉了下来，“你怎么说话的？你一个外戚，给你三分颜色你还真开染坊了你？！”

岳辰晴忙道：“伯父，您别生气啦，今天多亏四舅赶来及时，不然那个采花贼恐怕都要把我杀了呢。”

岳伯父这才牛鼻子喘气似的哼了一声，瞄瞄白袍若雪的慕容楚衣，动了两下嘴忍住了。又过一会儿，眯起有些昏花的眼睛，努力去张望后面的几个影子：“这几位是……”

慕容怜冷笑道：“岳老二，你那些小破机关少捣鼓些吧，几步外的人都看不清脸，你离瞎也不远啦。”

岳伯父听着声音，猛吃了一惊：“望舒君？！”

慕容怜不怀好意地笑了两声：“嗯，还有羲和君呢。”

岳伯父虽也是个品阶极高的贵族，不过比起如日中天的羲和望舒，那还是差了一个档次的，忙走下台阶来迎：“哎哟，真是不好意思，您二位看我这眼睛，确实是离瞎不远了，有失远迎啊！”

挨得近了，才发现站在最后面的是一个高大的竹武士，上头捆着昏睡的顾茫。

国之重犯就以这样古怪的一种姿势出现在他面前，岳伯父不禁有些呆住了，张大嘴巴仰头瞅着昏昏沉沉的神坛猛兽。

慕容怜拿烟枪勾了一下他的脖子，弄醒了他，并冲他咧嘴道：“岳老二，记得去姜药师那里看病，有病早治。”

“是是是！回头就请姜大夫给配个琉璃目镜去！”

慕容怜松了他，笑道：“这才乖嘛。对啦，我瘾头犯了，你能不能给我回府上跑一趟，拿一杆新的烟枪，再带一些浮生若梦？”

岳老二刚忙不迭地点了两下头，就听得慕容楚衣淡淡道：“我的院里禁明火。”

慕容怜奇道：“为什么？”

“会炸。”

“……”

慕容怜最终还是经不住好奇，心道浮生若梦回去可以狠抽回来，这位“痴仙”的住处，可是连君上都无法轻易进去的。于是压着胸中烦热，跟着慕容楚衣穿过长长的回廊，走到岳府西北角的最深处。

他们在一个紧闭的圆月紫檀拱门前停下，慕容楚衣用拂尘在门上嵌着的七星北斗阵上以玉衡、天枢、摇光、天权这样的顺序依次点了四次，四颗灵石发出咔嗒脆响，慢慢凹陷下去，紧接着在它们原来的位置上，浮出了四只巴掌大的小木人。

它们张开小小的嘴巴，一齐问道：“何人来归？”

慕容楚衣简单道：“是我。”

四只小木人的手掌上各自出现了一把镂花钥匙，又问：“如何选择？”

慕容楚衣随手拿了其中一把，小木人们隐去了。

岳辰晴看得眼睛瞪大如铜铃，嘴里嘀嘀咕咕地，似乎在硬记着什么，慕容怜心不在焉地转着手中烟枪，在旁边哼道："你记也没用，下一次未必就是这个步骤。痴仙，我说的对吧？"

慕容楚衣不答，将钥匙合入锁孔，只听得咯咯数声闷响，紫檀木门轰隆打开——

"进吧。"他淡淡道。

墨熄走进去看清这个院子的第一眼，就明白为什么慕容楚衣说这里禁明火，不然会炸了。别看慕容楚衣这人衣冠楚楚的，院落真的是乱到令人发指，满地的木屑残片，硫黄石炭，做到一半的大型兵甲丢得满园都是，光是廊庑下，就横七竖八摆着十余个"竹武士"。

清雅出尘的痴仙对此毫不以为意，他领着众人走到庭院深处的一个水潭前。那个水潭清可见底，里头沉着诸如指环、白玉发扣零碎几样小物件。

岳辰晴好奇道："这是什么，功德池吗？"

慕容怜眯起眼睛："你四舅像是会做功德的人？"

岳辰晴居然难得地和望舒君顶嘴，叉着腰不服气道："我四舅怎么就不能做功德了？"

"你也太可笑了，他是什么名声你不知道？"

岳辰晴怒冲冲地："我四舅很厉害！"

慕容怜就喜欢踩人尾巴，岳辰晴不反抗倒还好，他一反抗，慕容怜更来劲了，简直连烟瘾都淡去几分，逗他："厉害和名声是两回事。"他说着，指了指竹武士上捆着的顾茫，"这个人不厉害吗？不一样臭到家。"

"你——你——"岳辰晴气得腮帮子都鼓起了，他确实是重华最好脾气的公子哥没错，可他有个绝不能触碰的点，那就是他的这位四舅。

岳辰晴从小就近乎无脑地崇拜自己最年轻的这位小舅舅，因此他憋了半天，竟冲着慕容怜喊了一句："你还好意思说别人臭呢！慕容大哥你自己就很臭！"

慕容怜："……"

真是奇了，太阳从西边出来了，岳小公子会骂人了，而且骂的竟然还是他？大概是吃惊压过了别的，慕容怜半天都没回过神来说些什么。

而这时，慕容楚衣侧过脸来，说："这是化梦池。把一些有灵气的物件丢进去，池水就会变成金色。"

墨熄问："然后？"

"然后拿池边的玉杯，一人饮一杯，饮完之后就会睡过去，梦到与这个物件相关的一些往事。"

慕容楚衣说完，细长白皙的两指执了红芍剑的剑柄。他大概也是嫌望舒君和岳辰晴太吵了，连问都不问他们，只看向墨熄："我扔了。"

痴仙本想着墨熄这人最不爱啰唆，说一下也只是一个礼貌的象征，还没等墨熄点头就想把剑柄丢进去。却不料墨熄止住了他。

墨熄往顾茫那边点了点下巴："我们睡了，他怎么办？"

"好说。"慕容楚衣一拂衣袖，淡淡道了一句，"玄武阵，起。"

随着他的话音落下，院中草木忽然瑟瑟作响，一个个竹武士从竹林花草间爬起来，还有那些倒在地上的，也咯吱咯吱地活动着关节，一个接一个地一跃而出，团团围在顾茫身边，足有五十余个，并且数量还在不断增多。

慕容楚衣道："哪怕是神仙，一炷香的工夫，也绝带不走他。"

慕容楚衣和墨熄都喜欢用"绝对""必然""一定"与人言语，他既说了绝带不走，那就必然有十成十的把握。

墨熄看了那些竹武士一眼，转头望向化梦池，说道："开始吧。"

红芍入池，池水瞬作金光。

慕容楚衣取了三只莲花瓣叶状的玉杯，分别给了自己、慕容怜，以及墨熄。

岳辰晴在旁边一呆："我的呢？我没有吗？"

慕容怜不怀好意地笑道："嘿嘿，你四舅看你不起，不带你玩。"

岳辰晴呆狗一样地转头，眨眨眼睛，瞧着他小舅。

他小舅并不理他，已经将自己杯中之物一饮而尽，化梦池水的效力极强，他几乎是刚刚咽下最后一口，就垂眸枕臂伏在池边睡着了。

"四舅？"

墨熄看他不甘心的样子，便把慕容楚衣留下的那只玉杯又舀满，递到岳辰晴手里。岳辰晴总算被带着玩了，忙不迭地接过，说了声谢谢羲和君，咕嘟咕嘟仰头把这盏金色的水都喝了下去，而后他也四仰八叉地倒下呼呼入眠。

墨熄和慕容怜也没有再等，化梦水入喉，眼前便是骤地一沉——

一开始，一切都是黑的，仿佛陷在一片浓重的暗夜中。忽然某一瞬，耳边隐隐传来剑啸清吟之声，那剑鸣有风雷之威，动天彻地，改天地颜色。

这种剑锋鸣啸，哪怕不用眼睛看墨熄都辨得出来。这正是当年在千头魔狼群里，李清浅与自己并肩而战时出剑的声音。

那时候的断水剑还不如后来完全，但一招一式，浩荡清正，灵气沛然。

随着断水剑鸣声，眼前逐渐开始有了光，四周景致也慢慢地变得通透明亮。

原是一方村舍小居，暮春时节，杏花飘了满园。

约莫只二十岁出头的李清浅正在院中舞剑，青色的、打着补丁的衣衫随着他的动作而飘飞摆动。

但他并不是一个人，有个身着粗布绯衣的娇小姑娘正在和他拆招。她的动作曼妙而轻快，旋转避闪间叫人看不清相貌。直到被李清浅点了一剑制住，她才笑着停下来，娇嗔道："大哥，今日我能多拆你十二招啦。你还不夸夸我？"

李清浅笑道："红芍自是十分了得的。"

原来，红芍是一位姑娘的名字。

红芍不依不饶："这句上次就夸过啦，换一句？"

李清浅无奈笑道："那……你最是聪慧？"

"上上次就是这句，你再想想！"

说罢作天作地，赌气般偏过脸来。

墨熄这才看清了她的面容，但见这位姑娘约莫十八岁，肤若芙蕖，柳叶细眉，眼尾一点泪痣。墨熄对女性容貌一贯不太有辨识之力，只瞧着她很是眼熟，过了良久才意识到，这个姑娘长得和那些失踪的女人有几分相似。

或许应该说，那些失踪的女人都有点像她的碎片，有的是鼻子像，有的是嘴唇像，还有的是那颗眼尾的黑痣像。

李清浅收起佩剑，抬手弹了一下她的额头："想不出，不想了。"说罢转身回屋里去。

"你你你！你就是不用心！！"红芍追着他，又跳又嚷，聒噪得厉害，大叫道，"啊！！李大哥朝三暮四！越来越不疼我啦！！"

惊得满地芦花鸡跑，院中一只小黄狗跟着汪汪直吠，也不知道是在为她助威还是跟她争嗓门。

"……"

墨熄一向不太受得了女人，梦泽那种沉和的还好，红芍这样的姑娘简直能排进他的人生十大噩梦中去。

但瞧起来，李清浅却觉得她很好，言语间并没有任何不耐烦的意思。

再往下看，墨熄大致清楚了他们之间的关系。

原来，这个红芍是李清浅游历扶义时捡来的一个逃荒的小姑娘。认识她的时候，他十八岁，她十五岁。一起走南闯北三年半，如今已是亲昵不可分的一双人。

只是李清浅和红芍都毫无谈爱的经历，李清浅自是不用说了，红芍看起来虽然吵嚷，其实也是个纯得不得了的姑娘，告白藏在心底从不敢出口。所以虽然他们之间的感情，旁人都看得出来，但这俩人却都傻傻地，一直不知道该怎么跟对方说破。

最绝的是有一次红芍喝多了点酒，趴在桌上抬起眼，呆愣愣地望着烛光下看书的李清浅，看着李清浅搁在书卷边的手，忽然就忍不住，悄悄凑过去一点，再凑过去一点，忽地心血上涌，鼓足勇气握住。

李清浅吃了一惊，一时说不出话来，睁大眼睛看着她。但见红芍面颊酡红，嘿嘿傻笑着，望着他的眼睛里星辰灿烂。

“大哥……”

照理说郎情妾意，好容易两人中有一个鼓足勇气捅破了窗户纸，那应当就能互通心意了。可红芍望着李清浅那张清俊儒雅的脸，忽然就怯了。

她想，她真的配得上他吗？早在三年前，当他走到冻饿交迫的自己面前，向一个脏兮兮浑身还生着疥疮的小女孩伸出手时，他就成了她的哥哥她的天神她的情郎。

在她眼里，李大哥什么都好，长得好，心肠好，法术好，声音也好听。

除了没钱，处处都是天下第一。

再低头看看自己，虽然相貌还算过得去，但到底是个大字不识的傻丫头，又蠢又笨，吃得还多，一顿饭能吃她李大哥的两倍，嗓门又大，像个当当乱响的锣鼓。

这只小锣鼓越想越悲凉，好不容易鼓起的勇气，居然就在这紧要关头又消失。

勇气没了，手却还牵着。那总该找个合适的借口吧？总不能说抱歉大哥，我以为你的手是茶杯，拿错了。

于是红芍真的编了个烂到家的借口，就连墨熄都无法骗过的借口——她笑吟吟地说：“你跟我玩比手劲嘛！”

李清浅：“……”

“玩嘛玩嘛！我们来比比谁的力气大！”

李清浅大概也觉得自己会错了意，耳根微微有些红，他把手从她掌心中抽出来，垂下睫帘，随即无奈道：“昨天不是才刚比过谁聪明？”

“对呀，所以今天比力气大嘛。”

李清浅勉强笑了笑：“这又是你忽然想到的什么奇怪念头？每天都比？那明天又想比什么？”

“明天比比谁英俊！”红芍说着，忽然跳起来抢过李清浅书边搁着的笔，在自己唇上添了两笔胡子，“大哥你看，就像这样！”

李清浅看着她明眸顾盼、装模作样捻着胡须的机灵样子，不禁又是好笑，又是心暖。

他也是欢喜她的，只是就像她嫌自己又蠢又笨吃得多，李清浅则嫌自己又闷又呆赚得少，所以他心里总觉得，像红芍这般灵巧又好看的姑娘，是不该一直跟着自己吃苦的。

其实当初红芍非得黏在他身后跟着他的时候，他就颇为无奈地跟她说过：“姑娘，我救你只是因为我刚巧见着你倒在路边，病得很重。并不是想要你报答什么……”

红芍嗓门大得像锣鼓，个头却娇小，李清浅一走快，她就得踩着小破鞋跌跌撞撞地追着跑，边跑边急着解释：“大哥哥，大哥哥，我知道，我知道的！你不要我报答，但是我自己想报答——”

“你留在医馆里吧，我不是都跟大夫说过了吗？她愿意收你当个小徒，你要真想报答我，那就跟着她好好学，以后也能治病救人，不是很好？”

“才不好呢！”红芍急得直跳脚，“我卖身葬父的！你葬了我义父，还救了我，你还给我看病，我，我不管！我就要跟着你我要跟着你跟着你跟着你啊啊啊！！”到最后简直是跟个小疯子似的在大喊大叫。

李清浅看这小病猫养好了力气，居然是如此难缠，不由有些头疼，走得更快了。

红芍一看，急了，破草鞋总绊着她，碍着她追人，于是她干脆脱下来，一手一个朝李清浅丢过去，光脚蹲在地上，哇的一声大哭起来：“你，你别走嘛！那我不报答你了还不成吗！”

李清浅：“……”

眼泪簌簌地从脏兮兮的小脸上往下滚落：“我不报答你啦！我蹭吃蹭喝，我赖着你行不行呀！大哥哥，你别留我一个人啦。”说着直抹泪珠，哽咽道，“你把我留在医馆，我粗手笨脚，什么都不会……过几天，万一大夫又把我卖了呢？我已经被转了三户人家啦，当人家的童养媳，小丫鬟，干女儿，我都不知我自己是什么东西了……”

越哭越起劲，破锣嗓子直嚷嚷，眼泪滚在泥土里，脏兮兮的脚丫在泥里蹭着。

“你别丢下我，我不想再被转第四家了，呜呜呜呜……”

她这样说，李清浅还能怎么办？他出生在梨春国，是九州最羸弱的国度之一，他的国家夹在几个蛮不讲理的大国之间，常受战火株连。而一旦出了妖邪魔孽，也没有什么大修会来帮助他们镇压。李清浅是亲眼看着他母亲被奸杀，父亲被刺死的。

当时破屋里只有年不及十岁的他，抱着刚刚断奶的弟弟，瑟缩在碗橱深处，泪水不住地往下流，却紧紧捂住弟弟的嘴，不让他哭出声来。可是那些修士灵力强悍，屋中躲了两个孩子，又怎会不知道？橱门被猛地踹开，木屑飞溅间，他和弟弟被两只粗壮的大手提溜出来。他死抱着弟弟不肯松手，招来一顿毒打和咒骂。

“这俩小子能不能带回去炼药啊？”

“好像没有遗传到他们老娘的蝶骨美人席血脉，流的眼泪颜色不对……”

“那直接杀了吧！斩草除根，不留祸患！”

李清浅当时根本都没有听懂他们在说什么，不明白蝶骨美人席是什么，只见着母亲的尸身被几个修士用缎子裹了，不知要带到哪里去。他哭着喊着，想去追阿娘的尸骨，却又放不下怀中的幼弟。

滚烫的硝烟、腥臭的血水、修士们的狞笑，一切都在眼前乱舞。混乱中，忽听得“砰”的一声响。

一道碧色剑光将几个修士一击斩杀，血溅数尺！

然后，一个覆戴着黄金面罩的青衣男子出现在门前。逆着天光，他迈过那些毙于剑下的尸首，走进屋来。

李清苏只记得那男人有着一双微微上挑的狭长杏眼，仿佛下了一江的烟雨朦胧。他目光在寒陋的屋内扫了一圈，确定再无他人幸存后，落到了李清浅和他弟弟身上。

李清浅仰头呆呆看着这个青衣修士，而幼弟软软小小的，发着烧，趴在他里大声哭泣着。稚子如此年幼，仿佛也知自己遭受了国破家亡的厄运，知道自己再也没有了会给他做竹蜻蜓的阿爹，没有了总爱捏他小鼻子的阿娘……

青衣修士瞧了他们一会儿，走过来，目光从黄金面罩后头落下。他沉默片刻，从怀中拿出一只药瓶和一些碎银："此药可愈凡俗百病，留着给你弟弟用吧。"

然后再没说什么，转身离去。

李清苏在原处呆愣了很久，才猛地反应过来，抓了药瓶和银子冲出去，看到村中已满是那些黑衣修士的尸体，青衣男子似乎在挨户查看有无漏网的余孽。李清苏朝他跪下来，哭着道："大哥哥！"

青衣男人自黄金覆面后面看了他一眼。

"大哥哥，求，求你带我们走吧！"

男人没有说话。

李清浅满眼通红，哽咽道："我们一直在逃，一直在逃……可是阿娘和爹爹还是……还是……"泣至不成声调，"大哥哥，求求你……"

可是最终那个青衣男人还是没带他们兄弟俩离去，只是给了他一本剑谱心法，说这剑法太弱了，对自己而言已没有什么用途。不过如果李清浅好好参悟，或许能凭着这本剑谱悟出些属于自己的剑道，自保足够。

而如今，李清浅看着红芍跪在泥尘里哭着哀求自己不要离开的样子，眸中竟有一瞬的恍惚，想起了自己当年无助绝望的心境。

他终是叹了口气，走回红芍面前："起来吧。"

红芍见他去而复返，抽噎几下，泪汪汪瞅着他。

"不过说好，只是带着你一起走，要是路过好地方，可以谋个好去处，我就不再留你了。"

红芍哪里管，抹抹小脸上未干的泪珠，破涕而笑，满口答应——她是看惯了眼色的人，知道李清浅心肠好，这个时候都没有丢下她，那以后定是更加丢不下的。于是用力点头如啄米："都听大哥哥的！"

她听个鬼，她跟着他，第一天，还乖乖的，第三天，就开始跳闹爬树，满地打滚。到了第三年，早已是无法无天，李清浅干什么她就要跟着干什么，而且和说好的不一样，她胃口大得很，吃得一点都不少。

李清浅每次看到缸里又没米了，再转头看看院子里追着狗跑的红芍，都会又好笑又好气地叹一声，摇摇头。幸好弟弟早年被一个心善老书生收作了弟子，不然要是再添一张吃饭的嘴，李清浅就真的该发愁了。

红芍之前问过他："大哥哥，你那么厉害，诛了妖邪，为什么不多收一些别人钱两？"

李清浅说："因为那些人他们也没钱啊……"

"那你可以去替有钱人捉鬼嘛。"

李清浅自己的断水剑那时候还未悟出，只会照着当年那个青衣修士留下的无名剑谱自己照葫芦画瓢，于是他笑道："一来本事不够，二来，有那么多——"他比了个很夸张的手势给小红芍看，"那么多的人急着给有钱人捉鬼。但却没几个人愿意去梨春这样的小国平难。"

红芍啃着馒头点点头："也是！你是好人！"

"当初救我的也是个好人。"李清浅有些腼腆地笑道，"我不知道他是谁，不过我一直想成为他那样的修士。不过……我肯定没他厉害。而且估计……也会一直这样穷下去。"

红芍不乐意了，叼着馒头，双手比了一个大大的圈，含混道："不，大哥最厉害，大哥有……那么……那么……"她努力地抻着胳膊把圈比大，"那么厉害！"

李清浅笑出了声，摸了一下她的头："再说，馒头就要掉下来了。"

红芍咬着呜呜两声，笑嘻嘻地重新捧着白馍咬，两只脚开心地晃荡着，脚上一双鹅黄绣鞋很是干净漂亮，那是李清浅用他那点儿可怜的贝币给她买的。她穿得小心翼翼，那么多年了，只是旧了，却鲜有脏的时候。

李清浅和红芍就这样一路走，一路做着自己想做的善事，一起修习剑法。

幻境中，红芍骑在树上狂摇果子，李清浅站在树下又是头疼，又是宠溺地看着她，可如此风平浪静的日子却并不是长久的。墨熄已知这俩人的结局，所以再回头去看，只觉得那些灿然笑容都像一场镜花水月。

这个女孩会离开李清浅，然后李清浅会成名，会死亡，最后化为怨戾剑灵。

而这一切，到底是因为发生了什么？

随着幻境的不断变化，谜面如风沙渐去，露出沙泥下苍白的真相。

转折的开始是在春末的某一天，红芍病了。

那时他们刚好路过燎国附近的一个村镇，燎国所处的地域魔气很重，春夏更迭时节，村内魔瘴最是浓深。红芍不慎染了邪瘴，重病卧床不起，人也迅速地消瘦憔悴下去。

李清浅四处求医，可医治这种瘴气郁病的药剂极为昂贵，连寻常人家都无法负担，更何况是李清浅这样的寒士？他一次次地被拒之门外，药修们冲他没好气地呼喝："想治病先拿钱啊，每天得这种病的人得有多少，要是全都像你这样想行个方便，草药哪里够用？"

墨熄知道那些药修态度虽差，可言语却非虚。

治这种瘴疫的药确实十分紧缺，每个国家都有自己的紧缩办法。比如在重华，就只有贵族才能购买，当年顾茫正是为了一个村镇的穷苦百姓，才冒充慕容怜的名字，去御药馆买的药。

燎国稍微宽一些，不看血统，但是看钱。

李清浅没钱。

他坐在红芍病榻边，红芍已经像一朵打霜的花，没什么力气像往常一样跳嚷了，只眯着红肿的眼睛看着他，嘴唇微微翕动着。

李清浅低声问："你想说什么？"

红芍又动了动嘴。

李清浅于是附耳过去。过了一会儿，他听清了她的话。她笑着说——

"嘿嘿，现在我吃得少，可以给大哥省点钱啦……"

李清浅那天等她睡着后，走出小茅屋，蹲在台阶上发了会儿呆，忽然就再忍不住，佝偻蜷缩着哭了出来。他不敢哭得太大声，一来男子汉大丈夫不像话，二来他也怕吵醒好不容易入睡的红芍。

他想，怎么办？他该怎么办？他并没有红芍说得那么厉害，他并没有成为当年那个青衣修士，他连身边陪伴着的一个小小的丫头都护不住，那么多年，除却抱负空谈，竟仍是一无所有。

墨熄看得心中不忍，却也知事实如此，不可改变。

幻境的场景还在不断地变幻着。年轻的李清浅茫然无助地走在燎国热闹非凡的集市上，他已当尽了身上最后一点能当的东西，给红芍换了七帖药，拖延着时日。

如今屋中只剩最后一帖了，今日过后，又当如何？

"来来！都看仔细了！要求硬得很！别想着蒙混过关！"

闹市一角，忽传来锣鼓喧天。从前红芍最爱看这种热闹，每到一处，总拖着他凑过去张望。大抵是心神恍惚，习惯地就那么走过去，仿佛红芍还叽叽喳喳地拽着他的衣袖跳上跳下，着急嚷着看不到啊，都挡住啦。

李清浅发了一会儿怔，回过神来，正打算走，却听得人群里的嚷声。

"真给这么多钱啊！？"

"国师也太豪爽了吧，天啊，真让人羡慕。"

"钱"这个字，从前对李清浅而言不过是耳旁风，如今听到，却像被针尖刺着似的，猛地回头，眼睛发亮地去看。

高台上，一个燎国高阶修士正来回走动着，敲着锣鼓引人注意。在他身后，有一张足有三人高的绢帛画像，像上的是个俏丽美艳的女人，眼尾一颗泪痣。如此瞧上去，竟与红芍有七分相似。

李清浅微惊，这时就听得那个燎国修士重复嚷道："国师夜观天象，凡类此面目的女子，今年有旺国之相！符和条件者，皆可送入宫中！"

当当又敲两下，接着嚷。

"若有选中，女孩儿为王宫圣女，家中赏金贝币一千枚。"

"此事听凭自愿，有意者请往后验视姿容！"

李清浅兀自在台下发了一会儿愣，忽然反应过来什么，忙到后头那些负责验视的燎国修士那边，嗓音发着抖，问："只要是这样的姑娘，国师都收吗？"

"长得足够像，就收！"

"收来做什么？"

"你聋啊！"那修士没好气地说，"收来做圣女啊，跟着国师学占星问卜祭祀之道，可有好福气了！说得那么清楚，听不懂人话啊你？"

李清浅的掌心中全都是汗，他喉结滚动，睁大眼睛，又是痛苦又是攥着希望似的，也不管对方态度多差，追问："那，那要是姑娘得了魔瘴，你们……你们也愿意……"

"不是说了足够像就收吗？！魔瘴症算什么？几帖药下去不就又生龙活虎了？！你这是什么狗屁问题！有像的就带过来看啊！不够像就滚！圣女要求严着呢！"修士咒骂道，"穷酸货，啰里啰唆一堆废话！"

李清浅呆愣愣的。

是啊……他这是什么问题？魔瘴症从来就不是医治不好的疾病，就像这个修士说的，其实所需的，也仅仅只是几帖清灵药而已。

可是对于国师而言轻描淡写的这几贴药，却是他挖心剖肺也换不回来的。说得没错，他是一个连喜欢的姑娘的性命都救不了的废物，一个穷酸货。红芍从一开始，就不该跟着他的，是他让她受苦了。

李清浅慢慢走回他们的茅庐，一路上像是想了很多，又好像什么也没有想。街市边，有摊主正卖力地招徕顾客："珠翠玉搔头，花钿金瓔珞，胭脂水粉样样有，客官瞧一瞧看一看嘞——"

他在摊子边停落，想靠近细瞧，却因囊中羞涩而不敢上前。

小贩瞄到他，笑道："这位小哥，给心上人买些什么吗？"

心上人这三个字就像针尖猛地扎痛了魂灵。

李清浅恍神间，被小贩热情地拽过去："您看，顶好的翡翠金簪，碎叶城来的料，通透得不得了……"

"我……我没那么多钱……"

"没那么多钱？"小贩愣了一下，瘪了瘪嘴，还是笑道，"没关系没关系，那看看便宜的，这胭脂，膏体细腻芬芳，是我太奶的祖传手艺，价格嘛也很公道，只消二十白贝币。"

李清浅的钱袋里只有三枚白贝币。

小贩看他窘迫的样子，停下了叨叨，来回打量他一番，瞧见了他衣服上的补丁，脸上的笑容就慢慢退去了。

但还是懒洋洋地从摊子上挑出了一朵旧陋的小绢花，做工和绢布都非常低劣，随意丢在李清浅面前："那要不这个吧，五个白贝币。"说罢掀起肿眼泡看看他，"讨姑娘家欢心，总不至于连那么点儿钱都不愿意掏吧。"

李清浅羞窘难当，低头默默要走。

小贩惊了，心道自己废了半天唇舌，这人居然连五枚白贝币都不掏？顿时大怒，不顾周围人的眼光，朝李清浅瘦削的背影扯着嗓子喊道："搞没搞错？分文不花你也想泡女人啊，你配嘛？！没钱就少出来晃荡！碍着老子我做生意！呸！"

李清浅只觉得面如火烧，迎着那一束束诧异的目光，低头疾走。

走到城外，总算没谁再瞧着他了，可他的头颅却像已被折断，再也没有力气抬起来。他摇摇晃晃地往前，走到城郊送别的长亭里，颓然坐下，面目在掌心里深埋。

这么一坐，就坐了好几个时辰，等他回去小破茅庐的时候，已是日暮黄昏。

红芍侧身躺在病榻上，脸朝着门的方向。她睡得不踏实，脸颊烧得红彤彤的，一听到李清浅回来的声音，就蓦地睁开眸子，猫儿一般的眼睛圆溜溜看着他，努力大声道："大哥……"

李清浅进了屋，他身上微凉，手里拿着一朵沿路边采来的绯红芍花。

红芍看到花，眼睛一下子亮了，笑道："哇，好漂亮！给我的吗？"

李清浅点了点头，没敢看她。

红芍高兴极了，就算病痛也没有把她那种唯恐天下不乱的性子改变掉。她挣扎着从榻上爬起来，接过那朵花，闻闻嗅嗅，咧嘴笑了："可惜我头发好乱，不然簪头上！"

"我替你梳吧。"

以前她总是缠着让他给她梳个发辫，因此也没有多想，坐着让李清浅替她将长发放下，而后梳成惯有的髻，一朵娇艳灿烂的芍花轻轻簪至乌发间。

红芍摸着花瓣，笑着咳嗽两声，嚷道："大哥你给我拿镜子，我想看看好不好看。"

李清浅道："……你下床来，去桌边看吧。"

他说着，把她唯一的一双绣鞋拿过来，摆在榻前。

自始至终，他都不曾看过她的眼睛。红芍这会儿才终于有些后知后觉地感到有些不对劲了，她慢慢转了脸，回头看向李清浅。成日里当当作响的小锣鼓，却在此刻把声音放得那么低，犹如胆怯的幼猫。她疑惑地看着他：

"大哥？"

"……"

"大哥，你是不是有什么心事？"

指捏成拳，掌心透汗，李清浅最后还是把国师在选圣女的事情与她说了。

他说的时候，头埋得很低，他大概是以为这样就可以不看见红芍脸上的神情，可以不让自己愈发自责难过。

他确实是没有瞧见红芍的脸，可是他却看见几滴泪水滴落，簌簌地，洇在破陋的床被上。

“我，我……”小锣鼓的嗓音轻得像猫儿，“我不想走……”

“红芍……”

红芍哇的一声大哭起来：“我不要走！我不要！我生下来就被卖来卖去，大哥现在连你也不要我了吗？你也要丢下我！把我转第四手！”

“猫猫狗狗你给它换四个主人，它都受不住啊。”红芍抱着膝盖哀哀地哭着，“我是个人啊……我虽然笨，虽然傻，但我也有感情啊，我也会难受，会舍不得你啊！我不要走！我不要去！你让我病死吧，我就想天天和大哥在一起！”

无论李清浅怎么说，她就是不听。

李清浅又怎么可能真的眼睁睁瞧着她病死？眼见劝不住她，李清浅把心一横，霍然起身，转身说道：“你去国师那里，你的病可以治好，我也可以拿到一千金贝币。你能保命，我能得财，对我们俩都好。求你帮忙吧。”

红芍怔住了，含着泪珠，呆呆看着他。

李清浅拂袖道：“走吧。”

红芍发着愣，但仍说：“你不会的……”

“有什么不会的？！”李清浅倏忽回过头来，眼眶红红的，咬牙道，“算我求求你了，三年来我照顾你，照顾得也够累了，卖了你我好歹还有一口好饭吃，你非跟着我做什么？你一直这样跟着我，最后我们会怎么样？”

红芍大睁着眼睛，瘦削的脸颊上血色一点点褪去。

最后我们能怎么样？是能拜堂成亲，还是能成为剑侠，仗剑红尘？

一个人许给另一个人，一生都生活在一起，是一件再漫长再艰难不过的事情，不是一腔热情、两颗真心就够的，是要钱帛，要信赖，要出路，也要希望的，而他们什么都缺。

三年，尚可浪迹天涯，红尘做伴，但他有什么理由让她陪着自己寒碜一辈子？那个小贩说得没错，他连一朵最丑最破的绢花都不能为她买下。他们的感情就像此刻红颜发间的那一朵芍药一样，初摘时娇艳不可方物，仿佛明日一切都无限美好。

可是它会死的，他们在一起，不会有永恒的绢花，只有一夕红芍灿烂，瞬息零落成泥。

这世上的很多眷侣，最后都会败给金钱、败给地位、败给康健，甚至是，败给情爱本身。

李清浅不知道自己是败给了什么，说浅了，是败给了清贫，说高了，他是爱她的，所以无论如何也不会坐视她就这样枯萎在自己身边，那应当又是败给了情爱。

可是无论怎样，他都已经是个一败涂地的人。除了将她送走，他再没有别的选择。

“一个穷鬼带着一个穷女人，最后变成一个穷老头拖着一个穷老太？你以为我想过这样的日子吗？！你有没有替我想过啊！”

红芍愣愣看着他，她认识他以来，她的大哥第一次朝她发这样的火。

她仰着头，鬓边芍花春睡，衬泪痕斑驳。

她心道，我是想的啊。我从来都不敢贪心，富贵不敢妄想。我能想到的这辈子最好的结局，就是两个穷老叫花，一起走在黄昏光影里，老太婆吵吵嚷嚷声如锣鼓，老头子在旁边好脾气地笑着。除却满头华发和一身皱纹沧桑，他们还和年轻时一模一样。

原来这结局也终是她想得太美，贪得太多，其实并不能得到。

她不过就是个卖身葬义父的小奴，三年前李清浅完成了她的心愿，便算是买了她。今日他要将她卖掉，她又有什么可说的？

红芍不是女孩，红芍只是一个因为生来命贱，注定一生漂泊零落的小东西、小玩意儿而已。她做过别家的童养媳，做过大户人家的丫鬟，当过农户买来的养女儿，她以为自己可以喊李清浅一辈子大哥，就此可以尘埃落定。

但原来不过是一阵卷地风起，她便又无所凭依。

她最后还是去了国师那里。

暮色晚钟，云光余晖，红芍跟着侍官，一步步走向高台，走去长阶遥不可及的最顶端，去拜见她的第五任主人。

檐角风铃细碎清响，高台转角处，她侧身，往城楼下看了一眼。

李清浅正接过沉甸甸装满了钱帛的袋子，向侍官谢过，慢腾腾地行远。她远眺着他的背影，她想，你转身啊……能不能与我好好道个别？能不能至少向我招个手，让我甘心与这场绵延了三年的好梦离别。

但她随即又想，罢了，还是罢了。她喉咙里哽着那么多的苦涩与依恋，只怕他回看她一眼便会决堤。她怕自己又会像初见时那样急急慌慌不管不顾，哭着喊着莽撞地纠缠，偏要强求他带她一起。

起风了，吹得她鬓边芍花芳菲愈盛，衣袂飘举。她眼中一片水汽模糊，却不由得慢慢笑了起来。一千金贝币，可以买好多好多馒头了，大哥以后便再也不会饿着了吧？

其实不回头也好，不带她也好。三年前她只想好好活着，所以可以那样无所顾忌地朝着他的背影喊嚷。但现在，她怕了，她怕她的喊嚷换不来他的驻足，那样她会痛得再也走不动哪怕一步路。

她还要往前的……她趁着泪水还没夺眶而出，仓皇把视线收了回来，低头穿过丝帛铜铃轻摇的飞廊，继续往上走去。足下绣鞋，发间芍药。俩人贫寒如此，三年也就只能留下那么一点念想。

天潢贵胄的高台上，帘栊下，透出模糊的丝竹管弦之声，有歌伎在续续弹唱："晚日寒鸦一片愁，柳塘新绿却温柔。若教眼底无离恨，不信人间有白头。"

暮色的金辉照耀在瓦檐上，渡地楼台一片辉煌。红芍便带着这一点残存的念想，一步一步，越行越远。

“肠已断，泪难收，相思重上小红楼。情知已被山遮断，频倚阑干不自由。”

血色残阳吞没了她的倩影，周遭场景如末日余晖般沉了下去……

一场久离别。

自此之后，李清浅便是孑然一身，再也没有收留任何人陪伴在他身边。他那一千贝币，几乎尽散寒士之中，自己未花些许。多年过去，他在院中芍药荼蘼时，终参透了属于自己的断水剑法——其声如哀，或又如锣。风鸣电掣，断水破空。

第11章

一切过往便如长夜烟花，自墨熄眼前熄灭瞬止。

等这种极速的走马灯停歇时，已到了寂寂荒山、累累白骨——那是世人所熟知的女哭山一战。

其实墨熄在看到红芍走向城楼，成为燎国被选中的圣女时，心里就隐隐有些不安。墨熄不像李清浅那么单纯，他太熟悉燎国这些疯子，尤其是那位显少露面的国师，更是疯过野狗。什么“传授占星之道，为国运祷祝”，其他人会信，墨熄却并不那么认为。

燎国吃人喝血，丧心病狂，想来红芍此去，恐怕是凶多吉少。

再一想女哭山的传闻，说是燎国抓了几百个女孩，将她们扮作新娘，来祭山神。两件事情相互一关联，墨熄就大抵有了个猜想……

而事实是，他对于燎国行事的猜想，往往都是对的。

女哭山上，厉鬼甚多，李清浅一并伏之。但是他心肠好，得了这些姑娘的亡魂后，并不愿意让人伤害她们，而是决心将自己的断水剑谱交由弟弟保管修炼，自己则带着那数百魂魄，远去海岛，想要将她们慢慢超度。

超度厉鬼，自然得一个个来，让她们一一地解去戾气，魂归转世。

李清浅每度一人，就看着魂灵往生，自瀚海西去。

那些死在女哭山的姑娘尽着斑驳红衣，她们有戾气的时候没有意识，而戾气散后，又失去了身前记忆，每一天，他都看着一个亡魂从灯里幽幽怨怨地飘出来，又茫茫然然地走了。

就这样，一日复一日。

李清浅度的魂越来越多，但心里的惶然却越来越深——因为他发现这些姑娘，长得都太像一个人。

像那个追着他跑的，被他遗落在城楼上的人。

女鬼们未解怨恨前，口中会无意识地重复一句临死时想着的话。李清浅听了很多，有的是喊痛，有的是在唤着爹娘，有的则是喃喃地说，不要埋我……不要骗我……我不想死……

不要埋我、不要骗我、我不想死！我不想死！

这些话也好，女鬼们相似的容貌也罢，都让李清浅心中的不安越来越强烈——这些姑娘是燎国从哪里寻来的？她们为何都会有如此相近的容貌？

有一个答案呼之欲出，但他不敢信，他不敢想。

魂灯里的冤鬼逐日减少，墨熄看得出李清浅每放出一个，手都是颤抖的。而当他看到女鬼的容貌并非是他遗弃的红芍时，他的颤抖才会停下。

偷生般，松一口气。

直到他度到最后一个。

那个清晨，李清浅照旧提着魂灯，墨熄看得出他的步履比往日轻松不少，女哭山的鬼还剩最后一个了，李清浅觉得或许是自己从前想得太多。

他的红芍应当还在国师宫殿里占星问道，好好地当着她的圣女，绝不会是他胡思乱想的那样……

最后一魂，犹如一缕孤烟，孱弱地从灯里飘出，飘然化形。

女鬼身材娇小，一身凤冠霞帔，却是，却是……李清浅如遭雷击，浑身的骨血冷透——

他几乎是脱口而出："红芍？！"

那薄薄的倒影，像一场终于降临的噩梦。

红芍的冤魂茫然悬在他面前，容貌还是他梦中见过无数次的容貌，甚至她的鬓边仍有芍花虚影，脚底仍是鹅黄绣鞋……可她却不会大笑，不会蹦跳，不会像个小锣鼓一样和他嚷嚷闹闹。她只是像所有伏诛的厉鬼一样，心智和记忆都已泯然，只剩一缕魂魄，飘飘荡荡，孑然无依地浮在他面前。

哪怕是再单纯愚钝的人，此时也应当知道，国师是骗他们的了。那些被献上的女人，最终并没有成为圣女，而是成了祭山之物，乱葬枯骨。

权贵者的骗局，骗尽了那些走投无路的性命。

红芍浮于空中，喃喃着她临死前最后执念的一句话，她眼神空荡荡的，她说："你回头啊……大哥……我想和你好好告别……"

你回头啊，我不奢望和你一起变老了，我不奢望你重新把手伸给我，带我远行仗剑。

我就想，我想一直以来都是我追着你，一直以来都是我看着你的背影，分别的时候能不能换你目送我走上城楼，能不能换你好好地看我一眼。

我不甘心就这样死啊，大哥。

我这一生都没有和你说一句再见。

从墨熄这个角度，他并不能瞧见李清浅当时的面目如何，死寂中，也没有任何的声响。

良久之后，像是洪流终于溃了堤坝，李清浅喉咙里忽然发出近乎野兽哀鸣的哭号，嘶哑不成调，字字不成声，泣血泣泪，回荡在梦境中，每一声痛哭都像是从喉管中合着鲜血而出。

他说，不该送你走……不送你走，我医不好你，但却能好好陪着你，痛苦的是我。但我那么自私，那么软弱，我把你推给了别人，自己逃之夭夭，把痛苦都留给了你。

他跪在红芍的亡魂前，一如初见时红芍跪在泥尘里，哆嗦着，颤抖着，哀哀地恸哭着。

我甚至都没有勇气和你说一声再见，没有用一颗真心，与你惜别。

那一整日，从晓天初破，到绯霞漫天，是一人一魂最后的相伴相依。

天终于暗了，放出魂灯的冤鬼不能再留，她或是落入永劫，或是被他超度。于是李清浅只能鼓足气力，哑着嗓子，流着泪，一遍一遍地念着往生咒。

他送她走，他度她走。瀚海浮生，梵语低喃，这一次，由他看着她离去。

一遍又一遍。

红芍在往生咒的呢喃里，无意识地重复着："大哥……你回头啊……你再看看我……"

"我想和你……好好道个别……"

"大哥……"

蓦地，黑气逸散了。天边云霞正稠，万丈金光入海潮。李清浅嘴唇颤抖，念最后一个字，慢慢抬起头来。

红芍魂灵得解了，她的眼神变得空灵茫然。她不再说话，似乎困惑于自己为什么会在这茫茫尘世间。继而她转头看向大海尽头的最后一抹暮色，毫无留恋地，转身飘然而去。

我想和你，好好道个别。

李清浅终是泣不成声，他看着她的背影，他追着她的背影，沙哑地喊她名字，追到海里……海水没过膝，没过腰……浪潮打来，他踉跄跪下，却没有低头。

他看着她消失在天地间。

当年城楼一别，我不曾回首，这一次，换我看着你……换我送你走……我们这一辈子都无法好好地道别了。但我送你，我度你归去，我送你远行。

红芍，红芍，这样的话，你能不能原谅我，原谅我曾经的贫穷与软弱。你有没有原谅我，你能不能原谅我……

天地空蒙，残阳泣血。暮色深了，最后一点光被海水吞没，黑暗降临孤岛，长夜在他的恸哭中滚滚涌来。

墨熄没有动，他没有过去看李清浅的模样。那种支离破碎的脸，他戎马倥偬半生，早已见过无数次，那是他最不愿意看到的画面。

不久后，李清苏就去了燎国。他要去找那个国师问个明白——什么圣女，圣女是拿来填山祭神的吗？

那是祭品！祭品！！他的断水剑已修至巅峰，一腔仇恨，满腹怨戾，燎国王城的暗卫并非是他的对手。他在屋脊梁椽上疾走飞掠。最终在国师殿前轻盈落下，三招之内便杀了守在偏门的两名守卫。紧接着一脚踹开了殿门——

殿门开了。

映入眼帘的是大片大片的灿灿金光。但见国师殿内，雕梁画栋皆缀有细碎金粉，缃布帷幕低垂，地上铺着苫席，软靠坐垫尽是金丝绣作，堂皇富丽。

这片金色浮光中，有一个男人宽袍广袖，背对着他坐在窗边，正在低头抚琴。

听到踹门的动静，男人不疾不徐地弹完最后三两弦音，压住了颤抖的琴弦，平静道：

"夜深静谧，客人有何贵干？"

李清浅嗓音里仇恨深种，他提着滴血的剑，咬碎四个字："我来寻仇！"

"呵……"国师轻若烟霭地笑了，"九州天地间，无论是活人，还是怨鬼，想找我寻仇的都不少。不过有能耐单枪匹马闯入王宫，来到我殿里的——"

他慢条斯理地回过头来，淡道，"还真没几个。"

随着他抬头的动作，殿内灯烛流照。

燎国的国师居然也戴着一张黄金假面，假面后的黑眼睛暗流涌动。

他轻笑一声："仙君是来寻什么仇？"

李清浅恨恨道："血仇！"

"哦？"国师饶有兴趣地起身，问道，"是我杀的哪一位？"

李清浅知道跟他报红芍的名字也无用，于是咬牙道："祭山之女……你自己知道你都干了些什么。你这个……骗子！"

国师静默须臾，嗤地笑了："原来仙君是，冲冠一怒为红颜……"

李清浅愤怒地几乎在发抖，他双目赤红："你说寻那些容貌相似的女子是为了收作圣女，教习占星天道，可事实却是将她们活埋凤羽山，祭祀山神！是也不是？！"

国师却道："不是。"

李清浅素来是个讲道理的人，一听他竟矢口否认，亟欲喷薄的恨意便生生遏住，睁大眼睛，胸口起伏地瞪着他。

国师叹息："仙君会有如此推断，实是一知半解，冤枉我了。"

"我……我……"李清苏看样子似是想问"我哪里冤枉你了"，可他心绪太激动，而国师此言又太过出乎他的意料，竟让他一时不知如何再问。

国师道："我收那些女子是没错，可你说我将她们活埋祭祀山神，却是错得离了谱。小仙君，我且问你，凤羽山能有什么山神？"

"……"

"五大邪山的山神都未必能得到百名室女活祭，凤羽山排的上第几？"

“可，可是……”

“它毫无灵性，最多也不过就是个风水死局，你听信坊间传闻，便一口咬定是我要为了活祭山神，所以无缘无故将那几百名姑娘推入合埋土坑，让她们殒命于此。”国师顿了顿，说道，“我哪有这么无聊。”

李清浅显是不愿相信国师此言的，可是对方说得有理有据，并无任何强词夺理的地方，于是他的神情显得格外茫然。

这种茫然令他显得非常疲惫，也极度可怜，好像上天连复仇的火都要从他的躯体里抽去，让他只剩一个冰冷空荡的骨架子。

国师那双眼波深流的眸子就这样看着他，看着他低头，看着他嗫嚅，看着他目光涣散，意志消散。半晌后，国师抬起修长的手指，覆上假面，忽然轻轻地笑出声来。

李清浅蓦地抬头，脸色苍白地看着这个举止古怪的男人。在他茫然的眼神中，国师却像个逗弄雀鸟的玩客，笑得愈发厉害了，一阵阵笑声几乎像寒水上漫，逼得李清浅浑身寒毛倒竖：“哈哈哈……哈哈哈……”

“你笑什么？！”

“噗，我笑你有趣，你实在是太有趣了——断水剑李宗师，久仰你伏魔大名，原来如今这世道中的宗师，就是你这般天真烂漫的样子？”

李清浅愕然：“你早知道是我……”

“外头铮铮剑鸣，我若辨不出来，岂不是聋？”

李清浅愕然道：“所以你刚刚，都是在骗人？！”

国师坐回琴凳上，一手搁着琴身，一手覆在膝头，眼神幽亮，笑容甜蜜：“嗯？我骗你做什么？我刚刚与你讲的话，那都是真的。”

“我不曾拿那百名女人祭山，不过她们确实是我埋的。不为国运祭祀，只为……”他顿了顿，笑出声来，“只为寻个乐子。”

李清浅愕然：“你——”

“你知道我为什么要选这些女人么。”国师随手拨弄着琴弦，发出断续无意义的碎声，而后低眸浅笑：“其实她们旁的皆不能怨，只怨像了一个贱人。”

他叹了口气：“那个贱人教我好恨啊。”黑眸熠熠，“我不开心。”

“你这个……你这个疯子……”

“没错啊，我是个疯子。”国师嘻嘻笑道，“但是，如果我跟你说，我其实也是个痴情人，你会信吗？”

“你——”

“你就不好奇那些女人像谁吗？”

李清浅不答，国师也无所谓，就这样悠悠地只管自己说了下去，“她们啊，都像是我养过的一个圣女……一个贱婢。我待她宽厚，她却不好好孝敬我，反而吃里爬外，干了一件忤逆我心意的大事，而后逃之夭夭。”

“我一直在打听她的下落，却不得寻。直到多年之后我才听说，在重华，有个风华绝代的女人成了亲。那便是她。”

国师用最漫不经心的语调，诉说着心中的滔天怨戾，“啧啧，感人啊。人们都说，此女以绮年玉貌之身，嫁与那般刻薄冷情的男人，是疯了想不开。她明明有倾城之姿，芙蓉颜色，却偏偏痴缠于一个不解风情的冰块儿木头，实实是辜负佳人。”

发丝淬炼的琴弦在他手下发出令人毛骨悚然的鸣响。

国师咧嘴笑道：“我也是那么认为的。”他指了指自己的颅侧：“我觉得她嫁给那个人，是这里有病。”

“你看，她那么淘气，好端端的国师圣女不做，偏偏要给人家做糟糠妻，哎呀，惹得我好生气。”国师说这番话的时候，一直都是笑嘻嘻的，像在聊什么无关痛痒的琐事，“可是我能怎样呢？我那么高高在上，地位超然，我总不能去抢亲吧？于是……”

他的嘴唇又兽类般裂开了，两排牙齿森然，“我就想了个绝妙的主意。来排遣自己的不开心。”

他看着面如白纸的李清浅，笑着，轻描淡写地说：“我也成亲。”

“她不是红颜绝世，举世难得，会勾引人吗？我偏要娶几千几百个与她相貌神似的姑娘，那贱人自抬身价，我便要把她踩到尘泥里去，什么倾国倾城……哈哈哈哈，还不是想找几个，就能找几个！娶了她，又有什么了不起！”

这回别说是李清浅了，就连墨熄都觉得这人定是有什么疾病，才会疯癫至此。

“你看我，几百个圣女招之即来，各个与她容貌神似。她算什么东西？”国师说得兴奋，眼中精光迸射，“我想娶，就能给她们戴上金冠披上凤衣。让她们一个个在我座前跪下——”

李清浅原本一直面如金纸不曾答话，此时听他这样说，陡地厉声道：“红芍不会给你下跪！”

没想到国师瞥了他一眼，居然也不否认，笑了两声，说道：“是有人不跪。”

“……”

他舔着自己皓白尖利的犬牙，眯起眼睛，甜腻而森然：“但是，所有胆敢反抗的，心不甘情不愿的，那些贱人……”他冷笑两声，“只要杀了，就都乖顺了。”

“你！你简直！”李清浅又气又悲，浑身都在发抖，他从不骂人，此时恨极了，却也不知该吐出什么话来，于是一张脸涨得通红，嘴唇微微哆嗦着，“你……”

国师只是笑，眼中闪动着餍足与残暴：“她们不是有傲骨，不可摧折吗？好说，那我就把她们统统埋入凤羽山，风水逆局炼作冤魂！！”

“别说了……”

“这世上多的是不尽人意的事情，也不可能人人如我所愿。我虽全不了自己心意，却能让世人清楚，何谓顺我者昌，逆我者亡！”

“你简直是疯了……你疯了！！”

李清浅忍无可忍，铮的一声长剑掣出，碧光流照，直取国师首级！

墨熄阅敌无数，此时已看出这一招实为李清浅毕生之能，端的是动天彻地，卷雪破石，世间能与之匹敌的剑士绝不超过三位。

可谁知那国师身姿不动，岿然高坐，只是指尖略动，那把古琴铮铮作响，断水剑光在弹指间黯然失色，须臾后，四散爆溅，竟归虚无！

“怎么——”李清浅惊呆了，就连墨熄都万不能想到这惊天一剑，竟会被如此轻易破解——那国师斥散了剑光，起身，抬起两指，身影快若鬼魅。

等李清浅回神，手中长剑竟已被国师夺去，夹在二指之间。稍一用劲，蓦碎千片！！

“你……”李清浅蓦地往后退了一步，骇然摇头，“你怎会……”

国师笑道：“我怎会轻而易举，破你剑招？”

“……”

黄金面罩下的那双眸子闪着幽幽光泽，那国师随手将剑柄弃掷，慢慢向李清浅走去，忽地猛一击，抬手撑在李清苏身后的梁柱上，啖肉的猎豹般挨近，几乎是眼睛直对着眼睛。

“断水剑嘛。”国师嗓音低沉，甜腻道，“我又有什么不会的。”

李清浅面上最后一点血色就此殆尽，他退无可退，砰地靠在沉厚的楠木殿柱前，瞳孔急剧收缩，盯着黄金覆面后的那双眼。

他忽地惊疑。这……这是记忆中的眼睛吗？将他和弟弟从硝烟战火中救出来的，仿佛下着江南烟雨的那双杏眼？

他不敢确定，也不能确定，他觉得冷，每一滴血每一寸肌骨都在封冻……他的断水剑就是由当年那个青衣修士留下的剑谱衍生的，除了那个人，世上还能有谁轻而易举就破了他的剑诀？

可眼前这个疯狂变态、扭曲阴暗的国师，怎么会是当初救他的那个男人？

怎，怎么会？！他们唯一相似的地方也只有这张黄金覆面……

世上喜用面具覆住脸庞，不教人窥见真容的修士大有人在，眼前这个疯子又怎会是他曾经的恩公？！怎会是？！ 他已经没有红芍了，失去了他的未来。如今天地残酷，便要连他的过去，都要一并诛灭吗？！

李清浅颤然道：“不……不会……你不是……”

国师的眼神就像一把刀，沿着他的眉心下划，一点一点，撕破皮肉，剥开骨血，轻而易举地便窥透了他战栗的内心。

“呵呵，这断水剑虽不完美，但我在少年时，倒也是真心实意地喜爱过。”国师轻笑道，“你听听，五年一剑春秋变，十年一剑逆沧桑……单这两句剑诀，便知是怎么样的年少轻狂。”

李清浅缓缓摇头，忽地疯魔道：“不！你绝不是他！你绝不可能是他！！”

国师不答，只垂了睫眸，露齿凉笑：“李清浅。你既修了这本剑谱，好歹便也算是我的半个徒弟。好徒儿，为师知道你恨我，但是为师在这世上还没玩够呢，轻易不能死。只能送你先上路。”

李清浅面色煞白。

国师低笑道：“唉，本来我是打算拿女哭山的冤鬼们炼剑的，都被你这个小淘气给毁了。刚好你自投罗网，可以拿来给我玩。你放心，你死了之后，师父一定把你炼成一柄神兵利器。你要乖乖的，不要哭闹。”

李清浅倒是不畏死，他畏的是眼前这个人……难道真的是当年救他的，他一直在追逐的青衣剑客？！

“断水剑是你的……是你传我的……吗……当年那个人……是你……吗……”他的声音都破碎了。

国师没有直接回答，却只是笑：“其实我一点都不想把它传给别人。不过……算了，事到如今也没什么好说的。”

他言罢，直起身子，眼底寒光一闪：“来来来，我让你感受一下，真正的断水剑究竟是什么样子！师，父，教，你！”

话音方落，忽地眼前一道碧色辉光闪过，迅若飞鸿影过，戾如雷破九天，刹那间热血飙溅！

眼前光影在剧烈晃动着，墨熄看到李清浅倒在一片血泊之中，而那个国师将李清浅的胸腔用剑刃撕开，黄金覆面上溅了淋漓鲜血，国师一直在癫狂地笑着，笑声盘旋不散……

一片猩红中，国师舔了舔溅在唇角的血，轻笑道：“李清浅，你喜欢的姑娘千不该万不该，不该像她。你呢，千不该万不该，不该学这本剑法。”

他盯着李清浅的尸首，淡淡道：“是你们不懂事，死了也不能怨我。”

最后一幕，是那国师起身，用血淋淋的手捏住李清浅的脖子，将他拖拽着，走出金灿灿的国师殿，走向星垂万户的长夜。

金砖上是一行鲜热的血迹，李清浅的尸身被国师拖着逐渐远去，当他们消失在殿门转角，国师恣意沙哑的笑声便蓦地擂响，又是痛快，又是癫狂地喟叹道——

“五年一剑春秋变，十载一剑逆沧桑。此剑凌绝可断水……”

顿了顿，一声痛快至极又仿佛痛苦至极的大喝，击破长夜：“平生难断……向君心！”

狂歌如漩涡在幻梦中盘流，一切归于寂灭。墨熄猛地坠入了一片黑暗深渊里。

再睁开眼的时候，首先映入眸中的是夜空如洗，星斗繁盛。几笔疏枝探向高天，枝梢的枯叶微打着卷。

回忆已经结束了，他回到了慕容楚衣的院子里。

墨熄躺在地上，耳边“此剑凌绝可断水，平生难断向君心”的余音未散，幻境中的一幕幕仍在眼前。从庐前舞剑，到最后国师殿内的血迹斑驳。

他望着夜空，喉结微动，不知是什么滋味。只是良久后他心中忽然冒生出一个想法——

他想，若是当初，红芍无病呢？

若是她承蒙天顾，身体康健，他们会不会一直相伴，世上少一剑魔，而多一双眷侣，小锣鼓变成老太婆，也一直热热闹闹地在李清浅周围喧闹。

会有这种可能吗？墨熄并不确定。年轻的时候，他对人情世故知之甚少，那时候他以为，只要尽力而为，相互在意的人就能长相伴。

后来他发现不是的。原来在这世上，还有一种叫作天命的东西。情深缘浅时，天命就会化作贫困、宿仇、疾病……一切你想也想不到、猜也猜不得的重锤，擂在交扣的手上。

有的人痛了，就收手了。而那些痛而不甘心，痛而不放弃的人，最后大概就像李清浅那样，被砸得血肉模糊，筋骨毕露，被砸碎了骨骼，裂去了筋血。

倔到最后，仍是断了，还自讨一个面目全非的结局。

他起身，其他几人的药性还未散，仍在沉睡。他目光一节一节过去，最后落到了顾茫那边——顾茫也仍昏迷着。

墨熄心闷得厉害。他不由得想到他和顾茫之间其实也是一样的，阶层鸿沟、家国之恨覆压而下。顾茫受不住痛，所以离开了他。

他到底还是被割舍的那一个。

但又或许，其实他们之间的同袍之谊本就不如李清浅和红芍之间的爱意。或许从一开始便是他自作多情，一厢情愿地不肯让顾茫离去。

那些年顾茫说过的“会一直陪伴你”，竟不知有几分真心。

墨熄阖了眼睫，扶着突突直跳的额角，让自己从幻境的余韵和心痛中缓慢抽身。而这时候，其余几人也开始动弹，陆续从幻梦里醒来。

岳辰晴不谙人世疾苦，也未曾经历情爱的无奈，因此他虽觉得李清浅可怜，却也没什么感触，只是被最后一幕恶心到了，一爬起身就趴在地上连连干呕：“呕——呕——”

“那个燎国的国师……他是个变态吧！！”岳辰晴呕了好几声，大喘了口气，虚弱道：“他是野狼投的胎吗？！”

那两位慕容倒是还算镇定，慕容楚衣没什么表情，阖着眼眸凝神养气，而慕容怜则恹恹地把头靠在假山石上，说道：“剑灵嘛，你也知道的，死得越惨，威力越大……”

岳辰晴摆了摆手，示意他别说了。

慕容怜大概是嫌岳辰晴吐得恶心，便也就不说了。他扶着假山站起来，活动了一下筋骨，冷笑道："不过现在我算是知道啦，原来李清浅的断水剑并不是他自己的，而是从燎国国师给他的剑谱里参透的。"

慕容楚衣却说："并非一道。"

"怎么不是一道了？"

"断水剑是李清浅重悟之后的新招式，剑道在于'仁剑断水，义剑斩愁，清贫也济世，万苦仍不辞'，而燎国那个人，他的剑道核心却是'此剑凌绝可断水，平生难断向君心'。一个执剑为义，一个执剑为情，全然不是一路。"

慕容怜怔了一下，而后不服地嗤道："痴仙痴仙，说你痴，你还真是个疯子。"

岳辰晴倒真是护舅心切，呕吐的恶心劲儿还没过去呢，一听望舒君居然这样说慕容楚衣，不由气恼道："不许你骂我四舅！"

慕容怜斜眼睨道："他有什么不能骂的？整个重华上下除了君上，还有我慕容怜骂不得的人？"

"慕容大哥你你你，你不讲道理！我要告诉君上去！"

慕容怜没好气道："小宝贝，你怎么不告诉你娘去啊？"

岳辰晴脸色一白，气得浑身发抖，刚想接着说些什么，忽见得白衣一闪，"啪"的一声脆响，慕容楚衣居然抬手结结实实扇了慕容怜一个巴掌！

这下所有人都惊了，慕容怜更是被掴得半天回不过神来，捂着脸颊又怒又惊："你……你居然敢……"

慕容楚衣广袖飘飞，帛带款然，剑眉之下目光若刺刀冷冽："我有什么不敢。"

慕容怜都快炸了，桃花眼怒红："你放肆！本王是——"

慕容楚衣反手又是一个耳光，"你算什么东西。"

慕容怜长那么大还从没被哪个平辈这样羞辱过，简直气得眼冒金星，拿着烟袋的手都在颤抖："你……你好大胆子……我要禀奏君上，你，以下犯上……"

慕容楚衣微微眯起凤目，水色薄唇一启一合，把慕容怜方才那句话清冷冷地奉还："告诉君上做什么，怎么不去告诉你母亲？"

此一言，慕容怜的脸瞬间暴红！脖颈侧血管突突，立刻就要冲上去和慕容楚衣拼命！

慕容楚衣侧身避开，广袖一拂，森然道："让他滚。"

岳辰晴没想到他四舅居然还会命他做事情，蓦地睁大眼睛，几乎是茫然又错愕地点了点头："哦……哦，好……"

谁知慕容楚衣道："没和你说话。"

"啊？"

只听得木机甲咔咔作响，原本围在顾茫身边的竹武士忽然转动四肢，全朝着慕容怜的方向而去。

慕容楚衣负手而立，站在这群木机甲之后，冷冷看着慕容怜，说道："送客。"

望舒君地位尊贵，到哪里不是被人捧着供着？可此时慕容楚衣却派了一群木头人来轰他走，而且看着架势，要是慕容怜不走，它们就打算一齐将他放倒了抬起来走。慕容怜气得浑身发颤，指着慕容楚衣怒道："你，敢！"

慕容楚衣白袍如雪，怫然道："丢出去。"

竹武士们"阿哒阿哒"地叫嚷着，照着命令，一窝蜂地上来将慕容怜丢了出去。

丢完了慕容怜，慕容楚衣便一脸淡漠地回来，坐在了院落石桌边，仿佛无事发生一样对墨熄道："羲和君，坐。"

墨熄想，痴仙果然是个疯子……

岳辰晴却像是早已习惯了他小舅的性格，在旁边恳切地问："四舅，我也能坐吗？"

慕容楚衣看也不看他一眼："你站着。"

岳辰晴垂头丧气："哦……"

慕容楚衣抬了下手指，廊庑下立刻来了两个竹武士，手中端着茶壶盘盏，搁在桌上。

两盏茶斟上，慕容楚衣淡淡道："说正事了。如今李清浅的过去已经明晰，对于那个落跑的剑魔，羲和君怎么看？"

墨熄又看了顾茫几眼，才将目光转开，说道："他应当在重华不会走。还会去找国师所说的那个绝代风华的美人。"

岳辰晴插嘴道："可是啊，那个剑灵好奇怪。刚刚咱们在回忆中看到的李宗师是个那么好脾气的人，怎么现在却……"

墨熄道："李清浅是剑魔，而非剑灵。他惨死后被炼入红芍剑中，初时意念尚能存留，但是红芍长期配在那个国师身边，想来沾了不少怨灵鲜血。如此情况下，他的心智举止就会与他的主人日趋相似。"

岳辰晴一惊："所以我们遇到的李清浅，脾气性子已经更接近那个国师了？"

慕容楚衣道："嗯。"

岳辰晴想了想："这样啊……那红芍剑后来应当被那国师赠予旁人了吧？如果它仍旧属于国师，想来也不至于落到慕容怜手里。"

墨熄摇了摇头道："红芍剑属于谁，如今已不重要。重要的是，他接下来会去找谁？"

慕容楚衣道："不错。李清浅化形之后，一举一动皆刻意模仿那名国师。想来是执念太深，已至疯魔，不可用常人举止揣度。但是，他的执念不算难猜，他就是要找到国师口中的那个'绝代佳人'。"

慕容楚衣此言，墨熄也是认同的。

想来李清浅捉了那些姑娘，并不急于马上将她们杀害，而是会设法让她们告诉自己，相似的女子都在哪里。然后依照她们吐露的消息，再一个个抓来。恐怕李清浅是觉得，若非因为此女嫁人，让那国师心生怨怼，红芍便不会丧命。

李清浅已经疯魔了。

墨熄思及此处，转问道："岳辰晴，大约十年前在重华最好看的姑娘，你可知道是谁？"

岳辰晴笑道："羲和君这可问对人了！重华每年都会有那好事之人编排名榜，各式各样的榜单都有，我特别爱看！你要说十年前最好看的姑娘嘛，那肯定是苏玉柔呀。"

墨熄对女人一贯不了解，对于那些藏于闺中而芳名在外的绝代佳人也一样毫无兴趣，因此苏玉柔这个名字，他只是隐约有些耳熟，却并不能想起是何许人物。

"你见过她的模样吗？是否与红芍姑娘有几分相似？"

岳辰晴连连摇头："苏姑娘终日面纱遮脸，很少有人瞧见过她的相貌，我是晚辈，自然没见过她的真容。"

他说到这里，还颇为遗憾地叹了口气。

墨熄问："那她后来是不是像幻境中国师所说，嫁给了一个脾气阴冷的男子？"

"哎？是哦。"岳辰晴略一思索，惊奇道，"她丈夫还真是这个脾性。难道那个国师说的就是她？！"

墨熄和慕容楚衣互相看了一眼。

连岳辰晴都能轻易想起来的女人……要打听起来显然并不困难，想来李清浅也早已从别人嘴里问到了这个女人。但他为什么一直没有动手去捉她？

墨熄问："她嫁了谁？"

岳辰晴拍着额头道，"不会吧……我都说到这份上了，我以为你们已经知道她是谁的夫人了呀！四舅，羲和君，你们，你们从来都不看重华美人脂粉录的吗？"

墨熄："……"

岳辰晴无奈道："那重华富豪风云录呢？"

墨熄不耐道："到底嫁了谁？"

"姜药师姜拂黎啊！"岳辰晴简直无语，"重华第一富商的妻子，你们俩都不知道吗？"

墨熄眸色微沉，心道，难怪。

重华最难进的两个地方，慕容楚衣的器室，姜药师的丹房。

墨熄对"苏姑娘"并不了解，但对"姜夫人"还是略有耳闻的。听说那位夫人身子骨极弱，常年都在姜府的丹房内闭关调养，外头发生的风风雨雨，她一概不知。

李清浅之前尚且谨慎，不敢对姜家下手，但现在他剑身已损，只剩暴戾魔息，想来定会去姜宅闯上一闯。

思及此处，墨熄立刻起身，看了廊下睡在竹武士堆里的顾茫一眼，说道："我去趟姜宅。慕容，他就麻烦你照……"

话未说完，忽听得一声震耳欲聋的爆鸣，三人齐齐抬头，但见重华东市烈焰忽起，浓烟直接霄汉。

岳辰晴惊道："这，这是怎么了？！"

墨熄道："去看看。"

岳辰晴忙点头，跟着墨熄出去，可回头却见慕容楚衣没动，依旧坐在石桌边，并且唤了一个竹武士过来，正在吩咐它什么。岳辰晴犹豫道："四舅，你不走吗？"

慕容楚衣扫了一眼顾茫，淡淡道："没听到羲和君要我照看要犯？脱不开身。"

岳辰晴想想也是，于是不再坚持。一出岳府，墨熄和岳辰晴竟就遇上了大批仓皇逃窜的百姓，妇孺老弱都有，禁军修士在两边指引着。

"去平安署！全部带去平安署！"

东边的火势越烧越旺，已然映透大片天空，禁军们御风踏剑，在夜幕中像一道道飒沓流星，来回从火海里抢出百姓。

所隔距离虽远，却还是能听到此起彼伏的哭喊之声，还有修士们的吼喝："拿住他！"

"调增援！把那个魔头拿下！"

"那个魔头"不必说，定然就是剑魔李清浅了。

岳辰晴惊道："这个李清浅怎么不去姜府，反而在其他地方大开杀戒？"

墨熄心道，恐怕李清浅不是不去姜府，而是去过了姜府，却没有见到想见的人。他说："先去东市。"

他们赶到重华东市，发现状况竟比预料的还要糟，整片街市都被魔火点燃，猩红色的烈焰像是接天蔽日的芍花，滚滚浓烟上掩天日。火海中，时不时有三两修士御剑破风而出，怀里抱着身受重伤行动不便的庶民。

"这火越烧越大啦，快抓紧灭火啊！"

"再这样下去，避火结界怕是要撑不住了……"

众人一片混乱，驻在帝都的军队都已赶来应援，北境军的许多士卒也在，这些原本隶属王霸军的人一瞅见墨熄，便喜道："墨帅！"

还有人小声道："来了来了，后爹来了。"

即使过了那么多年，王霸军旧部私下里还是喜欢管墨熄叫"后爹"，只不过从一开始的嫌弃，如今已成了一种没有恶意的戏称。

他们的"后爹"一身黑衣猎猎，金边滚动，迈着大长腿向满地硝烟走来。

东市火焰滔天，映在他黑沉沉的眼中。

“爹……哦不对，墨帅，这里有个邪魔作祟……”

墨熄点了点头，说：“你们只管救人，剩下的我来。”

众人微怔，不知道他们的“爹”要做什么。墨熄是火系修士，难道他还能灭火？便在这焦头烂额的当口，忽听得墨熄沉声道：“吞天，召来！”

仿佛鲸声自大海深处透啸击空，一支通体莹白的权杖出现在墨熄手掌之中，杖头融金错银，镶嵌着奢贵耀眼的鲸鱼灵魄石，幽蓝华光，来回流溢。

岳辰晴一惊——吞天的武器实体？！

吞天是墨熄最强悍的一柄神武，往往只消一个命令，就能有移山填海之势。

因为吞天太过霸道，所以墨熄通常也就只会召唤个结界，用来当作防御，少有唤出吞天权杖的时候。道理很简单，防御只要巨鲸灵体就行了，而唤出权杖，那是要准备施法的。

墨熄细长冷白的手指握着杖身，只凌空朝火海一点：“化雨。”

有小修士惊道：哇……”

甭管亲爹后爹，你爹就是你爹，火系修士居然还真能熄火啊？

但见一束蓝光从权杖内喷射而出，直升高空，霎时化作一条通天彻地的巨鲸，扫着尾鳍张开巨口朝着火场扑去！

霎时间卷起狂风，飞沙走石，不少修士甚至直接承受不住这股强劲灵流，纷纷倒地，面露痛苦之色。便连岳辰晴也连连呛咳，眯起眼睛。

蓝色的巨鲸灵体与腾龙般的火海绞杀一处，猛地撞出重重水花气浪，浪潮与火焰甚至溅出百里外，长夜在瞬间被点作白昼！哗地暴雨滂沱，俄顷席卷了整座重华王城。

暴雨中，墨熄面色如玉石苍冷，眼中交织着蓝色的水光与烈红的火光，一袭黑色禁军皮衣猎猎飘摆。

只是转瞬之间，冯夷息浪，火舌在他面前犹如千军万马瞬息投诚跪伏，火海成了冒着余烟的墟场。而有幸目睹这一幕的修士们看着他的背影，俱是惊骇震慑到一句话也抖不出口，只各自在震撼的心底发出不同的感慨——

男修想：完了，重华的女人更要为这个人疯了。

女修想：啊啊啊啊啊！

王霸军的修士们想：我们后爹生气起来好暴虐好可怕！！

屋舍倒伏，翻滚的硝烟中，一个身影慢慢回转过身。

李清浅果然在火场中兴风作浪！

此时此刻，魔气已经爬满了他的脸庞，他双眼发赤，神情看起来比之前更加扭曲疯魔，墨熄已完全无法在这张脸上看出当年那个“仁剑断水”李宗师的旧影。

剑灵往往会与剑主同化，而李清浅已完全被燎国国师的阴影所覆盖了。

李清浅看到墨熄，龇露牙齿，森然喝道："墨熄！你护得了重华一次，难道还护得了次次？难道你能日日夜夜不睡，随时守着这座城？！把那个姓苏的交出来！不然我闹得你重华永无宁日！"

岳辰晴叫道："好啊，原来是你没本事闯进姜宅！所以在这里拿无辜的人撒泼捣乱！！你好生不要脸！"

李清浅仰头笑道："我不要脸？不要脸的难道不是那个姓苏的？一个红颜祸水，曾经害得那么多姑娘因她葬身山中，如今又和缩头王八一样，任由城中烈火滔天，也龟缩在姜府不肯现身！哈哈哈……红芍……红芍居然因为长得这种人，白白枉死！这种胆小鬼——"

在场的修士中也有姜宅的药修，此刻听他这么说，不禁怒道："你放屁！我家夫人闭关修行，不知窗外事。她才不是你讲的那种人！你给我把嘴巴放干净了！"

"她不是这种人？那她是什么人啊？"李清浅狂笑道，"我倒想见识见识！她到底有什么倾国姿色！值得那个国师惦念成如此模样！"

药修气愤道："你根本不配出现在夫人面前！"

"夫人……呵呵，什么夫人！她就是个祸水！"李清浅状若疯癫，如毒蛇尖牙往外汩汩淌着五步杀人的汁液，"我偏要看看这个女人究竟是什么模样，我偏要毁掉她的容貌，把她丢到燎国那个国师……"

他说到燎国国师的时候，脸上扭曲的狰狞神色简直比冲天的烈火更鲜明，"那个禽兽……哈哈哈，那个痴情种面前，我要撕碎她，把她的花容月貌撕烂！！！"

"他害死我的红芍，我便也要让他喜欢的人生不如死！！"

他的怒吼穿云透日，情绪似急鼓繁弦，蓄到极处，又要迸发——

墨熄提醒周围的人："留心。"

李清浅的身躯周围黑气缭绕飞窜，眼见着又是一轮暴走，墨熄上前一步，吞天权杖的光芒瞬炽，其余人也戒备大张，只待弓满箭出！

然而就在这时，街角处，忽然传来一声薄烟般的叹息："住手。"

"……"

那是一个极悦耳曼妙的嗓音，单听这声音，哪怕不瞧她的容貌，都能知道是个绮丽的风华佳人。

众人皆惊回头，于是便这样让出一条道来，道路尽头是一个雪绡素裹的倩影，轻纱遮面，在未散的雨幕里撑着一把紫竹油伞，如洛神出水般翩然而至。

李清浅的瞳孔猝然收拢。

姜府的人惊道："夫人？您怎么来了？"

"夫人危险！若是夫人有什么闪失，等掌柜回来，我们该如何交代！"

姜夫人道：“若非岳府传音报信，出了这么大的事情我都不知悉。你们是打算瞒我到什么时候？”

她说着，脚步从容，从长街的尽头走向李清浅的剑魔之躯。

岳辰晴默默地惊了一下：“岳府……”

啊，是四舅后来报的信。思及此，心中却是有些说不出的滋味。

人都说他四舅冷血无情，是非不分，一向只看重事情的结局。他也知道此言不虚，四舅传讯让姜夫人出来，显是想要她出面阻止李清浅狂暴。

这样虽然是最有效的法子，但无疑也是把姜夫人往火坑里推。——“痴仙为达目的，从不计较要付出什么，恐怕是至亲的命，他都不会放在眼里。”

这是重华上下对于慕容楚衣的评断，岳辰晴不爱听，心里总想着四舅是个有所考量的人，做事总有他的道理。可这种清醒的考量，其实本身就是残酷的。

姜夫人在李清浅面前停下，平静地注视着他。

“你就是……”李清浅瞳中光斑跳跃，“你就是苏玉柔？！”

“不错，我就是。”姜夫人道，“你是为了向燎国国师复仇，特来寻我的，对吗？”

李清浅咬牙道：“是！我倒要看看……你到底是什么模样，竟害得女哭山那么多姑娘为你活埋至死！”

众人原以为姜夫人会回绝的，却不料她只是沉默片刻，然后说道：“你既要看我的脸，我给你看就是了。只不过……”

“只不过什么？”

姜夫人道：“我有件事，想先跟你一个人说。这件事只能说与你听，其他人，我谁也不想告诉，也与他们无关。”

李清浅眼珠转动，上下看着她，似乎是想窥探她身上有没有带着什么伏魔法器。最后咬牙道：“我也不怕你使诈，你若使诈，我便直接把你的心掏出来——”

“我身上除了这把伞，什么也没带。”姜夫人道，“不过这件事你听了，恐怕便就会心神溃散，支持不住。你自己想好要不要听吧。”

李清浅一怔，随即哈哈哈地长笑出声：“你不用激我！你说便是了！”

姜夫人道：“那你附耳过来。”

于是众人便看到李清浅侧耳，而姜夫人探身过去，面纱飘拂之下，她只唇齿微动，说了几句话。李清浅脸上的那种疯狂与狰狞一下子便顿住了。等姜夫人重新站直身子，宁静地望着他时，他眼珠子里迸射的寒光，还有震愕着实让周遭之人吃惊不小。

“她和他说了什么？”

有人小声嘀咕道。

"不知道啊……"

李清浅像看到鬼一样看着姜夫人，半晌之后，面色煞白地往后退了一步："不……不会……怎么可能？"

姜夫人道："我无半句虚言。"

片刻沉默，李清浅忽然撕心裂肺目眦欲裂地大吼道："你胡说！！你这个混账！你满口扯谎！！你、你……"

"你不是要看我的脸吗？你看完之后，就知道我是不是胡说了。"

姜夫人走到李清浅面前，从这个角度，除了李清浅本人，谁也瞧不见她的容貌。她抬起柔白酥手，轻轻撩开了自己覆面的绡纱……

什么声音都没有，静得仿佛置身于瀚海深处。

忽然某一刻，似是勒到极处的琴弦砰地绷断——

"你，你真的……"

姜夫人道："现在你信了吗。你所恨的，一开始便是错的。"

李清浅忽然后退两步，仰天大笑出声，痴疯地道："哈哈哈……可笑！我真可笑！！我一直以来……竟然……竟然以为……"

急怒攻心，心念俱碎，如此情形之下，李清浅忽低头哇地吐出一口黑血，血沾在唇齿间，他跌坐在地，整个人都像被击碎了，又哭又笑，指着姜夫人，胸口剧烈起伏着，眼睛红得可怕："原来……竟是如此！！哈哈！哈哈哈！"

"……"

"我知道了……国师他其实是因为……是因为……"李清浅没有说下去，瞳孔促收着，嘴唇黑血淋漓，忽然仰头大笑，暴喝道，"荒唐！！真荒唐！！！哈哈哈哈！真荒唐啊……"

"我恨了那么久，竟都是错的！都是错的！！"

剑魔跪地仰天，凄厉哀号，一连数声暴喝，一声凄厉过一声，一声痛苦过一声……到最后颓然倒地，竟是浑身抽搐，黑气暴体横流！

李清浅以手遮目，喃喃地哽咽道："都是错的……"

执念一散，他躺在地上，癫狂的笑声逐渐轻下去，像老鸦濒死前绕树的嘲哳回响，慢慢地，变得沉闷，变得喑哑。最后他蜷缩在地上，仿佛是一个蹩脚的笑话谢幕。

谁都没有想到，一柄煞气横溢的剑魔，只因着姜夫人的几句话，一张脸，居然就这样散去了毕生执念，化作一摊污血……

李清浅竟就这样散了。

"怎，怎么会……"

"这到底……"

众人一片寂静，俱是又惊又愕地盯着姜夫人看，似乎要想用目光撕开她的面纱，看到她的秘密。

这个女人朱唇轻启，吹进李清浅耳中的究竟是怎样的故事？只三两句，竟狠毒过不世神兵，轻而易举地将他的命索了去。

姜夫人到底对那剑魔说了什么？！

在这些又是惊惧又是愕然的目光中，姜夫人倒是很淡然，她没有任何意外地看了地上正在化散的剑魔身躯一眼，放下纱笠，慢慢地回过身去——

"夫人……"

姜夫人道："他已没有执念，再也不能聚成人形。今日连累诸位，心中有愧，内疚良多。"她说着，低头朝在场的修士们福了福身子，"东市之损，待外子归来后，我都会与他细说，多作偿补，先行告辞。"

她顿了顿，瞥了眼自己府上的仆厮，说道："你们都跟我回去吧，不会再有事了。"

"可是夫人……"

"走吧。"

柔靡的身段行远，娉婷纤弱，似踩着跷，在一众人或是神往或是错愕的目光里渐远。

湿漉废败的东市墟场，有人望着姜夫人的背影发呆，有人朝着自己烧毁的屋舍痛哭，也有人盯着李清浅化成的血污出神……

岳辰晴喃喃道："她的脸到底长得有多好看？为什么李清浅一看到她，就变成了这样，执念就散了？姜夫人是真的比红芍姑娘漂亮太多吗？"

墨熄没有说话，他蹙着剑眉，望着地上斑驳的血迹。

他知道这件事情并没有这么简单，姜夫人之所以能在顷刻间散去李清浅的心魔，绝不是因为"好看"，一定是有别的什么缘由，不然他不会一直喃喃地重复说"恨错了"。他恨错了什么？

岳辰晴见他神情不虞，试探道："羲和君……"

墨熄摇了摇头："人都有自己的秘密。不到必要的时候，就别再追究了。"

"哦，好……"

"你回岳府去吧，我去和君上复命。"

岳辰晴应了，正准备离去，可余光却瞥见了什么，脚步忽然顿住了。

他走到一家冒着黑烟的东市小屋前。这间小屋穷酸破陋，一看就不是什么富贵人家的住处，但它的门窗上却贴着一道金光灿然的灵符——那是岳家的金刚不破符。

再仔细一看，不但这家有，周围的许多人家都贴着一模一样的符咒，或许正因为符咒的庇护，虽然这些房子仍是被烈火摧得摇摇欲坠，不成样子。但是至少没有在瞬间被吞噬，里头的住户也都成功地被救了出来。

只是……岳辰晴抬起两指，揭下了那已经灵力耗尽的金色符咒，微微皱起眉头。好奇怪，金刚不破符是他家最贵的符纸，闹采花贼的时候人人都想买，但并非人人买得起，他伯父还为此赶过那些闹市的小修，他四舅也懒得理会。

那这些符咒……是谁给他们的？只略一思忖，岳辰晴就想到了一个人。一个病弱清羸的藕白色身影，坐在木头轮椅上，膝头盖着一条软毡。——江夜雪。

是了，江夜雪一贯婆婆妈妈，一个自己都照顾不起的病秧子，偏偏还心软得要命。那些穷人家里的金刚不破符，想来应是他做了给的。

这个念头让岳辰晴有些不舒服。一方面，他自己也觉得四舅和爹爹那种事不关己高高挂起的行事方式有些残忍。但另一方面，他从小就听府中众人对江夜雪百般唾弃，说江夜雪没有什么大本事，就只知道出卖岳家的秘术，为自己笼络人心，骗取声望。

可若是没有江夜雪好心赠予这些庶民金刚不破符，那么今天这一场劫难，东市不知会有多少无辜之人丧命……

矛盾之下，岳辰晴竟一时也不知该做何感想。偏生周围喧嚣不绝于耳，搅得他心思愈乱。他模糊地想，这一次四舅和江夜雪之间，难道真是四舅错了吗……

第12章

虽然李清浅的风波暂且算翻了篇，但墨熄心里却知道这件事情远还没有过去。且不说坊间都在猜测的——姜夫人到底和李清浅讲了什么，便是其他细枝末节，也都让墨熄有一种此事仅仅只是冰山一角的直觉。

不过，就像他说的，人都有自己的秘密，他也一样。将心比心，他不想去没事找事，把姜夫人的旧事刨根问底。更何况他还有顾茫的事要安排。

先前君上说过，谁先拿到真凶，便把顾茫的监看之权交给谁。但李清浅最后是被姜夫人那神秘的几句话逼散了执念的，与羲和望舒都没有什么关系。君上对此很是苦恼："难不成要把顾茫交给姜府？"

富可敌国的姜府派人答道："养不起了，地主家也没余粮了，不要。"

于是君上又想，姜夫人是慕容楚衣请出来的，那便交给慕容楚衣吧。

慕容楚衣给的回复只有一个字："穷。"

君上气得仰倒，这两个家，一个卖药，一个炼器，是重华数一数二的富豪，如今两方都不接纳顾茫，显然是不想卷到望舒与羲和的斗争里。结果到头来，得罪人的事情还得由他自己来做。

仔细斟酌一番，君上最终还是下旨，允准墨熄把人领回府邸，"神坛猛兽"最终还是挪了新窝。

于是墨熄便去岳府接人。

他来到岳府时，看到慕容楚衣正在井栏边负手看着落花，一身白衣恍若月华，风姿清俊，眉目却是薄情。

见他到了，扫一眼，没多搁什么情绪。只简略道："人在东厢卧房里。"

墨熄颔首谢了，正要往东厢房去，却又被慕容楚衣叫住了："羲和君，留步。"

"怎么？"

慕容楚衣沉吟一会儿，问道："羲和君是否怀疑过，顾茫是否真的已失记忆？"

"为什么忽然这么问？"

慕容楚衣道："昨夜我去厢房看他的时候，听到他在说梦话。"

这件事已经不是第一次发生了，当时在阴牢里，顾茫昏沉之际，也说了"想有个家"这样的呓语。但墨熄仍是心中一动，强自镇定地道："是吗，他说了什么？"

慕容楚衣道："一个名字。陆展星。"

指捏成拳，经络突起。

陆展星是顾茫的旧友，也是顾茫叛变的直接导火索之一。墨熄一直就对这个男人没有任何好感，此时听到顾茫睡着的时候居然唤他的名字，不由得心口一紧，眼前都有些发晕。

但他平素好强，尽管血都凉了，却还是点了点头，矜冷道："确实可疑。"

"虽然可能只是一些记忆残存。"慕容楚衣道，"但既然你要把他接回府上，仍当多加提防。毕竟他曾为燎国作伥，若是真的佯作痴傻，蓄谋他事……那么他闯的祸，恐怕远比李清浅更难收拾。"

这个不用慕楚衣说，其实墨熄自己也很在意，无论是为了重华，还是出于自己的私心，他都想要早日试探清楚。

墨熄在慕容楚衣的陪同之下，来到了东厢房，推门进去，却发现房里没人，只有一个竹武士呆呆傻傻地在床边杵着。

墨熄脸色一变："他人呢？"

竹武士抬起手，指着床底下。

两人过去一看，果见顾茫戒备满满地蜷缩在床底下，一双蓝眼睛幽幽地望着他们。见他们低头找自己，还狠戾地质问："看什么？"

墨熄："……"

慕容楚衣对竹武士下了命令："把他弄出来。"

武士得了令，关节咯吱甩动，啪地侧倒下去，往床下面钻。顾茫哪里会坐以待毙，他一脚踹开竹武士欲抓住他的那只手，继而迅速窜出床底，单手一撑就要往外跑。可跑了还没两步，就砰地撞在了一个坚实的怀里。

墨熄沉着脸道："跟我回去。"

顾茫原本对这人印象还不算差，可最近这几次，不是被他打了，就是被他绑了，遇到他自己就总是没有招架之力，甚至连脖子上的咒印都不管用。于是他自然不愿被墨熄所左右，他盯了墨熄一眼，抬脚便踹。

墨熄眼都不斜，一手便狠狠握住了顾茫的脚踝，脸上的黑气愈发浓深："已经这样踢过一次了，还来？"

顾茫道："闪开。"

飞起另一脚腾空而起，打算借力把墨熄侧踹在地。可谁知就算他换了下一步的打法，墨熄还是对他的举动熟悉到不能再熟悉。在他跃起腾空的一瞬，墨熄已经侧身相避，紧接着抬手一肘击在顾茫的膝侧，卸去他的大半力道。而后身法迅狠出奇，只一眨眼，顾茫就已经被他扛在了肩上。

顾茫受制于人，挣脱不得，但心却不服，仍低喝道："你给我放手——"

墨熄原本心绪就乱，什么陆展星，什么真疯假傻，此时见顾茫反抗，更是怒火中烧，只是因为在岳府不便发泄，才沉着脸忍着。

但仍对慕容楚衣道："有没有绑带。"

"绑不住他。"

"不绑他。"

"那你要做什么。"

"封他的口。"

慕容楚衣："……"

这种事情慕容楚衣自然不会去做，墨熄也松不开手，于是只能劳烦竹武士效力。竹武士呆呆抬起手，站在顾茫面前，等顾茫一张嘴，布条勒过去，正好勒在顾茫口齿之间。

墨熄把人往自己马车上一扔，才发现他居然被绑缚成了这副凄惨样子，不由怔了一下。

"你……"

顾茫根本说不出话，也不能完全合上嘴，粗布在他的牙齿之间卡着，还被反捆了手。他眼中含怒，看样子气得要死，但此刻骂也骂不得，动也动不得，只能衣冠凌乱地躺在车幰里，竹苫上，低喘着望着墨熄。

墨熄道："……你这是自讨苦吃。"

顾茫的体质一向不太好，虽然他人很坚强，但本身身体的承受力却并不那么强，也就是他能忍，但是他受到的刺激其实比寻常人更大。

过去他还因为这个，很无奈地跟墨熄说过，你别觉得我有时候哭是因为不高兴，其实我就是控制不住……言下之意就是哥哥我不是承受不住，我只是这身体不争气。那时候墨熄忍着笑，说好，我知道。

他其实很喜欢看顾茫有时候哪里不舒服哭的样子，尤其是那么倔气那么拼命地隐忍着。每当此刻他才会确定，原来那悍厉强势的猛兽，他所向披靡的顾茫哥哥，也会有触碰不得、无法承受的软处。

但墨熄曾经也不忍心他难受，总是想好好照顾他，不让他受太多的委屈。

而此时的顾茫显然很不舒服，他被布条紧勒着。

墨熄将脸了转开去，他因自己那无法忽视的心软而感到心惊，感到耻辱——他怎能对一个叛徒再念旧情呢?！他如今做这一切，只为多年情仇有个了结。他怎能再对这个叛国之人有所关切，有所在意?

墨熄暗骂一声，干脆抄起车上的软枕砸在顾茫脸上，盖住那张脸。自己转头看向窗外。

一路无言，回到自己府上时，车舆停下。车夫在外头道："主上，到地儿了。"

墨熄原想把顾茫就这样拎下去的，但掀开软枕，看了顾茫一眼，又迅速把枕头丢了回去。

他并不希望其他人看到顾茫现在这种倒霉样子，车夫也不行。于是点了顾茫的昏迷穴，松开绑带，这才黑着脸，把人拎下了马车。

可没承想，背后忽然传来一个凉飕飕的声音："哟，羲和君，这么快就把人带回来了？"

墨熄下意识把顾茫往怀里带，但随即觉得不对，又往外面推。

慕容怜手中提着杆烟枪，眼波纤柔地往他们这处看。

墨熄压下心头邪火，吸了口气，冷淡道："你在我府前做什么？"

"我路过。"

"那你接着路过，不陪。"

"你！"慕容怜桃花眼眯起，咬牙切齿道，"姓墨的，咱们走着瞧！你要窝藏这个孽畜，有你后悔的时候！"

后不后悔不好说，但是麻烦却是真的。

墨熄从出宫门起就在思考该如何安置顾茫——让他舒舒坦坦过日子那是绝无可能的，但像慕容怜那样把他丢出去被人欺负，那也不在考量范畴内——所以直到回了府，墨熄仍然没想出一个合适的解决之法。

书斋内，墨熄闭目养神，恰逢手下进来换灯烛，他便把人唤住。

"李微，你先别走，我有件事想问问你。"

李微虽然话痨婆妈屁事多，但却有一颗铁打的忠心，胆子大得出奇，而且总能出些新奇主意，做事也很仔细。而且某些时候，比如此刻，他还是墨熄的狗头军师。

"主上。"狗头军师把灯罩搁回原位，行了个礼，"主上请问，洗耳恭听。"

墨熄沉吟道："你说，一个人若是假装乱了神识，会在怎样的情形下最易露馅？"

李微想，您直接说您还是贼心不死，想看看顾茫是不是装的不就好了，这问得还不够明显吗？但谁都清楚墨熄心高气傲，要是戳破他内心的小九九，这位年轻的将军不知会气得几天不说话。

李微只得装作什么也没听懂，说道："若是存心装的，一定时时刻刻都在提防。"

"嗯。"

"这种人，特意设局是试不出来的，那就和谨慎至极的野兽一样，嗅一步走一步，几乎不可能会掉入陷阱。"

墨熄点点头："接着说。"

李微献计道："那既然他时时刻刻都在防，主上不如顺其自然，也时时刻刻都试探他呀。"

“什么意思？”

“多让他做点事情。”李微心里的偷懒小算盘打得噼啪作响，“洗衣做饭擦地劈柴，睡觉进餐沐浴习武——总而言之一句话，给他找事情做。他做越多的事情，暴露给主上的细节就越多，如果是装的，就越容易露馅儿，就好像设下一个陷阱，野兽来得及避闪，但处处都是陷阱，他总有一时疏忽会掉进去。”

墨熄沉默地看着他。

片刻死寂，李微开始有些心虚：该不会是自己懒得干活儿想栽培个得力助手，被羲和君发觉了吧……

可就在这时，墨熄却把脸转了开去，背对着他立在窗边：“可以，那就这样，不过这人我瞧着就烦，你去安排。”

这要换成蠢一点的，肯定就应了，说“好嘞羲和君属下这就去安排”，但是狗头军师李微显然不蠢。

他装傻装到底，茫然道：“啊？羲和君是说谁？把谁安排下去？”

墨熄回过神来，干咳了一声才道：“哦，忘了跟你说。”

李微虚心求教状。

墨熄道：“是顾茫。人我已经带回来了，点了昏迷穴，这会儿还在……我房里睡着，没管他。你看着给他找个地方住，再找点事做吧。”

李微心中先是一惊，心道，主上的卧房居然还有第二个人可以睡？他不是洁癖很严重吗？但脑筋一转，很快又想通了。

主上曾和顾茫行军打仗，那时候两人也都不是什么名士，想来住得也不好，大概曾在一个帐篷里凑合过，那现在顾茫再睡一睡主上的床，好像也没什么不妥。

想通这节后，李微便松了口气，暗自翻着白眼，腹诽道：您和望舒君吵翻，把神坛猛兽领回窝里的事情，还没进门大家就都知道了，您还在这里装什么随意。

脸上却故作惊恐：“啊，是，是那个顾，顾，顾……”

墨熄不耐烦道：“对，顾茫。你什么时候结巴的？”

“对对对！顾茫！”李微简直是戏骨精投胎，“天啊，居然是他！重华上下谁不知道他能打？这恐怕是要了属下的命啊！”

“……”墨熄道，“我已经在他身上落了啸叫咒印，如果他有灵力波动，我会立刻知道，你不必担心，去吧。”

李微几番确认，百般谢过，直把墨熄磨得眉心冒火指握成拳了，这才狗腿巴巴地说：“是，那属下这就大胆行事了。”

墨熄已经一点耐心都没了，挥挥手赶人：“快滚。”

李微立刻颠颠地溜了，着手去安排。

李微给顾茫头几天的安排是——没安排。

墨熄对此很不满意，黑着脸道："我领他回府是做什么的？不是让他来我羲和府歇息的，你给他事情做，就今天。"

李微忙道："今天不行。"

"怎么不行？你收他贿赂了？"

"哪能啊。"李微道，"再说顾茫他也不知道贿赂这两个字是什么意思不是。"

看着羲和君那张高冷清俊的脸板得和冻了一整个冬天的砖似的，李微无奈解释道："主上，顾茫虽然在落梅别苑学了些规矩，但骨子里毕竟还是兽性居多，之前他和你打架落了下风，对你原本就心怀警惕，如今换了个新住处，惴惴不安是肯定的。"

"你说的那是人还是猫？"

墨熄明明是在生气，李微却顺杆子去谄媚，他一拍手道："哎，主上英明，一下就说对了！您这会儿啊，还就得把他当一只猫来看。"

还有比李微更会拍马屁的人吗？但被捧着胡吹却又让墨熄没什么理由继续骂他，墨熄只得瞪着他，由着他说。

李微道："主上您想啊，猫，抱回来尚且怕生，得养熟了才会愿意出来溜达溜达，抓抓老鼠什么的。顾茫如今也是一样呀，您看他初来乍到，一个人都不认识，早就躲哪儿去了都不知道，我昨天找了他一个时辰，你猜他把自己藏哪儿？"

墨熄冷淡道："我没兴致知道他把自己藏在哪儿。"

"哦，那总之就是我终于把他找到了，可还没等我开口，他就刺溜一下又跑远了。"

墨熄静了一会儿，板着脸问："他把自己藏在哪儿？"

周围侍立的仆人都要听不下去了，他们开始由衷地佩服李微居然只是眼角抽了抽，然后依然淡定地说："粮仓的大米缸里。"顿了片刻，补上一句，"他躲进去之后，还自己盖上了木盖。"

墨熄以手加额，似乎有些头疼。

李微说道："所以啊，主上，就算属下想跟他说几句话，想给他安排安排些事儿做，那也找不到人呀。就算找到了人，他也一见属下就逃呀。"

墨熄："……"话是这么说没错，但就是很不爽是怎么回事。

"属下觉得，这几天先别管他好了，也别吓着他，等他自己出现在院子里晒太阳了，我就去给他活儿干。"

墨熄想了想，也成吧，也只能这样了。于是不太高兴地说："给他最重的活。"

"一定的，一定的。"

墨熄觉得，李微这个人狗腿是狗腿了一点，但他说的话往往都有那么一些道理——如今顾茫身上的兽性是太明显了，各种举止都类似于一只刚被带到羲和府的动物。

他这几天刻意留心了一下，果然如李微所言，顾茫白日里都会寻觅一个阴暗幽闭的角落躲起来，露一双暗黑里闪着光的眼睛警惕地盯着每一个路过的人。

墨熄发觉顾茫最青睐的藏身处有两个，一个就是粮仓的米缸。他有一次没忍住，沉着脸挪开了米缸木盖的一角，果然看到里头两点幽光瞪着他。墨熄和那两点幽光互相瞪了一会儿，相顾无言甚为尴尬，于是又把木盖重新盖了回去。

可顾茫显然认为“米缸”已经不是一个周全的窝了，所以墨熄还没走出两步，就听到身后再度传来挪盖子的声音，一回头，看到顾茫以一种自以为悄无声息的方式从里面爬了出来。

结果还没落地呢，顾茫就扒着缸边，扭头对上了墨熄的目光。

顾茫：“……”

墨熄：“……”

须臾寂静，顾茫忽然又迅速钻回了缸里，重新拉上了木盖。墨熄出于好奇特意折回去试了一下，这回盖子跟卡住了似的怎么也打不开了。

看来顾茫是躲在里面擎着木盖，暗自和外头的自己较着劲。

墨熄又好气又好笑，敲了两下盖子，问：“怎么，神坛猛兽不做了，要改做米缸猛兽？”

顾茫在里头不淡定地出声，装作自己不在，但护着盖子的力道却一点都没松下来。

墨熄在外头又说了几句话，都如石沉大海杳无音信，渐渐地就有些愠怒。最后他一拂衣袖，也懒得和顾茫废话了，落下一句“简直有病”，转身就走。

第二天再去粮仓看，顾茫已经抛弃米缸这个藏身点了。

另一个受到顾茫青睐的“窝点”则是酒窖，这是继米缸之后，他在白天最喜欢躲的地方。不过这次墨熄没什么兴致再去看他了，反正酒窖那么黑，能看的就是一双幽幽发光的蓝眼睛而已，毫无乐趣。

倒是某天深夜的时候，他挑灯读书，听到外头传来窸窸窣窣的响动，指尖挑开一点木窗缝隙看出去，瞧见顾茫借着月色出来四处走动，面容宁静但目光警觉，蓝眼珠转动着，在这个陌生之地左看右看。

接下来一连几个晚上都是这样，顾茫有时候会蹲在石凳上对着月亮出神，脸上的神情很淡，眼神也总是很迷蒙。有时候呢，他又对着湖里的鱼发呆，还时不时地伸手迅速拨弄一下，湖面波光破碎，冷冷照着他。

但更多的时候——这让墨熄很无语——顾茫是出来觅食的。

墨熄不知道顾茫如今的食量究竟有多大，但就从他几次亲眼看见的情形来说，实在有点夸张。比如今天晚上，顾茫是一炷香前溜进伙房的，一炷香后他终于费力地挪出来了。皎洁的月光下，这个“贼”身形显得格外“庞大”。

他没法不庞大，因为他在自己肩膀左右两边各背了一只堆满蒸馍的竹筐，脖子上绕着几串腊香肠，嘴里叼着一张牛肉饼——墨熄毫不怀疑他是挑了饼筐里最大的那张，怀里抱着一堆煮好的玉米棒子，甚至胳膊还架着几根玉米棒子。

“这是熊啊……”墨熄在书房里盯着窗缝喃喃道。

神坛狗熊转动眼珠，确认四下无人，便竭力以最快的速度往地窖边挪动，结果挪得太快了，怀里的玉米棒骨碌碌滚掉了几个。

顾茫一蒙，停下脚步，原地站了一会儿，然后蹲下来捡玉米棒。地上的棒子倒是捡到了，可他这一抬手，胳膊下夹着的玉米棒又掉了。

顾茫又蒙，他想了想，把手里刚捡到的玉米棒夹回胳膊底下，然后再从容不迫地去捡地上的玉米棒。地上的捡起来，胳膊下的又掉了……他再夹，再捡，再掉，再夹再捡再掉，再……

如果顾茫是装的，墨熄觉得他不用辛辛苦苦当将军，可以转去梨园唱戏。

那边顾茫站在院子里，已经完全晕了头，不知所措地愣了好一会儿，再次颤巍巍地伸出手，小心试探着去拾掉在地上的玉米棒。

好！捡起来了！胳膊下的又掉了。顾茫实在是不明所以，困惑地挠了挠头。这一挠不要紧，怀里的玉米棒又骨碌碌地滚出来了好几个。

墨熄：“……”

大概是实在看不下去这么的画面，又或者觉得顾茫装得太天衣无缝，还可能因为他隐隐感到顾茫或许是真的傻了根本就没骗人，总之，一股邪火噌地从墨熄心间腾起，迫他推开窗户破口大骂道：“你傻啊！你是猪吗？你不会塞几个玉米进你背后的筐里啊！”

四周房子里睡熟的小厮仆役们被惊醒，睁着惺忪睡眼开窗，有人嘴里还嚷着“出什么事了出什么事了？”“有妖怪吗有妖怪吗？”

结果就看到这一幕情景，霎时鸦雀无声。

墨熄怒气无边无际：“捡个玉米都不会，我看着你都烦！”

顾茫连嘴里叼着的肉饼都掉了，回头睁大眼睛看着他，见墨熄面目不善，凶神恶煞，他居然，居然——居然冷着脸，抄起一个玉米棒子径直就朝开着窗骂人的墨熄砸去！

墨熄怒道：“你还敢跟我动手？！”

顾茫一砸未中，背着“赃物”转头就跑，结果因为跑得太急了差点踉跄绊了一跤，但就在这时，他忽地现出了自己的功夫底子，抢在脸着地前单手一撑又飞快地站了起来迅速潜进地窖，整一串动作行云流水一气呵成，利落得不得了。

月光下，落了一地金灿灿的玉米棒子。

众仆人：“……”

墨熄：“……”

李微反应最快，立刻砰地落下了窗，以迅雷不及掩耳之势熄灭了自己房里的灯，装作什么都没看到。

其他人就没有那么好运了，他们都接收到了墨帅严厉的训斥：

“看什么看！都不睡觉？！”

被当众砸玉米棒子的恶气并不是那么容易就消退的，墨熄气了一个晚上，第二天丢火球烧了十筐玉米棒才勉强压下了怒火。但他心里头还是有些不痛快，站在池边喂鱼的时候阴鸷地跟李微咬牙道：“他怎么还有脸砸我？”

李微叹了口气，心中感慨，他们羲和君什么都好，就是太别扭，而且脾气大。他于是一边替墨熄削水果一边嘚嘚地念叨：“哎哟，主上主上莫生气，气出病来无人替，不过一根玉米棒，您若气病谁如意？再说了，世上因果皆有轮回，今日他砸您，明日您砸他，忍过这段日子就好，来来来，主上吃梨。”

墨熄想了想，似乎也确实没有别的办法，只得面冷如霜地接过了梨子，沉默不语。

和养某些动物一样，随着时日推移，顾茫对羲和府诸人的警惕逐渐地不再如最初那么强了。他偶尔也会在白天出来，寻摸个角落一声不吭地仔细观察一草一木，而当院子里无人的时候，他也会坐在池边宁静地晒会儿太阳。

某一天午后日头晴好，墨熄在树下静坐修行，但那棵树上大概是有只松鼠在储粮过冬，叶子瑟瑟不说，居然还时不时会有果核掉下来。

一开始墨熄没在意，也只是嫌烦，可后来忽然“咚”的一声，一颗果核不偏不倚正正好砸在了墨熄的头上。

“……”

简直从未见过如此胆大包天的鼠辈！墨熄蓦地睁开眼睛，怒而抬头——高处树干上，婆娑叶影中，顾茫抱着树干坐着，正一边忙着往兜里塞浆果，一边自己捞一颗塞进嘴里。他有点毛手毛脚，一抓就是一把，有时候浆果直接就从他指缝里漏出去了，珊瑚小珠似的落在了地上，打中墨熄脑门的可能就是这样来的。

墨熄一时间颇为无语，又颇为生气，无语着生气着，干脆抬起长腿猛一脚踹向树干。

“砰”的一声，哗啦啦落下好多果子，墨熄站在果子雨里怒道：“顾茫！”摘果子摘得不亦乐乎顾茫这才发现树下有人，立刻低了头，目光和墨熄的对上。

两人互相瞪了半天，顾茫沉默着，忽然腮帮子动了动，脸颊鼓鼓囊囊的成一个小包——看来嘴里不止塞了一颗浆果。

墨熄阴冷道：“你给我下来！”

顾茫又动了动腮帮子，忽然把自己装浆果的小布兜挂在脖子上，而后手脚并用，往更高更密的树枝上爬了一点，仔细地把自己藏好。

墨熄简直快被气晕："好。你很好。你就不怕摔死？"

回应他的是顾茫"咚"地砸下一颗浆果核。

墨熄："……"

就这样磨着后槽牙忍了好一段时日，待到天气大寒，某天早晨墨刚下床，看到李微已经在外头候着了，他见墨熄推门而出，朝他行了一礼，说道："主上。"

墨熄看了他一眼，今日是重华休朝日，李微不会无缘无故在门外等自己，所以他淡淡问了句："军机署有事？"

李微谄笑道："不，是另外有个特别好的消息要禀奏于您。"

墨熄来到正厅时，顾茫已经在那里了。

"早上我跟他说了几句话，他虽然爱理不理，但至少不逃了。"李微道，"看样子是习惯了，从明日起，我就给他排点事儿去做。"

墨熄高大冷峻的身影在厅堂门口沉默地站了片刻，脸上看不出喜色。过了一会儿，冷冷问道："这个人怎么坐了我的位置？"

正厅那张黄花梨木桌是墨熄用膳的地方，虽然平日里摆着两个位置，但那个位置一直是空着的，从来没谁坐过，之前有不懂事的小厮要把这空椅子撤了，却惹得羲和君极为不悦。下人们对此有两种揣测，第一，这位置是留给梦泽公主的。第二，主上只是强迫症喜欢对称而已。当然答案究竟是什么，便连李微也不得而知。

至于另一张尊位，那一直就是墨熄坐的。

但此时此刻，顾茫正心安理得地坐在属于墨熄的位置上，还回过头淡淡地看了墨熄一眼。

墨熄面色霜寒，说道："你起来。"

"……"

李微轻咳一声，忙去和顾茫说："快起来，主上动怒啦。"

顾茫眉心微蹙，他并不太懂"主上"的意思，落梅别苑只有客官与管事，他望了墨熄一会儿，还以为主上是墨熄的名字，于是问道，"你叫主上吗？"

瞧他这点墨不染的模样，墨熄愈发眉心蹿火，他不答，走过去，居高临下冷冷俯视着顾茫："我让你起来。"

顾茫不动，墨熄就干脆上手拎人，但手还没碰到顾茫的衣襟，对方就已经迅影般窜下椅子，非常警惕地站在旁边。

墨熄虽然厌憎顾茫，但却不会过分欺凌他，因为此人本身就很高冷正直，不被逼到极处，做不出什么极度扭曲的事情，更不屑去干慕容怜那种把人送到瓦肆的勾当。

但这会儿他起床气正大着，对顾茫的脸色自然是比平时还差了三分。李微见状，怕两人一言不合又闹出什么事儿来，遂抢先训斥顾茫：“你看你！偌大的宅邸坐哪儿不好，偏偏要坐羲和君的尊位，你以为你是谁啊？以后跟我好好学着规矩！蠢得你！”

墨熄厌烦地皱起眉头：“把他带下去。”

“是。”

可顾茫拒绝了：“我要在这里。”他说着，又去拉墨熄对面的椅子，打算坐到那张椅子上去。

墨熄的目光微动，似乎被触痛了什么隐秘的心事，骤然怒道：“那也……那也不是你可以坐的。你为什么偏偏要在这里待着？”

顾茫指了指桌子：“饭。”

“……”

“我看过，每天这里都会出现饭。”顾茫说，“有人端给你，好吃。”他坦然地迎向墨熄冷冽的目光，“我等。”

墨熄阴着脸道：“你在这儿等饭？”

顾茫点点头。

墨熄静默着看了他片刻，忽然嗤笑：“顾茫，你以为你是谁？”言毕转身径自坐下，一边整着袖边银光闪闪的暗器匣，一边头也不抬地说，“李微，让他滚。”

“是，主上。”李微顿了顿，又犹豫着问，“那饭呢？”

“他那地窖里不是还有一堆玉米棒子？让他滚回去啃去。”

这回李微还没说话，顾茫就开口：“没了。”

墨熄：“嗯？”

顾茫道：“吃完了。”

墨熄抬眼道：“你还往里面搬了两筐馒头四五串香肠七张饼。”

“吃掉了。”

“……”

“伙房里的人我不认识，人太多，不进去。”顾茫一顿一顿地说，目光澄澈而清冽，“只有这里我能来。”

“为什么这里你能来？”

“因为我认得你。你给过我水。”顾茫停顿一下，继续说，“你还教过我生不如死，你还……”

“砰”的一声一只酒盏飞着砸去，砸在墙上，打断了顾茫的“死”。

墨熄眼中幽光闪动，咬牙道：“住口。”

顾茫不吭声了。

李微杵在旁边，看看这个，又看看那个，竟第一次不知道该如何圆场。

墨熄双手抱臂，冷着脸坐在桌前，面色阴晴不定地瞧着他，过了一会儿，忽然微抬下巴，慢慢问道："你还记不记得别的什么？"

顾茫偏着脸想了想，最后摇了摇头。

墨熄垂下睫毛，忽地冷笑一声，抬起眼来淡淡道："那就滚吧。"

顾茫不滚，他安静地望着墨熄的脸，不像乞求也不像请示，他的语调里没有任何附加的感情，只是在陈述一件事，诉与墨熄知道。

他就这样直愣愣地站在墨熄面前，目光直白地近乎无礼，固执道：

"我饿了。"

两人针尖对麦芒地互相盯了一会儿，像是在暗处较着什么旁人不知道的劲儿，最后是墨熄先开口："行，但是你在落梅别苑待了两年，应该很清楚天上不会自己掉馅饼，你若想吃饭，总得做点什么。"

他身子微微前倾，锋锐的目光犹如刀子在顾茫那张苍白的脸上划过，霍地刀光剑影撬进贝壳，要刺到人所不及的嫩肉里，嗓音低沉缓慢："顾师兄，我给你一个自荐的机会。你说说，你能为我做什么？"

"……"

黑眼睛盯着蓝眼睛，黑眼睛里有压抑着恨意的光在闪烁："你想为我做些什么，你能为我做些什么，说的好了我就允你所求。你自己开口。"

顾茫一语不发地瞧着他，片刻之后，他忽然把手伸出来。

墨熄目光微动："什么意思？"

"给你打，反正不会死。"顾茫面无表情道，"不过，打一顿吃一顿，不能只打不吃。"

"……"墨熄道，"又是落梅别苑的规矩？"

"是。"

墨熄直起身子，把脸转开，然后说："你记着。这里是羲和府，不是望舒府，更不是落梅别苑。我对欺辱你，一点兴趣也没有。"

"那你对我的什么有兴趣？"

墨熄神情冷傲："我怎么知道。你不如毛遂自荐。"

顾茫困惑道："毛遂……"

墨熄沉着脸："就是你自己说。"

顾茫想了想，继续展示自己的"用途"："那你喜不喜欢骂人？"

怎么不是打就是骂？墨熄陡然有些种被看扁了的愠恼，他怒而回首："我像是这种人吗？"

李微："……"

顾茫于是又想了想，这次他想得有点久，然后他似乎有些茫然："我不知道了。我不知道我还能做什么。"

他诚实到甚至有些气人，蓝眼睛望着墨熄，一贯古井无波的清俊脸庞此刻竟有些紧张。

"但我不想回落梅别苑。"

"……"

"我不要回去。"

墨熄看他这样，气不打一处来，却又不知道该如何开骂，正压着，忽听得顾茫自荐道："我还会睡觉和吃饭，你有兴趣吗？"

"……"

见墨熄不答，顾茫又接着说："我还会……"可他努力想着自己的用处，想到脸都憋红了，却不知道自己还会什么。

他曾经那么强悍，那么灵动，他曾经是整个重华最了不起的少年将军，他就像一团炽烈的火，时刻都迸发着灵感、力量、希望与爱，昔日的顾帅在墨熄眼里简直无所不能。

但他的魂魄毁了，心智损了，火也熄灭了。他只是顾帅烧尽之后，留下的一片焦土。

"我不会别的了。"最后他慢慢说，抬起眼看着墨熄，认命一般，"我只有这些。"

顾茫的神情活像一个穷苦极了的孩子，渴望着买到一只热气腾腾的蒸馍，可他掏遍了全身只搜罗出一枚斑驳贝币，他不知道这管不管用，但还是咬着嘴唇颤巍巍地把这仅有的一枚币递了出去。

"你要用我吗？"

他想了想，觉得大概加上墨熄的"名字"会比较好，于是又诚恳地补了一句。

"主上？"

墨熄仍在摆弄着他袖口箍着的暗器匣，闻言差点把自己的手指割破。

他半天说不出话来，于是他立刻把目光从顾茫脸上转开，沉着脸道，"不要乱叫。你以前认识我，我叫墨熄。"

斟酌片刻，又不耐烦道："你还是叫我羲和君算了。"

墨熄把暗器匣扣好，缓了一会儿，重新看向顾茫的脸，干脆道："听好了。羲和府和落梅别苑不一样，在这里没人会打你骂你，但你是个罪人，凡事都由不得你，你若是想吃饭，就得做事。"

"可我不会——"

"你从前都会。"墨熄道，"如果你不记得了，李微会再教你一遍，你按他说的老老实实去做，只要你做完了，就可以来领吃的。"

"做完事就有饭吃？"

"对，但你不得偷懒。明白了？"

顾茫点点头。

“那你去吧。”墨熄看了一眼条案上的水漏，“等今日的事情做完，晚膳你来这里用。”

李微忙询问道：“主上，那是要再加一张椅子吗？”

“加什么。”墨熄恹恹扫了他一眼，“这里不是有把现成的空着。”

可这把一直无主的椅子，不是像传闻中一样，是您留给梦泽公主的吗？李微心中虽困惑不解，但还是应了，带着顾茫准备离开。可还没到门口，墨熄又把他唤住：“等等，你过来。”

“主上还有什么吩咐？”

墨熄若有所思地看了顾茫一眼，然后对李微说：“你去伙房跟掌厨说，今日的晚膳我有要求。”他说着，降低了声音与李微说了几句，然后淡淡道，“就这样，你按我说的做，去吧。”

李微给顾茫安排的第一件活儿很简单，但也很费力气——劈柴。

“虽然羲和君是仙君，但府上有不少杂役是寻常百姓，不能抬手就召个火球出来，所以咱们府的冬日用柴还是很缺的。”李微指着面前小山似的木头堆，“你把这些都劈了，劈完才有饭赏你。”

顾茫盯着面前的柴堆看，又回头看了看李微，不吭声。

李微问：“你听懂了吗？没懂就问！”

“……”

见他还是不说话，李微撸起袖子，做了几个劈斩的动作：“劈，柴。劈柴懂了没有？把这个木头都砍了。”

顾茫听得似懂非懂，但最紧要的“砍”字还是抓住了，他什么话也不多说，上前抡起斜插在地的斧头，回头跟李微确认：“砍这些？”

“对，砍这些。”

“全部？”

“全部。”

“砍完才能吃饭？”

“砍完才能吃饭。”

顾茫结束了这段对话，转头就开始沉默地抡斧子劈柴。

这活儿不太有什么大窍门，但却耗时耗力，而且枯燥无聊，羲和府没人爱干这个。不过顾茫倒是一声不吭毫无怨言，他微抿着嘴唇，长睫毛沾着湿润的汗珠，一斧头一斧头铆足力气砍着，那架势就好像他跟这些木桩有什么深仇大恨似的——他很有干劲，柴堆每少一点，他就觉得自己离自己的口粮又近了一点。

待到暮色四合时，堆成山的原木桩子终于成了堆成山的木头条，顾茫把斧子一扔，连头上的汗都懒得擦，径直回大厅领自己今日份的“酬劳”。

虽然窗外下着茫茫夜雪，但正厅内却灯烛通明，花梨小桌上已摆好了盖着暖盖的饭菜，还有红泥小炉子焖煮着食物的汤釜，往外冒着丝丝热气。

墨熄正坐在那里，等着他。

“坐吧。”

正厅内没有别人，墨熄淡淡开口。

顾茫也不客气，拉开另一张椅子径自坐下，直接上手揭开碗盖。

八道菜，分别是葱烧海参、葱煎黄鱼、葱烤鹿排、葱爆牛肉、小葱豆腐、葱花蛋汤、葱油煎饼——看样子是跟葱彻底杠上了，唯一一道没有这幽幽绿色的菜摆在桌边的炭火堆上，是一只烤鹅。

抡了一天的斧子，顾茫早已饿得前胸贴后背，根本不理会墨熄的反应，坐下来就开始用手抓着吃饭。他无视桌上摆着的玉箸盘盏，先抓了一条黄鱼咬了一大口，结果嚼了没两下，他就把黄鱼吐了。

“难吃。”顾茫说道。

墨熄不动声色，双手交叠，坐在桌子的另一头清雅地看着他：“换一道试试。”

顾茫又换了一道，抓了一块葱烤鹿肉拿在嘴里啃，啃着啃着又吐了出来：“……”

“也难吃？”

“嗯。”

“那你再换换。”

顾茫这次有些犹豫了，他反复把那一桌菜看了好几遍，然后才伸出手，小心翼翼地从竹篮里扯出一张葱油烧饼，没有像头两回一样直接吃，而是把饼子捧在手里闻了闻，皱起鼻子，又不甘心地闻了闻，最后伸出一点舌尖舔了一口。

墨熄看着他的样子，不知是想到了什么，褐色瞳眸微动，那张一本正经的脸上弥漫起一丝阴郁之色，他把脸转到一边。

“我不喜欢这个绿的。”几番尝试后，顾茫有些脸色发青地表示道，“我吃不下去。”

太正常不过了，墨熄想，你能喜欢那才怪。这世上或许有许许多多人请昔日的顾帅吃过饭，但却没有几个人知道顾帅的忌口，顾茫从孩提时就受到了慕容家最严苛的管教，生性又非常善良，所以他从来都笑着谢过旁人的好意，绝不会指出筵席上有哪些菜肴是他所不喜爱的。

他尝到葱韭就想吐的毛病，连养了他那么久的慕容怜都不知晓，但墨熄清楚。

“这个绿菜叫什么？”

墨熄神情寡淡道：“葱。”

顾茫瘪瘪嘴：“那我不喜欢葱。”

墨熄没接话，抬了抬指尖，动了一点小法术将炭盆里的火拨得更旺。盆中的整鹅肚子里填满了浆果，用树枝串着，架在果木燃烧的火上慢慢烤。这时候鹅肉烤得已经金黄酥脆了，墨熄往上面撒了点盐，然后拿起一柄小刀，不紧不慢地从烤鹅上片了一块腿肉，递了出去。

“试试这个。”

顾茫接过了，经历了“葱”的噩梦，他下口前显得很谨慎，举着这只烧鹅腿来回看了半天，见它烤得油汪汪、金灿灿，还冒着热气，肉香和果木的烟熏香使喉结上下滚动。但还是很谨慎地问了句：“没有葱？”

“没有。”

于是一口咬下去，金黄的酥皮瞬时在唇齿间发出“咯吱”一声脆响，烫热的肉汁和油浸润了鹅肉的纹理，触到舌尖的瞬间口颊生香。

顾茫三两口就把鹅腿吃完了，还舔了一遍手指，然后就眼睛冒光地盯着火塘中的烤鹅看。

“还要。”顾茫要求道。

墨熄今日倒是难得，并没有介意被人当厨子似的使唤，甚至还很是贴心地把自己面前的一盏青梅子熬出的烧鹅蘸料推到了顾茫手边。

他给顾茫片了满满一盘烤鹅，看着顾茫吃得不亦乐乎，自己则一口未动。

“喜欢这个烤鹅吗？”

顾茫腮帮鼓鼓，含混道：“喜欢。”

墨熄淡淡地：“那很好。桌上其他菜都是厨子做的，只有这一道是我做的。”

“你厉害。”随口敷衍了墨大厨子一句，顾茫就继续埋头啃烤鹅，显然墨熄的声音没有烤鹅的脆皮有魅力。

“不厉害。我对庖厨一窍不通，这道烤鹅是早些年，行军边塞的时候，我的一个师兄教会我的。”

窗外的雪簌簌落着，飘在窗棂上，积起一层晶莹。

屋子里，顾茫埋头吃肉，墨熄的嗓音难得平和，像是陷落在回忆泥淖中的困兽，再也凶狠不起来。

“那时候，我和他都还只是低阶的修士，在行伍里彼此照顾……应该是说他照顾我比较多，他长了我三岁，涉世比我早，法术比我精湛，我那时候觉得世上恐怕就没有他不知道的东西。上至鬼神玄妙，下至一只烤鹅，他都能说得头头是道。当时也是冬日，一场攻坚之战，敌军奔袭粮道，断了我们的粮草，军队缺食，按修士等阶发配，我和他都吃不饱。”墨熄看着顾茫，一贯冷冽的目光难得有些恍惚，他轻声说，“有一天晚上，我们一起值夜，在营寨两边巡防，而他也不知怎么做到的，大雪天的猎到了一只肥鹅。他本来完全可以一个人吃掉，却偏偏兴高采烈地叫上了我。需知道我那时候正值长高，胃口比他大得多。”

墨熄说到这里，忽见对面的顾茫一顿，抬起头来。

“怎么了？”

顾茫舔了舔嘴唇，把自己面前的盘子拉过去：“再来个腿。”

墨熄微挑了一点眉，把剩下那条鹅腿也割给了他，然后继续不管对方听不听，接着讲他的故事。

“他从树上摘了些浆果。”

顾茫又抬头了，和方才一样直勾勾地盯着他。

墨熄抿了下嘴唇：“没了，一只鹅只有两只腿，何况你盘子里的那只还没啃完。”

顾茫却忽然没头没脑地说了句：“浆果真好吃。”

墨熄若有所思地瞧了他一会儿，说道：“你说得没错，浆果好吃。那个人，他也喜欢吃浆果，经常大费周章爬到树上去摘，偏要说法术打下来的和亲手摘下来的滋味有天壤之别。他教我做的烤鹅，用料很简单。除了鹅之外，只要一点盐，一把新鲜的果子。”

顾茫问：“和果子一起吃？”

“不是，是填在洗净的鹅腹里，鹅肉用树枝串起，再用松木和荔枝木熏烤。”墨熄说，“我们坐在火塘边，他时不时往里面添一些树枝，等鹅烤得金黄，再往上面撒盐。取下来之后去掉填馅的浆果，直接吃烤肉，他那时候还告诉我，说这个吃的时候要很小心。”

“小心什么？”

“守在旁边等了那么久，闻了那么久的香味，还看着它在火塘边逐渐变得色泽金黄，往下滴油，难免会变得很馋很饿。这个时候总会迫不及待一口咬下去。”墨熄淡淡道，“难免会烫到舌头。”

“那你烫到舌头了吗？”

“我怎么可能。”墨熄的目光有些空蒙，“倒是你……”

顾茫啃着鹅腿，舔了舔自己的嘴唇：“你看，我也没有烫到。”

“我不是这个意思。算了，没什么，你当我没说。”

顾茫就管自己继续吃肉了，一整只鹅，他吃了一半，然后瞅着火堆上剩下的那一点儿发了会儿呆，不再动手了。

墨熄问：“不吃了？”

顾茫点点头。

墨熄隐约觉得奇怪，这人的胃口如今瞧上去不容小觑，今晚怎么半只烤鹅就能填饱。但他还未及深思，就听顾茫问了句：“你的那个师兄，他叫什么名字？”

一语如箭穿心，墨熄倏地抬起头来，对上顾茫的眼。

顾茫问这句话的时候，眼神清冽，神态带着不加掩饰的好奇。而墨熄在这样的目光下，却渐渐觉得心口窒闷得难受。

顾茫……你是装的吗？若你是装的，你怎么能够镇定自若成这样……

“那个人。”墨熄顿了顿，“他叫……”

他叫什么？

只不过最后两个字而已，却哽在喉咙里，无论如何也道不出来。墨熄就被那个名字哽着，那两个字他说了那么多遍，但此刻却像是多年前就四分五裂的一场温柔梦境，扎得他满心满肺都是血。他说不出顾茫的名字，却因为极度的隐忍，眼眶竟渐渐地红了。

墨熄猛地把脸转到一边，语气忽然比之前任何一次都来得凶狠：

“问什么？跟你又有什么关系。”

顾茫：“……”

一顿饭意兴阑珊，待到顾茫走后，墨熄的目光落在顾茫手肘边的青梅蘸酱上。他吃饭时未跟顾茫解释用途，于是那蘸酱纹丝未动，彻底受了冷落。

墨熄闭上眼睛，他耳边仿佛传来了一个熟悉的声音——

“师弟，你光吃烤鹅可一点意思都没有。你试试这个梅子熬出来的蘸酱，酸酸甜甜的，配着脆皮咬下去，哇……”那声音带着笑，“好吃到连舌头都想吞下去。”

墨熄甚至到现在还能清晰地回忆起当时的一些细节，有皓白无垠的雪地，有微微扬起的柴灰，有闪耀摇曳的柴火。

还有那时候坐在他身边，笑着拿树枝拨弄松枝的顾茫。

顾茫回过头来，眉眼笼在橘黄的火光里，黑眼睛那么深，那么亮。

“来，你尝尝我这块，这块裹了青梅酱。”

“怎么样，好不好吃？”

“哈哈哈，那是，你顾茫哥哥什么时候骗过你？天上地下，我可是最赤诚的，从不诓人。”

墨熄的拳头情不自禁地捏紧，指甲深陷肉里。

他方才特意把烤鹅片得很薄，片了很多，他还特意和顾茫讲话，因为他知道人在接连做着两件事的时候总是会走神的。

顾茫从前吃这种片皮烤鹅的时候，每一块都一定要裹满这种酸甜青梅酱，要是不小心忘了，就算咬了一口也一定得放回蘸盏中重新回过，这是他根深蒂固的习惯。

墨熄之前想，如果顾茫是装的，很难做到一边听他说话，还一边保持着警惕不露馅儿，顾茫他十有八九至少会习惯地蘸上那么一蘸。可是没有，顾茫仿佛根本不知道那是干什么的，凝冻的梅子酱就和墨熄刚刚摆上桌时一样完好如初，而墨熄却已没了摆放它时的那一腔希望。

他站在厅堂内，窗外是弥天风雪，厅内却是比风雪更冷的残席。他不知为何陡生一丛强烈的怨戾，恨得发痒，竟抬手哗啦翻了整一桌的残羹冷炙！待到李微闻声匆匆赶来，却见墨熄疲惫地立在窗前，把脸深埋在掌心里，头颅低垂，仿佛希望断绝，就此了无生气。

“主上……”

“出去。”

“主上您这又是何必呢，他记不记得从前，是不是装的，其实结果都一样，您又何必——”

不，不一样。

他要的顾茫，他恨的顾茫，都应该是完整的，是能跟他高低相较，锋芒相映或相争的。只有这样，他才能从被背叛的仇恨中喘出一口气来，他才有奔头，才有报仇雪恨的快慰，才有希望。而不是这一拳打到棉花里的茫然无力。他的恨也好，他的怨也罢，都再也没有了可以真正倾泻的地方。

“主上，主上！”这时候忽有一个小厮从外头快步趋入，李微立刻转头朝他使眼色，用口型道：喊什么喊？没看到羲和君心情正坏！

那小厮一副里外不是人的为难样儿，踟蹰片刻，还是低头禀奏道：“主上，君上的传令吏来了，正在外头候着呢。”

墨熄微微侧过脸，剑眉低蹙：“传令吏？”

“是。”小厮吞了口唾沫道，“很急，说是君上要因为……那件要事，得马上见着您！”

第13章

小断一说“那件要事”，墨熄立刻就明白了——重华有个极为骇人的秘密。整个王国知道此事的人恐怕超不过五人。

而羲和君正是知情者之一。

他迎风冒雪来到了栖辰殿，随着侍官进了寝宫深处。

大殿内炭火烧得极旺，两只食烟小金兽趴在火盆边，一如往常地为君上歌功颂德：“君上洪福齐天！”“君上万寿无疆！”所有的随侍都已经被屏退了，唯独君上还独自靠坐在榻几旁，脸上泛着些异样的青白。

“君上。”

“火炉，你可算来了。”君上有气无力地，“你再不来孤就要死了。”

墨熄：“……”

虽然君上说的是夸张了些，但这确实就是重华那个不可告人的机密——主君有疾。

君上作为一国之主，却身患寒彻重症。

这种寒疾无法治愈，虽不碍性命，但依着病人的体质命数，短则十年二十年，长则三五十年，病患便会瘫痪在床。也就是说，哪怕君上再是悉心调理，最多忍到五十余岁，便注定是个瘫子。

墨熄看着君上倦怠的神色，叹了口气道，“君上歇下，我替你渡寒。”

君上显少有这么疲态俱现的时候，点了点头，伏靠在软枕上。

寒彻症发作起来苦痛难熬，唯有火系修士为之推血渡寒，才能恢复常态。这也是君上为何有时称墨熄为“火炉”的缘由。

君上阖着眼，由墨熄将火系灵力渡给他，良久之后，嘴唇的青紫终于慢慢消失。他依旧不曾睁眸，而是叹道：“幸好有你在，不然孤可就要遭罪了，林药师虽然也是火系灵核，但灵力远低于你，一时半会儿，也无法帮孤渡此难关。”

小金兽还在炭盆边尖叫：“洪福齐天！寿比南山！”

君上哼唧了两声，冷嘲道："什么洪福齐天寿比南山，狗屁。近几月来，孤的寒症发作愈发频繁，也不知这具身子还能撑多久。若孤之症败露于朝堂……"他嗤笑，"嘿嘿，想来那些虎狼之辈便会坐卧不安，将孤掏心挖肺，拆吃一空。"

他说到这里，终于微微张开眼皮，睨着墨熄："若有这么一日，羲和君会替孤守着殿前的吧。"

墨熄是个不爱拐弯抹角的人，他知道君上是在探他心意，遂直接道："天劫之誓已立，君上对我又还有什么不放心的？"

君上笑了笑："孤也只是随口谈聊而已。"

但墨熄知道他并非只是闲聊。

君上这个位置来之不易，他对谁都留有戒心。

当年，君上的生母为了把这个秘密捂得严实，买通了太医，可老君上快宾天之时，事情竟又被抖了出来。先君为重华社稷考虑，担忧万一这个儿子在位时孱弱，难逃外患内忧，一度曾想废储。可是先君膝下单薄，只有这一个儿子，以及宴平、梦泽两个女儿，弥留之际废去这个储君，难道要立女儿为王？

太荒谬了，九州二十八国，从来没听说哪一国会有女君主上位。至于兄终弟及，或者过继其他慕容姓的子嗣，先帝也都考量过，据说当时他还有意思想考验考验慕容怜这个孩子，可没等安排，先君的病情就转沉，不久后便宾天了。

众人不知先君为何辞世前忽有废储之意，还道是老君上病重之际神志不清所致。而那几个知道真相的人也都被打下了最可怖的守秘咒，从此将新君有寒彻之症的秘密深埋心底。

暖融融的火息在身体里涌流，慢慢地驱散了寒彻之症带来的痛苦。君上又闭着眼睛歇息了一会儿，忽然道："说起来……火炉啊，顾茫到你府上也有几日了，诸事都还顺遂吗？"

"顺遂。"

君上又不再说话。过了好一阵子，就在墨熄以为他不会再继续这个话题的时候，他却又道："还记得两年前，孤修书与你，向你征问对顾茫的惩处之法。你当时并无多言。但孤瞧你回城之后，心思却已然变了。"

墨熄不语，只沉默地给君上渡着寒气。

君上也没有回眸看他，伏在矮榻上，有一聊没一聊地说："火炉，孤知道你是个重情之人。没见着人的时候吧，你心里只记住顾茫待你的不好。但等真的瞧见他，你又忍不住想起他是你兄弟同袍了，是也不是？"

殿内的水漏滴滴答答往下淌流着。寒气化却之后，身体便不再这般不适，君上叹息道：

"你其实还煎熬着，孤都看得出。"

"……"

“记得他的恶，却也忘不掉他的善。恨不能让他死，但真的见了血，你心里却也不好受。”

“君上……”

“哎呀，人之常情。”君上慵倦道，“其实从你为了保下北境军，不惜向孤立下天劫之誓的那天起，孤就明白，你心里还是看重与他的昔日情义的，那刀子剜在你心里，却没能把那些过去从你血肉里挖出来。你念旧义，这也没什么不好。”

寒毒散却，君上从榻上坐起来，他低头整肃着自己的衣冠，眉目间又恢复了往日的桀骜。

抚平衣袍上的细褶，君上抬起眼眸，看着墨熄，说道：“不过，孤有一句话，还得跟你讲在前头。”

墨熄沉默片刻，说道：“君上不必多言，我与他已无情义。”

君上呵呵笑了两声：“你要真与他没了情义，就不会来问孤要这个人。”说罢拿起搁在紫檀卧几上的手串，慢慢地在掌中盘弄着。

“你当年不惜以十年之寿，一生承诺，来护得他留下的残部，还顶着他们的仇视，去做北境军的‘后爹’。如今又行此庇护之举——这是恨？你当孤是傻子还是瞎子？”

“……”

笑容敛去，复又道：“别的孤无所谓，孤要提醒你的是，顾茫犯下的是叛国死罪。孤之所以还容他活着，绝不是看了你们任何一个人的面子，而是因为他还有利用之值。”

他一边说着，一边紧盯着墨熄的脸看：“顾茫是大憝之人，罪无可赦。重华万民都在抻着脖子等着看他人头落地，有朝一日孤用尽他了，或是他再也无法控制了，孤定会下旨诛杀他。”

墨熄听到这里，睫毛微微一动。

“到那一天，孤不希望看到你昏了头，站在顾茫身边。”

墨熄没有像往日一样干脆地答应，他依旧是沉默的。

君上略挑了眉毛：“有什么心里话，羲和君不如跟孤直说。”

墨熄道：“也没什么。”

“当真？”

“他有此罪，无可辩解。”

“咦，你这人怎么这么无聊？”羲和君遂了他的意，君上却反而有些不满了，“你好歹象征性地求求情，让孤拒绝你，然后你再求，孤再拒，再求，孤就可以雷霆大怒，这样我们的朝堂才会生动有趣不死气沉沉嘛——”

“……”墨熄顿了顿，抬起眼来，“那我确有所求。”

“哎，这就对了。”

墨熄道：“我想亲自动手。”

君上吃了一惊：“什么？”

“等处决顾茫那一日，我想亲自动手。”

“你让孤缓缓。”君上扶额，低声喃喃，“怎么跟预想的状况不一样？”

“请君上成全。”

君上一时颇为无言，僵坐半晌，往椅背上一靠，拍了拍。

眼波幽幽流转，君上又道：“可孤就怕你下不了手。”

“那等真的下不了手时，再交由君上裁决吧。”

君上盯着墨熄的脸看了一会儿，似乎想要从对方眼底掘出些什么，但最后一无所得。于是他陡地叹了一声，“羲和君，你这又是何苦？就那么一个年少时的兄弟，生也要看着，死也要盯着，你啊……你啊……”

墨熄道：“我这辈子也就只有这一个兄弟。爱恨都尽了，也就没有执念了。我就只有这一个请求，还望君上成全。”

君上转着珠串，闭着眼睛思索片刻，忽然咧嘴一笑：“孤看不行。”

“……”

“所谓君子一言驷马难追，孤没那么容易被你忽悠着点头。”

他睁开眸子，把手串一搁：“此事还是以后再议吧。”

墨熄却像对此回答早有预料，毫不意外地说：“也好。”

君上微愠：“你不接着求吗？你再求，孤再拒，再求，再拒，然后孤就可以雷霆大怒，这样我们的朝堂才会生动活……”

墨熄对他的恶趣味不依不从，行了一礼：“看来君上已经全然恢复，夜深不留，告辞了。”

君上嘴角抽抽：“行啊，你滚吧。你一点儿都不好玩。”

墨熄直到回到府上时，正值寂夜，府邸的人大都睡了。墨熄穿堂走过，脸色并不太好。

他觉得自己似乎是与君上八字不合，只要两人单独相处，最后往往都会闹到各自心里添堵，不甚愉快。

他心中烦躁，阴沉着脸一脚踹开自己的卧房房门，正准备洗洗睡下，却在抬眼的一刻僵住——

“李微！”

一声怒吼响彻了整个羲和府，花叶瑟瑟池鱼沉水。

“过来！！”

李微一边担心着自己狗头不保，一边屁颠屁颠地飞快跑过来招呼道：“哎呀，主上回来啦，属下方才在马厩喂马呢，来得迟了，主上宽厚大量，勿怪勿怪。”

墨熄沉郁郁地回过头，刀子般的目光冷然刮过李微全身，最后落回对方脸上。他侧过身子，让李微看清他屋里的状况。

“解释。”墨熄面色郁沉，寒声道，“我不过就是去了趟帝宫，这是怎么回事？”

李微探头一看，哇，好家伙。整个屋子……该怎么说？要知道墨熄这人有严重的强迫症和轻微的洁癖，他住的地方从来都是一丝不乱的，莫说是东西乱放了，就连床褥叠起来的棱角都含糊不得。

可此时，桌椅倒伏，床幔狼藉，枕头掉在地上，花瓶丢在床上。总而言之一句话，就像有个小贼溜进来然后在这屋子里打过滚跳过舞发过疯一样。

李微颤巍巍地扭头，见墨熄的脸色青白，不由脖后一凉，嗫嚅道：“我，我这就去查明情况。”

墨熄咬着后槽牙道：“快滚。”

李微麻溜地滚了，不出一盏茶工夫，又圆润地滚了回来。彼时墨熄正站在屋里盯着自己的床榻出神，见他来了，回头生硬道：“怎么说？”

“鬼才啊。”李微擦着额头跑出来的细汗，不住喃喃，“真是活见了鬼啊。”

他说着，咽了口唾沫，喉结上下滚动，几番欲开口，话到嘴边又不知该怎么说，最后赶在墨熄又要爆发之前一拍大腿：“讲什么都是虚的！主上，您和我一道儿去瞧瞧吧，真是鬼才啊！”

墨熄耐不住他这一咏三叹的夸张调子，于是跟着他来到了后院的柴房。如果那还能称作是柴房的话。

墨熄：“……”

李微还在感叹：“真是鬼才啊！”

只见原本挺正常的小屋外头一夕间垒了十余块太湖石，有几块墨熄瞧着颇为眼熟，好像是鱼塘边搬来的。这些石头上方还倒扣着从羲和府各处搜罗来的大小合适的桌椅板凳，四脚朝天，更使得入口像一只浑身竖着尖针的刺猬。

也就是短短时间，某人硬生生把羲和府柴房打造成了一个难以攻陷的野兽巢穴。用脚趾都能想到这杰作是谁干的！李微眼尖，指着悬在入口处的一床厚被奇道：“咦？这不是羲和君您床上的……”

是，当然是他床上的，是他每天起床后都会叠得特别整齐的雪绡被子！此刻倒成了黑风寨山大王遮着寨口的暖帘儿了！

李微怕他气病过去，忙道：“哎呀，主上，这是好事啊。”

墨熄眼前阵阵发黑，咬牙道：“好什么好？”

“您想啊，之前顾茫都是寻摸着米缸、地窖藏身，这说明什么？说明他随时准备开溜，不准备听主上您的差遣，主上您也使唤不动他。”

“那现在？”

“现在。”李微清清喉咙正色道，“顾茫费了这么大工夫，照自己的喜好在羲和府安置了一个卧房。”

墨熄扶着突突直跳的太阳穴打断他：“……你是什么时候瞎的？”

“啊，对，不算卧房。”李微看了两眼堡垒一样的太湖石，斟酌一会儿想了个更合适的措辞，“窝。他给自己搭了个窝。”

“动物搭窝，飞禽筑巢，那跟人安家都是一个道理——要在一个地方久住嘛。”李微如是分析道，“这表面顾茫已经被英明伟大的主上驯服了，从此就有了寄人篱下的自觉。主上说东，他不敢往西；主上说停，打断他的腿儿他也不敢继续溜达。”

正口若悬河地溜须拍马着，忽听得身后传来簌簌动静。

两人回头，恰好看见顾茫又扛着一大摞不知哪里搞来的褥子进到院中，脚边还跟着一只蓊毛大黑狗，瞧上去就是之前在落梅别苑时和他相依为命的那只狗。那狗不知道是什么时候从落梅别苑溜了出，来了个千里寻主，又回到了顾茫身边。

三人一狗冷不防打了个照面，偷褥子的顾茫愣在原地，墨熄也站在原地。

“……”

片刻沉默，顾茫“哗”地把褥子一展，遮在自己头上，然后沉静地问：“你还看得见我吗？”

墨熄：“你说呢？”

褥子里的人不安地动了动，忽然“嗒嗒嗒”转身就跑，黑狗也跟在他旁边跑得欢快，边跑边吠。

眼见着一人一狗就要消失在拐角处，墨熄又是怒又是无语，开口喝道：“你给我回来！”

不听，顾茫嗒嗒嗒跑得更快了。

墨熄冷眼看着旁边看热闹不嫌事儿大的李微，咬牙道：“……叫他往东绝不向西，叫他停下绝不溜达？”

李微心虚道：“嘿嘿，那个……欸，毕竟顾茫是昔日的神坛猛兽嘛，就算脑子坏了，野性也还是有点儿的，但是主上您看，他已经很愿意和您说话了不是？”

墨熄对此的回应是怒道：“是你个头！还不快滚回去把我的房间给收拾了？！”

李微忙道：“是！”说着就上前去扯顾茫挂在太湖石上的被褥。

墨熄止住他：“你干什么？”

“拿去洗了呀。”

墨熄咬牙道：“顾茫拿来当暖窝用的被子，你觉得我还会要吗？去库房重新拿一床新的！”

李微旋即应了声，颠颠地跑远。

墨熄立在原地，看了看李微的背影，又看了看顾茫和狗消失的地方，最后转头瞪着顾茫留下的“狗窝”，他抬手去揉着自己抽疼的后颈，觉得自己这辈子的戾气都要在这几天发泄殆尽了。还不如回去戍边呢，照这样烦下去他大概能成佛！

然而羲和君墨帅大概还是太年轻了，他这人爱干脆不爱啰唆，喜怒爱憎都写在脸上，而朝野不比军中，在这里铁血丹心都像潮水一样散去，而逆流而上的，是钩心斗角，是尔虞我诈。回帝都之后的“烦”，显然才刚刚开始。

这不，没几天，一轮新的破事又来了。

有几位平素里胆小如鼠的老贵族，寻思着羲和君公务繁忙，不可能成天看着顾茫这狗贼，万一这狗贼又被诸如李清浅之流利用，或者怀有异心，那实在是太过危险了。所以那几位老贵族联名上书，请奏君上，还是希望把人关押回阴牢。

墨熄冷然道：“他在阴牢里，李清浅不是一样有办法让他越狱而出？”

“那是因为守备不严，若是再加警戒，必能——”

“必能什么啊？”君上打断道，“孤已经答允了羲和君的事，轻易便废，那孤成了什么人了？”

但那几位老头吹胡子瞪眼不依不饶，又是一番哭天抢地的哭诉。君上嫌烦，暴躁道：“行行行，烦死啦！那要不折个中。羲和君，改天你领着顾茫，去打个奴籍烙印，以免罪臣逃脱。也算给他们宽宽心。”

听到奴籍烙印，墨熄心里咯噔一声，抬眼看向王座上的那个男人。

君上略挑起眉：“怎么？羲和君是有什么话想说吗？”

“……没有。”墨熄沉声应了，闭了闭眼睛。

所谓打奴籍烙印，就是上锁奴环。按照重华的规矩，无论是给奴隶上环，还是去环，都要经过君上的允准，并且由炼器师操作。

所以当年慕容怜给顾茫私自上奴环，其实是违制的。后来顾茫立了大功，老君上降旨除去他的奴籍，脖子上的锁奴环自然也一并除落，慕容怜为此还挨了老君上好一顿臭骂。那一天，是墨熄陪着顾茫去炼器师那里摘的颈链。他由衷地替他师哥感到高兴，他想他师哥那么好，这一辈子都应该是自由的。

那时候的墨熄从没想过有朝一日，他竟会以顾茫新主的身份，要重新把象征着“凌辱”与“占领”的锁奴环锁回他顾师哥的颈间。

第二天正值朝休，墨熄带着顾茫去入奴籍。

在大部分国家，奴隶都是卑贱的，不能修真，不能读书，又被称之为“贱民”。重华国虽与它们没有本质差别，但至少态度略为和缓。

自先君继承大统以来，重华废止了“贱民”这种刻薄说法，并允许资质尚可的奴隶破格进入修真学宫，修结灵核。先君甚至还敕封了奴隶出身的人为将军，允许他们组建军队，报效邦国。这些事情曾经在重华国引起过轩然大波，老贵族纷纷死谏，说此举有前车之鉴在前，狼子野心不可测，如若君上给了奴隶权利，他们就会渴望更多。言下之意就是，如果放任奴隶修行立业，时日一久，难保他们不会觊觎尊位，暴起覆政——谁又想被踩在脚下？

但老君上不听，他觉得九州烽烟四起，国与国之间的战事日趋激烈，但凡有能之人都可启用，不然内政是稳了，外忧却无从避免。

顾茫和他的王霸军，便是在这种情形下兴起的。然而一朝君主一朝臣，新君继位后，觉得“内政”比“外忧”更加重要，所以他拿顾茫开刀，削权贬黜，以安老士族之心。这才有了今天这个局面。

“我们到了。”马车在修真学宫旁的一家小铺子外停下，墨熄上前去叩响了虚掩着的门扉。

这是一家入口逼仄、年久失修的老店，店外只疏懒地丢了块木板，板子上写着——“慈心冶炼铺”五个大字，冶炼的冶字已经掉了旁边的两点红漆。

顾茫问：“这是哪里？”

墨熄没有答话，只是推开那扇摇摇晃晃的老木门，领着顾茫进了里面。

铺子采光不佳，外头的阳光长期无法直射进来，屋里弥漫着一股浓重的木头腐烂味道。偏生掌柜的为了省钱，还不肯点灯，只靠冶炼炉的火光映照着。

一个身形佝偻的老头坐在冶炼炉前，慢慢地往炉内鼓气，一吹之下，红星乱紫烟，槽沟内流出橘红色的刺目铁水，像是地底流出的熔岩。

墨熄道：“宋老伯。”

老冶炼师正全神贯注地醉心创造，加上他还有些耳背，压根没听到身后的动静。

墨熄又提高声音唤了一遍：“老伯。”

老人这才反应过来，他悠悠回头，火光映在他沟壑纵横的老脸上，令他瞧上去活像一只暴晒过度的橘子，又瘪又黄。

他看了看墨熄，愣了一下，又看了看顾茫，继而露出些恍惚的神色，连忙站起来颤巍巍地行礼，嘴里念叨着：“哦，哦……是顾帅啊……”

顾茫不明所以地站在原处，看老头向他作揖，于是也照葫芦画瓢地跟老头作揖。

墨熄沉默一会儿道，“他早就不是顾帅了。”

老糊涂的宋老伯迷茫道：“是吗？那他现在是什么？”

“阶下囚。”

宋老伯很是吃惊，盯着顾茫看了好一会儿。

“阶下囚……阶下囚……”

他慢慢地踱过来，皱巴巴的手拉住顾茫的手，发了会儿愣后，忽然又笑逐颜开，开始颠三倒四地说胡话，“哎呀，小顾啊，你交了好运，你看看，老伯没骗你吧？世上还是好人多，从今以后啊，你就不再是望舒府的奴隶啦。”他说着，欢喜地拍了拍顾茫的手背，“来，老伯给你把脖子上的锁奴环给化掉。”

听到老头子糊里糊涂的这几句话，墨熄眼里有极深的痛楚一闪而过。他闭上眼睛，喉结微微一动，正欲说些什么，忽听得楼上一阵闷响，木梯子踩得咯吱有声。一个温柔的声音响起：

“羲和君，你怎么来了？”

墨熄转过头，瞧见一个穿着素淡白袍，拄着木拐的男人艰难地扶梯下楼，是江夜雪。

江夜雪是这家冶炼铺的主人，而宋老头从前是岳府的一个冶炼师傅，也算是江夜雪的启蒙恩师。江夜雪被逐出岳家后，唯一愿意陪伴着他的，也就只有这一个岳府旧人。

墨熄道：“我带他过来入奴籍。”

江夜雪微怔：“谁？”

墨熄侧了侧高大挺拔的身子，露出后面东瞻西望的顾茫。

江夜雪喃喃道：“是顾帅啊……”

旁边的宋老头不甘寂寞，伸出那只枯树枝般的手拍拍徒弟的背，乐呵道：“今天真是个好日子，夜雪，你看看，咱们小顾有出息了，他是重华第一个摘了奴籍的人吧？真不容易。”

江夜雪叹道：“师父，您说的那是很多年前的旧事了。”

宋老头疑惑道：“我又记错了？”

“是。那时候我还能跑能走呢。”江夜雪垂了睫毛，对老人笑道，“师父，您累啦，快去歇着吧。”

江夜雪安抚好了老人，重新回到两人面前：“抱歉了，羲和君，师父这些年说话总是颠三倒四的，还望你莫要怪罪。”

墨熄道：“无妨。”

顾茫眨了眨眼睛，也跟着学道：“无妨。”

墨熄看了他一眼，他今天望着顾茫的眼神并不凶，只是有些古怪，似乎笼罩在什么往日的阴影里。

江夜雪把这一切尽收眼底，低低地叹了口气，说道：“要入奴籍的话，还请二位跟我楼上去。”

墨熄问：“但你的腿脚……”

“撑着拐杖。”江夜雪笑道，“没事的，我能走。”

他们上了楼，冶炼铺的二楼敞亮很多，架上悬挂着各种各样由灵力凝结而成的武器兵甲。

这个世道，修士们用的兵刃大都是由灵体铸就的，他们会去各个冶炼铺子挑选合意的武器，让冶炼师把铸造好的神兵利器与他们自身的灵核相融合，要使用的时候只需心念咒诀，武器就会应召而出。

这些兵刃虽然不如神武厉害，但铸造原理差不多，威力也都十分惊人。而且为了打造出悍厉的兵刃，冶炼师们会外出采猎各种灵体——火凤凰的喙、青蛟的爪、吞天白象的牙齿……越是凶煞的灵兽，就越饱含强大的灵力，炼出来的武器声势就愈发骇人。

有的冶炼师甚至会使用怨灵入器，制造出来的兵刃可以召唤冤魂助战，最典型的就是望舒君家里祖传的水鬼符，里头据说是熔铸了九千个溺死的恶鬼，怨戾冲天。还有剑灵李清浅，也是这个道理。

但江夜雪的冶炼铺不一样，老头子老眼昏花糊涂得要死不说。他自己呢，又是个心软得不得了的善人，连只蚂蚁都舍不得踩死。让他去斗凤屠龙，那简直是痴人说梦。

“我用来炼器的灵力，都来自些花草。”

他回过头，看到墨熄正在看他的窗台，不免有些窘迫。他晾晒在窗台上的都是些软绵绵的灵体，一看就派不上什么用场。

“修真学宫的小孩子们……会来我这里买一些武器，不容易伤到人。”

墨熄道：“也没什么不好。”

江夜雪笑了笑。

他的炼器之术虽然来自岳家，但行事之道却和岳家迥然不同。岳钧天炼器一味追求霸道，慕容楚衣也无所谓残忍与否，所以幼年时，江夜雪就没少因为理念不同，而和父亲起争执。

人的心志除非经历无法承受的剧痛，不然是很难改变的。其实就算没有他亡妻那件事，墨熄觉得江夜雪最后也一定会和岳家分道扬镳。

江夜雪从积压着一堆炼器材料的货架上取下只铁盒，拂去上头的灰尘，来到二人面前。

墨熄曾经陪顾茫摘下锁奴环，所以对这个铁盒再熟悉不过。江夜雪因此有些迟疑看了他一眼，说道：“羲和君，我要施法了，你要不要回避一下？”

墨熄脸上却很平静，他看着那黑魆魆的盒子，没有任何多余的表情：“不用。”

“好吧，那我就开始了。”

他把盒子放在地上，然后对顾茫说：“顾……”话到嘴边，却又不知如何称呼他才好，只得叹了口气，“你请坐下。”

“把眼睛闭上。”

“把手放在盒子上。”

前两条顾茫都淡然地照做了，但是最后一条他却不肯了。他重新睁开眼，盯着那盒子看了一会儿，喃喃道：“我不喜欢这个东西。”

说完抬头看向墨熄：“我走了。”

“坐下。”

“走了。”

墨熄说：“你如果还想留在羲和府，就一定要按他说的做。”

顾茫没辙，只得撇了撇嘴，看上去有些委屈，又有些警觉，但犹豫了一会儿，他还是把手搭在了盒子上。

墨熄对江夜雪道：“施法。”

江夜雪点了点头。慕容怜当年那样的操作其实是错的，锁奴环本身的法力就很大，如果只是随意扣戴，有可能会引起佩戴者灵流暴走，或者意外死亡。但是这个道理，当时那群少年，其实谁也不懂。

炼器师江夜雪垂落眼帘，默念咒诀。很快地，铁盒的孔洞中流出一道暗黑色的灵流，那灵流像蛇一样顺着顾茫的手臂往上攀爬，从小臂，到肩膀，到锁骨……环绕在他的脖颈处，最后凝成一道黑色玄铁铁环，灵流的余韵一绕，又化作了一只吊在铁环上的小牌。

"好了。"

顾茫睁开眼睛，摸了摸自己的脖子，第一遍摸完没说话。但很快他又摸了第二遍，这遍他倒是说话了，他转头，若有所思地喃喃："项链……"

墨熄倚在窗边，听他这么说，怔了一下："什么？"

顾茫惊讶道："你送了我一根项链吗？"

"……"

墨熄没答话，江夜雪却有些于心不忍，跟他点了点头。

顾茫得了确认，蓝眼睛里流淌过细碎的光芒，他反复摸了摸自己的奴籍颈环，那张瞧上去和过去一样温柔善良的脸上露出些谨慎的高兴。然后他居然转头，对墨熄说了句："谢谢。"

窗外有湿润的风吹进来，吹着墨熄鬓边的零碎散发，他抱臂站在不远处，一言不发地看着顾茫的侧影。

如今的顾茫就像昔日顾帅的碎片，他想从他身上看到旧友的影子，最终却只落得一个眼眶都被这碎片扎痛扎红的后果。

他几乎是在无人注意的时候，狼狈不堪地闭上眼睛，喉头微动——多少年前，也是慈心冶炼铺的二楼，也是在这屋子里，年轻的顾茫同样也是摸着一道奴籍颈环，脸上笑得很灿烂。

那道颈环，当时是由宋老伯摘落的。

"结束了，顾师兄，以后你不再是慕容怜的人。"当时墨熄望着顾茫的脸，郑重其事地说，"你自由了。"

那一次，是颈环落下。顾茫在笑。

韶光荏苒，时过境迁。这一次，是颈环扣上，而顾茫还在笑，一切好像都没怎么变。可墨熄却觉得喉咙里如有一颗苦榄，怎么吞咽也咽不下去。这苦意竟好像要缠着他一辈子。

"你等等。"江夜雪在跟顾茫说话，"还没有结束。我还需要在这个……项链上面落几个字。"

"什么字？"

"你的名字，照身号。"他翻着重华国奴籍的记案，查着顾茫是这个国度的第几位落了锁奴环的奴隶，"有了，七百九。"

顾茫也不知道这意味着什么，他就那么听他说着，似懂非懂的样子。

江夜雪用灵力给他刻录了上去，刻完了这一面，又翻到背面去。他再一次抬起了头，但这一回不是看向顾茫，而是看向逆光立在窗边，神情难以辨清的墨熄。

“羲和君，你看这一面……”

墨熄道：“不用刻了。”

“但这恐怕不合规矩，就算不是个人名，也该是家族姓氏，或者是宅邸府衙的名称。”

“都不用。”墨熄顿了顿，把脸转开。

江夜雪叹息道：“可是……”

“另一面还要刻吗？”顾茫忽然问，“要刻什么？”

“要的。”江夜雪对他说，“要刻你主上的名字。”

顾茫皱着眉头想了一会儿，就在墨熄不耐烦准备过来跟他说走吧的时候，他突然道：“我知道刻谁。”

他转头看着墨熄：“刻你。”

墨熄：“胡说什么。”

“你是主上，好多人都这么叫你。”

墨熄闭了闭眼睛，蹙紧眉峰：“你太啰唆了，赶紧起来跟我走。”

“不可以刻你的名字？”

墨熄严厉道：“不可以。”

不知道是为什么，他只是略微想了一下顾茫脖颈上勒着刻有自己名字的颈环，就觉得一阵躁动。他烦躁地摇了下头，像要甩开一只扰他清净的蚊虫，继而一把揪起顾茫的后领，把他提起来，对江夜雪道：

“清旭长老，告辞。”

江夜雪道：“我送送你。”

“你腿脚不便，不必了。”

江夜雪笑道：“也没什么，早就习惯了。而且我正巧也要去西街买一点松油，你等我，我拿些钱……”

墨熄道：“那你的轮椅呢？我去帮你推来。”

“总是坐着也不好，有木拐就行了。”江夜雪捋了些碎币到乾坤囊里，“走吧。”

三人到了西街口的杂货铺子，江夜雪请掌柜给他打上两壶松油，正等着老板装壶回来，店门帘一开一合，有个少年走进铺子，口中大声嚷嚷：“掌柜掌柜！上次我家定的东西都到了没有？”

而后是另一个清冷威仪的嗓音：“岳辰晴，你别蹦蹦跳跳的不像话。”

他们回头，见挟风裹雪进来的人正是岳辰晴，而后一步入内的则是一身白袍的慕容楚衣。

两拨人猛一照面，彼此都有些意外，怔住了。尤其是慕容楚衣，他凌厉的凤目一下子便落在了江夜雪身上，继而微微眯起。

慕容楚衣："……"

江夜雪："……"

一时间气氛相当诡异。

要知道慕容楚衣的姐姐乃是岳钧天的正室，而江夜雪的娘亲则是岳钧天的小妾，如今两个女人都已经故去，可他们二位晚辈却未将种种往事淡忘。

江夜雪低声道："楚衣……"

慕容楚衣一言不发，忽然拂袖转身就走。

岳辰晴忙劝道："四舅……"

但慕容楚衣已经掀帘出去了，寒若冰霜的声音从外面传来，带着薄怒："岳辰晴，我每次与你出来，都遇不上什么好事。"

岳辰晴情急之下，竟浑然无视江夜雪在场，急着跺脚嚷道："四舅！我又不知道他在……你别走，你等等我啊……"

慕容楚衣却道："别跟着我！"

他说别跟，岳辰晴哪里敢不听，只得懊恼杵在原地，与其他人面面相觑，一时众人陷入了沉默。

江夜雪叹了口气，最终决定先打破这气氛："辰晴，楚衣他……待你仍一直是这般态度吗？"

他不说倒还好，一说，岳辰晴一下子又怒又急，仿佛心里的痛处被狠狠戳中，气嚷道："才不是！我四舅对我特别好！他什么态度我都崇敬他！轮不到你来说！"

"我不是这个意思……"江夜雪见他脸红脖子粗，有些不知所措，"我只是……"

"你只是什么啊！要不是遇到你，四舅他才不会走！他今天本来答应教我挑灵石的！都是你！害得他跑啦！！"岳辰晴对江夜雪明显很抵触，嚷完之后便把脸转了开去，双手抱胸，再也不愿瞧这个人。

江夜雪无疑是被他的态度刺伤了，笑得有些勉强，但还是尽力试图缓和两人的关系："你已经开始学挑灵石品质了吗？"

"哼！"

"这个很难，确实需要细心引导，如果你愿意，我也可以……"

岳辰晴撇撇嘴，说道："你不可以，我才不要你教，你跟我四舅根本没得比！"

江夜雪便不吭声了，垂了眼睫，半晌道："你说得也是，我确实和楚衣不能共论……"

"……哼！"

江夜雪低声道："对不起。"

岳辰晴毕竟心地不坏，一时恼怒之下口不择言，一通吧啦吧啦发泄过后，倒也稍微冷静了下来。听江夜雪嗓音黯然，岳辰晴大约觉得自己话说的有些重，便偷偷瞄了江夜雪一眼，但内心很反感，于是又把目光迅速转开了。

正是这不尴不尬的时候，掌柜提着两壶松油打内堂而出，岳家是这家杂货堂的大客，他来不及跟江夜雪交货，先冲岳辰晴咧嘴谄笑："哟，岳小公子呀，贵客贵客，来来来，您先坐，贵府定的东西早就到啦，您等着，我这着人就给您去拿——"

岳辰晴正好找了个台阶下，不用再理会江夜雪，于是走到柜台边，从怀里摸出一张纸来，清清喉咙道："我们还要再加这几样，都是我爹爹和我四舅一贯要的，你也一块儿给送到我家去吧。"

"好嘞，好嘞。"掌柜爱极了这种临时还要加货的客人，立刻接过纸，笑眯眯地扫了几眼，笑容忽然有些滞缓。

岳辰晴两手扒在柜台边，找了个舒服姿势靠着，问道："怎么了？又缺货吗？"

"这个……"

"你们最近怎么总是缺货。"岳辰晴有些不高兴，"每次东西都不能一次拿全，四舅就觉得我没用，上回他就不高兴，今天要是再缺，那他……"想想都寒毛倒竖。岳辰晴打了个寒战道，"我还是换一家吧。"

掌柜立马急了，忙说："啊，不是！小公子误会了，只是有几样货需要核对一番而已。您坐着，这里要的东西都能给您备齐。"说着又转头道，"阿杜，你过来一下。"

杂货铺子的伙计颠颠地跑来了，掌柜拉着他到暗处一番耳语，再出来时脸上已带着热络和蔼的笑。

"岳小公子，后院先请吧，瞧瞧货色有无不满意的，我好尽快给您装车送去府上。"

这样正好可以不跟江夜雪待在一起，岳辰晴二话不说就随着掌柜去了后院，暖帘一落，他的身影不见了。

这是别人的家务事，墨熄不便置喙。江夜雪垂着睫毛，瘦弱的身子在角落里不起眼地站着，他努力显得很宁静从容，只不过脸上的窘迫与黯淡，却是再怎么劳心也遮盖不住的。

掌柜随着岳辰晴去了，伙计阿杜从内堂出来，拎了两壶油，递给江夜雪："清旭长老，真是对不住啊，让您久等了。两壶桐油，您拿好。"

江夜雪怔了一下："什么？"

"两壶桐油，您的油，您拿好。"

江夜雪道："可是我要的是松油……"

阿杜"一惊"，可谓拙劣至极，他大概也是不擅说谎的人，话说到一半，脸就有些红了："是，是吗？方才掌柜说的明明是桐油，难道是我听错了？"

江夜雪一时不明所以，说道："那劳你再去换一次吧。"

阿杜面露难色："啊……您要松油啊？今儿松油已经全都售罄了，要不您改日再……"

"他这个腿脚，你要让他跑几次？"蓦地一个沉冷的嗓音打断他的话，墨熄从后面走过来，面色不虞地盯着他。

"羲，羲和君……"

墨熄目光凌厉，冷冷道："到底是你听错了，还是岳府也正好需要松油，所以你们改卖了他家。"

伙计不敢和墨熄扯谎，脸越涨越红，支吾着不出声。

到了这份上，江夜雪又怎么会反应不过来，他低叹了口气，对墨熄道："算了，反正我的铺子离这里也近……我让给辰晴，免得他四处再跑，天太冷了，他来一趟不容易，而且楚衣那个脾气，我也是知道的……"

顾茫在旁边左看看，右看看，又摸摸自己脖子上的锁奴环，似乎是在思忖江夜雪是个帮着给自己"项链"的好人，于是忽然一闪身，迅影般跑到了后院，未及他人阻拦，就拉了岳辰晴出来。

岳辰晴被他拽着裘袍的领子，涨得小脸通红，连连咳嗽道："哎，咳咳！你干吗？你这只小乌龟，你放开我！"

顾茫一直把他提到江夜雪面前，这才松了手。

岳辰晴揉着脖子，懊恼道："你干吗啊……"

顾茫照着学道："要，松油。"

"你要松油？"

顾茫指着好不尴尬的江夜雪："他要，我不要。"

岳辰晴不得不抬头去看江夜雪，但只看了一眼，就把目光又转开了，嘟哝道："不行，那是我四舅要的……"

顾茫道："是他先来的。"

"……"

"先来的客人排前面。"

掌柜也跟着跑出来了，一看这情形，顿时有些无措，赔着笑，讪讪地，也不知该说些什么。这下岳辰晴算是反应过来了，他不是不讲道理的人，立刻回头瞪大眼睛："掌柜的，你不会吧？你莫不是已经答应把松油卖给他，结果怕缺货我走人，所以又反了悔？"

掌柜忙道："不，不是，我只是听错了……"

岳辰晴见他心慌，愈发明白过来，怒道："你还骗人！你这个大坏狗！"

江夜雪不爱惹事，摇了摇头，说道："不妨事，我也不急着用。岳……小公子，东西你留着吧，我先告辞了。"说着，柱起拐杖低了头，慢慢地往外走去。

接二连三让江夜雪受了这么多委屈，岳辰晴良心终于有些受不住了，他在原处愣了一会儿，脸色不太好看，眼见着江夜雪就要推门离去，他忍不住喊了一声：“喂！”

叫出口的那一刻岳辰晴就有些后悔了。该死了，爹爹伯伯舅舅都不待见这人，要是知道自己与他多话，那不得活剥了他的皮。

但江夜雪已经停下脚步。

岳辰晴只得硬着头皮支吾：“那个……那个谁……你要这松油……做什么啊？”

“做一些符咒。”

“哦……”岳辰晴侧着脸，过了片刻，又忍不住好奇，犹豫着问，“那什么，之前李清浅闹事的时候，城里那些金刚不破符，是不是你给那些穷人送去的？”

江夜雪没说话。

岳辰晴颇有些尴尬地，再瞥了他一眼。

江夜雪叹了口气，说道：“天冷了，你别再四处乱跑了，早些点了货回去吧。别再惹你四舅生气。”说罢便掀了帘子，出了店，只留岳辰晴一人呆呆地在原地站着。

对上墨熄的目光，岳辰晴委屈而茫然地嘟哝了声：“羲和君，我……”

岳家之事不便参与，墨熄也没多说什么。只摇了摇头，与江夜雪一道离开了。

他们陪着江夜雪回到冶炼铺里，辞别的时候，差不多已是傍晚了，走在路上，顾茫忽然问道：“墨熄，那个江夜雪，他为什么把油让给白鸟？”

“白鸟？”

“就是那个——说我是小乌龟的。”

墨熄反应过来了，原来顾茫是在说岳辰晴，岳辰晴穿着皮毛丰厚的白裘衣，领缘有一圈绒毛，所以顾茫就管他叫白鸟。

墨熄遂解释道：“因为江夜雪是他的大哥。”

“是大哥，就要让给别人？”

墨熄沉默一会儿，说道：“不。是因为心里觉得重要，所以才会愿意让给别人。”

“就跟让你吃烤鹅的那个师兄一样吗？”

墨熄心中一动：“你认为那个师兄觉得我重要？”

顾茫思忖后说道：“烤鹅好吃。他给你，你是重要的。”

墨熄神色古怪地看了他一眼，没作声。过了片刻才道：“那之前送你香囊的人，你觉得他对你重要吗？”

顾茫不假思索道：“重要的。”

墨熄的脸一下子黑了，咬牙道：“你觉得人家重要，人家未必瞧得上你，不然我收留你这么久了，怎么也没见得王城内有谁关心过你。”

顾茫低头不吭声了。

墨熄被戳痛，便也报复性地反噬着刺伤自己的人："你就是在自作多情，一个香囊就把你打发了。那个人要真觉得你也重要，他就该来找你，你几次落难，他也该来救你，他来了吗？"

顾茫干巴巴地："没来。"

"没来你还对他死心塌地，觉得他重要？"

"嗯……重要的。"

墨熄沉默一会儿，几乎是有些怨恨地冷笑了："真有趣，他到底是哪位英雄，你不如给我引荐引荐？"

这回顾茫倒是落寞地摇了摇头，垂着眼帘再也不争辩了，多少有些伤到的样子。

两人闹了个不快，彼此都没再说话，并肩走了一会儿，快至闹市区了，墨熄才终于又理他，说道："此处人多眼杂，把你的斗篷披上。"

顾茫照做。

他们在路上走，墨熄仍思忖着刚刚顾茫的话，心里躁动，路过一家茶摊，他便去摊子上买了碗凉茶，站着喝。

渐渐地，周围窸窸窣窣的声音就多了起来。

"哎呀，看，是羲和君……"

"我相公呜呜呜！"

"乱说！明明是我相公！"

虽说在王城，墨熄也不是什么成日不出门的人，然而路过的姑娘瞧见他还是会忍不住赞赏。

墨熄生得俊美耐看，尤其是嘴唇，虽然薄淡，唇形却非常性感，只可惜，却有着常年积雪的冰冷眼神，看谁都是一脸的不耐烦，一副冷漠面孔。

但就算这样，也无法熄灭姑娘们对他的热情，而且也不知道是从什么时候开始，重华有种说法，都说羲和君看起来清高冷傲，但看看他的宽肩窄腰大长腿，再看看他性子暴发起来那种说一不二的狠劲……当真已足够叫人心动了。

比如此刻，街上一家春馆的二楼就聚着一群绿肥红瘦的俏丽女人，这时正好在二楼的廊庑下面吃点心聊天。瞧见了墨熄，免不了一番窃窃私语。

"我可以断言，与这个男人谈情，那可是有的消受的。"春楼的鸨母嗑着瓜子，摇着罗扇，这样猜测道。

围在她周围的姑娘们就咯咯地笑作了一团，有女孩儿娇声道："干妈你净瞎说，羲和君洁身自好，从来不进风月场，你哪里知道他谈起情来是什么样？"

"嘁，你们太年轻，识人还太少。干妈我别的不行，看男人的眼睛贼毒。"

那些醉身红尘里的女人听了，反倒相顾笑得更欢了。

鸨母翻了个白眼，那扇子远远点着墨熄的身影比画。

“嘻嘻，那也比软脚虾好呀。”

越说越不堪入耳，映衬着那些娇花一般的脸，却也是说不出的可悲可怜。她们都知道，好男人是不会来与她们寻欢作乐的。而她们无论心里怀着多少的柔情与真挚，都只能拿去献给那些滥情无耻的男人，到最后，还会被那些男人的妻子憎恨，被清白人家的姑娘鄙薄。

笑着笑着，就有些寂寞起来。有姑娘遥遥看着墨熄的背影，轻轻叹了口气：“唉。”

她什么也没说，周围的姊妹却逐渐都有些沉默。

“我真羡慕梦泽公主。”忽然有歌女罗扇遮唇，低声说。

“整个重华，谁不羡慕梦泽公主啊。”她身边的另一个姑娘撇嘴道，“生得好就是好，别人喜欢她也就算了，听说羲和君也是非她不娶，只待她调养好身子，就要娶她过门呢。哎哟，真羡煞旁人了。”

“哎哎哎，还有谁喜欢她？说来听听呀。”

“那些公子哥都喜欢她呀，什么金云君，风崖君，望舒君……”

“噗，望舒君怎么可能，他只爱他自己。”

“我听说顾茫之前也喜欢她呢。”

“这个肯定是瞎说的。顾茫谁都喜欢，没个定性。”

不过提到当年的顾茫，这些女人还是有些兴奋的。有个俏生生的小姑娘道：“说起来，干妈，我听旁人道，从前你随军的时候，顾茫可是总爱找你呢。”

女孩儿们复又都笑起来。

她们的鸨母曾经也是重华数一数二的风月佳人，她性子乖张泼辣，人称花椒儿，如今也就三十出头，嗔怒瞪人的时候依然有小花椒的余韵。

“又拿我取笑，提我做什么？”

“好奇嘛，干妈传授传授技艺？”

“对呀，还不是干妈手段风流，顾帅才瞧得上。”

鸨母翻了个白眼：“顾茫？不提他，三天换一个姑娘陪着的风流种子，有什么好提的？”顿了顿，又道，“他要是没和君上闹翻，要是没成为叛徒，他要如今还是那个威名赫赫的顾帅，我保准他能跟你们都玩个遍。”

想了想，又啐道：“还真是个情圣。”

她们却不知道，干妈口中那个“情圣”正是眼前那披着斗篷、乖乖站在墨熄旁边的男人。

顾茫看着墨熄喝掉第三碗凉茶，开口道：“你还渴吗？”

墨熄冷冷看他一眼：“干什么？”

顾茫道：“晚上了，吃饭了。”

居然还会提要求了。

墨熄还在不高兴："找你那位香囊恩客去。"

顾茫固执道："找你。"

墨熄气不打一处来："招之即来挥之即去，你把我当你奴隶？"

谁知顾茫指了指自己，说道："我是奴隶，你是主上。"

"……"

"但你不是我的主上。"他眉宇间略有些困惑，"江夜雪说背面要刻名字，你说背面不用刻名字，为什么？"

墨熄咬牙道："因为我不要你。"

顾茫又愣了愣，眼神迷茫，重复道："你不要。其他人也不要。顾茫没有人要……没有人想要顾茫吗？"

"是。"明明是在刺伤对方，贬损对方，可墨熄也不知为什么越来越难受的人却是自己，他把茶盏还给摊主，"没人要你。走了。"

"去哪里？"

墨熄没好气道："不是饿了？带你吃饭。"

重华这些年崛起迅猛，帝都内的菜馆大大小小如雨后春笋冒出了一茬又一茬，但墨熄却领着顾茫去了一家明显有了年岁的酒楼——鸿鹄馆。

这馆子当年是帝都拔尖儿的几家菜馆之一，只有王公贵族才去得起，时价高得骇人。这些年鸿鹄馆老板的态度缓和，大概是感受到了压力，这只老鸿鹄不得不跟旁边那些物美价廉的小燕雀们竞争，菜价不再那么咄咄逼人，寻常修士也能进得了门。

不过就算这样，老鸿鹄的气数也日渐衰微，此时正值饭点，店外却是一派门前冷落车马稀的凄然景象。

墨熄进了店里，顾茫也亦步亦趋地跟了进去。掌柜的是个微胖油腻的男子，姓刘，忙来招呼："哎哟，羲和君，许久不见您了，吃饭？"

"厢间。"

"好嘞，还是老的那一间？"

墨熄顿了一下，说："嗯。"

刘掌柜把他们请进了二楼尽头的厢间，楠竹做的细帘子，地上铺着绣有日月星辰的厚织毯。墨熄还记得自己第一次领着顾茫进这隔间时，顾茫跟在自己后面，被那铺天盖地的贵气震得说不出话来，半晌拽住自己青着脸道——先问清楚，大哥你请客吗？不然卖了我也吃不起。

但是就像这家酒楼一样，织毯上原本散发着碎光的金丝已经黯淡蒙尘了。墨熄翻着菜案，却因为脑子里思绪纷乱而什么都看不进去。最后他“啪”地把那缣绢绣成的精美菜案一合，推给顾茫。

“你来。”

顾茫还在拨弄自己颈环上的小铜牌玩，闻言一怔：“不认识字。”

墨熄道：“有图，这缣绢上施了灵力，你可以看到图样。”

顾茫听他这样说，就把菜案打开来，抱在胸前认认真真地看。

“要这个、这个，还有这个……”他一会儿伸出手指在菜案上戳，一会儿又咬着手指出神，“好饿。”

墨熄不吭声，头转到一边去，也不看他。

顾茫觉察到了，于是问：“你还在生气吗？”

“没。”

顾茫想了想，忽然道：“不生气，你也重要的。”

墨熄心中一动，却仍板着脸冷冷道：“何必谄媚我，我可没香囊送你。”

顾茫笑道：“但你送了我项链呀。”

“……”

墨熄眼神黯淡。他看了一眼顾茫脖颈上漆黑的锁奴环，竟再也发不出什么火来。毕竟，他人生的重大转折都是顾茫给予他的，若无昔日之顾茫，便也不会有今日的墨熄。

撇去国仇后，他还能怨顾茫什么呢？在他家逢变故的时候，是顾茫向他伸出了手；在他籍籍无名的时候，是顾茫陪伴着他；在他困顿无助的时候，是顾茫笑着鼓励他。

顾茫是对他有恩的。

“别担心啦，一切都会好的。”

“再差能怎么样啊，就算你伯父把你坑惨了，你也是贵族呀，你看我，我是个奴隶，我都不愁，你愁什么？”

“要是哪天你真被你那位伯父挤对的没路走了，我的屋子分你一半住，饭分你一半吃，好不好？”

“你还有我呢。”

顾茫为他做过多少事情？墨熄前途未卜，在行伍间备受排挤时，只有顾茫一个会注意他的心情怎么样，饭有没有吃饱。

墨熄性子清冷倔强，那时候与他同住的那几个贵公子都瞧不上他，觉得他早年没了父亲，如今母亲又不顾丑闻改嫁他人，到时候一怀孕，墨熄的境地一定凄惨至极。他们甚至会故意把他的口粮给扔在地上。

是顾茫见不得落魄少爷受欺负，所以总把自己的口粮分给他。可是奴籍士兵的粮食并不好吃，顾茫看得出墨熄嘴上不说，但吃得却异常痛苦。于是他就琢磨，隔三岔五借着要给姑娘买首饰胭脂的由头，问兄弟们坑蒙拐骗坑些钱两——然后默默地给小师弟多买几样点心，好哄这小可怜高兴。

那时候军队里的人都说顾茫太花心，他的哥们儿也都挤对他太不专情。

“前天还说要给小兰买玉钗呢，今天就又来要钱，说想给小蝶买簪花。唉，这风流种子。”

顾茫当时最好的朋友陆展星也道：“阿茫，你怎么回事？以前没见你这么大手大脚啊，你来行伍之后过野啦？”

顾茫的回应是涎皮赖脸地伸出手：“兄弟，给点赏钱呗？我回头给你洗一个月衣服。”

陆展星惊道：“你又看上哪家姑娘啦？！”

顾茫胡诌道：“隔壁村王老汉的女儿。”

没有人知道真相，没有人知道“丧心病狂花钱追姑娘”的顾茫，其实是打着逛青楼的名头，偷偷溜去附近城里的某家小破馆子的后厨里洗碗筷。

顾茫用了易容术，换了衣服，谁也瞧不出他是驻军的军爷，他洗着成堆的汤碗饭碗，那热火朝天的工作模样连掌柜都对他刮目相看。

“小伙子，你看看你要不要干脆来我这里做长工？薪酬给你这个数？”

易了容的顾茫眼睛依然明亮，像有整个夏夜的繁星：“谢谢掌柜，但是我平时也有别的事要做，脱不开身……”

“唉，那真可惜。”掌柜拍拍他的头，“很少见到你这么勤快的少年郎了。”

为了照顾他，他的顾师兄吃着不为人知的苦，忍着不为人知的累。可墨熄一开始都不知道。

直到后来，他看到同袍染血的信笺，意识到自己竟然已把顾茫看作了世上最亲的人，看作了他如今仅剩的家人。他冒着风雪按捺不住地去告诉顾茫，可帐篷里只有陆展星，而陆展星对他说：

“顾茫啊？顾茫被拉去城里的花楼玩啦！人不风流枉少年啊！哈哈哈！”

那一瞬间洁身自好的墨熄只觉得一记闷棍当头而落，他缓了好久，却依旧克制不住自己的气愤，心道他如此在意顾茫，于战火喘息间只想着顾茫，而顾茫竟一点儿也不惦念他，反跑去寻欢作乐？他气不过，于是他纵马驰向陆展星所说的那个风月场，但他找到了顾茫的那几个友人，却独不见顾茫。

他不肯死心，胸中像是烧着无法止熄的烈火，他就在驻地附近的小镇里一家商户接着一家商户地寻过去。最后他在一家小饭馆的后厨，瞧见了“逛青楼”的顾茫。

顾茫易了容，原本墨熄应该是认不出来的。可是当时他留着心眼，顾茫从水盆边一抬头，墨熄就捕捉到了那人撞上自己的眼神。

只那么一眼，墨熄就认出了他就是自己在找的顾师哥。

从听闻“顾茫去了青楼”时的失望，到瞧见顾茫在洗碗时的震愕。

当时墨熄的心，真是疼得厉害了。他忽然不知该如何开口。

去营帐里，没有找到这个人；当他怒气冲冲地奔向青楼，想要把顾茫拽出来的时候，还是没有找到这个人；等他真的找到他了，忽然没有那么冲动了。

他在风雪中喘息着，大步推开篱笆门，惹得饭馆后院的小鸡崽子满地乱跑，他径直朝不知所措的顾茫走过去。

他看到了顾茫浸在水里的手，大寒天的，为了不让掌柜发现自己是个修士，也不能用法术，顾茫的手起冻疮了。

墨熄忽然喉头哽咽，竟不知以自己如今地位，究竟有什么资格询问顾师兄。他沉默不语地把顾茫从小板凳上拽起来，长睫毛垂落，他捧着顾茫冰凉的十指。

他轻声问，你疼不疼？顾茫却笑嘻嘻地说没关系。

“这点冻疮算什么，男子汉大丈夫嘛，糙一点才好看。”顾茫用肿成萝卜的手挠了挠头，咧嘴露出一颗小虎牙，“你顾茫哥哥最英俊。”

这话也太扯了，没人会觉得两根冻萝卜手指英俊。可顾茫不听啊，他的意思就是，既然你来了军队，跟我分在了一队，又是我的师弟，那我就不能让你受委屈。

墨熄不是没有劝过顾茫，他跟顾茫说过，顾茫给他的太多了，而他今后之路却并不明朗，这些恩情，他未必还得起。而顾师兄这个军痞却只是笑，冬夜里他长睫毛上都是雪子：“谁要你还了？来了我队伍，就是我的哥们儿，我得罩着你。”

墨熄道：“可我……”

“别可我可你了，那你如果过意不去，就拿个卷轴记着，你把欠我的都记下来，等你有出息了再连本带利地还我啊。”顾茫笑着去揉他的头，“哎哟，我的殿下真是个斤斤计较的傻瓜。”

墨熄看着那年轻鲜活的笑容在光芒中恣意绽放，那时候他暗下决心，以后一定要将最好的还给顾茫，不但要还，还要把世上的奇珍异宝、花团锦簇都送给他。

他要待他好一辈子。可是最后呢？顾茫给了墨熄救赎，而墨熄还给他的却是颈上那一枚黑沉沉的枷锁。而且说来讽刺，这倒真是如今他能给顾茫的最好的东西，在经历了那样的背叛、仇恨、心硬如铁之后，他能给他的最后一样东西。

原来这就是他们的一辈子。

菜点下去了，墨熄仍双手抱臂沉默地坐着，走神。

顾茫忽然道：“你还是不开心。”

墨熄抬头看了他一眼：“……这次真没有。”

顾茫坚持道：“你为什么不开心。”

“……”

“你是不喜欢这里吗？那我们换一家。”

墨熄叹了口气，从回忆里抽身，说道：“换什么。这家店的菜做得很好，有几道你从前很喜欢，但不知道你自己方才点对没有。”

“以前的我……”顾茫喃喃，“很喜欢？”

“我说过，我们从前认识。”

顾茫努力地想了一会儿，放弃了，但还是道：“行吧，你说认识就认识。”

这家馆子多蜀菜，呛辣的菜肴对顾茫而言并不陌生，毕竟西蜀国是重华国的同盟，西蜀战乱的那一年，顾茫去援盟过的。自打那时起，他就从一个半点儿辣子都不能沾变成一口气吃掉一盘红油辣子鸡而面不改色的人。

但能吃归能吃，墨熄知道顾茫还是喜欢家乡菜的。只是不知道，他叛变在外、投敌燎国的那些岁月，看着桌上的葡萄美酒，有没有思念过故乡的烧饼包子，有没有过哪怕一星半点儿的后悔。

和重华国寻常的温柔菜系不一样，这家馆子的一切都很热烈。厨房是半敞开的，只用个布帘子遮挡，在楼下的客人们能够听到热油愤怒的“滋滋”声，锅铲碰撞的“叮咚”脆响响，时不时有武火“轰”地自镬内腾起，映得整个伙房都成烈红色。

“鱼香茄子、凉拌鸡、一篮子锅盔，两位客官趁热乎吃。”小二左右手都端着菜，头上还顶着一个，“冷了味道可不好啦。”

顾茫伸出手，默默替小二把头上顶着的竹篮拿下来。

锅盔是猪油肉馅儿的，和面卷饼的时候往里头裹了猪肉碎末和花椒碎末，还有碧油油的小葱，两面涂抹着猪油贴炉烘烤而成，散发出一阵又一阵热切的焦香。

顾茫不喜欢小葱，但把葱拨弄掉之后，他就很喜欢这个饼了，捧在手里认认真真地吃。其他菜也陆续上来了：回锅肉，夹在筷子里，酱汁鲜亮的肉片儿微微颤抖，闪着油光。开水白菜，菜心柔软地浸在醇浓的鸡汤里，清爽回甘。爆炒腰花，刀花切成美妙的卷，和蒜薹一起在大火中一溜出锅，端上来的时候甚至还呛着火星的余韵，口感脆嫩。

菜肴的香味质朴而又猛烈，一筷子下去，七窍在瞬间畅快极了，花椒的麻刺激着鼻腔与口舌。这一桌子菜并无昂贵食材，却好吃得很——贵在技艺精湛，这也是他们从前要价极高的缘由。

“好吃。”顾茫说完，又自言自语地咕哝了一句，“好像以前吃过？”

听到顾茫这样说，墨熄本来就不怎么强烈的食欲变得愈发萧条，于是搁下了筷子，转头看着外面的街市巷陌。

顾茫舔了舔唇上的碎渣：“公主，你怎么了？”

墨熄初时并无动静，但片刻之后他蓦地反应过来，猛抬起头：“你叫我什么？”

顾茫多少被他脸色骤变的样子吓到，犹豫一会儿才说：“公主啊……”

仿佛周身的血流都涌向了头脑，只两个字便如巨石入海，震得墨熄耳中嗡嗡，竟一时说不出完整话来，“你，你怎么……你怎么……”

“怎么什么？”

墨熄的指尖发凉，他不得不抬手抓住桌上的茶杯，这才勉强掩藏住自己的颤抖，哑声道：“你怎么这样叫我？”

“哦，李微教的啊。他说公主就是很尊贵的高高在上的要好好呵护的人。”顾茫笑了笑，“我觉得你挺像的。”

“……”

“你怎么了？”

像是从悬崖坠至谷底，那种战栗仍在，激动却已冷透。墨熄咬牙，把脸扭开去，说道：“……没什么。”

过了好一会儿，瞥见顾茫有些茫然的神情，墨熄闭了闭眼睛，这才忍着把心中的痛隐去，低哑地错开话题道：“喝你的白菜汤，不用管我。”

顾茫低头看着碗里的开水白菜：“可汤没了。”

“……”

他的目光在桌上扫一圈，然后盯着墨熄面前的那碗胡辣肉丸汤。

“你想尝我这个？”

顾茫点头。

墨熄心情正闷，但他情绪复杂，并不怎么想发脾气，只把汤碗推给顾茫：“这里头有整颗的花椒，味道很重，你留心。”

接过了碗，顾茫把手里剩下的最后一块锅盔掰碎了，沾着胡辣汤吃。他往碗里吹气，拿勺子撇，小心翼翼地避开那一颗颗蜷缩着的花椒。可是防不胜防，还是有一个漏网之鱼闯进了他的唇齿之间。

他一开始没有反应，甚至还嘎嘣咬碎了花椒的硬壳儿。结果可想而知，须臾之后，顾茫开始往外吐花椒壳，眼睛湿漉漉的，舌尖被麻得又红又难受。他一下子把汤碗推远了。

“有毒。”

墨熄先是一怔，顾茫不是可以吃麻辣的吗？但随即又想到顾茫吃辣那是后来练的，一开始他可半点红都不愿意沾。燎国毁他神识的时候，大概把顾茫后天培育起来的耐受力也给毁了。

这个认知让他愈发焦灼，时至今日他仍然抱有一线希望，希望顾茫的迷茫都是假装的，可是在一起这么些日子里，顾茫的一举一动都在告诉他，不是的。

昔日的神坛猛兽是真的死了。墨熄能拥有的，能憎恨的，能报复的，只有眼前这一抔余烬而已。

墨熄有些无言地看着他："没有毒。"

顾茫张开嘴吐出舌头，满脸的委屈："我中毒了。"

"……"

跟他解释是没有什么意义的，墨熄于是倒了一杯茉莉凉茶，递给他："慢慢喝下去，毒就解了。"

顾茫将信将疑地捧过茶盏，皱着脸一点一点地喝着。

"好点了吗？"

"嗯。"顾茫点了点头，却犹豫地看着这整一桌子菜，"不吃了。"

墨熄道："你不吃'有毒'的就好。"

顾茫忽然撇着嘴，有些不开心地："这里不好，下次不来。"

墨熄看着他忽然说："……顾茫。"

"嗯？"

"我第一次请人吃饭，来的就是此处。你知道那个人是谁吗？"

顾茫想了一会儿："是我？"

墨熄的眼睛有那么瞬间的明亮，可他很快又看到了顾茫眼里的迷惑，听出了顾茫语音末梢的疑问。

顾茫道："猜对了吗？"

墨熄没再说话，沉默地闭上了眼睛，低叹了口气，再没有回答。

吃过了饭，两个昔日的旧友、如今的仇敌漫步在夜晚的胭脂湖边，廊桥悬着红布灯笼，在河面投出梦一般温柔的霞光。

夜泊的舟楫划过，木浆一打，梦就碎成了浮光粼粼。

顾茫走在墨熄边上，咬着墨熄之前在路边一脸不耐给他买的三丁包，吃得腮帮鼓鼓的。

墨熄停下脚步，望着河面，半晌，忽然像是抱着最后一线希望，又好像只是无谓的低喃："……如果当初陆展星没有死，你是不是就不会走到那一步……"

"哪一步？"

"……"墨熄看着波光粼粼，说，"没什么。你都不记得了也没关系，反正你还活着，就总有转机。"

"嗯。"

"你嗯什么？"

"落梅别苑的嬷娘说过，我说'嗯'就是同意别人的话，同意别的话，别人就会开心。"

墨熄道："你又为何要讨我开心。"

顾茫又咬了口包子，说道："因为你是个好人。"

墨熄面上一怔，随即漠然道：“你真不会看眼色，也不会看人。”

顾茫咽下包子，一双纯澈无垢的眼睛看着桨声灯影里的墨熄：“嗯。”

“你能不能不要连这个也同意？”

“嗯。”

“算了。”

过了一会儿，又极不甘心地回头：“我哪里好了？”

“你等等。”顾茫说着，把鼻子凑过去，小狗般在墨熄脸侧、脖颈，耳朵根嗅嗅。

这一幕若是给爱慕墨熄的那些女人看到一定会目瞪口呆，不近人情羲和君居然会由着别人靠这么近，做出这么奇怪的举动。他一般不都是给人一个背摔，然后把人的肋骨砸断吗？

但是她们只知其一未知其二，墨熄确实不爱被生人触碰，但顾茫一定是个例外。不止因为顾茫这个人如今太单纯了，他做什么都是没有目的的，只遵从着孩童般的本性——对什么东西好奇，他会放到嘴里去尝；想了解什么东西，他会凑过去闻。而是因为从很久很久以前起，墨熄和顾茫就是最亲近的人，他早已习惯他了。

“你身上有一种味道。”最后顾茫说，“和别人都不一样。”

墨熄看了他一眼：“什么味道？”

顾茫摇了摇头：“我不知道。但是……”他顿了顿，似乎想在自己可怜巴巴的脑袋里捞出点像样的字句来描述。可显然，他最后失败了。

他说：“很甜，你闻起来像一勺蜜糖。”

“……”

墨熄显然不想和他继续这种奇奇怪怪的对话，他问：“还有呢？”

顾茫双手攥着啃了一半的包子：“这个只有你会买给我。”他说着，又有些迷惑地看着墨熄：“你为什么那么在意？”

墨熄微微一怔，原来自己脸上的在意这样明显吗？灯影水色里，顾茫那双大眼睛望着他，那么宁静，又那么平和。

墨熄摇了摇头，没有回答，只是道：“你是世上第二个说我好的人。”

“第一个人是谁？”

墨熄沉默地看了他一会儿，说：“也是你。”

顾茫有些吃惊：“有两个我？”

“我不是这个意思。算了，跟你说了也是白说。”

顾茫吃惊完了，又道：“那你该去多问问别人，会有很多人说你好。”

没有别人了。从很早以前，他就不会对再对第二个人这样开口，也没有人能够再与他交心如此。他的冷漠疏离、冰寒刺骨，早已把一个又一个试图靠近他的人推到绝壁悬崖。

墨熄想到少年时的自己，想到在小饭馆里洗碗的顾茫，想到先君，想到梦泽。最后想到那一年洞庭湖战火连天，他像个乞丐一样跪在硝烟里请求顾茫回头。他想得胸口的旧疤都开始隐隐作痛，那些背叛他的，或者是他背叛的，此刻都在胭脂湖的秋水里涤荡。

他闭上眼睛，心中竟苦得厉害。开口时嗓音的沙哑让他自己都吓了一跳。

“顾茫，你知道吗。其实我们之间有很多秘密，跟谁都没有说过，我……”

他忽然又不再出声。

他已经近十载不曾做过这件事了，以至于话语卡在喉头竟然吐不出来。慢慢地，他的那种冲动便消失了。像作恶多端所以被拔去舌头的厉鬼一样，所有的苦水都只能往肚子里咽，他也习惯了往肚子里咽。

这时忽听得顾茫说了一句：

“你别说，我不听。”

墨熄抬头：“为何。”

晚风里，顾茫随手掠开眼前的碎发，他靠在廊桥的木柱上，侧脸看着墨熄：“因为你并不想告诉我。”

“……”

“而且如果我真的认识你，那么没准以后我自己也会想起来的。所以，没必要。”

他捂住耳朵：“我不听。”

墨熄看着他折着耳朵的样子，沉默一会儿，忽地笑了。这是他很久以来第一次真真实实地在笑，而不是“冷笑”“嘲讽地笑”“敷衍地笑”或者“皮笑肉不笑”。

墨熄靠在木柱上笑了好一会儿。顾茫看着他，慢慢地，犹豫着放下了捂耳的手。

在这桨声灯影里，在这折磨了他一整天，或许不止一整天，从顾茫叛变起就折磨着他的痛楚里，他只是睫毛微颤，却说不出什么狠话来。他甚至觉得自己的眼尾有些湿润了。

“公主。”最后，顾茫低声地，忽然没头没脑地说了句，“牌子背面，可以有你的名字吗？”

“因为我好像是个好人？”

没想到顾茫这次却摇了摇头：“不。”他说，“因为我好像……真的认识你。”

墨熄只觉得整颗心都被一只尖锐的利爪攫紧了，竟连呼吸都是困难的。

顾茫道：“我不知道什么是主上。但是……听上去好像不错，我想让你当。”

墨熄看了他半晌，竟也说不出自己是什么滋味，他心头比五味瓶打翻了更是复杂上千倍万倍，最后他恐怕是用了比千万倍更多的克制，才低缓地说了句：“你远不够格。”

“什么叫够格？”

墨熄干脆换了种说法：“我的意思是，你不可以。”

顾茫想了想：“那要怎么样我才够格？”

墨熄答不上来，盯着他一会儿，只问："你看不出我恨你吗？"

顾茫怔忡道："恨是什么？"

"你看着我的眼睛，我恨不能食你之血，寝你之皮，亲手将你折磨到死去活来，让你痛不欲生。"墨熄目光冷冷，盯着他，一字一句，"这就是恨。"

顾茫就真的看着他的眼睛，距离很近，眼睛盯着眼睛，呼吸萦绕着呼吸。

墨熄隐约觉出有什么不合适，刚想推开他，就听到顾茫说："可是……你看起来很难受……很疼。"

"恨我，会让你很疼吗？"

说者无心，听者有意，墨熄蓦地闭上眼睛，只觉得肺腑都被一把无形的刀刺穿了，热血流得满腔都是。

顾茫自从回到重华来，见到的无非都是一张张仇恨、怒骂、刁难的脸，他还从没见过像墨熄这样的神情，忙道："那我不要你当我主上了，你别不开心。"

"……"

"不要恨我，你不恨我的话，会不会就不疼了？"

湖面的水吹开细细的縠纹，那些破碎的灯影就像繁星闪烁。

"……太迟了。"

很久之后，墨熄才沙哑地回答他："顾茫，总有一天，你是会死在我手里的。……你我注定不是一路人，我发过誓的。"

他转过头，那张英俊的脸在摇曳的灯笼红光里显得那样模糊不清。

"而且我也根本就不是什么好人。是师兄从一开始，就看错了我。"

顾茫听了他的话，两口把最后一点包子啃掉，然后伸手在自己身上摸着。

墨熄看他这莫名之举，问道："做什么？"

顾茫把自己的衣襟摸了一遍，然后抬头道："干的。"说罢又拉着墨熄的手，想让墨熄也摸一摸，墨熄自然不从，一把甩开他的手，皱眉道："你胡闹什么？"

"奇怪。我明明是干的，你为什么叫我湿胸？"

墨熄："……"

其实墨熄说得没错，他并不是什么十全十美的好人，他的狼子野心、他的莽撞冲动、他的犹豫与失控，这些顾茫都曾亲眼见过，不但见过，而且还都包容过。

但现在顾茫已将他们两人的过往埋葬，只有他孤零零地站在这片围城里，因为无法自拔而心生怨怼。

"那你为什么非要恨我呢？"

"……因为从前，我在你身上犯过很多错。"那天回去的路上，有一搭没一搭地闲聊时，墨熄这样对顾茫说，“错得离谱。”

可当顾茫问他是什么错的时候，他却又不吭声了。

其实他并没有像自己说的那样，做过“很多”错事。事关顾茫，他真正觉得自己做错的，其实只有一件。

那就是对顾茫倾尽了心。

这件事简直罪不容诛，但他却像一个无可救药的傻子，一边怒气冲冲地提醒自己绝不能再犯，一边却在一棵树上吊死了无数次。

那天晚上，墨熄躺在床上瞪着深色回纹幔帐想，为什么不干脆一刀把顾茫杀了？为什么不快刀斩乱麻一了百了？自己现在这样，到底图的是什么呢？

后来他想明白了，他希望顾茫能回想起往事，或许不仅仅是想让顾茫能够给当年的叛变一个答案，也不仅仅是想听顾茫后悔看顾茫流泪。

他大概还想让顾茫来质问自己，质问自己一些只有他们俩知道的秘密。朝他怒叱，向他怒吼，哪怕他们血肉相搏你死我活。

总好过如今他只有一个人的肩膀，却要扛起两个人的回忆。

“顾茫。”在这寂寂无人的幕帐里，一声叹息微不可闻，“终究还是你比我更狠。”

就这样过了一段日子，墨熄处处留心，却从未见过顾茫有任何伪装的痕迹，希望便愈发渺茫。他逐渐地有些心灰意冷，也就对顾茫愈发地厌烦。

“从前是顾茫一出现，主上就盯着看。如今是顾茫一出现，主上就自个儿把脸转开了。”狗腿李微如是总结道，“主上很焦躁啊。”

不用他说，整个羲和府都感受到墨熄的焦躁了。都说压抑使人变态，墨熄的怨气压抑久了，对顾茫的苛责也就渐渐地多了起来——

“你吃饭为什么非得用手抓？”

“洗衣服你不会，那穿衣服你怎么会的？”

“李微教了你三次莲藕粥的煮法了，盐罐子和糖罐子还是分不清楚，你是眼睛瞎了还是舌头坏了？”

堆给顾茫做的杂事越来越多，要求却越来越高。墨熄越觉得顾茫恢复神识无望，对他的郁躁就愈发地炽盛，到最后连从前贴身服侍墨熄的那几位小仆都觉得匪夷所思。

“主上虽然平时总板着脸，但对我们从来都不会无缘无故地发火，更不会故意刁难我们……可他对顾茫……”

“唉，看来他是真的很讨厌顾茫了。”

再一段日子之后，墨熄的这些小仆已经全部闲得无所事事，不因为别的，只因为他们那位性格扭曲的羲和君已经把所有贴身的事情全都堆给了顾茫去做。

不得不说，顾茫其实很聪明。

他虽然神识遭到过一次破坏，但是能力却没怎么折损，一个月之后他已经能把李微教给他的所有事务都打理得井井有条，并且体力好，速度快，一个人干十个人的活儿也不抱怨，甚至从来没有说过一个累字。

“看看他过的这都是什么鬼日子。”

小厮们聚在一起叨咕叨咕。

“三更天起来劈柴，四更天烧火做饭，主上醒了之后过去收拾房间，不管收拾得再好都要挨一顿骂，骂完之后吃个早饭，吃早饭的时候还要被主上骂，然后主上去朝堂，他就得去洗衣服，晾衣服，再把大厅花厅伙房的地砖擦得锃亮，再去后院喂鱼除草，再去准备晚上的食物……”

“我的天，他该是什么感受啊。”

什么感受？说出来估计没一个人会信，其实顾茫压根儿就没啥感受。他懂的词句太贫乏，墨熄骂他，他顶多听得懂类似“你是猪吗”这种简单的语句，并且因为不理解礼义廉耻，他也没觉得有什么好生气的。

他习惯像动物一样看待事情，虽然墨熄总是对他没什么好脸色，叨叨起来话说得又急又多，但是顾茫却不讨厌他，因为墨熄每天都给他好吃的。

在顾茫眼里，羲和府就像一群狼的领地，墨熄很厉害，是头狼，他每天到外面去一圈，然后就有“俸禄”，俸禄能换吃的用的穿的，所以顾茫觉得墨熄是一只特别会狩猎的好狼，就是爱嗥了点儿。

不过看在他那么能干的分上，顾茫决定不嫌弃他。

狼群的分工明确，既然墨熄要去外头狩猎，让自己在领地里巡视、打扫、清洗，那也没什么不应该的。还有煮饭，煮饭这件事情虽然有点复杂，他花了十来天才努力记住了贴在那些瓶瓶罐罐上的字，但他很得意，因为现在他不但认识“糖”和“盐”，甚至还会写“米”“面”“油”。他觉得自己非常了不起，而这也亏墨熄“嗥嗥有方”。

至于“醋”和“酱”则太难了，他暂时不会，也没打算学，反正醋的味道那么重，他闻了就皱鼻子，这辈子也不会弄错。

他每天和墨熄一起分吃猎物，渐渐地他就在心里把墨熄当作伙伴。每当墨熄朝他破口大骂的时候，他虽然嘴上不吭声，心里却有些着急，他觉得脾气暴躁的狼总是容易掉陷阱里，就算不掉陷阱里也容易气得掉很多毛，掉毛多了就容易生病，生了病就容易一命呜呼。

他不想让墨熄一命呜呼，因为墨熄是他来重华之后唯一愿意和他分享猎物的人。

他好几次都想安慰墨熄让他不要那么生气了，不过绕着墨熄走了两圈之后，他实在不知道该怎么使他平静下来，所以最后他都只能站在旁边，一边听墨熄骂人，一边默默祝愿墨熄长命百岁。这样他才有饭吃。

以上便是顾茫的所思所想。幸好墨熄并不知情，不然真的能被活活气死。

临近年关了，军政署事务繁忙，墨熄一连数日回府都很迟。这一天夜宴应酬回来已是深夜，连李微都已歇息。

墨熄抬起细长冷白的手，扯松了压得严实的领口，迈着大长腿进了府门。他刚刚在宴会上喝了些酒，神情有些恹恹的，深邃的五官瞧上去比平日更不耐烦。但他一向自律，沾酒只为客气，不为寻欢，更不会放纵自己喝醉，只是胸腔有些热意，并不那么舒服。

他原打算就这么洗洗睡了，但路过桂花明堂时，却看到顾茫正蹲在井边，挽着袍袖给大黑狗洗澡。

“乖乖，你洗干净了才好看。”

但黑狗一见墨熄就不乖了，挣脱开顾茫的手瞬间跑没了影，顾茫站起来，胳膊上湿漉漉地往下滴着水。

顾茫则抬起胳膊擦擦脸，没擦干净，鼻子上还是有一撮泡沫。他咧嘴笑道：“你回来啦。”

墨熄闭了闭眼睛，忍了会儿，还是忍不住破口大骂：“你是猪吗？”

他看着他冻得有些发红的手，想到从前瞒着所有人去洗碗跑堂赚钱给自己开小灶的顾茫，胸中烦躁更甚。

“你不会去柴房烧了热水再给它洗？”

“饭兜不喜欢热。”

“谁？”

顾茫又拿袍袖擦了擦淌下来的水珠：“饭兜。”

墨熄明白过来他是在说那只从落梅别苑起就和他相依为命的黑狗，墨熄一时有些无语，顾茫这个人从来都是先照顾别人喜欢什么，自己则总是习惯去迁就别人，并忍受为此带来的种种不便。

如今他只有这只狗兄弟，于是他像包容人一样，也这样包容着这只狗的喜怒哀乐。

泠泠月色下，墨熄看着顾茫的面容，看着明月如霜映照着他干净的脸、他纯净的神态，还有安宁的蓝眼睛。

墨熄想说，你这又是何必。可是动了动嘴唇，吐出来的却只是一句：“你可真是一个圣人。”

沐浴洗漱，和衣躺到床上去，却翻来覆去睡不着。墨熄觉得自己最近是越来越魔怔了，得不到答案的他，就像得不到超度的厉鬼，越来越心如火烹。

有时候他甚至会想，不如顾茫死了，不如自己死了，也好过这样日夜猜思，辗转煎熬。

后半夜的时候，开始落雪。墨熄枯睁着眼，瞪着无尽长夜，手指无意识地抠着被面。

忽然心血上涌，他再也按捺不住，“哗”地拂帘出去，连鞋履也懒得穿，踩在那莹白如絮的松软积雪上。

“顾茫！”

站在那些太湖石堆成的“洞口”朝里面没好气地大喊时，墨熄觉得自己大概是真的得找个医官来看看了。

“顾茫，你给我出来！”

暖帘一动，顾茫出来了，脸上带着困倦和茫然，揉了揉眼。

“怎么了？”

墨熄磨了半天的牙，硬邦邦说道：“没事。”

顾茫打了个哈欠道：“那我回去了。”

墨熄道：“站住！”

“……又怎么了？”

“有事。”

顾茫眨眨眼：“什么事？”

墨熄黑着脸道：“我睡不着。”

顿了顿，又咬牙切齿道：“我睡不着，你也别想休息。”

这要换作任何正常人一定都会大惊失色露出见了鬼的神情吼一句，“你有病吧！”

但顾茫显然不是正常人，所以他只是发了会儿呆，眼神仍有些涣散，然后淡定地说：“哦……”

他的这一声哦，平静的像古井里的水，可水却落到了滚油里，刹那星火爆溅沸反盈天。

墨熄陡起一股无明业火，冰天雪地的，他一件单衣赤着双脚竟丝毫不觉得冷，反而热得厉害。他盯着顾茫，眼里淬的都是火。

他忽然一把拽住顾茫的胳膊，瞬间在顾茫手上勒出红痕，他把顾茫狠拽过来，紧盯着顾茫的脸。

“你听着，我今晚心情很不好。”

“那怎么办？”顾茫无所谓地说，“揉两下会不会就好起来了？”

“你！”墨熄一时语塞，而后咬着牙慢慢吐字道，“好。你很好……你不是傻了吗？不是什么尊严都没有，什么廉耻都不知道，什么都不记得了？你不是逆来顺受吗？”

他看着雪夜里那双困惑的眼，蓝色的瞳眸里，他看到自己连日压抑到几乎有些疯魔的脸。他觉得自己这样未免可笑，他喉结微动，想克制自己的怒意。

“那行。”他紧攥着他的胳膊，盯着他说。

星火在炭盆中飘飞萦绕，寝卧内的淡青色帷帐长垂。

墨熄坐在床沿，黑眼睛盯着顾茫。

他说："跪下。"

跪是顾茫在落梅别苑就早已习得的姿态，但是他并不喜欢这个动作，倒不是因为自尊，而是因为他不明白那些要他跪下的人，究竟想从他身上得到什么。为什么他明明每次都照着他们教的跪了，可那一张张脸上的凶恶却没有消退。

他不知道自己这个姿态究竟有哪里做得不够好。顾茫犹豫了一下，看着墨熄，就这么直直地跪了下来，跪在羲和府主人的床边，跪在那个男人脚边。他曾经并不怎么在乎别人对他是否满意，但是面前这个人是他的饭碗，关系到明天桌上的鸡鸭鱼肉，所以他总是希望他能开心些的。

可墨熄看起来也并不是那么满意。

"有没有人跟你说过，跪下是什么意思？"墨熄忽然睨着他，冷冷道。

顾茫摇头。

"你跪了，意味着臣服，卑微，恭谨。"墨熄盯着他的脸，"但这些在你脸上都没有。"

"你只是屈了你的膝盖，背却是挺直的。"

顾茫没有说话，似乎也并不知道该说什么，只是依旧这样跪着，有些困惑又有些无措地眨了眨眼。坦诚得近乎无礼。

是了，这才是他激怒每一个让他下跪的人的缘由。因为虽跪着，可脸上却没有任何的困窘，过去两年里那么多人想要看他下贱，看他狼狈，看他生不如死。但没一个人能够做到。

顾茫像一张白纸，从容地接受所有的诅咒与唾骂，他的无知竟成了他最大的结界。

墨熄忽然怨怒，他一把扼住顾茫的脸颊，俯身逼视着顾茫的眼睛，他身上的侵略性就像一把剑，争鸣出鞘，几乎要将顾茫整个贯穿。

"顾茫，你是不是真以为我会拿你没办法？"

而顾茫望着他，半晌给他的回应却是："你是不是喝酒了？"

墨熄一怔，随即像是想到了什么，陡然松开捏着顾茫的那两根手指。他的力气太大了，顾茫汝瓷色的颊上已被他的暴戾烙下了两道鲜明的红痕。

墨熄转过脸，阴郁道："与你何干？"

顾茫摸摸自己的脸颊："落梅别苑里有很多人喝酒，他们喝很多，然后都变得很不好。"

"那叫喝醉。"墨熄冷冷道。

"那你喝醉了吗？"

墨熄回头瞪他："我醉了还能这样好好跟你讲话？"

"那你喝醉过吗？"

"我——"

外头的雪簌簌下着，北风呼号。墨熄一时失语，唯有木炭噼啪。

我没醉过，只曾经多喝了一点点，就那一次。从此就对自己极尽严苛，再也没有任自己放纵过。你怎么就忘了？你怎么能忘了？！你怎么敢忘了！！

这番话在心底翻沸，腾起，出口却化作无情的句子。

“我的事轮不到你管。”

顾茫就不吭声了。

屋内两人沉默地对视着，墨熄盯着顾茫一直看，好像能透过那双蓝澄澄的眼睛笔直地看进顾茫心里。然后墨熄又想，真要能笔直地看进去就好了，将他骨里的秘密、血液的流向、肮脏的灵魂都看清就好了。

只要看清跪在自己面前的这个男人有多脏，就不会再有留恋了。

顾茫动了动赤裸的脚趾，忽然问：“你要我陪你，就是陪你互相看吗？”

墨熄瞪他：“你想得倒美。”

“那你要我做什么？”

于是墨熄开始认真且恶毒地思考，并且刻意不再盯着顾茫看。他是真的因为自己睡不着所以也不想让顾茫呼呼大睡，顾茫也是真的秉持着有觉一起睡有眠一起失的友善精神在陪着自己的饭碗。

“这样，你念书，我睡觉。”墨熄在书架前挑了一会儿，丢给他一卷《伏昼天劫志》。

“我不认字……”

“李微不是教你一个月了吗？”墨熄没好气地摆摆手，在床上躺下，“你挑认识的念。”

“哦。”顾茫接过《伏昼天劫志》，开始大声念书名，“犬日一力士。”

墨熄差点没把枕头砸他脸上。

听了一晚上顾茫念书的结论就是，墨熄从五岁就倒背如流的《伏昼天劫志》，居然一句话都没听懂，硬生生被顾茫念成了一本他压根就没听说过的书。于是到了后半夜，依旧无法入眠的墨熄顶着两黑眼圈起床，一脸煞气地盯着顾茫看了良久，忽然伸手把他拽起来。

顾茫：“去哪里？”

墨熄道：“书房。”

顾茫跪得久了，骤然被提起，脚麻得动不了，踉跄两步就扑通又摔回了地上。

墨熄回头，神情阴冷。

顾茫蓝眼睛仰望着他，耿直道：“我站不起来。”他又指了指自己的腿，“坏了。”

墨熄脸色愈发阴郁：“那是麻了，不是坏了。”

顾茫见他神情不善，心道这个人真的是很容易不高兴，一点都不知道照顾同伴，还不如他的饭兜好。思及如此，便自己挣扎着从地上站起来。而墨熄几乎是瞬间就头也不回地推了门，从廊庑下往书房行去。

书房里四壁清幽，少有装饰，至于火盆那更是免谈。

墨熄原本就是火属性的灵核，再加上他血热气盛，根本无所谓寒冷，只一件单衣，走到书桌前。他看了一眼站在门口的顾茫，说："滚进来。"

顾茫迟疑片刻，往地上躺倒。

"你干什么？"

顾茫开始从门槛处打滚，一圈儿，两圈儿……

墨熄那张俊脸气得都有些扭曲了："叫你滚你还真滚？"

顾茫从地上坐起来，叹了口气道："那你说，要怎么样？"

如果不是他脸上那种淡定且平和虚心求教的神情，墨熄几乎都要以为这是昔日那个无赖军痞在与自己嬉笑了。

墨熄按捺着烦躁，说道："过来。"

顾茫似乎不太想惹这只"易燃易爆"的同伴生气，遂问道："不要滚过来了对吗？"

"走过来。"

顾茫于是从地上起来，走到墨熄身边，安静地望着他，等着他的下文。

墨熄在书柜上看了一遍，没有找到什么适合教人读书断字的书籍，于是皱了皱眉，干脆只拿了笔墨纸砚，在黄檀木桌上摊开。

"李微教会了你多少字？"

顾茫掰着手指算了算，数完十个手指，赤裸的脚又跟着动了动，居然是连脚趾也用来计数了，如此算了一遍，发觉认识的字居然比双手双脚的趾头加起来还要多，不禁颇有些自豪地说："很多。"

墨熄把椅子推开，说："坐下。"

顾茫坐下来，不明所以地看着他。

墨熄双手抱臂，靠在檀木桌沿。自上而下俯视着他，而后一挥手，掌中火焰将书房内的灯火尽数点燃："我验货。"

"验货是什么意思？"

"就是我说，你写。"

落梅别苑的陋习大概依旧残存在顾茫心里，顾茫姿势笨拙地拿了笔，蘸了很多墨，然后问："写好了，有赏吗？"

"写不好有罚。"

顾茫原本有些期待的目光瞬间变得很是紧张，他忐忑不安地问道："没得饭吃？"

墨熄看了他一眼，暖黄灯烛映照下，顾茫清瘦的面庞离得那么近，一双海水洗过般的蓝眼睛凝望着他。这些日子相处下来，那双眼睛里已经很难见到最初落梅别苑重逢时的麻木与疏离，人的气息在一点一点地回到顾茫的眸子里。

但是无论墨熄捕捉了多少次，他都没有成功捕捉到一星半点顾茫残有记忆的痕迹。

墨熄道："再说吧。"

顾茫坚持道："饭要有的，不然很饿。"

墨熄瞪他："你有什么资格与我讨价还价？写。"

拙劣的字迹在宣纸上洇开，墨熄说一个字，顾茫便写一个字，写对了，墨熄不吭声，写错了，便又骂他笨。

他先是要顾茫写一二三四五，后来又要顾茫写他的名字，自己的名字。再后来，心绪恍惚，便要求顾茫去写"生当复来归，死当长相思"，写"若问相思甚了期，除非相见时"。

写到最后，根本都是些顾茫绝不可能会的字句，他却偏不放过他，偏钉他在椅上，不让他走。

顾茫几乎都有些委屈了："我不会……"

灯火摇曳，雪正凄迷。墨熄看着他纸上歪扭错落的字。他阖了阖眼，走到顾茫身后，把笔拿了过来："教你。"

雪子打着窗阁，顾茫坐在椅子上，墨熄高大的身形俯下，一笔一画，铁划银钩，秀丽修长。他写着，顾茫也跟着照葫芦画瓢，画到一半，忽然忍不住，低低地打了个喷嚏。

墨熄悬腕停笔，低头看着他："冷？"

顾茫不愿给人添事，他颇有些争强好胜的本能，于是摇摇头，却又打了个喷嚏。

墨熄道："回去添件衣服，冻死了还要费神照顾你。"

顾茫揉了揉鼻子道："一点点，不厉害。"

既然顾茫这么说了，墨熄也没什么好再坚持的，再强求下去，反倒好像是在关心他似的。于是照旧教顾茫习字。

但是写着写着，顾茫有些冷得吃不消，他也没有多想，本能地就往周遭唯一的发热体——墨熄身边靠一靠，再靠一靠。

墨熄沉浸于字句当中，初时倒也没有觉察到顾茫的这个小动作。等他反应过来的时候，顾茫已经像是狼群取暖似的，靠在离自己只有尺把远的地方。

墨熄眼中微暗，搁了笔，有些阴郁又有些狭隘地眯起了眼睛，"之前让你滚回去换衣服，你不换，现在想干什么？"

顾茫望着他，赤裸的脚趾在桌子下面不安地来回蹭了两下。

忽然道："我和饭兜会一起取暖。"

墨熄淡然看着他："所以呢。"

"你的衣服少，你也冷，我的衣服少，我也冷。你冷我冷，我们凑在一起，就热了。"

墨熄因此有种被蓄意戏弄的愠怒，他的脸色还是明显地沉了下来。他盯着顾茫看了一会儿，冷冷道：“别真把自己当回事了。”

“不行吗？”

“你以为你是什么东西。”

顾茫闻言，没有任何伤心的神色，他只是回望着墨熄，并将所有情绪都那样直白地写在脸上。墨熄可以轻而易举地在他的眼里看到茫然、困惑、怔忡……但却没有什么令自己心生快慰的情绪。如果顾茫能因他尖刻的话语感到伤心，哪怕只有一星半点，墨熄觉得自己也不会这般郁躁。

顾茫答道：“我以为，我是同伴，你的同伴。”

墨熄没吭声，片刻之后，抬起手指，单指勾住了顾茫脖颈上的锁奴环，指尖慢慢往下，在漆黑的铁锁圈坠着的铁片上拨弄了两下。

他低着头，说道：“你觉得，我会和戴着这种东西的人做同伴？”

“你是叛臣，我是你的死仇。”墨熄轻声道，“不会变的。顾茫，我们再也回不去了。”

第14章

随着年终尾祭将近，墨熄越来越确认顾茫是真的没有假装。他确实因为失去了两魄，丧失了全部的记忆与心智。

墨熄为此郁闷了许久。

这一日，墨熄自朝中归来，得了一个消息，说姜药师终于从外头云游归来。姜拂黎是重华第一炼药宗师，广涉疑难杂症，顾茫的事情指不上别人，但姜拂黎还是能指望的。于是墨熄抱着最后一线希望，带了顾茫，前往姜宅拜会。

姜拂黎性格非常桀骜古怪，重华贪嗔痴，贪是慕容怜，痴是慕容楚衣，至于嗔，说的是对逆境生嗔恨，没称心如意就发脾气，意气用事——姜拂黎姜药师是也。

这位姜药师恃才放旷，嘴上从不积德，做事更是我行我素。

"听说他回府之后，得知了之前他夫人见李清浅那件事，气得一整天都没和他夫人说话，还问他夫人脑子是不是有病，有病早点吃药。"

"哎呀，他为什么呀？"

"具体也不清楚，大概是觉得他夫人太冒失了吧。他好像还去岳府找慕容楚衣骂人了，说慕容楚衣不该多管闲事牵扯上他夫人。"

"哈哈，痴对上了嗔，慕容楚衣没和他打起来？"

"慕容楚衣压根就不在府上，姜拂黎砸了岳府的十来套茶具才怒气冲冲地回去了，放言如果慕容楚衣再敢连累他夫人，他就亲自上门把慕容楚衣绑起来丢到鼎炉里做成药丸。听说还把拦着他的岳小公子给骂哭了呢。"

"哇，这么凶啊……"

便是如此。

墨熄不是没和姜拂黎接触过，对此人的印象实在太差，若非无人可求，他也真的不想去姜府拜会。但是他转头，看到院中和饭兜一起眯着眼睛晒太阳的顾茫，又觉得这一趟是非跑不可的了。

姜府的大厅内，左右两盏缠枝落星灯正在尽心尽职地熊熊燃烧着，千盏鲸油灯烛将夜晚照成白昼。厅堂所有摆件皆是做工考究的上上品，用度比寻常修士居所精致百倍，甚至可以称之为奢靡。

正值饭后，管家备了丰厚茶点，命人去后宅通禀姜家的掌柜姜拂黎。

他们本以为姜拂黎会马上出现，但却意外等了很久，墨熄阖眸养神，顾茫则一直在端着盘子吃东西。青色越瓷盘里盛着桃酥花糕蜜饯鲜果，他一样不落全部塞进嘴里，吃完了自己这盘，舔舔嘴唇觉得意犹未尽，又伸手去捞墨熄的那盘，并且还偷偷瞄了墨熄一眼，见对方连睫毛都没动，于是就放心大胆地又埋头开吃。

谁知墨熄忽然问："你很饿吗？"

顾茫怔了一下，含混道："你要吗？还剩点儿，我以为你不吃……"

墨熄淡淡地："我不吃。"

"好，好，那我替你解决掉。"最后两个字其实已经很难分辨，因为顾茫又往自己嘴里塞了一大块核桃酥，尽管鼓鼓囊囊的腮帮子非常努力地动，也只能发出呜噜呜噜的怪声。

墨熄虽然没说什么，但剑眉却微微蹙了那么一点，他不想再看顾茫寒碜的吃相，转头问管家："怎么这么久？你家主上是不是有事情，临时抽不出身？"

管家答道："掌柜在给长丰君的女儿医病呢，应当就快好了。"

墨熄蹙眉道："近日总是听闻长丰君之事，他女儿得了什么病症？"

"狂心症。"管家说，"长丰君家的小姐灵核暴虐，年岁又太幼小，控制不住自己。她已经在修真学宫打伤了好多公子小姐啦，唉……"说着说着，就有些不忍心，"她才七岁，不发病的时候很是安静乖巧，也很有礼貌，但却没人愿意与她相处，怪可怜的。"

"医得好吗？"

"一时半会儿是医不好的。"管家说，"修真学宫的意思是，如果她再伤人，就要毁去她的灵核，将她黜出学宫。"

墨熄听了，沉默片刻，问道："那不是从今往后再也无法修炼了？"

"非但是不能修炼，她那灵核毁起来十分凶险，弄不好是要损毁心智，会变傻的。"

"……"

"长丰君夫妇老来得女，却不想是这般境况，眼泪都流干了。唉，其实啊，长丰千金也一直在努力克制自己，想要慢慢地控制自己的灵核之力……她是不断地在变好，只不过……"管家叹了口气，"羲和君是知道的，学宫多是贵胄子嗣，谁也不愿冒这风险，与狂心症的孩子同入同出。长丰君求了好久，托了好多关系，才勉强容她留到了今日——但其他贵族老爷的意见都很大，若是再有伤人事件发生，无论打了谁家的孩子，她怕是都留不住了。"

墨熄立刻想到了长丰君之前给自己送礼的事情，原来竟是因为这般缘故。

他正欲说话，却听得内堂里传来一个男子威严的嗓音：“老周，啰里啰唆的，谁让你胡乱透露病人的事情？”

管家立刻闭了嘴。

墨熄侧过头，见金丝屏风后步出一个约莫三十的男子，这个男子穿着考究华贵的淡青色绣袍，衣襟重重交叠，腰封扣得端正。他哗地一拂广袖，在尊位上毫不客气地回身落座，而后抬起一双瞳色浅淡的杏眼，端的是面容清寒，眉目傲慢。

墨熄道：“姜药师。”

姜拂黎手指搭在扶椅上，扫了来客一眼，薄薄的嘴唇一碰一合，一句寒暄也没有，直接就道：“你身体康健，不用治。”

墨熄问：“那他呢。”

姜拂黎又扫了顾茫一眼：“他五毒俱全，没得治。”

尽管先前墨熄就对顾茫存有记忆一事已经不抱什么希望了，但亲耳听到姜拂黎的否认，还是忍不住心中一沉。

墨熄闭了闭眼睛，不死心地问：“一点恢复的可能也没有？”

“有啊。”姜拂黎微挑了眉，冷笑两声，“上穷碧落下黄泉，找到他溢散的两个魂魄，什么事情都解决了。问题是羲和君知道哪里去找吗？”

平日里换作任何人与墨熄这样说话，墨熄都该翻脸了。可姜拂黎的厉害之处就在于——全重华的人都不想看他，骂他奸商，黑心，发死人财。但全重华没一个人会真的对他怎么样，就连君上也奈何不了他，因为他是世间不可多得的神医。

墨熄看了盯着点心盘子发呆的顾茫一眼，转头问姜拂黎道：“……姜药师有无他法，至少让他想起些许。”

“如果你只希望他想起些许，用不着任何办法。”姜拂黎干脆道，“他主掌记忆的一魄被抽去，但并非是前尘往事皆忘却。随着时日推移，他自然会恢复一些。”

墨熄心跳陡然漏了一拍：“能恢复多少？”

“看他造化。”姜拂黎道，“不过如果缺失的两魄没有复位，大多数事情他都还是记不得的。”

瞧见墨熄眼底闪过一瞬黯淡，姜拂黎冷笑道：“其实记忆这种东西，要么全都恢复，要么干脆全部忘记，只存着些零零落落的残片，那才是最磨人的。如果我是他，倒宁可一直这样迷茫下去——免去许多痛苦。”

烛火闪烁，姜拂黎换了个更舒坦的姿势，依靠在软垫上，懒洋洋地：“再说了……人之神识飘忽不定，谁知道他忽然想起来的，会是哪一段往事？”

姜拂黎的这句话让墨熄心中咯噔一声。是啊，若是只随着机缘，恢复一些残缺不全的记忆，谁知道会是哪些？

顾茫的前半生有着太多的秘密，也经受了太多的摧折。说浅了，有墨熄与他的私下交情，有慕容怜对他的折磨羞辱。说重了，有一些王霸军的军密，有君上给他的欺压。

若是顾茫陡然间想起这些零星碎片，顾茫会如何自处？墨熄只略一想，竟已觉得寒意砭骨。

姜拂黎显然看透了他的心思，不怀好意地笑了笑："是不是很可怕？"

"……"

"万一他又记起了当年君上是怎么对待他的，缺了前因后果，大概就会愈发疯魔不可控制。那时候羲和君你要再收拾起残局来，可麻烦极了。"

墨熄扫了姜拂黎一眼，看着灯火中姜拂黎好整以暇的脸，说道："你有药。"他没有用疑问句。

姜拂黎冷笑道："真聪明。姜某让他恢复记忆的法子没有，但是尽量让他别想起那些黑暗回忆的药方倒是可以开出很多。"

这英俊的男人一副奸商嘴脸，转着自己手上的翡翠扳指，像是待兽投笼的猎人："你要不要？"

墨熄自然是不差钱的主，黑皮战靴包裹的长腿交叠着，一只手肘反搁在椅背上，眼也没抬，说："开价。"

"行啊。"金钱让姜拂黎的神色稍悦，他说，"你比君上痛快。"

"君上也知道他或许能恢复记忆？"

"我何必要瞒他。"姜拂黎道，"不过他倒是希望顾茫不管三七二十一，想起一件是一件。"

墨熄沉默一会儿道："……你开药吧。"

姜拂黎道："先说清楚了，这药方是宁神静气的，虽然能够起到一些遏制黑暗情绪的作用，但并不能绝对左右顾茫对记忆的选择。他要是哪天还是想起了一些苦大仇深的事情，你一睁眼，发现他拿着刀子在对着你脖子比画，姜某人概不退款。"他说完，白玉似的手指敲了敲木桌，抬起下巴嚣张地往药师府的牌匾凌空一点，"一切都按姜府的规矩来。"

墨熄连看都懒得再去看姜拂黎那块破匾，这块匾他年少时第一次看见就留下了极深的心理阴影，从此对药修济世救人的形象大为改观。别的药堂再不济，也得在门面上挂个"悬壶济世""童叟无欺"之类的开堂训诫。

姜药师的馆子挂的是顶天立地的八个大字箴言：

"谁闹姜某，姜某杀谁。"

姜拂黎颇不羁地问："明白了吗？"

墨熄面色不变地答："开药。"

姜拂黎道："好，一个疗程，七万金贝币。"

"噗……"这个价格连姜府的周管家都听不下去了，但立刻转成了咳嗽，"咳咳，我，风寒，风寒。"

姜拂黎乜他一眼，白牙森森，"行啊，一会儿给你吃药。"

周管家："……"

墨熄从乾坤囊里取贝币金票，顾茫却在这时把头探了过来。他在落梅别苑待了这么久，听的最明白的就是"贝币"二字。现在他的同伴要花钱了，要花贝币，不但要花贝币，还要花金贝币，不但要花金贝币，居然一出手就是七万金……他要接干多少活才能赚足那么多钱啊。

眼看着墨熄就要把钱给那个凶巴巴的杏花眼，顾茫不干了。忽地出手，一把抓住了墨熄的手腕，严肃地摇了摇头。

"别给。"

墨熄看了他一眼，说："我的钱。"

"……"

"松手。"

顾茫想了想，想不出什么阻止他的理由，只得叹了口气，默默地把手松开了。然后问道："没钱了，我们会不会饿肚子？"

墨熄不理他，只将七张面值万金的贝币票放在了桌上，长指一推，推给了姜拂黎。

姜拂黎恐怕看他夫人都没有过那么和气的眼神，他接了贝币票，命管家拿了纸笔，然后从桌上拉过一只紫檀细盒，取出里面的一只清目水晶镜架在左眼前，冷白手指执着狼毫写了起来。

大抵是离开落梅别苑后，日子过得不再那么昏暗，顾茫身上的血性开始逐渐恢复，如今已不是那种太过寡淡无波的状态了。好奇心也多少回到了这具旧痕累累的躯体里，因此看到姜拂黎戴了水晶目镜，他就问："这是什么？"

姜拂黎语气很淡，"目镜。"

"你为什么要戴？"

"我夜盲。"

"夜盲是什么？"

"就是晚上看不清东西。"

"那你为什么只戴一只？"

"我只盲左眼。"

顾茫哦了一声，但是转念一想又觉得不对，说道："夜盲要在暗处才看不到，可你这屋子闪闪发光这么亮。"

"法术伤害，非是常疾。姜某左眼一到晚上就盲，点再多灯也只能让右眼看得方便。"

“……”

姜拂黎视线冷冷地从水晶镜后面透出来：“顾帅还有问题吗？姜某写药方的时候不喜被人打扰。”

顾茫诚恳道：“没了。”

药方上写了七十余种草药，姜拂黎命人取来金算珠，白净的手指在算珠上打得飞快，他一边核对价目，一边把关这些药草之间是否有存在相冲危险。

“就这张方子，你留好。”姜拂黎道，“明日来我这里取药。”

墨熄收了药方，和姜拂黎实在没有更多可以谈的，差不多了，他们也就该走了。不过这个时候，姜拂黎却又把他唤住了：“留步。”

“药师还有指点？”

“还有一件事。”姜拂黎看了左右仆役一眼，说：“你们先下去。”

“是。”

众人退了，堂内只剩下他们三人，姜拂黎慢慢地把盏中茶水喝完，然后抬起眸道：“羲和君，姜某问一句无关紧要的。那天李清浅剑灵来寻内子，你是不是也在现场？”

墨熄颔首。

姜拂黎神情有一瞬不那么自然，他问：“你是否听清了内子与他说了什么？”

“姜夫人声音很轻，不曾有闻。”

姜拂黎似乎对这个答案颇为不满，水色淡薄的嘴唇微微动了两下，像是在暗自骂人。骂完之后，他又问道：“红芍剑是否存有残留的部件？”

“留了个剑柄。”

姜拂黎眼神陡地锐利起来：“在谁手里？”

“慕容楚衣，你问这个做什么？”

姜拂黎不答，只是在听到慕容楚衣的名字时就直接骂了一句娘，他阴着脸想了一会儿，说道：“算了，也没什么好再查的。”

他说罢，起身整顿衣衫，而后用下巴尖点了点顾茫道，“对了，羲和君，姜某有件事还要叮嘱你。如果你想要让这个人不想起那些乌糟过往，除了按时服药之外，还有一件事很重要。”

“请教药师。”

姜拂黎竖起一根手指，摆了两下，说：“少让他看到与之相关的旧物，人之思绪，最是难以琢磨。或许想尽办法也拾回不了的记忆，只消一阵气味，就能重新勾起——你千万记着我这句话。”

顾茫不爱喝姜拂黎开的药。

原因很简单，太辣了。姜拂黎居然开了一方奇辣无比令人一含就喷的药帖，而且还说这味道绝对改不了，改了就不灵了。

李微对此很是茫然："不是说芳香化瘀吗？心中郁结应该服甜的药啊。"

这句话漏到姜拂黎耳朵里，姜拂黎的反应是："他懂个屁。他是药师我是药师？"

于是羲和府每日可见的一幕就是李微追着顾茫，求爷爷告奶奶地请他老人家喝药，鸡飞狗跳得闹着，没半个时辰不算完。

墨熄这人喜清净，厌吵闹，所以李微给顾茫灌药一般都在墨熄上朝时，但这一日，顾茫反抗得着实有些激烈了，李微伙同十余个仆役也没能够把他逮住，反而被他当胸猛踹一脚，药罐子都差点砸掉。

眼见顾茫就要跑出院子了，李微一面大叫："抓人抓人！上捆仙绳！你姥姥的！"一面追将过去。

顾茫边跑边回头看，冷不防"砰"地撞在了一堵又硬又热的"墙"上。

"嘶……"顾茫捂着撞痛的额头，抬起头来，正对上墨熄深邃的黑眼睛，冷冷地俯视着他。

"你干什么？"墨熄居高临下地问。

李微气喘吁吁地追了过来，喊道："主上！主上他不吃药啊！"

墨熄刚上朝回来，身上还裹挟着外头的霜雪寒气，他盯着顾茫无声地看了一会儿，就在顾茫见势不妙准备落跑的同时，一把拽住了顾茫的手腕。他一边盯着顾茫，一边倏地抬手，沉声道："李微。"

"在，在！"

"药罐给我。"

顾茫被揪着进了厢房，墨熄用黑皮军靴一带，将门合上，猛地把顾茫按在墙壁。厢间内落着竹帘，光线昏暗，墨熄的眼睛在黑暗中流着幽光，他就这么盯着顾茫看了一会儿，忽然咬牙切齿道："好的习惯全没了，坏的却分毫未改。"

从前顾茫也是这个毛病，宁可多病上个几日，也死活不愿意喝药。简直和当初一模一样！

墨熄还记得那时候自己去看他，他哼哼唧唧缩在营帐里，裹着被褥，露出一撮柔黑的头发。听到有人进来了，顾茫以为是陆展星，眼也没睁地咕哝："展星，你别再把药给我端来了，我他娘的不喝……我闻着那味儿我就恶心够了……"

年少的墨熄走到他身边，把冒着热气的汤药搁到桌上，然后在他床边坐下，沉声道："是我。"

顾茫倏地从被子里探出头来，睡眼惺忪，高热让他的脸颊烧得烫红，迷迷糊糊道，"你怎么来我这里了？"

墨熄不答，只抬手，摸了摸他的脸，说道："吃药。"

"我不吃！"顾茫翻了个白眼就想重新缩回被褥深处，却被墨熄挖了出来。

墨熄道："不吃你就烧着吧。"

"烧吧烧吧，烧熟了我刚好吃我自己，反正这药太恶心了，我碰都不想碰。"

墨熄皱眉道："你还是不是爷们了……"

顾茫一听这话，不乐意，蓦地回过头来，烧得迷糊的眼眸尽力恨恨睁大，嘟哝道："我是不是爷们儿你不知道？你个小子，你哥哥我为国为民，都烧成这样了，你不为我鼓掌献花也就算了，居然还质疑我的性别，你这个小混球……

他本来脑子就不清醒，吸着鼻子咕咕哝哝的，说的全是胡话。

墨熄看在眼里，又是心疼，又是好笑，黑眼睛望着凌乱床褥里蜷着的师哥。

顾茫脸颊烫红地说道："你就是站着说话不腰疼，你根本就不知道这狗药有多苦……"

他低眸看着被褥里的顾师兄，抬手拿起了桌边的药碗。顾茫以为他要硬灌，气得大骂："墨熄你给老子滚出去！我说了不喝就是不喝！我唔——"

接下来的话都断在了他口中，他的墨师弟居然把他的鼻子捏住，然后不由分说地把药灌入了他的嘴里，药汁的苦涩在顾茫口中弥漫。顾茫大睁着眼睛，药汁熬得很浓，量也并不多，一下子就灌了下去，顾茫咕咚咕咚喝完了最后一口，总算是回过神来了，想要骂他是个小疯子，可一开口就忍不住呛咳连连……

墨熄低声道："苦吗？"

"废话！"

墨熄难得逗他道："你要是再怕苦闹着不肯喝药，闹到我知道了，那就每回都这么喂了。"

顾茫翻着白眼道："我怕苦？呵呵，开玩笑，你顾茫哥哥会怕苦？呵呵呵——"

回应他的是墨熄在他额前轻轻一碰，然后起身，抬手擦去了他唇角的药渍。顾茫就眯着眼睛看他，看了半晌后，忽然坏笑道："我发现你这人虽然挺闷的。但花样却不少，也下得去手，管得住人。"

年少的墨熄毕竟脸皮薄，被他这么一说，虽然仍是强做淡定，但耳根却有些薄红了。

顾茫道："以后你娶了谁，那也算人姑娘的福分。"

他那时候想跟顾茫说——我还没看中什么姑娘，但他嘴唇翕动，话不用出口，就明白顾茫会敷衍着回答他些什么，会教他一些怎样刺耳的"男人成家立业才是根本"的道理。

顾茫拥有着山川湖泊般充沛的情感，他是不会理解的。

此时此刻，昏暗的厢房里，墨熄盯着顾茫那双透蓝的眼睛——怎么筋骨打碎，魂魄抽离，变了那么多，却偏偏在这种扰人的破毛病上不肯改。

墨熄道："张嘴。"

顾茫瞪着他，那意思很明显是在拒绝。

墨熄捏住他的下巴，不由分说地要给他硬灌下去。顾茫初时不肯松口，但墨熄是真的损，他直接捂了顾茫的口鼻，让他呼吸不能，等顾茫涨红了脸挣扎的时候，再突然把手一松，顾茫立刻开口喘气，而他便捏着人家的下巴，强迫把药灌进了嘴里。

顾茫呛咳连连，眼都被熏红了，沙哑道：“为什么要让我喝这个！”

墨熄利齿一碰，森然道：“因为你有病。”

“……”

“以后李微让你吃药，你最好老老实实地都喝掉。”墨熄道，“如果再闹，闹到要我来喂你，那就硬灌。”

他说完，瞥见顾茫唇角的药渍：“自己擦干净。”头也不回地大步走了出去。

打那之后，顾茫果然乖了很多，毕竟李微灌完他药之后，还会给他一碗牛乳，或者一颗糖。但墨熄什么都不给他，强灌还用一种莫名其妙的诡异眼神看着他。

顾茫不懂这种眼神是什么意思，只本能地觉得脖子后头有些发凉。

如此喝尽了一个疗程，在年终尾祭的前三天，墨熄领着顾茫再一次去了姜宅复诊。

姜府的周管家引着他们进了大厅，富贵奢靡的锦绣厅堂内，姜拂黎正和一个中年男子在说着什么。那男子穿着紫底术士袍，缘口绣着金边，代表着他贵族出身的血统。可那男子满眼疲惫，身形佝偻，却无一丝意气风发的权贵模样。

男人身边还跟着一个纤细柔弱的女娃儿，也是紫衣金边。她一直默默低着头不说话，手里握着一只小竹蜻蜓，看起来乖巧又可爱。

墨熄第一眼看到这个狼狈的贵族时，并没有想起他是谁，不过等瞧见这个小小的丫头，墨熄便反应过来了——这是长丰君和他那个患了狂心症的女儿。

他们走进来的时候，长丰君正揩着眼角的泪，磕磕巴巴地和姜拂黎道谢。姜拂黎与他说：“你先回府去吧，令爱暂住姜某这里，姜某收了钱，自然会好好照料，你不必担心。”

“真的是……真的是劳烦姜药师了，再过三日就是尾祭了，我不在帝都，若留兰儿一个人在家里，我是怎么也放心不下的……”

“收人钱财，替人消灾。你又没赊账，又没欠我，有什么好谢的。”

长丰君摸着小女兰儿的头，疲惫的脸庞上努力拾掇起一些笑意：“丫头，爹爹过几天要随君上去祭祀，路上苦寒不能带你，你要乖乖的，待在姜大夫府上，不要给大夫添麻烦，知不知道？”

兰儿虽然年幼，但她显然已因自己的病情遭受过许多的排挤与欺凌，她显得格外懂事听话，似乎在时刻担心着自己会被抛弃，会给别人带来伤害，所以她的动作与言语都是轻轻地：“爹爹去多久？”

“很快，最迟七天，爹爹就回来接你。”

兰儿眼里有些水汽，但她也不说什么，隐忍着，点了点头。

长丰君又一次谢了姜拂黎，转过头来，正看到墨熄和顾茫进了宅邸。大概是被其他贵族排挤惨了，这个鬓生华发的中年男子就像惊弓之鸟，有一种与他年岁身份全然不同的惶恐，陡然低头：“羲和君……”

墨熄心中不忍，但他一贯不太会表达自己，于是只是和他打了招呼。在他记忆里，长丰君一直是个很老实本分的人，正因为太老实本分，太与世无争了，所以他这一脉贵胄的势力日趋式微，到了后来，帝都一些普通修士都不把他放在眼里。

长丰君向墨熄问了安后，目光抬起，落到了顾茫身上。而这时，墨熄也已经把自己的视线移开，看向了正站在姜拂黎身边的小兰儿。

大抵是觉察到了对方都在看自己领来的病人，他们二人几乎是同时用保护的语气开口，墨熄说：“他没有危险。”

长丰君：“她没有危险。”

两人有一瞬短暂的尴尬沉默。

最后是墨熄道：“我明白，你不必担心。”

长丰君这些日子到哪里都要和人解释女儿的病情，恳求各家贵族不要将他女儿逐出学宫毁去灵核，受了太多为难折辱。陡然听到羲和君这般还算宽和的语气，竟是心中一酸，几乎就要落泪。

他匆匆低头向墨熄道了谢，又回头看了一眼兰儿，担心自己越留得久，越舍不得女儿，便转身离府去了。

姜拂黎给顾茫切了脉，重新将药方调整一番，而后起身，看了一眼顾茫和小兰儿，说道：“羲和君，借一步到后院说话。”

墨熄皱了起了眉：“留他们在这里？”

周管家笑道：“羲和君尽可放心，我在这里看着呢，出不了什么事的。”

“若是姜某的病人能在姜某府上闹出什么乱子，我这医馆也不必开了。”姜拂黎说着，瞥了顾茫脖颈上的黑环一眼，言语中颇有对此类物件的鄙薄，“更何况顾茫不是还戴着羲和君给他的锁奴环吗？”

其实墨熄也知道姜府的周全程度不亚于岳府，这么一会儿时间根本不会出什么状况，但是他就是对顾茫在外面离开自己的视线有一种莫名的不安与焦躁。这种情绪非但没有随着顾茫与他的朝夕相处而减缓，反而变得越来越强烈。

再这样下去，恐怕要来找姜拂黎看病的就不止顾茫一个人，他自己也得开药了。

姜府后院栽种着许多奇花异木，终年灵力流转不断，四季芳菲。

姜拂黎与墨熄沿着楼廊边走边谈，姜拂黎道：“后天就是年终尾祭了，你们这些纯血贵族，都得跟君上启程去唤魂渊祭祀吧。”

墨熄点了点头：“每年惯例。”

"长丰君把他女儿托与我了，你呢，怎么打算？"

"顾茫太过危险，我会禀明君上，带他一同前去。"

姜拂黎说："想你也是这个答案。不过我有一件事情要告诉你。"他停下脚步，在云天花影中回过头来，负手道，"顾茫的脉象沉稳，有恢复之态。你去唤魂渊的路上要多加留心——短则五日，长则一月，他必然能想起一些零星的碎片。"

墨熄心中猛地一颤。

"我会再给你开七帖药，尽量缓到他回城。万一记忆于重华不利，也可及时控制。"姜拂黎说，"不过世事难料，羲和君，他的第一次记忆恢复就在这段时日了，你心里要有准备。"

领了药，墨熄也就该带顾茫回去了。他和姜拂黎两人并肩返到厅堂内，看到顾茫盘腿坐在地上，正和小兰儿说话，准确地说，应该是小兰儿在教顾茫说话。

"蜻蜓。"她提着手中的竹蜻蜓，小声对他道。

顾茫点了点头，也跟着说："蜻蜓。"

"蜻蜓低飞会下雨。"

顾茫又跟着点了点头，蓝眼睛一眨不眨地盯着那只竹蜻蜓看。

小兰儿瞅见他渴望的眼神，歪着头想了一会儿，把竹蜻蜓递给了他："大哥哥，你喜欢的话，这个给你。"

顾茫一下子睁大了眼睛，愣愣地："给我？"

这小丫头也是许久没有和人说话了，稚嫩的小脸上露出些温柔羞涩的笑意，脸颊起了酒窝："嗯嗯，送给你。"

顾茫的眸子发亮，又惊又喜地接过了那只竹蜻蜓，好像接过什么稀世的珍宝，爱不释手地捧在掌心中看了好一会儿，然后举起来，在小兰儿面前做出飞来飞去的动作，一大一小两个都笑了。

他们玩得出神，没有注意到姜拂黎和墨熄已经回来了，顾茫笑着拿竹蜻蜓放在小兰儿头发间，说道："这样，很好看。"

"放在大哥哥头上也好看。"

顾茫就真的顶在了自己头上，两人又笑闹一阵，顾茫想了想，还是把竹蜻蜓塞回来小兰儿手里："我玩好了，还给你。"

小兰儿错愕道："为什么？"

"我不能随便收别人的东西。我家里有个很凶……很凶很凶很凶的人。"顾茫用手比画了好几圈，似乎想用他贫乏至极的语言加上肢体动作证明那个人究竟有多凶，"很凶，我在他的领地里，不能不听他的话。不听他的话，他就喂我吃很辣的药，还要冲我吼。"

墨熄："……"

小兰儿不禁露出怜悯的神色，她伸出小手，摸了摸顾茫的头：“大哥哥真可怜。”顿了顿，又道，“不过这个蜻蜓小小一只，不贵的，他不会怪你。我送给你啦。你下次……呃，你下次还能来找我玩吗？”

顾茫诚恳道：“我喜欢跟你玩。不过，蜻蜓不能要。”

小丫头听到前半句很欣喜，但听了后半句，脸上又透出了些失望之色，小声道：“真的不贵啊……”

“要做事，才能换东西，这是羲和府的规矩。”顾茫说，“或者，你要做我的客人，才能……”

话没说完，已经被墨熄拽起来了，墨熄狠狠盯着他，怒道：“你要七岁的小女孩儿做你客人？你还要脸吗？走了，跟我回去。”

姜拂黎在两人身后笼着衣袖，悠悠地说：“羲和君，可别忘了我跟你说过的话。”

重华的年终尾祭，指的是祭拜历朝历代牺牲的英烈之士。

在重华的东南边境，有一道深渊，渊底静水深流，潺潺一路通往西蜀国的白帝之城。人都说，这一条河会一直往前去，淌过九州大陆，一直绵延到地府的魂河深处。这是死者之界与生者之世唯一的勾连。

重华是个极重哀荣的国度，戒规森严。每年除夕之前，君上必然要率群臣前往这条渊河祭拜，今年也不例外。

出行的前一天晚上，李微依制将墨熄的祭祀服找了出来，捧去叩响了墨熄书斋的门。

“进来。”

李微进了屋，圆月紫竹窗边，墨熄正在执卷观书——无论瞧上几次，李微都会感慨，他家主上真是个不可多得的美人。

墨熄无疑很是高大英气的，他那从骨子里淬炼出来的锋芒极具侵略性，但撇去这些不说，单论五官的话，墨熄的容姿其实很细致清丽。他虽然已经三十了，但脱下禁军衣袍，穿着常服在灯下看书的样子却显得很是修雅年轻。

不过这也难怪，他是帝国战神，一直保持着最有效的淬炼，严以律己，那些醉生梦死的诱惑从来侵蚀不进他的眼帘，所以他终年精力沛然，头脑清明，挺拔如松柏。这个男人给人的感觉，就是他正处于巅峰状态，并且将把这种状态永远地持续下去。

李微不慕男子，但是瞧着他，仍时常会为他的美色而发呆。

墨熄把书往下翻了一页，又扫了两行，没等到李微开口，不由转过脸来，蹙着剑眉问道：“怎么了？”

“哦哦，哦哦哦！”李微忙摇了摇头，回过神道，“主上，时辰不早了，明儿您寅时就该起啦，早些沐浴吧。”

墨熄看了一眼水漏，确实是不早了，于是掩卷起身，说道：“好。”顿了顿，又忽然想起什么，问道，“顾茫哪里去了？”

“主上不是要带他一起去尾祭大典吗？所以属下打发他去捯饬自己了，让他也把自己收拾得干净一些。”

墨熄点了点头，李微做事一向考虑细致，免去他操很多的心。

羲和府最深的一进院落里有一池热汤泉，那是墨熄平日里洗浴的地方。重华多热汤地泉，几乎每个贵族宅邸都会有一个这样的池子，听说望舒府的温泉池修得最是奢靡，眠榻、踩足石、芳疗台等一应俱全，池边还凿了蝙蝠图腾，熔金浇灌，辉光夺目。

墨熄没那么多心思享受，他的温泉池是整个重华最天然的，山石岩泉，旁栽花树，挖出来是什么样就是什么样，也没再费心重修过。

而且羲和宅邸的温泉，和其他贵族的温泉有个最大的区别——用人。

别家主上沐浴，婢女疗师，甚至琵琶弹词，一应俱全。墨熄却从来不允许别人随他一起进去服侍。

常年的戎马征战让他对于“人”有一种本能的提防，只要有人在他身边，他就无法彻底地放松下来，哪怕伺候了他多年的忠仆也一样。

汤池别苑水雾氤氲，青石小路上飘着落花，墨熄走到紫竹小亭里，这是他更衣的地方。亭子内的陈设极简，只一张翘头案几，一方石凳，置衣竹架，剩下的就是一面岳府所制的照身大铜镜，足有等人高。

墨熄抬手一件件地除了自己的衣衫，在案上叠好，然后拆了墨发放落，挽束起高高的马尾，朝温泉池走去。

水清夜静，月白花香，他潜入池水中，水波潋滟，向四下荡开。汤泉池用灵流供养着芙蓉，花色有的绯红若霞光，有的莹白似美玉，但竟都不及羲和君照水清容，更别提此刻水汽熏蒸，衬得他面目愈发清透。他慢慢地将筋骨放松，靠在烫热的温泉石边，微阖起了眼。

周围很安静，只能听到潺潺的流水声，花朵落在水面轻微的声响，还有……

“咕噜咕噜咕噜——噗！”

墨熄蓦地睁开眼睛，猝不及防被溅了一脸水花，他简直不敢相信自己看到的情形——顾茫不知从哪一处潜泅而来，哗地从水里冒起，一双蓝眼睛湿润色深，犹如缎锦，头上还顶着一片荷叶。

见到墨熄几乎青白的俊脸，顾茫抹了一把脸上的水花，淡定道：“主上也来洗了？”

“你！”墨熄只觉胸口一顿，竟一时说不出话来。

他瞪着眼前这个男人，耳中嗡嗡，又极怒攻心，又是不知所措，缓了半天才咬牙切齿道：“你怎么会在这里？！”

“李微要我洗澡。”顾茫说，“我就找地方洗，就找到了这里。”

“你马上给我滚出去！”

顾茫道：“可我还没有洗干净……”

“滚！”

人在屋檐下不得不低头，顾茫识趣，知道他火气大，也不想跟他争，于是不再多说，顶着荷叶就从池子里站起来，往水阶上走。和墨熄不一样，墨熄泡汤泉习惯留一件亵衣，顾茫却把衣服全脱了，墨熄看他出水，一下子别过脸去，怒道：

“还不快把衣服穿上！”

“哦。”顾茫上了岸，脚步声嗒嗒地行远。

或许是因为他心智不全，做事情总容易丢三落四，他上去之后忘了自己把衣物丢在了哪个旮旯里，左右看了看，瞧见紫竹亭中墨熄端端正正摆好的换洗祭祀袍。

自己的衣服是衣服，墨熄的衣服也是衣服，左右找不到了，不如就捡个现成方便，穿墨熄的衣裳。

顾茫这样想着，挠了挠头，往那边走去。

白衣“哗”地招展，一件件穿戴，内袍、腰封、帛带。全部穿好后，顾茫的目光就落在了这根帛带上，他把帛带握在手里，有些发愣，也不知道该往哪儿放。

帛带……帛带……该佩于何处？

他站在昏黄的铜镜前，比画着那根一字巾，试试当腰带，太细了，试试绑头发，又好像太粗了。

怔忡地出了好一会儿神，颅中忽地刺痛，顾茫蓦地抬手扶额，眼前却极速闪过一些与这帛带有关的零落碎片。

那是一个熟悉的场景，在甲板上，有个面目模糊的男人站在自己跟前，沙哑地说：“顾茫，你回头吧。”

你回头吧……

他不知道自己眼前为什么突然会冒出这么奇怪的画面，但依稀觉得自己额上好像歪斜地佩戴着这样一条蓝金色的一字巾。

他听到自己冷笑着，对那个绝望地，来寻觅自己的男人说：

“这种纯血贵族的巾带，无论我在贵国怎样入死出生，建立多少奇功声名。因为我的出身，我都永远别想得到。”

那个男人嗓音里尽是血腥之气和悲伤愤怒，真奇怪，一个人隐忍着那么多情绪，背负着那么多矛盾，怎么还能这样冷静地说话，这样执着地开口。

那个人说：“那是祖辈牺牲的英烈之子才有的勋带，你摘下来。”

“是吗？这是一个挺年轻的小修士戴的，我的手下一刀割了他的头，我看这带子做工精致挺好看，戴在死人头上可惜了，所以……”

所以怎样？画面闪了过去，顾茫回过神来，一面为自己脑中突然冒出的对话感到惊异，一面怔忡于这根帛带的似曾相识。

他对着等身的铜镜看了一会儿，犹豫着，最后在镜子前，把一字巾歪歪斜斜地佩在额前——对，是这个位置——他心中好像有一种沉睡的渴望，一种难言的酸楚与迫切。

他好像盼着能戴上这根帛带，已经很久很久了。

这个过程中墨熄一直没有回头，直到顾茫穿戴完毕，走回到池边，问道：“我好了，要等你吗？”

墨熄这才紧抿着嘴唇，面色阴沉地侧了脸来。就这一眼，他蓦地怔住，紧接着一股怒恨交杂着说不清道不明的炽流挟风裹雨直冲脑颅！

“顾茫……”

月色花影里的顾茫，祭祀服长衫如雪，袖角悬金，重重叠叠束了三道腰封，长袍曳地。但这些并不算什么，让墨熄眼睛都开始发红的，是顾茫佩在额前的蓝金色一字巾——那是，那是重华英烈之子的正装佩饰……

精烈之佩！！

而墨家世代功勋，祭祀时自然也不能少了这一要件。顾茫此时私戴的这一条，正是他父亲留下的遗物。

墨熄的心像是被尖刀刺中，血肉俱裂的痛楚从多年前奔踏而来。

墨熄几乎是震怒地，“你……你好大的胆子！”

顾茫怔了一下：“什么？”

“谁让你动这些东西的？”墨熄厉声道，“把你头上的精魂佩摘下来！”

可顾茫不知为何，他竟第一次冒生出如此强烈的抵触。他蓦地回退一步，对温泉雾池中的男人吐出两个字——

“不要。”

就这两字，星火入沸油，轰地炸了。

顾茫清晰地瞧见墨熄的瞳色瞬间变得那么炽亮，愤怒在里头燎天吞日，这使得这个男人的俊脸变得极为可怖。

墨熄哗地从水中起来，雪白的亵衣敞露，水珠在他起伏的强健的胸膛上纵横，他的眼神烫得厉害，周身都笼着一种难以名状的煞气。

顾茫转身想跑，墨熄还没有上岸，半身站在汤池里，只一抬手，便将他的手腕拽住，猛地一下，水花四溅！

顾茫被他整个推到了泉池里。

这一下猝不及防，顾茫根本没来得及站稳，狼狈不堪地跌进温泉深处，连喝了好几口泉水，继而被墨熄单手提着，狠抵在池边。

墨熄伸手就要摘他额前的帛带，而这个动作，不知为何竟勾起顾茫心中的恐慌，他开始剧烈挣扎，身上的祭祀服全部湿透了，在墨熄身下如同困兽，又像濒死的鱼。

"不……不要……不要……"

记忆深处似乎曾有一个人也这样愤恨地想从他身上夺走这样东西，但顾茫想不起来是谁，甚至他都无法辨别这是自己的幻觉，还是真实发生过的事情。

他只是觉得心口很疼，他只是朦胧地知道，这一道帛带是他的……他应得的……他渴望的，想要的，却只能遥望的……

"还我。"

"不要……不要！"

两个男人竟为了这东西在汤泉池里厮打成团，池水晃荡月影凌乱，急促间顾茫居然一口咬住了墨熄的手背！

他灵核碎了，灵力没了，身体伤痕累累，早已不复当年盛况，他比不过一直悉心养护的墨熄。

如今顾茫哥哥已再没有任何能力，能与他的墨师弟争锋。他被逼到最后，竟只能选择这样可笑又荒唐的野兽行径，去护他死生不能得偿的执念。

墨熄也是真的被触怒了，在他心里，这是他绝不能碰的一道禁忌——他可以忍受顾茫刺伤他，背叛他，但是这是他父亲的遗物。

是他那位，为了护重华百姓撤离墟场，战死在燎人铁骑之下的爹爹，留给他的最后一样东西。

顾茫他怎么配！

蓦地心头火滔天，而顾茫用了狠力去咬他，手背被咬破了，血水渗流，墨熄不觉得丝毫疼痛，那些流出的血液好像回到了他的眼眶里，成了瞳眸里纵横的血丝……他不管不顾，发了狠地将手从顾茫口中抽出来，夺了帛带，而后猛地掴了顾茫一记耳光！

"啪"的一声脆响，这一耳光又重又狠，好像要把七年来所有的仇恨都在这一掌中偿付殆尽。打完之后墨熄自己的手心都火辣辣地疼，指尖因剧烈的情绪波动而微微颤抖着。他的眼睛里有恨，可是水雾蒸腾，眸底却湿润了。

墨熄喉结滚动，隐忍着开了口，第一遍，只是嘴唇动了，却发不出声音。他闭了闭眼睛，缓了好一会儿，才重新出声，嗓音却已喑哑地不像话，他沙哑地说："顾茫，你知不知道，你自己有多脏！"

顾茫侧着脸，被扇得耳中嗡嗡作响，没有吭声。他的脸颊肿了，唇角还沾着咬伤墨熄时淌出的血迹，他其实听不太懂墨熄的意思，只是隐隐地，觉得心口很痛。

好像很多年以前，自己一直惧怕着的，就是从眼前这个男人嘴里听到这句话——你知不知道你有多脏；你知不知道你是什么东西；你怎么配。

好像一直以来自己就做着墨熄会对自己说这些话的准备，尽管记忆被褫夺了，那种心理本能的防御，以及防御带来的刺痛却还在。

墨熄深吸了口气，松开捏着他的手，低声道："滚出去，我不想再看到你。"

帛带被扯了下来，额头还留着可笑的勒红。顾茫动了动嘴唇，努力想说些什么，但最后却什么也说不出口，只红着眼眶默默看了墨熄一眼，狼狈不堪、疲惫不堪地爬上了岸。

是，他从来都争不过他的……从来都争不过任何人。难得想要一件事物，遭到的却是这样的对待。

离开汤泉别苑前，顾茫回头最后看了一眼握着蓝金帛带的墨熄，他低声道："对不……起。但是……"但是我真的觉得这件东西对我而言很重要，我真的……

墨熄未曾回头，声音沙哑道："滚出去。"

顾茫知道再也无可多言，他咬了咬仍沾着血的嘴唇，低下头，慢慢地走出了院子。

李微看到顾茫出现在明堂里的时候，惊得连话都说不出来了。不怪李管家没见识，他实在不知道是究竟是发生了什么，才会让顾茫穿着祭祀服，浑身湿透，在长夜寒冬里慢慢地走着。像一缕游魂，像一只残存于世的野鬼。

"顾茫……喂，顾茫！"

他唤他，顾茫听到他的声音，却只是顿了一下脚步，然后又继续低头往自己蜷身的小窝走去。李微忙过去拉住他："你搞什么？你怎么穿着主上的祭祀袍？你知不知道这袍子有多要紧？你知不知道……"

"我知，道。"顾茫终于开口了，他脑子不好了，一伤心，就说不出连贯的句子，也完全词不达意，不成章法，他那么尽力地去表达自己，却只能从牙根间挤出断续生硬的话语，显得那么可笑，那么蠢笨。

"我能……懂，我努力……懂……"

冬夜太冷了，他浸着水的衣裳贴在身上，风一吹砭骨的寒意，他也不知道赤着脚慢吞吞地走了多久，只是抬脸看着李微的时候，嘴唇都是青白哆嗦的。

"我……也想懂，我也想回忆起来……"顾茫痛苦地捂着自己的头，"可我做不到啊……我不知道自己哪里又错了，一直错，一直错……所以你们……才会这样对我……"

李微惊呆了，这是，这是怎么回事？怎么脸上刺目红印，唇齿间都是血，还这样说话……李微一个激灵，失声道："叫你洗澡，你不会是跑去后面的汤泉池洗了吧？！"

顾茫没吭声，嘴唇抿得紧紧的。

"你疯啦？！那是主上沐浴的地方，他有洁癖我不是早就跟你说过吗？你到底清不清楚自己是什么身份？你知道你自己有多……”

顾茫却像是害怕极了再从别人嘴里那个字似的，猛地打了个寒战，他一把抓住李微的手，打断了李微。顾茫颤抖着，他努力绷着自己的脸，像是要在一败涂地里挽回尊严的头狼。可是他的蓝眼睛眨了眨，里面却有水光碎了。

顾茫颤抖道：“是……我知道。我脏。以后，不再会。可是……”他眼神犹豫，睫毛簌簌着，忽然就哽咽了。他甚至不知道为什么自己会那么难过。

他蓦地蹲下来，蜷成狼狈佝偻的小小一团，那多年了，成过，败过，忠过，叛过，却仍改不去卑贱入骨，除了一身伤疤和满世罪名他依旧是一无所得。他还是连碰一碰那一抹象征着英烈之血的帛带，都会遭受最痛的侮辱。他把自己埋在尘埃里，颈低得那么深，好像被什么自己也已经遗忘掉的东西压垮了。

顾茫哽咽道：“你们都不懂，都不懂……我应该有的……我应该有的……”

李微已经完全不知所措了，他虽然三八了点，嘴欠了点，但心肠一直是热络的，他跟顾茫也没有什么直接的仇恨，所以看着这个凄惶不堪的男人蜷在自己面前忽然哭了的时候，他居然不知该说什么才好。

手脚难安了好半天，他忍不住去问顾茫：“什么你应该有的？”

可顾茫也道不清啊，那道帛带，意味着什么，象征着什么，他都不记得了。他也清楚那样东西是墨熄的所有物，他不明白自己为何竟会有这样的剧痛。

“到底什么是你的？”李微无奈道，“羲和府的一草一木都是主上的，就连我，就连你自己，咱们都是主上的。你我能有什么啊？”

他叹气着拍了拍顾茫的肩：“起来吧，你赶紧地去把这身衣服换下来。要是被其他人看到了你居然穿着一品重臣的祭祀服，羲和府恐怕都要跟着你一块儿倒霉。”

顾茫回了自己用破褥子旧桌椅捣腾出的那个“窝”。他对身上这冷飕飕的衣服倒是没有任何执念，他进去把衣服都脱了，换回了自己仅有的一件皱巴巴的棉袍，将祭祀服还给了李微。

李微拿了衣服，原本想再跟他说几句话，可是看他这样，又觉得实在不知说什么好，只得叹了口气，转身走了，边走边叨咕道：“幸好这祭祀服有两套……不然闯祸了……”

顾茫在昏暗的小屋里坐下，饭兜醒了，大黑狗凑上来，像是闻出了他的伤心似的，拿温热的脑袋拱他，呜呜叫着，去舔他的脸颊。

顾茫抱住它，低声道：“你是不嫌我脏的，对不对？”

饭兜摇着尾巴，把爪子搭在他的腿上。

顾茫在暗夜里睁着眼睛，这是他有意识以来，第一感到“不甘”，感到“疼痛”。但他不知道这两种感觉究竟是怎么一回事。他觉得它们让他很不舒服，像是病了，一种胜过鞭杖罚挞的痛苦。

顾茫闭上眼睛，摸了摸饭兜的头，小声地：“饭兜，我也不嫌弃你脏。”

“呜呜呜！”

“我们哥俩，在这里，有饭吃的。”顾茫蹭蹭它微凉湿润的小鼻子，“所以一点点疼，我可以忍，没事的。”

“汪！”

顾茫把手摁在胸口，哽咽道：“没事的，这一点点疼，我都可以忍的……我可以忍的……”

习惯了，就不痛了。忍一忍，就都过去了……都过去了。

第二天一早，墨熄从卧房里推门出来。

他已经换上了祭祀华袍，每一年府上的人都盼这天，觉得羲和君穿正袍的样子特别的英俊精神。

但今年，当他来到厅堂内的时候，候在那里的用人见了他都是微怔。

羲和君明显一晚没睡，神色非常难看，眼底甚至还透着些微的青色。他坐到桌前，李微已经把菜布好了，照例是不兴铺张，只两笼三鲜小笼包，一品砂锅鱼片粥，一盘糖醋酥鱼，醋腌萝卜，麻油凉拌蕨菜，水晶豆腐，还有一碟子花色点心。

墨熄在桌前坐了一会儿，没有动筷。

李微试探着：“主上？”

墨熄看了一眼自己对面那个空荡荡的位置，没作声，过了一会儿，抬手舀了一碗粥，沉默地吃了起来。

一旁条案上摆着的水漏滴滴答答，墨熄吃了一些，便胃口不太好似的，不再动了。他抬眼对李微道：“差不多了，要去东城门准备出发。你把……”他顿了顿，生硬道，“你把他叫出来，让他跟着羲和府的仪队过去。我先走了。”

李微应了，心却道，看来昨天顾茫定是有什么举动触怒了主上，且触怒得厉害。按主上原来的意思，是要把贴身近卫的位置腾给顾茫，好时刻紧盯对方。

但现在，墨熄像是无所谓了，也不那么想瞧见顾茫，随意丢在仪仗卫队里，只要不在他鼻子下闯祸就好。

只是进了个温泉，就能惹得主上那么生气？李微心里有些打鼓，但他不敢细猜。他是个聪明人，他很清楚，有些东西，知道了会比不知道痛苦得多。

好奇心并不是这世上最叫人无法忍耐的东西，守秘才是。

李微就这样抱着甘愿做个傻子的心态，把这些莫名的遐思都抛诸脑后，照旧去了后院，把顾茫从他的“窝”里叫了出来。

顾茫听了他的安排，倒也没有什么节外生枝的反应，心智不全也有心智不全的好处，一夜过去，他已然平静了很多。听李微让他跟着仪仗卫队走，他也就毫无意见地去了。

不过李微并不放心，将他领去卫队后，和卫队的队长吩咐了几句，又把汤剂壶囊交给了对方，叮嘱道："这是姜药师开的宁心药，我估摸着主上会盯着他喝，但也不一定，反正你管着，如果顾茫不喝，你就硬灌。这东西不是开玩笑的。"

卫队长应了，接过壶囊。一行人这便上路了。

第15章

王师祭队庄严肃穆，棨戟遥临，从帝都一路向东，浩浩汤汤往唤魂渊方向而去。

这一路大约需要走上三日，第一日傍晚，他们到了皋水边。仆役们开始负责安营扎寨，给主上们收拾居处，而贵胄们则被唤到了王帐中用膳。

墨熄进去的时候，大部分贵族都已经到了，法术撑出的偌大营帐里布了百余席，侍女引他去了他的位置，他看了一眼对面，慕容怜与他隔道相望。和所有参拜的世家子弟一样，慕容怜也是一身祭衣打扮，烦冗复杂的宝蓝色祭祀袍上绣着蝙蝠纹图腾，端端正正束着蓝金一字巾，衬得他脸庞愈发病态苍白。

望舒府和墨家，那都是英杰辈出的名门望族，慕容怜祖上福荫，他有资格佩戴一字巾也无可厚非，只是在座众人心里都有一把标尺，谁家后嗣如今配得上英烈荣光，谁家传人又糟践了先人碧血，每个人都门清。

等人陆续来齐了，君上开腔了："赶了一天的路，你们也都累了，传菜吧。"

宫娥端着盘盏飘然而入，姿态纤盈地跪在对应的贵族跟前，开始斟酒布菜。他们是行路途中，食脍虽不多，四冷四热一主食，却都料理得很精致。

四冷碟是水晶肴肉，拌脆三丝，丹桂甜藕，霜天鱼脍。四热菜是葱油四鳃肥鲈，虾爆鳝，醋蘸蒸蟹，荷塘小炒。至于主食则是御厨拿手的蟹粉小笼包。

墨熄昨天和顾茫吵了一架，心情很差，根本吃不进什么东西，倒是比平日里多喝了几盏酒。

其实重华每一年的这场尾祭，与其说是祭拜，不如说是对逝者的一个交代——今年又打了几场胜仗，得了怎样的法器，是否国泰民安。

若是过去的这一年过得并不顺遂，那么尾祭的气氛就会很沉重，而若是重华国运昌盛，则更像是告慰英烈在天之灵，酒宴间众人也尽皆酣畅。

"今年熄战养病，虽有波折，但也算是个好年头。"

"哈哈，是啊，东境之前还收复了一块失地，喜事啊。"

岳辰晴则在不远处缠着他小舅："四舅四舅，这个甜藕，你最喜欢吃了。不够的话，我这里的也给你！”

他父亲岳钧天已于不久前回城，这次尾祭，他自然也来了。见到儿子又缠着慕容楚衣讨好，脸上不免有些挂不住，咳了两声，警告地瞪了岳辰晴一眼。

墨熄瞥见了此情景，不免想起了顾茫第一次参加这种祭祀的旧事。那时候顾茫刚被老君上敕封，意气风发，甚至还破例允他参加这原本只有亲贵才能同行的祭典。

当年顾茫为了这份殊荣开心坏了，他的席位就在墨熄身边，他忍不住兴奋，一直不停地和墨熄说话。那时候他也和岳辰晴一样，兴高采烈地说："这个鱼生真好吃，我听说是御厨从凫水里捞出来的鲜鲤片成的，你尝尝看喜不喜欢？"

墨熄闭了闭眼睛，烈酒入喉。

直到宴终，桌上的霜天鱼脍，他也一口没动。回到自己的营帐区，墨熄正准备歇息睡觉，却见带来的卫队长正紧张地立在风里来回走动，一见到他，立刻迎将过去，惶然道："主上！"

墨熄抬眼道："怎么了？"

"我……李总管命我看着顾茫，给他服药。但是我刚刚去他的帐篷找他，找不见他的人，他连晚饭都没和我们一起吃，不知道跑哪里去了……"

墨熄倒没有太紧张，锁奴环佩在顾茫身上，他能感知到顾茫就在这片驻地。他叹了口气，说道："药壶给我，你去休息吧。"

"可，可您……"您难道要亲自管这种鸡毛蒜皮的小事吗？

墨熄不想多说，只又重复一遍："去吧。"

既然他都已经这么说了，卫队长纵是觉得不妥，也不会再多言。他恭恭敬敬地把药壶递给了墨熄，依令离去。

夜晚的凫水边，风很急，墨熄原地站了一会儿，醒了醒酒精的残韵，然后在这属于自己的驻地走了一圈。

顾茫果然还在这里，他靠坐在一棵水杉树后，蜷成一团已经睡着了。

墨熄垂眸盯着他看了一会儿，慢慢地矮下身去，半跪在他面前。昨晚的余怒未尽数消退，两人之间的气氛仍十分尴尬，墨熄沉默良久，才道："……醒来了，回帐篷里睡。"

他实在不明白为什么每个人都有个营帐，搭都已经搭好，可顾茫却要跑到树底下以天为盖地为席。

"醒来。"

唤了几遍，顾茫都没有动静。墨熄不禁有些心烦，抬手推了推他。

可谁料就这一推，顾茫就像稻草人似的径直侧倒在了地上。月光透过杉树林错落的针叶照着顾茫的脸——那张脸已经完全蒙上了病态的潮红，原本苍白的皮肤就像在暖雾中蒸过了一样。他的双眸紧闭着，长睫毛簌簌发抖，湿润的嘴唇因为透不过气来而微张着喘息，眉头也下意识地痛皱着。

墨熄一惊："顾茫？"

他抬手去探他的额头，竟是烫得惊人。他忙把烧热昏迷中的顾茫扶起来，一路架着他去了属于顾茫的那个小帐篷。所幸羲和府的驻地位置偏，带来的人也都歇下了，这一幕并没有被任何人看见。墨熄掀开帐帘，把顾茫往床上放。

顾茫恢复了一些知觉，他睁开惺忪迷离的眼，蒙眬地望了墨熄一眼。突然像是意识到了什么，他挣扎着起身，要翻身下床。墨熄单手抵住他，一面压着心里的焦急，一面咬牙低声道："躺好，闹什么？"

顾茫眼睛里的蓝色好像都要化成水汽溢出来。墨熄直起身子，拉开与他之间的距离。

可顾茫还是这样怔忡地看着他，或许又不是看他，顾茫眼睛里的光泽更多地聚在墨熄佩着的帛带上。

病中的人张了张嘴，想说什么，可真等开口的时候，却又不知道该说什么。他于是咬住了嘴唇，过了须臾，忽然又要起来。

墨熄一把将他按住："你干什么？"

顾茫整个人已经烧迷糊了，他揪着墨熄的衣摆，那么固执地要往下爬，想往地上去。

墨熄厉声道："顾茫！"

自己的名字似乎唤回了他的一点意识，顾茫瑟缩一下，身形更佝偻，甚至可以称之为猥琐了。他几乎像是一团烂泥，扒着床沿从上面滚落。

可他被墨熄制住了，他被墨熄拦了去路。

他原处发了一会儿呆，忽然喃喃道："你放我下去吧……求求你，放我，下去……"

"你发烧了。躺好。"

"放我下去，我不要……我不要在这里……"

墨熄心口又疼又恨，又烦又烫，他重新把顾茫扶正了试图让这人躺下，可顾茫不听，顾茫这次竟直接死死揪住了他的衣襟。

"我不要睡在这里……"

那从来不愿真正低落的颈椎，如今看来就像随时随地都会断去一般。

顾茫趴在他身上，意识已经烧模糊了，他想推开墨熄，但却又觉得自己好像抱住了什么温热的东西，像是漂泊在冰河里的人，忽然拥住了浮木。他推着，最后却成了无助地抱着。

顾茫沙哑地低喃："你的床……太干净了……"

墨熄怔了一下："什么？"

顾茫蓦地哽咽了："我是……脏的……"

墨熄只觉得胸腔像被什么钝器狠狠撞了似的，痛得那样厉害。

可这个抱着自己的人还在断断续续含混不清地哆嗦着，不知是因为烧热的痛苦，还是因为在惧怕别的什么，他抱着他，嗓音近乎是残破地呜咽着。

“不知道……不知道怎么睡，才，不会，弄脏，所以……”

“让我走吧……放我、走……”

墨熄轻声道：“你要去哪里？”

顾茫像被这个问题问到了，像被打击到了，他茫茫然睁大眼睛，喉咙里的声音近乎呜咽：“我，我也不知道……”

墨熄喉头就像噎了一枚苦果，他低头看着他，一时什么话也说不出来。

我已经脏了，满身污浊，不知道自己该去哪里，我不知道自己该往哪里去啊……

墨熄的心抽痛，低头看着顾茫，从这个角度，隐约能瞧见顾茫半侧的脸颊，隐约还有昨天自己掴下的浮红——那一耳光他真的一点力道都没有留。

“你知不知道自己有多脏！”声犹在耳。后悔吗？不……不。他的心早已固若磐石。他不后悔。只是，只是不知道为什么眼前忽然蹿升出一张明灿的笑脸——是某一年，他们还都年轻的时候。他中了埋伏，受困敌腹，苦熬待援。等了很久，等到近有死念，最后天地猩红，是他的顾师兄银铠照朝日，甲光映天，一骑风尘向他驰来。

顾茫下了马，将受伤的师弟紧紧抱在怀里。墨熄浑身都是燎国恶兽喷溅的毒液，枯干的嘴唇开合着，哑声道：“松开……”

“师弟！”

墨熄喘息道：“别碰我，我身上很脏，都是毒血……”很脏，会把你也染脏的，会连累你也生病。我与你，只是共战一场，非亲非故，你又何必……与我同伤。

可顾茫那时候对他说的是什么？这尘封的，久远的，他一直不愿意回顾的记忆，翻沸而出。

顾茫说：“不怕，师兄陪你。”

总得有一个人不畏生死，把你从毒血污血里捞出来。

没关系的，我不怕。我既然选了这条路，我既然走上疆场，我就没打算康健无损地回来。无论是贵族，是奴隶，是庶民，你我同袍，这一劫，我便与你生死与共。我顾茫是奴籍之身，第一次有这样的机会剖证自己，我不怕死，我只想让重华看到，让君上看到，让你们明白……就算是卑贱入骨的奴隶，也是和你们一样的——一样有热血丹心，讲生死义气，我对得起你们喊我一声师哥，叫我一声兄弟。

把血染在我身上吧，把手给我。再脏，我抱着你；再痛，我陪着你；再远，我带你回家。

墨熄的心脏就好像被一只无形的利爪攫住，血肉模糊地撕开。一边是国仇，一边是深恩，为什么？为什么给予他这些的，都是同一个人？！

他被逼到绝路，竟是喘不过气来。

昏暗的烛火里，他死死地盯着顾茫的脸，那么生不如死。

墨熄陡地闭上眼睛，几近死寂，忽地灯火摇曳，他俯身把顾茫整个打横抱起，走出小帐，走进自己的帐篷里。

他将烧得不清醒的顾师兄轻轻放在自己宽敞柔软、铺着厚厚雪狐绒褥的大床上。

他坐在床榻边，半晌，将脸庞埋入修长的指掌之间。帐营内灯花流淌，他的身影那么疲惫，好像要被无数沉重却又矛盾的感情撕碎。

就这样过了一会儿，顾茫支撑不住睡去了。墨熄回头看着身侧蜷眠着的男人，怔忡地出了很久的神，他觉得自己简直是疯了。

祭祀大典……祭牺牲之英魂，祭那些死在顾茫手下的亡灵。可自己……这是在做什么？照顾一个叛国之贼吗？

他闭了闭眼睛，起身，走出帐营。药壶还在手边，原本想刚才就让顾茫喝掉的，但是现在……还是等顾茫睡一会儿再给他喝罢……

墨熄站在外面吹了会儿夜风，内心乱作一团。虽然他并不想再对顾茫心软，但是仍然无法忘掉卫队长说顾茫连晚饭都还没吃，他犹豫矛盾了许久，最后还是向御厨所在的营地走去。

墨熄自己是不太会做饭的，于是烦劳御厨起来煮了点垫饥的吃食。

他们驻扎的地方靠水，多产鲜活的鲤鱼，厨子不敢怠慢，给羲和君细细烹了一碗鱼片粥，又蒸上一笼蟹黄小笼，待要再加菜，墨熄道："不必了，吃不下太多。"

回到大帐的时候，他手里端了一只木托盘。他落下帐篷厚帘，拿火钳将帐中的暖炭烧得更旺。然后走过去把顾茫唤醒。

顾茫慢慢睁开眼睛，蒙眬中瞧见墨熄清冷的容貌，挣扎着想说什么，却被墨熄止住："行了，别再说什么脏不脏的。"而后也不想等顾茫回答，把搁在床几边的木托盘拉了过来："吃东西。"

他的语气算不上温柔，但是比起那天汤泉池里盛怒的男人，终归是好了太多。

顾茫也不想为难自己，闻到了食物的香味，于是靠坐起来，伸手捧起了碗，埋头一声不吭地吃了起来。粥软糯清淡，莹白剔透的鱼片入口即化。顾茫一口气都吃完了，有了些力气，于是又伸手想要去抓小笼包。

墨熄制止了他："筷子。"

顾茫不喜欢用筷子，他用不太好。但既然"主上"都已经这样说了，他也没办法，只得笨拙地拿了筷子，费力地去戳。这一戳，小笼薄透如纸的皮就破了，汤汁全漏了出来，他划拉了半天，把蒸笼里弄得一团狼藉，却还是没能把那颗已经破皮流汁的小笼完全夹起，只挑到了一点皮，肉馅儿也滚落到了一边。

墨熄看不下去，沉着脸从他手里接过了玉箸，把那颗惨不忍睹的小笼自己吃了。然后重新夹了一颗饱满的，递到顾茫唇边。

大概是觉得这人有病，一边那么凶狠地对自己，却又一边给自己投喂食物。顾茫的脑子有些不够用了，呆呆看着他。

墨熄不耐烦道："嘴张开。"

顾茫是真的很饿了，犹豫一会儿，微微张开嘴唇，一口咬住了墨熄夹给他的小笼。只听得"噗"的一声，烫热的油花溅出来，墨熄避闪不及，不偏不倚地就被汤汁溅了脸颊。至于顾茫自己，那也没好到哪儿去，他的嘴唇被烫疼了，咬了半口的小笼包被他一下吐了出来，嘶嘶地抽气。

果然墨熄恨他，想要让他痛……顾茫未及想完，就被捏着下巴抬起脸。他一时以为墨熄是又生气了，又要打他耳光，蓝眼珠不安地左右转动。

可预想中的疼痛却迟迟没来，他睨下眸子，睫毛颤动地去打量墨熄的脸，却发现墨熄只是在盯着自己看。

墨熄的眼神有些难以琢磨，半晌后，顾茫听到他咬牙切齿地低喃："你这个人，怎么总是……"

总是怎样？他没有再说下去。

但顾茫颅中忽然一疼，零星而疾速地闪过一些模糊的光影。

好像在某个时候，也有过同样的事情发生，自己吃东西太急了，被烫到了舌头——然后呢？然后好像是，也有个人这样捏住了他的下巴，抬起他的脸细看，一边看还一边责备自己的不小心。

"你先咬开一个小口再吃成么，又没人跟你抢。"

"我看看，有没有烫破皮。"

这个画面让顾茫心中生出一种茫然。墨熄沉默片刻，慢慢地松了捏着他的手指，把白皙的俊脸扭了开去。

吃了饭，又盯着顾茫把药给喝了。顾茫心知赖不掉，只得迅速把汤药饮尽，原以为这样就算完事，却没承想墨熄又给了他另一只药壶。

顾茫一下子瞪大了眼睛。

"退热药。"墨熄淡漠道，"刚让随行的药修调出来。喝了。"

顾茫无可奈何地把这一壶药也都灌了下去，脸色已然十分难看。墨熄把东西收拾了，说道："睡吧。"

顾茫慢慢道："这是你的床。你昨天说我……"

"昨天的事情我不想再提。"墨熄打断道，"我照顾你也不是因为觉得愧疚。你病了，我会麻烦，我不想要个麻烦。"

顾茫不吭声了。

"你听懂了没？"

顾茫点了点头。

“那就睡吧。”

墨熄把东西送还给御膳厨，再回来时，顾茫确实已经乖乖地睡着了。不过大概是因为昨晚在汤泉池被他吓到，顾茫并不敢太放肆，他缩在床沿的一个小角落里。

墨熄面无表情地盯着他瞧了一会儿，拿起毡毯，展开盖在了他的身上。

大抵是睡在墨熄的床上，这一夜顾茫梦醒之间闻到的都是他的味道，顾茫皱着眉头，睡得并不安稳，脑中总是断断续续地闪过一些画面。

初时那些画面还都很模糊，不连贯，可到最后，就好像蠢动的河流奔淌而出，一段鲜明的记忆回到了顾茫烧得烫热的脑颅中。

是一段记忆，与墨熄弱冠之日有关。

这段记忆残缺不全，从他独自一人在集市东磨西逛开始，然后脑中的情景逐渐清晰，顾茫慢慢想起来了——那天，他攒了一兜叮当作响的贝币，去附近的集市买了一坛梨花白，三两好酒菜。

晚上的时候，寒风萧瑟，他抱着酒坛，提着食盒溜进了墨熄的帐篷里。

“师弟师弟！”

记忆中，年少的墨熄穿着白衣，正在烛台边看书，抬头瞧见他，明显怔了一下：“这么晚了，你来做什么？”

他笑着把东西放下，活动了酸痛的四肢手脚，说道：“来陪你啊。再过几个时辰，你就二十了。”

墨熄脸上闪过讶异：“我都忘了……”

“哈哈哈哈！我就知道你除了咒诀法术，什么都不上心，连这都能忘。”他说着，拉过帐篷里的一张小桌，一边收拾，一边乐呵呵地说，“不过没关系，你忘了，你师哥我都替你记着呢。”

墨熄合卷起身，低声道：“多谢你。”

“谢我做什么，一辈子就一次嘛。你一个人在外头多可怜，来来来，让师哥来陪你。”他嬉皮笑脸地，“陪你从一个小鬼，变成一个大人。”

说着，又挤了挤眼睛，清了清嗓子，佯作正色：“陪你年少轻狂，陪你弱冠成礼。”

食盒抽出来，是一些再寻常不过的菜肴，顾茫一一摆上，又在暖炉上烫了一壶好酒。兄弟俩边吃边谈，不知不觉，已是夜深时分。

“以前不喝酒吧？今日起可以了。”顾茫笑道，“来，我陪你。”

他恍惚记得那时自己只是把墨熄当个可亲的小师弟看，所以平日里倒也没有那么放纵。

可是今夜他喝得多了，烈酒就有些上头，于是拉着墨熄与他开这样那样不知轻重的玩笑。

墨熄倒是一直表现得挺清醒，也挺克制的。他虽然也饮了两盏，但绝没有到烂醉的地步。面对越来越不像话的师兄，他似乎觉得再这样下去不妥，就说要送顾茫回自己的帐篷去。

顾茫玩得正开心，哪里愿意走。他笑着揽过墨熄的肩道：“不不不，哥哥我那么早回去做什么？”

墨熄道：“你喝多了。”说着挣开顾茫的胳膊，想要把顾茫从桌边扶起。

顾茫很配合地站了，可是他压根没打算走，绕着桌子走了两圈，忽然笑着，开始狂拍墨熄的背：“师弟，咱俩哥俩好，哥俩好，哈哈，哈哈哈……我第一次在学宫瞧见你的时候，你还没我高呢，板着张小脸。”顾茫吃吃地笑着，“一转眼，你都成了比你师哥还壮还高的汉子了。”

他说着，又挣扎着站起来，笑眯眯地：“嗯，就是五官还没变，不凶的时候，就很清秀漂亮。”

也亏是他醉得深了，竟敢用“漂亮”来形容他墨师弟。

墨熄神情复杂，转开视线，不去看他近在咫尺的脸，只沉声道，“师兄该睡了。我扶你回去。”

“哦，哦，睡睡睡……”顾茫笑道，很努力地站直身子，但墨熄还没来得及带他走，他就又腰一软，像醉了一冬的螃蟹似的。两人一个踉跄，顾茫重重地摔倒，含混地：“我懒得走啦，我的营地离这里好远……我就睡你这里了。”

顾茫平日里就和陆展星他们大大咧咧惯了，但是墨熄小师弟长得清丽，出身高贵，总是一副冰姿雪骨，所以顾茫从前和他交往，总是存着三分克制，七分呵护，生怕把这小了自己三岁的贵族少爷给惹委屈了。

若换作清醒的时候，他定然不会这般胡闹，就算实在懒得动，想要借宿，也一定会笑着问：“师兄今天歇在你这里，可不可以？”

但他那时候烈酒烧头，没了那么多顾忌，连疑问都省了。他像个黑风寨大王似的斩钉截铁地丢下这句强买强卖的话，打了个大大哈欠，把脸色异彩纷呈的墨熄丢在一边，居然就这样直接只管自己闭着眼睛睡了过去。

墨熄的脸都青了，咬牙看着那颗脑袋，说道：“你起来……”

顾茫就真的抬起了头，忽然有些清醒。

“不对不对！我想起来了！我还不能睡！”

顾茫说着，忽然打了个滚，从墨熄床上滚下来，然后在怀里掏啊掏，嘴里咕哝道：“我差点忘了，我还给你买了弱冠礼呢……哎，到哪儿去了？”

他就躺在床上掏了半天，总算从袍襟里掏出了一本皱巴巴的书。他拿在手里，颇为满意地瞅了瞅，然后一把将墨熄揽过来，一副标准的大哥带坏小弟的流氓嘴脸：“嘿嘿，弱冠就是成年啦，你顾茫哥哥知道你喜欢看书，别的太贵，我可送不起，这个是我从旧字画摊上淘来的，价格虽廉，但绝对动人心魄……”王婆自夸，夸完之后，极热络地把书塞给他，“看看，看看！”

墨熄没听懂他话中内涵，也没瞧懂他痞气的眼神，还真当他给自己弄了一本什么非常有意思的书，于是接过来，翻开。

第一眼，没看懂。又看了一眼，觉得有很多高深莫测的图案，但还是没看懂。

顾茫凑过来，笑道：“怎么样，不错吧？”

等了一会儿，没听得墨熄吭声，反倒是瞧见青年俊美的脸庞上笼着层茫然，顾茫有些诧异了：“不会吧，你不喜欢？哥哥我挑了很久的。”他说着，顺着墨熄的目光看过去。

“师弟。”

墨熄：“嗯？”

顾茫叹了口气，一手绕过去揽他的肩膀，一手抬起：“你拿反了。”

说完把书从墨熄手指颀长的手里抽出来，倒了个儿，清了清喉咙，充满磁性的嗓音压低着笑道，“来，哥哥来教你看，这样才是正的。”

无不夸张道：“哇，你看……”

只一眼，墨熄白皙俊美的脸庞瞬间涨红！墨熄生气地要把书册合上，顾茫却笑疯了。两人胡闹了半天，鸡飞狗跳间，那图册啪叽盖了墨熄一脸。

墨熄坐起身，平素里清丽又高冷的脸庞此刻已涨得通红，低声道：“你别再和我开这种玩笑。”这是一句警告。

可惜顾茫那时候太傻了，他简直是猪的脑子，居然会以为这是小师弟薄脸皮。也是他识人不准，墨熄明明是一匹动了怒生起气来会磨牙吮血暴戾恣睢的食肉猛兽，他却受了那清冷正经的表象蒙蔽，以为墨熄是一只无论别人怎么胡闹他都淡然若素的仙鹤。

瞎了眼的顾茫受了醉意蛊惑，觉得墨熄这冷傲别扭的模样说不出的好笑有趣，也不想就此放过，于是拾起那本惨遭墨熄丢掷的书，微醺地笑着：“你真不要吗？你不要那我自己看了。”

说罢还真的就大大咧咧地躺在墨熄床上翻了起来，一边翻还一边发出类似于“哇，喔”的惊叹声。

墨熄隐隐动怒，闭着眼睛忍一会儿，却觉得自己的心跳在这寂静的营帐里，简直鼓擂般地响。于是片刻之后，他倏地起身，低沉道：“我去把碗筷收拾了。”

顾茫笑着从书册后面露出双酒意湿漉的黑眼睛：“你要逃啦？”

墨熄不理他，自己收拾了东西，到营帐外去清洗。

顾茫不知道他在外头吹了多久的风，他只是觉得墨熄真的又是好笑又是可爱。他又想，这样可不行，这么大岁数了，脸皮这么薄是病，得好好治治，不然以后可怎么办？

顾茫大概是真的醉厉害了，不着边际地胡思乱想着，越想越好笑，越想越觉得自己这个师兄当得很完美，简直是在替师弟操着老妈子的心。

一面想，一面哗哗地翻着图册，他看着看着，就有些神思不属。他也懒得去想自己刚刚把墨熄欺负成什么样了，也懒得去管墨熄在寒风中把人生思考得怎么样了。他放松下来，“梨花白”像是泡软了他平日里总是绷紧的筋骨。

顾茫胡思乱想着，思绪却渐趋迷茫。他其实是从来不和那些莺莺燕燕乱来，顾茫自己也说不清这是因为什么，或许是因为心底里一直盼望的都是那种安定的、一生一世的陪伴。又或许，这些理由都不对，都太虚伪了。

连年的战争太消磨人了，像他这样脑袋别在裤腰带上的人，若是寻个好姑娘成了家，万一哪天他牺牲了回不来了呢？那便是可怜无定河边骨，曾是春闺梦里人了。他知道孤独有多可怕，也见过太多小家破碎的痛苦。

身为出生入死的战士，又是身无长物的奴籍出身，他明白感情什么的都是奢望。但夜深人静的时候，偶尔也会想，要是有个人能一生都陪伴他就好了。他也想有个牵挂，有一盏灯亮着，只是为了等着他回去。

谁都想有这样一个家。

他太昏沉，醉意也太浓深，就这么傻盯着那书册发了良久的呆，神识恍惚间，连墨熄什么时候回来了也不知道。

直到那个人走到他床边，他才听到动静，回过头，看到一张在夜风中吹久了，瓷胎般白剔的俊脸。墨熄那双漆黑的眼睛俯视着自己，里头好像有些说不清也道不明的情绪。

两人各揣心思，一时相顾无言，顾茫自知酒喝多了，今日格外多愁善感。看到墨熄就想到这个人如今也是孤苦伶仃一个了，他们倒都是理解战争的人，这样若是哪天他们中的一个不幸战死，能有一个一直把自己惦记在心里的人，还不会连累什么姑娘伤心落泪，好像也挺划算的……

顾茫暗自笑了笑，心口酸酸的，却也暖暖的，借着酒意，他似乎都看不见他和墨少爷之间的鸿沟了。

“师兄，我……”墨熄似乎在外头鼓足了勇气要和他说些什么，但是只说了几个字，顾茫就忽然抬手，一把将他拽了下来。

墨熄猝不及防被他这样一扯，高大沉重的身子倒下去，结结实实地栽在了行军床上。他立刻把自己撑起来：“你……”

顾茫他捂了一下墨熄的手，笑道：“冻这么冰，在外头站了多久？”

墨熄靠在顾茫身边，喃喃地说：“顾茫……其实你在我心里，就和我的，我的……”

他找不到一个最妥帖的词来形容，生死与共的战友？不不，比那更温柔。不离不弃的家人？可他们不是啊，顾茫比家人待他更好，他的母亲甚至背弃了他。八拜之交的兄弟？那一道尊卑的界线在这里矗立，若是教人发现，身为奴隶的顾茫会惹上什么无妄之灾？

可是苦痛的寂冷太甚了，唯独身边的人能解，他太想有个承诺，有个可以不分彼此的人。

墨熄的眼眶湿润了：“顾茫……你是不一样的。”

顾茫一怔，墨熄这句话没头没尾，换作是谁恐怕都听不懂。但顾茫却是一瞬间便明白了。

顾茫脸上那种玩世不恭的笑容僵住了，他眨了眨眼睛，目光却有些氤氲。可他毕竟在这世间渴望一个至亲之人，已经很久很久了。

墨熄沙哑道："我虽出身墨府，但终归……也没有人认我了。在我最前途未卜的时候，只有你愿意和我在一起。我不介意你是什么身份，你呢？你会因为我的身份，觉得我们是有区别的，无法真正地相信我，你会最终离开我吗……"

"你会吗……"

顾茫猛地睁开眼睛，湛蓝的眸子在黑夜里湿润光泽。

营帐内很安静，他胸口剧烈起伏着，背后被热汗浸透。他听到自己怦怦的心跳声，于寂夜里隆盛地回响。

他咽了咽自己的喉咙——方才他梦到了什么？

最后的画面是墨熄那双漆黑却湿润的眼睛，悲伤却执着地望着他，那种对温暖的渴望，和平日里男人清冷的姿态天差地别。

顾茫下意识地翻了个身。

他看到墨熄就坐在他床边的椅子上，侧着脸睡着了，那张面容与梦里的青年已有了清晰可见的相差。

不再那么青稚。不再那么莽撞。甚至是，不再那么真挚。

岁月并没有带走他五官的俊美清丽，但是把那些少年轻狂、天真率直都剥去了。顾茫看着他，想起他初见自己时就说过的"我们曾经认识"。

顾茫之前并没有把这句话当回事儿，可此时他却陡地心生一阵茫然——他们曾经是真的认识，对吗？

好像很亲近，会搂在一起笑，会在一张床上打滚。那时候的墨熄就和饭兜一样，一点儿也不嫌弃他脏，这些都是真实的吗……

他渴望知道，但是梦醒了，他再也想不起来。

顾茫透润的蓝眼睛眨了眨，他实在无法咀嚼这些太过纤细的东西，最后他伸出手，从床上凑过去。他犹豫了一下，还是好奇这个人在梦里的样子，真的不是这样的……又或许梦是假的？

还未费力地思考完，就见得残烛之下，墨熄睫毛轻颤，眼帘微微睁开一线。

墨熄大概也是将睡未醒，眼里一时还没有焦距，他蒙眬地看了顾茫一会儿，于是便更觉得自己还在做梦。他几乎是悲伤地轻轻叹了一声。

"师兄……我又梦到你了……也只有在梦里，你才不会气我，才会这样乖乖地陪着我……"

墨熄低了头，似乎有些哽咽了。

顾茫呆呆地看着他，从他们相见开始，这个人还从未有过这样卸甲柔软的时候。看他这样，不知为何顾茫心里陡然泛起一阵酸楚。

怎么会这么疼呢？明明这个人，昨天才打过他，赶他走，说他脏，可是就是觉得哪里不对。

顾茫踟蹰一会儿，轻声说："我梦到你了。"

墨熄一怔，慢慢抬起眼来。灯烛与长夜带给他们的朦胧感在消退，墨熄怔忡的黑眸里逐渐有了焦点，逐渐变得清晰。

顾茫几乎是眼睁睁地，就这样看着他眼里的迷茫退了，裸露出来的是大片的愕然与刺痛。

猛地松开了顾茫的手，墨熄清醒了。

他霍地站了起来，盯着顾茫看了一会儿，脸色陡变，但他没有立刻说话，他扶着额头闭了闭眼睛，缓了好一会儿，才咬牙道："对不起，你别当真。我刚刚脑子不清醒，我……"

顾茫打断了他："我梦到你了。"

墨熄大概以为他说的是什么乱七八糟的梦，因此也没有在意，看他坚持要讲这件事，于是问："你梦到了我什么？"

顾茫坐起来，他跪坐在床上，看着床前比自己高了好多的男人。

"梦到你是热的，你也会笑。"

"……"

"梦到你不像现在这么难过。"

"……"

"你管我叫，师哥。"

墨熄的瞳眸猝地一下收紧了，他的手指尖都在颤抖。

墨熄的嗓音颤抖得厉害："你说……什么？"

"你还年轻。我也年轻。在一起，在帐篷里。"顾茫想了想，轻声道，"你弱冠了，我陪你。"

墨熄的脸色白得可怕。

顾茫轻轻低诉了那个他记起来的句子："陪你年少轻狂，陪你弱冠成礼。"

蓦地犹如雷电加身，筋骨战栗。血流像一下都涌向了头脑，浪潮激得眼前阵阵发黑，四肢却是冰寒。墨熄眼睛亮得可怕，神情又暗得可怕——他像是要被过于湍急的水流拆成碎片。

是顾茫想起来了吗？这就是顾茫第一缕回来的记忆吗？

"我陪着你。"

墨熄往后退了一步，明明最该有的情绪是错愕，或者应当是松一口气。可是他没有想到自己会猝不及防听到当年的这一句。

他本以为自己一辈子都听不到了……他本以为一辈子都再也听不到了啊！

顾茫怎么就说了呢？曾经的话语像是重锤擂下，撞得他几乎是下意识地就弯下了腰，这个不可摧折的男人，竟被这轻描淡写的一句话击溃到无法再站立。他坐回椅子里，把脸在掌心中深埋，一句话都说不出来。

他之前扇顾茫一掌，而顾茫只一语，就足以让他摧心。

顾茫望着他，原本顾茫是想问，那真的是梦吗？还是我终于回忆起了一点过去？可是看到墨熄现在的样子，他再不谙人情，他也明白了——是真的。

他们真的有过那样一段岁月，只是已被抛弃在了他们都还年少无畏的曾经。

那一晚，墨熄是逃离般仓皇离帐而去的。

而接下来的两天，墨熄都好像在刻意避开他。

以前是满脸嫌弃，现在却好像是不知道该怎么冷静地面对他。顾茫几次嗫嚅着想问，但墨熄不与他单独相处，总是看到他，就远远地走开了。

墨熄是真的不知道该怎么面对顾茫——他不清楚顾茫具体想起了多少，他想问，但他又不敢问。

再者说，问了有什么意义？他们之间已经支离至此，再也无从修补。何必要拾掇那些温存的残片，徒增自己的伤心。他头上还戴着英烈世子的帛带呢，他又怎能忘记顾茫与重华的血仇。

就这样一路无言，到了第三日，他们终于抵达了唤魂之渊。

那是一道地裂之渊，看不见它的起始，也瞧不见它的终末。深渊底下有湍急的洪流，自东向西浩浩奔流。大军抵达的时候正值黎明，一轮旭日刺破暗夜，自地平线庄严升起，耀眼但不刺目的金光洒向九州大地。

君上一骑飘雪金翅骏马，双镫悬金，长衫如雪，自王师中打马而出。在他之后，所有的贵胄随扈也陆续下马。初阳映照着他们的袍袖金边，端的是天潢贵胄，气势轩昂。

司礼官唱道："捧祭莲——"

每家贵族的随侍都呈上了一朵燃着鲸油的长明花灯，递到了自家主上手中。这一盏盏花灯代表了每一家牺牲的英烈，由一家之主双手捧着，随君上来到唤魂渊边。

慕容怜、岳钧天、墨熄……这些重华贵族当家一一上前，宝蓝蝙蝠纹袍，雪白斧齿纹袍，纯黑腾蛇纹袍……

每一位当家的祭祀袍都极尽奢靡庄严，背后绣着的暗纹图腾只一种就足够威严震慑，更何况此时这些掌握着至高权力的家族主人罗列一排，各自宽袍广袖都在风里猎猎而动。袖缘的金边潋着华美光芒，不怒自威。

司礼官道："跪——"

随行如潮水般在他们身后跪下，形成底色各异的金光浪潮。

"落灯——"

墨熄他们将花灯在深渊边搁下，灯上有轻羽咒，燃烧的灯火下落得很慢，缓然沉入渊水之中。

天光透破，天地辉煌。

当家主们也依次单膝跪下，大傩的祭祀之音在这空寂浩渺的天地间悠悠回荡着：“昔有儿郎抱剑去，碧血沉沙骨难还。此骸去岁仍玉貌，此躯昨夜曾笑谈。君遗丹心我相照，君余浩气我将传。英魂重返故里日，人间无处不青山。”

那祭歌之声悠悠回荡，唤魂渊内有无数晶莹的光点飘飞而起，那是传闻里亡人溢散在人间的残识。在故人的祭拜中，向万丈金光里飞去。

顾茫看着这样的景象，听着那绵延不断的颂章，他看那有名有姓的花灯沉落，岳家的魂，墨家的魂，慕容家的魂……他们都有人记得，在招魂曲中被反复记起，被铭刻于心。

可是他心中堵着的，好像却是另外一些寒碜的名字。他想不起来了，但此刻它们像潮水一样冲刷着他的心——那些名字，大都不好听，很简单，有的甚至只是一个姓，添上一个数字，从名字里就透出的一股卑贱。

它们那么多，哀戚地在他耳中盘桓。像是死去的无名的小卒，从深渊底下唤着他，斥责他，埋怨他——

顾帅，顾帅，

你说过的，我们叫你一声顾帅，你会把我们从地狱带出来；

你会带我们回家……会给我们一个名字……

可你说谎。

连你自己都不记得我们叫什么了，连你都不记得我们是谁……断肢已腐，碧血已干……什么都没有留下。

有没有一盏属于无名英烈的魂灯？指引我们再回曾经守护过的旧土，看一看故人何在，山川表里。

顾帅……顾帅……我叫……我的名字是……耳中嗡嗡作响，眼眶几欲发红。顾茫喘不过气来，他恍惚间看到无数死人从深渊里爬出，那些模糊的脸朝着他翻涌。

“顾茫？”最后的印象，是身边的卫队长低低地惊了一声。

他想应声，可是喉头堵得发不出声音，全是那些想不起来的名字梗着噎着，在向他索命。

恍惚间他确确实实听到了一声振聋发聩的怒吼，是自己的声音，从某一年的战火浓烟中裂空而来——

“走啊！！没死的都给我爬起来！！！”

“你们叫我一声顾帅，死了的，老子给你们立碑；活着的，老子带你们回家！！！”

“走啊！！！”

那声音鲜血淋漓，扎在他的心底，他愧疚，他疼痛。他有诺言不能实现的悲怆与不甘。

顾茫抬手痛苦地扶着额角，耳中嗡嗡作响，继而头疼欲裂地栽下去，倒在了尘埃里。

这一次倒下，顾茫足足昏沉了五六日才醒。这五六日间，他模糊感觉到自己一会儿躺在马车里，天光透过淡青色的幪子洒进来，墨熄神情疲倦地守在他身边。

一会儿又回忆起些七零八落的碎片，一些与墨熄这个人有关，一些则是军队里模模糊糊的脸。笑着闹着，杯盏碰在一起，酒花四溅。

他脑中时不时窜出一声“顾帅”，时不时又响起墨熄轻轻的叹息，在唤他“师兄”。

而在他的沉梦里，那首大傩吟唱的招魂祭曲像是絮草般飘浮不散——昔有儿郎抱剑去，碧血沉沙骨难还。此骸去岁仍玉貌，此躯昨夜曾笑谈……

是啊，那些无定河边骨，仿佛昨日还环簇在他周围，看他指点江山，听他说为奴之人也可有抱负，也能有未来。

那一张张崇敬的、热烈的、信赖的脸……他怎么就记不清了呢。那一个个他抱着名册努力刻在心里的名字，那些放到人海中谁也不会注意的名字，他怎么就想不起来了呢。

他什么都忘了。可是愧疚却挥之不去，几乎要熬干他的心。

君遗丹心我相照，君余浩气我将传，英魂重返故里日……他不敢再往下听。

英魂重返故里日……可他的人回不来啊，他的兄弟们回不来，他们是一只只没有名字的孤魂野鬼，断头流血，也找不到回家的路。

他胸口痛得厉害，痛得几乎喘不过气来，那些他曾用力记住的袍泽兄弟挤在他心腔里，他的心快要被撕裂了，快要被他们逼疯了。像个在亡魂堆里快要溺毙的人，他蜷缩着，哽咽着。

你们不要恨我……我尽力了……我真的，真的已经尽力了……求求你们。

求求你们原谅我……求求你们来生不要从戎，但愿生在王孙家，斗鸡走马过一生；求求你们来世不要在我这样的将军手下做事……我窝囊，太天真，是我害的你们枉死，是我不够强大，让你们丧命……求求你们……

他对着梦里那些攒动的影子恸哭着，在那些影子里，他忽然看到一个人的身影——高大的、张扬的，桀骜不驯永远灿烂的，回头笑看着他。

顾茫心中陡地一烫，一个被遗忘了的名字忽地浮出喉头，他跪在天地梦境里，他冲那个死去的兄弟失声喊道：

“展星！”

陆展星笑着，没有说话，只朝他眨了一下眼睛，转身消失在湍急的人潮里。顾茫想要追上他，想要拉住他，想要和他说很多很多的话。

可是就像每一个亡魂一样，陆展星最终也不见了。大片沉郁的黑暗浇淋而落，在这铺天盖地的长夜里，重华的招魂歌轻轻低唱着，悼那些再也回不来的魂。

昔有儿郎抱剑去，碧血沉沙骨难还。此骸去岁仍玉貌，此躯昨夜曾笑谈……

顾茫在自己的梦境里跪跌在地，蜷成一团，喉咙里是嘶哑不清的呼唤。他在唤他的朋友，他的军队，他年轻时孤注一掷的执着与热烈。

恍惚间有谁握住了他的手，摸着他的头发，轻声叹息着安慰他，在他耳边低声说："别哭了，顾茫，别哭了。"

他不知道那个人是谁，只觉得那只手是那么温暖，那么有力。握着他，像要带他从灵魂的死海泅渡上岸。

顾茫哽咽了，他握着那只手，隐约觉得肌肤透着的清淡气息是那么熟悉，是他足够信赖的。所以他死死握着那只手，死死扣着那五指，他哭喊道："回不来了，他们都回不来了。"

因为他的出身，他的人，他的兵，到头来也等不到一句——英魂重返故里日，人间无处不青山。

都回不来了。

"为什么就留我一个人啊……"顾茫失声痛哭道，抓着那只手就像抓着救命的浮草，泣不成声，"为什么要逼我到这一步啊……为什么……为什么……"

恍惚间，那人也紧紧握着他的手。那么紧，那么用力地捏着他的手。好像在用这种力量，诉说着他无法再倾诉的低语。

还有我，你还有我……我陪着你。

就这样一直昏昏沉沉，直到第五日，顾茫才从漉湿的梦里挣扎着苏醒。

他睫毛簌簌，缓然睁开眼睛——他们已经从唤魂渊回来了，尾祭已经结束。他躺在一张铺着厚厚狐皮毡毯的大床上，隔着一层轻薄的墨色云纹纱幔，可以看到外头茂盛的天光，屋内燃着炭火。

是羲和府，他已经回到羲和府来了。

顾茫起身，抬手撩开帘子，坐在大床上发了会儿呆。他出了一身汗，梦里觳觫而悲伤的感觉还未散去，他眼神发直地望着燃烧的炭火，喃喃着那个回想起来的名字——展星，陆展星。

他想起了那是他的兄弟，可除此之外却想不起更多的东西，譬如他们是怎么认识的，譬如陆展星最后是怎么离开的。他的脑子就像沥干了水分的棉纱，再也挤不出一星半点的东西。还有梦里的那些人影——他的军队，他以前是有支军队的，是吗？

顾茫抱住自己坏掉的脑袋，坐在床沿第一次感到那么迷茫又那么烦闷。

正发着呆，厢房的门忽然"吱呀"一声被推开了。李微端着药和点心走进来，一看他抱头呆坐着，讶然道："哎哟，你醒了啊。"

顾茫低低地"嗯"了一声。

"醒了就把药喝了呗。"李微端着木盘到他旁边，"喏，两碗，一碗退烧的，一碗宁心的。"

顾茫恹恹地瞥了眼那两碗浓稠的药汁，却被药碗旁的一只青瓷小碟吸引了注意。那只瓷碟里摆着两块色泽粉透的花糕，玫瑰糯米粉和出来的皮子晶莹柔软，包裹着里头若隐若现的豆沙馅料。

李微见他盯着那两块花糕看，笑道："这是主上吩咐了给你准备的。这几天你身体太虚了，一喝药就恶心地直吐。拿花糕去去苦，你倒是还能喝下去。"

"主上？"顾茫怔了一下，"墨熄？"

李微笑容敛去，瞪他："没大没小，主上的名字也是你能叫的？"又说道，"来，吃药。"

顾茫没有什么力气和他讨价还价，何况他余梦未消散，心里正是七上八下，于是也就乖乖地拿了药汁，一碗奇苦，一碗奇辣，捏着鼻子咕噜咕噜全喝了下去，喝完咂了一下嘴，拿起一枚花糕塞到口中。

大概是为了让他昏沉中也好吞咽，花糕做的柔软异常，像雪一样，到了口腔里，不需几下咀嚼，很轻易地也就化了。

顾茫吃了一个，舔了舔嘴唇，抬头问道："他呢？"

李微一怔："谁？"

"他不在吗？"

李微这才反应过来，原来顾茫是在问墨熄的行踪，不禁又是好气又是好笑，教训道："什么他不他的，叫主上，或者叫羲和君，教了你多少遍的规矩了。"顿了顿，好奇道，"你问主上在不在干吗？你有事找他？"

顾茫点了点头，说："花糕，我分他一半。"

李微失笑："主上才不要吃这种东西。你为啥要分他一半啊？"

"我……"顾茫想了想，自从回忆起弱冠礼之事后，他想起墨熄，心里就总有些莫名的情绪在轻舞摇曳。顾茫道，"我住他的地方，该给他的。"

李微摸着下巴颇有兴趣地念叨："稀奇，难道这是狼群的意识在作祟？次狼在讨好头狼？"

叨咕还没完，就听得背后一个冷沉的声音："什么头狼？"

李微一转头，一身黑色戎装的墨熄推门走了进来。

李微立刻心虚道："啊哈，啊哈哈哈，没啥。主上朝会回来了？今天那么早啊。"

"快除夕了，还算清闲。"墨熄看了一眼坐在床沿的顾茫，头也不转地对李微道，"你出去吧，我单独跟他说会儿话。"

雕花木门一开一合，李微出去了。

墨熄走到顾茫床边，拉了一把椅子过来，坐下。

顾茫犹豫地开口道："你……"

话没有说完，墨熄抬手摸了摸他的额头。

"不烧了。"他把手放下来，神情是和之前保持一致的清冷寡淡，"说说吧，你这几天，又都想起了什么？"

顾茫不确定道："我没有……"

"你最好不要在我面前撒谎。"墨熄道，这时候顾茫才注意到墨熄眼睛底下有一些青黑，明显是熬夜太久所致的，"这几天我差不多一直在你身边。你的梦话，我或多或少听到了一点。"墨熄说完，清冷白皙的脸面无表情地侧偏着，等着顾茫的回答。

顾茫想了想，道："我不知道，是一些很碎的东西。"

墨熄没吭声。他好像在尽力克制什么，压抑什么，可这种克制与压抑到了一个临界点，忽然就压不住了。他蓦地一下抬起眼，锐利的目光直刺顾茫心肺，好像要把这人连骨带肉剥开展现在自己眼前。他就这样以捕猎者的姿态盯着顾茫看了一会儿，忽然咬牙道：

"我听到你叫他的名字了。"

顾茫："……"

墨熄接下来这句话几乎是从臼齿里碾出来的，带着一种说不出的不甘与恨意，道："你到底还是忘不掉他，你忘不掉陆展星，对吗？"

他的声音不大，但是满是阴云催压的味道。

"陆展星……"顾茫喃喃地，"展星……"

这叫法倏地点燃了墨熄心口的火，他剑眉竖起，咬牙低声道："顾茫，果然在你心里，他就是比我重要得多。"

顾茫摸索着自己可怜的记忆，说道："他是我的，兄弟。"

墨熄陡地被刺痛了，"是，他是你的兄弟。"

他说这句话的时候声音压得很低沉，如同在忍着恶心，努力去承认令他作呕的真相。他缓缓地呼吸着，抬手扶着自己的眉骨，一边揉着，一边低声道："你说的一点儿也没错，陆展星那个草包废物、那个意气用事的蠢猪，他就是你兄弟。"

顾茫意识深处觉得不舒服，皱眉道："你不可以骂他，他不是蠢猪，也不是废物。"

墨熄没吭声，按揉着眉骨的动作停下来，但他的手仍然撑在额前，教人看不太清他脸上的表情，半晌才道："脑子都坏了，还不忘护着他呢。"

不知为什么，他明明没有大声说话，明明没有任何扭曲愤怒的神情，但顾茫听着他的声音，竟是觉得不寒而栗。

"顾帅，你可真是，讲情重义，袍泽情深。"

墨熄松开了手，抬起眼。他的眸子幽暗深邃，闪着光，他不出声地盯着顾茫良久，脸上是一种阴晴难测、琢磨不定的神色。他忽然道："你跟我说说吧，关于你的那位好兄弟，你都想起了一些什么？"

墨熄的眼神太沉重了，顾茫在他的逼视下低了头，看着自己的膝盖，想了想，说道："我先是看到了很多人，他们都在怪我。怪我没有做到我答应过的事情，说我忘了他们的名字。"顾茫怔忡地，“然后，我就看到了展星。”

墨熄的心抽紧了，只是面上仍不动：“他对你做了什么？”

“他……他在对我笑，他回头对我笑，然后……然后他就转身走了。我想去追他，但我追不上，他消失在那些人影里。”顾茫说，“我就想起来，我从前有这样的一个，兄弟。”

墨熄没作声。

顾茫抬头犹豫地问他：“我以前，是不是和你一样，也有一支军队？”

“是。”

“那展星，是不是也是军队里的……”

墨熄面无表情道：“是，他是你的副帅。”

顾茫眼中闪动着些渴望：“那他人呢？他是不是也在重华？”

墨熄把脸转过去看着轩窗，窗外有鹊鸟啁啾，天光透过缠枝纹窗棂斑驳散落，碎了一地。他说道：“你再也见不到他了，也不用去想他。”

顾茫怔了一下：“为什么？”

墨熄神情冷淡而刻薄，轻描淡写地说了三个字：“他死了。”

片刻静默，顾茫茫然地：“什么？”

“死了。头身分尸，东市处刑，尸首挂了三日。”

不知是怎样的仇恨让一向清正的男人如此恶毒，汩汩的毒汁从心底漫上来，淬在唇齿之间。墨熄不去看顾茫的脸，他依旧望着窗户和窗户下散落的光斑。他说：“真抱歉，世上早没这个人了。你想也是白想，平白浪费你自己的感情和脑子。”

顾茫睁大眼睛。他如今已会了很多的词句，所以他听懂了墨熄全部的话。可是这一刻他忽然希望自己还是落梅别苑里那个只能明白最简单句子的人，他一点都不想懂得墨熄的意思。

顾茫嘴唇动了动，想说话，心口却是割裂地疼。他并没有太多的惊愕，好像潜意识中就知道陆展星已经死了。好像很多很多年以前，他已经经历过这样的离别与痛楚，但没有料到这块血肉纠结的旧伤疤会被墨熄重新挖出来而后毫不留情地撕裂刺穿，他蓦地低下头，眼前有些模糊了。

墨熄倏地回过脸来，咬牙道：“你哭什么？”

“我……不知道……”

“都过去这么久了你还要再为他难过？”墨熄的胸腔里血流翻涌，他仍压制着自己，但眼眶已泛起了血丝，“顾茫，你疯了吧。”

顾茫只抱着头，喃喃道：“你不懂的，你不懂的……”

“我不懂什么？！”顾茫这种本能的袒护让墨熄心口一顿，蓦地震怒了，他哗地扫落了床几上的碗盏，碎瓷乒乒乓乓砸了满地。

墨熄倏地起身，提着顾茫的发髻，强迫他抬头一动也不能动地看着自己。

“你知道陆展星是什么东西吗？”他几乎是咬牙切齿地，“你知道他是什么样的一个废物吗？！”

“……”

“是，他是你的兄弟。”墨熄的目光几乎要这样探下去，将顾茫的心肝肠肺尽数掏出，揉碎在自己掌心里，不让他再为旁人难过。

他那么恨，那么无所适从。以至于他的手都有些抖了，墨熄怒道：“可也就是你的这个好兄弟，是他当年在沙场上一时冲动斩了来使，是他酿成大祸点燃了其余中立两国的愤恨，是他把祸水东引让重华当年腹背受敌多少人无辜受累身死！！”

“这些你都想不起来了是吧？好！我来提醒你！我告诉你！！”

“你的！我的！我们的袍泽因为他的意气用事陷入重围！重华百万臣民为了他的愤怒家破人亡流离失所！！你的兄弟！！都是你惯的！你护啊！”

墨熄积压了那么多年的怒火一夕尽燃，那怒焰几乎要将顾茫烧穿。

“什么兄弟……为了一时痛快，不顾你的命令斩杀了谈判的使臣，这是兄弟？！！把你往火坑里推让你内外交困，这是兄弟？！！你一辈子的夙愿就是想要奴隶也能出头也能建功立业，你努力了那么久，风里来雨里去，生死徘徊，他一个冲动就把你的努力全部葬送，这是什么兄弟？！”

墨熄说着，手上青筋暴突，脸庞也激着血气，脖颈的血管突突直跳着。

他看着顾茫的眼睛，他死死地盯住他，把奔流的仇恨与不甘都倾泻于他——墨熄怒喝道：“顾茫，你给我记清楚了，没有他这个孽畜当年什么事都不会发生！士族不会抓到把柄鼓动唇舌，君上不会有机会削你的权！那么多无辜的修士……百姓……都不会死！！你也不会……你也不会……”

他喘息着，陡地说不下去了。

他慢慢地松开捏着顾茫的手，眼中既是滔天恨火，又是无尽汪泽。他转开脸，迅速抹了眼前的湿润。喉咙里的苦，把剩下的句子都堵住了。

这些年，熬得太苦，忍得太苦了……真的太苦了。

如果没有陆展星，你也不会被逼得走投无路，不会投敌燎国，献躯魔道。我们也不会……不会走到今天这一步。

“都这样了……你还忘不掉他，你还当他是兄弟。”墨熄脸上一层薄薄的嘲讽，把那些悲伤都覆压下去。他低喃道，“你还不让我骂他。”

“行，我知道了。”墨熄垂落睫帘，轻轻嗤笑着，“过去，现在，以后，无论什么时候，无论他做的错还是对，无论他活着还是死了，我都……我都……”

嘴唇颤抖着，蓦地抿起，就此失语。他那么高傲，已经挖心挖肺付出了所有，还是惨淡地成了顾茫人生里的一枚弃子。墨熄竭力压下自己战栗的情绪，生怕再说下去自己会愈发地失控。他喉结滚动，半晌，低缓沙哑地吐出一句话来，近乎是叹息地："顾茫。他是你的兄弟，那我呢……"

那我呢？我在你心里算什么？你曾经，为了你的兄弟抛下我，为了你的理想舍弃我。

为了你的袍泽你把我推到地狱深处去。七年了，我在这生死不能的地狱里徘徊了七年了！你为他们孤注一掷的时候有没有想过我？你为了他们怒而离去的时候，有没有顾虑过我该怎么办啊？！就因为我在乎你，所以你不惜一次次伤害我，一次次把我放在该考虑的最末位，是吗？

顾茫看着墨熄尽力支撑着，却几乎已经神情破碎的脸庞，内心说不出是什么感受，只觉得好难过。

听到陆展星死，他很难过。听到梦里那些将士唤他顾帅，他很难过。可是看着墨熄现在的样子，他心里又有一种截然不同的痛楚。这种痛楚让他不受控制地抬起手来，犹豫着："不是的，你是我的……"

墨熄侧过脸来，似在等着顾茫把这一句话说全，可是良久的四目相对后，顾茫的喉头仍是阻哽着的，什么也没有说。

墨熄便在这样的沉默与等待里，慢慢地，眼圈湿红了。他推开顾茫的手，说："你不用再苦思冥想了。我替你说。我对你而言什么也不是，我们从前也什么都没有，只是我人傻年少。"一字一字吐出来，他双目赤红地盯着顾茫的脸，语气和神情都是那么狠戾，可一句一句扎着的，却都是自己的心。

"陆展星是你的兄弟，我不是。"

"建功立业是你的梦想，我不是。"

"袍泽万千是你的心头血，是你的执念，是你永远不能抛弃你放不下的过去，我不是。"

顾茫微微摇头，他望着这个极度强大却又极度孤独的男人，心里的那种痛楚越来越深刻，越来越鲜明。

"你说的，不对……不是这样的……"

墨熄眸光颤动地盯着他的脸："那还能是什么？"他把手按在胸膛左边，靠近心脏脉动的位置，"你知道吗。我这里，有一道疤，是你给我留下的。"

顾茫微微睁大眼睛。

墨熄几乎是自虐地轻笑着："顾茫，我一直很想问问你，如果当年拦在你面前的不是我，而是陆展星，那这一刀，你还刺得下去吗。"

"我……伤过你？"

墨熄侧过脸，轻声道："你差点，就要了我的命。"

就因为我当年，是那么不畏生死地相信你。

他怎么会想杀他呢……明明在他的记忆里，他看到他们是那么亲近无间。虽然许多事情他都记不全了，可是那种温热的情感他都能回忆起，怎么就会是假的？

“很茫然，对不对？其实我也想不明白。七年前你推我入地狱，我想了整整七年，到今天我依然想不明白你为什么能那么心狠。”

他的嗓音那么低，咬牙切齿的恨意却是那么高，“我不懂你啊，顾茫，你是觉得我会一次次毫无底线地原谅你，所以才践踏我。还是因为——”

他顿了顿，喉头滚动：“其实你心里，根本就没当我是兄弟。”所以可以把我的心当作烂泥一样踩在脚底，无所谓我腹背受敌，抉择两难，恩义不能全。

顾茫被这些鲜血淋漓的质问逼得无路可退，他觉得自己可怜的脑子快要转不过来了。他只有一瓢的回忆，可墨熄却要从他这里舀出一海的情衷。

“我不知道……”他喃喃地说，“我真的……真的不知道……”

“你知道的，这个答案就埋在你心里。”墨熄低声说，“我留着你，等你想起来的那一天。我会让你跪在我面前，给我一个答复，一个道歉。”

他说完这句话，秀长冷白的手一松，将紧攥着的顾茫的发髻松开，而后满是胁迫地拍了拍顾茫的背。

“我的耐心其实没比慕容怜多到哪里去。”

“……”

“所以。”他慢慢拉开和顾茫的距离，长夜无极的眼眸盯着顾茫的脸，手指尖在顾茫额侧点了点，低声道：“师哥，别让我等你太久。”

第16章

这天之后，顾茫对墨熄有了新的认识。

尽管墨熄无时无刻不透着一种冷淡且强大的气场，且在大事面前处变不惊。但随着他们之间的接触变多，顾茫回忆起来的往事变多，他便隐隐觉得不是这样的。

墨熄一直在压抑着很多情绪，这些情绪都被他掌控下来，却排遣不去。以至于墨熄的脾气总是很焦躁，一个人站在廊庑下看雪出神的时候，眼神也复杂得令人心惊。

更别提他对自己说话时那种时不时变化的语气，前后打脸的矛盾，简直就像一个病入膏肓的疯子，快要被自己的内心折磨死了，却还戴着一张冷冰冰的假面。

顾茫总有一种感觉，他觉得在这张面具之后藏着的脸，其实很脆弱。因为这种直觉，他甚至没有办法去记恨墨熄之前打他嫌他，他骨子里好像有一种无法磨灭的习惯，这种习惯让他能够轻易捕捉到墨熄眉眼之间细微的痛楚，这种习惯让他本能地想要保护他。

真的奇怪，墨熄分明是一个强大到令人无法想象他失败的男人。比他高，比他强健，比他尊贵，也比他聪明。

自己这是怎样的妄自尊大，才会升起这样自不量力的保护欲呢？因为这些复杂的念头，恢复了一星半点记忆的顾茫，似乎比之前没心没肺的顾茫难受多了。

他经常坐在码好的柴堆上盯着自己的手掌心发呆。每一天每一夜都在回想自己重拾的那一点往事，回想墨熄跟他说过的话，反反复复地想，来来回回地念。

墨熄警告他不许把以前的事情告诉任何人，他也就没有说。他希望靠自己梳理出一些过往，可他拥有的记忆太少了，他无法把往事串起，到了最后他就只能抱着头，茫然地在院子里待上好久。

他也试图问过李微，陆展星是个怎么样的人，他以前是个怎么样的人，墨熄和他又究竟是什么关系——李微一概讳莫如深，只说：“不该问的，你就别问了。有时候知道多了，反而不是什么好事。你看你之前呆呆傻傻的多好。”

如此雾里看花水中望月，就在这样的懵懂中，岁末除夕到了。

这一天，羲和府张灯结彩。用人们在忙着换桃符，挂灯笼，炊房里袅袅白烟从早到晚就没有停过。顾茫也跟着忙里忙外，跟着他们剁馅儿包饺子，起锅炸春卷，热热闹闹大半天，忙得不亦乐乎。

纠结于自己回忆的顾茫在这片人间烟火里，难得又露出了最初的天真。他蹲在火塘边往里面塞稻梗，然后摇着小扇子往里头呼哧扇风。

稻草在炉膛内燃起的样子让他眼睛发亮，为了多看几次，他往里头添了好多遍柴火。

厨娘一转身，大惊失色地喊道："七九零！你在干什么？！"

七九零是顾茫脖子上挂着的奴籍编号，这些下人不习惯叫昔日顾帅的名字，所以都管他叫七九零。

顾茫从炉膛边探出个脑袋，脸上熏着草木灰，花猫似的打了个喷嚏。

因为他乱添柴，厨娘的这锅春卷算是炸废了，膀大腰圆的女人怒气冲冲地拉着他去找李微："李管家，你能不能给他换个地方！他要是再留灶台旁，咱们今晚的年夜饭就只能吃几大盘子的焦炭啦！"

这女人生气起来像炸毛的老虎，李管家立刻㞞了，好言安慰了她半天，领着满脸灰的顾茫去了后院，塞给他一只扫帚，说道："你就在这里扫扫地吧。"

扫地本来是最周全的活儿，但是顾茫这回也没倒腾好。

按照重华惯例，除夕夜家家户户地上都要丢些花生桂圆之类的干果，讨个富贵吉祥的彩头。李微忙昏了头，忘了跟顾茫叮嘱，于是等他回来一看，顾茫把他们撒在花园里的吉祥彩头全都扫了。扫了就算了，还全倒了。

李微脸色发青，心道，不，不祥之兆啊。生怕顾茫再因不懂规矩，触了什么霉头，于是干脆塞了他一本《三字经》，这还是之前为了教顾茫认字，他特意上街买的。

李微把他拉到书房，让他乖乖在书桌边坐下："算我求你了大爷，你哪儿都别去了，啥也别干了，你就在这里看书，等着吃饭就好。"

顾茫倒是很讲规矩："我要做事的。"

李微没辙，给他弄了一叠纸来："抄书，抄书总可以了吧？也算是做事了，抄完一百张，然后过来吃饭。"

顾茫点头道："好。"

安顿好了这个游走的捣乱鬼，李微松了口气，哼哼唧唧地出去继续忙活了。

今晚的菜肴丰盛，而且全都归他们这些仆人享用，羲和君晚上是要去宫中赴年宴的，不与他们一起。山中无老虎猴子称大王，李微自然是十分快活。正神清气爽哼着小调，拐角处却撞见了那个黑袍及地的男人。

李微像被掐着脖子的鸭似的，嘎的一声把小调生生碾灭在喉咙口，赶忙换上热气腾腾的谄笑："主上，您准备出门啦？"

"时辰也差不多了，该去宫内了。"墨熄脚步没停，一边走，一边整顿着自己的袖口褶皱，"备车。"

"哎，好嘞。"李微应了，正准备走，却被墨熄叫住了。

"等等。"

"主上还有何吩咐？"

"你把顾茫叫过来，让他跟我一起去。"

李微一听，先是微怔，继而大喜过望。

微怔是因为虽然每家贵族都会带上一两个亲卫，但他没想到墨熄居然愿意把顾茫带过去。大喜则是因为顾茫吃得很多，留在府上会跟他们抢粮，带走了正好省去一张嘴。

不过如此自私的想法是一回事，李管家毕竟还是个称职的管家，他不忘尽忠职守地问道："主上，这大过年的，你带这么一个……叛徒过去，别家会不会看了不高兴啊？"

墨熄眉宇间隐有黑气："君上昨日点了名要把他带过去，看看他如今被训得怎么样了。不然你以为我愿意？"

"哦，哦，原来如此。"

墨熄蹙眉道："他人呢？你让他捯饬好了来大厅见我，随我一道进宫。"

李微忙不迭地应道："是！"

于是顾茫书还没抄几句，就被李微拽过去梳头换衣然后塞进了羲和君的马车内，李管家这一套动作行云流水手脚麻利干得极快。

太开心啦！把主上和饭桶都送走啦！

李微内心砰砰放着灿烂的烟花，脸上却不无恭敬，朝着绝尘而去的马车沉稳道："恭送主上。"

太好啦！！年夜饭大家可以撒欢撒野尽情地吃啦！！

重华的除夕晚宴没有那么多规矩，菜肴是早就在流水台上布好了的，贵胄们来得或早或晚，也都没有关系。

墨熄到的时候，大殿内还没有太多的人，但宫人已将金銮殿布置得极为华美堂皇，宫廷内上千盏福寿花灯照彻长夜，地上铺着厚重的红色绣牡丹长毯，灵力化成的彩蝶和雀鸟在空中翩跹，羽翼上散落点点华光。

墨熄来得虽然低调，但他宽肩窄腰大长腿，旁边还带着众人瞩目的叛徒顾茫，自是十分吸睛。大殿内来了的贵胄都依次过来与他招呼。

"羲和君，今日来得好早啊。"

"羲和君新春快乐啊。"

礼数虽然是向墨熄尽的，十双眼睛却有九双往顾茫身上瞄。

那些目光或是好奇，或是憎恨，或是嫌恶，看得顾茫有些不太自在。墨熄一一应酬着，岳辰晴也来了，回头看到他，连蹦带跳地蹿过来——他今日倒是好看，束了一个金冠，雪白的岳家袍服熨烫妥帖，倒也衬得少年人英姿勃发。

“墨帅！你来啦！新年快乐新年快乐！”

墨熄一看他这兴高采烈精神旺盛的样子，就知道他四舅肯定也来了，不然岳辰晴这个懒鬼不会开心地满场转。果不其然，目光越过岳辰晴，他就看到不远处慕容楚衣一袭银边白袍，束带银流，正站在流水台边提着一壶桂花酒打量。

感觉到了墨熄的目光，他微侧过头来，和墨熄点了点头，这就算是打过了招呼，然后又只管自己挑酒去了。

痴仙清冷不守规矩，果然名不虚传。正在心中这么想着，忽听得岳辰晴道：“对啦！梦泽姐姐也来啦！”

梦泽二字入耳，像是一根柔软的小刺扎了墨熄的心口。他先是怔了一下，而后道：“她回来了？”

“回来了呀，前几天就回来啦。”岳辰晴眨了眨眼睛，奇怪道，“咦？她没有和你说吗？”

“……”

那根柔软的刺往心里越扎越深。

梦泽公主对于墨熄而言，意味着一种极特殊的感情。他说不上那是什么，应当是愧疚混杂着感念，浓到极处，便成了一种比爱恋更细水长流的情谊。

这世上曾有两个人，只要他们一句话，墨熄便会献上自己的性命。

一个是他的顾师兄，还有一个便是慕容梦泽。

顾师兄是他最在意的人，但最后却辜负了他。而慕容梦泽是深爱他的人，却被他给辜负了。如今墨熄已再没有顾师兄了，他自以为的软肋便只剩了梦泽长公主一个。

梦泽从很早之前就一直喜欢墨熄，但那时候墨熄年少轻狂，不懂得姑娘的心意，拒绝得十分干脆，讲话硬邦邦的，一点情面也没有给人家留。好在梦泽是个知书达理的女性，骨子里很要强，被伤着了，没有一句抱怨，也没有多做纠缠。只退到一个打扰不到他的角落里，十年如一日地默默待他好。

墨熄的性子虽冷，但他并不是真的铁打的心。那么多年她对他的情意，他都看在眼里。

从前她身子骨好的时候，明明是个金枝玉叶，却一心要跟他一块儿上战场。她不肯说是放不下他，只说是自己想要历练，巾帼不让须眉。

她为他疗伤，替他上药。灯火朦胧里，总想温言说两句，那时候的墨熄却只给她一张疏冷的脸。她看进了心里，于是不再多话。

慕容梦泽太过隐忍克制，以至于当年甚至给了墨熄一种错觉，好像她已经不再喜欢他了，好像她的喜欢很浅，被拒绝几次，也就散了。

可直到那一年，他被顾茫重伤。他的心被顾茫捅了个血窟窿，灵核崩散，是慕容梦泽率着药修援军奔袭赶至。是那个，他本以为喜欢他喜欢得很浅的姑娘，死死抓住他的手，把他从生死边缘带了回来。

他曾以为慕容梦泽的喜欢很浅，其实不是的。他把一切都献给了顾茫，换不来顾茫的一个回头。而她什么都不要，便把自己的灵核之力尽数渡给了他，只希望他能活着。

当年为了救他，她受了很重的伤，为了让他的心脉不停，灵核不碎，她竟用了自己的毕生之力来换——从此，她再也没有了一具康健的身子，再也不能施强力的法术。

她曾经笑着说过，想要“以女儿之身，战遍九州，横扫天下”。

如此愿景，都再也不能成真了。

“这世上还有很多美好之事、可喜之人，你总会遇到。”当年墨熄醒转之后，得知梦泽以自己的灵核守护他的灵核时，他到她的病榻前，他那时候真的是崩溃的，被至亲之人背叛，辜负了暗慕自己的深情。

他真的不知道该怎么办，他不知道顾茫为什么能这么狠，梦泽为什么能用情那么深。他在梦泽床边问她为什么那么傻。

她嘴唇苍白着，却仍笑着：“不要再为一时意气，不珍惜自己的性命。我不求你能够喜欢我。”她抬手点了点墨熄的胸口，“我只求你下次冲动的时候，能想一想我的心。这就够了。”

她也确实如她所言，从此只字不提自己为墨熄献出灵核一事。

“你不必因为感恩和愧疚而勉强自己。我知道你仍是不爱我的，我看得懂你的眼睛。”

所以病愈之后，她还是像以前一样，隐到不起眼的地方，以自己的方式默默地照顾着他，追随着他。哪怕重华所有人都觉得墨熄应该识趣，应该和她终成眷属，但是梦泽自己始终很清醒。她从不搅扰他本就已经很烦乱的心。

可是她愈忍，他对她的愧歉就愈深。

她虽未成为他喜爱的人，也没有嫁作他的妻子，却终究在这十年如一日的深情付出里，成了羲和君在这世上唯一珍视、唯一怜惜的姑娘。

她到底是特殊的。

岳辰晴看他脸色似有怅然，问道：“羲和君，你怎么了？”

墨熄回过神来：“……没什么。她人呢？”

“去飞瑶台啦，她说台上的花灯好看，在那边看灯呢。”

墨熄皱起眉头：“那么冷的天，她一个灵力虚弱之人，怎么……”他没有再在大殿内多作停留，径直往飞瑶台方向走去，说道，“我去看看她。”

飞瑶台上悬着错落有致的花灯，竹扎的，纸糊的，像是星河灿烂流于长夜。细雪在灯火辉煌里簌簌而落，轻薄一层，覆积在朱漆雕栏上。

灯花雪色里站着两个女子，一个穿着红底绣蝶纹袄裙，正巧笑嫣然地说着些什么；而另一个则穿着鹅黄色绣梅竹小曲，正站在朱栏边，仰头望着一盏轻盈的鱼形灯。

虽然记忆缺失，但顾茫还是几乎立刻就辨出了后者才是慕容梦泽。

刚刚在大殿里他就觉得墨熄神色不对，认识墨熄这么久了，还从来没有见他对谁那么上心过，当时顾茫心里就觉得这个传说中的"梦泽公主"应当是个极好看的美人。而此时于飞雪霓虹里瞧见她，却觉得此人用"好看"形容，似乎是太浅了些。

慕容梦泽高挑清雅，自有阳春白雪之意。灯光流照在她细腻白皙的脸庞上，散发着剔玉般的光泽。更别提她一截白玉后颈，花茎般从领口里抽出，脖颈纤秀，愈发衬得气质极佳。

"梦泽……"

慕容梦泽回过头来，怔了一下，随后笑道："啊，墨大哥。好久不见。"

她身边跟着的那个穿红衣的，是她的贴身侍女月娘。月娘也朝墨熄敛衽行礼，笑道："见过羲和君，羲和君万安。"

墨熄朝梦泽走过去："你怎么在这里站着，不冷吗？"

"我刚从汤泉宫休养好。那么好看的花灯，一年就这一次。"梦泽笑着说，"没关系的。"

她既然都这么说了，墨熄也不知该如何劝。但这时候，忽有一只手抬起来，摸了摸她的耳鬓。

"回去吧，外面很冷。"

梦泽毕竟万金之躯，轻易没谁敢这样冒犯她，她下意识地往后退了一步。而当看清跟在墨熄身后的那个人是谁时，她的脸色有些变了。

"顾帅……"

作为曾经重华最会讨姑娘芳心的男人，顾茫骨子里仍残存着些对女性的温柔。他好心道："那么大的雪，你的耳朵都冻红了。"

慕容梦泽一时有些语塞。

饶是她回来之前已经知道了顾茫的情况，但陡然间和这个叛徒魔头那么近的接触，她还是有些不能接受。

月娘是泼张脾气，眼里揉不得沙，朝顾茫怒道："你这个叛徒狗贼，还敢把你的贱蹄子伸出来碰我家主上？当初要不是因为你——"

"好了。"慕容梦泽轻声打断她，"别说了。"

月娘撇撇嘴："公主，你怎么总是这么好脾性……我，我都替你委屈！"

"什么糊涂话。"慕容梦泽轻轻地，但却有几分威严，"月娘你莫再胡闹，先进屋去暖暖吧。"

“是……”月娘虽不情不愿地应了，但临走前还是狠瞪了顾茫一眼，腮帮子气得鼓起。

慕容梦泽遣走了月娘，转头问墨熄：“他如今……是住在你府上吗？”

他指的是谁，自是不言而喻。墨熄“嗯”了一声。

慕容梦泽垂下睫帘，叹了口气道：“我也不想多说什么，你是受过伤的人，有些事情，自己要多留心。”

“我知道。”

顾茫没太听懂梦泽的言下之意，只觉得她没有让那个凶巴巴姑娘继续谩骂他，那应当是个好人。恰巧这时一朵瑶台边的梅花落下，正掉在梦泽的发鬓间，于是顾茫伸手想替她摘掉……

可这次手还没有碰到梦泽，就被墨熄握住了。

顾茫道：“她头上落了一朵……”

墨熄打断他，声音听不出任何波澜，“这是梦泽公主。行礼。”

梦泽道：“算了吧。他神识有损，行不行礼又有什么重要。”

顾茫没吭声，蓝眼珠左右转动着，看了看梦泽，又看了看墨熄。最后慢慢地把头低了下来：“我只想帮个忙……”

墨熄顿了顿，决定结束这个话题，于是道，“你先回大殿去吧。我有些话要和她说。”

她赶走她，他赶走他。原来他也和月娘一样，都是要被遣走的那一个？

顾茫看着墨熄和梦泽，没吭气。过了一会儿，默默地转了身。

他对姑娘一贯温和忍让，失去记忆前是这样，如今也仍没有变太多。他总觉得她们羸弱、娇嫩、漂亮，应该得到最好的庇护，而他自己皮糙肉厚，大老爷们，应当把好的都给她们，礼让她们。

因此他觉得墨熄做的也没错，梦泽公主是公主，是非常了不起的人，更应该受到尊敬和照顾。而自己是脏的，是奴隶。确实是不该对她动手动脚。

可是不知道为什么心里就是很难过，他回到了大殿内，搓了搓自己也有些冻红的手指，又捂了捂耳朵……这时候殿内已经来了许多宾客，但是举目望去却没有什么熟悉的人。

这种境况让顾茫陡生出一种强烈的无助感，就好像把一条狗抛于荒野弃之而去，他本能地就回过头想要再去找唯一可靠的墨熄，但回头的一瞬，却又意识到正是墨熄打发他离开的。

他无处可去了，于是只能呆站在露台门边，遥遥看着灯火中的两个人。

花灯下，墨熄低头对梦泽说着话，梦泽一直在笑，有时候咳嗽几声，后来墨熄似乎问了她一句什么，梦泽摇掩口咳嗽，而后摇了摇头。

距离太远了，顾茫什么也听不见，但墨熄五官深邃，隔了那么远的距离也能瞧清他的神情。墨熄很明显是叹了口气，然后他解下军礼服的外袍，递给了慕容梦泽。

顾茫看到这一幕，皱了皱眉头……还没等他琢磨这究竟是一种怎样的感觉，他的脑海中就闪过一些陆离光怪的对话——

“师哥，君上敕封我为羲和君了，以后我再不用看人眼色，答应你的我都会做到，我想让你名正言顺地有一个家，身份什么的，都不再重要。”

是墨熄的声音，和梦境里一样的年轻而真挚。

“顾茫，你再等等我，好不好。”

“你相信我……”

好像一根荆棘在心里头生根抽芽，又猛地拔出。

耳中言未散，眼前人已非。顾茫一时竟因痛心，身子都有些佝偻，他一把扶住露台门框，低头喘息着。他并不太能明白自己忽然回忆起来的这些话语意味着什么，也想不起来具体的前因后果，盟约之景。

顾茫能感觉到，自己曾是想信的。想到发痛，想到发颤， 可是临到了头，还是怯的。

墨熄是天之骄子，是重华贵胄，是四代将门之后，而他只是一个小人物，这份情义太沉重了，他到底还是承受不起。他知道墨熄总有一天会成长，会懂事。一辈子很长，能陪他的不会是一个蹩脚又卑贱的奴隶。

不过这些话，自己当年都好像没有和墨熄倾吐过，而现在他回忆起来了——原来他那时候是在害怕。好像说了，就输得太惨了，他有的本就很少，不能再把真心赔进去。

墨熄给的，他承受不住。他最好的位置，就是如现在一样，站在瑶台边上，一个阴暗不起眼的小角落里，去看一眼与自己无关的天潢贵胄，豪门风光，然后笑一笑……

可是顾茫笑不出来，他隐约知道自己应该一笑释然，有一种根深蒂固的本能在保护着他，可他毕竟不是从前的顾帅了。

他别过头，不敢再看露台上的情形，转身逃也似的走到了流水宴台边，站在这里缓了缓自己阵阵抽痛的心。

过了一会儿，来赴宴的人越来越多，顾茫一个重犯之身，直愣愣地孤身一人杵在那里，不免引起了许多人的侧目。有几个与顾茫有血仇的，眼睛直挂在顾茫身上，若不是场合有碍，他们恐怕都要冲上去将他生吞活剥。

顾茫慢慢缓过来之后，觉着有些不对了。他往周围望了一圈，举目望去尽是一张张冰冷仇恨的脸，于是他手忙脚乱地从流水台上胡乱抓了些东西揣怀里，像一只人人喊打的过街老鼠，仓皇逃窜，最后找了个不起眼的角落蹲了下去。

这时候才发现自己抓的东西不好吃。他的觅食能力当真十分糟糕，满桌肴馔，他拿的居然只是两块葱油烧饼。有葱，还是冷的……但到了这地步，也挑拣不得了，顾茫低头小口小口地啃饼，正默默吃着，忽有个温沉的声音在他身后响起：“顾茫？你怎么在这里？”

顾茫叼着烧饼回头，瞧见江夜雪坐在木轮椅上，正略带诧异地看着他。

是替他戴上“项链”的男人……顾茫松了口气，他对这人并没有太多的恶意，甚至觉得亲切，于是咬着饼子，小声道：“这里不碍眼。”

江夜雪想也知道其他人对他会是怎样一个态度，叹了口气：“羲和君呢？”

“他在陪公主。”

“原来如此。难怪了，他会丢你一个人……”

顾茫咽下一口烧饼，低声问道：“你为什么也来这里了？你也不讨人喜欢吗？”

江夜雪笑道：“算是吧。”

他瞥了一眼远处，岳辰晴正在笑嘻嘻地跟他四舅讲东讲西，眉飞色舞的样子，但慕容楚衣照例还是不搭理他，一脸淡漠地，也不知道听没听进去。

江夜雪看了一会儿，将目光转开了，说道：“我确实也是不讨人喜欢的。”

顾茫就挪了挪位置，给他也腾了个地。

两人默默无声地看着窗外飘着的细雪，顾茫忽然瞥了瞥他的腿，问道：“你为什么一直坐着？”

“打仗时受了伤，再也站不起来了。”

顾茫没有立刻说话，他又咬了几口烧饼，实在受不了葱油的味道，便忽然把饼子递给江夜雪：“吃吗？”

江夜雪：“……”

片刻沉默后，江夜雪叹道：“你还是和以前一样。”

顾茫微微睁大眼睛：“你以前也认识我？”

江夜雪笑道：“天下谁人不识君。”

顾茫道：“我……听太不懂。”

“我以前确实认识你。我、你、羲和君、陆展星，那时候时常一起配合着南征北战。”江夜雪说着，看了一眼顾茫手中的烧饼，“你那时候吃不掉的东西，也喜欢塞给我们。”

顾茫怔忡地看着他：“这么说，你也是我的故人？”

“是啊。”江夜雪道，“一起生死与共过的。”他轻声叹道，“所以我恨不了你。”

顾茫垂眸道：“可是墨熄恨我。”

江夜雪轻轻笑了一下，望着夜幕的黑眼睛流淌着宁静而通透的光泽：“话虽没错，可这世上最不想恨你的人，恐怕就是他了。”

“是吗？”

“是啊。”

雪花伏在窗棂上，被殿内的灯光浸成橘色。

江夜雪整了整肩上披着的寒衣，和顾茫一同赏了会儿雪，说道：“他从前其实待你不薄。”

顾茫没吭声。

江夜雪的嗓音和缓低沉："你被围困了，他性命不要也要救你。你重伤昏迷了，他几天几夜都没有沾过床守着你。你获封嘉奖，他比自己得了功勋还要开心。你讲笑话……他那么严肃的人，就一直坐在士卒之间看着你，看你眉飞色舞地讲完，他第一个笑。"

"但这些你都不记得了。"

到底是历经苦楚看透生死的人，他没有什么浓墨重彩的感情掺杂其中，只是像与旧友心平气和地谈及往事，语气和神情都是清淡的。

可是顾茫在他的字句之间陷入怔忡，他仿佛能捕捞到一些模糊的影子，一些过往的残片——一个拥挤热闹的小酒馆里，气氛热烈，将士喧闹。他站在椅子上，笑嘻嘻地和下面的人吹牛聊天。视线倏地游弋过，下面欢腾吵嚷的脸庞，他都记不清了，可是一抬眼，却瞧见酒柜旁边坐着的那个青年。

腰背挺直，目光温柔，隔着热闹的人群专注地凝视着他。那一瞬的心跳，在此刻被再次唤醒。还有那些方才想起来的誓言，尽管从前的自己并没有选择相信，可不管怎样，至少他能感觉到墨熄说的时候是真心的。顾茫闭了闭眼睛，一时没再吭声。

江夜雪道："如果不是你抛弃他，伤害他，触了他的底线和逆鳞，他又怎会恨你。一直以来他都在护着你，外面的风雨他都愿意给你挡——但你却在他的身后给他捅刀子。"

顾茫心中一颤。是吗？是这样吗……

他想起墨熄说，你差一点就要了我的命。

"人心都是肉长的，他护了太久，能付出的，都付出了。他是个贵族，是重华出身最高的公子之一，他的祖辈世代功勋，家族荣耀纤尘不染，但他为了你，当年把该做的不该做的都差不多做了个遍。"

"是你最后给他的那一刀，让他护不住了。"

从没有人对顾茫说过这样的话，更何况哪怕早几年说了，他也不会信。可是这一段时日与墨熄的接触，这些天想起的往事，让顾茫在江夜雪的低诉中心乱如麻。

顾茫的蓝眼睛闪烁着："你为什么要告诉我这些？"

江夜雪道："我曾是你的同袍，也是他的。"他略一斟酌，目光有些复杂，"我不是很想再见到你们彼此伤害。"

顾茫发了会儿呆，像是在抓住最后的浮草来解释自己曾经的过错。他几乎是有些无助地说："可他也……也很凶，他说我很脏……"

"那是因为你不知道他生平最恨的事情就是背叛。"

顾茫愣住了："他为什么最恨这个？"

江夜雪沉默片刻，道："今夜我本只是想与你闲说几句，但是……"

他顿了顿，还是叹了口气，“罢了。说都说一半了，也无妨。我且问你，你知道他父亲弗陵君是怎么牺牲的吗？”

顾茫摇了摇头。

“是因为一个叛徒。”

江夜雪说着，回头看着他：“弗陵君当年与燎军作战，却不料副帅投了敌，反水将驻地围城逼至绝境。他为了让百姓撤离，被那叛徒活捉。”

顾茫睁大眼睛：“然后呢？”

“那个叛徒为了讨燎君欢心，将昔弗陵君亲手杀害，割了他脑袋，夺了他的灵核，献与敌国，并因此大获封赏——而后那人和你当年一样，直接被封了将军。”

字句血腥入耳，扎入肺腑。顾茫的手微微颤抖着。

“更为讽刺的是，在弗陵君未来得及寄出的家书中，他竟还在夸那个叛徒重情重义，说有此兄弟，家人不必担心。”江夜雪望着自己的膝头，低叹道，“他还在说，岂曰无衣，与子同袍。”

“……”

“弗陵君把自己的身家性命都交给了对方，可他的兄弟连一具完整的躯骸都没有给他的家人留下。棺椁入城的时候，弗陵君骨血破碎，肢体分离，死无全尸。”江夜雪转头看着面色苍白的顾茫。

“那一年，墨熄只有七岁。”

顾茫像被噎住似的，一句话也说不出来。

“顾茫，现在你知道羲和君为什么那么痛恨背叛了吗？”

江夜雪顿了顿，说道。

“你和他的杀父仇人做了差不多同样的事情。”

顾茫呆呆地看着他，只觉得骨缝里都窜着寒意：“……”

“你扪心自问，你自己想想。”江夜雪轻叹一声，“他要怎样圣贤，才能对你毫无芥蒂。”

当墨熄和梦泽从外面回来的时候，大殿内已尽是宾客了。公主宴平瞥见他们，立刻奔来，言笑晏晏，甜甜地道：“姐姐，姐夫！平安喜乐呀！”

梦泽轻咳一声道：“小丫头别胡说。”

墨熄瞥了宴平公主一眼。

回城那日，宴平勾搭他的事情还近在眼前，这妮子如今就能充作个没事人似的，脸皮也确实厚得惊人。

宴平冲他妩媚地眨了眨星眸：“嘿嘿，羲和君可是无时无刻不惦念着我姐呢，你们俩也就差个指婚了，我叫声姐夫怎么了。”

梦泽："宴平！"

"好啦好啦，不打扰你们了。"宴平说完朝墨熄抛了个媚眼，"美人儿姐夫，回见哦。"

她一阵香粉跑没了影，留得墨熄和梦泽面面相觑万分尴尬。墨熄顿了顿，看了眼水滴漏，说道："君上差不多就快来了，我送你入席。"

梦泽笑道："不用，我还得去和几位姐妹们说说话，打个招呼，羲和君自己去忙吧。"

她说罢便走了，墨熄原地站了一会儿，环顾四周，却没有瞧见顾茫的身影，不由微微蹙起眉头。这人去哪儿了？

虽然可以用锁奴环感召，但墨熄对那奴隶环扣多少有些排斥，于是迈着大长腿四下里找了一遍，最后在一个幽僻的角落里找到了正在和江夜雪说话的顾茫。

"你们怎么在这里？"

江夜雪回头，瞧见了他，温和道："碰巧遇到，闲聊而已。"

"你和他有什么好聊的。"

江夜雪笑了笑，倒是直言不讳："聊了你。"

墨熄把目光投落在顾茫身上，但见顾茫低着头，手指不安地搓着袖角，正想说些什么，忽听得背后传令官吊着嗓子喊了声："君上到——"

墨熄于是便没再多说什么，冲顾茫淡道："走了，跟我回座席。"

君上一到，除夕夜宴便正式开了，自然是琳琅丰盛，祝酒颂咏，赐菜赏舞，四处尽是丝竹之声。一番礼数尽后，宴会便喧哗热闹起来，各家相互祝酒，许多人脸上都带着醺醺然的笑意。

君上闲适地靠在王座椅背上，懒洋洋地笑道："诸君，今夜孤对你们只有一个要求，尽兴。"

众臣祝酒谢过，祝国祚繁昌，一派其乐融融的景象。酒过三巡，宾客之间便开始相互走动相敬。

慕容怜歪在椅靠上抽着水烟，桃花眼低垂着，脸上带着三分醉意，七分慵倦。墨熄转头扫到他的时候，发现他也眯着眼睛盯着顾茫看，那迷蒙的眼神中似乎藏着些说不清道不明的诡异情绪。

"来，羲和君，我敬你一杯。"

长丰君携着他那位得了狂心症的小女儿来了，墨熄将目光收回，敬了一盏千秋岁，照例与长丰君说了几句祝词，便问道："令爱可好些了？"

长丰君摸着小女兰儿的头，笑得眼尾堆起褶子："好些了，姜药师回城之后一直在照看她，多亏了药师啊。"

兰儿小小的身子，站在酒席前也就和桌案差不多高。她见了顾茫，眼睛一亮，小声欢欣道："大哥哥！"

顾茫的蓝眼睛眨了眨，眉眼像是春叶舒展，笑了起来："小蜻蜓。"

“嘿嘿，我叫兰儿，我……”

但是话没能说下去，筵席上人多口杂，与这样一个众矢之的多言总归是不好的。长丰君按住了小女儿的头，示意她别再多言。

兰儿茫茫然：“爹？”

顾茫却不再似从前那么懵懂，他如今也明白自己是个“叛徒”，而叛徒是可耻的了。更别提方才江夜雪点醒他的那一番话。

他从前对“背叛”这两个字并没有太直观而深刻的感受，只知道每个人在他面前说起它的时候，眼里都裹挟着一股难以言说的恨意。而墨熄提到这两个字的时候，除了恨，似乎还有比海还深的痛苦。

七岁，就像还不会狩猎的幼狼崽子，父亲就因为兄弟的“背叛”，落得一个尸骨分离的惨境。

自己原是做了和那个人相同的事情。难怪所有的人都恶心他，唾弃他——叛群的狼合该落个被生吞活撕的下场。

“大哥哥，你不开心吗……”

顾茫的眼神黯淡下来，他低了头，陷入了思忖，默默地没再多言。

兰儿年幼，不谙世事，还以为他也因为自己的狂心症而不愿搭睬自己了，眼眶里不禁盈了些泪花：“大哥哥，我们之前一起玩过的，我——”

“好了兰儿。”长丰君强笑着打断她，把她往自己膝边带了带，“羲和君，我们先去别家敬酒了。羲和君平安喜乐啊。”说罢带着那一步三回头的女儿，匆匆地去了。

墨熄觉出了顾茫的不对劲，转头看向他：“你怎么了？”

“没什么。”顾茫吸了吸鼻子，对墨熄说道，“新年快乐。我也……”他学着其他人从桌子上端起酒盏，“我也敬你一杯。”

墨熄：“……”

江夜雪那个多事的滥好人，绝对是和顾茫多说了些什么。墨熄没有去接顾茫递上的浊酒，而是盯着他透蓝的眼睛，似乎要这样笔直地看到顾茫的骨髓血肉里去。

他咬牙道：“你到底听说了什么？”

但顾茫还没有来得及说话，又有一茬人过来祝酒。墨熄不便在人前与他谈论私事，只得先行应酬。

他是重华居首的贵胄将领，这一晚来与他攀谈叙事的人着实不少，走了一批，又来一批，墨熄虽然想抓着顾茫细问，但是渐渐地就发现自己这个想法实在是太过天真。

“羲和君，平安喜乐啊。”

“来来来，喝了这盏酒，祝羲和君来年再建奇功。”

重华的贵族那么多，一个一个过来，一人一盏也足够他喝到眩晕了。墨熄的酒量还算不错，不像另一位望舒君，慕容怜是直接已经喝醉了，歪靠在座上，咬着烟嘴。

但是到了华宴的后半旬，墨熄也有些支撑不住了，偏生还有老士族前来相敬。那些都是胡子花白的叔伯长辈，墨熄不能不给面子，于是强忍不适，陪他们推杯饮盏。

英雄席上北境军的几位高阶军官遥遥看过来，不由得小声嘀咕："他们这是要把后爹灌晕过去啊。"

还有人幸灾乐祸地笑道："噗，以前羲和君征战在外，除夕都是在驻地过的，他是老大，谁给他敬酒他都不喝，有一年还颁了禁酒令，现在回了帝都，倒是身不由己啦。哈哈哈，苍天饶过谁！"

更有人看热闹不嫌事儿大，眼冒精光地说："你们猜，后爹今晚会不会喝醉啊？"

"哇！那场面一定很精彩！"

"我还从来没有见过后爹喝晕过去的样子呢，你们说他会不会发酒疯？"

"我觉得他会直接昏睡过去！"

"来啊来啊，不如来赌啊！我赌咱们后爹喝晕了会直接睡过去！"

"那我赌他喝醉了之后会丢火球砸人！"

"买大买小，买定离手啦！"

这群军痞子不怀好意，灌墨熄酒的老贵族们也并没有什么好心。他们虽然和墨熄一样都是贵族出身，没有什么矛盾，但是家族仇恨与妒忌心理却是半分也不会少的。

试问同样都是佩蓝金帛带的高贵血统，凭什么墨熄如今就要比他们的儿子孙子高出那么一大截？

这个人明明早死了爹，母亲当年还和亡夫兄弟搞在了一起，家族丑闻一件接着一件，墨家本来早该完球了的。可谁知道墨熄这个倔狠性子，竟能把这些凄风苦雨都忍下来，熬到了现在这样权倾朝野的地步，凭什么？

更令他们意难平的是，墨熄不但战功显赫，人品还极其端正。与他们那些个娇生惯养的同辈公子简直是云泥之别。

老君上就不用说了，就连新君提起他都是满口褒赞，贵族家庭出身的公子哥儿们，哪个没被拎出来羲和君比较过？就连这些老头老太之间互相攀比儿女，到最后也都会扯到墨熄头上——

有人说："哎呀，我家儿子越长越俊俏了呢。"

对家就酸道："呵呵，没羲和君好看。"

有人说："犬子天赋了得啊，十三岁就点爆学宫的测灵之柱了，哈哈哈！"

对家就酸道："呵呵，羲和君十岁就爆过了，十根石柱全部燃断，令郎做得到吗？"

还有人说："我家小儿别的不行，但贵在人品清雅，这不朝会上还被君上褒奖呢，我这当爹的也很欣慰啊。"

对家就酸道："呵呵呵，比得过羲和君清水芙蓉？"

真是奇了怪了，这个人又不是神仙，成日一副不食人间烟火的样子，难道他真的浑身上下没有半点污泥，不会犯下一星半点的过错？

于是日积月累的，墨熄就成了这些长辈心里一个解不开的结，许多人嘴上虽然都是捧着他的，心里却一个个巴不得瞧他出些差错，闹些丑闻，这样自家宝贝儿小心肝被打压多年的苦楚，才能一口气舒坦地吐出来，才能感慨且自命不凡地说一句："嘿嘿，我早说呢，这羲和神君，到底也只是个普通人而已啊。"

所以这会儿他们赶着劲儿地给墨熄灌酒，也是这个道理。原本这些老东西也就只是图个热闹，但一来二去的，坏心就上来了。老东西们想，人一喝醉就容易做错事，说错话，羲和君的大毛病他们现在是攥不到了，但小缺点暴露一些也不错。

假清高个什么嘛。几个老狐狸眼神一对，话都不用说，彼此都心照不宣，开始车轮战似的给墨熄敬酒。

"羲和君，再来一杯，哈哈哈，平步青云，升官发财！"

"我可一直在教我小儿，处处都要跟羲和君学着呢，来来！给羲和君满上！"

墨熄是真的有些受不住了，若是平辈或晚辈来，他自是可以拒绝，但这些人都和他父亲一个年岁，又都捧着张热气腾腾的笑脸，于情于理他都没法儿拒绝。

一来二去的，凤眸的眼眶都有些被酒气熏红了。

北境军的军痞们在喃喃："我看后爹再喝两杯就该倒了。"

"两杯？我觉得一杯就够。"

"后爹好像真撑不过去了……"

但墨熄撑着，又喝了整六轮。等第七杯酒推过来的时候，他的脸都青了，近乎反胃地说，"抱歉，秦叔，我——"

那秦叔小眼晶晶，情深意切道："熄儿啊，我当年跟你爹可是同袍兄弟，出生入死啊。这杯酒，我敬你父亲！你可千万不能推脱，替他一口闷了！"

其他人也跟着起哄道："喝了喝了！虎父无犬子！"

"替你爹和他的老友来一盏！"

到了这份上，墨熄又怎么会不知道他们这是在轮番灌他，要看他的笑话？但墨熄便是铁铸的硬脾气，不看出他们的心思倒还好，一看出来就愈发不可能服输。他眼前晕晕乎乎地，尽是咧嘴笑着的肥腻脸庞，一道道兀鹫扑食般的目光。

他胸腔中一阵血气翻涌。

他父亲……这些人怎么有脸再在他面前提父亲？

当年他爹去世之后，伯父弄权，母亲改嫁，这些人是怎么对他的？一个个都避开他，恨不能将他像鞋底的烂泥一样碾掉蹭掉，如今却一口一个"旧友""故人"挂在嘴边，还说小时候抱过他，教他骑马打猎……

墨熄心口烫得厉害，眼眶愈红，他陡升一股强烈的怒意。

“喝啊，喝啊！”

“哈哈哈，墨家的酒量向来不好，让我想到故弗陵君啦，也是酒水不能沾的人啊。”

“熄儿和弗陵太像了。”

他们怎么配再提！这些嘴脸像是枯草团在他心里，一壶酒，一抔火，滚油四溅，蓦地火起！！墨熄忽然站起来，眼睛死死盯着面前的男人们。

大抵是他双目赤红的样子实在骇然，那些长辈的脸色微变，笑容有些僵住了。墨熄若是发火，他们还是忌惮的，立刻有人强自镇定道：“羲和君，不喝就不喝了吧，你爹他其实也不爱喝酒，你和他……”

话未说完，“砰”的一声！

墨熄单手拍开了桌几旁的一坛烈酒，目光半寸也没有从对方脸上移开。他臂上青筋暴突，将酒坛粗暴提起，抵到了对方怀里，自己则又开一坛。

那老贵族面上肌肉抖动，怵然强笑道：“羲和君这是什么意思？”

“替先父敬秦叔。”墨熄一字字咬牙，空着的那只手抬起来，不轻不重地拍了拍对方皱纹横生的脸，轻声道，“我干了。秦叔最好也一滴别漏。谁尿，谁孙子。”

说罢提坛仰首，闭着眼睛将那足足整坛酒灌下！

这回别说羲和君座旁的一圈人了，几乎整个殿中人都被这样的豪饮吸引了目光，瞠目结舌地扭头看着这边斗酒。

秦叔看着墨熄以坛痛饮，再看看自己手里那比脸盆还大的酒坛子，不禁吞了吞口水，背后发凉。但碍于周围人都在看热闹，他丢不起这人，也只得把心一横，仰头灌了下去——可他毕竟没有墨熄这么强韧的心气，喝了一半，便受不住了，弯着腰哇的一声吐了出来。

瓷器碎响，酒坛子在地上砸个粉碎。

秦叔勉强抬起头来，对上墨熄睥睨而下的狠戾眼神，那染着酒气的、通红的、却仍能靠意志撑着清醒的——那刺刀般的眼神。

墨熄湿润的唇齿森然轻扣：“秦叔叔还喝吗？”

秦叔蓦地打了个寒战：“不喝了，不喝了……”

他不喝，却有其他人觉得墨熄再来一点就该摧折了，怀着不能半途而废的心思来应战。眼见着又一坛烈酒送上，墨熄待要再去接，却被另一个人止住了。

墨熄晕晕沉沉地，眼眶微红，侧目看去。他看到顾茫站起来，神情清明坚定，竟让人分不清是当年的顾师兄，还是如今那个破碎的俘虏。

顾茫把酒坛提过来，说道：“你们一群人，为什么要欺负他一个人？”

墨熄头痛欲裂，却仍是咬牙把他挣开，低声道：“不用你管，你给我坐下。”

“为什么要在过节的时候，提他爹爹？”顾茫却不听，不知是不是墨熄的错觉，那双向来空蒙的蓝眼睛里此时竟有他从未见过的愤怒。顾茫紧紧攥着墨熄的手腕，像是愧疚，又像是要赎罪，怎么也不肯松开。

“你们不知道他爹爹很早就过世了吗？为什么——要让人伤心？”

老东西们脸上挂不住了，口出恶语：“你这个恶心的孽畜，你还敢殿上冲撞贵胄？！”

“脑子坏了就来撒野？滚开！没你说话的地儿！”

顾茫不滚，他盯着他们，忽然抬手狠狠扯开自己的领口，露出苍白脖颈上勒着的锁奴环。他戴着这样耻辱的烙印，却用那样强悍的姿态站在墨熄面前。

看他的样子，围观的众人甚至有一瞬恍惚。好像昔日气吞山河指点江山骗人骗鬼势吞天下的神坛猛兽，又回到了这具破烂的壳子里一样。

顾茫道：“我是羲和府的奴仆，他是我的主人。”

墨熄晕得都快倒地了，全靠意志才勉强站着。他闭了闭眼睛，沉声道：“顾茫，你给我……”

“滚”还没说出口，顾茫就打断了他：

“这坛酒，我替他喝。”

他说着，也学着墨熄之前的样子，沉着脸拍开封口，但他还没开始喝，就被盛怒的老贵族当胸踹了一脚：“没学会规矩吗？！”

酒坛子砸在地上，碎了满地。

那老贵族的儿子正是死于从前与顾茫的对决交锋中，因此他气得满脸充血，手颤抖地指着顾茫：“你，你这个国贼！万死难赎其罪！！你凭什么立在这里说话！！”

局势到此其实已经失控了，但众人一时竟也不知如何相劝。而君上那个唯恐天下不乱的变态，他恐怕是觉得除夕只是普通的吃吃喝喝没意思，见人吵架反而来劲，居然没有立刻喝止，还饶有兴趣地支着下巴往这里看。

顾茫倒也是个狠人，他没有什么意识的时候，尚且能不管。但他如今恢复了一些回忆，还知道了一些自己从前对墨熄的亏欠，意识掺杂着本能，竟令他在气势上不遑相让，尽管这种不遑相让是如此的大逆不道。

顾茫指着墨熄道：“我有错，但他没有。”

“……”

“你们一群人欺负他，就是不要脸。”

墨熄越来越晕眩了，他止住他：“顾茫，你别……”

顾茫回过头，清亮的蓝眼睛看了他一眼：“对不起。我知道你之前为什么说我脏了。你是好人。我不让他们欺负你。”

说罢回头狠狠盯着那些老东西。

"来吧，你们这群……"他斟酌了一下，一时竟想不到合适的词，于是随口扯了一个道，"采花贼！"

"……"

君上："噗！"

原本剑拔弩张，可周围的人听到顾茫居然说了这样一个词，不由一个个全都失笑出声，岳辰晴嘴里的酒直接就喷出来了，拍着桌子大笑道："哈哈哈哈哈！！！"

但那几个老头脸上愈发挂不住，抬手就要打人，这些人也真是气疯了，情绪和酒气上头，下手没轻没重的。

墨熄努力眨了眨眼睛，甩了甩头。他脑子乱作一团糨糊，唯有一种本能，一线灵明。他想起顾茫脖颈上的红莲血咒，又看到顾茫被这些人殴打的模样，他忽地生出一种强烈的不甘与痛楚。

为什么啊？为什么每个他身边的人，最后都会落到这样一个支离破碎的地步？父亲早亡，梦泽病重，顾茫再也不复从前……他是命主孤煞吗？

"别打他……"墨熄眼里爬着血丝，喉管里发出一声含混的低喃，所幸他的低喃很轻，并没有任何人听到。

"你们……别打……他。"

他几乎是哽咽地，他的手在抖，嗓音在抖，眼里的世界是湿润的，都在颤抖。

他醉得有些不清醒了，动作的意图也很模糊，虽然是在下意识地护着顾茫，不过其他人并没有看出来异状，只道这里居然打起来了，羲和君也被连累了进去，一时都有些色变。但他们抬头看看君上时，君上却仍没喝止，手里捏着一颗浆果，正眯着眼睛瞧着这一团乱状，似有所思。

先沉不住气的是北境军的几个高阶军官。开玩笑，后爹也是爹啊，一起生死与共过，由得别人这样为难？他们也懒得赌了，赶忙掠来，一边笑嘻嘻地拉架。

"哎呀，永乐君消消气呀。"

"星河君不要动怒嘛，大过年的。"一边劝，给几个老贵族饱以黑拳。

那些老贵族哪里是这几个军痞的对手，没两下就被收拾得服服帖帖。但剩下几个和顾茫有血仇的，此时却是完全失了神智，也不顾地位不顾场合了，扭着顾茫就打，口中还暴怒喝嚷着："你就该死！你怎么不去死！"

梦泽公主也看不下去了，她担心墨熄在一片混乱中受伤，不顾宴平劝阻，过来劝架。可那几个老头哪里肯听？

丧子之痛，刻骨血仇……清醒时一直都在竭力压抑着，此刻却猝不及防被点燃了，他们眼里又哪里还有什么公主不公主。

"姓顾的！你给我听着！没人管你脑子到底怎么样，你忘了也没用！你就是个杀人狂！叛国贼！！你是要下地狱永世不得超生的！！所有的死人都看着你！！他们都看着你！”

顾茫的心猛地一颤。所有的死人都看着他……就像在唤魂渊时一样，是吗？他们都在看着他，向他索命。

“你怎么不死啊！！！老子盼天盼日地就是盼你早死！！！”

“没爹没娘的野狗畜生！”

已全部失态了。剥去地位、华服、荣辱，人的舐犊本能、爱恨情仇和野兽是一样的。

顾茫被猛地推了一把，没有站稳，蓦地倒在了地上，摔翻了身后的桌盏茶几，酒水泼了满地，碎片扎进后背皮肉。

血渗了出来，顾茫却不觉得有多疼。他盯着那几个老头子狰狞炽烈的脸，一句话也说不出。

眼见着一个酒坛被提起，就要当头砸下，忽地一个重物砸来，将酒坛凌空击破！

碎片落了满地，酒水四溅。

顾茫抬手遮脸，眯着眼睛避开这豪雨似的烈酒，等他睁开眼睛时，瞧见一杆烟枪落在他身边，刚刚丢来砸了坛子的正是这杆烟枪。

他怔了一下，扭过头。

帮他挡下这一击的竟是慕容怜？

慕容怜离了席，抓着那个失控的老贵族的腕子。他醉得不轻，伸手弹了弹人家的脑壳，懒笑道：“怎么了小宝贝？你想要趁乱报私仇啊？你算老几，本王的仇还没报呢。你滚后头排队去。”

“慕容怜！你——你居然敢这样称呼老夫！你这个，你这个……”

“哟，叫你小宝贝还不满意啊？”慕容怜舔着嘴唇笑道，“真会撒娇，好吧好吧，那小心肝儿？”

“你！！”

这下羲和望舒梦泽都掺和进来了，君上再想看戏也不行了。

君上终于在王座上清了清嗓子，仿佛此刻才注意到这惊天动静似的，威严道：“干什么呢这是？除夕之夜，你们不给孤讨个彩头也就罢了。还在这里撒泼胡来？侍卫队！”

“在！”

“给孤把他们拉开！”

“是！”

顾茫总算从一团焦灼中脱身，他被侍卫们拽出来，和那几个老贵族扯开，猛地喘了口气，他下意识地去看墨熄，却见墨熄已经被梦泽扶着走到旁边坐下了。

墨熄方才被伤到，肩膀处不知道是给谁割了一道深口，正在往外汩汩淌血。这时候因为混战结束，他也不需再强撑，他不那么倔强后，整个人就因为烈酒上头而显得很疲倦。

梦泽道："你靠下来，我看看你的伤。"

墨熄阖着眼眸，慢慢靠在石柱上，梦泽柔荑般的手心疼地抚上他的肩膀，喃喃道："你方才为什么不躲？"

"我没事。"墨熄长睫毛垂落，"躲不开。"

"你怎么会躲不开……"梦泽并不傻，"你就是看他给你挡酒，你就又意气用事……他是叛臣啊！你为什么一次两次的总也分不清！记不住！"

墨熄睫羽轻颤，低沉道："我不是为了他。"

梦泽不再与他多说，她知道他的性格，真要倔了，十头牛都拉不回来。她于是只是把手覆盖在他的伤口上。

"我替你止血。"

顾茫在不算远的旁边把这一切都尽收眼底。而这过程中，梦泽一直没有看其他任何人，墨熄也是……

他忽然有些明白了为什么墨熄会待她那么好。谁都眷恋温暖，感恩柔情。他给墨熄的伤口与痛苦，而梦泽给他的是照顾与守护。

他原本是想赎罪的，他原本想要为那些不记得的事情，和墨熄说一声对不起。但他现在喉头阻哽，什么也说不出来。

所谓叛徒，众叛亲离，给人带来的永远是伤害，就是这个意思，对吗？

顾茫不再去看墨熄和梦泽，他将脸转了开去，抬手把深扎在他胳膊里的一片尖利的残瓷碎片拔出来，掷在地上。

他之前扯开衣领说自己是墨熄的人，所以可以替墨熄挡酒分忧，这简直像是莫大的讽刺，令他想起来都面红耳赤。他慢慢地，几乎是有些猥琐地矮在角落——他把自己蜷成一团，抱坐着，希望躲开满殿好奇又挑剔的目光。

可是他躲不开啊，他刚刚已经一时冲动站在了墨熄面前，嗓音响亮像个傻子似的自表过立场，所有人都听到了。

现在他反而给墨熄添了麻烦，他不敢到墨熄身边去，墨熄也不要他。谁也没有原谅他，谁也没有再理会他。他只能硬着头皮独自蜷缩着，低着头独自去承受那些刺骨的打量。

"他还说羲和君是他的主人呢……"

"呵呵，他不是一直就这么自以为是？我看这就是他为什么曾经如此能打却还是注定要失败的原因。一个没有自知之明的人，没脑子，血统差，野心大，整个儿就一无是处，过去当上将军全靠他灵核天赋强撑，现在灵核废了，就更能看出他有多可笑。"

"真是不知斤两，惹事精，连累羲和君也受伤。"

“太不像话了……”

顾茫便在这些细细碎碎逐渐响起的议论声里，丧失了他刚刚拾回的那一点强大的旧影，他又佝偻了。

第17章

这天晚上，是梦泽送墨熄回府的。

原本此事与一国公主身份不符，但梦泽和她那位当君上的大哥一样，都是不介意世俗眼光的人。顾茫替她拂开马车幪幔，想帮忙扶墨熄到车厢内，梦泽却看了他一眼，说道："有我就可以了。"

顾茫踟蹰道："对不起。我之前不是故意的，我是想替他挡酒。"

梦泽对他并不凶恶，但也并不和善，淡淡睥睨着他，没说话。倒是月娘在旁边冷笑一声，刻薄道："挡酒？你有资格吗？你配吗？"

顾茫顿了顿，说："我只是知道了一些事……我想做点弥补。"

月娘尖声道："弥补？你犯了那么多错，伤了别人那么多次，现在知道要弥补了。可我们要你的这颗猪心又有什么用！你能弥补什么？！"

"……"

月娘不依不饶地："你就是个扫帚星骗人鬼！你——"

"别说了。"梦泽抬手打断了她，而后转头看向顾茫。

皎然月色下，梦泽的神色很疏冷，她不欺辱他，但目光却是清寒的。

"顾帅，我知你今日是好心，但请你别再给墨大哥惹事了。你害他已经害得太深。"梦泽道，"你放过他吧。"

她没有说他是害人精，这种辞藻从梦泽嘴里说不出来，但她的意思顾茫已经明白了。他看了看墨熄肩头的伤，沉默一会儿，没再说什么，转身走去了马车后面。梦泽则与墨熄进了车舆内，他在后头默默地跟着。

回到府邸，已经听说了状况的李微率着一众仆人，齐齐候在门前，一见梦泽，忙不迭跪拜道："属下李微，拜见梦泽公主，公主千岁，万福金安！"

梦泽虽不是羲和府的女主人，但几乎所有人都把她摆在这个地位对待，恭敬又热络地引着她进了屋。

羲和府的座椅摆件都是成双的，李微狗腿，帮着把墨熄安顿在寝卧里，而后便出来谄媚梦泽："公主，我家主上可念着您呢，什么都要给您专门留个位置，只等着您来了方便。"

梦泽叹道："他也就是个懒人，图个成双成对，什么给我留的？"

"哪能啊，主上对公主的心意，咱们这些做下人的可都瞧在眼里呢。"李微说着，将大厅上的黄花梨座椅拉开一个，"公主稍坐，喝杯茶再走吧。"

梦泽没拒绝，月娘便笑道："如此，那就劳烦李管家了。"

"不劳烦不劳烦！"李微忙招呼下人备了八点心八蜜饯，一壶顶好的碧螺春给梦泽送来，嘿嘿笑着讨好道，"公主您看，这套茶盏也只有一对杯子，主上平日最爱用这套了，以后您可要多来陪他喝喝茶，下下棋啊。"

梦泽看了一眼茶具，确实是重华御窑厂产的双杯茶套，只配一个壶，两只杯，一般都是用来招待挚友或是夫妻之间才用的。御窑厂烧这种制式的茶具其实也是讨个喜，意思是"你我情深，再无旁人。"

梦泽雪把脸转开，轻咳一声道："李管家莫要胡说，我可从来没喜欢过松竹梅的瓷器。你要再随意揣度你家主上的心意，当心等他醒了我都告诉他，看他不罚你。"

李微道："哎哟，那我不敢了，不敢了。"

话虽这么说，眼里的笑意可半分也没少。女儿家的心意又不难猜，梦泽嘴上责怪，但心里就爱听墨熄惦念她，待她好，对她与旁人都不一样。

正伺候着公主用茶点，陪她有一搭没一搭地说话，余光却瞥见一个人站在阴暗的小角落里，默不作声地看着他们。

李微心里咯噔一声。平日里梦泽的位置都是顾茫坐的，梦泽用的茶具也是顾茫用的……可是……可是这都是因为顾茫不懂礼数，主上又懒得管他，所以才让他这般恣意妄为。这会儿顾茫可别觉得是梦泽占了他的地盘，要上来跟梦泽翻脸吧？

李微打着小鼓，正准备找个理由把顾茫支开去，却见顾茫盯着梦泽看了一会儿，那目光并不是仇恨的，而是黯淡的。好像一只奓着毛的狼崽子，认清了自己在族群里的地位与命运，原地站了一会儿，转身就走了。

很多事情不懂的时候无所谓，一旦明白了，回头再看就会理解当时别人为什么会有那种反应。现在顾茫终于知道了为什么一开始自己想坐这个地方，墨熄会那么不高兴，会对他说"这个座位不是留给你的"。

狼在群中有自己的从属，人也一样。他以为墨熄身边的位置是空的，所以无所顾忌地赖在了上面，原来不是，那个位置早就有人了，只是她没有回来，他一直给她留着而已。是他厚颜无耻，占了梦泽的位置。他只觉得的脸颊火辣辣地烫。

"顾茫最近好像乖了很多。"除夕过完几天，李微摸着下巴站在廊下看着勤快干活的那个身影，“不捣乱不反嘴，也不随便乱坐了……”他啧了两声，最后笑眯眯地下了个结论，“姜药师的药真管用啊。”

墨熄倒是问过他几次江夜雪都和他说了些什么，或是他后来是不是又想起了什么，但顾茫并不是很愿意说。

直到开春后的一天，墨熄换了一件素白衣袍，说要去战魂山给父亲上香。顾茫听了，眼中闪过一丝黯然。

墨熄皱起眉头：“怎么了？”

顾茫这几个月很努力，如今说话已经连贯多了，除了个别字句，或是情绪特别激动的时候，不然他与正常人也没有太大区别。

顾茫道：“我想跟你一起，可以吗？”

“你去做什么？”

顾茫垂眸低声道：“我也想祭拜。”

墨熄整顿领缘的修长手指停了下来，抬眸盯着他看，似乎是在思索着什么，过了一会儿，他说道：“换身白衣。我在前厅等你。”

春日的战魂山草木葱茏，满地芳菲。严冬的酷寒已然过去，解封的溪流潺潺淌着，四月的和煦阳光照在河面，溆着晶莹的光泽。地头草木间时不时有惊蛰过后苏醒的动物逃窜而过，两人一前一后，沉默地往山上行去。

祭拜为显心诚，不御剑，不轻功，只一步步踏踏实实地走着，从山脚一路往上，花了大半个时辰，才终于到了战魂山的山顶。

英烈陵外两个守陵侍卫立着，见了墨熄，低头行礼，兜鍪红缨簌簌：“参见羲和君！”

墨熄与他们点了点头，领着顾茫进了陵园中。院内松柏环绕，很是阒静，似乎是担心打扰到英魂的长眠，连鸟雀的啁啾都显得无限空灵。两人顺着白玉长阶拾级而上，顾茫左右顾盼，所见的尽是铭刻着金字的玉碑。

肃怀君周净月 英灵长眠。

寒山君岳风崖 英灵长眠……

越往上，墓碑立得愈恢宏，刻着的生平功颂也就越多。

顾茫的脚步在路过一座庞大的玉碑时情不自禁地停了下来——那座石碑前还摆着新鲜的馒头水果，烟灰与纸钱是不久前刚化的，在往生盆里还没有被风吹散，供炉内的三炷清香正岑寂地燃烧着。

他不禁抬眼去看碑上的字。那一行大字筋法丰满，气派雍容，劲厉地镌刻着——

第七代望舒君慕容玄，英灵长眠 。

阳光一照，金泽辉煌。

注意到他的动静，墨熄回头瞥了一眼，说："那是慕容怜父亲的墓。"他说完，目光又往贡品和香炉前扫过，叹了口气："看来慕容怜刚走没多久。"

这样也好，若是慕容怜在这里与顾茫撞上，免不了又是一番唇枪舌剑，那么多先烈看着，终究是不合适的。

顾茫又看了慕容玄的墓碑一会儿，转头问墨熄："你爹爹的墓呢？"

"在最山顶。走吧。"

两人上了峰顶，举目浮云缭绕，天地浩渺，重华王城在云海间隐约浮现，遥远得像一场隔世的梦。回头望去，来时的山道绵延如长河，连接着山底的俗世与山顶的亡城。在战魂山之巅，死远比生更加真实。

墨熄走到一座足有三人高的英灵碑前，将手中提着的祭篮搁在旁边。

"父亲，我来看你了。"

山风吹着他的白袍，峰顶好像离九天那么近，阳光就像从头顶上径直洒落，玉碑上金字浮光，墨熄的长睫毛簌簌轻颤着，迎着耀眼的光芒，将那字迹一寸一寸地看过——

弗陵君墨清池，英灵长眠。

墨熄跪下来，香火点燃，他将祭食一一布好，金箔冥币烧起，青色的烟霭透着松柏断枝的清芳。

顾茫也跟着在他身边跪落，犹豫地伸出手，询问地看着墨熄，见墨熄虽然顿了动作，却没有阻止，于是也拿了一些纸钱，跟着投入到火盆里。

火焰忽地卷起，热浪上涌，令顾茫眯起眼睛，低低咳嗽着。

墨熄拿火钳拨动冥纸，让它们尽数点燃，一张张地蜷为灰烬。他心里有种说不出的感觉——很多年以前，他就希望能带顾茫一起来他父亲的墓前祭拜。想让自己唯一敬重的长辈，见到自己在世上终于找寻到了至亲之交。

但那时候顾茫不肯。

顾茫总是笑着推脱："别了吧，那啥，我这种出身的人去拜墨伯父，他肯定不高兴，要在天上骂你胡闹的。"

现在顾茫倒是乖乖地跟着他来了，没人教，也老老实实地跟着他化纸。简直像是当年的夙愿就此成真，可墨熄却一点高兴的意思都没有。

纸元宝烧完了，墨熄叹了口气，说道："走吧。"

顾茫却没动，侧着脸看着他，忽然道："……对不起。"

墨熄起身的动作停下来，目光仍落在碑上，半晌道："除夕之夜，江夜雪与你说的，是不是我父亲的事情？"

"你猜出来了？"

“这几个月看你表现，多少心里都有了点数。”

顾茫又重复道：“我很对不起。”

墨熄看着他。

好了，真是皆大欢喜，曾经想与这人拜父亲，他来了。曾经想听这个道歉，他道了。可事情并不该是这样的——来祭拜的本该是他最亲近的人，而不是叛徒囚奴，道歉曾该是明因知果的，而不那么懵懂无知。

“我是真的……真的想不起来当年为什么要背叛你。”顾茫恳切道，“但以后不会了。”

墨熄喉结微动，闭了闭眼睛：“顾茫，你觉得，你与我还有什么以后？”

顾茫不知道该说什么，只得道：“你别难过……”

“你凭什么觉得我在难过？”墨熄道，“我会为你难过的日子早就已经一去不回头。至于你的背叛……那是因为你有你的野心，有你的报复。”

“你是战争的鬼才，是令敌人闻风丧胆的疯子，你一生的梦想就是带着你的军队建功立业驰骋沙场，听到打仗你的眼睛都是亮的，你不喜欢流血，但是战争让你兴奋。因为那是你逆转命运的唯一出路。”墨熄顿了顿，转头看着他。

“但对我而言不是这样。”

“……”

“我恨沙场。因为它不断从我身边带走重要的东西，只还了我并不在乎的功名。顾茫，我跟你曾是同袍，但或许我们从来不是同路人。”

他将目光转向那缭绕烟云，说道：“所以我们最后殊途，大概也是命中注定的。”

顾茫没有说话，蓝眼睛望着黑眼睛，香灰在他们身周寂寂拂过。

江夜雪的叹息仿佛又在耳畔响起，江夜雪告诉他过的——

“弗陵君走的那一年，墨熄只有七岁。弗陵君被副帅背叛，身首分离，灵核剥体。未寄的书信中还写着岂曰无衣，与子同袍。你与他做了差不多同样的事情，你让墨熄怎么原谅你。”

烟被风吹散，香火迷蒙。顾茫低声呢喃道：“墨熄，我觉得，我也……不想打仗。”

说这句话的时候，不知是为什么，他喉咙酸涩，几近哽咽。他虽然不记得了，但他觉得自己这一句是真心的。

是墨熄不懂他，是墨熄误会他。他怎么会喜欢打仗呢……那么多人死，尸山血海，一将功成万骨枯，他怎么会喜欢？他不是为了翻身在打，不是为了功名在打，不是为了自己的出路在打——不然他看不到那么多鬼，看不到他们在质问他，在责备他。他一直都活在罪孽里。

“我知道……你的那种心情。”你失去父亲的心情，我是懂的，我懂的啊……

墨熄不置一言。

在他父亲的坟茔前，他不想争吵，他曾经无比相信顾茫视人之生命与人之情义为最重，但如令他只觉得顾茫的话很可笑。一个说过“不能太念旧情”的人，一个能为了复仇把尖刀对准昔日手足的人，怎么会明白他的心情？

他与顾茫不一样，他根本无法从心底割舍旧情旧意，就好像直到如今，他仍是不爱闻桂花盛开的甜香。就好像他一直都忘不掉他父亲生前的林林总总，尽管那时候他还那么小。但只要他想，他一闭上眼，就能看到曾经的一幕幕。

看到墨清池站在月桂树下，背影挺拔高大。他甚至无法喜欢自己的武器，因为这么多年过去了，他一直忘不掉自己曾经问过父亲的那句话——“阿爹，你的武器是用什么做的？”

就像诅咒一样。

墨熄看着“弗陵君墨清池，英灵长眠”这一行字，轻而易举地就能勾勒出当年墨府后院的一草一木。还有他与父亲的那段约定。

他闭了闭眼睛，说：“你不会懂我。”

他从七岁起，就明白了战火意味着什么。用了最残酷的代价——他父亲的性命。

当时墨熄年幼青涩，小孩子一开始不知道战争意味着什么，只觉得很厉害，只觉得那些打打杀杀的快意恩仇说不出的吸引人，所以当时缠着他父亲问的，几乎都是关于武器的事情。

他喜欢父亲穿上戎装的样子，军容庄严，气宇轩昂；他喜欢父亲奔赴战场，在他心里爹爹是不会输的，战火给墨家带来的只有至高无上的荣耀。

他终究还是太天真了，全不知道战火会从他身边带走什么。

而墨清池呢，当时大约是觉得稚子年幼，讲那些生死道义之事太过沉重，于是便笑着回答他道：“爹有两把，一把是率然的魂魄所铸，那是我们墨家的家传兵刃，以后也会传给你。另一把呢，就是爹年轻的时候，刚刚进入修真学宫时得到的。”

墨熄满目钦佩，仰头攥着父亲的衣袖道：“我要看我要看！”

墨清池站在桂花树下，拾去墨熄额角落着的细花，而后掌心一抬，笑着道了句：“啸月，召来。”

一道金色的光芒从他手中飘飞而出，点点灵光汇成一只抹香鲸的形状，优哉游哉地游过桂树，尾巴一扫，刹那满庭桂雨。

小小的孩子站在父亲腿旁，惊奇地睁大黑眼睛，仰头望着。

“化刃。”墨清池一声令下，抹香鲸的灵体迅速化作一块金盾，被墨清池握在手中，墨清池低头朝儿子一笑，“啸月是一尾成了精的鲸鱼灵核所铸，化刃之后，是一块盾牌。这就是爹的第二把武器。”

他当时又是羡慕又是好奇，伸出手，小心翼翼地摸了摸盾身。

“所以修士用的武器，都是灵体化成的吗？”

“几乎都是。”墨清池笑道，“铜铁铸的兵刃，往往承受不了灵流，而且不能结契召唤，必须时刻配在身边。所以没什么人会选择凡铁。”

墨熄彼时听得似懂非懂，懵懂地眨了眨眼睛，又去看那块盾牌：“爹，我也会有吗？”

“你是墨家的独子，今后会进入修真学宫，当然也会有。”

墨熄的心情一下子雀跃起来，初生牛犊，对武器与死亡都未生敬畏之心，只觉得这样很厉害，他以后也要像爹爹一样跨上战马，南征北战。

他那时候没有经过生离死别，只莽撞无知地认为，自己一定会喜爱那种浴血生涯。

长箭破风雪，马革裹尸还。好一场英雄梦。

墨熄忍不住抬手摸着父亲的盾牌，眼中光亮闪动，问道：“那我的会是什么？会不会是和爹爹一样的大鱼？”

墨清池低下身子，与儿子尽量齐平，笑着摸了摸他柔软的黑发：“学宫的长老会交给你一个任务，你在那个任务里，会召唤出与你魂魄最贴近的一柄神武。对，你可能得到跟爹一样的大鱼，也可能是别的，飞禽走兽，灵木异花，皆有可能。”

“一进学宫就有吗？”

“差不多是这样。”墨清池笑道。

“那我们快去修真学宫吧！”他拉着父亲的衣摆，眼巴巴地，“明天就去好吗？”

“哈哈，明天不行。最起码也要等到你七岁，比七岁更小的孩子，学宫是不收的。”墨清池耐心道，“等你七岁了，爹就请奏陛下，允你入学宫。然后你就可以接受那个委任，完成委任之后，我们的火球儿也就是个真正的小修士了。”

不谙世事的他正露出点高兴的神色，忽然又像是想到了什么，怔了一下，犹豫道：“阿爹……”

“嗯？”

“那个委任，难吗？我会不会通不过，被赶回来？”四五岁的孩子，终究是忐忑的。

“不会。”墨清池笑道，“傻子都能过的委任，躺着都能过，闭着眼睛都能过，你一点都不用害怕。”顿了顿，忽然一拍头，“对了，还会有个师兄或者师姐陪着你，万一有什么难处，他们也会帮你的。”

他这才放心了，父亲这番话令他听得神往，看样子似乎恨不得马上就快快长大，好赶紧也得一柄属于自己的武器。

阿爹说，七岁就带他去，所以他每天就盼啊，盼啊，数着日子盼着七岁。甚至拿了一本重华大历，每天上床睡觉前都认认真真地在大历上画下一笔。

每记一笔，就好像离他纵横捭阖的战神之梦又近了一步。他喜欢打仗，迫不及待地想要得到武器，修炼精进，长大成人，而后与父亲并肩作战——多痛快。

再后来，燎国来犯，墨清池像往常一样挂帅，赶赴疆场。

那一年，墨熄终于盼到了他的七岁。

可他盼来的并不是灵武，也不是入学，而是一纸军报关山万里，未及他反应过来何谓生死，墨府已白绫垂落，王宫已丧钟长鸣。

“弗陵君殁了！”

举城哀声，纸钱飘落一地，像下了经年不化的大雪。

所有人都在哭天抢地，认识的，不认识的，眼熟的，寥寥数面的，一拨又一拨的人来到墨府洒泪祭酒，母亲已好几次哭得人事不省，那个虎狼之心的伯父当时也是做尽惺惺之态，悲痛地操持着兄弟的丧礼。所有人都披麻戴孝，就连君上来时，也是一身素白。

“我失弗陵，如失肝胆……”老君上的头搁靠在棺木上，涕泪纵横，哀声哽咽道，“悠悠苍天，何薄于我！”

群臣更是跪地一片，哭声恸天。

正厅外，祭奠的金银元宝堆作山高，大祭司吹响牦牛灵角，一道金光从棺木里飘然而出，点点金光化作一尾游弋的鲸鱼，在大殿内盘桓数圈，游出庭外。

庭外的桂树早已没有桂花了，大鱼游过，也再不复当年满庭桂雨的景象。

它向高天一冲而上，向云海归去。

“神武已解。”大祭司吟唱道，跪地叩首，“魂兮——安宁——”

众人纷纷哭拜道：“弗陵君英烈。”

“英灵归来——”

这一群白色的魑魅魍魉中，只有墨熄没哭，他一声不吭地跪在那里，怔忡而茫然地看着。谁去了？

谁殁了？谁是英烈？谁为英灵？

英烈，到底意味着什么？他从小到大一直听在耳里的两个字，陡然间因为父亲的死而变得那么陌生。他曾经觉得闪耀炫目的字句，他曾经无限向往的战场，到底是什么？

“英灵归来——魂兮长宁——”

不不，他陡地战栗起来。他不要英烈，他不要他父亲做什么英杰，他只想要他的爹爹站在庭院里，秋天的时候带着他去采满庭桂花，酿一壶甜酒。

他只想他爹爹回来，回来拉着他的手，低下来笑着跟他说：“小火球，你今年七岁了，爹带你去学宫，你要听话，好好跟着长老们修炼。”

他这样想着，就好像真的瞧见爹爹站在门口，回过头来，朝他倏尔笑了。

“火球儿。”他跟他说，“好孩子，你过来，再让爹看看。”

墨熄恍惚着向那天光映日里的身影走去。

突然间，送葬的鞭炮炸响了，噼啪破碎的声音，像惊醒了灵魂深处的一场梦。

“爹？”他茫然地，“爹，你在哪里？”

你、你在哪里？门口没有人，只有白帛在低低地垂摆着。

他手指冰凉，便在那过于残酷一刻，恍惚明白了“死”意味着什么，他忽然失声大叫，喊着阿爹，朝着大殿外奔追而去。一众臣子见状更是又惊又哀，拭泪不断。他伯父匆匆步出来，一把抱起挣扎不止的墨熄，红着眼眶道：“熄儿听话，来伯父这里，来伯父这里……”

“我看到爹了！我看到他的！”他大喊着，喊着喊着就忽然失了音调，扑在伯父怀里终于号啕大哭起来，“我看到他的……他为什么走了？他为什么走了？他为什么不要我了！”七岁的孩子声嘶力竭，一声凄厉过一声，眼泪已淌了满脸。

到最后，嘴唇哆嗦着，喃喃地就只有那一句：“他为什么不要我了……”

他七岁，他盼星盼月，认认真真，和他爹爹一起期盼着的七岁，原来竟是这般光景。

原来这就是战争。也是荣光的代价。

大半年后，他的诞日到了。他依旧穿着守丧的衣裳，最精细的丝线，最考究的做工，墨家哀荣深重，地位更盛从前。可那又怎样呢。

他来到轩窗边，窗外的桂花又开了，碧绿间落满金色的繁星，每一颗都像去年的倒影。他在馥郁的清香中坐下来，拿出画了两年多的重华大历，那上面已积满了厚厚的灰尘。

“我还有几天能过七岁的诞辰？”经年前自己的声音仿佛就在耳边。

彼时墨清池把大手摁在他的头上，慈爱地揉了揉：“不急。”

“可我很急啊爹爹。”他嘟哝道，“好想略过这两年，一睁眼，直接就到七岁了。”

墨清池大笑起来，那笑声从清晰到模糊。

墨熄当时未解将来会如何，他只觉得这两年既漫长，又无聊，想急着度过，好赶紧到七岁那天，好离他向往的战场越来越近。可是他不知道，原来他匆忙盼着过去的两年，将会是他一生之中，拥有阿爹的最后一段时间。

从今往后，无论他有多懊悔，变得多懂事，他也再回不去——那曾经被他嫌弃的，恨不能不要的。最后七百余天。他抱着那本大历，横线永远地停留在了重华大历十六年的除夕。他们接到战报的那一日。

“阿爹……”他轻轻地念了一句，“我们约好的日子到了。我可以去学宫了。”

等了一会儿，没有人回答他。

再没有人回答他，墨熄把头深深地低埋下去，蜷在桌前，肩膀微动，终究是泣不成声。

“爹爹……我们不打仗了好不好……你不要走……你回来啊……”

你回来啊……英烈两个字太残忍了，我只想你站在明堂里，秋天的时候和我一起看桂花又开。

你回来啊……等我长大，换我去疆场好不好？我不再是为了功名利禄，我也不再喜欢征战，我只是想保护你，我想在你身边。

我想你回家，阿爹……

“你永远不会懂我。”云雾缭绕的战魂山顶，已至而立的墨熄慢慢睁开眼睛，目光在弗陵君的玉碑上驻留片刻，而后转向顾茫。他淡淡地对顾茫道，“如果你不是为了一己之义沉溺于战争，我不明白你为什么会投敌燎国。”

“……”

“重华是对不起你，我们是欠了你。但是摆在你面前的路不止一条，你要叛国也不止一个去处。但你偏偏选了燎国。”墨熄黑眸清冷，“你想的是复仇，为你的野心，为你的战友，为你们的出路，你无所谓其他人更多的血。”

“墨熄……”

墨熄几乎是自嘲地：“对不起，是我没用。哪怕以性命为质，也没有换来你当年回头。”

顾茫看着他的眼睛，那双眼睛太黑太冷，太深邃，里头载着长达七年的失望，在天光明亮的战魂山巅显得如此清晰。顾茫心里陡然激荡。

他不知道那激荡究竟算是何种心情，他只知道，他不想看到墨熄这样的神情。

他不想让墨熄一直这样看待自己。心血翻涌间，一句话冲口而出：“你能不能再信我一次？”

这句话犹如一支冷箭，说话的人和听话的人都猝不及防。

墨熄微微睁大眼睛，那张俊美的脸上有诧异，也有极罕见的茫然，甚至还有些恍惚：“什么？”

顾茫咬了咬自己的嘴唇，站起来，逆着天光看着他：“我不知道我以前是个什么东西。从前的事我都忘了。但是现在的我觉得你说得没错。我也不喜欢打打杀杀，我也不喜欢被人背叛。”

料峭春风吹得他白色衣袍呼呼飘飞，一朵厚重的云正在此时缓然移过，万道金光犹如羽箭穿林，自顾茫身后射落。

好像要把昨日的什么人伏杀，又好像要把什么人的心洞穿。

昔日的神坛猛兽立在墨熄跟前，逆光之下墨熄看不清他的脸，但抵达耳中的声音竟如未失记忆前一般坚实。

“我想赎罪，不想让你失望。”顾茫道，嗓音里天生的那种力量叩击心魄，“你能不能再信我一次？”

顾茫在墨熄跟前半跪下来，第一次地，真正意义上垂了头颅，恭敬的，愧疚的，怀着希望与热，负着鲜血与冷，他低声说：“求主上，教我。”

墨熄竟一时说不出任何话。

而就在这时，忽然响起两下拍掌声，一个薄烟般幽冷的嗓音从不远处传来：“感人啊，这是唱哪出？浪子回头金不换？啧啧啧，我可真要被感动死了。”

两人回头，见慕容怜白衣飘飞，擎着管烟枪，懒洋洋地从暗处走出。

战魂山的山巅除了这些英雄碑之外，还有八尊足有十人高的玉像，分别雕刻着重华立国以来的七位君王以及一位最了不起的国师。慕容怜方才就隐在其中一座雕像后面，没有人发现他的存在。

墨熄起身，居高临下睥睨着他，冷淡道："望舒君，你至于这么无聊？"

"本王祭拜先父，祭完之后想俯瞰人间好景，思忖浮生若梦。所以站在这里看山看水看浮云。"

慕容怜眯起眼睛，嘬了口烟，慢慢吐出来："不然羲和君以为我愿意听这么可笑的对话？什么'我想赎罪'，呵呵，真是笑掉我的牙了。"

他洁白的丝履踩着青玉板路，径直走到他们面前，满怀恶意地将顾茫上下掂量："宝贝儿，你知道你从前是个什么货色吗？"

顾茫的镇定几乎能把人气死，顾茫说："知道。我是个叛徒。"

慕容怜吐着烟圈，脸色不虞地冷笑道："哟，原来你清楚啊。我以为你在羲和府好日子过的，都快要忘记自己的身份与地位了呢。"

墨熄不动声色地迈了一步长腿，挡在了慕容怜和顾茫之间。

墨熄道："慕容怜，你管得未免太宽。"

慕容怜阴阳怪气地笑道："我养出来的狗，我说两句都不行了？"

"他现在是我手下的人。"

墨熄语气不善，慕容怜脸上那层薄如蝉翼的伪饰便也一揭而落。

"不用你特意强调，我也已经看出来你确实挺把他当人的。英烈埋骨战魂山，唯有重华子民可叩拜。"慕容怜蓦地挨近墨熄，眼中精光闪动，咬牙道，"怎么着啊羲和君，你是不是还把顾茫当兄弟呢？如此敌我不分，接下来要不我们干脆铺个红毡毯，鸣着炮撒着花把燎国的国君也带进重华英烈陵观光一番算了？"

他这样咄咄逼人，墨熄尚未理会，顾茫却开了口："我是来道歉的。"

慕容怜仿佛听了个莫大的笑话："道歉？"

顾茫以为是自己没有解释清楚，又道："我来道歉，向他们——"他回头看了看矗立的英烈碑，"我是来向他们谢罪的。"

这回慕容怜直接哈地笑出了声来，水烟枪缀着的流苏随着他的笑声而微微拂摆着，慕容怜越笑越大声："哈哈哈——哈哈，谢罪？谢罪？"

他狐一般的眼蓦地盯向顾茫，脸上笑容未散，眼底狠戾已出，如此混杂一谈，那张苍白的脸庞便显得格外狰狞。

"你要怎么谢罪，你想怎么谢罪？别笑死我了顾茫，你以为你膝盖一软跪在墨熄他爹的墓前磕两个头化一点纸就是谢罪了？重华万千英魂还容不得你这么糟践！"

墨熄怒道："慕容怜！"

"怎么了你还不让别人和他说话了？你还不让我指摘两句了？"慕容怜蓦地回头，"火球儿，你我从小都没了父亲，我望舒府哪里不如你，由得你这样喝令我？！你老子我老子都在这山上躺着呢！你不介意他进来，我介意！不行吗？！！"

说着，抬手凌空朝顾茫狠狠一点："你看看他！他这优哉游哉的样子算什么谢罪！！"

顾茫忽然上前几步，越过墨熄，走到慕容怜面前。

他道："我没说这就是谢罪。我不聪明，但我知道这远不够。"

慕容怜怒道："放屁！你不是笨。你是太聪明。在落梅别苑装乖巧认命，到了我们墨帅手里，又开始装懊悔，来烧两张纸钱博同情！"

"顾茫，你是不是觉得重华战死的英烈特别好买通啊？你是不是觉得两张冥币就能把你的过错一笔勾销前尘尽释了？你是不是觉得重华英烈后嗣都和你家羲和君一样好打发啊？"

顾茫笔直地看着他，说："我没有。"

"那你这个杂种今日就不该进来！"

慕容怜说着，蓦地用烟斗勾住顾茫的后颈，烟斗很烫，烫得顾茫猛然一颤，但是顾茫没有挣开，犹如某种决心的表呈。他一声不吭地用透蓝的眼睛盯着慕容怜的脸，烟滤里的浮生若梦残灰沿着他宽大的衣襟落下去，星火烫破了他的皮肉。

他没有躲，可墨熄却看不下去了——无论是因为顾茫，还是因为英烈陵庄肃，他都不想再看慕容怜把这出闹剧继续。

他一把握住慕容怜的胳膊，把烟斗从顾茫脖颈后挪开。

烟口磕着的地方皮已经被烫破，暴露出鲜红的肉，慕容怜犹嫌不够，怒道："墨熄，你给我松手！"

"慕容怜，你想在战魂山撒野吗？！"

"是你带叛徒来恶心重华历代英灵！你还有脸说我？"

"他是来谢罪的！"

"就谢你爹！！他谢了其他人吗？！他跟其他人跪了吗？谢什么罪！就是在讨好你想要日子过得舒坦！我看他的目的已经达到了！你接下来打算怎么样？是不是要去君上面前给他请个功啊？你知道他有什么居心吗？！！"

怒焰炽盛之间免不了推搡动手，不过应当说是慕容怜向墨熄动手，而墨熄一直隐忍着没有在战魂山陵园内动粗。顾茫见墨熄被慕容怜连戳带推，想去拉架，却不料慕容怜蓦地回首，一巴掌抽在他脸上。

"啪"的一声脆响。

顾茫脖颈的红莲咒印蓦地一亮，却克制住了没有爆开。因为他听懂了他们的对话，他知道这里不该动武，更不该见血。

慕容怜一掌掴落仍不解恨，这张脸在他瞧来说不出的复杂与恶心，于是当胸狠一脚踹在顾茫胸口，顾茫避闪不及，被他踹翻在地，跌在青玉长阶上，呛出一口血来。

“顾茫！！”

顾茫狠一抹嘴角的血，抬头望了慕容怜一眼，他眸中兽性一动，但仍是狠狠压下。他喘了口气，垂落眼睫，推开墨熄想要扶他起来的手，竟用袍袖将地上血迹细细擦净。

慕容怜眯起眼睛，余怒未消而指尖微颤：“你这是做什么？”

“不该把这里，弄脏。”顾茫说完，复又将脸扬起。

“我说我想赎罪，是真的。”

“……”

“说不会再背叛，也是真的。”

慕容怜：“……”

“我没有撒谎。”顾茫犹带淤血的嘴唇微微翕动着，开合着，“我今天跪在这里说的，都是真的。”

那双透蓝的眼睛太干净太清澈了，慕容怜不由往后退了一步，袍袖下的手摩挲着自己拇指配着的一枚宝蓝色指环，肌骨的那种颤抖愈来愈无法克制，似乎想把自己心里生出的那股情绪强压而下。慕容怜顿了片刻，忽然咬牙道：“好。你要谢罪，要磕头，要从头来过对不对？”

顾茫坚定道：“是。”

慕容怜仰头喘了口气，目光再投向顾茫时闪动着极其复杂的情绪，他袖掩下的手指几乎要把那枚宝蓝指环扣进自己掌心里。

“陵园万冢，无论新老与否，是否因你而死，你一个个跪过去。每跪一个，重复一遍叛臣顾茫万死难赎血罪。你只有把这座山的每座坟都跪过去，才勉强有资格说一句——”慕容怜俯身，带着烟气的脸颊贴近顾茫的耳鬓，“你有诚心，谢罪万灵。”

说完，慕容怜直起身子，看了墨熄一眼，似乎早已料定了墨熄定不会同意，于是复又对顾茫道：“不过，说到底如今你也是羲和君的人，做不做我也命令不了你什么。一切都看你自己有几分悔意。”

顾茫没有犹豫，甚至没有丝毫停顿，他从地上起来，灿烂金光照着他红肿的脸颊和唇角的血渍，他说：“我做。”

我说过我是真心的，只要我想做的事情，就再也不回头。

慕容怜听到他这么快就答应，脸上的表情已不知是狞笑居多还是惊愕居多，又或许有些除了他自己谁也琢磨不透的秘密藏匿其中。

慕容怜眸光闪动，轻声道：“你可不要后悔。几万座坟，三天三夜也未必叩得完。”

顾茫道："那就四天四夜，十天十夜。"

他甚至还转头看了墨熄一眼："我想给你看，我的决心。"

墨熄早已指捏成拳，却一直没有说话——他太了解顾茫了，看到顾茫的眼神光，他就已经知道这件事情如果不让顾茫做，顾茫绝不会甘愿。

再者，慕容怜所说也确实不错。小恶回头尚需代价，何况顾茫背负的是横尸遍野，万里血膏。

但墨熄仍是低哑道："顾茫，你想清楚了。就算你跪了，也没有任何人能原谅你。不管三天三夜还是十天十夜，哪怕你磕死在这座山上，你在重华也仍是一个罪臣，什么都不会改变。"

顾茫只重复道："我想给你看我的决心。"

墨熄胸前如同巨石重擂，两次重复，他忽然明白了顾茫的意思。

顾茫并没有奢望过所谓的罪孽与背叛一笔勾销，顾茫也早已清楚罪孽和背叛都不可能就此磨灭。

他只是想活得和从前的自己不一样，他只是觉得从前的自己不对，他只是，他只是想……

"你看了之后，如果愿意相信我，能不能教教我该这么做，这一次，我不想再走到弯路上去。"

墨熄什么话也说不出来，山顶的寒风间，他的脸色是那么苍白，血流又是那么冰冷。

他看着顾茫仰着的头，尚且浑然无知的脸。良久之后，他听到有人说话，那嗓音哑得厉害，后来他才发现那个说话的人竟是自己。他叹道："顾茫，别傻了。你并没有路。"

顾茫微微睁大眼睛。

慕容怜脸色一变："墨熄——你别把……"

但墨熄不听，他心如刀割，喉间沥血，却仍一字一句地，说得那么冰冷，那么狠戾。

"你没有路了。君上定你的是死罪，你之所以活着只是为了随时随地等着被拿来做黑魔试炼。"

慕容怜怒道："墨熄！！你疯了你把这事告诉他？！"

"那你想怎样。让他满怀期待地赎罪，到死的那天再跟他说对不起你之前做的都是无用功？"

"……"

墨熄把目光重新转了回去，对顾茫道："既然你要这么做，我就把真相告诉你。可能明天，可能明年，最后总是死，无论你做什么，都不会有从头来过的机会。"

顾茫没说话，睁大的眼睛慢慢地低下来，长睫毛垂着，在海水般深邃的蓝里落下暗香疏影。就在慕容怜与墨熄都以为他会就此作罢的时候，他却忽然低声道："我知道了。"

山风呼啸，似金鼓鸣响，又像亡魂低泣。

“但是没关系。因为我想，哪怕能重来一天，哪怕能好好过一天，也是对的。”

脸庞仰起，竟似从前那个在绝境里也向死而生的炽烈少年。

顾茫道：“能走多远走多远，明天要我死，我就做一天的好人。明年要我死，我就做一年的好人。这是我最后能做到的。”

这是我颠沛流离那么多年，最后能求的一丝问心无愧。

一滴露水从柏叶上滴答而落。

墨熄的宽袖在清风里猎猎飘飞，他站在战魂山英烈陵的松柏坡上，遥望着碑林之间，那个小小的影子。

这是第一日的深夜，星垂四野。

与慕容怜一番交锋后，顾茫就真的在战魂山一座坟接一座坟地磕了过去。慕容怜给他的明明只是羞辱，顾茫却把这当作了一条出路，他用十头牛也拉不回来的固执，想要以此证明自己重新萌发的心志。

“你真的要这么做？”

“真的。”

“哪怕什么都不能改变？”

“能改变的。”顾茫说，“至少我自己能好受些。”

于是慕容怜知道自己得逞了，而墨熄知道顾茫已做出选择不会回头。

后来，慕容怜走了，墨熄也必须离开。顾茫一个人在鸟雀啁啾的墓园叩首跪拜，后来，倦鸟也归林了，夕阳坠落，吴钩霜寒，万籁俱寂里，唯顾茫是这座亡人之城的动静，一叩一拜。

再后来，墨熄放心不下，又独自返回了战魂山顶，他不便于露面，于是站在松柏坡上遥遥地看着那个白色的身影。

顾茫跪了一夜，他便也在树下看了一夜，待到天明破晓，有扫墓祭拜的人来了，墨熄也就悄无声地离去了。他还有朝会，并不能时时刻刻留在英烈陵。

不知是不是慕容怜在刻意煽风点火，顾茫在战魂山叩拜英灵的事情就像插了翅膀，不消一个上午就传遍了整个重华城。

“这厮又在打什么算盘？”

“听说是忽然之间开了窍，觉得自己以前做了错事，想要谢罪啦。”

“他真有这份心？别是黄鼠狼给鸡拜年。”

“去看看吧？”

重华城的高阶显贵，白日里是没有任何空暇去战魂山找事儿的，但是还有些平日里游手好闲的散人，听到这件事就和蚊子嗅见了血一窝蜂地去了英烈陵，说是去扫墓，其实也就是为了去亲眼见见这番热闹。

这些人尽管碍于羲和君的面子，不会直接去和顾茫为难，但冷言讥讽的却不在少数。

于是顾茫跪着，而他们却以袖掩口，互相低语："还真跪得有模有样，以前他在望舒君的别院里伺候客人的时候可没见着他态度这么好。怎么到了羲和君手里调教了半年许，乖巧成这样了？"

"羲和君手段好呗。"

"要我说，羲和君这人吃软不吃硬大家都知道，姓顾的一定也是摸透了羲和君的性子，所以假装忏悔，惺惺作态，骗人骗鬼。"

"原来如此！还是你说的有道理，哎呀，是啊，真要他真那么愧疚，为什么不干脆自尽？"

"果然还是个骗子！"

顾茫充耳不闻，便在这指指点点中拾级而上，一边拜，一路磕，口中不断重复着慕容怜教过他的话：

"叛臣顾茫，万死难赎血罪。"

他念得那么虔诚，好像这句话像是一句往生咒，能将他罪恶的灵魂从无涯苦海里救出。

可恨他的人太多了，唾弃他的人太多，他在苦海里挣扎，岸上的人却朝他砸石头，跟他说回去吧，溺死吧，你这一辈子也就配这样的结局。

顾茫在这逆流中不断重复着跪拜的动作，额头千次万次磕在硬冷的石面上。他脚步沉重，身体颓唐，但眼睛却闪着光亮，支撑着他拾级而上。

弯下他的脊骨，低下他的头颅。

"叛臣顾茫。"

虔诚合掌，从天地金辉，到夜幕苍茫。

"万死难赎血罪……"

到第三日的时候，天空阴云密布，重华城下起了绵绵春雨，顾茫衣着本就单薄，在料峭春寒凄风苦雨里跪得久了，身子终是有些撑不住。他手足并用强撑着爬上又一层石阶，在第一个玉碑前跪地。他嘴唇翕动着，想说话却实在发不出声，雨水顺着他的脸庞凄迷而落。

他仰起头，仰望着那巍峨庄严的英烈碑。

"第七代望舒君慕容玄，英灵长眠。"

原来已磕到了慕容怜的父亲墓前……

顾茫看着那一行威严的金字，碑文那么清正肃净，而他像蜷缩在神祇前的一摊烂泥，一抔土灰。他嘴唇哆嗦着，已经几乎发不出声的喉管蠕动着，努力地低喃开口："叛臣顾茫……"

春雷惊动，沉闷犹如天幕化作巨鼓被轰然擂响。

顾茫颤抖地抬起像是灌了铅的双掌，在额前合十，而后合上眼睛，佝偻地蜷跪下去。

“万死……难赎血罪……”

天雷空破。

仿佛被此雷霆之威震碎，这一跪之下，顾茫没有再起身。三日三夜的叩首，不眠不休，终于让他支撑不住昏了过去。

见他狼狈不堪地倒在了雨里，蜷在了慕容玄的墓前，那些原本就是来瞧热闹的人就像秃鹫闻到了死物，立刻凑上去靠近了看。他们睨着那具湿淋淋的单薄身子——顾茫暴走事件他们是知道的，因此顾茫清醒的时候，他们并不敢太过放肆，讲话也多是耳语。但顾茫此时昏迷不醒，疲惫至极，某些人的胆子也就大了起来。

“这个狗奴才，说是诚心谢罪，还没磕完就软弱不堪地倒下去了，真晕还假晕啊？”

“踢一脚不就知道了。”

于是有人上前踢了踢顾茫苍白的脸颊，等了一会儿，仍不见顾茫有任何动静——“他是真的昏死过去了！”

哗地一下子热闹起来，便如堤坝撕开个口子。

“让他来战魂山磕头的，又不是让他来战魂山睡觉的！”

“该打！”

说来也是有趣，此刻聚集到战魂山的这些人，大都并不是什么将门虎子，英烈之后。真正与顾茫有直接血仇的那些高阶贵族并不会特意爬那么久的山，哼哧哼哧花上一整天就为了瞧个热闹，他们只想看到顾茫伏法，如果不能伏法，他们宁可不去看这个人，看着还嫌恶心。

而至于手中真正掌握着权力的那一类人，譬如梦泽公主，譬如姜拂黎，譬如岳钧天慕容楚衣，这一层的贵族与能臣，就更不可能来趟浑水。

所以说物以类聚，能特意凑到山顶上看顾茫出丑的都是些品性相似的蝇苟之徒，大多没什么本事，也闲得发慌。明明顾茫并没有直接欠着他们人命债，这波人却比真正的英灵后嗣还要情绪激动，意欲打抱不平。

而这世上的打抱不平大抵可以分为两种：一是真的心意难平，有事说事；二是真的无所事事，没事找事。

此刻围聚战魂山之流自是属于第二种，但除了这些没事找事的人之外，也有零星几个真正来战魂山祭拜扫墓的路人撞上了这一幕。于是一团粥似的乱象中，忽然传出一个孩子轻轻的声音，脆生生的童稚之音，带着哭腔，呜咽道：“叔伯姨娘，你们……你们能不能不要打他了……”话未说完，就被一只大手捂住。

那些人回过头来，初时不知是谁家千金居然敢直接开口阻拦，还有些慌，心道别是什么大贵族家的闺女吧？但当他们看清说话的人时，转瞬换作凶狠嘴脸：“长丰君？你女儿又在发什么疯？”

原来方才出声的孩子就是小兰儿。

小兰儿今日也随父亲来陵园祭扫，没想到竟会遇上如此情形。她自患病起就处处遭受白眼，没人敢跟她玩耍，没人愿意听她说话，除了爹爹，就再也没人与她笑过。

虽然在药师府一见，她与顾茫其实只说了几句话，但就那几句，那一只停在她鬓角的蜻蜓，竟已是她那么多年第一次得到的天真烂漫。此时见到大哥哥被这样欺辱，眼泪不禁簌簌地滚了下来。

长丰君忙道："对不住，对不住。"

那些人却不依不饶，嘲讽道："说你女儿是疯狗还真没错，居然帮着这种恶心东西求情。"

"管好你女儿的烂嘴吧，她现在还能在学宫上课都是我们看你可怜，给你的机会，要是不识相，迟早挖了她这祸患的灵核！"

竟更有甚者，尖酸刻薄道："长丰君你女儿别该是小小年纪就看上这条狗？"

如此龌龊言论，世上任何一个正常的父亲都不可能忍得下去。但长丰君并不属于"正常"的一类人。他是已经被逼到绝境的麋鹿，面对磨牙吮血的虎狼，他能怎么办？哪怕再气，气得撕心，气得发抖，他也只能把怒焰强忍下去。

尽管他脖颈的经络都暴起了，他也只能赔着笑。

他们说得对，小兰儿已经不能犯任何一点错误了，她随时随地都有可能被挖去灵核，逐出学宫。

长丰君一边躬身道着歉，一边仓皇把女儿背起，带着她离开这是非之地。出了陵园，他一松开捂着兰儿的手，小丫头就哭了。

她伏在他背上，哽咽道："爹爹，那个大哥哥到底犯了什么错……"

长丰君摸着她的头发："死罪啊，叛国死罪。兰儿，不要再多话啦。"

"没有办法原谅他吗？"

"罪无可赦，没法儿原谅的。"

兰儿眼泪像断了线的珠子淌落："可是……可是……"

她伏在父亲肩头，看着顾茫和那一圈人在视野里越来越远，越来越模糊，小孩子不谙世事，更不知顾茫早已无父无母，她哽咽道："可是他这样……他的爹娘看到。"

可是小兰儿并不明白，顾茫没有爹娘了，他很早就失去了他的亲人，然后，失去了他的兄弟，失去了他的军队，失去了荣耀与声名——如今他除了一身污泥再无其他。没人会为他痛，只有人为了他的痛而拊掌称快，没有人会在乎他的。而那个唯一可以陪伴他的人，也被命运与地位的枷锁捆缚着，早已身不由己。

第18章

“羲和君。”

军政署的明堂内，完成了公务的墨熄正准备离开王城往战魂山去。顾茫在陵园的这段时日里，墨熄每天都以最快的速度处理好军务，然后就来到松柏坡上远远守着顾茫。

但是今日，他却被侍官叫住了。

“何事？”

“东境急报，君上请您速去金銮殿夜议。”

墨熄正欲扯松军袍领襟的手顿住了。

侍官冰雪聪明，立刻觉出异样：“羲和君可是另有要事？”

“东境什么状况？”

“云国倒向燎国修黑魔之道，暗蓄了大量阴兵，东境的三座小镇百姓俱被屠戮杀害……”

墨熄修长白皙的手指将刚刚松开一些的军政署衣袍重新理好，说道：“你回禀君上，我整理过往阴兵宗卷后，立刻去金銮殿议事。”

“那就恭候羲和君了。”

于是，金銮殿的那个人一夜无眠，秉烛夜谈。而战魂山的那个人，一夜昏沉，无人去管。

第四日清晨，顾茫从昏迷中醒来。

他模模糊糊睁开眼睛，天已经放晴了，他躺在积水里，邈远清澈的青天仿佛一抬手就能触碰到。顾茫动了动，觉得身上莫名多了几处伤口，但他没有在意。

“唔……”他揉了揉自己头上肿起来的一个包，是昏过去时摔的吗？还是头磕多了所以肿了……他想不明白，于是不去再想。

还剩最后十几排石碑了，他慢慢爬起来，掬了点慕容玄墓碑前的积水，也没有嫌脏，慢慢地喝到肚子里，然后手脚并用地爬起，继续往前磕去。

就像雨过天晴，他觉得自己的罪孽似乎也终于能少去那么一丝一毫。他没有停，他在向自己梦里的厉鬼幽魂跪拜，在向过去与未来跪拜。

一级一玉阶，一碑一亡人。

墨熄是在半个时辰之后来的。在军机署熬了一整夜，连续二十几个时辰不曾合眼令他眼圈都是红的。别人熬夜忙完军务之后是赶紧回家休息，他却跟中了魇似的提着军机署准备的早点吃食，独自来到了战魂山。

已经第四日了，顾茫在这里拜了四天。四天四夜不眠不休对于从前的顾帅而言或许不算什么，顾帅有最强大的灵核，足够支撑他像火炬一样旷日持久地燃烧。但是现在的顾茫还剩什么呢？只一具破损的残躯，一个破碎的魂灵，可他还要撑着。

墨熄就这样默默地，远远地看着顾茫。第九千一百六十一块碑……第九千一百六十二块碑……顾茫跪着，他就在替顾茫数着。就快了，就快跪完了。

到了晌午时分，顾茫终于重新爬到了墨熄父亲的英灵碑前。他像个泥潭里打过滚的小叫花子，浑身上下都是泥水，脸也脏了，额头也破了，膝盖早已血肉模糊。但他眼睛亮得出奇，任何一个看到这双眼睛的人都不应当怀疑他的真心，击碎他的希望。

顾茫仔仔细细地磕了三个头。

结束了，他重重松了口气，踉跄着想要站直身子，可因为跪得实在太久，他一站起来就往地上栽去——可预料中的痛，却并没有来。

忽然有一阵风掠过，有人扶住他，那个人身上的味道很淡，却是顾茫熟稔的栀子蜜香。那个人的手虽然竭力克制，却在微微颤抖。

顾茫回过头，看到墨熄的脸。

墨熄一直在暗处忍耐着，煎熬着，陪顾茫等着这一场谢罪的终结。

顾茫看了看墨熄，又看了看墨熄握着自己胳膊的手，慢慢地，他脏兮兮的脸上露出一个几乎算是轻松的笑，可是眉眼倏地弯起，眼泪却烫热地滚落了。

顾茫心知丢人，胡乱抹了一把，他想说话，可重复了几万遍“叛臣顾茫，万事难赎其罪”之后，他喉结滚动，一时竟也不会再说别的了，只又哭又笑地看着他。

他太笨了，破损的脑子转不过来，可他急着想表达自己，手忙脚乱间顾茫抬起手，戳了戳自己的胸口。

“你明白了吗？我没有骗你。”

顾茫一字一句，笨拙得厉害，他努力想咧嘴露出个笑，可泪水又禁不住先滚了下来。

“我没有，说谎。”

“……”

“是真的……这一次……都是真的……”

墨熄的灵魂都快被私心与国仇撕成两半了。他什么话也说不出，最后只沉默着将顾茫扶到山巅的休憩石凳边。

顾茫望着山间林立的玉碑，他喃喃道：“真好，我都跪完了……”

山巅的清风轻轻吹着。

“可以重新开始了……”

此刻顾茫每说一句话都像在拿刀子割墨熄的心，他低下头，把一只楠竹饭壶在石凳上放好，这只壶是他从军政署的膳堂里直接拿来的，施加过灵力，菜肴的滋味能在壶里得到很好的保存。他把里面的食物端出来。

他不去看顾茫，低声道：“先吃饭吧。”

草菇瘦肉生滚粥，米糕，酱汁浓郁入口即化的东坡炖肉，配着甜面酱的黄瓜细段，还有几个宣软的馒头。墨熄把筷子递给他，顾茫并没有接，他有些窘迫地伸出灰乎乎的手，努力在衣服上蹭了蹭，发现怎么也蹭不干净，于是呆坐出神。

墨熄叹了口气，拿出自己洁净的帕绢，用引水符倒了点水在上面，然后对顾茫说：“手拿来。”

“脏的……”

墨熄没再说第二遍，只将顾茫的手拉过来。

墨熄低着眼帘，用沾了水的帕子慢慢地、仔细地将顾茫的手擦拭。最后那双手干净了，他原本洁白无垢的手绢却弄脏了。

墨熄道：“吃吧。”

顾茫看着馒头和肉，他是真的饿得厉害了，喉咙吞咽着：“吃肉和馒头，可以不用筷子吗？”他举起刚刚擦完的手给墨熄看，“你看，干净的。”

“……”墨熄扫了一眼，那些细碎的伤疤在洁净的手掌上反而愈发刺目，他将目光转开去，说道，“就今天一次。”

顾茫立刻点了点头，饿惨了地抓起馒头咬了一大口。

墨熄明明自己也枯熬了一夜水米未进，却还是看着他，竭力以一种并不太在意的语气道：“没人和你抢。”

回应他的是顾茫停不下来的凄惨吃相，塞满了馒头的嘴里发出的一声意义不明的呜咽。墨熄的语气于是又软了些，轻轻地：“你慢点吃。”

回应他的又是一声意义不明的喉音，堵在馒头和烧肉里。算起来他们已经太久没有那么平和地相处过了。

顾茫塞着一嘴的馒头，却还用颤巍巍的手把剩下的一半掰开，热气蹿上来。顾茫把小的自己留着，大的递给他，腮帮鼓鼓，蓝眼睛水洗过般清透地睁着。

“你也饿吗？”

墨熄怔了一下，慢慢道：“不用了。”

“你不喜欢的馒头的话……肉也有，也分你。”

墨熄把脸转了开去，以此掩饰住自己眼眶的微红发烫：“我刚吃过，这些都是你的。”

顾茫这才安心地继续咀嚼了。

吃完饭后，两人一同下山，路陡又远，顾茫不喜依靠别人，便一跛一拐地在前头走着，墨熄跟在他身后，一言不发地看着他的背影。

这个背景是如此熟悉，多少年前也曾有一个年轻将领这样固执地率领着他的手足同袍们跋山涉水，披荆斩棘。

他并非特别高大，因为无暇顾及军容总是脏兮兮的，甚至有些猥琐，有些佝偻，好像妄图撼树的蜉蝣，随便谁伸出根小拇指就能把他碾死。可是这只蜉蝣被戳倒了一次又爬起来一次，死乞白赖，生命顽强，怎么也打不倒。

他曾是整个军队的战神，给无数人以胜利的信念，回家的希望。或许正因为如此，墨熄曾以为自己非常渴望看到顾茫的忏悔与道歉，可真的见到顾茫在一座座墓碑前叩罪时，墨熄得到的却只是更深的痛。

顾茫弯下脊骨的样子不好看，他支离破碎的神情不好看——没几个人喜欢看强者变得佝偻，何况那人曾是你的光明。

正出着神，顾茫忽然停下脚步，回头望着他。

“怎么？”

顾茫指着眼前的三岔口：“不记得往哪里走了，左边吗？”

墨熄往左手边遥望，见那边林木倒伏，辟出了一块空地，拉着戒严链，有两个王城的高阶禁卫守在那里，身后是结界光芒阻断，看不到结界后的具体情况。

墨熄道：“那是战魂山禁地，无人可进。往右边。”

顾茫若有所思地望了望那个神秘的禁地，眼眸逐渐有些涣散，仿佛像是感知到了什么，竟露出了些悲伤的神色。

墨熄问：“你怎么了？”

顾茫未答，而此刻恰逢日暮晚钟，苍凉的钟声自城郭内悠远响起，回荡在天地之间。山林间起了风，从禁地深处滚涌向山路。一时间万木萧瑟，鸟雀扑飞，顾茫便在这清风里慢慢地阖了眼睛。

“不知道。”顾茫说，“但我好像，曾经梦到过这里……”

这人神神道道的一句话不可信，这块禁地由君上划出的时候，顾茫已经叛变了，无论如何都不可能来过这个地方。

墨熄道：“这里从没有人能进去，十二时辰都有重卫结界把守，你怎会来过。”

顾茫动了动嘴唇，却也不知该说什么，只得“嗯”了一声，一步三回头地往反方向去了。

回府后，因为连日的跪拜又累又饿，顾茫吃了点东西，洗了个澡，就进窝里呼呼大睡了，再没提起这件事情。

这一睡就睡了一天一夜，等他再次醒来时，瞧见墨熄站在桂花明堂里，一袭黑金衣袍，负手而立。听到身后的动静，墨熄回头，抛给他一个卷轴："接着。"

"这是什么？"

"《术法初窥》与《重华旧史》的合录。"墨熄道，"你有回头的意思，昨天我已与君上说过了，这书是他让我交给你的。"

顾茫原本在哗啦来回翻动着这本竹简，一听此话，倏地抬起头来，眼睛发亮："他答应让我从头来过了吗？"

墨燃没有马上回答，而是神色古怪地看着他："……我再跟你说一遍，我曾经告诫过你，无论你做再多补偿，君上也绝不可能收回处你以极刑的谕令，无论你做什么弥补，都改变不了最后的结局。"

明堂内花影温柔，字句却残酷。

"你还是会被用作黑魔试验，等到失去利用价值后，你还是会死。"墨熄顿了顿，问，"你明白这个意思吗？"

"我知道。"

墨熄闭了闭眼道："你过过脑子，想清楚再回答我。"

"我跪了四天了，想得很清楚。"顾茫却很坦然，他的坦然甚至能让墨熄轻而易举地联想到从前那个天塌下来也能一肩扛着的男人。

"我知道，君上让我学这些，只是想要再'利用'我。与其让我白吃饭，不如让我做了事再吃饭，这个道理我懂。"

墨熄道："也不止如此，他让我教你这些东西，是还希望你能回忆起一些有用的东西。"

"那有什么不好？"顾茫道，"我也想知道在自己身上曾经都发生过些什么，想知道你们说的是不是真的。"

手指紧捏，陷入掌心，墨熄道："话我今日都与你说清楚了。你若要选这条路，真到了临刑那一天，别怨重华待你无情，你别不甘心。"

"我肯定不会甘心的，但你也会死，我也会死。"顾茫爱惜地摩挲着手中的竹简，仿佛摩挲着自己的未来，他有着近乎兽类的直白思绪，"但只要之前还能活好一点，那就活好一点。"他说罢抬起头来，清冽的眼眸直勾勾地盯着墨熄。

"不然我为什么不干脆明天就死呢，还好过一天天痛苦。"

墨熄竟是无言以对，好像无论在无赖的顾帅面前，还是在无知的顾茫面前，他最后都会落到这样的一个境地。

墨熄沉默地与顾茫对视一会儿，而后道："以后每日戌时来我书房，我会尽力教你。"

顾茫抱着卷轴，点了点头。

从这天后，墨熄便开始教顾茫一些无须调用太多灵力的初阶法术，并与他讲一些重华旧史。依照姜拂黎的说法，这些都是顾茫曾经学过的，二次修习有助于唤醒顾茫缺失的记忆，确实是比较好的一种恢复方式。

就这样日复一日，时间不知不觉便已到了暮春。

期间顾茫陆续又回忆起了一些从前的事情，但或许是因为姜拂黎开的宁心药效用太好，所以顾茫想起的往往都只是无关痛痒的碎片，大都是跟学宫修行有关的内容。这些记忆派不上什么用场，最大的用途恐怕就是让顾茫多少找回些从前的影子，不再那么痴痴傻傻。

他有时会像顾帅一样大摇大摆地走路，有时又如同狼犬般蹲在角落里默不作声。有时讲话会格外机灵且妙语连珠，有时候却又磕磕巴巴一字一顿什么也说不清楚。

最让墨熄心烦的是，随着顾茫部分记忆的恢复，这个人开始无意识地重复很多以前说过的话，比如好几次自称为"老子"，差点被李微打断腿。

又有好几次称墨熄为"墨师弟"，差点被墨熄打断腿。

如此一来，顾茫就要在本能与规矩中找个平衡，这往往导致他一句话说了半截又硬生生地吞了回去。诸如他曾想帮李微清扫院子，突如其来一个灵光闪过，他就挥着手撸着袖子大步走近，口中嚷道："来来来，让老——"

老子的"子"还没说出口，对上李管家审视的目光，便又立刻从顾帅的影子里惊得脱了身，忙摇了摇头，小心翼翼磕磕巴巴道：

"扫地，帮，帮你。"

久而久之，顾茫都不知道自己该怎么说话了，总会呆呆地张嘴站在天井里出神，别人冷不防叫他，他回头时脸上的神情几乎是在顾茫和顾帅之间挣扎切换。他自己都不知道自己究竟怎样做才是对的，怎么说话才不会惹人讨厌。这直接导致他与人交往常是干巴巴地瘪瘪嘴，半天没吐出一个字来。

李管家中肯地评价道："撇开罪人身份不看，那小模样还是挺可爱又可怜的。"

墨熄对此只是一声冷哼。不过冷哼归冷哼，只要是朝休，闲来无事时，墨熄还是会在府中督教顾茫看书。顾茫和从前年少时一样，喜欢写草书，不爱描正楷，喜欢《术法初窥》，却不爱读《重华旧史》。不过这一日，顾茫却一反常态，当墨熄回来的时候，瞧见他正坐在太湖石旁边，伴着庭中湖水粼粼，一边咬着苹果，一边将《重华旧史》读得津津有味。

事出有异，墨熄不禁走到他身后，俯身低头看着顾茫盯了半天的那一页，出声道："怎么，对这段感兴趣？"

顾茫一惊，回头瞪他，半块苹果还含在唇齿间。

顾茫无辜地瞪着他，墨熄蓦地直起身来，顿了半晌，僵硬道：

“以后不要这样忽然回头。”

顾茫咕隆一声把苹果咽了下去，舔舔嘴唇：“是你忽然在我身后吭声，怎么怪我？”

这种话，换作几个月前那个完全狼化痴傻的顾茫是绝不可能说的，但现在顾茫会说了，说的时候眉眼间还颇有从前顾师兄蛮不讲理的神气。虽然墨熄知道现在蛮不讲理的人是自己。

“你要再顶撞，今晚就来书房抄《伏昼天劫志》。”

顾茫张了张嘴，战神顾茫的狂傲灵魂让他想说些什么，但叛臣顾茫的壳子最终还是泄了气，蓝眼睛里又换作了那种逆来顺受的乖顺。墨熄吃不准哪一种情况更叫自己不开心。

不打算继续这个恼人的比较，墨熄微抬下巴，点了一下顾茫手中的竹简，说道；“怎么总看这页？”

“哦……”这一卷讲的是重华三君子之首，戒定慧里的慧。这百年间戒与定的称号都给了后人，只有慧，除了他，至今无人能够配得上。

顾茫忽然指着君子慧的小像，说道：“因为这个人我有点眼熟。”

墨熄双手抱胸长腿靠立，倚在顾茫身后的廊柱边：“你觉得君子慧眼熟？”

“嗯，我觉得我见过他，但我把他忘了。”

墨熄微抬了剑眉：“君子慧几百年前就已经去世了，你怕是认错了人。”

顾茫却不甘心，盯着画像来来回回看了好多遍，最后笃定道：“我肯定见过和他相似模样的。你说他会不会飞升成仙了，所以一直没有死？”

“不可能。”

“为什么？”

“君子慧最后死于灵核损毁，那也是他的封神之战。”墨熄道，“自那之后，重华再无第二个‘慧’。”

都是经历过灵核损毁之痛的人，顾茫下意识地一抽，问道：“他的灵核是因为什么毁掉了？也是因为做了坏事吗？”

“君子慧从来含霜履雪，行比伯夷，若你要说他做过什么错事……大概就是破例收留了一个学宫弟子。”墨熄顿了顿，“他信错了人。”

小像所绘的那个男子躺在卷轴所附的缣绢内，目光宁和平静，似含悲悯，又存温柔。

顾茫喃喃道：“信错了人……可这些书中都没有写？”

“《重华旧史》只是一本简史，不载生平，只载所创法术与功绩，你自然是看不出什么名堂。”

“那你能跟我讲讲这些名堂吗？”顾茫说着干脆从回廊长凳的另一边回转，长腿往凳上一架，充满期待地望着墨熄。

墨熄：“坐好，不要像个流氓。”

顾茫不情不愿地把长腿放了下来。

左右也没有什么事，墨熄略微思忖，将脉络捋了捋，便与顾茫讲起了这段往事。

“君子慧名叫沉棠，曾是修真学宫的大宫主兼国师。在他主掌学宫的那段时期，重华出了无数将才宗师，也创出了许多异术心法。当时曾有一种传说——无论资质再差的弟子，只要得到沉棠宫主的指点，便能脱胎换骨，有所成就。所以人们都称他为‘点石成金君子慧’。”

顾茫道：“那不是大家都求着要他来教？”

“并不用求，沉棠有教无类，自己就是学宫之主，每一个进入学宫弟子他都悉心关注。”墨熄顿了顿，“甚至包括，学宫奴仆。”

墨熄接着道：“当时修真学宫里有个小奴隶，不甘一生与人低头，渴望像修士一样能有唤雨呼风的能力，所以每次沉棠开坛讲经，他都会借着打扫座席的名义，磨磨蹭蹭在杏坛旁边偷听。”

“啊……这么明目张胆，人家不赶他走吗？”

“其他长老或许会，但沉棠不会。”墨熄道，“那个奴隶也是吃准了沉宫主与人为善，所以才盯着他的课听。并且他的头脑很聪颖，沉棠与弟子说的话，他差不多都能记在心里。”

顾茫举手道：“我知道了！然后那个小奴隶就自己偷偷修炼，成了一个非常厉害的人，并且和海棠公主打了起来——”

墨熄一怔，素来冷峻的面容上露出些极难得的茫然：“和谁？”

“那个和梦泽一样的了不起的公主，海棠公主。”

“是沉棠宫主，而且学宫宫主和梦泽公主也不是一个意思。”

顾茫道：“好吧，反正听起来都一样，那就沉棠公主吧。”

墨熄嘴角微抽，从前顾师兄调侃他的时候，总喜欢管他叫“公主”。这家伙给人乱添名号的毛病，居然到了现在都没有变。

墨熄颇为头疼地抬手，修长的手指贴着额头揉了揉，他不想与顾茫细究公主一事，于是冷静一会儿，接着道：“你前半段猜得不错，那个奴隶确实是在自己偷偷修炼，但事情并没有那么容易，结灵核是个凶险的过程，结出的灵核天赋越强，修士受到了磨难便越大。那个奴隶没有预料到自己的潜力如此惊人，竟在开始结灵核的最初就失控暴走，引发了学宫屋舍爆燃，他偷炼法术的事情也就此败露，被扭送到了沉棠宫主跟前。”

顾茫听得全神贯注，见墨熄停在这里，不由追问：“那之后呢？沉棠公主废掉了那个奴隶的灵核吗？”

“不。那个奴隶的灵核当时还未结出，正处于凝聚阶段，整个人痛苦难当。沉棠知若是无人出手引导相救，此人必然暴体而亡。于是他心生恻隐，最终违反了当时‘奴隶不可修行’的规诫，助那人渡过难关。”

庭院中的草木摇曳，墨熄抬眼看着水面粼粼波光，接着道。

“沉棠助那人渡劫之后，此人连连跪谢，说自己结草衔环难报活命之恩。沉棠见他颇有灵根，又是个知恩图报之人，一时心软，便禀明君上，破例收了他做学宫弟子。”

顾茫感叹道：“这个奴隶运气也真好。对了，他叫什么？”

“他无父母起名，平日里学宫管事都按他的奴籍编号，叫他十三儿，沉棠收了他之后，便给他改了个名字。”墨熄稍事停顿，说，“叫花破暗。”

沉棠花破暗。仿佛为这名字所惊，庭中鸟雀飞起数只，越过高翘的檐牙，向天空飞去。

墨熄瞥了顾茫一眼。

这倒是个很有趣的情况，花破暗这个恶名就像一个不能触碰的禁忌，仿佛连说出这三个字都会遭到怨灵诅咒，直到如今重华还不太敢轻易提及此人。但顾茫听了这大魔头的名字，就像听到什么阿猫阿狗一样，什么反应也没有。只问：“花破暗就是沉棠公主信错的人吗？”

“不错。他就是沉棠错付之人。当时沉棠根本不知道自己收了个什么孽畜，也浑然不知自己已经为祸患九州近百年的魔头亲口许下了名字。他还只以为自己是如往昔一样，做了一件再平凡不过的小事。”

说到这里，墨熄低头望着沉棠的画像浸润在阳光里，笔墨绘成的眉目温沉柔和，仿佛也正在与后世之人隔着岁月的川流相望。

“一年一年过去，花破暗确实没有辜负沉棠的用心，变得越来越强大，为重华屡立奇功，受到君上的器重与嘉奖。君上甚至动了废除奴隶不可修行的禁令，希望得到更多如他一样的不世之才。”

顾茫越听越惊异，原来重华在那时候就已经有过想要启用大量奴隶的念头？他忍不住问道：“成功了吗？”

“没有。废令并不是那么草率的事情，君上决定先允许花破暗去民间遴选一批有慧根的奴仆，教导他们修行问道。”

顾茫似乎稍有失落，但仍叹道：“这样也挺好了，至少有了个机会能证明自己……”

墨熄却像是听了个天大的笑话似的，“证明自己？……对，他们是证明自己了。不过证明的不是自身灵力，而是狼子野心。”

说着，视线与那双河海般透蓝的眼睛对上：“顾茫，你知道重华的贵族们为何对奴籍修士如此忌惮？”

顾茫摇摇头。

“因为这件事情花破暗做过，君上给了他组建军队的权力，可他最后竟用这柄尖刀刺向了重华王城。”墨熄神色晦暗道，“花破暗带出的修士没想着报效邦国，而是想要改天换地，将整个重华闹得地覆天翻。他反了。”

顾茫沉默了，渐渐地琢磨过了味儿来：“……所以我从前有的那支军队，也和花破暗的很像，对不对？”

“是。”墨熄沉默一会儿，慢慢道，“很多人都在你身上看到了花破暗的影子。当年花破暗谋事，尚有沉棠宫主出手阻止，若你再犯，重华势必又是一场大劫，这一次更不知何人可阻。”

顾茫脸色微微变了，他捏着竹简的指节略发白，低声问道：“我和他像吗？我和花破暗？”

看出了顾茫的不安，墨熄语气微和，说道：“你和他是不一样的人。虽然你确也叛国，但花破暗他是个不可理喻的疯子，他为了让手上的奴隶修士迅速壮大，抓了很多蝶骨美人席留作军用。”

“蝶骨美人席又是什么？”

“一种特殊体质的生物，与人相似。”墨熄似乎对此很是厌恶，不愿多说，只简单道，“可以做双修炉鼎，或者直接拿来喝血吃肉。只要吃掉这些生物，哪怕再普通的小修，都可以在修为上得到迅速提升。花破暗便是靠这种残暴方式迅速栽培了一群誓死效忠他的奴仆，甚至开国立业，在重华北境自立为王。”

墨熄说着，抬手掩了顾茫膝头摊开的《重华旧史》，低头道：“说了那么多，我来问问你，现在你知道花破暗是哪个国家的开国元君了吗？”

顾茫愣愣地，犹豫道：“是……燎，燎……”

“没错。”墨熄神情慢慢地严肃下来，“燎国开国主君花破暗。他便是重华第一次信任奴隶的恶果。”

墨熄原本只是想与他一诉重华与燎国的前史，并没有影射顾茫的意思。可是说者无意，听着有心，顾茫一下子陷入又尴尬又赧然的境地。他竟像被掐住了咽喉，一时什么话也说不出。

这段时间，随着他知道得越多，就越觉得失忆前的自己不可理喻。尽管重华有许多不尽人意的地方，但至少它曾经试探着想要改制，想要变好，但它却反而遭受了算计——譬如它信任了花破暗，花破暗却反手给了以沉棠为首的贵族们一刀。

换成是他，他能无所顾忌地再一次信任一个奴隶出身的人吗？谁也说不准他会不会是下一个花破暗，会不会缔造出第二个黑魔燎国。

在这样的情况下，重华还是给了他们第二次机会，无论出于制衡、利用，或是别的什么理由，重华第二次把权力交到了一个奴隶手里。那就是他和他的军队。

老君上做这个决定的时候，该是下了多大的决心，用了多大的勇气？可是顾茫最终还是成了次一等的花破暗。他虽然没有率军起义，但他叛逃了，甚至还逃到了花破暗所创的那个国家。

他还是走上了与花破暗相似的路。

顾茫哑口无言，龃龉很久，才默默地放下了手中的竹卷。他说：“……对不起……”

对不起是世上最无力的话，顾茫已经在英烈墓碑前重复了万千遍。

墨熄怔了一下，明白过来了顾茫的意思，但他也不知该说什么好，这时候他听得顾茫低声问：“那沉棠公主呢？他最后是怎么……灵核尽毁的？”

墨熄答道："是因为花破暗。"

顾茫又问："花破暗做了什么？"

"他在自立燎国之后，以魔族遗书为依据，行奇诡之道，饲育出了一个有毁天灭地之力的血魔兽。"

"血魔兽……"

"是。"墨熄道，"那个血魔兽灵力惊人，一旦壮大成长，便能将整个重华千万百姓在极短的时日内吞噬殆尽。"

顾茫睁大了蓝眼睛："那该怎么办？"

"异变发生得猝不及防，其他人都束手无策。"墨熄顿了顿，"当时重华境内了解花破暗法术的人只有沉棠，而沉棠对授予花破暗法术一事万般悔愧，认为重华遭遇如此浩劫皆因自己识人不清，所以在与花破暗的决战中，他最终选择以身殉魔，用自己的灵核与魂魄之力，将血魔兽封印诛杀。"

顾茫怔怔地听着，几乎可以想象到沉宫主与血魔兽灵流碰撞、法咒爆炸的画面。

"沉棠最后的结局是灵核毁灭，尸骨被啖。"墨熄说，"别说成仙了，他的魂魄已与魔兽同归于尽，连转世都做不到。"

"你不可能见过君子慧本尊。"墨熄与顾茫的蓝眼睛对上，"你应当是遇到了一个与他相貌相似的人。"

顾茫低头："可是……"可是了半天，又可是不出来什么，过了好一会儿，才不确定道："那，大概吧……"

听完这个故事后的接下来几天，顾茫都有些心不在焉。他总是在梦里见到些零零碎碎的倒影，有时是曾经梦到过的事情，有的又是全新的片段。

还有几次，他甚至梦到了故事里的沉棠宫主。他看不太清对方的脸，但他模糊地意识到那就是沉棠。

沉棠一身雪白衣冠，立在漫天花雨里，但当他试图走近这个人，看清楚他的五官时，海棠花雨却又成了泼天遮地的血。

沉棠的嗓音森然，饱含着怨戾、失望、痛心与憎恨，说道："叛徒……你怎么配……"

叛徒……

"重华何曾薄你？我又何曾薄你？"

字字泣血——叛徒、叛徒！

顾茫呆呆地，他不明白自己为什么会梦到沉棠，也不明白沉棠为什么会这般对自己说话，但他在想……是啊，他为什么要叛呢？

苦楚挣扎，思绪纠葛，在沉棠的逼问中，他于自己的梦境里下跪，他抱着自己的头……为什么要叛呢？尔后忽然场景碎裂，沉棠和漫天血雨都消失了。他缓缓抬起头来，看到自己跪在金銮大殿前，浑身脏污地哀哭着。

王座上，君上的脸庞漠然；大殿内，百官的神情讥嘲。而他像浮沉在修罗地狱血池熔浆里的人，不住地叩首，额头砰砰撞在地上："求求你们……就让我们修个碑吧……"

"求求你们，死了太多人了……真的死了太多人了……"

君上……侯王……求求你们……如此梦魇，缠绵多日。

到了第四日的晚上，情况愈发严重，就连吃饭都不能让顾茫提起精神，他坐在他的小板凳上，咬着筷子默默地发呆——

说起来，自从梦泽公主来过之后，顾茫就再也不肯坐到与墨熄相对的那个位置了。后来李微就给顾茫弄了一只小板凳、一把椅子，顾茫就矮着身子坐在板凳上吃。

每天墨熄都会命人把自己桌上的菜分给他，理由是"不好吃不想吃"，或者是"吃不下了"，顾茫也就乐得高兴地替墨熄分忧。今天墨熄也不例外，动了几下筷子，就点了桌上的烤鸭、糖醋酥肉和清蒸鳜鱼，对李微说："给他。"

"他"不用说，指的自然就是小板凳上的顾茫了。

顾茫之前很乖，已经学会了每次得到赐菜都说一句谢谢，但今天顾茫没说，他直愣愣地看着用人们把好吃的摆到他面前，也没露出任何高兴的神色。

墨熄让仆人们退下了，喝了几口热汤，说道："从前给你一只肉包都会眼睛发亮。现在有鱼有肉，却连句好话都不知道讲。"

顾茫回过头，手上还捧着一只夹了肉的馍饼。

"我在想事情。"

"什么事情？"

顾茫低着头闷闷道："我今天一直在想，我为什么会叛变。"

墨熄静了片刻："从前都与你说过了，陆展星是导火索，你的野心是硫黄火药。君上削了你的权，而你不甘心屈于人下。"

顾茫却轻声说："可……可我却记得，好像有很多人死了。"

墨熄一惊，蓦地抬起眼来，目光微寒。

顾茫道："我只能回忆起来一点点，我记得我跪在大殿上，我一直在磕头，求你们网开一面……"他轻轻地，"没有人听我的。"

墨熄沉默半晌之后，喉咙里发出低沉的追问，有风雨积压的味道："你是什么时候想起这一幕的？"

顾茫说："就在昨天。怎么了吗？"

墨熄心脏怦怦地跳动着，眼里闪着极其复杂的光。

他没有想到顾茫竟已有了这一点记忆的残片，尽管此时还并不清晰，但这个消息却足以令整个重华心惊。

要知道那场朝堂之辩正是顾茫哀莫大于心死的最大原因，是非对错又极难说清，若顾茫只支离破碎地回忆起其中一段，显是比当年更加容易对重华贵族心生报复与敌意。

“墨熄？”

沉寂片刻，墨熄决定还是开诚布公地说清楚，一来他确实不擅说谎编造，二来早些把话说开了，也算是提前给顾茫一点准备。于是他道：“你听着顾茫，这件事不是你想得那么简单。无论你之后有什么相关记忆的回闪，你都先来问问我缘由，不要自行推断。”

顾茫点了点头，过了一会儿，举手道：“那我现在就有想问的。”

“你说”

“我当时跪在大殿上，是在为陆展星求情吗？”

墨熄道：“不完全是。”

这段朝堂之争，其实墨熄当年也没能亲眼看到。顾茫回城复命的时候，墨熄人还在西线战场，不得脱身，他是后来从史官的载史镜中看到这件往事的。

他只知道，当年陆展星、顾茫、慕容怜一行人师出凤鸣山，顾茫与其余二人兵分两路，顾茫直取燎国南城腹地，而陆展星与慕容怜坐镇中军。

那本是天衣无缝的进攻，却因陆展星性急，言语不和间竟冲动地将当时还在中立摇摆的第三国使臣斩杀，导致第三方直接倒向燎国，从凤鸣山后怒袭本营。

重华大军死伤惨重。

当时顾茫在前线与他的军队浴血作战，他们原本的计划是孤军入敌阵，瓦解燎国铁师势力，但这必然撑不了太久，所以慕容怜的王师一定要在三日内赶来配合增援，里应外合，一击而破。

可是就因为陆展星一时昏头，令慕容怜本营军队陷入与第三国交战的困境，根本无法奔袭应援。顾茫在前方苦等援军不来，原本制订的进攻路线竟成一条绝路。当顾茫在围困中，得知第三国突然与燎国结盟的原因竟是陆展星斩杀了使臣，气得破口大骂悲愤至极。

“陆展星你是不是要害死我？！你为什么这么傻！你自不自私啊！你自不自私！！”

可是抱怨又有什么用呢？十万大军与顾茫出生入死，从一无所有到昨日辉煌，一夕竟将覆灭，不知几人能还。

顾茫当时无法可想，骂完了，恨完了，擦了泪，咬着牙，将已经破碎不堪的心点亮，照十万手足回家的路。

能带一个是一个，能活一人是一人。他顾茫打了那么多仗都是为了胜利，只有这一战，是为了回家。

其实后来顾茫又想，这一役，错并不在陆展星，而在他自己，是他明知陆展星的烈火性情，却仍然相信这个兄弟可堪大任，是他自己错得离谱，错到荒唐。

顾茫那时候并没想要脱责，他已经做好了以死相谢的准备。但他不能让十万同袍与他同罪。错在他一人，那些热烈的生命，抛洒的鲜血，都是无辜的，是值得尊敬的，是不该被磨灭的。他愿把从前所有的功勋献出去，只为枉死的兄弟们换一座有名有姓的墓。

是他害惨了他们。他闭上眼睛就能想起那一个个朴拙的名字，那一张张脏兮兮的笑脸，眼睛里有光，闪着无所保留的信任。有的修士甚至还那么小，才只有十五六岁，衣衫褴褛，满怀敬仰与希望地叫他："顾帅。"

顾帅……声声回荡，字字泣血。

他配吗？他不配！他们崇敬的顾帅就是个只顾兄弟义气的废物脓包！累得他们战死沙场马革裹尸，他不能再累得他们死去后连个名字都没有。

所以他求啊，他跪在金銮殿上满身血污满脸泥水地求着，给他们一个名字吧，所有的罪责我一个人来扛；给他们一个墓碑吧，战败盖因将不才，非兵之罪。求求你……求求你们……

但是君上没有答允，满殿的看客只给了他的悲伤一丝冷笑。

他死了，他们的心才能安，才能确信这百年内都不会有哪个奴隶能再翻了天，骑到贵族主子的头上。

有的人甚至在心中暗自狂喜，简直想为陆展星的失策而欢呼振臂——若非此战之失，他们想整治顾茫和他的奴籍军队，又哪有这么容易？这一败来得太及时。

"不立碑，不国葬。副帅陆展星秋后问斩，撤主帅顾茫军衔职位。军队残部暂行羁押，以免暴动。"

这就是君上给那一役最后的审判与处置。

沙场风云万千，其实并无百战不殆的战神，但是慕容怜可以败、岳辰晴可以败、墨熄可以败，因为他们都是与王权站在一处的人，骨子里流着一样的血。唯独顾茫不可以，只要倒下了一次，权贵们就会一拥而上，踩得他再也无法站立，再也不能抬头。

所以君上说得没错——

"你的命都是孤给的，你有今日已是先君圣恩，你以为你的命就能替这支一败涂地的军队换来一场体面的安葬吗？"冷酷的嗓音自九阶高座上飘落，成了压垮顾茫的最后一根稻草，"你无权与孤相谈。"

于是这场朝堂争辩，顾茫的唯一请求，也被君上无情地驳回了。顾茫最终没有能够兑现诺言，他的死人们得不到铭记，他的活人们被羁押留看，他的兄弟尸首分离，曝于东市三日三夜。

一夕之间，什么都没有了。

墨熄当时并不在帝都，而当他后来捧着史镜，终于瞧见了这段往事，瞧见顾茫磕得满头是血，瞧见顾茫哭着跪地蜷缩，瞧见顾茫从饱含希望到绝望，从激烈驳斥到失神无言……当他看到这些过去的时候，顾茫已经走了，一切已成了定局。

或许是因为执念太深，那么多年午夜梦回的时候，墨熄都会梦到这一幕，梦到顾茫恸哭着撕心裂肺以头抢地，满殿文武讥嘲的脸，君上无情的宣判。

而在墨熄的幻梦里，自己是在朝堂上的，或许是因为他一直在想，要是当时他在，一切会不会不一样；又或者，如果他回城之后，能够及时发现顾茫萌生的反意，一切会不会还能挽回。

他那时候毕竟太傻了，他自前线归来，分明看到了顾茫的堕落，看到了顾茫的伤心，但顾茫那时候游手好闲，一副就此颓丧度日的模样，所以他一直都在担心顾茫会一蹶不振，却唯独没有想过顾茫竟然会反。

他根本没有想过顾茫能反，顾茫一路皆为他的神祇，而他当时还很年轻，不知神祇终有一日也是会崩溃的，也会坍塌。是他把顾茫看得太过不可摧折，所以竟不敢信那个正直的、热烈的、笑嘻嘻的师兄，那个好像什么也击不垮，遇到再多困苦都能扛过去的顾帅，这一次是真的心死了，碎成了渣，碾成了粉，再也回不来。

“其实你离开邦国，我本也无话可说。”墨熄道，“但是九州二十八国，你为什么偏偏要往最黑的地方去。”

顾茫没有立刻吭声，过了良久，他才低声喃喃：“我不知道。”

他听完了墨熄的叙述，却没有办法很好地与故事里的自己共情。他头脑很乱，他多少能明白自己当年的绝望与动机，但就像墨熄所说的，他无法理解自己为什么偏要往燎国走。

去燎国能做什么？就算让他自己揣测自己，他也只能想到是为了复仇。只有燎国能替他复仇，只有在燎国出人头地，他才能报复曾经欺辱漠视过他的君上。

可是这样的话，他便真的如墨熄所说，是个宁愿见到更多鲜血，也要为自己的想法与仇恨而搏的人。

顾茫几乎是有些混乱地把自己的头颅深埋到掌心里，手指揪着自己的头发，喃喃道：“我不知道……我也想不出别的理由……”

“我也想不出。顾茫，你有你的兄弟义气，千金一诺，我也有我的。”墨熄说，“既然你选择了复仇，那么我与你，你与重华，就注定只能是这样的结局。”

顾茫不吭声了，呆呆地坐在小板凳上，透过指缝茫然地看着眼前的地砖。

“今日多喝两剂宁心药吧。”最后墨熄起身道，“君上不会希望你记起太多关于叛变时的细节，你想多活些日子，就别再去想这件事情。”

既然墨熄都这么说了，顾茫也就尽力不再去回想叛变前夕的一些细节。

有些事情确实是这样，除了揭开谜底一瞬间的痛快，剩下的只是无穷无尽的怅然。他想好好过几天日子，还是听话为上。

春猎过后，墨熄开始变得忙碌，案牍缠身，朝夕颠倒，胃口也越来越不好。

李管家见他废寝忘食，只得命厨房把菜做好了拿食盒子装了送到他书桌前，但即使这样，墨熄仍是时常忘了用膳，或者等他自宗卷中抬头时，金鸦已沉，饭食已凉。

李微不禁唉声叹气："每年一到这时候就是这样，劝又劝不得，说又说不动，成天冷饭冷茶喝着，铁打的胃也扛不住，作孽啊。"

事实证明李管家是个乌鸦嘴，他抱怨完的第二天，墨熄就因为饮食不调又太过忙碌而得了胃疾。别看墨熄铁血杀伐，只有羲和府的用人才知道这货一旦病了有多难伺候。他虽然一不娇弱，二不麻烦人，三不喜欢把病看得有多要紧，但他有个比以上三条更致命的症结——挑。

他起居如常，照例朝会，照例批卷，但因为身体不适，脾气会比平日更不好，对待事物也会比平日更加挑。

墨熄胃疾犯后，李微去姜药师府上开药，姜药师破口大骂："又病了？又是胃病？他从十四五岁就在我这里看胃病，我辛辛苦苦给他医好了，他倒痛快，每年军务忙起来的时候就又开始三餐不顾，顿顿冷食，他这样下去干脆直接升仙算了，他不嫌难受我还嫌他砸我招牌！滚！！"

李微只得满头冒汗点头喏喏，好不容易从姜药师的骂声里讨来了药贴，又被药师勒令："看紧你家主上，让他有饭趁热吃，饭前一碗汤，如果不听，以后别来姜府看病了，真丢人！"

于是李微就开始让厨房每天给墨熄炖汤养胃，这时候墨熄的挑剔毛病就显出来了——

第一天，厨房炖了萝卜仔排汤，墨熄不喝："太油了。"

第二天，厨房改炖了鸽子汤，墨熄不喝："有怪味。"

第三天，厨房又炖了猪肝菠菜汤，墨熄不喝："看到内脏就恶心。"

到了第七天，李微捧着煲了草菇松茸鸡汤的瓦罐，垂头丧气地从羲和君书房里走出来。陪同前来的厨子师傅忐忑不安道："怎么样？"

"一口没碰，专心看沙盘呢。"李微翻了个白眼，"说闻到炖鸡的味儿就不舒服，没胃口。"

厨子冒着虚汗，面色发白，很是委屈："可这也不是我的错啊，主上再这么下去，胃口只会越来越差。姜药师不也说了，他这胃，三分靠药，七分靠养啊。"

李微叹气道："唉，可不是吗。"

墨熄这几日确实胃口渐差，可他倒也不甚在意，反正对他而言，哪怕硬得像石头一样的馍饼，只要还能吃，冷的热的都是一样的。熬完这一阵子再调理也不迟。

李微和厨子站在廊下唉声叹气的时候，顾茫恰巧带着黑狗饭兜，兜着衣袖经过院子。他瞧见两人愁眉不展，于是好心过来问："你们怎么了？"

厨子白了他一眼："你柴劈完了吗？没劈完回去劈去，别多管闲事。"

顾茫道："劈完了。"

厨子还想说什么，李微忽然想到顾茫的手艺似乎并不差，之前几次下厨，墨熄嘴上虽然毫无褒赞，但每一样菜肴都是吃干净的。

事已至此，不若死马当作活马医，于是李微把墨熄的情况大致地跟顾茫说了一遍。

“啊……”顾茫听完之后，望书房望了一眼，“难怪他最近连脸都瘦了一圈。”又低头对大黑狗道，“饭兜，他快要没你胖了。”

饭兜汪汪两声，似乎对这个比较颇为不满。

李微叹道：“唉，咱们好话歹话全说了个遍，山珍海味也都做齐了，无奈主上就是胃口不开，也没什么吃饭的心思。”说到最后，瞅着顾茫的脸，“要不换你试试？”

“这家伙？”厨子插话，一脸的嫌弃，“这家伙能做什么？”

顾茫却点了点头道：“他也不能一直就这么饿着，那就换我试试吧。”

顾茫打算做鱼，需要最肥美的鲜鱼，李微便指点他说，东郊有一处桃花湖，不但灵力丰沛适宜修炼，而且蕴养出的鱼也十分鲜嫩肥美。

于是这天下午，顾茫就提着笭箵，背着网兜，带着黑狗去城郊捞鱼。

桃花湖并不难找，顾茫到后，发现此处十分幽僻宁静，由于灵脉流淌生生不息，终年桃花飘飞，染得天地间尽是绯霞桃色。桃花湖虽不大，但湖心山石错落，遮蔽良多，周遭还修葺着一些亭台水廊，风一吹，落英拂阶。

顾茫道：“是个好地方，难怪李微说适合洗澡。”

说着转头问饭兜：“饭兜，你要不要洗一个？”

饭兜兴奋地直摇尾巴，便如离弦之箭朝着湖里冲去。

此时还是暮春，未至夏日，但艳阳高照时天气仍然很热。顾茫为了不让人瞧见自己的模样，原本是披着帽兜的，不过左右看湖边没人，穿着斗篷下水捞鱼又不方便，于是将鞋袜和斗篷一并脱了，卷起裤腿涉入清冽的湖水中。

“汪！！”饭兜激动地大叫一声，在浅滩处绕着顾茫撒泼打滚，将水花甩得到处都是。

顾茫竖起手指贴在唇边，警告他：“乖，给可怜的墨熄公主捉鱼吃。”

饭兜又汪地吠叫，嗒嗒嗒跑得更欢了，把浅滩的鱼尽数逼入深水。

顾茫：“……”

“汪汪汪！！！”

“你再闹，信不信我把你炖成狗肉汤。”

果然温柔不行，和记忆里的自己一样来硬的，饭兜便乖了，“呜”的一声夹着尾巴，战战兢兢上了岸。而后猛力地甩去了自己身上的水珠儿，坐在湖滩吐着舌头晒着太阳，绿豆小狗眼来回盯着顾茫看。

顾茫这段时日功夫拾回来不少，虽然灵力是回不到巅峰了，不过身法却已然较初时高了很多，不一会儿就捞了三条肥草鱼。

不过草鱼虽大，鱼肉却不是烹菜的最佳肉质。顾茫想了想，便举着网兜绕过几座嶙峋高耸的湖中山石，往桃花潭的另外几处寻觅。他有时候脑子很好使，有时候又很呆滞，譬如这会儿，他的头脑便又有些蠢笨，一路涉水，一路喊道：

"鱼，快来鱼。"

大老远的鱼听到动静都跑没影了。

顾茫拂开石崖垂落的碧藤，刚转过一个拐角："鱼，快来——"

"谁？！"

陡然一个昆山碎玉般的嗓音响起，音色磁性好听，却饱含狠戾威胁。

顾茫吓了一跳，本能地抬头往声音传来的方向看去，却只见得金光一闪，一道法咒在他膝前几寸远的水面上炸开，猛地惊起巨浪水幕，水影模糊中，一个白色的影子翩然掠进了湖中水帘洞。

玉珠飞溅，水帘湍急，好不容易那法咒激起的水幕才止歇平息，顾茫连连呛咳，却听那人清冷森然道："抬头。"

顾茫又胡乱抹了两把脸上的水，这才眯着眼睛望去——依照他恢复的记忆来推断，一般这种在桃花深处沐浴被人偷看会恼羞成怒的大抵都是些绝色美人。而顾茫骨子里又很有些怜香惜玉的习惯，于是他忙道："抱歉姑娘，我不是故意的，我是来捉——"

"鱼"还没说出口，就见得凌空一道白练袭来，二话不说重重扇在了顾茫脸上。

顾茫猝不及防，直接被那"美人"的惊人力道隔空扇得栽进水里，连喝了几口湖水，这才踉跄地爬起。

美人嗓音冰寒彻骨，"睁开你的狗眼看清楚我是谁。"

顾茫心道我倒是想看，但是男女授受不亲我还是别看比较好。随即又想：不对，是你邀请我看的，我不看反而显得我心虚。最后才想：咦？这个声音怎么……有点耳熟？

他扶着湿滑的岩壁，和饭兜似的甩了甩湿漉漉的脑袋，睁开透蓝的眼睛向帘洞的大青石上望去。

顾茫："……"

美人确实是美人，可惜是个男的……还是他见过的，慕容楚衣……

慕容楚衣有着和墨熄一样的毛病，泡澡不爱把衣服脱光，都爱披着件浴袍下水。这时候他已经往自己湿冷的浴袍外又披了件白衣，一双漆黑剑眉之下，凤目微微下睨，眸色比桃花潭的水瞧来更冷。

"……"顾茫沉默一会儿，拱手道，"抱歉大哥，打扰了。"

慕容楚衣冷冷道："你站住。"

"大哥还有什么指教吗？"

慕容楚衣抬手一点自己的衣衫，细长白皙的手指尖燃起一簇火光，在那光芒映照之下，他的湿衣一下便被烘干。慕容楚衣往石洞的一块青石上坐落，抬眸瞥了顾茫一眼，说道："过来。"

"大家都是男子，看一看也不会吃亏。"顾茫颤巍巍地，"要是你不乐意，那要不……要不……"

绞尽脑汁想了半天，顾茫试探道："那要不我也脱了给你看？"

慕容楚衣凤目一瞪，说道："谁要看你？过来。"

顾茫只得过去了，他没有慕容楚衣那么好的轻功，只得手脚并用爬上那个有点高又有点滑的高台，期间滑下来了两三次，这才狼狈不堪地蹭了上去，而慕容楚衣始终没有来拉他一把。

上了石台，走到慕容楚衣身边，离得近了顾茫才发现慕容楚衣脸色苍白，连嘴唇都几乎没有什么血色，不禁一愣。

"你怎么了？"

慕容楚衣闭了闭眼睛，说道："你，去趟姜府。"

顾茫丈二和尚摸不着头脑："我去姜府干吗？"

"问姜拂黎要一味'镇心草'回来交给我。"

这人连"请"和"行不行"都没加，以至于顾茫一时以为是自己的分内之务，哦了一声便转身要走，走了好几步才反应过来，回头道："不对呀，为什么要我做这件事？"

慕容楚衣道："因为你正好路过。"

这话说得，跟话本上那些神经老道士似的，逮着一个少侠就说"小友你我有缘你跟我回山修行去吧"然后不管三七二十一把人拽上就走。

顾茫不乐意了："我又不欠你的，你刚刚还打我，我干吗要给你帮忙。"

慕容楚衣指尖光泽一动，神情狠戾，似乎又有什么毫不容情的招式要使出，冷然瞪着顾茫道："你去是不去？

顾茫摇头："男子汉大丈夫，富贵不能淫，威武不能——啊，你怎么了？"

不等他说完，慕容楚衣指尖的光芒便熄了，他低头以袖掩口，竟咳出细细的血沫来。

顾茫惊道："你生病了？"

慕容楚衣还要再做强势之态，但他尚未出声，就蓦地呛出一大口黑血，哑声道："我……我在这里修炼一事……"顿了顿，他缓了口气，眼中闪着固执的光，"切不可……不可告诉岳府……"

"不告诉岳府？"

慕容楚衣明明已经这么虚弱了，神情姿态竟依旧能如此锋锐，他咬牙道："绝不，能说。"

"……"

"你答应我。"

顾茫大抵是被这人的气场震住了，下意识地点了点头。

慕容楚衣得了他的应允后，就像是绷到极致的弓弦，声音入耳，心力蓦散。他阖目倒在了湿冷的青石岸边，竟昏了过去。

“……”顾茫呆呆地瞧着他，半晌弯腰，戳了戳慕容楚衣的脸颊，但见那一张苍白清瘦的脸庞冷得犹如玉石，说不出的骇人又可怜。

顾茫喉咙咽了咽，有些紧张：“我去给你找药就是了，你，你别说晕就晕啊，兄弟！”

第19章

“镇心草？”

药师府内，姜拂黎搁下手中书卷，抬起杏目，来回审视着还背着鱼篓、浑身湿淋淋的顾茫：“你替谁要的？墨熄还是慕容怜？”

“是慕容……”楚衣两个字还没出口，想到对方失去意识前对自己的要求，顾茫心道君子一言驷马难追，既然点头了，那就要按答应的来做，于是改口道，“就不告诉你。”

姜拂黎微微眯起眼睛：“你知不知道那是什么东西？”

“知道。治病的。”

“是可以治病，但也可以害人。”姜拂黎说，“镇心草是半魔化的花种，虽有麻痹镇痛之效，但毒性亦不可小觑。这草药在我库房里堆积如山，倒也不是什么值钱东西，给你也无所谓，不过……”

顾茫举手道：“我保证不拿它下毒。”

姜拂黎冷笑一声：“下毒？如今我就在重华，你要是敢在我眼皮底下整什么幺蛾子，我敬你是条汉子。”

顾茫奇道：“那你不过什么？”

“不过你问我要镇心草一事，我会告知你的主上羲和君。”

顾茫盘算一番，心道慕容楚衣此刻昏着，性命要紧，等他把人救活了，再将这一节与慕容楚衣讲清楚就好。

于是满口答应了，跟着姜拂黎去库房取了草药，待姜拂黎煎好，便立刻揣着药壶折返回桃花湖深处，找到了还躺在那里的慕容楚衣。

慕容楚衣看起来非常虚弱，清俊的脸庞上一点血色也没有，肌肤摸上去都是冰冰凉的。顾茫把他半抱起来，拧开壶嘴，一点一点地将药汁灌到慕容楚衣口中。

这过程可太不容易了，慕容楚衣虽无意识，但却会时不时地咳嗽，药汁喝了一半呛了一半，还蹙着眉头喃喃着些什么。

顾茫听到他一会儿在唤姐姐，一会儿又在念岳辰晴的名字，神情一直都很痛苦。

顾茫虽与他没有什么过深的交情，但终究心软，于是就顺着摸摸他的头，哄他。

“姐姐……”

顾茫就道：“姐姐在，乖啊，乖。”

慕容楚衣道：“辰晴……”

顾茫就道：“是是是，我就是那只小白鸟，四舅乖啊，来，还有一点药都喝完吧。”

到了最后慕容楚衣苍白的嘴唇哆嗦着，像是困在某种梦魇之中，他一把攥住了顾茫的衣袖，眼珠在合拢的眼皮底下不安地转动着，长睫毛像黑凤蝶的蝶翼，不住颤抖。

“不……不要……”

“什么？”

“你……”慕容楚衣的整只手都在痉挛，秀长的手背筋络暴起，“你这个畜生……你怎么可以……你……”

顾茫怔了怔，有些委屈地摸了摸自己鼻子：“我明明在帮你，你怎么还这么凶巴巴地骂人？”

慕容楚衣却犹困噩梦中，他紧捏着的骨节越来越苍白，忽然一声低哑闷哼，仿佛在梦里有了痛楚，他阖着的眸梢有些红了。

“孽……畜……”

顾茫看了他一会儿，叹了口气：“你到底在骂谁？你姐姐还是小白鸟？”

但慕容楚衣自然是不会回答他的，顾茫又多陪了他一会儿，他的呓语胡言才逐渐消失，再过了约莫一炷香的时间，慕容楚衣才不再说话了。镇心草的药汁开始起效，他的神情慢慢平静下来，紧皱的眉头也终于一点点地松开。

顾茫把他半抱半拽着，摆到石台的干燥处，将他放平了，让他躺得舒服点儿，然后百无聊赖地坐在他身边，托腮道：“唉，草都给你吃完了，你什么时候才睁眼啊？”

又等了好一会儿，慕容楚衣还是双目紧阖，不见醒转。顾茫就叹着气，托着腮，来回地打量着慕容楚衣的容貌。

这慕容楚衣确实是个难得的美人，修雅清俊，气华神流，顾茫读书少，具体也形容不出个所以然来，只觉得这人虽五官深刻，英气逼人，但眉宇间俱是仙气，那气质当真和画本里的龙女似的，广袖一摆人间落雪，总而言之两个字，好看，再加两个字，耐看。

于是顾茫又耐心地托腮看了他半个时辰。半个时辰后，真是再耐看也看不了了。顾茫扭头问饭兜：“咱俩真要一直这样守着他吗？我倒是不介意……可公主还在家里等着我去给他煮鱼呢。”

饭兜：“汪汪汪！”

顾茫点头道：“你说得对，龙女是外头人，公主是家里人，所以我们还是先捉鱼吧，反正草也已经喂给他了，他要是醒不过来，也不是我们的错。”

“汪汪！”

于是顾茫就继续下潭捉鱼。

之前被慕容楚衣一道白练抽得摔倒，捞上来的三只胖头草鱼都跑没影了，接下来的运气也不是特别好，兜兜转转寻觅了好半天，只抓到几只刺多肉瘦的小鱼。

眼见着太阳西沉，炊烟四起，顾茫不禁有些郁闷。

没想到他忙活了老半天，竟是无所收获，他拿着网兜站在湖中，夕阳像是天穹洗罢的胭脂铅华，浮在这波光粼粼的水面。

“不应该啊。”顾茫叹气道，“书上不都说，好心有好报？为什么我好心救了小龙女，却没有肥肥的鱼送上门来报恩？”

正百思不得其解，忽听得身后清冷如玉叩的嗓音响起。

“你胡说些什么？”

顾茫惊得跳了一下，一边回头一边又退两步：“你终于醒啦？怎么来无影去无踪的。”

踏水凌波而来的正是慕容楚衣，他的神色已经恢复如常，竟没有半点刚刚虚弱昏迷过的样子。

顾茫不禁感慨道：“这镇心草还挺有效，才半天工夫，你就已经大好了。”

慕容楚衣轻哼一声，身姿轻盈地掠上了岸，凤目往顾茫身上一扫，见顾茫还穿着湿答答的衣裳，于是指尖微抬，金光浮动。

等光芒暗下去时，顾茫又惊又喜地摸着自己干燥的衣裳，而后笑道：“多谢，你真是个善人。”

慕容楚衣却不跟他废话，只问：“你今天是来这里捉鱼的？”

“是啊，我家公主病了，他吃不下饭，我就想抓点新鲜的肥鱼，给他做个菜。”顾茫揉了揉鼻子，“一家人就要互相帮助嘛。”

慕容楚衣剑眉微蹙：“公主？……梦泽公主？”

顾茫连连摆手：“是墨熄公主。”

“……”

看来这个失去心智记忆的神坛猛兽倒也不是故意嘴欠，管自己叫“小龙女”，毕竟连墨熄这种铁血战神都被他当头按了个“公主”的绰号。

慕容楚衣面无表情地将视线从顾茫身上移开，站在湖畔边负手迎风，说道：“你上岸来。”

顾茫不明所以地拿着网兜上岸了。

慕容楚衣问：“要什么鱼？”

顾茫依旧不明所以但十分诚实地回答：“鳜鱼。”

“几条。”

“多多益善。”

“多了浪费。”慕容楚衣道，“五条我看差不多了。”

顾茫奇道，“你要干什么？帮我捞鱼吗？”

“捞”这个字实在有些折煞重华痴仙慕容楚衣了，要知道这位可是连岳钧天都难测道行深浅的炼器大师。只见得慕容楚衣广袖轻拂，一支银箭破空而出，那箭游弋极快，在桃花池中一潜无踪，而等它复又击水而出回到岸边时，银箭已展至丈长，上头串着五条鲜活肥腴的桃花鳜。

顾茫微微睁大了蓝琉璃般的眼睛，他看看鱼，又转头看看慕容楚衣，半晌一个字简单粗暴地表达了自己内心的崇敬。

“哇……”

敢情他辛辛苦苦忙了大半天，还不如慕容楚衣一挥衣袖一弹指？

慕容楚衣指尖微动，鱼尽数进了顾茫身后的竹篓，而银色灵箭则消失不见了。慕容楚衣道：“还有什么想要的，一并说了罢。”

顾茫摇摇头，瞪着金色余晖中这个白衣临风的俊美男子。

他是个直来直去的人，心里想什么，嘴上也就说什么了，于是道：“难怪小白鸟这么崇拜你。”

慕容楚衣微微蹙眉：“白鸟？”

“就是岳……岳……岳那啥。”顾茫苦恼地一抱头，“唉，我又想不起他的名字了。”

“岳辰晴？”

“对对对！就是他！”顾茫一拍手，笑道，“难怪他喜欢追着你跑，大哥你真厉害！你这个嗖嗖嗖捉鱼大法，能不能也教教我？”

慕容楚衣轻叹一口气，说道： “你把手摊开。”

顾茫照做了，慕容楚衣也不知道是从哪里变出了一把银针，放在顾茫掌心里。顾茫奇道：“这是什么？”

“听音箭。”慕容楚衣道，“给了你五十枚，此箭可以随意变幻大小，听令而行。够你捉鱼了吗？”

顾茫大喜过望，连连道谢：“够了够了！你真阔气！而且还是个好人！”说完忙小心翼翼地把银针放进乾坤囊里，再把乾坤囊仔仔细细地收进衣襟里，简直像一只费心藏肉骨头的小狗儿。

藏完之后，又再次道：“谢谢好人！”

慕容楚衣不习惯有人觉得他是好人，一直以来，重华百姓都觉得他不近人情，只是个狂热地追求炼器之道的痴人。他因此神情有些不自然，沉默片刻，错开话题道：“今日你见过之事，不可与任何人说起，尤其是岳辰晴，不要告诉他。”

顾茫点了点头，但是又道：“好说好说，但有一个人恐怕瞒不过。”

“谁？”

“墨熄。”顾茫道，“姜药师说镇心草也能做毒药使用，所以我问他要这味草药的事，他一定会告诉墨熄。”

慕容楚衣思忖片刻道：“没事。我会自行先与羲和君说明，此事你不必再管。你只消记住不能再告诉第三人。”

“那万一墨熄先问我呢？”

“你照实回答即可。”

“好。”顾茫答应了，答应完之后忍不住问了句，“你的身体现在没事了吧？”

“无妨，以往桃花湖足够压制，今日实是事出偶然。”

“哦……可你这个毛病……小白鸟他们都不知道？”

慕容楚衣淡淡地，“知道一些，但不多。其实也无甚大碍，只是岳辰晴一直刨根问底，我不想理他，所以请你保密。”

这话漏洞实在太多，而且保密的理由太过牵强，只有傻子才会信。但顾茫跟傻子也没有太大的区别，于是顾茫信了，并且很诚恳地和慕容楚衣举手发誓绝对不把这件事情说出去。

辞别慕容楚衣回到府上，天色已然大暗。

李微站在门口抻长了脖子左顾右盼，见他披着一肩暮色归来，不禁喜怒交加，急着上前道：“你怎么回事？打鱼还是养鱼去了？这么晚才回来！”

顾茫把背篓脱下来递给他看，笑道：“抓了五条胖鱼，来得及的，厨房借我用用。”

住到羲和府这么久，顾茫还从没有处理过鱼，但他记得该怎么做。在他已经回忆起来的零星片段中，他烹过许多用鱼做成的菜肴。于是顾茫琢磨着自己料理食材的记忆，很快地就拾掇出几道菜来，装进食盒里。

出了厨房大门，瞧见李微正杵在外头等着。顾茫问：“他还在书房吗？”

“是啊，一下朝就进书房了，什么都没吃过。”

顾茫就拎着食盒道：“那你看我的，哄师弟我最拿手了。”

李微喜道：“哦……”

哦了一会儿，觉着顾茫口中的称呼不对，又造了反，于是又严厉地“嗯”了一声。但顾茫已经拎着食盒行去了廊庑尽头。

灯花无声，铜台积着灯油，烛光照着墨熄线条冷硬、棱角分明的侧脸。

如今北境的战事虽已平歇，但终究不会长久，燎国与重华的这两年休战乃是迫不得已，两强相争互相削弱，如今各自都看出周围其他邦国蠢蠢欲动的心思，若是再这么消耗下去，恐是白白让渔翁得了利。

所以休战归休战，其实两个国家还在各自较着劲，比的就是谁先恢复，谁恢复的元气更足。君上这一年时刻都在关注着燎国的动静，墨熄手上的这份奏报就是重华暗卫搜罗来的，内容涉及燎国的许多魔物魔种，内容翔实且颇为血腥，看得墨熄眉头大皱。

正看着一种魔种遗花“八苦长恨花”的详注，忽然灯影摇曳，顾茫推门而入，径直走到他桌前。

“墨师弟，吃饭了。”

“……”墨熄抬眼道，“放下就好。另外不许这么叫我，训你几次了？怎么还不长记性。”

顾茫却不听他的。对付这人不能和他讲太多道理，硬碰硬是最好的。顾茫于是装聋作哑，揭开食盒，把里头的菜肴一一拿出。

墨熄皱眉道：“胡闹什么？”

顾茫道：“我不胡闹，你看你的书，我吃我的饭，我给你剩一半就是了。”

“你要跟我一起用膳？”

顾茫眨眨眼睛：“难道没有一起用过吗？”

“……”

之前在大厅，两人虽也在同一桌上吃过饭，但一桌归一桌，和吃同一个食盒里拿出来的菜肴毕竟是不一样的。

顾茫学着自己记忆里的腔调，说道：“唉，我也是没办法，伙房里没啥好吃的了，只能蹭你的。羲和君你就行行善，大人有大量，分我一半，好不好？”

见墨熄颇为无语，他又努力添把火。

“而且今天的菜都是我做的，你就不怕我在里面下毒害你？所以我先吃为敬，给你试个毒，让你吃得开心，吃得放心。”

墨熄瞪着他道：“你这都是什么跟什么。”但还是由着他去了。于是顾茫就喜滋滋地把做好的四菜一汤哐当哐当摆在了墨熄一尘不染的紫檀书桌上。

菜还热乎着，冒着香气，虽然只是些家常小炒，不比厨子做得精致，但闻着味道却很好，色泽也都清爽诱人。

一碟水晶肴肉，肉片切得薄透，边缘的肘皮柔嫩糯软，配着磨了些姜末的镇江醋。一盘菱藕炒青莴，嫩菱与碧青的莴笋爽滑可口，蔬汁鲜嫩。再一盘油焖春笋，脆嫩的笋尖油汪汪裹着稠香酱汁。汤倒是简单，只煮了一碗竹荪花菇口蘑汤，缀了几片青翠欲滴的嫩叶，几片提鲜的火腿，是养胃的靓汤。

而从最后一笼食盒里端出的，是一盘糖醋鳜鱼。鱼佐以切得细碎的姜丝辟腥，清蒸过后，滚油一浇，透出浓香，乃至鱼皮边沿脆黄，鱼脂丰嫩，这时再以熬制浓稠的糖浆醋汁淋覆在鱼身。一筷子下去，莹白剔透的鱼肉与凝脂微微颤动，裹着酸甜可口的糖醋芡汁……

“好吃。”顾茫筷子甩得不亦乐乎，一点都不给正在垂眸看书的墨熄面子，“鱼肚子的肉都归我了。”

如此吧唧吧唧地吃了一会儿，眼见着他真的要起筷把醋鱼肚子上刺最少肉最嫩的位置全划拉干净，墨熄终于忍不住把竹筒合上，抬手一把捏住顾茫的手腕。

顾茫腮帮鼓着："干吗？"

墨熄盯着他，毫不客气地把他的筷子从他手里夺过来，拿了旁边盛着自己米饭的碗，把这块鱼肉收归到自己碗里。

顾茫虽心头暗笑，脸上却摆出一副气急败坏的模样："你为什么抢我的？！"

墨熄没好气地把筷子还给他，拿起了自己的那双："不然怎样。难道等着你吃完之后，我啃你的骨头吗？"

他说这话的时候狠狠咬了口鱼肉，森森利齿和狠戾的动作配上"啃你骨头"这种有着歧义的话，莫名地就让对桌的顾茫打了个寒战。

拆你之骨，咽你之血……这样强硬不讲道理的姿态与眼神，使墨熄看上去要任性不少，顾茫的颅内隐隐抽痛，一些模糊记忆闪过，紧锣密鼓似有弦扣着额侧，仿佛亟欲告诉顾茫——曾几何时，就是这个看似清冷的男人，也曾和他无所芥蒂地这样说着话，眉宇间很有些少年气，时而很诚挚，时而又有些一意孤行，不讲道理。

这种感知让顾茫隐隐觉得心口有哪里不对劲，像有一捧火死灰复燃从柴堆里生了出来，又像有一簇嫩新的芽儿，被四月的春风不疾不徐地缓慢揭开。

可墨熄没有觉察到顾茫异样的目光，他专心地吃着鱼。顾茫盯着他放松下来吃鱼的样子，越看越是熟悉，脑内那种模糊的幻影就晃动得越厉害，他不由自主地想更近地看着墨熄，就能更清楚地回忆起那些被自己淡忘掉的东西一样。

他犹如幼兽试探危险，小心翼翼地探寻着，向浑然不知的墨熄悄悄靠了过去……

"对了。"

忽然墨熄一抬头，打断了顾茫的小动作。

"下月初三是岳辰晴的诞日。"

"啊？"顾茫全神贯注地盯着墨熄看，这时候冷不防对上他的眼睛，不由吓了一跳，他抬手摸了摸自己的耳朵："哦……哦……"

"你刚刚在干什么？"

"看，看你。"

"……"墨熄不知道自己有什么好看的。

"那我刚刚的话，你有在听吗？"

顾茫点头道："在听，在听。"

墨熄皱着眉看着他："但你看起来心不在焉的。"

顾茫不喜被他训，因此挠挠耳朵道："我真的有在听。"

墨熄便搁了筷子，与顾茫吩咐："我们要给岳辰晴送贺礼，我最近抽不开身，你与李微留心着吧。”

“嗯……”顾茫顿了一下，“为什么要给小白鸟送礼？”

墨熄的脸黑了大半：“你不是说你听了吗？你又骗我。”

“……我听漏了。”

墨熄磨着牙重复道：“下月初三，是岳辰晴的诞日。”

顾茫这回总算反应过来了，蓦地睁大眼睛：“小白鸟过生日啦？”

“嗯。”墨熄应完之后，注意到顾茫眼睛发亮，不由有些无语。

他知道顾茫喜欢看别人家的喜事，无论是寿诞还是婚娶，他都爱极了凑这份热闹。之前洛梨君的公子娶亲，新娘礼队仪仗浩浩荡荡穿城而过，顾茫不得随意出门，听到锣鼓喧闹，就爬上了屋顶趴在瓦檐边上边嗑瓜子边看人。路人鼓掌叫好，他也跟着在屋顶上鼓掌叫好，等到后来天黑了，墨熄允许他出门走走，他便高高兴兴地在砖板缝里找白天人们丢下的花生松子桂圆干，满满地揣了一兜回来，还兴高采烈地要分给自己吃。

“我知道你在想什么。”墨熄对硕鼠茫道，“但恐怕你要失望了。”

“啊？”

“岳辰晴过生日，岳府从不大设筵席，也不会有糖果炒货撒在路上给你捡。”

顾茫果然沮丧了：“哦……”

顿了顿，又忍不住好奇地问：“可是小白鸟明明很受家里宠，他们为什么不办？”

墨熄喝了一口热汤，说道：“与岳辰晴的出生有关。岳辰晴的母亲是王室宗亲，而当年她正是因为生岳辰晴难产过世的。”

顾茫微微惊讶，随即又明白过来：“所以岳府不给白鸟办宴席，是因为小白鸟的爹爹还没有忘记小白鸟的娘亲？”

墨熄淡道：“岳钧天又岂是这般有情有义的人物？你要说他是为了祭奠亡妻，那是断无可能的。只因慕容凰再怎么说也是王族之女，就算故去多年，岳钧天也得买王室的面子，所以自己儿子的生辰，能从简也就从简了。”

“原来是这样……”顾茫喃喃着，掰着手指算了几遍，忽然惊讶道，“那如此说来，慕容楚衣也是王室？”

墨熄淡淡的，“他不算。”

“为，为什么？他明明也姓慕容……”

墨熄道：“重华所有贵族的衣物，袍袖口必然缀着金边，慕容楚衣的却只绣着银边。你觉得是因为什么？”

顾茫认真道：“因为银白衬他，他好看。”

墨熄的脸微黑：“你以为选美呢？”

“那是为什么？”

墨熄道：“慕容楚衣非是王族血脉。他是他姐姐慕容凰……也就是岳辰晴的生母从前收养的一个弃儿。慕容凰年轻时去城外寒山寺礼佛，离寺路上遇到这个被丢弃在佛门山阶外的孩子，心觉有缘，于是将他收作弟弟照养，并禀明先君，赐了慕容楚衣国姓。”

顾茫叨叨叨地重复了两遍，终于反应过来，蓝眼睛睁大了：“小龙女是捡来的？！”

“你不要再给别人随意乱起绰号。”墨熄头疼道，“岳辰晴也就算了，慕容楚衣那个性子，要是听到你管他叫小龙女，非把你活剐了丢到炼器炉里去当原料。”

顾茫摆手道：“没那么夸张，小龙女人很好，我今天还……”

话说一半戛然而止，顾茫也知自己说漏嘴了，遂忐忑不安地望着墨熄，希望墨熄没留意到自己刚才讲的内容。

可惜天不遂人愿，墨帅眼观六路耳听八方，怎么可能错过这点讯息，他眯起眼睛盯着顾茫：“你今天见过他了？”

眼看瞒不过，顾茫只得无比狗腿地双手抱臂，拱手道：“什么都瞒不过你，羲和君好英明。”

“你不必谄媚我，你见他做什么？”

顾茫只得把今日在桃花湖边偶遇慕容楚衣的事情告诉了墨熄，他记着慕容楚衣的叮嘱，说得很简略，也没有任何添油加醋。

他原以为墨熄听到这件事情会多少有些惊讶，却不料墨熄只是皱起眉头，叹了口气道：“何苦。”

“什么何苦？”

墨熄道：“几日前，岳辰晴曾来找过我，问我借一本燎国的《神魔百草集》，说是在找一味能治百病的草药。不过这本书我半个月前就借给了修真学宫的管事，也不知道岳辰晴会不会跑去问他要。”

顾茫眨了眨眼睛：“所以小白鸟知道他舅舅的病状已经好几天了？”

“不止好几天。”墨熄道，“岳辰晴几年前就已经知道了他四舅身体有些不太好，跟随我去北境戍边，也是想替四舅找找有没有什么异邦良方。但岳辰晴自己也清楚慕容楚衣不希望别人多管闲事，于是只背地里默默地找药。”

顾茫惊异道：“原来已经这么久了，那慕容楚衣怎么说这件事小白鸟只知个大概？”

“慕容楚衣这么说也没错，因为岳辰晴只知道他舅舅生病，却不知道生了什么病，无法对症下药，所以他才会想要去寻那一种百病可愈的仙草。”

顾茫茫然道：“慕容楚衣为什么要一直瞒着他……”

墨熄叹了口气：“因为他们关系向来不太好。岳家的家事就是一笔烂账。”

顾茫不说话了，坐着默默盘算了一遍江夜雪、岳辰晴以及慕容楚衣之间的关系，最后只得抱着脑袋叹道："想不通，不想了。"

墨熄睨他一眼："你想不通什么？"

顾茫就掰着手指和墨熄捋："我在想他们为什么关系不好啊。慕容楚衣明明是小白鸟的阿娘救回来养大的，可他为什么要去讨厌他姐姐的孩子？"

这种人情世故，从前顾茫是一点即通，现在却懵懂无知，反而要墨熄跟他解释。

墨熄道："很简单，慕容凰对慕容楚衣而言，是师，亦是姐。慕容凰名义上虽称之为弟，却待他如若己出，将他看得犹如自己儿子一般重要，她嫁入岳府时，还特意禀请君上让慕容楚衣相陪。这也是慕容楚衣为何会住在岳家的缘由。"

顾茫点头如捣蒜："懂了，也就是说小白鸟和小龙女，说起来舅舅和外甥，其实更像是大哥和弟弟。"

"不错。"墨熄道，"对于慕容楚衣而言，慕容凰是他的恩人，她在世时，慕容楚衣与她朝夕为伴，承袭她道，对她敬爱有加。他自然希望她得到一个极好的归宿，可岳钧天那个人……"

墨熄抿了抿唇，并不愿再多对此人做出评价。

顾茫却了然道："是个坏人。"

墨熄道："岳钧天在感情上的名誉当时不算太好。慕容凰与他是早年间两方父母指腹，早有婚约。但岳钧天生性风流，十六岁时便因与琴女授受成孕，纳之为妾，育有一子。"

"真厉害。"顾茫喃喃道，"这是还没和慕容凰成亲，就已经有妾了，不但有妾，还有孩子了。"

琢磨一番，又问："那孩子就是江夜雪吗？"

"嗯。"墨熄不爱谈论男女之事，多少有些尴尬，"是他。"

顾茫道："那我就明白小龙女为什么不喜欢江夜雪了。岳钧天娶了两个媳妇，慕容楚衣是正室慕容凰的弟弟，是站在正室那一边的，江夜雪却是妾室的儿子，是站在小妾那一边的。"

墨熄并不想讨论妻妾问题，垂了睫毛轻咳一声道，"……是。此类事情在贵胄中虽并不稀奇，但就像你说的，慕容楚衣敬重自己的义姐，他对这门亲事其实非常不满。加上岳钧天天性风流，时常惹得慕容凰伤心恼怒……所以对于这个骨子里淌了一半岳钧天血液的外甥，慕容楚衣的心情一直就很复杂。"

说到这里，墨熄又斟了两盏热茶，推到顾茫手边一杯，自己捧了另一杯。

顾茫怔怔地："我不太懂……就算小白鸟身上有一半他不喜欢的人的血，但至少是他姐姐的孩子，有句话不是说得好，叫爱屋及乌吗？为什么他姐姐疼爱的人，他却不喜欢呢？"

"因为他觉得他姐姐并不幸福。他认为这个孩子的诞生，本就是错上加错。"

茶水的水汽氤氲袅袅，像是此刻谈及的旧时恩怨。

"但除此之外，还有一个更重要的原因……"

顾茫问："是什么？"

墨熄道："慕容凰难产并非无缘无故，她嫁入岳家之后，时常与岳钧天争吵，以致郁愁不散。到了分娩那日，又遇到了岳钧天在外头惹上的一个女子前来府上闹事，言语污秽难听，慕容凰本就极度崩溃虚弱，被这样一闹，愈发气血丧失，最终心如死灰，撒手人寰。"

顾茫一惊，低低"啊"了一声。

墨熄叹了口气："所以你看，一个错误的因，结下一个错误的果，最后带走了慕容楚衣在世上最重要的人。这么多年过去了，慕容楚衣始终对这件事无法释怀。他如今是炼器大师了，岳钧天几次欲与他讲和，都因为这段过节被他拒之千里之外。至于岳辰晴，慕容楚衣也一直不知该如何面对。"顿了顿，又说道，"他们家的事，差不多就是这样了。"

顾茫还是无法消化这么复杂的情感，他湛蓝的眼睛里笼着一层迷茫，半晌，疑惑道："可是慕容凰的死，也不能怪岳辰晴啊，他那时候还只是一个孩子……"

墨熄道："慕容楚衣心里应当一直很清楚此事与岳辰晴无关，但清楚与释怀，从来都是两件事情。"

顾茫摸着下巴喃喃着重复："清楚和释怀，从来都是两件事情……"他眼里闪过一丝怔忡，"这话听着怎么有些耳熟？"

"以前你跟我说的。"

顾茫惊奇道："是吗？那我真厉害。"

墨熄："……"

看着他喜滋滋颇有些自我满足的样子，墨熄打算不告诉他，其实这一段关于慕容楚衣的情绪拆析，差不多全是顾茫当年与墨熄说的。

人心至为复杂，他从前不懂。人与人之间的爱恨情仇他更是窥不破，是顾茫细细地说给他听，告诉他为什么会爱，为什么又会恨。

墨熄记得当时顾茫双手枕臂，躺在河滩边跟自己闲聊这事时，还提过江夜雪。

顾茫那时候啐了嘴里叼着的狗尾巴草，真心实意地感慨道："江夜雪这人不容易啊。他居然能把清楚和释怀做到合二为一。你看，慕容楚衣因为义姐的事情，那么多年还在对岳辰晴冷眼相待。江夜雪的阿娘也去了，他却没有和这两个人置气，他看得开，反而待二人都客客气气……啧啧啧，佛啊，换成我指不定就变态了。"

墨熄侧着脸，看着躺在自己身边看星星的青年，眼神很温柔。

他知道顾茫不会的，哪怕把顾茫换到江夜雪的位置，顾茫也会将释然，也会不迁怒，不株连，好好地对待其他人。

毕竟顾茫是那么的明朗，就像太阳。

如若有人抱着慕容楚衣哭，慕容楚衣只会将对方推开拂袖而去。如若有人抱着江夜雪哭，江夜雪会好心好意地陪着那人难过，听那人诉苦。

而顾茫呢？如果有人抱着顾茫哭，顾茫一定会逗那人破涕为笑的。给别人带来笑声与光芒，那就是他的顾师兄。

几日后，这一堆春狩之后的军务差不多算是都忙完了，所幸后来有顾茫照顾，墨熄虽然每次吃饭都要磨上一会儿，但总算还都饮食有度，没有辜负姜药师开的苦口良药。

这一天，墨熄闲休无事，想着要不要去修真学宫小坐片刻，顺便把《神魔百草集》要回来，给岳辰晴看看。毕竟岳辰晴这孩子虽然懒散，可自幼就将他四舅视作明灯指引，遇到了与慕容楚衣相关的事情，向来认真得不能再认真，纠结得不能再纠结。

小孩儿看起来不着调，但其实他只要认定一件事，是会努力到近乎偏执的。少年无畏，一腔热血容易糊涂，到时候别闯了祸才好。

这样想着，拾掇一番正打算出门，忽见得李微急匆匆地进入堂内，一脸的焦急："主上！"

"怎么了？你怎么这副神情？"

李微道："岳府出事了。"

墨熄一凛，心中咯噔道，不会吧？担心什么来什么？问道："是不是岳辰晴……"

李微睁大眼睛："是啊！主上你怎么一猜就中？岳小公子不见了！"

金銮大殿内，君上支颐侧坐，一边盘着手中的玉珠串儿，一边听着岳钧天涕泗横流的哭诉。

"君上！君上！老臣就这一个嫡亲的儿子，他算起来身上也淌着一半王族的血，君上，您不能不管啊！若是犬子有失，那老臣也……老臣也……"说到悲伤处，又是捶地痛哭，鼻涕水儿滴滴答答全淌在了金砖上。

君上看得颇为恶心，他眯着眼劝道："好啦好啦，哭能解决什么事儿？孤这也没说不管啊。"

岳钧天便砰砰砰以头抢地，含泪道："多谢君上！多谢君上！还请君上尽快让那北境铁军，踏平梦蝶岛，将小儿救回！"

"……让谁？你以为北境大军是说派就能派的吗？"君上颇有些无语，"人都说一骑红尘妃子笑，孤总不至于十万大军为一男吧。"

岳钧天一听，又是捶胸顿足，号道："君上啊！老臣这一生孤苦伶仃，发妻去得早，小儿又——"

"别号了！打你进殿起你这番话孤已经听了百八十遍了！"君上扶额道，"你听着，人，孤一定救。但北境军你就别想了，简直是滑天下之大稽……"

眼见着岳钧天又要号，鼻子里鼻涕摇摇欲坠，君上简直都要被他恶心疯了，忙坐直身子伸手道："好了好了！怕了你了，孤把羲和君给你派过去，这总行了吧？"

岳钧天僵了一会儿，鼻涕默默地淌下来，他用力吸了吸，又把那清汤寡水都吸了回去，嘟囔道：“可羲和君毕竟只是一个人，也不是万无一失……”

君上被他缠了这老半天，耐心见底，见他还要挑三拣四，不禁有些愠怒：“那你行？你行你自己去？”

岳钧天虽也是个炼器大师，但多年前得了一场怪病，命虽捡回来一条，脑子和身体却都大不如前了，如今年纪又大，走个几里路都要歇上半天，要他去梦蝶岛简直是天方夜谭，送命去还差不多。而这人又是个自私自利的主，当年江夜雪拂了他颜面触了他利益，他便将这儿子扫地出门百般刁难，岳辰晴虽然比江夜雪得宠得多，但又哪里有他自己的性命重要？当即摇首泫然道：

“非是老臣不愿，若老臣还似当年，定亲自将小儿从妖岛救回！然而，然而……”

“然而什么啊？你再磨磨唧唧下去，你儿子的小命就说不准还有没有啦！”

岳钧天只得道：“好，好！那就羲和君！那就多多劳烦羲和君了！”

君上于是就把墨熄也宣召入殿。墨熄因之前听了李微的禀奏，对此事已有耳闻，君上略说一二，他便了然于心。

墨熄对岳钧天这花心老萝卜虽然全无好感，但江夜雪是他早年的战友，同袍情深，而岳辰晴本身又是跟了他两年的副帅，自是不会推脱。

“只是梦蝶岛是群岛，不知可有岳辰晴具体下落？”

君上道：“有的，唉，幸好有的，不然这事儿可就愈发棘手了。”他说着，召出了岳辰晴最后派来的那只传音灵鸟。

这种鸟是由灵力凝成的，为了反复倾听岳辰晴呼救的细节，君上早已用自己的法咒将它守护起，以至于到此刻还未散去。

随着君上法咒默念，传音灵鸟的尖喙一开一合，发出了岳辰晴极度虚弱的声音：“四，四舅……爹爹……”

岳钧天一听他儿子的声音，又忍不住捶胸顿足地哭了起来。

“我，我被困在了梦蝶岛上！四，四周都是……黑的……到处都是黑的……会，会做梦……”岳辰晴的嗓音也带着恐惧与呜咽，“我不知道我还能清醒多久……我不，不知道他们要拿我做什么……快救救我……四舅…爹…救救我……呜呜……我好痛……我的血……他们要……”

但他们要什么，墨熄并没有听到。岳辰晴讲到这里，就因为灵力枯竭而无法存音了。

君上将玛瑙松石手串往腕子上一绕，问道：“羲和君听出什么名堂来了吗？”

墨熄沉吟片刻，说道：“梦蝶岛是个人迹罕至的妖岛，由于妖物喜怒无常，法力也深浅难测，在迫不得已的情况下，一般修士并不会去那个地方。”

“不过，”他顿了顿，“就如今民间的传说而言，梦蝶岛有二十余个岛屿组成，每个岛屿上居住着的妖物种类不同，性情习性亦是天差地别。而岳辰晴提供的讯息有三，第一，到处都是黑的。第二，会做梦，而且岳辰晴并不一定能继续保持清醒。第三，那些妖物对他的血似有兴趣。”

君上听着，觉得颇有意思，于是笑着摸了摸自己的下巴，问道："那若要羲和君猜测，扣押我们岳辰晴的妖物究竟是哪一族呢？"

墨熄道："蝙蝠。"

岳钧天在旁边"啊"了一声，嘴唇发白地哆嗦道："蝙蝠……蝙蝠……对……对，梦蝶岛确实有载，其中是有一座吸血蝙蝠岛……"他一下子又哭号出声来，"天呐！儿啊，我的宝贝儿子啊！"

"不过这也只是猜测，当务之急还是尽快启程，前往梦蝶岛探查一二。"

岳钧天听他马上就要启程，忙以袖拭泪，哽咽道："多谢羲和君，多谢羲和君！"

墨熄冷冷道："我非为你，而是为了令郎，你不必谢我。"

岳钧天嘴唇嗫嚅，他很清楚墨熄与江夜雪的交情，也明白墨熄言语里的意思。这一声令郎是在提点他，他岳钧天的儿子并不止岳辰晴一个，还有那位一直被他弃之如敝屣且百般难为的江夜雪。

君上见二人之间气氛尴尬，于是轻咳一声，说道："事不宜迟，羲和君回府稍做安顿，早些出发吧。"

墨熄道："是。"

"另外，这个命晶石，你也带在身上。"君上挥了挥手，一枚蓝白相间的灵石浮现在了墨熄身边。

所谓命晶石，就是一些重华贵族在出生时用一滴脐带血凝铸成的石头。这种石头会不分昼夜一直散发出独特的光芒，直到主人身死的那一天。重华旧闻中流传一种说法，说它能够给新降生的婴儿带来好运，所以不少贵族都拥有这样一块属于自己的石头。

"这块是岳辰晴的，如今光芒尚在，还不必忧心他的性命。"君上道，"你留在手边，虽然它不能给你们指路，但至少你们能随时知晓岳辰晴的状况。"

墨熄微微皱起眉头："我们？"

"哦，孤忘说了。"君上道，"有两个人早已来请求过我，是非去不可的。一个是慕容楚衣，还有一个是江夜雪。"

墨熄蓦地睁大眼睛："他们也去？"

看到墨熄的脸色，君上道："你不用担心清旭长老，他虽然腿脚已废，但毕竟也是个炼器宗师。他那个木头轮椅行动灵活，机栝很多，断然不会拖你们后腿。"

"我不是这个意思。只是此次上路，除了顾茫没办法，应当受到监看必须同行之外。我并不打算带任何人，毕竟妖物性情古怪难测，许多妖类都不太爱与人族接触，去的人越多恐怕让对方抵触越重。"

君上道："就多了两个人，听你的意思跟多了万马千军似的。叫你带你就带着，多个人好帮忙。"

墨熄拗不过君上，只得回府去准备了。他随身的东西不多，除了些基本的符咒和灵石外，也就只有一个顾茫需要携了上路。他没法儿丢下这家伙，如今顾茫的记忆七零八落，万一想起些什么不该想的，而他又不在身边，那后果恐怕难以预料。

而且还有件事他恐怕得承认——顾茫堕落也好，顾茫叛国也罢，都是在他不在场的时候发生的。经历过那么多事情之后，墨熄知道自己的内心深处，其实是真的很怕与顾茫长久分别的。

“我们去哪儿？”墨熄收拾乾坤囊时，顾茫问他。

墨熄答道：“救人。”

“是去救小白鸟？”

“是。”

“就我们两个吗？”

墨熄停下手上的活儿，回头看了顾茫一眼：“不。慕容楚衣和江夜雪也去。”

他知道顾茫不喜与生人接触，也听出了顾茫忧心忡忡的意味，于是问，“你怕他们吗？”

“是这两个的话。”顾茫想了想，说道，“就还好。”

当墨熄与顾茫到了城外长亭时，发现江夜雪与慕容楚衣二人早已在那里等着了。这着实是个非常怪异的情形——江夜雪和慕容楚衣是八竿子打不到一块儿去的仇家，尤其是慕容楚衣，他甚至连看都不愿意多看江夜雪一眼，但此时两人的目的却是一样的，都要与羲和君前去救人。

他们俩，一个坐在长亭里，一个立在亭外的梨花树下，隔着甚远正在说话。

距离太远了，墨熄并没有听见他们在说什么，但他二人之间的敌意却好像十里开外都能感受到。尤其是慕容楚衣，他依旧是一袭绣着银边的白衣，负手而立，天蚕丝帛带随风飘飞，英俊清雅的脸庞上仿佛凝了一层砭骨的寒霜。

当墨熄和顾茫走近他们时，两人立刻停了对话。

“清旭长老，慕容先生。”

顾茫也学着墨熄和他们照葫芦画瓢地打招呼：“清旭长老，慕容先生。”

几日不见，江夜雪清瘦了一大圈，眉眼下也有微青，显是岳辰晴失踪后，他一直寝食难安，江夜雪道：“羲和君。”说完也朝着顾茫点了点头，算是打了招呼。

至于慕容楚衣，他素来不拘束于常理，心情不好就完全不理人。

四人气氛微妙，就这样上路了。

梦蝶岛离重华王城不算太远，有两位炼器师在，自然不必御剑而行。江夜雪从乾坤囊中取出了一枚小小的核桃，落地施法之后便成了一艘可浮于云端、日行千里的飞舟。

江夜雪请墨熄与顾茫上了船，而后回头看着花树下的慕容楚衣：“楚衣，此舟是你从前教我做过的，我后来将图纸做了些修调，如今这艘核舟可载百余人，你也上来看看吧。”

慕容楚衣却冷冷道：“你的船，我一步也不会踏上去。外甥就不必费心了。”

顾茫趴在船舷上正看热闹，听到这句话，后知后觉地琢磨过了味儿来。他指指慕容楚衣，又指指江夜雪：“他叫他外甥？”

然后反过来，指指江夜雪，又指指慕容楚衣：“他是他舅舅？”

回头看着墨熄：“对了，我想起来了，他俩确实是这种关系。但是我一点儿也瞧不出来。这舅舅瞧上去和外甥差不多大。”

墨熄提醒他：“你别多言，进船舱去。”

但慕容楚衣显然已经清楚地听见了顾茫的话，不知为什么，他的脸色变得比平日里更加霜寒。

江夜雪道：“楚衣，你……”

“你在叫谁？”慕容楚衣打断了他的话，剑眉竖立，森冷道，“江夜雪，你是岳钧天妾室所出，论辈分也当称我作你舅舅。你与岳辰晴都是我晚辈，你如此称呼于我，就不觉得自己失了礼数？”

“是。小舅教训的是。”

慕容楚衣冷哼一声，一抬手一捻花，落在他肩头的一朵梨花便就化作了一艘江南画舫，与江夜雪的核舟一样，也是能飞能行的灵舟。

他进了画舫里，高挑挺拔的身姿隐匿在了浅亚麻色的织帷后面，消失不见了。

江夜雪沉默一会儿，回头对墨熄道：“抱歉羲和君，让你见笑了。”

墨熄摇摇头，宽慰了他两句。但直到双舟行于长空云海时，他坐在船舱中，听着窗外呼呼的风声，仍是忍不住觉得蹊跷。他觉得江夜雪和慕容楚衣说话的方式太奇怪了，好像隐瞒着某些别人并不知悉的秘密，而这个秘密似乎让慕容楚衣很抵触，甚至会让慕容楚衣这般不谙世事的人，如此刻意地去提出一个辈分的问题。

所以慕容楚衣非但不坐江夜雪的船，那凤目里还闪动着一种警醒，在无声地威慑着对方——我为尊，你为卑，我为尊长，你是晚辈，我岂容你越矩。

墨熄皱起眉，他在想，慕容楚衣到底是为了什么，才会如此执着于强调这条界限呢……

番外

慕容怜日记精选

★★★ P.1 慕容怜童年日记节选 ★★★

重华历xx年x月x日，天气很好，本少很美。

我，慕容怜，重华血统最高贵、前途最光明的贵族。明天开始，我娘就要给我派师父，让我跟着他们修行法术了。我娘给我选了二十个师父，我不知道为什么要这么多，因为我不想管这么多人叫师父，但是娘跟我说，他们都是我的跟班！哈哈，原来如此，原来大家都是我的跟班啊！这样一来，本少就觉得对了，像本少这样高贵的人，配二十个跟班，那是非常理所应当的事情！

今天的日记写完了，回头看看，本少的文笔当真很好。唉，本少去修习法术成为修士，这肯定是重华文坛的一大损失，大家失去了一个伟大的文豪（壕）啊！（此处被翻出日记的顾茫圈出了一个错别字。）

重华历xx年x月x日，天气很好，本少很美。

我仔细想了想，虽然我很有文学天赋，是重华未来的文豪（壕）（此处又被翻出日记的顾茫圈出了一个错别字），但是苟（狗）利国家生死以，岂因祸福避趋之（此处被顾茫圈出了错别字，并且批注引用不恰当），为了重华能够征服天下，我忍痛放下了我的笔，决心开始好好修行。

我们望舒府是很富的，但这种富有，对我而言有时候是一种负担！

别人学前启蒙，去拜某修士为师，修士为了赚钱，可能会同时收二十个徒弟。一个师父对着二十个徒弟，不能时时兼顾，徒弟就可以休息，摸鱼，但我不行。我这里是二十个人看着我一个，我连眨个眼睛都在他们的注视之下，一天下来，我真的很累。

有钱，真的很累！！

（顾茫批注：怜弟何不早说，早知道当年我就替你分担一些疲惫了，你给我一点钱花，是兄弟就要有难同当嘛。）

重华历xx年x月x日，天气不太好，本少心情也不太好，但是依然很美。

本少实在受不了了，那些娘唧唧的乐修天天逼迫本少弹琴，吹笛子，拉二胡……我跟娘说，我不太喜欢这些，结果娘居然把我臭骂一顿，说我没有慧根，不求上进。为什么这么不讲道理？

她根本不知道那些老师有多讨厌！明明都是我的跟班，却对我指手画脚，这帮血统不如本少的卑微小人，当真十分令本少生气！本少最厌烦的就是那个拉二胡的，明明是个筋肉壮汉，却总翘兰花指，我不要跟他学啊！万一以后也变得喜欢翘兰花指，我还有什么颜面带领重华将士扫荡天下？

我鼓起勇气，想把这些都讲给娘听，但我再次跑去找她的时候，她正在后院打一群不听话的奴隶，看到我来了，她抡着根比我手臂还粗的棍子，没好脾气地问我有什么事。

我最后什么真话也没说，看着她巡海夜叉的样子，我告诉她，我决定以后要好好学习。

我的虚假，令我自己厌恶！！！

（顾茫批注：幸好你这日记当初没被赵夫人翻出来，你可真是福大命大。）

重华历xx年x月x日，天气实在太差了，本少心情也非常差，但是依然很美。

我府上有个叫顾茫的小奴隶，我真的很不喜欢他！因为我觉得他很傻，而且总是和我拧着来，不要看他一口一个公子，一口一个少主地叫我，这些都是表象，我觉得他心思活络，贼眉鼠眼的，不是好东西！（墨熄批注：瞎了要找大夫看。）

最让我无法忍受的是，今天他居然偷偷地玩我的秋千，全天下谁不知道，那是我最喜欢的玩具之一。我甚至已经给我的秋千名分，封了它为我的侍妾（顾茫批注：……我是真的不知道，不然我也不会动你老婆的），朋友之妻尚不可欺，何况是主上之妻？顾茫这个贼子！（墨熄批注：……疯了要找大夫看。）

他玩我的侍妾，我当然不可能袖（秀）手旁观（此处被顾茫圈出一个错别字），所以我就很生气地冲上去，将他击倒于地，饱以老拳，把他打得哭爹喊娘，连声求饶！（顾茫批注：臆想症是病，有病要早点去看啊怜弟！）

但我没有想到，我的实力实在太过强悍，竟然一不留神把他给打坏了，脑瓜流了好多血……我倒是真的没有料到他这么不禁打，虽然事情的起因是他偷玩我的秋千，错不在我，但是我好歹是望舒府未来的当家，我要有一个宽厚博大的胸怀，所以我想了想，明天还是去城里看看有什么点心买给他吃吧!

毕竟主人要有主人的样子啊! 唉, 我可真是个心胸开阔的了不起的少年英杰啊!

我爱我自己!

(顾茫批注: 噗, 弟弟, 我也爱你。)

(以上批注被墨熄残忍涂黑。)

★★★ P.2 慕容怜少年日记节选 ★★★

重华历xx年x月x日，天气很好，本少很美。

今日惠风和畅，本少坐于轩窗边，在思索一个困扰了本少许久的问题。

——本少为何要写日记呢？

而且一写就是那么多年。

后来本少想明白了，因为有地位。

像本少这般有地位的人，便会有闲暇，有了闲暇，便会有心事，有了心事，而无人可执手相诉，便会寂寞，万般寂寞涌上心头，便会诉诸笔端。归根结底，是因为本少高处不胜寒，如此一想，本少便觉得豁然开朗，似乎这般记录浮生琐碎之事，也不再那般矫揉造作。

毕竟凡人，是达不到本少的境界的。

有学识有涵养的人，大抵都是闲出来的，我想我便是这样。

我慕容怜，不似羲和府姓墨的那个小子，空有武力，不解风情（墨熄批注：你至今独身，怎么还敢说我不解风情）；也不似岳家那个小子，娘娘唧唧，假仁假义；更不像我府上的那个渣滓，令人望之生厌，油腻不堪（墨熄批注：一派胡言，鬼扯什么）。本少看着这些与本少年龄相若之辈，竟无一人能够与本少相比，本少不感意外，但多少也感到一种空虚。

无人匹敌是一种怎样的寂寞？身法强于我者，心智不如我；心智强于我者，地位不如我；地位强于……呃，地位强于我者只有我娘和君上，他们自然什么都是对的。

这不是谄媚，这是一种智慧的态度。

君上洪福齐天，万寿无疆！

（顾茫批注：看得出你的文笔比童年时进步了很多。）

（墨熄批注：但风格没变。）

重华历xx年x月x日，天气很好，本少很美。

今日惠风和畅，本少坐于轩窗边，在思索一个困扰了本少许久的问题。

——本少今日在学宫惩处顾茫，为什么墨熄那兔崽子会寻上门来求情？

这真是太奇怪了。

顾茫那个贱奴，凭着我的抬举，进了学宫与我一起修行，这是我给他的福祉，可他竟不识抬举，竟然几次压过我的风头，当真令人嫌恶！

古有云，功高震主不可取之，我如此绝代风华，尚且知道在君王之前要退避尺许，顾茫不过是区区一个奴，竟不知道奴才的光华是万万不可压过主人的？更可恶的是，这次他为了在任务中崭露头角，施播仁义，取得以他的身份不可能取得的东西，居然敢在民间冒用本少的名字！说他是望舒府的主人！

贱奴冒主，无耻之尤啊！没有拆了他的骨头去熬汤都算轻的！

这口气我如何能咽得下去？！换而言之，若是我冒用君王之名，君上杀了我也不足为怪，道理是一样的，本少管他用我名字做的是好事坏事？他就该死！

但我……但我又不能杀他！而且退一万步，就算我要杀他，我娘也不许我杀他啊！唉，总之本是同根生……不，这句用得不恰当，总之我确实没有想过要把他怎么样，不过加以适当的惩处，以正主仆之名，墨熄那小子凭什么要来横插一脚？

真是莫名其妙！

本少最讨厌的就是这些正义感十足之人，浑身上下都像在闪闪发光，他越要和我讲道理，我越不听；他越要给顾茫求情，我越不让他如意！（墨熄批注：……）但我没有想到，墨熄那厮最后竟然愿意为了救他，做出那么大的让步，如果只是空口说一说求求情也就算了，他这是动了真格？为什么？莫不是他和顾茫有交情？

不可能，因为顾茫长得太难看了。（墨熄批注：我再给你一次机会，你去看一下眼疾，然后重新组织一下语言。）

没别的意思，我只觉得正常人欣赏的都会是我。（顾茫批注：哈哈哈哈哈！）

★★★ P.3 慕容怜近日日记节选 ★★★

重华历xx年x月x日，天气很好，本王很美。

今日惠风和畅，本王坐于轩窗边，在思索一个困扰了本王许久的问题。

——本王为什么要来临沂建这个破烂学宫?

建就算了，又为什么要容忍顾茫和墨熄那两个渣滓来本王的学宫授课?

顾茫就不用说了，蠢得要命，只会和弟子嘻嘻哈哈，教出来的都是烂泥糊不上墙的废物，本王打赌年底竞师大会，他的那些弟子一定会尽数败于本王的亲传弟子手下，赌一座别院!（顾茫批注：哇，你输了啊! 要不是我看到你日记我都不知道! 来来来! 赶紧把别院的地契给我送过来!）

这回主要说说墨熄，墨熄那混账，所作所为当真是一言难尽! 本王让他教那些火系弟子法术，他倒好，纵着那些小破孩子在校场大打出手，每一次都是火球与硝烟齐飞，血花共长天一色，他还美其名曰说什么纸上得来终觉浅!

就用这个破理由做幌子，这个月他和那些火系弟子已经烧掉了校场边的二十余座仓储小屋了。虽然本王很有钱，实在囊中羞涩了也可以问梦泽君上要些赏赐，毕竟再穷不能穷学宫，再苦不能苦弟子，可是他也不能烧得这样肆无忌惮啊! 太不像话了!

最让本王咽不下一口恶气的，是他座下一个姓南宫的小弟子。本王贵人多忘事，那小子叫什么已经忘了，但本王忘不了他那破德行，总觉得自己天赋异禀，常在学宫纵火滋事，偏生他又是墨熄的得意弟子，墨熄那护短的总护着他，当真十分不要脸。

前些日子，本王总算找着了个机会，趁着墨熄不在，将南宫唤来罚抄学宫戒律百遍，后又让他去幻术台擦地做苦力，可谁知那小子根本没有把学宫戒律抄进脑子里去，在幻术台让另一个弟子挤对了两句，竟又和人大打出手，最后竟炸了本王最心爱的幻术台!!

事后，本王拎着南宫和那个挑事的小子让他们去了禁闭室，看那挑事小子穿的衣服，应当是顾茫手下的弟子。本王一问，果然就是顾茫的弟子，姓宋，宋什么本王又忘了，毕竟本王太富贵，刚刚说过了，贵人就会多忘事。

之后本王纡尊降贵，和他们又聊了两句。本王得知，这俩后生吵架的缘由居然是姓宋的和姓南宫的叫板。姓宋的说南宫的师父，也就是墨燃，不如他的顾师父。理由是墨师父每次都顺着顾师父，而姓宋的小子认为这世道胜者为王，墨燃对顾茫处处相让，定然是因为身手不如人家。南宫自然不愿意，一言不合，俩弟子代替彼此师父打了起来，最后白白牺牲了本王的幻术台。

本王当真很想翻白眼，这些年轻后生，懂得实在太少了。

可是最后想了想，翻白眼这个习惯还是要和抽浮生若梦一样戒掉，毕竟本王生得一双桃花三白眼，本身就眼仁上浮，万一翻多了翻不回来，那当如何是好？所以本王最后还是没翻，没有让那俩后生感受到学宫之主的冷漠，便宜他们了。

不过弟子可以放过，师父不可以，这一笔钱，本王定要从墨熄和顾茫的任教薪酬里扣掉！

（顾茫批注：……难怪上个月感觉钱少了些，果然不是我自己算错了。）

（墨熄批注：我的给你。）

★★★ P.4 慕容怜日记观后发言 ★★★

墨熄："……看完了。我从未见过如此厚颜无耻之人。"

顾茫："我小时候常看见怜弟在书桌前偷偷摸摸地写些什么，写完之后一定会锁到他的小箱子里。当时挺好奇他在干什么，还以为他私下买了些春宫图册，心中还觉得诧异，不知他为何看个春宫图还要动笔批注，如今这个困扰我多年的秘密终于解开了……我到底是高看了怜弟呀，哈哈哈哈哈。"

找回日记本后，愤怒的慕容怜："你们要脸吗？不能因为本王偷翻了顾茫的日记，你们俩就一起翻本王的日记啊！本王一个人看顾茫，你们两个人看本王，一比二，要脸吗？！本王以后再也不写日记了！都给本王滚！气死本王了！顾茫你笑什么笑！你再笑我立刻赶你出学宫去！滚！！！"

—— 番外《慕容怜日记精选》完 ——